# SASKIA DE COSTER

# WIR & ICH

ROMAN · TROPEN

AUS DEM NIEDERLÄNDISCHEN VON ISABEL HESSEL

Flemish
Literature
Fund

Die Übersetzung dieses Buches wurde gefördert
vom Flämischen Literaturfonds.

Tropen
www.tropen.de
Die Originalausgabe erschien unter dem Titel »Wij en ik«
bei Uitgeverij Prometheus, Amsterdam

Printed in Germany
Umschlag: Herburg Weiland, München
Unter Verwendung einesr Abbildung von © Aldo Crusher
Gesetzt von r&p digitale medien, Echterdingen
Gedruckt und gebunden von CPI – Clausen & Bosse, Leck
ISBN 978-3-608-50156-8

*»To look life in the face, always, to look life in the face.«*
*Virginia Woolf*

# 1980

# WIR

Niemand kommt einfach so auf den Berg. Freunde kündigen ihren Besuch immer weit im Voraus an. Immer, ohne Ausnahme. Das ist eines der vielen ungeschriebenen Gesetze in der Siedlung auf dem Berg. Unerwarteter Besuch könnte ja sonst vor verschlossener Tür stehen, heißt es, und müsste unverrichteter Dinge abziehen, was jammerschade wäre. Die Anwohner führen eben alle ein vielbeschäftigtes Leben. In ihren Villen inmitten weiter Grünflächen, von Bäumen und mannshohen Zäunen geschützt, kommen sie zur Ruhe. Normaler Besuch kündigt sich an. Der Termin wird Wochen zuvor in einen großen, gebundenen Jahreskalender einer Bank – der Luxusausgabe für gute Anleger – eingetragen. Und für heimliche Dates weicht man auf Autobahnmotels, ferne Urlaubsorte oder Privatclubs mit Codewort aus.

Niemand kommt auf die Idee, ohne Termin, nur so zum Spaß bei einer der Villen in der reich bewaldeten Wohnsiedlung zu klingeln. Freunde tun so etwas nicht, weil Freunde sich gegenseitig respektieren. Für eine solche Rücksichtslosigkeit gibt es keinen Grund, meinen die Anwohner. Dafür braucht man auch keine Nachbarschaftsinitiative mit Regelkatalog. Die Männer sind stark beanspruchte Führungskräfte, die bei ihrer Arbeit schon in zu vielen Meetings sitzen, als dass sie auch noch ihre Freizeit damit verbringen wollten. Sie sind schließlich keine Arbeiter, die einem Skatclub vorsitzen oder Beamte, die nichts lieber tun, als ihre kurze, monatliche Ansprache als Schatzmeister der Blaskapelle vor dem Spiegel einzustudieren. Auch die Ehefrauen halten nichts von einem solchen Komitee. Sie müssen schon genug mit ihren Familien beratschlagen. In ihrer Freizeit gönnen sie sich lieber mal was. Obwohl es also keinerlei formale Absprache unter den Villenbewohnern gibt, sind sie über die meisten Dinge seltsamerweise ganz einer Meinung. Stillschweigend.

Alle Arbeitskräfte, die zum Berg gehen, wissen auf die Sekunde genau, wann sie erwartet werden. Gärtner, Putzfrauen und die Damen von der Maniküre haben ihre festen Zeiten. Sogar die sonntägliche Klinkenputzerkolonne, abwechselnd schwarze Männer aus Zaire oder die Zeugen Jehovas, halten sich an den streng vorgegebenen Zeitplan in der stillen Wohngegend und kommen nur sonntags zwischen elf und zwölf vorbei. Die Afrikaner beginnen ihren Text mit einem Lächeln, bei dem sie ihre milchweißen Zähne zeigen, auf das sofort die freundliche Mitteilung folgt, man brauche bitte keine Angst zu haben, und dann preisen sie in einem Atemzug die selbstgedruckten Büchlein mit Urmythen über die Entstehungsgeschichte ihrer afrikanischen Stämme an, erbitten eine kleine Spende für ihr Theologiestudium an einer unbekannten oder nicht existierenden Universität im Süden Frankreichs. Ob es am kolonialen Schuldgefühl der Leute hier liegen mag oder an dem Geplapper in kindlichem Französisch, diese Schwarzen bringen durchaus einige Büchlein an den Mann. Die Zeugen Jehovas jedoch haben schon wieder eine geschlossene Haustür vor der Nase, bevor sie ihren Einleitungssatz zu Ende aufsagen können. Im Jahre 1974, als die allerersten Villen in der

Siedlung emporwuchsen, hat einmal ein Universitätsprofessor einen *Wachtturm* von einem Zeugen angenommen. Wenig später wurde er mitsamt seines Familienvermögens der Sekte einverleibt. Seitdem hat sich nicht ein einziger Villenbewohner auch nur den Einleitungssermon der Zeugen zu Ende angehört. Die Tür fällt mit einem vagen Wort des Danks und einem resoluten Kopfschütteln ins Schloss. Nein, man reißt bestimmt nicht für jeden Dahergelaufenen die Türen einfach sperrangelweit auf. Wozu hat man schließlich einen Spion?

Deshalb ist es für die Anwohner auch eine echte Überraschung, als wir eines Dienstagnachmittags im April 1980 durch den Hohlweg zur Siedlung spazieren, ohne dass jemand vom Berg mit unserem Besuch rechnet. Wir gehen langsam die Anhöhe hinauf. Hier passen keine zwei Wagen aneinander vorbei, so schmal ist der Weg. Aber es kommen auch keine Autos. Nicht um diese Tageszeit. An einem Dienstagnachmittag um halb drei fährt keiner aus der Siedlung in die wirkliche Welt hinein oder aus ihr heraus.

Es führen nur zwei Wege auf den Berg. Der eine beginnt im nächsten Bauernkaff als holpriger, unzählige Male ausgebesserter Flickenteppich aus Kopfsteinpflaster und Asphalt. Am Ende dieser Straße offenbart sich einem die Siedlung wie das Meer einer Horde Wasserbüffel, die über die Serengeti-Ebene getrabt ist: ein Zuhause, eine Endstation, eine Oase der Ruhe. Die andere Möglichkeit, auf den Berg zu gelangen, führt durch den Hohlweg im Wald. Eine tiefe Schneise quer durch den Wald, ein ehemaliges Flussbett, aus dem ein holpriger Asphaltweg gemacht wurde. Er beginnt im Dorf und führt ins Paradies unter den Bäumen.

Potentielle Käufer von Parzellen lassen sich mit der Weitläufigkeit der Grundstücke und dem Duft der Kiefernnadeln locken. Baugenehmigungen erteilt man hier recht großzügig. Da ist Platz für stattliche Villen mit Swimmingpool und einem Tennisplatz, weit hinten im Garten. Sogar bei einem Pferdestall drückt der Bürgermeister gerne mal ein Auge zu.

Die Familien des Unterdorfs erinnern sich noch lebhaft daran, wie der Graf damals die Wälder und den Baugrund auf dem Berg Stück für Stück an die Belagerer da oben verkauft hat. Ihre Familien wohnen schon seit Ewigkeiten im Dorf. Ihre Vorfahren lebten schon hier, als es noch gar keinen urkundlichen Namen hatte. Bald eröffneten die emsigen Leute dort Metzgereien, Wirtshäuser und Getränkemärkte, die sie an ihre Kinder weitergaben und diese wiederum an ihre Kinder, sodass an den Ladenschildern bloß die Vornamen geändert werden müssen. Untereinander sprechen die Dorfbewohner Dialekt, einen Singsang aus sämigen Lauten und dunklen Vokalen, aus dem die Leute vom Berg nicht schlau werden. Die beiden Gruppen haben nur selten direkt miteinander zu tun. Gerüchte und gegenseitige Anschuldigungen sind ihre einzigen Berührungspunkte.

Wenn nun so ein Siedlungsprofessor herabsteigt, um etwas zu besorgen, was er auf seiner Einkaufsliste für den großen Supermarkt übersehen hat, schließen die Dorfbewohner die Reihen. In seinem Beisein tratschen sie unverständliches Zeug, Geschichten von Putzfrauen oder Gärtnern, die auf dem Berg in Schwarzarbeit den Rasen düngen und die Vogelhäuschen gefährlich hoch an Baumstämmen befestigen. Die vom Berg kaufen dann rasch ein ungesalzenes Vierkornbrot oder ein Grillhähnchen, springen in ihre Autos und sehen zu, dass sie schnell wieder auf den Berg zu ihren Familien kommen.

Über die Asphaltzunge, die aus dem Hohlweg herausrollt, gelangen wir in die erste Straße der Siedlung. Wir sehen nur eine Menschenseele an der einzigen Bushaltestelle, einem Pfosten, an dem ein sehr überschaubarer Fahrplan hängt. In einem tadellosen Vorgarten hebt ein Golden Retriever kurz den Kopf. Die Luft ist erfüllt von Kieferduft und Pferdemist. Irgendwo im Inneren einer Villa verkündet ein Radio die Nachricht vom Tod des Filmgroßmeisters Alfred Hitchcock.

An diesem ruhigen Dienstagnachmittag verkriechen sich die Hausfrauen noch ein wenig tiefer in ihrem Kokon aus gemächlicher, duseliger Langeweile. Die hochschwangere Evi Vanende-Boelens aus der Nachtegalenlaan 6 blättert in einer Zeitschrift für Inneneinrichtung. Ein paar Häuser weiter holt Ulrike Vanoverpelt-Schmidt ihr Bügelbrett aus dem Abstellraum und macht sich an den riesigen Stapel Wäsche, den ihr Mann und die drei Kinder wöchentlich anhäufen. Die Ehemänner sind noch stundenlang bei der Arbeit. Und die Kinder müssen noch eine Weile die Schulbänke drücken. Vor ein paar Jahren haben die meisten Anwohner mit dem Kinderkriegen angefangen. Die ältesten Kinder der Siedlung gehen jetzt in die erste Klasse. Und daheim warten ihre Mütter auf den Bericht vom Schultag. Nachbarin Evi hofft, möglichst bald entbinden zu können, damit sie ihre Nachmittage wieder mit Shoppen verbringen kann.

Die Leute hier befinden sich alle ungefähr in derselben Lebensphase. Sie bringen in diesem Paradies, das sie selbst entdeckt und erschlossen haben, eine neue Generation auf die Welt. Und sie halten Abstand, weil sie die Privatsphäre des anderen respektieren. Niemand kann ins Badezimmer, Wohnzimmer oder den Wintergarten seines Nachbarn hineinschauen. Nur die zahlreichen Elstern, die sehen alles.

Der Hund blickt uns nach, macht sich aber nicht die Mühe, aufzuspringen. Er bleibt einfach an seiner Kette vor der Hütte liegen, den Kopf auf den Vorderpfoten. Die frische Frühlingsluft ist trocken und trägt jedes Geräusch weit fort. Es hat seit Wochen nicht mehr geregnet. Ein paar Waldvögel, die eben noch gezwitschert haben, unterbrechen ihr Lied. Wir sind da.

Wir mustern die Villa auf der gegenüberliegenden Seite der Allee, die Nachtegalenlaan 7. Sie ist nicht zu übersehen, ein riesiges Landhaus aus dunkelrotem Backstein mit glasierten, blauschwarzen Ziegeln auf einem sturmfesten Dach mit einem gewaltigen Schornstein. Es waren bestimmt jede Menge Zeit sowie ein solider Bauplan nötig, um diesen Kasten zu vollenden. Inmitten einer giftgrünen Rasenfläche voll Baumstümpfen, Eichen und aufgeblühten Narzissen bemüht sich das Haus um Zeitlosigkeit. Etwas anderes hätten wir von Stefaan auch nicht erwartet.

Wir überqueren die Allee. Die Flure der Villa müssen regelrechte Straßen sein, die Zimmer Ballsäle. Wir legen unseren Finger auf die runde Klingel. Irgendwo hinten im Haus schlägt Metall gegen einen Gong, erschallt ein lauter Ton.

Es dauert lange. Eine halbe Ewigkeit. Damit haben wir gerechnet. Wir kennen dieses Milieu, sind uns der Tageszeit bewusst. In einer Gegend wie dieser passiert es öfter, dass Briefträger oder Feuerwehrleute bei ihrer jährlichen Spendensammlung ein scheinbar leeres Haus vorfinden. Hinter Vorhängen oder vom Treppenabsatz aus werden sie dann von Putzfrauen beäugt, die gerade auf Knien die einzelnen Rippen der Heizkörper abstauben, oder von der Dame des Hauses, die im Frotteemantel vom Badezimmer zum Ankleideraum schlurft und durch das kleine Fenster im Flur auf sie herabspäht. Wer hier klingelt, weiß, wie lange es dauern kann, bis die Schlösser der befestigten Burgen eins nach dem anderen entriegelt sind und man einem Menschen Auge in Auge gegenübersteht.

Jetzt dauert es aber wirklich lange. Wir schellen ein zweites Mal. Der Klingelton ist sehr laut. Wir haben den weiten Weg gemacht, um Stefaan zu gratulieren. Die Vandersandens bekommen Nachwuchs, ein freudiges Ereignis, das wir mitfeiern wollen. Doch anscheinend sind wir zu spät – oder zu früh. Als wir nach dem dritten Klingeln und ewigem Warten noch immer kein Lebenszeichen vernehmen, treten wir einen Schritt zurück und suchen die Fassade nach Schatten hinter einem der vielen Fenster ab. Nichts.

Als unangemeldete Besucher verstoßen wir nun sogar gegen zwei Regeln. Wir verlassen den Weg zur Eingangstür und gehen über das Gras an den Fenstern entlang. Sieh mal einer an, da ist ja doch jemand zu Hause! In einem dunkelroten Chesterfieldsessel sitzt eine gedrungene Gestalt im Blümchenkleid. Ziemlich ungewöhnlich, dass jemand in der Siedlung im Sessel vor dem Fenster sitzt. Die Straße ist so weit weg, dass man kaum etwas vom Fenster aus sehen kann. Außerdem ist Dasitzen und auf die Straße gucken etwas für alte, gewöhnliche Frauen. Diese Sorte Frau wohnt nicht auf dem Berg.

Man sollte meinen, die Frau schrecke auf, wenn plötzlich laut ans Fenster geklopft wird, aber sie rührt sich nicht. Schwer zu sagen, ob ihre Augen geschlossen oder in ihrem fleischigen Gesicht voller Falten verschwunden sind. Ihre kurzen Beinchen reichen nicht bis auf den Boden, hängen einfach herab. Ob sie bewusstlos ist? Oder tot? Nein, tot kann sie nicht sein. Um auf eine andere Art die Aufmerksamkeit der alten, vielleicht tauben Frau auf uns zu ziehen, winken wir.

Sie winkt nicht zurück. Es kommt nicht einmal ein Kopfnicken. Haben sich ihre Augenlider gerade wie Schmetterlingsflügel bewegt, oder war es ein leichter Luftzug? Die alte Frau hängt schief im Sessel. Gerade, als wir sie für tot erklären wollen, hebt und senkt sich ihr Busen. Ein Seufzer entweicht dem Blasebalg ihres kräftigen Körpers. Ihr schwerer Kopf fällt vornüber, wird wieder zurückgehievt. Das Nicken genügt uns. Alles ist unter Kontrolle. Sie lebt, ihr Sohn lebt und hat Nachwuchs bekommen. Wir kommen später nochmal wieder.

Melanie Vandersanden-Plottier stemmt sich aus dem Möbel hoch. Gar nicht so einfach. Unter lautem Stöhnen gleitet sie vom Sesselrand, bis ihre orthopädisch verpackten Füße den Boden berühren.

Der massive Körper richtet sich auf. Melanie steht nun in voller Pracht da, keineswegs beeindruckend, eher Mitleid erregend. Stefaans Mutter ist nicht größer als einer der Rosensträucher, die im Vorgarten unter der Fensterbank aus Quaderstein die ersten Frühlingsstrahlen auf ihre zarten Knospen locken. Die kleine, klobige Frau ist genauso stachelig wie die Sträucher und mindestens ebenso schweigsam. Sie hält es nicht mehr für nötig, Kontakt zu anderen zu suchen. Melanie spricht nur, wenn sie Lust dazu hat.

Manchmal bricht es jedoch aus ihr heraus. Von Zeit zu Zeit einmal so richtig auf ihren Sohn schimpfen, dafür kann ihr überreifer Körper noch die Energie aufbringen. Sonst gibt es nur wenig auf der Welt, das sie genug interessiert, um einen Ton darüber zu verlieren. Allerdings hat sie eine ganze Palette Schimpfwörter parat. Als sie kürzlich einen geöffneten Erbsenbeutel falsch herum aus der Tiefkühltruhe holte und die grünen Dinger sich über den Küchenboden verteilten, feuerte sie eine regelrechte Schimpfkanonade ab. Auf ihren geschwollenen Knien hat sie jede einzelne Erbse vom Marmorboden gesammelt. Als auch das letzte grüne Ding auf dem Kehrblech lag, verschwand sie in den Keller. Eine Stunde später kam sie ausgeglichen wieder nach oben, hatte alle Verwünschungen aus sich herausgeschüttelt und in der Kühle bei den Lageräpfeln gelassen.

Ihre an Blindheit grenzende Sehschwäche hindert Melanie nicht daran, mit ihrem Fiat herumzutuckern. In den Kurven gibt sie Gas, fährt sicherheitshalber mitten auf der Fahrbahn statt auf der rechten Seite. So zieht Melanie ihre Spur durch Flandern. Egal, ob ihr die Polizei im Nacken sitzt, zur Not gibt sie eben extra Gas.

Man kennt sie weit und breit als alte Wetterhexe, die an allem und jedem herumnörgelt. Fairerweise erwähnen die bösen Zungen auch die mildernden Umstände für Melanies Miesepetrigkeit: die vielen Schicksalsschläge, die sie durchmachen musste. Sie selbst spricht darüber nie. Lieber ist sie wegen Sachen schlechtgelaunt, an denen kein Menschen etwas ändern kann. Ist der Himmel bedeckt, dann nimmt sich Melanie das Recht, so sauer und vorwurfsvoll aus der Wäsche zu gucken, dass man sich als Außenstehender spontan bei ihr entschuldigt, auch wenn man keine Ahnung hat, warum. Wenn Melanie etwas absolut nicht gefällt (ein Vogelschiss auf der Fensterscheibe oder Margarine statt echter Butter), schnappt sie ein und täuscht ein paar Stunden lang völlige Taubheit vor.

Und nun stemmt sich diese Frau aus dem teuren Chesterfieldsessel ihres Sohns Stefaan und seiner Frau Mieke. Sie lässt ihren Adlerblick durch das relativ leere, viel zu große Wohnzimmer schweifen: Perserteppiche schmücken den Parkettboden, antike Möbel überbieten sich gegenseitig an Jahren, und ein Ölgemälde von einer Bäuerin, ein echter Permeke, blickt in Sonntagstracht auf die Inneneinrichtung. Was hier fehlt, sind ein paar nette Figürchen für die Gemütlichkeit, eine Vitrine zum Angeben, Kalender für das Gedächtnis und ein paar Kruzifixe für den lieben Herrgott. Aber ihr Sohn und seine Frau geben lieber Unsummen für uralte Antiquitäten aus, weil überteuertes Mobiliar nun mal in eine Villa dieses Kalibers gehört. Die Balken über ihrem Kopf stammen aus einer abgerissenen Mühle, die Miekes Vater gehört hat, Gott hab ihn selig. Das Haus ist größer als die Gemeindekirche, hat außerdem einen gigantischen Keller mit zusätzlichem Kriechkeller. Sogar die Schlafzimmer sind beheizbar, und sämtliche Fenster haben Doppelverglasung. Als ob man das alles bräuchte.

Wie dem auch sei, Melanie kennt ihren Platz. Die Mutter, die kaum zwei Worte am Stück sagt, wartet in dem stattlichen Haus ihres einzigen noch lebenden Sohnes. Er hat es weit gebracht, bis auf den Berg, hat eine Frau aus reicher Familie an der Seite. Und jetzt, mit vierzig, bekommt er sein erstes Kind. Mein Gott, wie lange die zwei dafür gebraucht haben …

Inzwischen ist die Sonne auf die andere Seite des Hauses gewandert. Melanie ist vorhin schon einmal in den Keller heruntergegangen, um sich zu beruhigen, und ist anschließend wieder in ihren teuren, aber nicht sonderlich bequemen Sessel geklettert. In der nach hinten liegenden Küche springt der Thermostat an. Melanie tut die ganze Zeit das, wofür man sie hergebeten hat: Sie wacht über das Haus.

Endlich biegt ein Taxi in die Einfahrt. Ihr Sohn Stefaan springt aus dem Wagen, klingelt kurz, schließt die Tür auf, stürmt ins Wohnzimmer, gratuliert Melanie, die jetzt Großmutter ist, und macht sogar Anstalten, ihr einen Kuss auf die Wange zu drücken. Melanie rührt sich nicht vom Fleck, gibt keinen Mucks von sich. Sie grüßt nicht einmal. Sie erkundigt sich nicht, wie es gelaufen ist, ob es ein Mädchen oder ein Junge ist oder wie es Mieke geht. Sie erwähnt auch mit keiner Silbe, dass etwas oder jemand sie heute Mittag aus dem Halbschlaf geholt hat. Melanies Blick wandert durchs Wohnzimmer zurück zu ihrem Sohn. Plötzlich schnellt ein Zeigefinger aus ihrem robusten Torso hervor. Sie deutet vielsagend auf Stefaans Schuhe auf dem Perserteppich. Sie darf ihren Sohn zurechtweisen, egal, unter welchen Umständen. Ihr einziges noch lebendes Kind muss sie ihr ganzes Leben lang erziehen.

Es gibt in Westflandern nur noch eine Handvoll Leute, die sich daran erinnern, wie Melanie ihren ältesten Sohn um vier Uhr morgens zur Welt gebracht hat. Sie hatte gerade genug Zeit, sich den Kleinen mit einem Leinentuch vor die Brust zu binden, bevor sie die brüllenden Kühe von ihren prallen Eutern befreite und den Rest des Tages auf dem Feld mitarbeitete. Melanie war stärker als ein Ackergaul.

Ihr ältester Sohn hat in den ersten Lebensstunden viel feuchte Mistluft und den säuerlichen Geruch von Grütze eingeatmet. Achtzehn Jahre später hat sich Stefaan aus dem Bauernstand verabschiedet. Er hat sich hochgearbeitet, mit einem Eifer und einem Durchsetzungsvermögen, die er nicht von ungefähr hat. Jetzt, mit vierzig, ist er erfolgreicher Manager bei einem großen Pharmaunternehmen. Er hat einen Abschluss in Medizin sowie einen MBA der Wharton University, beide Urkunden hängen an der Wand seines geräumigen Büros. Er besitzt eine Villa, die so neu ist, dass sie in der Siedlung auf dem Berg noch für Aufruhr sorgt.

Stefaan sieht todmüde aus. Seine Wangen sind aschgrau, trotzdem strahlt er. Die dunklen Augen funkeln, seine Mundwinkel reißen fast ein, so breit ist sein Lächeln. Er ist seit vierundzwanzig Stunden auf den Beinen. Nicht einfach so wach, nicht auf Stand-by wie seine Mutter. Er ist hyperaktiv wie eine Zeitansage. Vor einer Stunde war er aus der Entbindungsstation des Heilig-Herz-Krankenhauses auf die Straße gestürmt, hatte den hupenden Autos euphorisch zugewinkt, während er ein freies Taxi suchte. So etwas würde er unter normalen, nüchternen Umständen nie tun, aber das hier ist ein Weltwunder, das die Menschheit die Umweltverschmutzung, sämtliche Atomwaffen und eisernen Vorhänge mit einem Schlag vergessen lässt.

»Ja, ja, ja«, jubelt Stefaan mitten im Wohnzimmer. Er findet keine passenden Worte. »Wie einzigartig, wie unglaublich.« Das sagt er in Endlosschleife. Alle sollen an seinem unermesslichen Glück teilhaben. Außer sich vor Freude, nennt man das. Ein Mann, der die Welt umarmt und für einen Augenblick seinen dunklen Schatten vergisst. Ab heute ist das Glück auf seiner Seite. Er hat ja schon für die Rahmenbedingungen gesorgt, sich um Reichtum und sozialen Status bemüht, aber das hier ist eine neue Dimension. »Einzigartig«, wiederholt er immer wieder kopfschüttelnd.

»Jede Geburt ist einzigartig«, seufzt seine Mutter. Ihr Mund hat sich bewegt. Es sind Wörter herausgekommen. Vier Wörter. Sie hat sage und schreibe vier Wörter nacheinander gesprochen und ist noch nicht fertig: »Einzigartig in ihrer Misere.« Seine unnahbare Mutter meint wohl, ihn könne nichts aus der Fassung bringen. All die Jahre reagierte er angemessen auf ihre Hartherzigkeit, nämlich unterwürfig, weil sie ihn zur Welt gebracht hat.

Heute hört Stefaan sie kaum. »Ein Töchterchen, Mama, es ist ein Mädchen!« Er zieht seine Mokassins aus, stellt sie in den Schuhschrank in der Waschküche und rennt ins Bügelzimmer. Im Haus wird nicht gerannt, würde Mieke rufen, wenn sie jetzt hier wäre. Hinter der Tür des Bügelzimmers stehen ein paar Kartons. Er hat sie schon vor Monaten dort abgestellt. Er trägt die Kartons hoch, in eines der sieben Schlafzimmer.

Diesen Moment hat er in seinen Träumen schon oft durchgespielt. Er geht zur Stereoanlage, sucht die richtige Kassette und spielt die passende Nummer seines großen Idols Bob Dylan ab: »Forever Young«. Seine Tochter soll immer jung bleiben. Das ist ein Widerspruch in sich: Um immer jung zu bleiben, müsste sie ja sterben. Er sperrt die Augen weit auf, aber es ist zu spät, sie füllen sich mit Tränen der Erschöpfung. Nach dieser durchwachten Nacht ist ihm gerade alles zu viel.

Im Kinderzimmer stehen eine prächtige antike Kommode für Bettwäsche und Kleidung sowie ein Kinderbett, das dreimal so viel wie seine Studiengebühren an der Universität gekostet hat. Darin hat irgendwann mal ein Königskind der Habsburger geschlafen. Auf dem Boden liegt ein schreiend bunter Teppich, lila und rote Giraffen vor weißem Hintergrund. Am Schreibtisch wird er die Schächtelchen für die Zuckermandeln falten, laut Verpackung kann man daraus kleine, kompakte Häuser aus Reispapier bauen. Stefaan hat alles andere als schlanke Pianistenfinger. Sie taugen nicht für Origami, das vor nicht allzu langer Zeit aus dem Land der aufgehenden Sonne herübergeweht ist. Ein flämischer Bauer wie sein Vater hätte sich früher mit so etwas die Nase geschnäuzt.

Mieke hat ihm gestern Abend noch einmal klare Anweisungen gegeben. Sie hatte zwar ihre Zweifel, trotzdem schafft er es bald, eine

Schachtel mit geraden Wänden zu falten, mit einer Schleife als Dach. Ihm zittern die Finger vor Anstrengung. Er beginnt eine zweite Schachtel, dann eine dritte. Stefaan staunt, wie seine Hände zu geschickten Tänzern werden, die sich in einer perfekten Choreographie an Origami versuchen.

Aus der Tischschublade holt er einen Stift. Über genau diesen Stift hatten er und Mieke noch eine heftige Auseinandersetzung gehabt, kurz danach platzte ihre Fruchtblase. Mieke wollte etwas Gedrucktes statt seiner unleserlichen Handschrift, was eine haltlose Forderung war. Stefaan schreibt mit silberfarbener Tinte auf die Außenseiten der Schachteln: Sarah, 29.4.1980. Sarah. Ein ursprünglich jüdischer Name, den sie zusammen ausgesucht haben, der Name einer starken, lebenslustigen Frau. Das war sieben Monate ihr kleines Geheimnis. Beim Vornamen für ein Mädchen waren sie sich schnell einig. Beim Kind an sich hat Mieke lang gezweifelt. Ob sie das wirklich tun sollten. Ob sie oder die Welt tatsächlich noch ein Kind bräuchten. Es waren Zweifel, in die sich Stefaan nicht hineinversetzen konnte. Als sie sich einmal entschieden hatten, dauerte es Jahre, bis Mieke endlich schwanger wurde. Aber jetzt ist ihre Tochter eine Tatsache. Alles ist vorhanden, um ihrem Kind, mehr als jedem anderen auf der Welt, eine goldene Zukunft zu sichern.

Sarah bedeutet für ihren Vater einen Neuanfang. Als Gegenleistung verspricht er ihr seinen vollen Einsatz samt einem netten Vermögen. Materieller Besitz wird allzu leicht als Nebensächlichkeit abgetan, aber Stefaan sieht ihn als Zeichen seiner Zuneigung. Die schönsten Möbelstücke, die exklusivsten Kleidchen, die teuersten Windeln, darunter macht er's nicht. Natürlich hätte er die Schächtelchen auch von jemand anderem falten lassen können, aber das wollte er selbst tun, genauso wie er seine Tochter nicht einem Kindermädchen in die Hände drücken will. Seine Frau wird zu Hause bleiben, um für sie zu sorgen. Alles ist bis ins kleinste Detail geregelt.

Stefaan ist euphorisch. Als Arzt weiß er, was dahintersteckt: Der Hormonhaushalt ist aus dem Gleichgewicht, die Körpertemperatur schwankt, man nimmt die Welt wie durch einen Tunnel wahr. Er gönnt sich noch einen Augenblick, um wieder zu sich zu kommen, bevor er zu seiner Mutter zurückgeht. Er schaut aus dem Fenster. Der Garten sieht gepflegt aus. Bereit für das Kind. Gestern hat er noch die letzten, aneinanderklebenden Winterblätter aus den Büschen geschüttelt. Stefaan lässt den Blick über die Schächtelchen schweifen, die wie eine kleine Reihenhaussiedlung aussehen. Sie sind die ersten Anzeichen seiner Tochter in diesem Haus. Seiner Tochter. Er ist für immer und ewig ihr Vater, sogar wenn er nicht mehr da ist. Diese einfache Logik rührt ihn. Endlich wird ihm der Vatertitel zuerkannt.

Er hat sich immer dazu ermahnt, weiterzumachen, bis er an dem Punkt angekommen ist, wo anderen Menschen schwindelig wird: der Spitze. Die meisten nehmen sich ja gar nicht vor, eines Tages eine Führungsrolle zu bekleiden, aber solche Leute gibt es. Das sind Menschen, die keine Befehle von anderen entgegennehmen, sondern sie selbst erteilen. Die mit verschränkten Armen die Welt herausfordern: Komm her, wenn du dich traust.

Stefaan Vandersanden hatte das Zeug dazu, es zu was zu bringen, auch wenn er sich als Kind vielleicht zu viel hat bieten lassen. Er beugte sich zu oft irgendwelchen Regeln und Befehlen. Wenn in der Schule einmal Helfer zum Putzen gebraucht wurden, verdrückte er sich nicht, wie alle anderen, durch die Schwingtüren auf den Spielplatz, sondern wartete oft als Einziger auf Anweisungen. Ein Klassenkamerad, der seine Hausaufgaben nicht fertigbekommen hatte, bekam die Lösungen von Stefaan geschenkt. Wollte ein aggressiver Typ jemanden vermöbeln, war Stefaan gerade zufällig in der Nähe. Dass er mager und intelligent war, machte es nicht besser, denn genau solche Kinder kassierten typischerweise die Schläge. Als er achtzehn war, starb sein Vater, und er erkannte, dass er zwei Möglichkeiten hatte: vor Trauer eingehen oder ums Überleben kämpfen. Aus dem klugen, schüchternen Bauernjungen in Holzschuhen aus einem kleinen westflämischen Dorf wurde ein respektierter Überflieger an der namhaften Universität von Löwen. Stefaan war fest entschlossen, sich – im Gegensatz zu seinem Vater – nicht aus dem Leben herausdrängen zu lassen. Er biss sich durch.

Stefaan promovierte in Medizin mit summa cum laude und ließ sich von dem Professor, der seine Dissertation betreute, überzeugen, für ein paar Jahre an die Wharton School of Business in Pennsylvania zu gehen. Mit diesen beiden Abschlüssen in der Tasche würden ihm alle Türen offen stehen, so der Professor. Am liebsten öffnete Stefaan jedoch selbst die Türen, und zwar die seines eigenen Betriebes. Am Tag seiner Rückkehr nach Flandern ließ er einen ganzen Stapel Visitenkarten drucken. Sein früherer Minderwertigkeitskomplex schlug in grenzenlose Kühnheit um. Stefaan musste ganz bei null anfangen, sein Konto war völlig leer. Das Geld, das er sich während des Studiums in Amerika in einer kleinen Druckerei dazuverdient hatte, schickte er nach Hause, zumindest den Teil, den er nicht brauchte, um selbst über die Runden zu kommen. Er sparte sogar am Essen, lief auch im Sommer mit Cordhosen herum, nur um seiner verwitweten Mutter etwas Geld schicken zu können. Ein seltsamer Anflug von Stolz, den Migranten in der Fremde nur allzu gut kennen. In der Druckerei kramte er selbst mit tintenschwarzer Hand in der Hosentasche nach Dimes, um sie in die Sammelbüchse für eine neue Schule für Amish-Kinder prasseln zu lassen. Als er sein Studium beendet hatte, war damit Schluss. Jetzt war seine Zeit gekommen. Er würde seine eigene Firma gründen und brauchte jeden einzelnen Cent für sein neues Labor. Er kehrte nach Flandern zurück, wo alles beginnen sollte.

Es ist schon komisch, wie ein Ziel geradewegs auf einen zukommt, sobald man es klar im Visier hat. Überall traf Stefaan auf Geschäftsführer, Leute aus dem Pharmabereich und Investoren. Bei der kleinsten Gelegenheit fischte der 28-Jährige eine seiner goldumrandeten Visitenkarten aus der Brieftasche. Er sprach mutige Unternehmer an, die gern den Geldgeber spielten, lud sie zu ausgedehnten Geschäftsessen ein. Beim Aperitif erzählte er ungeniert von seinen Plänen. Er kannte die Regeln der Marketingjungs der Manageschmiede Vlerick, die in Flandern immer mehr Einfluss gewannen. Diese schrieben vor, erst lang und breit über Weine zu palavern, über das Napa Valley oder Golfanlagen. Er brach diese Regeln mit Vergnügen und mit Erfolg. Stefaan gab nichts auf das ungeschriebene Gesetz, dass man erst über dies und das reden müsse, obwohl beide Parteien genau wussten, dass sie im Comme Chez Soi zusammengekommen waren, um knallharte Deals zu schließen. Geschäftspartner, die nicht auf seiner Wellenlänge lagen, würden eh keine ernsthaften Investoren werden. Die ersten drei Termine, bei denen Stefaan gleich mit Schwung und Begeisterung loslegte, dauerten im Schnitt zweieinhalb Stunden. Bei den drei folgenden Treffen schaffte er es, mehr Geld lockerzumachen, als er je für möglich gehalten hätte. Er brauchte den Investoren nicht einmal die Pistole auf die Brust zu setzen oder fiese Tricks anzuwenden.

Stefaan hatte einen ziemlich größenwahnsinnigen und noch recht vagen Plan für das Labor, das er aus dem Boden stampfen wollte. Dr. Paul Janssen von Janssen Pharmazeutika hatte es ihm vorgemacht: sofort nach dem Studienabschluss als Arzt einen eigenen Betrieb gründen, ein neues Medikament entwickeln, auf den Markt bringen und möglichst flächendeckend dafür werben. Stefaan war sich seiner intellektuellen Fähigkeiten bewusst. Mit seinen Kenntnissen konnte er in Flandern ein Wissensmonopol aufbauen und nutzbar machen. Viele große Industriebetriebe hatten selbst nicht genug Knowhow oder ihre Fachkräfte seit Jahren nicht mehr ordentlich fortgebildet. In genau diese Marktlücke wollte Stefaan stoßen. Er spürte bei jedem Termin, wie die Herren im Anzug sich immer faszinierter vorbeugten und eindringlicher über das, was man füreinander tun konnte, zu flüstern anfingen, bis Stefaan sie sich – es waren dreimal tadellos gekleidete, birnenförmige Fünfzigjährige mit Manschettenknöpfen an ihren steifgebügelten Hemden – fast vom Schoß schieben musste.

Weil die ersten drei Treffen ein solcher Erfolg waren, setzte er größte Zuversicht in die vierte Begegnung. Selbst wenn keine spektakuläre Zusage dabei herauskommen sollte, konnte das Ganze eigentlich nicht mehr schiefgehen. Doch er hatte seine Rechnung ohne das Arschloch von viertem Investor gemacht, dessen bester Freund Geschäftsführer eines großen Pharmaunternehmens war. Der Mann ließ über eineinhalb Stunden auf sich warten. Reine Schikane, das war Stefaan klar, der sich seelenruhig ein zweites Brötchen schmierte. Eine weitere Stunde und fünf Ich-warte-auf-jemanden später zahlte er beim Ober die Rechnung und trollte sich. Der Freund des Investors hatte keine Lust auf einen überambitionierten kleinen Doktor, der gerade seinen Abschluss in Wharton gemacht hatte und nun sein eigenes, unabhängiges Labor gründen wollte.

Am nächsten Tag ließ ihm besagtes Pharmaunternehmen über einen Rechtsanwalt mitteilen, Stefaan habe seine Gründungsabsichten augenblicklich einzustellen. Der Anwalt drohte damit, ihm die ganze Zukunft zu verbauen, indem man ihm einen Prozess anhängen werde, den er finanziell nicht überleben würde. Innerhalb von fünf Stunden gab ihm ein Investor nach dem anderen zu verstehen, er zöge sich zurück. Rasend vor Wut, aber fest entschlossen, sich nicht unterkriegen zu lassen, zog Stefaan zum Hauptquartier dieses despotischen Pharmaunternehmens. Er bekam einen Termin beim großen Chef, beeindruckte ihn mit seinen Diplomen und seinem Wissen und spazierte mit einem Job zu einem Topgehalt hinaus.

Wieder zurück in Belgien, waren seine ersten Jahre eine einzige Plackerei, und ab und zu griff er auch noch seiner Mutter unter die Arme. Melanie wollte den Hof verkaufen und vom Erlös einen Bungalow bauen. Sie konnte den Anblick des hohen hölzernen Kreuzbalkens, an dem ein Seil mit ihrem Mann gehangen hatte, nach so vielen Jahren nicht mehr ertragen. Für die öffentliche Versteigerung seines Elternhauses ging Stefaan zum piekfeinen Notariat in der Steenstraat in Brügge. Er trug ein knappes, schwarzes Sakko, das er schon zum Begräbnis seines Vaters angehabt hatte. Er drückte die Tür des Notariats auf, lauschte jedem seiner Schritte in der mit Eichenholz getäfelten Halle und ging zu einem Zimmer mit halb geöffneter Tür hinüber. In grenzenlosem Desinteresse bequemte die Frau, die da saß, sich erst nach geschlagenen fünf Minuten, von ihrer klappernden Schreibmaschinentastatur aufzuschauen, um ihn herablassend zu mustern, als stünde ein dreckiger Ochse vor ihr. Er lächelte sie an, mehr fiel ihm so schnell nicht ein. Das Sakko knarzte, als er Mieke De Kinder seine Akte überreichte. In seiner Erinnerung trug sie etwas Strenges, Dunkles, aber laut Mieke stimmt das nicht. Das mit dem herablassenden Blick ist möglicherweise wahr, denn ihre Mundwinkel hängen automatisch nach unten, wenn sie sich konzentriert. Und ohne dass auch nur ein Wort gefallen war, wusste sie, dass dieser Mann sie wie all die anderen für die Sekretärin des Notars hielt. Vielleicht blickte sie ihn auch deshalb unbewusst an, als wollte sie ihm eine Tracht Prügel verpassen.

Nach dem ersten kurzen Gespräch sah sie ihn jedoch mit anderen Augen, sollte Mieke ihm später erzählen, als sie schon eine halbe Ewigkeit verheiratet waren. Sie sah danach nicht mehr einen dreckigen Ochsen, sondern einen Mann mit aufgewecktem Blick, einen ernsten Typen mit pechschwarzem Stoppelhaar (keine ungewaschene Hippiefrisur) und ehrlichem Lächeln. Ein gutherziger, mysteriöser Mann, den ein Hauch von Melancholie umgab, was aber auch ein Zeichen von echtem Tiefgang sein konnte. Die Sorte Mann, die ihre eigene Anziehungskraft nicht kennt. Doch von Liebe auf den ersten Blick zu sprechen wäre übertrieben. In dem schönen, eichenholzgetäfelten 18.-Jahrhundert-Büro des Notars regte sich etwas viel Aufregenderes als ein flüchtiger Schmetterling der Verliebtheit, der um sie herumflatterte. Wer sich ihr da auf dem Silbertablett einer banalen Versteigerung präsentierte, war ihr zukünftiger Ehemann, obwohl sie mit ihm noch alle Hände voll zu tun haben würde. Das schreckte sie keineswegs ab. Sie sah ein Projekt, auf das sie sich mit vollem Elan und der Präzision, die ihr eigen war, stürzen würde. Sie sah die rohen Fundamente eines Mannes, den sie sich entsprechend ihrer Vorstellung vom idealen Ehemann zurechtbiegen konnte.

Bis die beiden ein Paar wurden, musste noch viel geschehen, aber dass der Hof, auf dem er achtzehn Jahre seines Lebens verbracht hatte, recht lukrativ verhökert werden konnte, war sicher ausschlaggebend dafür, dass Stefaan und Mieke sich zum ersten Mal in die Augen sahen. Zur ersten Verabredung nahm sie noch ihre beste Freundin Elvira mit, beim zweiten Mal sagte Mieke jedoch mit belegter Stimme, sie brauche keine Anstandsdame. Und immer wenn er das Gefühl hatte, sie habe ihm nun höflich genug klarzumachen versucht, dass er sich keine Mühe mehr zu geben bräuchte, immer, wenn er überzeugt war, sie werde ihn bei ihrer nächsten Verabredung wegschicken, nickte sie begeistert und schlug selbst einen Konzertbesuch oder eine Ausstellung vor.

Mieke bewunderte Stefaan, weil er so untypisch war, so bescheiden und beharrlich zugleich, so authentisch und unmännlich, voller Selbstvertrauen und ungreifbar. Das sagte sie wörtlich. Er ließ die zweifelhaften Komplimente über sich ergehen und lächelte. Obwohl er über Umwege erfahren hatte, dass sie aus einer verdammt reichen Familie stammte und ganz sicher nicht seine Liga war, ließ er nicht locker. Für alles gab es eine Zeit und einen Ort, und jetzt war sein Moment gekommen, Bahn frei für die Liebe seines Lebens. Als sich zeigte, dass ihre Familie ihn sogar mit offenen Armen empfing, stand ihrer Hochzeit nichts weiter im Wege. Mehr als zehn Jahre später sind sie die stolzen Eltern von Sarah, nachdem Stefaan die Hoffnung auf ein Kind fast aufgegeben hatte.

Stefaan pfriemelt eine Zuckermandel aus der Schachtel und legt sie sich auf die Zunge. Der Zucker schmilzt. Er lässt sich auf alle vieren nieder. So ist er klein genug, um unter den Tisch zu passen. Als Junge versteckte er sich gern unter dem Küchentisch. Das ist eine seiner frühesten Kindheitserinnerungen: er unter dem massiven Tisch, über ihm seine Mutter, die die Baumwollwindel seines Bruders wechselte. Er sah das wettergegerbte Gesicht seiner Mutter, hörte das Kreischen des Säuglings, bis es an der Brust seiner Mutter erstickt wurde. Stefaan legt sich flach auf den Bauch, buchstäblich auf Augenhöhe seiner Tochter. So wird seine Sarah durchs Haus krabbeln. Sie wird ihre flaumigen Bäckchen an die Gegenstände im Haus pressen, um so die Grenzen der Dinge und des Raums kennenzulernen und sich mit ihrer Umgebung vertraut zu machen.

Unten läutet das Telefon. Ist Mieke aus ihrem komatösen Schlaf aufgewacht? Stefaan, der versucht schnell aufzustehen, knallt mit dem Hinterkopf an die Unterseite der Tischplatte. Er lacht über seine eigene Ungeschicktheit. Er spürt den Schmerz nicht einmal. Als er im Flur den Hörer von der Gabel nimmt und das aufdringliche Klingeln beendet, ertönt eine Bassstimme, die ihm zwar bekannt vorkommt, die er aber nicht sofort zuordnen kann. Vielleicht liegt das an der Müdigkeit, oder daran, dass der Mann zu einer anderen Welt als der neugeborener Babys gehört. Erst gegen Ende der Glückwünsche erkennt er die Stimme von Fernand Berkvens. Berkvens und er haben zusammen in Löwen studiert. Stefaan wurde zu seinem hervorragenden Abschluss vom Prüfungsausschuss gratuliert, während Berkvens sich mit einem schlichten Ausreichend zufriedengeben musste. Inzwischen sind sie Kollegen. Berkvens wohnt im Dorf, Stefaan auf dem Berg.

Sie hatten sich auf denselben Posten als Forschungs- und Entwicklungsleiter beworben. Berkvens Frau meint, es sei ein prächtiges Kind, hört Stefaan im Hintergrund. Sie ist Krankenschwester auf der Entbindungsstation des Heilig-Herz-Krankenhauses. Gilt für Krankenschwestern keine Schweigepflicht? Stefaan hätte die guten Neuigkeiten den Kollegen lieber selbst verkündet.

»Ein Mädchen! Darauf müssen wir anstoßen«, sagt Berkvens.

»Anstoßen …?«, wiederholt Stefaan. Ihm ist klar, wie distanziert er klingt. Stefaan findet es wichtig, Beruf und Privates strikt voneinander zu trennen. Diese Grenze bewacht er streng.

Seine Mutter hat sich aus dem Sessel erhoben und neben ihn gestellt. Sie nimmt einen Staublappen aus ihrer Schürze und reibt damit über das Schelllacktelefon mit der elfenbeinernen Drehscheibe, einem Erbstück von Miekes Eltern.

»Na bei einem Bierchen in der Kneipe, natürlich. Um die Geburt deiner Tochter zu feiern!«, meint Kollege Berkvens.

»Ein Bier«, wiederholt Stefaan.

Berkvens weiß eigentlich, dass Stefaan kein Bier trinkt. Schon früher nicht, noch bevor er begriffen hatte, dass Bier etwas fürs gemeine Volk ist. Diese schalen Bläschen, der bittere Geschmack, damit konnte er nichts anfangen. Bei seinem Studentenjob in der Druckerei trank er nach der Arbeit lieber mehrere Gläser grellgelbe Limonade.

»Ich weiß nicht«, sagt Stefaan. »Ich weiß nicht, ob ich Zeit habe, etwas trinken zu gehen.«

Hinter ihm geistert seine Mutter herum. Sie hat feste Prinzipien, immer schon gehabt. So lässt sie nicht zu, dass in ihrer Anwesenheit auch nur ein Tropfen Alkohol getrunken wird, ganz egal zu welchem Anlass. Sie ist im Alleingang die größte Antialkoholbrigade Flanderns. Sie urteilt gnadenlos über den ach so anständigen Flamen, der Frau und Kinder mit zehn Bieren intus quietschvergnügt nach Hause fährt: So einer gehört an den Pranger! Ihrer Theorie nach wirkt Alkohol nicht nur betäubend, er ist auch extrem schädlich für die Leber. »Ein Gläschen? Für die Leber ist es das Gleiche, als ob sie ein Kilo Schokolade abbauen müsste. Da braucht man nur Doktor Verastenhoven fragen.«

»Der ist doch tot?« »Eben, der Alkohol …«

Das letzte Mal, dass seine Mutter in der Öffentlichkeit getrunken hat, war während des Leichenschmauses für ihren Mann André. Sie hatte für achtunddreißig Personen, den Pastor, seine Nonnen, ihre stocktauben Freundinnen vom Seniorenverein und die Verwandtschaft eine Mahlzeit bestellt und bezahlt, und zwar inklusive Getränken. Also hat sie überall die Reste aus den Aperitif-, Wein-, Bier- und Schnapsgläsern getrunken. Zunächst fiel ihre übliche Schweigsamkeit nicht weiter auf. Ihren Gästen begann erst etwas zu schwanen, als sie die halbe gefüllte Birne zur Wachtel in ihren Ausschnitt fallen ließ und sich, nachdem sie den letzten Eierlikör ausgelöffelt hatte, ins Gebüsch bei den Hühnern hinter dem Restaurant übergab.

»Das müssen die Kartoffeln gewesen sein«, erklärte sie, während sie nach Luft schnappte. »Da war eine grüne dabei. Das bekommt mir gar nicht.« Ihr zufolge wurde das Lokal überhaupt von einem Haufen Betrügern betrieben, die ihre schmutzigen Kinder in Windeln durchs Restaurant laufen ließen, was ihrer Meinung nach mit hineingespielt hatte.

Als Stefaan vorsichtig meinte, es könnte auch am Alkohol gelegen haben, leugnete sie in allen Tonlagen, um fünf Minuten später in einer Ausnüchterungstirade hinzuzufügen: »Marie Brizard, Anislikör, ich bitte dich … wer trinkt so was heutzutage noch? Höchstens irgendeine Putzfrau, die sich mit vergessenen Flaschen, um die sich keiner mehr schert, eine Abhängigkeit züchtet. Aber sonst?«

Stefaan sieht, wie seine Mutter Grimassen schneidet. Sie will herausbekommen, wer am anderen Ende der Leitung ist. Er möchte das Telefonat mit Berkvens beenden und sagt: »Ein andermal.«

»Ein andermal also«, antwortet Kollege Berkvens. »Wir gehen ein andermal anstoßen. Ich werd's nicht vergessen.«

Stefaan hängt ein. Gut, dass er keinen trinken gehen muss. Zeit hat er nicht und Lust noch weniger. In keiner der beiden Dorfkneipen hat er sich je blicken lassen. Es gibt Wichtigeres, als in einer Trinkhalle abzuhängen, wenn man gerade die schönste Tochter der Menschheitsgeschichte bekommen hat.

»Wie geht's dir, Mutter? War es nicht zu anstrengend?« Er widmet seiner chronisch unzufriedenen Mutter kurz Aufmerksamkeit.

Sie brummt irgendetwas. Sie scheint sich permanent über ihn zu ärgern. Ihre Vorwürfe sind durchaus unterschiedlich, aber sie speisen sich alle aus demselben unterirdischen Vorrat an Schuld und Kummer.

»Niemanden gesehen oder gehört?«, erkundigt er sich.

»Nein«, herrscht sie ihn an. »Da du jetzt eine Tochter hast, wirst du dich nun anständig benehmen und glücklich sein?«

Stefaan ignoriert die bissige Bemerkung. »Ich packe nur ein paar Schachteln Zuckermandeln, ein Nachthemd und ein paar Handtücher ein und fahre zurück zum Krankenhaus«, sagt er. »Aber ich bringe ein kleines Geschenk mit, du wirst dich freuen.«

Langsam vergehen die Stunden. Als Melanie aufsteht, kracht es in ihren steifen Gelenken. In der Küche bestreicht sie einen halben Honigkuchen mit Rahmbutter. Sie erlaubt sich, ihn im Sessel aufzuessen, eine kleine Nascherei, die hoffentlich nicht zu viele Krümel macht. Nach einer geraumen Weile schreckt Melanie mit einem

Ruck hoch, der durch ihr Doppelkinn fährt. Stefaan scheint gar nicht lang weg gewesen zu sein, auch wenn sie im Schlaf die Zeit um sich herum vergessen hat. Ihr Mund fühlt sich klebrig wie eine Honigwabe an. Ihr Hausarzt hat ihr schon vor acht Jahren gesagt, dass sie nicht genug Wasser trinkt. Inzwischen ist er selbst gestorben.

Ihr Sohn trägt einen Koffer herein. Er öffnet den Reißverschluss, holt eine Videokamera aus dem wattierten Deckel. Melanie hält den Atem an. Soll das etwa ihr Geschenk sein? Es ist ein klobiges Monstrum aus Metall, mit einem großen, runden Auge.

»Möchtest du sie einmal sehen?«, fragt Stefaan.

Er hält die Kamera in den Armen wie ein Kind. Sie war unglaublich teuer, das ist genau der Grund, weshalb Stefaan sie angeschafft hat. Stefaan will für seine Tochter Geld ausgeben. Er brennt darauf, die Szene, die er mit eigenen Augen durch die Kameralinse verfolgt hat, abzuspielen. Sie sich mit seiner Mutter anzusehen. Für die Option, die Bilder mittels eines Kabels zum Fernseher übertragen zu können, hat er tüchtig draufgezahlt.

»Erzähl mir bitte nicht …«, sagt sie. Sie verschiebt ihren Körperschwerpunkt und hebt die rechte Pobacke an. Plötzlich ertönt ein Knall. Vor lauter Taubheit hört sie ihre eigenen Fürze nicht. Mit beiden Händen hält sie sich an den Armlehnen fest, als wolle ihr Körper davonwehen, verlöre aber den Kampf gegen die Fliehkraft. Sie holt Luft, bis in die tiefsten Minenschächte ihres Körpers hinein. Die Hand, mit der sie gerade herumgefuchtelt hat, landet auf ihrem Busen, die andere zeigt auf den plumpen Apparat, den Stefaan in den Armen wiegt. Gleich kommt wieder eine ihrer Tiraden. »Erzähl mir bloß nicht, dass da die Geburt drauf ist?« Melanie steht kurz vor einer Ohnmacht.

»Doch, doch«, bestätigt Stefaan begeistert. Er kniet sich neben den Fernsehtisch und versucht, die Kamera an das Gerät anzuschließen.

»Was lassen die sich eigentlich noch einfallen?«, spuckt Melanie noch eine Handvoll Wörter aus. Ihre ungewöhnliche Gesprächigkeit gilt einem gezielten Anschlag auf die Moderne. »Egal, wo man heutzutage geht oder steht, überall sieht man nur Nackte. So ein kleines Ding, tja, das kann ja nichts dafür, dass es im Adamskostüm zur Welt kommt, aber ich will deine Frau nicht in ihrer ganzen Pracht sehen, nein danke. Das ist heutzutage ja eine richtige Plage: Werbung für einen neuen Kachelofen, zack, da setzen wir eine nackte Frau daneben. Klar, dass man dann besser einheizen kann. Wer würde so nackt nicht das Frösteln kriegen? Oder gestern, in der Zeitung … Das soll Theater sein? Sich bis aufs letzte Hemd ausziehen, wo alle zugucken. Ganz zu schweigen von der modernen Kunst von heute! Alles billige Ausreden, um Schweinereien zu zeigen. Der Typ und seine Hure mit den nackten Brüsten, gemeinsam als Skulptur. Und wir sollen das dann schön finden? Platt, billig, vulgär, einfach ungeheuerlich, das ist meine Meinung. Halt mich ruhig für altmodisch, aber das ist die reine Wahrheit.« Mit einem Mal verstummt sie, ihre Worte schweben im Raum. Bis, quasi zum Abschluss, abermals ein Furz durchs Zimmer knallt. Stefaan kniet noch immer am Boden, er sucht ein System im Kabelsalat.

»Lass nur, ich brauch das alles nicht zu sehen.« Melanie drückt sich aus dem Sessel hoch und eiert zum Keller. Sie taumelt wie eine angeschossene Gans. Seit ihrer zweiten Thrombose hat sie Schwierigkeiten mit dem Aufrechtgehen. Im Keller stehen Töpfe, Pfannen und ein großer Konservenvorrat. Dort liegen auch Lageräpfel, die ein Bauer mit seiner altmodischen Schubkarre in der Siedlung verkauft, in Säcken zu zehn Kilo. Im Winter wie im Sommer ist es im Keller angenehm kühl.

Auf dem Herd in der Küche steht ein Topf mit Suppe, der auf die Rückkehr der Bewohner wartet. Man muss schon sagen, Stefaans Mutter versteht etwas vom Kochen. Jedenfalls von Hausmannskost wie Frikadellen in Tomatensauce, Kaninchen mit Pflaumen oder

Pudding mit Spekulatiusstückchen. Er probiert einen Löffel, um seiner Mutter nachher ein Kompliment machen zu können, wenn sie wieder aus ihrem Schutzkeller heraufkommt. Die Suppe schmeckt nach fast nichts. Der Mangel an Würze verrät ihre Nervosität wegen der Geburt ihres ersten Enkelkindes. Er wird nichts zur Suppe sagen, sonst müsste er ehrlich sein. So ist er: Lügen kann er nicht, schweigen schon.

Mieke kann auch schweigen. Als sie nach zwei Monaten merkte, dass sie schwanger war, hat sie ihr großes Geheimnis nicht sofort mit Stefaan geteilt, obwohl sie wusste, wie sehr er sich ein Kind wünschte. Das hat er nie wirklich begriffen. Er war deswegen einen Tick beleidigt, aber als Arzt weiß er ja, dass eine Frau während der Schwangerschaft nicht sie selbst ist. Ihre Hormone spielen verrückt. Mieke hat ihm später erzählt, dass sie noch genau weiß, wann ihr der Verstand, nicht nur die anschwellenden Brüste, einflüsterte, dass sie schwanger war. Als sie den Radiobericht von den zwei ostdeutschen Familien hörte, die mit einem selbstgebauten Heißluftballon in den Westen geflohen waren, fragte sie sich, ob sie überhaupt das Recht hatten, ein Kind in diese Welt hineinzudrängen. Bevor du dich versiehst, breitet sich die Diktatur hinter dem Eisernen Vorhang bis zur Nordsee aus, und wohin sollten sie dann mit einem kleinen Kind fliehen, ohne Ballon?

Stefaan hatte nie den geringsten Zweifel. Es ist ihre Aufgabe, das Kind gut auszustatten, damit es dem Leben gewachsen ist. Ein gemeinsames Kind, das braucht er, um sich komplett zu fühlen. Er hört sich selbst noch alle möglichen Argumente auffahren: Es ist eine Selbstverständlichkeit, wir werden ja so glücklich sein. Du wirst dich dadurch erst ganz als Frau fühlen. Das ist die Krönung unserer Ehe. Trotz allem blieb Mieke unsicher. Sie nahm das A-Wort nicht in den Mund, aber er spürte, dass sie darüber nachdachte. Eines Tages wurde er wütend, entsetzlich wütend, und fing an, von Kindsmord zu sprechen. Er wäre fast aus der Haut gefahren, als sie behauptete, da stecke mehr dahinter, das sei nicht mehr normal, wie sehr er sich ein Kind wünsche. »Kinderlose Leute sind traurige Leute«, zitierte er listig ihren Vater. Er kannte ihre Schwachstelle. Ihr Vater hatte es ihnen eingeschärft, kurz nachdem sie geheiratet hatten. Ein paar Jahre später starb er an einem Herzinfarkt. Für Miekes Mutter war sein Tod eine Katastrophe, sie folgte ihm nur wenige Wochen später nach. »Ja, ich weiß: Kinderlose Leute sind traurige Leute«, jammerte Mieke. »Jetzt führt kein Weg zurück.« Damit meinte sie die erdrückende Verantwortung. In einem schwachen Moment konnte man wirklich zu sehr ins Grübeln kommen, und dann wurde man verrückt. Dann würde es nie etwas mit einem Kind.

Gemeinsam sind sie zu einer Entscheidung gekommen. Es hat Geduld und Überzeugungskraft erfordert, aber sie gewöhnte sich an den Gedanken. Einen Monat später ertappte er sie regelmäßig dabei, wie sie für ihr ungeborenes Kind sang. Ihr Körper ging auseinander und machte ihr viele Beschwerden, von Sodbrennen bis zu wahnsinnig juckenden Brustwarzen, dicken Knöcheln und großem Schamgefühl. Dass sie ihre schlanke Linie verlieren würde, davor fürchtete sie sich am meisten. Sie schämte sich für das, was sie ihren Walfischkörper nannte, obwohl die Rundungen sie fraulicher als je zuvor machten. Sie ging nicht mehr vor die Tür, sagte sogar zum ersten Mal den halbjährlichen Kontrollgang bei den Mietern ihrer Eigentumswohnungen ab.

Zum Glück haben sie einen großen Garten, von hohen Rhododendronbüschen umgeben. In den letzten Wochen hat sich Mieke gut in der Villa verstecken können. Villen sind perfekt, um die eigene Scham zu verbergen. Ein Haus ist ein Körper um einen Körper. Ob sich das Kleine in Miekes Bauch wohl auch schämte? Eine unsinnige Frage, denn noch ist es ja allein, und Scham setzt die Anwesenheit anderer voraus. Und ein Zwilling wird es definitiv nicht.

Stefaans Mutter ist letzte Woche mit langem Gesicht vorbeigekommen, um ihr zur Seite zu stehen. Woraufhin Mieke sich beklagte, eine Gefangene in ihrem eigenen Haus zu sein. Die beiden Frauen mieden einander, so gut es ging. Mieke zufolge ist seine Mutter neidisch auf ihren Sohn. Wenn die Spannung zwischen Mieke und ihrer Schwiegermutter kaum noch auszuhalten war, verschwand Melanie in den Keller, während Mieke sich ins Schlafzimmer zurückzog, hinter geschlossenen Fensterläden, einen feuchten Lappen auf der Stirn, die geschwollenen Knöchel auf dem Bettrand hochgelegt. Sowohl im Keller als auch im Schlafzimmer war es kühl und sicher.

»So, da bin ich!« Gefasst und sogar einigermaßen gutgelaunt kommt Stefaans Mutter wieder aus der Versenkung hervor, während Stefaan immer noch am Videokabel herumnestelt. Sie hat ihren Lieblingsplatz, den Vorratskeller, aufgeräumt. Das war nötig, sagt sie.

»Da muss es sauber sein, wenn Mutter und Kind heimkommen. Auch wenn das Baby dann vielleicht noch nicht viel sieht, selbst ein Mongölchen erkennt Spinnweben. Egal, was ist, dein Haus muss sauber bleiben. Den eigenen Haushalt in Schuss halten, das ist die Basis allen Glücks, aber das versteht ein Mann nicht. Ja, auch in den Ecken und Winkeln muss es sauber sein, gerade dort.« Melanie nimmt ihre Handtasche von der Stuhllehne und klemmt sie sich unter den Arm.

»Joke muss noch fressen«, sagt sie. Joke ist ihre alte Zwergziege. Melanie wankt, an Schränken und Wänden Halt suchend, zur Garage. Ihre beige Regenjacke lässt sie im Garderobenschrank hängen. Ohne sich von ihrem Sohn zu verabschieden, zieht sie die Tür zur Garage hinter sich zu. Stefaan hat keine Ahnung, wo Melanie plötzlich die Energie herholt, aber er ist von der Kraft, mit der das Garagentor geöffnet wird, und der Geschwindigkeit, mit der Melanie den grauen Fiat hinausfährt, beeindruckt. Er geht zur Garage, die nach Abgasen stinkt, um das Tor hinter ihr zuzuziehen.

Drei Stunden später steht Melanie hupend vor dem Garagentor. Stefaan ist gerade aus der Stadt zurück, wo er für Mieke eine Halskette von Cartier gekauft hat. Melanie hat Gelegenheit gehabt, nachzudenken. Inzwischen ist sie gekränkt, dass sie ihr erstes Enkelkind noch nicht zu Gesicht bekommen hat, weil der völlig unzuverlässige Videorekorder nicht mitmacht. »Hast du denn kein Foto?« Sie lässt sich in ihren vertrauten Sessel plumpsen. Als Stefaan ihr ein Polaroid zeigt, ist ihr erster Kommentar: »Meine Güte, die schielt ja wie ein Opossum. Also, das wird kein Spaß, sag ich dir. Am besten, du legst ihr von Anfang an das Messer links und die Gabel rechts hin.« Sie führt das Bild dicht vor ihr linkes Auge. »Sag mal, ist das da nicht ein Zeh zu viel? Nein? Na so was, oh, la, la! Dann hat das Kind ja einen ganz schön knubbeligen großen Zeh. Und diese Stirn … Ich traue mich ja gar nicht hinzusehen, sonst schwillt sie noch mehr an. Du musst dafür sorgen, dass ihre Sachen am Hals ausgeschnitten werden. Und bloß keine Möhren geben, sie ist jetzt schon so gelb wie eine Banane. Also, schön kann man das ja nicht nennen, was? Guck nicht so sauer, kleine Babys sind nie schön, ich mein ja nur.« Sie ist nicht zu stoppen, nimmt sich den ganzen kleinen, nackten Körper vor, registriert zahlreiche Abweichungen, Makel oder Fehlbildungen. In vielen Ländern ist das so üblich: Ein Neugeborenes wird erst vollkommen lächerlich gemacht, bevor man es auf die verwirrende Welt mit ihren zahlreichen Erwartungen loslässt. Die wohlmeinende Verwandtschaft tut das, um die Aufmerksamkeit des bösen Auges von dem Kind wegzulenken.

»Und du«, herrscht sie ihren Sohn an. »Was ziehst du für ein Gesicht? Bei so einem Wonneproppen von einer Tochter, dem schönsten Kind der Welt. Ich weiß sogar schon, was Saarahchen« – sie spricht den Namen aus, als würde sie niesen – »einmal werden wird.

Selbstverständlich, mein eigen Fleisch und Blut. Junge, ich sage dir, die wird ein Tolpatsch.«

»Ein was?« Stefaan erschrickt. Obwohl er seit dem völlig absurden, eiskalten Empfang seiner Mutter aufs Schlimmste vorbereitet ist, obwohl er weiß, dass er von ihr keine aufmunternden Worte zu erwarten braucht – mit einer offenen, niederträchtigen Verwünschung hat er nicht gerechnet.

»Was willst du damit sagen?«, fragt Stefaan. Seine Stimme ist heiser vor Müdigkeit und Ärger.

Ein Zeigefinger erhebt sich wie eine Taube vom Balkon, fliegt wie ein Bote in die Luft. Melanie, das Orakel, presst ihre schmalen Lippen aufeinander. Resolut landen ihre Hände auf dem Schoß. Kein weiteres Wort.

Stefaan schluckt seine Antwort herunter. Er weiß ja selbst, was sein Mädchen später werden wird: ein Topmanager oder Topberater, jedenfalls etwas mit Top davor, auch wenn ihre Beinchen noch krumm wie alte Birnbaumstämme sind. Er wird jedoch zu niemandem sagen, dass sie das achte Weltwunder ist. Zu niemandem. Selbst in einer stabilen Ehe wie seiner, als Vertrag für die Ewigkeit geschlossen, sollte man manche Vorahnungen besser nicht laut aussprechen. Auch wenn man sie dadurch zu entkräften versucht. Sie eignen sich nicht dafür, als Wörter in die Welt entlassen zu werden. Außerdem möchte Stefaan die Menschen, die er liebt, nicht unnötig unter Druck setzen. Er weiß zu gut, wie schwer Erwartungen auf einem lasten können. Trotzdem betrachtet er dieses kleine Mädchen ab jetzt als Anker für sein restliches Leben.

Am Samstagmorgen, den 3. Mai 1980, fünf Tage nach der Geburt, fahren Mieke, Stefaan und Sarah über den Hohlweg in die Siedlung auf dem Berg. Sie biegen in die Nachtegalenlaan ein. Der Frühling tobt hier noch heftiger, ist noch strahlender als weiter unten. Die

Zierkirschen der Alleen stehen in voller Blüte. Vögel hüpfen von Ast zu Ast. Auf dem Gelände neben dem der Vandersandens hängt ein Eichhörnchen senkrecht an einer Eiche.

Bald wird Stefaan das Nachbargrundstück kaufen. Dann wird ihre Tochter über einen extra großen Garten verfügen. Sie wird im Wald spielen können, wo unter dem Laub vieler Jahre vergessene Kleidungsstücke und Zelte von Napoleons Truppen liegen und vor sich hin rotten. Die sind durch diese Wälder gezogen, haben hier ihr Lager aufgeschlagen. So erzählt es jedenfalls der Makler den Käufern, die es wiederum ihren Kindern weitererzählen. Sie wohnen auf dem Land des kleinsten Knirpses, der einst große Teile der Welt eroberte.

Sobald der Wagen mit der frischgebackenen Familie in die Auffahrt einbiegt, fängt der Nachbarshund an zu bellen. Aus der geöffneten Hintertür der Villa stürmt er nach draußen. Das Kind in Miekes Armen schreckt von dem wilden Gebelle aus dem Schlaf. Wenig später wird der Hund in seiner eigenen Villa ein neues Kind begrüßen können, denn genau heute wird Emily geboren, das Töchterchen der Nachbarn Evi und Marc Vanende-Boelens, sie Exmodel und Exkrankenschwester, er ein Topchirurg.

Nie war sich Mieke ihrer Attraktivität so wenig sicher wie in diesem Augenblick auf dem Beifahrersitz. Ihr eiskalter Blick huscht über den ungemähten Rasen, entdeckt einen Maulwurfshügel von ewig demselben, zum Tode verurteilten Maulwurf. Als Stefaan ihr die Autotür öffnet, streift das Sonnenlicht ihr goldbraunes Haar. Mit ihrer Neuerrungenschaft fest im Arm steigt Mieke aus. Sie sieht noch ein wenig blass aus. Blasser als das kleine Kind, das an ihr hängt. Sie braucht einen Augenblick, bis sie sich an die überwältigende Offenheit des Geländes gewöhnt hat, doch sobald sie ihre herrliche Buchsbaumkugel vor der Eingangstür sieht, kommt Mieke zu Hause an.

»Ich hätte schwören können, dass es ein Junge wird«, sagt sie mit zittriger Stimme zu Stefaan. Die Tatsache, dass sie Sarah gerade das Leben geschenkt hat, verleiht ihrer Schönheit zusätzlichen Glanz, macht sie trotz des weiten Kleides unwiderstehlich, auch wenn sich Stefaan vor lauter Respekt nicht traut, sie zu berühren. Mieke übersät das winzige Mädchen mit sanften Küsschen und legt es sacht in Stefaans ausgestreckte Arme. »Aber ich freue mich riesig über unser Mädchen.«

Die kleine Sarah strampelt in ihrem kuscheligen Schlafsack – die flaumigen Bäckchen blähen sich in der frischen Luft, die aufgeweckten Äuglein sind geschlossen, weil der Himmel für ein Neugeborenes zu viel Licht herunterwirft. Freudestrahlend trägt Stefaan seine Tochter über die Schwelle.

# 1990

# MOEMOE

»Hallo, lieber Gott. Guten Morgen. Es ist lange her, aber da bin ich wieder. Erst einmal möchte ich dir zu deinem Sieg in Ostdeutschland gratulieren. Ich habe im Radio gehört, dass die Christdemokraten die Wahl haushoch gewonnen haben.

Danke für diesen Tag. Ich habe gerade einen Kaffee getrunken, es wird also gehen.

Es scheint, als käme ich immer nur zu dir, wenn ich Probleme habe oder wieder etwas von dir will. Das ist mir klar. Aber sieh mich an mit meinen vierundachtzig Jahren. Es kostet mich einfach jeden Tag so viel Kraft, die Augen aufzuhalten, dass ich gar nicht zu all dem anderen komme. Ich glaube wirklich an dich, lieber Herr, auch wenn ich so wenig von mir hören lasse, das möchte ich einmal klarstellen. Schon die Tatsache, dass ich jetzt gerade mit dir rede, beweist das.

Ich habe eine Bitte an dich. Diesmal ist es wichtig! Ich weiß, dass ich dich oft mit Kleinigkeiten belästigt habe. Zu oft, im Nachhinein gesehen. Das eine Mal zum Beispiel, als ich vierzehn war und die Hauswirtschaftsprüfung machen musste, das war unangebracht, dich da um Hilfe zu bitten. Es wäre dein gutes Recht gewesen, wenn du mir damals nicht geholfen hättest. Übrigens habe ich deine Hilfe überhaupt nicht gebraucht. Ich hatte das beste Ergebnis der ganzen Klasse. Das beste von einundvierzig Mädchen! Ich erinnere mich noch, als wäre es gestern gewesen, wie nervös ich am Tag vor dem Examen war, aber sobald ich die Fragen sah, wusste ich: Das wird ein Kinderspiel. Mir war natürlich klar, dass ich danach nicht weiterstudieren durfte. Ich war ja schließlich nicht dumm, oder? Wie hätte ich sonst so schlaue Kinder bekommen können. Ich danke dir dafür, Herr.

Aber ich langweile dich mit Nebensächlichkeiten. Ich möchte deine kostbare Zeit nicht in Anspruch nehmen. Du hast bestimmt Besseres zu tun, als dir mein Geschwätz anzuhören. Stell dir vor, alle würden sich wegen jeder Kleinigkeit bei dir ausheulen. Nein, das geht nicht, so kannst du nicht arbeiten … also komme ich zur Sache, Gott.«

Melanie Vandersanden-Plottier glaubt, Gott könne alles regeln und ihr Schicksal in seiner übermenschlich großen Handfläche wie eine Frikadelle zurechtkneten. Er hat das letzte Wort, auch wenn er oft schweigt. Seit Jahren verliert er keinen Ton über den Tod ihres jung gestorbenen Sohns Alain oder über den ihres Mannes André. Nein, Melanie ist kein frommes Mütterchen, eher eine Gläubige aus Verzweiflung, deren tiefes Leid hinter der bleiernen Tür ihres Herzens verborgen ist.

An einem grauen Mittwochmorgen im Jahr 1990, wenige Monate, nachdem achthundert Kilometer weiter östlich die Berliner Mauer gefallen ist, ein paar Wochen nachdem Gloria Estefan auf der anderen Seite des Ozeans nach ihrem Unfall aus dem Krankenhaus darf und ein paar Tage, nachdem das riesige Hubble-Teleskop seinen Platz im All eingenommen hat, von wo aus es auf die Erde schaut, sitzt Melanie auf dem stillen Örtchen. Melanie ist eine Flämin, die an Feiertagen die Löwen-Flagge heraushängt, eine Frau, die mit Gott einen Deal schließt wie ein Mafiaboss mit dem Richter des Obersten Gerichtshofs, eine wackere Dame, die durch die Wildnis in ihrem Kopf streicht und dabei einen feuchten schwarz-weißen Regenwald im Kongo sieht.

»Großer Gott, diesmal musst du mir wirklich helfen. Es ist ein Notfall. Unter uns gesagt, du hast mir ja schon oft nicht geholfen. Aber wenn du mir diesmal hilfst, vergesse ich das Ganze. Wirklich.

Dann vergesse ich, wie du meinen lieben kleinen Alain im Stich gelassen hast. Seine Geburt, es ist, als wäre es gestern gewesen. Damals wusste man ja von nichts. Ich wusste nicht einmal, was schwanger sein bedeutete, nicht beim ersten, auch nicht beim zweiten Mal. Zugenommen habe ich, beim zweiten Mal, ziemlich sogar. Ich war immer eine gute Esserin. Alle sagten zu mir: Wo steckst du das bloß alles hin, Melanie? Ganz schön stolz war ich dann und nahm mir noch ein Stück Brot. Dann stellte sich heraus, dass ich schwanger war. Ich würde ein zweites Kind zur Welt bringen, ein Geschwisterchen für Stefaan. Bei der Geburt dachte ich, ich würde sterben. Ich habe fünfundzwanzig Stunden dagelegen und gebetet, was das Zeug hielt. Vielleicht erinnerst du dich daran, Gott? Es war so ein herrlicher Frühlingstag, obwohl … das weißt du sicher nicht mehr, bei den vielen Geburten, die es gibt.

Als Alain geboren wurde, sah ich sofort, dass er ein besonderes Kerlchen war. Diese kleinen Gummihände und -füße, wie Marshmallows. Ich war schrecklich verliebt in den Kleinen. Nach seiner Geburt war ich richtig aus dem Lot. Ich habe literweise Blut verloren. Zum Glück hatte ich ein wenig Reserven aufgebaut, aber durch den großen Blutverlust nicht genug Milch. Ich jammerte den lieben langen Tag: Ich werde sterben, mein Kind wird sterben … Ich weiß nicht, was in mich gefahren war, aber ich spürte einfach, dass es ein schlechtes Ende nehmen würde, auch wenn ich keine Ahnung hatte, dass es noch zehn Jahre dauern würde. Bei Stefaans Geburt war ich einfach nur glücklich, und sieh an, er lebt noch.

Es ging so lange gut. Zu gut. Zwei Jungen – André und ich konnten unser Glück nicht fassen. Die beiden waren unzertrennlich. Sie machten alles zusammen, während die meisten Mütter mit zwei Söhnen aufpassen müssen, dass sie sich nicht die Schädel einschlagen. Nichts dergleichen. Großer Bruder, kleiner Bruder. Kein Blatt passte zwischen die zwei. Stefaan war ein cleveres Kerlchen, vielleicht zu schlau für diese Welt. Er ließ sich oft unterbuttern, dann musste ich sagen: Wehr dich doch, Junge! Bei Alain sah die Sache ganz anders aus. Er war der charmante Draufgänger, der keine Minute stillsitzen konnte. Er suchte immer die Gefahr. Wenn er an einem Baum vorbeikam, kletterte er bis in die höchsten Äste, wo er dann saß und plärrte, oder er kam nur bis zur Hälfte, weil der Ast abbrach. Entdeckte er einen Igel, dann durfte ich ihm fünf Minuten später die Stacheln aus dem Hintern ziehen. Wenn man ihn in der Küche helfen ließ, schnitt er sich mit dem Kartoffelmesser in alle Finger gleichzeitig. In einem Mutterherz ist viel Platz für Sorgen.

Alain war zehn Jahre alt, als er dir im Himmel Gesellschaft leisten kam. Wir wohnten an einer Straße. Man nannte das damals die Landstraße, obwohl dort selten jemand vorbeikam. Ach nein, damals gab es fast noch keine Autos. Pferdekarren von Bauern oder Postkutschen, das schon. Im Dorf gab es nur einen, der ein Auto besaß: Desmet, der Backsteinfabrikant, hatte immer eine Zigarre in seiner Boxerschnauze. An diesem einen verfluchten Wintertag hielt der Wagen vor unserem Hof und die Tür ging auf. Zu unserem Erstaunen stieg Stefaan aus und machte mit wenigen Worten unser Glück zunichte.

Ja, Gott, ich sage es dir, wie es ist. Manchmal hätte ich mir gewünscht, ich sei nie geboren worden. Dann hätte ich mein Kind nicht verlieren können. Und das Schlimmste daran ist: Das Leben geht einfach weiter. Alain war kaum unter der Erde, als die Nachbarin mit Zuckerbonbons von der Taufe vorbeikam. Ob ich mir das Neugeborene ihrer Schwester nicht einmal ansehen wolle, um auf andere Gedanken zu kommen? Würdest du da nicht auch verrückt werden?

Nachdem mein Alain tot war, habe ich fünf Jahre kein Wort mehr geredet. Das war nicht einfach. Die Leute meinen dann: Die macht ihren Mund nicht auf, die verbitterte Tante. Die will immer nur jammern, jammern und noch mal jammern. Das tut sie gern. Aber das stimmt nicht. Ich tue das überhaupt nicht gern. Ich muss es tun, um Schlimmeres zu verhindern, um nicht laut zu schreien. Manchmal gelingt es mir, so still dazusitzen, dass es sich anfühlt, als sei nichts passiert.

Friss nicht alles in dich rein, sagten meine Schwestern, du musst darüber reden.

Da ist die Tür, habe ich dann gesagt.

So was kann man doch nicht erklären. Da stehst du dann, mit buchstäblich leeren Händen. Sarg abgegeben, Hinz und Kunz danken, und schon ist der nächste Tag da und der übernächste. Und dann sagst du dir: Sei tapfer, Melanie. Beiß die Zähne zusammen.

Na ja, ich habe mir ein paar schlechte Angewohnheiten zugelegt, um durchzuhalten. Aber wen kümmert's, frage ich mich. Keinen. Sie haben weniger Probleme mit mir, wenn ich den Mund halte.

Ich habe Alains Foto aufgehängt. Das Zentrum unseres Hauses, an dem jeder verschämt vorbeischaut. Ich habe mir täglich die Augen daran verbrannt. Selbst das geht jetzt nicht mehr, weil ich nur noch die Konturen des Bilderrahmens erkennen kann. Nein, lieber Gott, Trauer nutzt sich nicht ab, Trauer ist kein Teppich.

André tat sich auch so unendlich schwer damit. Er konnte es nicht verkraften. War ein stolzer Mann, mein André. Es stimmt, dass er nur ein einfacher Bauer war, Gott, aber sonntags war ihm das nicht anzusehen. Jedenfalls nicht, als es ihm noch gut ging. Um sechs Uhr morgens im Dreiteiler, auf bloßen Füßen über die Äcker zur Kirche, mit den Lackschuhen in den Händen, damit sie nicht zu schnell abgetragen sind, die Uhr in der Westentasche. So eine schöne große Taschenuhr. Das schindet Eindruck, nicht wahr?

Ob seine Finger blau vor Kälte waren, sein einziges Glas Bier pro Woche umgekippt oder sein Kind tot, ich habe André nie klagen hören. Gott, ich weiß, ich klage zu viel und es hat keinen Sinn, aber gibt es nicht auch so etwas wie zu wenig klagen? Ist das nicht auch eine Sünde, wenn man zu selten etwas Schlechtes tut? Das ist ihm nämlich zum Verhängnis geworden, weil es sich schwer wie Blei in seinem Innersten abgesetzt und ihn so niedergedrückt hat, dass er folgen musste, unter die Erde, ins Grab.

Lieber Herr, du denkst und du lenkst, und ich muss mich damit abfinden.

Manchmal, lieber Gott, jagt Stefaan mir Angst ein. Ich bin ihm nicht gewachsen. Er kann richtig abwesend und kurz angebunden sein, obwohl er doch alles Glück der Welt hat: Er ist intelligent, hat eine elegante Frau aus gutem Haus, das kleine Saarahchen und eine Riesenvilla. Vielleicht hat er auch zu viel Glück, das kann nicht gut ausgehen. Jeder hat sein Päckchen zu tragen, das ist einfach so. Außer vielleicht die Stars wie Michael Jackson, so ein fröhlicher schwarzer Junge. Aber ja, die Leute sind nicht echt. Das ist alles nur Plastik, bloß Show. Ich habe ihn früher übrigens lieber gehört, gemeinsam mit den Brüdern.

Ich schweife vom Thema ab, lieber Gott, ich will mit dir über Folgendes reden: Sarah wird morgen zehn Jahre alt. So alt wie Alain, als er starb. Ich weiß, dass in unserer Familie ein vergiftetes Geschenk weitergegeben wird. Das ist unser Schicksal.

Ich bitte dich also, barmherziger Gott: Lass Sarah in Frieden, nimm lieber mich. Du weißt, dass ich sehr dankbar für das Leben bin, das ich gehabt habe, jedenfalls für einen kleinen Teil davon. Verschone Sarah und nimm mich. Das ist alles. Es wird außerdem langsam Zeit, dass ich André und Alain wiedersehe. Sieh mal, Gott, ich bin müde, wirklich müde. Du hast doch nicht vor, mich noch länger hierzulassen, oder? Du brauchst nicht groß zu antworten, Gott. Ein einfaches Ja oder Nein genügt. Ich werde hier nicht mehr gebraucht. Das merke ich. In den Blicken der Leute um mich herum, die sagen: Wie lange will das Mistweib denn noch leben? Im Spiegel, der mich mit schiefem Lächeln angrinst, und in der albernen Stille, die sich in meinem Leben breitgemacht hat. Es gibt Tage, an denen ich mich fast nicht bewege, es kaum vom Sessel in die Küche schaffe.

Es geht mir ja nicht um mich, sondern um meine Familie, die nicht aussterben darf. Es muss einmal Schluss sein, mit den vielen Unglücksfällen. Die vielen Tragödien, die vielen Toten, ich kann es nicht mehr ertragen. Wenn du noch einen von uns haben musst, lieber Gott, nimm mich!

Darum wollte ich dich bitten, einmal über mein Anliegen nachzudenken.

Danke fürs Zuhören, lieber Gott.

Wenn ich noch eine Sache dazu sagen darf: Es wäre schließlich auch in deinem eigenen Interesse. Denn wenn uns das Schicksal noch einmal treffen sollte, glaube ich nicht mehr an dich.«

# 1990

# MIEKE

Heute hat Mieke Weißkohl und Essig gekauft. Sauerkraut stand in der Nachtegalenlaan 7 bisher noch nicht auf dem Speiseplan, aber weil Stefaan immer wieder davon angefangen hat, wird sie eben Sauerkraut machen. Mieke musste erst ihr Misstrauen gegenüber so verdächtig billigen Zutaten wie Kohl und Essig überwinden. Sauerkraut, das Wort sagt es ja schon: eine Mischung aus etwas Saurem und etwas, das zu gefährlicher Darmgasproduktion führt. Ein Nahrungsmittel, das vermutlich aus reiner Langeweile von irgendeinem Verrückten erfunden wurde, an einem eiskalten Nachmittag in der unbewachten Küche einer Irrenanstalt. Die Zubereitung des Sauerkrauts würde ihrer Schätzung nach gut und gern einen halben Tag in Anspruch nehmen, aber vor lauter Unruhe hat sie sich schrecklich beeilt. Nachmittags um halb drei ist sie weiter als geplant. Die Zubereitung dieser deutschen Bauernspezialität war nicht genug, um ihre Nerven zu beruhigen. Da muss richtige Arbeit her: auf allen vieren stundenlang die Fransen des Wohnzimmerteppichs kämmen wie eine unruhige Hauskatze, die an ihrem Kratzbaum kratzt. Mieke gönnt sich diesen kleinen Spleen, wenn sie Sorgen hat.

Für eine Frau wie Mieke ist die Welt nicht rund wie eine Kugel oder flach wie ein Pfannkuchen, sondern ein Irrgarten mit mehreren Eingängen, aber einem einzigen Ausgang, den man nur mit dem Kompass einer moralisch einwandfreien Erziehung finden kann. Das hat sie als Kind von ihrem Vater gelernt, einem strengen Mann mit ungeheuer buschigen Augenbrauen, die seine Weisheit noch betonten. Er war ein wohlhabender, auf Gesellschaftsrecht spezialisierter Notar von hohem Ansehen, stolzes Oberhaupt einer anständigen Familie mit einer klassischen Schönheit als Tochter, einem rebellischen Sohn und einer braven, lieben Nachzüglerin, der sie den Namen Mieke gaben. Zur großen Erleichterung ihrer inzwischen vor mehr als zehn Jahren verstorbenen Eltern ist Mieke in deren Fußstapfen getreten. Sie ist eine intelligente Frau mit Klasse und Stil, eine Ikone der Werte, die ihre Eltern ihr beigebracht haben, ein strahlendes Bild der Normalität am chaotischen Himmel des Jahres 1990.

Miekes Eltern waren schon recht alt, als sie sie bekamen. Zuerst kam Lydia, die älteste Tochter von Gerard und Camille De Kinder, dann Jempy, und erst zwölf Jahre später kam Mieke zur Welt. Miekes Geschwister waren früh ausgezogen, ihr Vater, der Notar, blieb jedoch während Miekes Kindheit sehr präsent. Er hatte sein Büro gleich neben dem Eingang. Mieke beobachtete heimlich die vielen Menschen, die ihn aufsuchten. Die Leute kamen nicht nur mit juristischen Problemen zu ihm, sondern auch mit Fragen moralischer Art. Der Pastor fühlte sich fast schon übergangen. Mieke bewunderte ihren Vater sehr, obwohl ihre Erziehung ein verwirrender, betäubender Cocktail aus einander völlig widersprechenden Zutaten war. Ihr Vater war nicht nur Notar, der jedem Rede und Antwort stand, sondern auch ein richtiger Diktator, der von seinen Kindern verlangte, jeden Tag um Punkt sechs Uhr aufzustehen, sich unsichtbar zu machen, wenn Besuch kam, und ihn immer auf die gleiche Weise anzusprechen: Jawohl, Vater. In anderen Momenten war er dann plötzlich der liebe Papa, den sie alles fragen durften, der seine Kinder großzügige mit Spielzeug überraschte. Als Kind eines solchen Vaters fehlt es einem an der inneren Uhr, die sagt, wann sich so ein Moment der Gnade ankündigt. Also entwickelte Mieke ihre eigene starre Logik, die sie wie eine Glasglocke über alle Willkür stülpte.

Mieke sinkt im Wohnzimmer auf ihre letzte Neuanschaffung, ein handgeknüpfter Perserteppich aus sage und schreibe über dreihunderttausend Knoten. Sie legt Wert auf Ordnung und Reinlichkeit in ihrem Haus. »Andere können in ihren vier Wänden tun und lassen, was sie wollen«, findet Mieke, »aber hier muss es sauber sein.« So wie ihr Vater es anerkennend zu seiner Frau sagte, wenn sie Hausputz machte. Der Ausdruck »vier Wände« trifft Miekes und Stefaans Haus auf dem Berg nicht ganz. Und unter sauber versteht Mieke: An keinem einzigen Stuhlbein darf ein Härchen hängen, kein Staubkörnchen bekommt die Zeit, um auf die Bergère herunterzurieseln, kein Bewohner darf einfach entscheiden, welche Gegenstände er wo liegen lässt, und die Fransen müssen gerade liegen. Die Einrichtung und Pflege der Villa sind eine Heidenarbeit, der sich Mieke mit viel Liebe widmet.

Wenn ihre Nerven zum Zerreißen gespannt sind, kämmt Mieke Teppichfransen. Sie kämmt Sarahs Schulterzucken weg, wenn sie sich über die Flecken ostindischer Tinte auf dem weißen Küchentisch aufregt, sie kämmt die krankhafte Gleichgültigkeit dieses Kindes weg, denn die macht sie rasend, sie kämmt die schrägen Akkorde weg, die ihre Tochter der Gitarre zu entlocken versucht, als sei sie, wie hieß sie noch … Nana Mouskouri. Kämmen hat eine beruhigende Wirkung auf Mieke. Sie kämmt, bis sämtliche Fäden hübsch ordentlich nebeneinanderliegen und sie erleichtert aufatmen kann, um dann weiterzukämmen, weil es einfach so guttut. Teppiche kämmen hilft ihr, wie ein Glas Wein helfen kann oder einen Welpen zu streicheln oder einen Babypopo einzupudern. Ja, das geht nur sie etwas an.

Das mit Miekes komischem Hobby fing nach Sarahs Geburt an. Damals hat sie, fest entschlossen, ihren schwabbeligen Schwangerschaftsbauch wegzuarbeiten, halb wahnsinnig vor Hunger unzählige Stunden auf allen Vieren verbracht und Teppiche gekämmt. Sie hat sich ihre knöchrigen Knie kaputtgekämmt. Der Arzt sprach von einem Kamelknie.

Vom vielen Teppichkämmen wurde Mieke schlanker und weniger trübsinnig als zu Beginn ihres neuen Lebens als Mutter. Damals war nicht die Rede von einer Postnatalen Depression. So etwas war im Jahr 1980 noch nicht erfunden worden. Das Wort Depression war ohnehin ein Sammelbegriff für jämmerliches Getue, nichts, was nicht mit einem kalten Waschlappen am Morgen, extra harter Arbeit am Tag und einem ordentlichen Tritt in den Hintern unmittelbar zu beheben war. Und selbst wenn die Krankheit in ihren Kreisen schon bekannt gewesen wäre, hätte die stolze Mieke ihre Qualen nie unter einen derart banalen Begriff fassen lassen. Postnatale Depression hin oder her, Sarahs Geburt hat Miekes und Stefaans rustikalen Inneneinrichtungsstil jedenfalls mit beeinflusst. Ein Haus ohne Teppiche mit Fransen kam für Mieke nicht in Frage. In den Monaten nach der Geburt schaffte sie zahllose teure Perserteppiche an und kämmte sich die Seele aus dem Leib. Damals ist sie wohl ein wenig zu weit gegangen, im Nachhinein gesehen. Aber immer noch besser, als regungslos und platt wie eine Flunder im Bett liegen zu bleiben.

Beim Kämmen geht Mieke in Gedanken durch, was einer Zehnjährigen auf einer zwei Kilometer langen Strecke alles zustoßen kann. Vor zwei Tagen war Sarahs Geburtstag, an dem sie sich neben der Krone und einem Käsekuchen mit zehn Kerzen auch selbst ein Geschenk aussuchen durfte. Für Sarah war klar, dass sie dann zu Fuß und ohne Begleitung zum Zeitschriftenladen im Dorf gehen wollte.

Ganz schön clever von ihrer Tochter. Aber Mieke ist eine Frau, die ihr Wort hält: also Haustür auf, etwas Kleingeld in Sarahs Hand und auf geht's zum Zeitschriftenladen, um eine *Rosita* zu holen. Mieke hat dabei ein ungutes Gefühl. Es ist das allererste Mal, dass sie ihre Tochter loslässt. Sie verwünscht sich, weil sie es ihr erlaubt hat. Sie ist viel zu nachgiebig, viel zu gut. Wenn Sarah jetzt etwas zustößt, wird sie sich das nie verzeihen. Es ist natürlich ausgeschlossen, dass Sarah von Palästinensern als Geisel genommen oder von einem Wagen in die stille Wohnsiedlung zurückkatapultiert wird, oder dass sie sich von ein paar Herumtreibern aus dem Dorf ansprechen lässt. Natürlich, völlig ausgeschlossen. Aber trotzdem, oft passiert ja gerade das, womit man am wenigsten rechnet. Vor allem bei einem so ungeschickten, unbedarften Kind wie Sarah, das einem Schnurrbartträger im weißen Lieferwagen sogar ihr Geld geben würde, damit er sie mitnimmt.

In diesem neuen Jahrzehnt kann man sein einziges Kind nicht einfach in das Minenfeld, das die Welt ist, hineinspazieren lassen. Wie konnte sie nur so dumm sein, denkt Mieke, schließlich hat ihre Tochter schon an ihrem fünften Geburtstag versucht wegzulaufen und sich dabei die Latzhose am Stacheldraht, der um den Hühnerstall gespannt war, aufgerissen. Solche Gedanken kämmt Mieke sich aus dem Kopf, aber ganz verschwinden sie nicht. Genau wie die Nachbarn. Auch wenn sie nicht ständig vorbeigehen, sind sie immer da und können jeden Augenblick unangekündigt auftauchen. Wie Nachbarin Evi, die macht, was ihr gerade passt und sich einen feuchten Dreck um das ungeschriebene Gesetz kümmert, dass man nicht ständig bei anderen hereinspaziert.

Evi Vanende-Boelens wohnt mit ihrem Mann, dem Topchirurgen Marc Vanende auf einem riesigen Grundstück in einem hypermodernen Haus mit achteckigen Fenstern. Vor einem Jahr haben sie sich in genau fünfzehn Tagen einen englischen Landschaftsgarten anlegen lassen, mit Labyrinth und allem, was dazugehört. Der Garten passt überhaupt nicht zum Design des Achtzigerjahre-Hauses mit in den Boden eingelassener Sitzgruppe, offener Küche, etlichen Zwischenebenen und Hallenbad, aber die Familie Vanende-Boelens, durch und durch liberal, schreckt vor gelegentlichen kapriziösen und sündhaft teuren Veränderungen, die Druckwellen an die Familie Vandersanden-De Kinder aussenden, nicht zurück. Emily ist das Produkt eines gönnerhaften Lebemann-Vaters, der manchmal zitternd, kurz vor dem Delirium, über dem Operationstisch hängt, aber nie die Konzentration verliert, und einer nonchalanten Mutter im Jane-Fonda-Look, die jeden neuesten Adidas-Joggingtrend mitmacht und mit ihrem ekelhaften Wischmopp von Hund um acht Uhr morgens die Vorgärten der Nachbarn düngt, dabei fröhlich den vorbeifahrenden Autos winkt, während die Völkerwanderung Richtung Stadt in vollem Gange ist, der einzige Zeitraum des Tages, an dem sich eine anständige Hausfrau und Mutter im Haus aufhalten sollte. Diese Grundregel gilt für alle Hausfrauen auf dem Berg: Du kannst den ganzen Tag faul auf der Haut liegen, aber morgens zwischen dem Aufwachen und dem Verabschieden legst du dich für den Nachwuchs ins Zeug. Der Morgen ist die einzige Zeit, in der du tatsächlich etwas zu tun hast, ohne es dir einreden zu müssen. Das Frühstück muss abgeräumt, die Betten gemacht, sämtliche Zimmer gelüftet werden, und für alle, die keine Kostverächterinnen sind, heißt es noch ein wenig tapfer durchzuhalten, bevor der erste Tropfen Alkohol angerührt, die erste Keksschachtel angebrochen werden darf, denn »Disziplin Muss Sein«. Außer für Familie Vanende-Boelens. Marc liegt noch in den Federn, um seinen Rausch auszuschlafen, Evi plappert, wobei ihr Pferdeschwanz vor Lachen wippt, und Tochter Emily geht ihrer eigenen Wege. Sie kann sich seit ihrem dritten Lebensjahr selbst ein Butterbrot schmieren und hat das noch nicht verlernt.

»Entschuldige, Mieke, dass ich hier einfach so hereinschneie, aber du hast nicht zufällig Eiswürfel?« Evi steht mit glitzernden Wimpern in der Tür, dreht und wendet sich, zupft an ihrem kurzen Kleid, als könnte sie so die Schwerkraft dazu bringen, es etwas länger zu machen.

»Eiswürfel?« Miekes Blick fällt auf den Aufkleber, den sie über der Klingel angebracht hat und der wohl zu einladend war: »Ob Regen, ob Sonnenschein, komm herein«, besagt die drollige Sprechblase auf orangefarbenem Hintergrund. Sie muss ihn dringend entfernen. »Natürlich, Evi, einen Augenblick.«

Als Mieke wieder an der Eingangstür erscheint, zeigt Evi mit ihrem diamantberingten Finger nach unten auf die Beine ihrer Nachbarin.

»Was ist denn mit deinen Knien passiert?« Mieke betrachtet die roten Stellen an ihren Knien und zuckt mit den Schultern.

»Ich wusste, ich würde bei dir Eiswürfel bekommen, Mieke. Auf dich ist doch immer Verlass. Ach ja, da habe ich noch einen Brief. Der lag schon vor ein paar Tagen in unserem Briefkasten, ich hatte ihn völlig vergessen, tut mir leid. Wer ist denn Jempy De Kinder?«

»Mein Bruder. Danke. Und wenn du wieder mal Eiswürfel brauchst, komm einfach vorbei«, heuchelt Mieke.

Durchs Badezimmerfenster sieht sie, wie die Nachbarskatze sich zum wiederholten Mal ein schönes Plätzchen zwischen ihren Fresien sucht. Oben auf ihrer mentalen Einkaufsliste für das Gartenzentrum steht jetzt in Druckbuchstaben: »WAS HASSEN KATZEN??« Die Nachbarn werden ihre Katze nicht erziehen, also wird jemand anderes hier die Grenzen setzen müssen.

Mieke geht unter die Dusche. Ein Bad nimmt sie nie, das machen nur faule Leute, die zu viel Zeit haben. Die Römer gingen oft und gerne ins Bad, sie hatten sogar Badehäuser. Kein Wunder, dass sie an ihrer Dekadenz zugrunde gegangen sind. In seinem Brief schreibt Jempy, dass er sie bald besuchen kommt. Wie lange ist es jetzt her, dass sie ihren Bruder gesehen hat? Wie man so leben kann wie Jempy, geht über ihren Verstand, genau wie die Liebe für ihren Bruder. Er ist wie eine Katze: Man weiß nicht, wo er überall auftaucht und wessen Blumen er gerade zerstört, aber man kann sich darauf verlassen, dass er zurückkommt, zweifellos in bester Stimmung. Stefaan ist eher wie ein Hund. Sie hält ihn liebevoll an der Leine. Ab und zu ist er launisch, manchmal sogar misstrauisch und leckt sich in seinem Körbchen die Wunden. Er ist nicht immer eine Stimmungskanone, aber sie schätzt seine Geradlinigkeit. Dagegen ist das strahlend weiße Lächeln Marcs von gegenüber eine schauspielerische Glanzleistung. Wenn man in der Dämmerung die Mülltonnen rausstellt, trifft einen fast der Schlag, wenn man so ein professionelles Arztlächeln sieht. Als wäre sein Honorar umso höher, je breiter er lächelt.

## 1990–1991

# SARAH

»Wie viel hast du gekriegt?«, fragt Emily. Sie gehen im Takt des Kapitals, das in Sarahs Hosentasche klimpert. Es sind sechzig belgische Franken, kein Cent mehr, weiß Sarah. Und noch genauer weiß sie, dass sie jetzt nicht in Emilys Begleitung sein sollte. Übertrieben viel Kontakt mit anderen ist nicht sinnvoll, findet Mieke, auch wenn man ihnen zufällig begegnet, selbst wenn es das Nachbarmädchen ist, das fast wie eine Schwester für dich ist und deren Eltern dich jeden zweiten Tag in die Grundschule fahren. Auch dann nicht.

Für ein Einzelkind auf dem Berg ist die Kindheit ein kafkaeskes Labyrinth aus Regeln hier, Verboten da. Wenn du auf der Straße läufst, bist du Unterschicht, noch schlimmer ist nur, wenn du auf deinem Zimmer Musik hörst, schließlich machst du Krach.

Beim Läuten der Türklingel kommt der Eigentümer des Zeitschriftenladens aus seinem dunklen Höllenloch im hinteren Teil des Geschäfts hervor, wo Kinder kreischen, der Fernseher lärmt. Dieser Mann, hat Mieke ihrer Tochter versichert, werde versuchen, sie übers Ohr zu hauen. Dieses verkehrte Dromedar, das den Buckel vorne trägt, hält seine eigene Blödheit für Cleverness und ist so dämlich, dass er seine Kunden für dumm verkauft. Er macht sich einen Sport daraus, es jedes Mal wieder zu probieren, auch wenn er regelmäßig erwischt wird.

Die *Rositas* liegen oben auf dem Tresen des Dromedars. Sarah muss nur eine Zeitschrift nehmen und das Wechselgeld nachzählen. Mieke hat ihr eingeschärft, sich nicht umzuschauen. Vor allem im hinteren Teil des Geschäfts habe sie nichts zu suchen. Dort liegen Hefte in Silberhüllen verpackt, mit schwarzen XXX drauf. So merkwürdig wie die aufdringlichen Buchstaben, so beobachtet fühlt sich Sarah. Wie auf dem Servierteller. Mit gesenktem Blick erledigt sie die Transaktion, und als kein Wechselgeld kommt, dreht sie sich zu Emily um, die nach ihrem gemeinsamen, schlau ausgeklügelten Szenario ein 20-Franken-Stück auf den Tresen legt und sagt: »Und eine Packung Marlboro für meine Mutter. Das sind drei Franken zu viel, aber stimmt so.« Das Dromedar kann nicht folgen. Es legt ein Päckchen Marlboro auf den Tresen und hantiert am Taschenrechner herum, während die Mädchen sich die Zeitschrift und die Zigaretten schnappen und zur Tür sprinten, bevor es reagieren kann.

Hinter dem Rathaus gegenüber dem Zeitschriftenladen pellt Emily das Päckchen aus der durchsichtigen Hülle. Sarah nimmt sich eine Zigarette, riecht daran, steckt sie sich zwischen die Finger, als wollte sie sie rauchen. Es fühlt sich wie Freiheit an. Naschen darf Sarah nicht, Naschen macht dick, und wer dick ist, hat weniger Chancen im Leben. Über das Rauchen hat sie keine Anweisungen von ihrer Mutter bekommen. Ein Auto fährt langsam vorbei. Schnell lässt sie den streng riechenden Glimmstengel in ihrem Jackenärmel verschwinden. Genießen soll man am besten so schnell wie möglich, dann kann das Leben wieder seinen gewohnten Gang nehmen.

Dieser Gedanke macht Sarah plötzlich Beine. Nur ein paar Minuten Verspätung und Mieke ist imstande, die Polizei zu rufen. Erst kürzlich hat sie die Polizei geholt, als ein Unbekannter eine Leiter gegen den Schornstein lehnte. Er habe sich im Haus geirrt, erklärte er den Beamten. Aber das genügte, damit ihre Mutter danach eine geschlagene Stunde ununterbrochen ihren neuen Teppich kämmte. Sarah und Emily sehen zu, dass sie auf den Berg kommen.

Am Samstagnachmittag um drei kommt Sarah mit heiler Haut wieder in der Nachtegalenlaan 7 an. Durch die Hintertür huscht sie ins Haus, verschwindet direkt auf der Toilette. Hinter dem Klositz, unter einer Holzkonstruktion, hinter der das Abflussrohr verborgen ist, versteckt sie die Zigarette. Musterkind Sarah spaziert in die Küche. Wider Erwarten stößt sie nicht auf Mieke, ihr persönliches Empfangskomitee. Das ist verdächtig, denn ihre Mutter kann nirgendwo anders als zu Hause sein. Erst recht beunruhigend ist der Topf Spaghettisauce, der unbeaufsichtigt auf dem Herd vor sich hin köchelt. Am helllichten Nachmittag so ein gewöhnliches Gericht wie Spaghetti mit Tomatensauce, unbeobachtet ... das ist in diesem Haus etwa so ungewöhnlich wie ein Nashorn, das gemütlich auf dem Sofa sitzt und fernsieht.

Zum Glück ertönt im Wohnzimmer plötzlich Miekes markant hohes Geschnatter, im Wechsel mit einer kratzigen, unbekannten Männerstimme. Sie hört das vertraute, nervöse Klappern der Absätze ihrer Mutter, als diese zum WC im Flur eilt.

Für Handwerker macht Mieke die Tür einen Spaltbreit auf, das schon, aber nur, falls es gar nicht anders geht. Obwohl Mieke die Arbeit des Elektrikers in den Himmel lobt, wenn er in der Küche steht, die dreckigen Schuhe auf einem Stück Karton, Kaffee aus einer Tasse von Villeroy & Boch trinkt und sie ihm die Pralinen aufdrängt, die Sarah aus gesundheitlichen Gründen vorenthalten werden; sobald er wieder fort ist, kann Mieke sich tagelang darüber auslassen, dass der Mann mit seinen Dreckslatschen Fußabdrücke auf den Tüchern über der Kellertreppe hinterlassen hat – ohne einen Ton zu sagen, und dass seine Leute sogar den Keller wie einen Schweinestall hinterlassen haben und ihre Lichtschalter mit Pech, ja, sie schwört es, mit Pech beschmiert haben, das sie in hundert Jahren nicht wieder abbekommen wird.

Irgendetwas kitzelt Sarahs Nervenenden: eine Mischung aus Angst und Erregung. Sie lugt durch den Türspalt. Nach einem zehnjährigen Leben sieht Sarah zum ersten Mal einen unbekannten Mann im Haus, der nicht zum Arbeiten hier ist. Breitbeinig, im Gegenlicht, als sei er gerade von der Filmleinwand gestiegen: ein Cowboy, ein Halunke in zerrissenen Jeans.

»Nein, ich möchte das nicht«, hört sie wieder die Stimme ihrer Mutter. Sie muss sich auf der Toilette furchtbar beeilt haben. »Du darfst hier mitessen, aber danach gehst du.«

»Jetzt werd nicht gleich nervös, Mieke, das macht nur hässlich. Was für eine Verschwendung, bei einer so schönen Frau.«

»Nein und nochmals nein. Diesmal kriegst du mich nicht rum. Du hast mir schon genug Schwierigkeiten gemacht.«

»Wie bitte? Wir haben uns so lang nicht mehr gesehen …«

»Warum machst du's mir so schwer? Wieso kommst du hierher und belästigst meine Familie?«

»Deine Schwiegermutter, die keinen Ton mit dir redet, wird hier mit offenen Armen empfangen, aber ich …«

»Welche offenen Arme?«, unterbricht Mieke spöttisch.

»Ich werde einfach vor die Tür gesetzt, obwohl ich extra wegen dir gekommen bin. Schlimm ist das.«

»Dann nimm doch dein Motorrad und geh. Ich werde dich nicht davon abhalten, Jempy. Du wirst schon wissen, wohin, ich bin ja wohl kaum die Einzige, bei der du unterkommen kannst?«

»Mensch Mieke, ich bin extra wegen dir hier … Du warst für mich immer was Besonderes, das weißt du doch.«

»Jempy, noch immer derselbe Charmeur«, sagt Mieke in milderem Ton. »Die Spaghetti sind bestimmt fertig, du kannst essen. Na ja, wenn du Spaghetti Essen nennen willst. Sarah müsste übrigens jeden Moment zurück sein. Sie ist schon überfällig.«

Der Mann brummt etwas Unverständliches. Aus dem Wohnzimmer kommen schwere Schritte in Richtung Küche, wo Sarah an der Tür steht und lauscht. Sie huscht in die Speisekammer, um ihre Spionagetätigkeit von dort aus fortzusetzen.

Der Fremde, der Eindringling in dieser unerschütterlichen Familie, die seit zehn Jahren fest wie ein Mammutbaum dasteht, dieser Draufgänger öffnet eine Schublade und kramt ungeniert darin herum. Mieke springt zwischen ihn und das Küchenmöbel, fischt einen Löffel aus dem Besteckfach. Er nimmt ihn entgegen, bedient sich aus dem Topf. Gehört er zu einer Motorradbande, die ihre Mutter als Geisel genommen hat? Nein, dann hätte sie ihn nie ins Haus gelassen. Ein Zeuge Jehovas kann er auch nicht sein, sonst wäre er nicht über die Schwelle gekommen. Vielleicht ein Handwerker? Dann wäre das ganze Haus gespenstisch mit alten Laken abgedeckt. Die Einzigen, die hier manchmal nach vielen Vorbereitungen vorbeikommen, sind Miekes beste Freundin Elvira und Ulrike, die Nachbarin.

»Also Jempy, so isst man doch nicht«, lacht Mieke. »Wo bist du denn aufgewachsen? Im Schweinestall?« Normalerweise würde ihre Mutter jetzt aus der Haut fahren. Ihre Lockerheit ist für Sarah, die nicht einmal einen ungeschälten Apfel essen darf, mehr als beunruhigend. Dieser Fremde steht in Straßenschuhen in der Küche und kratzt mit einem Löffel über den empfindlichen Boden der Teflonpfanne. Nicht zu fassen!

Sarah kommt sich wie in einer Seifenoper vor. Ihre Mutter ist unberechenbar, und in ihrer unberechenbaren Logik gibt es für alles eine Erklärung, die ihr in den Kram passt. Es wäre sogar vorstellbar, dass die ihrem Ehemann hundertprozentig ergebene Mieke einen anderen hat. Sarah bleibt bei dieser abartigen Vorstellung die Luft weg. Das wäre ja furchtbar, in erster Linie für sie, aber auch für ihren Vater, der eine harte Sechstagewoche hat, jedes Wochenende das Gras mäht und manchmal derart apathisch dasitzt, dass sie Gänsehaut bekommt. Wenn ihre Theorie stimmt, wird er ausziehen müssen, und dann wird es einen ziemlichen Kampf um sie und den Rasenmäher geben. Solche Scheidungsdramen sind für die Leute im Dorf ein gefundenes Fressen, hat ihre Mutter immer verächtlich gesagt, dieser Pöbel, der selbst alle fünf Minuten jemand anderen hat und die Kinder hin- und herreicht.

Der Mann unterbricht seine mechanische Ess- und Schlürftätigkeit abrupt, als er Spionin Sarah im Türspalt ihres Verstecks entdeckt. Sein mit Soße gefüllter Unterkiefer klappt herunter. Jempy schnappt nach Luft. Er schluckt und ruft Sarah beim Namen. Daraufhin trippelt sie verlegen in die Küche. Wie ein chinesisches Dienstmädchen auf Lotusfüßen trägt sie die Frauenzeitschrift für ihre Mutter vor sich her.

Jempy bekommt eine Bohnenstange von einem Meter vierzig zu sehen, in einer Cordhose, darüber ein Pulli, der wie eine grüne Wiese mit grellgelben Gänseblümchen übersät ist. Ein großer Kopf hält sich gerade so auf dem dünnen, zarten Körper. Neugierig aufgesperrte Augen, die fast ebenso maulwurfschwarz wie der Pagenkopf des Kindes sind, blicken ihn an.

»Ja, unglaublich, wie du deiner Mutter ähnelst«, sagt der Mann entzückt, während er Sarah wie ein federleichtes Paket in die Luft wirft, auffängt, an sich drückt und vor sich auf dem Küchenboden abstellt, um sie aus etwas Abstand betrachten zu können. »Als ich dich das letzte Mal gesehen habe, warst du zwei oder drei Jahre alt. Was für ein hübsches Mädchen du geworden ist! Kennst du deinen Onkel Jempy nicht mehr?« Sarah weiß nicht, was sie antworten soll, steht stocksteif da, während sie knallrot anläuft.

Mieke stellt sich hinter ihre Tochter, lässt ihre spröden Hände auf

Sarahs Schultern landen wie auf einem Klavier. Durch diese seltene, kleine Berührung verzieht sich die Wolke in Sarahs Kopf.

»Das ist Jean-Pierre«, sagt Mieke zu Sarah. »Mein Bruder, dein Onkel. Er bleibt dieses Wochenende bei uns. Du darfst ihn Onkel Jempy nennen.« Damit hat Mieke genug Information gegeben. Jempy, der Mann, von dem Sarah schon so viel hinter vorgehaltener Hand hat reden hören, wobei Ausdrücke wie »noch ins Grab bringen« oder »Nervensäge« fielen, sitzt plötzlich leibhaftig vor ihr, direkt vor ihrer Nase, und schlürft Spaghetti.

»Ich bleibe ein bisschen hier, wenn das okay für dich ist.« Ihr Onkel lächelt Sarah an.

Jetzt, als sie sich mit einer List eine Öffnung zur weiten Welt geschaffen hat, kommt die weite Welt von selbst auf sie zu. Als träte eine neue Figur aus den Kulissen ihres jungen Lebens, die Sarah nie zuvor gesehen hat, von der sie aber immer wusste, dass es sie gab. Dieser Cowboy ist also ein Verwandter.

Mieke befeuchtet ihr Taschentuch mit der Zungenspitze und kniet sich hin, um einen Tropfen Sauce von einer Fliese zu schrubben.

»Wo ist mein Wechselgeld?«, fragt sie Sarah.

»Ich habe kein Wechselgeld bekommen.«

»Das war ja klar! Wie kann das sein? Ich hatte es dir doch ausdrücklich gesagt. Der Typ vom Zeitschriftenladen ist ein Gauner. Die Kinder derart übers Ohr zu hauen ...« Auf Miekes Oberlippe haben sich Schweißperlen gebildet. »Geh bitte rasch das Unkraut jäten. Ich rufe dich, wenn das Abendessen fertig ist.«

Als Sarah nach einer superschnellen Runde Unkrautjäten ins Haus hineinstürmt, tost die Dampfabzugshaube dermaßen stark, dass die Vorhänge fast verschluckt werden. Alle Duftkerzen sind aus der Kiste »Unbrauchbar, Weiterverschenken« vom Dachboden geholt. Sie brennen nun hübsch aufgereiht in der Küche, aber der

Zigarettenqualm ist schon weit in die jungfräulichen Räume eingedrungen. »Bitte, Jempy, wenn du unbedingt rauchen musst, dann geh bitte raus.«

Mieke und Onkel Jempy verwenden angehauchte Konsonanten und bizarre Wortgebilde, wenn sie miteinander sprechen. Sarah versteht kaum etwas. Sie reden laut, lachen oft. Sarah vergleicht die beiden Geschwister, legt ihre Silhouetten übereinander, was eine skurrile Missgeburt ergibt: ein Zwischenwesen mit einem nie stillstehenden Schnabel, dröhnendem Lachen, zarten Handgelenken an kräftigen Unterarmen, die aus Hemdsärmeln herausschauen, auf Gazellenbeinen in Filzpantoffeln.

»Hoffentlich endest du nicht wie dein Onkel«, nimmt Jempy Mieke die Worte aus dem Mund.

Stefaan arbeitet auch samstags, sehr zu Miekes Missfallen. Er hat gerade drei Tage im Bett gelegen – irgendein merkwürdiger Müdigkeitsvirus –, also muss er jetzt Arbeit nachholen, sagt Stefaan, aber er sollte sich wirklich noch schonen, sagt Mieke. Nach dem Büro geht er jeden Samstag sklavisch bei Moemoe vorbei. Er versucht regelmäßig, Sarah dorthin zu locken, indem er ihr Kuchen verspricht, manchmal versucht er es sogar mit emotionaler Erpressung, aber meistens will sie nicht mit. Moemoe stinkt und schweigt, und sie schaut immer so böse, als wolle sie Sarah verhexen. Deshalb sitzt Sarah nun am Küchentisch, wo sie Notenlinien malt. Während Mieke sich zurechtmacht, bringt Onkel Jempy seine Sachen ins Gästezimmer.

Um sieben Uhr kommt Stefaan nach Hause, gerade als Mieke wie gewohnt die letzte Schüssel auf den Tisch stellt. Er richtet Sarah schöne Grüße von Moemoe aus, die oft an sie denkt und ganz stolz ist, dass Sarah in der Schule wirklich ihr Bestes gibt. Das kann Moemoe unmöglich alles gesagt haben. Daraufhin schüttelt Stefaan

Onkel Jempy die Hand. Der sagt, dass Stefaan verdammt gut aussieht, aber wie sollte das auch anders sein, bei so einer tollen Frau wie seiner Schwester? Stefaan hat nicht direkt eine Antwort parat. Er geht zum Plattenschrank, bricht irgendein heiter-romantisches Präludium für Klavier von Chopin ab, um Dylan auf einen langen, epischen Streifzug durch »The Gates of Eden« zu schicken.

Jempy schnellt hoch. »Das erinnert mich daran«, sagt er und geht rasch zu einer Plastiktüte vom Kaufhaus Unic, »dass ich dir ein kleines Geschenk mitgebracht habe, Sarah.«

Er kramt in der Tüte, überreicht ihr eine CD, die schon aus der Zellophanverpackung geholt wurde. Sarah sieht eine Comiczeichnung von Wolkenkratzern aus der Froschperspektive, zwischen denen es vor Freaks nur so wimmelt: Iggy Pops *Brick by Brick*.

»Uiuiui«, sagt Mieke.

Sarah legt die CD ein.

»Aber nicht zu laut«, sagt Mieke, »damit wir uns noch unterhalten können.«

Das widerlich riechende Sauerkraut wird weitergereicht, auf jedem Teller landet eine magere Hühnchenbrust.

»So gesund ...«, lacht Onkel Jempy, »ich krieg ja noch Bauchweh.«

Er lehnt sich zurück, verschränkt die Hände hinterm Kopf. Dieser Scherzkeks fühlt sich überall daheim.

»Ich finde es lecker, Mama.« Sarah möchte ihrer Mutter zeigen, dass sie dankbar ist, für das Essen, für Onkel Jempy. Undankbarkeit ist – ihre Mutter wiederholt es immer wieder – der Pferdefuß des Teufels. Was damit wohl gemeint ist?

»Gibt es kein Ketchup oder Mayo, Schwesterchen?«

Onkel Jempy wird sofort bedient. Er begräbt sein Essen unter dem Ketchup und der Mayonnaise, die aus irgendeinem Geheimvorrat hervorgeholt werden, denn diese Spitzenreiter der amerikanischen beziehungsweise französischen Herzinfarktverursacher stehen hier nie auf dem Tisch. Sarah bekommt einen halben Teelöffel voll Ketchup, ausnahmsweise, das heißt aber nicht, dass das jetzt zur Gewohnheit wird.

»Drinnen ist das Essen nicht so gesund, das könnt ihr mir glauben. Gestern hatte ich eine ganze Wurmfamilie im Püree …«

»Wo drinnen?«, fragt Sarah.

»Im Gefängnis«, antwortet Jempy.

»Themawechsel«, fährt Mieke dazwischen. »Wie geht es Sonja?«

»Ach, hör mir mit der auf!«

Onkel Jempy hat einen gesunden Appetit und fühlt sich pudelwohl. Eben ein Mann von Welt.

»Ja, Stefaan, du hast wenigstens eine gute Wahl getroffen. Wenn Mieke nicht meine kleine Schwester wäre, na, ich wüsste schon …«

»Also Jempy! Was fällt dir ein?«, lacht Mieke.

Stefaan lächelt sein nichtssagendes Lächeln. Eigentlich kann er Jempy nur recht geben, aber wenn er das zugäbe, bekäme die Sache einen unangenehmen Beiklang.

Nach dem Nachtisch, Joghurt mit ein wenig Zucker, bleibt Sarah ganz still am Tisch sitzen. Sie macht sich klein, verhält sich ruhig, in der Hoffnung, vergessen zu werden, damit sie einmal so lange aufbleiben kann wie Emily. Die darf samstagabends ihre Bettdecke mit in die Sitzkuhle nehmen und so lang fernsehen, wie sie mag. Sarah will alles über Onkel Jempy erfahren.

»Sarah, Kind«, sagt Mieke, »wir haben uns das Zeug jetzt lang genug angehört, leg bitte mal anständige Musik auf.«

Stefaan steht auf und lässt einen Schwall nasaler Klänge aus den Boxen auf sie niederprasseln.

»Komm, Jempy, das kennst du!«, sagt Stefaan.

»›Subterranean Homesick Blues‹, klar kenne ich das«, meint Jempy und stimmt mit dem 24-jährigen Dylan ein: »You don't need a weatherman to know which way the wind blows.«

»Die Anfänge der Rap-Musik, Sarah«, sagt Stefaan, dessen Arm auf ihrer Stuhllehne ruht. »Hör dir das mal genau an.«

»Kenn ich nicht«, antwortet Sarah.

»Das ist auch besser«, sagt Mieke. Sie füllt die Gläser noch einmal mit Wasser.

»Steht euer Keller unter Wasser?« Jempy hustet ein Lachen aus.

»Wir haben auch Tee«, sagt Mieke. »Kamille, oder lieber Pfefferminz?«

Pünktlich um halb zehn erinnert Stefaan seine Tochter daran, dass es Zeit ist, ins Bett zu gehen. Sie gibt ihrer Mutter einen Kuss, streckt ihrem Onkel zögernd die Hand hin, obwohl der behauptet, lieber einen Kuss zu wollen wie ein richtiger Cowboy.

Sie hätte nie gedacht, dass durch die Adern ihrer Mutter das gleiche Blut wie das eines Terroristen fließt. Der Delhaize-Supermarkt, in dem Mutter und Tochter jede Woche zwei Einkaufswagen mit kostspieligen Lebensmitteln füllen, war vor ein paar Jahren die Zielscheibe der sogenannten Killer von Brabant. Die Terroristen mähten damals mehrere Kunden nieder. Auf einmal zeigte die Welt, von der in den Nachrichten die Rede war, nicht nur oberflächliche Übereinstimmungen und Berührungspunkte mit Sarahs Welt, sondern fiel damit zusammen. Plötzlich waren sie ein Teil der Nachrichten. Sie sah die Kasse im Fernsehen, an der sie immer die braunen Tüten auffaltete, sah die Einkaufsregale, die genau auf ihrer Augenhöhe mit Süßwaren, Duftradiergummis und Sticker-Ohrringen gefüllt waren. »Für diese Gangster ist sogar das Gefängnis noch zu gut«, hörte Sarah öfter vom Sessel ihrer Mutter aus. Alles ziemlich spannend.

Stefaan kniet neben ihrem Bett, es ist Zeit für den Gutenachtkuss. Sarah nutzt die Gelegenheit, um ihn mit Fragen zu bombardieren. »Kommt Onkel Jempy aus dem Gefängnis?«

»Mach dir darüber mal keine Sorgen ...«

»Ich mache mir gar keine Sorgen, ich möchte es bloß wissen.«

»Ja, Sarah. Onkel Jempy sitzt im Gefängnis, aber dieses Wochenende hat er Urlaub. Er darf ein Wochenende zu Hause verbringen, und da ist ihm anscheinend kein besseres Zuhause eingefallen als das seiner Lieblingsschwester, in das er seit mindestens sechs Jahren keinen Fuß mehr gesetzt hat«, erzählt Stefaan.

»Warum ist er denn im Gefängnis?«

»Mama und Tante Lydia haben ganz schön Ärger mit ihm.«

»Ist Onkel Jempy ein Terrorist?«

»Du schaust zu viel Nachrichten, Kind.«

»Warum haben sie ihn dann eingesperrt?«

»Warum willst du das alles wissen?«

»Er gehört doch zur Familie, er ist mein Onkel.«

»Moemoe gehört auch zur Familie, und sie würde dich so gern noch einmal sehen. Man muss lieb zu alten Leuten sein, Sarah. Bevor du dich versiehst, ist deine Oma nicht mehr da, und dann wird es dir leidtun.«

»Aber wenn einer stirbt, bleibt er doch mit dir verwandt, oder? Ist dein kleiner Bruder jetzt keine Familie mehr?« Da hat sie ein heißes Eisen angefasst. Die Frage wird ihren Vater quälen. Sie weiß genau, dass sie darüber nicht reden darf.

»Sarah!« Sein Unterkiefer mahlt hin und her, als nage er an einem kleinen Knochen. »Jetzt ist Schluss mit dem Gerede, Schlafenszeit!«

»Papa, du bist komisch.«

»Gute Nacht.« Stefaan drückt ihr nicht einmal seinen üblichen trockenen Kuss auf die Stirn, sondern schaltet direkt das Licht aus.

Als er wieder im Wohnzimmer ist, schleicht Sarah zur Treppe, um zu lauschen.

»Sie hat mich sitzengelassen, mir mein Kind weggenommen, und jetzt soll ich auch noch dafür zahlen, oder was?« Das ist Onkel Jempy.

»Die Alimente sind doch für deine Tochter, Dummkopf«, unterbricht Mieke ihn. »Damit sie was zu essen hat, für Kleidung und um ihre Schulbücher zu bezahlen.«

»Meine Tochter will überhaupt nichts lernen. Um Sonjas Schmuck zu finanzieren, dafür ist es. Meine ganze Ehe lang habe ich für sie geschuftet, Tag und Nacht. Wenn sie abhaut, werde ich doch nicht für sie aufkommen!«

»Vom Gesetz her …«

»Ich weiß, du hast das alles studiert, aber das kümmert mich einen feuchten Dreck.«

»Wie kannst du so was sagen?«

»Ich scheiß auf das Gesetz. Du hast deine Prinzipien, ich hab meine.«

»Diese Einstellung hat dich hinter Gitter gebracht, und jetzt haben wir die Bescherung.«

Das Gemecker ihrer Mutter galoppiert zu ihr herauf, die Bassstimme ihres Onkels treibt unter der Zimmerdecke wie ein Wal unter Wasser. Nicht viel später klickt jemand das Gefrierfach vom Kühlschrank zu. Ob die etwa das knallgelbe, körnige Maracuja-Sorbet essen? Sarah und Mieke sind gestern damit heimgekommen. Die Kassiererin vom Delhaize hatte Gratisprodukte ausgeteilt. Gratis ist für Mieke von vornherein verdächtig, aber es blieb ihr nichts anderes übrig, als das Sorbet anzunehmen, denn ein Geschenk zurückzuweisen ist unhöflich. Alle außer Mieke machen seit dem Überfall der Killer von Brabant einen riesigen Bogen um den Delhaize. Aber sie lässt sich nicht einschüchtern. Der letzte Ort, an dem die Terroristen in nächster Zukunft auftauchen werden, ist dieser Supermarkt. Was hätten sie da auch zu suchen? Nachdem die Glasschälchen ausgelöffelt und in der Spülmaschine verstaut sind, verkündet Stefaan, er wolle jetzt schlafen gehen. Mieke tippelt in die Eingangshalle, um die fünf Schlösser an der Tür zu schließen. In der Nachtegalenlaan 7 bereitet man sich auf die Nacht vor.

Zehn Minuten Zähneputzen und Abschminken später liegt das Haus in tiefer Ruhe da. Sarah kann nicht schlafen, liegt unruhig im Bett, grübelt, wälzt sich hin und her. Es grollt in ihrem Magen. Sie denkt die ganze Zeit an den kleinen Bruder ihres Vaters. Wie wäre es, wenn er heute noch lebte? Oder wenn er nur eine Zeit lang tot gewesen wäre und dann, als ein Brüderchen für sie oder als Freund für ihren Papa wiedergekommen wäre? So wie es jetzt ist, bleibt von dem Brüderchen kaum etwas übrig. Onkel Alain ist ein winzig kleines Männlein geworden, wie alle anderen Toten. Diese Gestalten geistern auf der Erde herum, ohne sich je zu begegnen. Ihr Vater arbeitet auch mit kleinen Männchen, Viren, Bakterien, aber das sind kleine Bösewichte. Vielleicht denkt Papa ja, sein Bruder sei von diesen bösen Männchen entführt worden? Ihr Papa tut ihr deswegen richtig leid, aber vor allem ist sie froh, dass wenigstens ihre Mama ihren Bruder wiedergefunden hat.

Als Sarah am nächsten Morgen zum Frühstück herunterkommt, liegt Onkel Jempy laut schnarchend auf der Couch. »Sieben Schlafzimmer und trotzdem nimmt er das Sofa«, betet Mieke ihre Litanei herunter. Seine Füße ruhen auf der Keramikstatue eines chinesischen Kriegers. Eine leere Flasche Marie Brizard leistet ihm auf der Couch Gesellschaft wie eine ungenierte Geliebte. Er hat sich am Getränkevorrat bedient, der nun wie bunte Deko auf dem Sekretär steht. Als Mieke die Saftpresse einschaltet, öffnet er die Augen. Er geht in die Küche und schenkt sich eine Tasse Kaffee ein. Mieke presst die Lippen zusammen.

»Es ist Sonntag. Das Wochenende ist so gut wie vorbei«, sagt sie. »Fahr besser gleich los, dann kommst du sicher nicht zu spät.«

Er nickt, legt Sarah die Hand auf den Kopf, wuschelt ihr durchs Haar. Als er nach draußen geht, um eine Zigarette zu rauchen, fängt Sarah an zu weinen: »Warum jagst du ihn weg?«

»Niemand jagt ihn weg«, fährt Mieke ihre Tochter mit derselben

Streitlust an, die sie bei ihren Meinungsverschiedenheiten mit Jempy an den Tag gelegt hat. »Onkel Jempy muss zurück, das Wochenende ist vorbei, und wir haben unsere Pflicht getan, sogar mehr als das.«

An einem weiteren strahlenden Samstagmittag im Herbst des Jahres 1990 ist es Stefaan wieder nicht gelungen, Sarah mit zur Oma zu kriegen. Und das, obwohl bei Moemoe immer noch Sarahs Geschenk zu ihrem zehnten Geburtstag wartet, wie Stefaan gesagt hat, bevor er allein losgefahren ist. »Undank ist der Welten Lohn, stimmt's, Mieke?« Davon abgesehen will Stefaan einfach seine Tochter von Jempy fernhalten, der sicher gleich wieder vor ihrer Tür stehen wird, wetten? Solange er noch keine Lösung gefunden hat, den Kerl mitsamt seiner Schar Anbeterinnen am Telefon und den Gläubigern – plus einem Gerichtsvollzieher! – von seiner Familie fernzuhalten, muss er Sarah in Sicherheit bringen. Leider macht Stefaans Plädoyer nicht viel Eindruck auf Mieke. Sarah bleibt bei ihr daheim.

Mieke liebt ihren Bruder natürlich, trotzdem kostet es sie jedes Mal Nerven, Jempy so ins Haus zu lotsen, dass die Nachbarn nichts davon merken. Zum Glück hat er nicht jedes Wochenende Ausgang, so tadellos ist sein Verhalten im Kittchen nun auch wieder nicht. Aber sobald er einmal in ihren vier Wänden ist, findet sie es insgeheim doch schön. Jempy schafft es, etwas in ihr auszulösen, eine Art Verspieltheit, die sie bei Stefaan nicht ausleben kann. Trotzdem ist es besser, wenn Jempy sich bald etwas Eigenes sucht. Jempy versichert ihr jedes Mal, er suche eine Immobilie, aber man dürfe so was nicht übers Knie brechen, sonst mache man einen Fehlkauf.

Nicht mehr lange, dann kommt Jempy definitiv frei. Miekes Herz zieht sich jetzt schon zusammen. Wenn sie sich nur um ihren Bruder Sorgen machte, wäre es ja noch auszuhalten, aber sie hat schließlich eine Familie und Nachbarn. Und eine Schwiegermutter, die zurzeit alle naselang anruft, weil sie mit ihrer Enkelin reden will. Als wäre das noch nicht genug, muss sie jetzt auch noch diese ganzen Flittchen abwimmeln.

Es war Sarah, die abnahm, als der erste Anruf für Onkel Jempy kam – von einer gewissen Leslie –, der erste in einer langen Reihe, als stünden die Mädchen an der Telefonzelle Schlange. Frauen rufen an, eine nach der anderen, den ganzen Tag, aber besonders oft nach zehn Uhr abends oder vor zehn Uhr morgens. Die jungen Dinger hören sich an, als wären sie in Sarahs Alter, behauptet Mieke, die anfangs noch glaubte, es seien Klassenkameradinnen von Sarah, die Hausaufgaben vergleichen wollten. Diese Schlampen haben jedoch einen lasziven Unterton in der Stimme, mit einer Spur Kaugummi. Die vulgären Personen erkundigen sich alle nach Jean-Pierre, Jean, Jempy, ihrem Schnuckelchen, ihrem Schatzi. Mieke bewahrt ein paar Sekunden Ruhe, bevor sie den Damen um die Ohren haut, dass Jempy ohne sie schon genug Probleme hat und sie fragt, wie alt sie sind, wie sie ihren Lebensunterhalt verdienen und was ihnen eigentlich einfällt.

»Ach, wirklich schon neunzehn, Cindy?«, »Also schon Kassiererin im Unic, Viviane?«, »Mega verknallt, ja? Was du nicht sagst, Gonda«, äfft Mieke sie nach. Sie weist darauf hin, dass ihr Bruder Jean-Pierre eine Familie habe – Sarah spitzt die Ohren – und dass er leicht ihr Vater sein könne, worauf diese dummen Gänse in der Regel selbstbewusst behaupten, das sei ihnen schnuppe, oder dass er bei ihnen viel besser dran sei, oder – wie unverschämt – dass sie keine alte Zimtzicke sprechen wollten, sondern verdammt nochmal Jean-Pierre. »Du bist mich noch nicht los, Alte. Ich hab jetzt eure Nummer und lass nicht locker, bis ich meinen Typen an die Strippe krieg!«

Mieke fürchtet, dass dann richtig die Hölle losbricht, sagt sie zu Stefaan, als der von Moemoe zurück ist. Sarah sitzt mit Kopfhörern auf dem Sofa, aber die Musik ist ausgeschaltet.

»Wir hätten ihn nie bei uns übernachten lassen dürfen, nicht ein einziges Mal. Man gibt ihnen den kleinen Finger, und sie nehmen die ganze Hand.« So sieht sie ihren Bruder, wie ein hilfsbedürftiges Kind, weshalb sie ihm auch nur schwer etwas abschlagen kann. »Mit Jempy ist immer irgendwas. Er hat meinen Eltern ziemlich viel Kopfzerbrechen bereitet, aber sie gaben immer klein bei, wenn er sie um etwas bat. Jempy ist eben besonders.«

»Du meinst, besonders jämmerlich?«, sagt Stefaan.

»Ich bin viel zu gutmütig, um meinen eigenen Bruder einfach vor die Tür zu setzen, aber wenn wir jetzt nichts unternehmen, wann dann?« Mieke sieht es schon vor sich, wie ihr Bruder nach seiner Freilassung bei ihnen einzieht, die Möbel mit seinen Zigaretten in Brand steckt und ihr gesamtes Geld angeblich gut investiert, während er die Hebel der Geldautomaten im Casino betätigt, er wird Sarah schmuggeln lassen und ihr Drogen geben. In Miekes überbordender Phantasie ist es bloß eine Frage von Wochen, bis sie die billigen Mädchen in Reizwäsche auf einem Barhocker vor ihrem Wohnzimmerfenster vorfindet, in Richtung Nachbarn schielend. Und dabei sollen sie tatenlos zusehen?

»Beruhige dich, Mieke«, sagt Stefaan. »Ich kümmere mich darum.«

Als Onkel Jempy zwei Wochen später wieder vor ihrer Tür steht, scheint alles wie immer. Stefaan und Jempy genehmigen sich im Wohnzimmer einen Portwein als Aperitif. Stefaan hat rote Backen, weil er so schnell nach Hause geradelt ist, was seine Jugendlichkeit noch betont. Er hat »Man Gave Names To All The Animals« von Bob Dylans Bekehrungsplatte *Slow Train Coming* aufgelegt. Die Melodie ist kindlich heiter, weshalb er meint, sie sei wie für Sarah geschaffen.

»Was ist eigentlich da unten im Irak los?«, sagt Stefaan zu Jempy. »Saddam Hussein hält sich nicht an die Abmachungen.«

Onkel Jempy nickt nur. Die Golfkrise ist zwar nicht Stefaans

Hauptsorge, aber er fährt fort, während Jempy in sein Glas starrt, wieder einmal erstaunt darüber, wie schnell so ein Glas leer sein kann.

»Jeder, der auch nur das Geringste aus dem Zweiten Weltkrieg gelernt hat, weiß, dass so etwas nicht gut ausgehen kann«, meint Stefaan. »Saddam ist scharf auf die Ölfelder der Kuwaiter, auf die er keinen Anspruch hat. Saddams schnurrbärtige Horden sind bei Nacht und Nebel auf ihren Gummimatten in Kuwait eingerollt. Diese gnadenlose Habgier, dieser Expansionsdrang erinnern mich doch sehr an das, was sich ein gewisser Adolf vor etlichen Jahren geleistet hat. Das hat gar nichts mit links oder rechts zu tun, sondern mit Gerechtigkeit, dafür kämpft Bush.«

»Stimmt genau«, ruft Mieke aus der Küche, während sie die Lauchsuppe durchrührt. »Die Geschichte wiederholt sich, wenn wir nicht aufpassen. Es ist unsere Pflicht, das zu verhindern. Wir sollten uns ein Vorbild an den Amerikanern nehmen!« Sie schaltet die Abzugshaube ein und plaudert einfach weiter, obwohl sie die Männer im Wohnzimmer nicht mehr versteht. Mieke kann sich hervorragend in Themen hineinsteigern, die wenig mit ihrem eigenen Leben zu tun haben, weil sie dabei so schön ihren Frust loswird. »Jeder, der seinen Beitrag nicht leistet, steckt den Kopf in den Sand«, sagt Mieke angriffslustig zu ihrer Tochter.

»Die vielen brennenden Ölfelder sind ein Riesenschaden«, sagt der Wissenschaftler in Stefaan. »Jeder muss seine Pflicht tun und seinen Teil dazu beitragen, da sind wir uns einig. Diese Tragödie spielt sich auch gar nicht so weit von unserer Haustür ab. Die Welt ist klein.«

»Ja, die Welt ist klein«, sagt Onkel Jempy, der sich noch einmal nachschenkt.

»Aber ich möchte dort nicht staubsaugen müssen«, sagt Mieke, die mit Tuc-Keksen in einer Silberschale hereinkommt.

»Wäre das nichts für dich, Jean-Pierre?«, sagt Stefaan, als habe er gerade eine tolle, spontane Eingebung. »Soldat werden? Du kommst doch bald frei, bist ein Mann von Welt … Als Soldat kommt man viel rum.«

»Ich würde meine Tochter vermissen«, antwortet Onkel Jempy trocken.

»Du hast sie ein ganzes Jahr nicht gesehen«, sagt Mieke.

»Ich brauche sie nicht zu sehen, um sie zu lieben.«

Aus Wochen werden Monate. Onkel Jempy sorgt auch weiterhin für das unerwünschte Quentchen Exotik im sonst so öden Alltag in der Nachtegalenlaan 7. Egal, wie viele Mädchen Jempy während seiner Freigänge aufreißt, die einzigen, die er wirklich liebt, sind Mieke und Sarah, das schwört er. Seine Verehrerinnen schicken ihm Liebesbriefe und Plüschteddys in die Nachtegalenlaan 7, aber Playboy Jempy schreibt nur Mieke Kärtchen aus dem Gefängnis, um sich bei ihr zu bedanken. Sie soll wissen, wie froh er ist, ihr Bruder zu sein. Er wird ihr Hausgeist, der jedes dritte Wochenende am Samstagmittag aufkreuzt. Sarah kann den Gefängnismief nach abgestandener Suppe an ihm riechen. Jeden Sonntagmittag, wenn Jempy wieder weg ist, schrubbt Mieke die Spuren ihres Bruders aus ihren Teppichen heraus. Dieser Mann greift langsam aber sicher das familiäre Nervensystem an und treibt sie an den Rand einer handfesten Krise.

»Aufkommen, aufkommen …«, motzt Jempy an diesem Samstagmittag in der Küche, während er den Verschluss eines Tabasco-Fläschchens aufschraubt, das Mieke nicht geöffnet bekam. »Niemand muss hier für etwas aufkommen. Ich weiß gar nicht, wie man das buchstabiert.«

»Ich werde euch übrigens nicht mehr lange zur Last fallen.« Jempy erzählt, er gehe wie auf Rosen. Bald komme er auf Bewährung frei. Außerdem sei er in eine 35-jährige Lady und deren zwei Kinder vernarrt, die er adoptieren werde.

»Also eine Rose mit Dornen dran«, meint Mieke. »Genug palavert. Wir müssen um drei bei der Kirschenfrau im Dorf sein.«

Die Kirschenfrau ist ein schwächliches altes Mütterchen, das den Großen Krieg noch miterlebt hat und so krumm ist wie ihre Obstbäume. Ab halb sechs Uhr morgens kriecht sie auf einer fünf Meter hohen Leiter in die Äste. Sie setzt lieber ihr Leben aufs Spiel, als die vielen herrlichen Früchte aus Gottes Garten verderben zu lassen oder sie den Vögeln zu gönnen. Sogar dieses gottesfürchtige Persönchen mit der Supermarkttüte zum Schutz gegen den Nieselregen auf dem Kopf erliegt völlig Onkel Jempys Charme. Sie lässt ihn nicht fort ohne einen zusätzlichen Eimer Sauerkirschen. Er täte ihr damit einen Gefallen.

In der Küche strömt rote Flüssigkeit aus dem Entkerner. Die Kerne ticken wie Hagelkörner auf die abgedeckten Marmorfliesen. Die drei arbeiten hart, als wären sie das gut geölte Getriebe einer perfekten Familie: Mieke wäscht die Kirschen und sortiert die schlechten aus, Onkel Jempy dreht sie durch den Entkerner, und Sarah sammelt auf den Knien die Kerne ein, die neben die Maschine fallen. Die Kirschen hinterlassen rote Blutspritzer auf den Küchenschränken, die sie sofort mit einem feuchten Lappen wegwischen muss. Sie ermuntert ihren Onkel, ein paar coole Geschichten zu erzählen. Sie will wissen, was die anderen Gefangenen denn so angestellt haben.

»Sarah, dein Onkel soll sich ein wenig entspannen.«

»Ja, Sarah, erzähl du lieber mal was. Oder spiel mir mal vor, was du gerade im Musikunterricht lernst. Wo ist deine Gitarre?«

Aber das traut Sarah sich nicht. Dazu ist sie viel zu schüchtern. »Ein andermal, Onkel. Ich bin doch schmutzig.«

»Ja, Jempy, sie hat recht. Lass sie, sonst ist gleich mein ganzes Wohnzimmer voll Kirschsaft. Wie sie das schafft, weiß ich nicht, aber sie schafft das.« Sarah, die die ganzen höhnischen Sprüche seit

Jahren auswendig kennt, ist über den lockeren Unterton ihrer Mutter überrascht.

Die Stimmung ist ausgelassen. Mieke macht sogar einen Scherz, als sie in den Nachrichten hört, Supergangster Patrick Haemers werde im Gefängnis extra scharf bewacht. Sie werde für Jempys Kameraden ein Gedeck mehr hinstellen, denn der werde sicher trotz Extrabewachung einen Weg finden, auszubrechen. Für sie wäre das in Ordnung, der sieht ja ganz anständig aus mit seinen blauen Augen und den hübschen Pullovern. Wer die wohl wäscht? Als Antwort bekommt sie von Onkel Jempy eine Handvoll Kirschen an den Kopf geworfen. Totale Stille, nur der Nachrichtensprecher im Radio macht weiter. Sarah schaut zu ihrer Mutter. Über Miekes Wangen fließen auf einmal Tränen. »Das darfst du nicht«, schluchzt sie, »das darfst du nicht tun.« Onkel Jempy legt ihr einen Arm um die Schulter, tröstet sie und verspricht, er werde alles aufräumen. Was er überraschenderweise auch tut, er wringt Ledertücher aus, bis das Wasser wieder klar ist, die Küche eine Schicht Farbe verloren hat und sich wieder dazu eignet, das Abendessen dort zuzubereiten.

An jenem Abend haben gerade alle vier ihre Suppen ausgelöffelt, als das Telefon klingelt.

»Uiuiui, wer kann das sein?«, fragt Mieke. Uiuiui, ihr Leben läuft im Takt des Uiuiui. Uiuiui – das war eine frische Tischdecke, als Reaktion auf einen Milchtropfen neben dem Glas. Uiuiui – die Kraft der Natur, als Ausdruck des Erstaunens über die Sonnenblumen, die in diesem Jahr ungewöhnlich groß werden. Uiuiui – ist das etwa für mich?, vor verhaltenem Stolz über ein erstaunlich hübsches Armband, das sie von ihrem Mann und ihrer Tochter zum Muttertag bekommt. Uiuiui – als Freizeichen. Wo lauert jetzt wieder Gefahr? Uiuiui.

Mieke findet, Jempy solle rangehen, es sei absolut sicher für ihn. Sie kennen niemanden, der so unhöflich ist und zur Abendessenszeit anruft, außer Moemoe vielleicht, die sich ein Hobby daraus macht, wegen irgendwelcher Lappalien zu den unmöglichsten Tageszeiten anzurufen. Letztens, um zu sagen, dass Sarah jetzt zehn Jahre und elf Monate alt ist. Die alte Frau baut langsam ab …

»Lass es einfach klingeln«, meint Onkel Jempy, »ich hab Hunger.«

Es gibt Schnitzel mit Kartöffelchen aus dem Backofen und Brokkoli, ein ungesundes Festessen, das es sonst in diesem Haus nie gibt.

»Geh bitte ran«, sagt Mieke, »damit wir danach ungestört essen können.«

Onkel Jempy geht zum Telefon. Er hört kurz zu, schickt ein paar Sätze in den Hörer, »Wie viel?«, und »Wo?«, und dass es »Jetzt nicht geht, aber na gut«, und »In Ordnung, weil du's bist«, und »Schon so nah dran«. Dann legt er auf.

»Ich bin kurz mal weg, ganz kurz«, sagt er und geht ohne irgendeine Erklärung in die Diele. Die schwere Haustür fällt hinter ihm ins Schloss. Sie hören die alte Schrottkarre bremsen, im Leerlauf stottern und wieder anziehen.

Mieke findet es unhöflich, ohne Jempy anzufangen. Also sitzen sie zu dritt um die dampfenden Schüsseln herum und starren Löcher in die Luft.

Zwanzig Minuten können sie wohl warten. Sogar zwei Stunden. Ab da könnte Mieke ihrem Bruder allerdings an die Gurgel gehen, doch leider ist er nicht da. Er ist eine Schande, ein schlechter Einfluss für Sarah, eine miese Ratte, ein fauler Strick. Unfassbar, dass sie sich noch immer mit diesem Idioten einlässt. Das Geld, das sie ihm geliehen haben, sehen sie garantiert nie wieder. Und so weiter. Mieke spurtet in die Küche, wäscht die Kochtöpfe ab. Stefaan und Sarah fischen hinter ihrem Rücken in den Schüsseln nach den Schnitzeln. Mieke kommt noch einmal zurück ins Esszimmer und reißt das Abendbrot vom Tisch. Bevor Stefaan und Sarah protestieren können, versinkt die ganze Fracht im Abfalleimer. Ganze Schiffsladungen des köstlichsten Essens gleiten auf Nimmerwiedersehen in die Tiefe.

»Jetzt reicht's mir aber!«, brüllt Stefaan plötzlich und haut auf den Tisch wie ein Bauer in einem flämischen Schwarz-Weiß-Film an einem Sonntagabend.

Wenn Stefaan über eines nicht lachen kann, dann darüber, dass Essen, das ihm zusteht und auf das er sich nach einem langen, arbeitsreichen Tag freut, unter seinen Augen weggenommen und ohne Pardon vernichtet wird.

»Jetzt reicht es mir, sage ich!«, wiederholt Stefaan.

»Was?«

»Dein komisches Teppichgerupfe!«

»Was soll das denn jetzt?«

»Du und deine Teppiche!«

»Hast du was gegen sie? Du hast sie doch selbst mit ausgesucht … Also worüber beklagst du dich eigentlich?«

»Du steckst da zig Stunden rein, das ist doch nicht mehr normal!«

»Und warum? Weil deine Tochter meine Teppiche vollkleckert. Es ist immer das Gleiche mit ihr. Ich weiß nicht, was ich mit dem Kind anfangen soll.«

»Hallo? Ich bin hier!«, sagt Sarah, die immer noch am Tisch sitzt.

»Sarah ist nicht das Problem«, sagt Stefaan. »Sarah ist überhaupt nicht das Problem! Es ist ja wohl normal, dass das Kind nervös wird, bei der gereizten Atmosphäre.«

»Das Kind ist einfach störrisch.«

»Jetzt hör aber auf! Ich will jetzt nicht über Sarah reden.«

»Ach ja, stimmt! Wie konnte ich das vergessen? In diesem Haus redet man nicht über Probleme.«

»Doch doch, nichts lieber als das, aber über das größte Problem redest du nicht!«, brüllt Stefaan. Er schreit entsetzlich laut, als hätte jemand aus Versehen den Lautstärkeregler auf Maximum gedreht.

»Uiuiui, geht's? Alles in Ordnung mit dir?«, sagt Mieke, auf einmal die Ruhe selbst. Sie brilliert in der Rolle der besorgten Ehefrau.

»Dein Bruder!«, platzt Stefaan heraus.

»Ist das etwa meine Schuld?«

»Ja, er ist dein Bruder, und er darf hier tun und lassen, was er will: Sachen kaputt machen, unser Essen wegschmeißen …«

»Das hat er nicht getan.«

»Du weißt, was ich meine.« Stefaan atmet tief durch.

»Wie bitte?«

»Wenn er nicht dein Bruder wäre, würdest du ihn für den letzten Proll halten.«

»Das verstehe ich, Stefaan«, sagt Mieke, verständnisvoller als ein Therapeut zu einem Patienten. »Ich verstehe ja, dass du eifersüchtig bist, aber es ist schließlich nicht meine Schuld, dass du keinen Bruder mehr hast.«

Halt! Das können wir nicht auf uns sitzen lassen. Mit einem Mal weicht alle Farbe aus dem Raum. Niemand wagt noch zu atmen. Wir würden eingreifen, wenn wir könnten. Ignorier es einfach, Stefaan. Das ist in einem anderen Leben passiert.

»Was willst du damit sagen«, japst Stefaan. »Was willst du damit sagen? Das habe ich jetzt nicht gehört.«

»Du hast recht, es ist meine Schuld«, sagt Mieke, die selbst über ihren Seitenhieb erschrocken ist.

»Das hab ich nicht gesagt. Du bist auch bloß das Ergebnis deiner Erziehung.«

»Herzlichen Dank auch«, sagt sie übertrieben freundlich. »Ich habe wenigstens eine Erziehung genossen und keine Tierdressur wie auf einem Bauernhof.«

Stefaan keucht wie ein Pferd, das gerade ein Rennen gelaufen ist.

»Du kommst heim, stellst die Füße untern Tisch und hast noch nicht einmal fünf Worte für mich übrig.« Mieke fährt großes Geschütz auf.

Stefaan schäumt vor Wut. Seine Stimme überschlägt sich, als er ruft: »Ich arbeite mich krumm, und das ist der Dank?«

»Es ist wohl zu viel verlangt, kurz freundlich zu deiner Frau zu sein, die sich den ganzen Tag abmüht? Manchmal habe ich das Gefühl, als wäre ich mit deiner Mutter verheiratet.«

Sarah sieht zu, wie ihre Eltern abwechselnd einen Stein auf die Waagschale der Liebe legen, die dafür nicht gemacht ist und bald den Geist aufgibt, sodass sich nun zwei wütende Menschen gegenüberstehen, vor dem Schutt ihrer gegenseitigen Anschuldigungen, und ihre Herzen in irgendeine Ecke pfeffern, fest entschlossen, sich in dieser über zehnjährigen Komödie, die keiner mit einem Fünkchen Verstand eine gute Ehe nennen kann, diesmal nicht mehr unterbuttern zu lassen.

»Es ist alles meine Schuld, alles«, ruft Mieke. »Wo ist das Gewehr!«

»Komm wieder runter!«

»Bring mich um, mehr verlange ich nicht. Tu mir einen Gefallen und bring mich um!«

»Mit dir kann man ja nicht reden.«

»Aber ich rede doch! Ich komme sogar mit einer Lösung.«

Vor Hunger oder Aufregung wird Sarah mit einem Mal schwindelig. Sie lässt sich an der Wand herabsinken, bekommt keine Luft mehr. Sarah ist sich ganz sicher: Ihre Eltern werden sich scheiden lassen, weil sie sich hassen.

Jetzt stehen sie da und heulen den Mond an, heulen auf Teufel komm raus, heulen gegenseitig die dunkelsten, hässlichsten, unausstehlichsten Schatten und Schreckgespenster des anderen an. Stefaan verliert die Beherrschung und tritt vor lauter Wut und Empörung gegen die Tür der Speisekammer, die Tür, die nicht aus Eichenholz ist. Sie antwortet mit lautem Krachen. Stefaans Fuß bleibt in den Splittern des Lochs stecken. Auf einem Bein hüpfend steht er da, das andere von der klaffenden Wunde der Tür verschluckt. Er schafft es nicht, sich loszustemmen.

»Das hast du aber klasse hinbekommen!«, ruft Mieke.

»Ich krieg das schon wieder hin«, sagt Stefaan, ganz bleich und ruhig. Dort, wo sein Knöchel in der Tür verschwindet, fängt es an zu bluten.

»Uiuiui, du blutest ja«, ruft Mieke. Sie spurtet in die Küche, kommt mit einem Eimer und einem Schwamm zurück. Sie wischt das Blut von seinem Bein, dann schrubbt sie die Stelle am Boden. Blut macht so hartnäckige Flecken.

Wie in den blödesten Schmierenkomödien klingelt es genau jetzt an der Haustür. Mieke, hin- und hergerissen zwischen zwei Orten, an denen ihre Anwesenheit gebraucht wird, entscheidet sich dafür, eines nach dem anderen zu erledigen.

»Ich krieg das hin, Stefaan«, wiederholt sie, während sie den Schwamm über dem roten Wasser auswringt.

Stefaan fällt nichts Besseres ein als sein Dauerlächeln. Leichenblass sagt er: »Ich krieg das hin. Alles unter Kontrolle. Mach du nur auf.« Mit einem Ruck versucht er, seinen Fuß herauszuziehen, aber die Tür gibt ihre Beute nicht aus ihrem Splittermaul frei.

»Sarah, hilf mir mal!«, ruft Stefaan. »Hol schnell eine Säge und einen Hammer aus der Garage.«

Vorbildlicher denn je spielt Sarah in dieser Krisensituation die Rolle der braven Tochter. Aus Stefaans enormem Werkzeugvorrat wählt sie einen Hammer und eine kleine Stichsäge.

»Wenn das wieder Ulrike mit ihrem Sparfimmel ist, wimmele ich sie sofort ab«, wettert Mieke. Nachbarin Ulrike schwimmt im Geld. Ihr Mann ist Wirtschaftsprofessor und sitzt in etlichen Vorständen, trotzdem ist Ulrike eine Schnäppchenjägerin. Seit Monaten versucht sie, Mieke davon zu überzeugen, auch eine Sauna installieren zu lassen, dann bekämen sie beide zwanzig Prozent Rabatt. Doch es ist nicht Ulrike. Nachbar Marc, nicht gerade der zurückhaltende Typ, huscht an Mieke vorbei ins Haus und geht unaufgefordert ins Wohnzimmer.

»Marc! Was für eine Überraschung!« Mieke hetzt hinter ihm her.

»Hallo, Mieke, ich muss Stefaan etwas fragen. Mein Golfpartner hat gerade abgesagt, und da …«

»Ich würde ihn ja rufen, Marc, aber Stefaan steht gerade unter der Dusche,« sagt Mieke. »Tut mir leid.«

Marc wirft einen Blick in die Küche und entdeckt Stefaan.

»Entschuldige, Mieke.« Marc schiebt sie kurzerhand beiseite. »Ich werde Stefaan mal unter die Arme greifen.« Wie ein richtiger Actionheld bahnt er sich einen Weg durch die Küche. »Das dürfte ein Kinderspiel werden im Vergleich zu dem, was ich jeden Tag im Operationssaal mache.«

»Lass gut sein, Marc«, murmelt Stefaan, aber vergeblich, denn Marc hat sich schon die Stichsäge geschnappt und arbeitet sich geschickt durch das Holz. Innerhalb kürzester Zeit steht Stefaan wieder mit beiden Beinen auf dem Boden. Marc betrachtet zufrieden sein Werk. Nach einem Schulterklopfen für Stefaan und einem Augenzwinkern für Sarah düst er wieder Richtung Eingang.

»Stefaan steht unter der Dusche«, sagt er zu Mieke, die dunkelrot angelaufen ist. Marc hat jetzt eine Klatschgeschichte, die er wie eine Streubombe in der gesamten Nachbarschaft zünden kann.

Das Loch in der Tür wird sofort am nächsten Tag repariert, aber zu schlampig, um Miekes Ansprüchen zu genügen, als bräuchte es ein sichtbares Zeichen des Streits zwischen zwei Menschen, die sich um jeden Preis lieben wollen. In der Nachbarschaft ist anscheinend keinem etwas von dem Loch in der Tür zu Ohren gekommen.

Wie es der Zufall will, regnet es die wenigen Male, die Sarah mit ihrem Vater zu Moemoe fährt, Bindfäden. Auch heute sind die Straßen wieder rutschig. Regen ist in Belgien ein richtiger Diktator: Er ist einfach überall. Regen ist der Anfang jeden Schwätzchens, er fließt in jedes Gespräch ein. Gegen den Regen ist man machtlos. Man kann sich nur, wie die alten Frauchen, eine Plastiktüte um den Kopf binden, als wäre man ein Osterei, oder ein knallgelbes Ponchozelt anziehen, das einen die Kontrolle über den Fahrradlenker verlieren lässt, aber wirklich sicher ist man nie vor ihm. Man kann auch ein saures Gesicht ziehen, wie das Moemoe so vorbildlich macht. Dafür braucht es nicht einmal zu regnen. Moemoe macht immer ein Gesicht wie drei Tage Regenwetter, aber zum Glück sieht Sarah sie höchstens ein paar Mal im Jahr. Sogar Mieke hat heute darauf bestanden, dass Sarah mitgeht. Die alte Frau möchte ihre Enkelin so gern noch einmal sehen, ihr einziges Enkelkind. Weil Sarah jetzt elf geworden ist, ist sie für Mieke schon ein großes Mädchen, das ihr doch mal einen Gefallen tun kann.

Moemoe sitzt zusammengekauert im Sessel, eine Thermoskanne und eine Tasse mit kaltem Kaffee neben sich. Auf ihre Anweisung hin holt Stefaan eine Schachtel Törtchen aus dem Kühlschrank, stellt sie auf einen der vielen Beistelltische, die überall im Bungalow verteilt sind. Als er neben ihr steht, fragt sie mit zugekniffenen Augen: »Bist du das, Sarah?«

»Nein, Stefaan«, ruft Stefaan. Er gibt Sarah einen kleinen Schubs, sodass sie vor ihrer Großmutter zu stehen kommt.

»Stefaan?«

»Nein, jetzt bin ich es, Sarah!«, schreit Sarah.

»Ah, Sarah! Kindchen. Ich sehe so schlecht. Jeden Tag ein bisschen weniger. Und ich höre auch kaum noch etwas. Wie seltsam, du wirst deinem Großvater André ja immer ähnlicher.«

Die alte Frau beginnt auf einmal vor Rührung zu zittern und

zu weinen. Alte Leute weinen sogar, wenn sie einen Spatz auf der Veranda von einem Meisenknödel picken sehen oder wenn sich ein Kleinkind mit in die Hüften gestemmten Armen fragt, wo denn der Teddybär geblieben ist, oder der Bäcker eine Sekunde lang seine Hand auf ihre legt, als sie ihm erklären, dass sie heutzutage an nur einem Brötchen schon mehr als genug haben, und ihnen freundlich zunickt. In dem Eimerchen, das ihre kleine Welt noch darstellt, schwappen die Wogen der Aufregung hoch. Moemoe trocknet ihre Tränen mit einem steifen Taschentuch, schlägt mehrere Kreuze hintereinander.

»Wie alt bist du jetzt, Saarahchen? Elf Jahre, stimmt's? Ja elf, jaja elf, ich bin ja so froh, dann wirst du bald zwölf und … Du wirst ein tüchtiges Mädchen. Und immer gut essen, ja, Kind? Davon wird man groß und stark. Stefaan, gib ihr doch ein Törtchen.« Ob sie monatelang alle Wörter für Sarahs Geburtstag aufgespart hat?

Papa und Sarah sitzen seit einer Viertelstunde in Moemoes Wohnzimmer. Im Hintergrund brummt es, als wäre im Haus ein russischer Kriegssender eingestellt, der noch immer aus Sibirien sendet. Moemoe schaut ins Leere, murmelt Unverständliches, eher zu sich selbst als an die beiden gerichtet. Sie hat Sarahs Namen nun schon ein Dutzend Mal wiederholt, diese merkwürdige kleine Frau, aber vielleicht findet Sarah sie nur deshalb so merkwürdig, weil sie sich nicht kennen. Was man nicht kennt, ist immer irgendwie seltsam. Moemoe hat ihr drei Tausend-Franken-Scheine in die Faust gedrückt, ein kostbares Geheimnis. Sarah weiß, dass Stefaan es gemerkt hat, er hat zu offensichtlich den Kopf zur Seite gedreht.

»Deine Batterie, Mutter, deine Batterie.« Moemoe pfriemelt eine Schnecke aus ihrem Innenohr. »Ich dachte schon, da hat was gepiept, siehst du? Die Batterie von deinem Hörgerät ist leer.« Ein Sohn kümmert sich um seine Mutter. Hinter Moemoe hängen zwei vergilbte Fotos in Holzrahmen an der Wand. Bevor Sarah sprechen konnte, wusste sie schon, dass sie unter keinen Umständen danach fragen darf. Das hat Mama ihr eingetrichtert. Moemoe hat ein Kind verloren. Dieser Schmerz hat sie zu Stein werden lassen, sagt Mama. In diesen wenigen Augenblicken spricht sie ohne einen Funken Abfälligkeit über Moemoe. Auch wenn es Leute gibt, die nach Schicksalsschlägen menschlicher werden, vergisst sie meistens nicht zu ergänzen. Moemoe hat noch nie ein Wort mit Mieke gewechselt, so hartherzig und missgünstig ist sie. Laut Mieke sagt sie ihr noch nicht einmal die Tageszeit, »das ist die reine Wahrheit. Ich übertreibe wirklich nicht«.

»Jeden Tag«, sagt Moemoe.

»Was, jeden Tag, Mutter?«

»Ich bitte ihn jeden Tag.«

»Worum bittest du, Mutter?«

»Komm mich holen, bitte ich.«

»Das hier sieht aber lecker aus.« Stefaan zeigt mit seiner Gabel auf eines der Törtchen und legt es auf Moemoes Teller. »Ein Marzipan-Ferkelchen, das magst du doch, stimmt's?«

»Das Kind muss tüchtig essen. Gib ihr bitte noch ein Törtchen und nimm dir selbst auch eins.« Moemoe richtet sich auf. »Esst nur alles auf. Den Rest müsst ihr dann nachher mitnehmen.«

»Wo gehst du denn hin, Mutter?«

»Lass mich doch mal in Ruhe, Stefaan! Das ist mein Zuhause.« Sie geht langsam zur Kellertür, drückt sie auf. »Bin gleich wieder da. Esst ihr nur.«

Als Sarah aufsteht, um sich wie ihr Vater ein zweites Törtchen zu nehmen, entdeckt sie zwischen den Topfpflanzen das dämliche Gesicht von Joke, der Ziege. Das Tier belauert sie durchs Fenster hindurch. Joke ist Moemoes Grund, morgens aufzustehen. Die uralte Ziege hat den Umzug vom Bauernhof zum Bungalow mitgemacht. Joke besteht nur noch aus grobem, filzigem Fell und verdreckten

Hufen, aber Moemoe meint, sie habe magische Kräfte und sei unsterblich.

»Moemoe wird langsam vergesslich«, sagt Stefaan zu seiner Tochter. »So alt zu werden ist wirklich nicht einfach.«

Eine ganze Weile später spaziert ein riesiger Karton mit Moemoe hintendran ins Wohnzimmer.

»Ich bin heilfroh, dass sie jetzt elf ist. Und es sind die Männer in unserer Familie, nicht, Stefaan, die Probleme machen. Aber ich halte besser den Mund. Erzähl mal, Junge, geht es dir denn gut in letzter Zeit? Ich muss mir doch keine Sorgen machen?«, plappert sie in einem fort, während sie den Inhalt des Kartons über sämtliche Beistelltische verteilt. Sie drückt Sarah einen gestrickten Tintenfisch in die Hand. Und eine kleine Engelsfigur. Und ein zwanzig Jahre altes Liederbuch. Und eine Perlmuttkette.

»Brauchst du nicht, Mutter, alles bestens. Sieh dir nur unsere Sarah an!«

»Schade, dass meine Augen so schlecht sind«, sagt die kugelrunde kleine Frau. »Das ist noch Schmuck von meiner Mutter, Saarahchen, gib gut darauf acht. Dann kannst du ihn eines Tages selber …«

»Warum gibst du denn deinen gesamten Hausrat weg?«, fragt Stefaan beunruhigt.

Der unterschiedlichste Plunder hat in diesem Karton Platz gefunden: Ein kaputtes Verlängerungskabel ist mit einer sündhaft teuren Halskette verheddert, Hummel-Figuren, originalverpackte Kalender, ein grüner Lampenschirm, Stifthalter, die sie mit ihren Freundinnen im Gemeindesaal aus WC-Rollen gebastelt hat. »Wir machen etwas Schönes aus dem, was die Leute nicht mehr haben wollen, wenn sie sich den Hintern abgeputzt haben«, erklärt sie.

Moemoe verteilt ihre Sachen, währenddessen gibt sie Anweisungen, wie man Kristallgläser mit Essig reinigt, Keramik aber nicht. Sie zieht das eine Weile durch, bis sie erschöpft in ihren Sessel sinkt und wieder Ruhe im Bungalow einkehrt. Ihre Welt ist eine Schachtel, deren Deckel sich langsam schließt.

»Mit diesem Jean-Pierre«, stöhnt Stefaan, der versucht, das Gespräch in Gang zu bekommen, »ist einfach nichts anzufangen.«

»Der Herr hat's gegeben, der Herr hat's genommen.«

»Mieke hat es schwer mit ihm. Ich werde ihn vor die Tür setzen.«

»Das wird Mieke schon selbst tun«, sagt Moemoe. Draußen stößt Joke mit ihrer Schnauze ans Fenster. »Die gute Joke wird mich noch überleben, das arme Ding. Wegen mir muss es nicht mehr allzu lange dauern, weißt du.« Sarah nickt brav. Moemoe riecht komischerweise wie Jempy. Es ist derselbe wilde Geruch, der Geruch von verwahrlostem Tier.

Moemoe ertastet sich ein weiteres Stück Kuchen auf der Schale, bricht es wie eine Hostie entzwei und stopft sich beide Stücke gleichzeitig in den Mund. Die ganze Zeit schüttelt sie den Kopf, ein geheimnisvolles Lächeln um die Mundwinkel, voll Unglaube über diese Welt.

»Sarah, ich bin ja so froh, dass ich dich noch einmal sehen durfte. Wirklich. Glaubst du mir, dass es meinetwegen nicht mehr lange zu dauern braucht?«

Der letzte Streit zwischen ihrem Onkel und Mama reißt Jempy genauso abrupt, wie er gekommen ist, aus Sarahs jungem Leben. Es geht um weit mehr als die mehreren Hunderttausend Franken Schulden, die Onkel Jempy eines Abends gemacht, und wofür die Nachtegalenlaan 7 die Rechnung präsentiert bekommen hat. Hier wird ein Krieg zwischen Kontinenten ausgefochten, ein Clash der Ideologien und der Gene. Mieke fordert Jempy auf, jetzt sofort seine Sachen zu packen.

Er legt seine gelblichen Finger an die spröden Lippen, als müsse er über seinen Gnadenstoß nachdenken. »Ich werde hier meine Zeit nicht mehr verplempern«, sagt er dann. »Ich habe die Schnauze voll von Belgien. Sag von mir aus, Jean-Pierre De Kinder ist ein Großmaul, aber dieses Land hat mir nie was geschenkt.«

»Du hast Belgien auch nichts geschenkt. Ich finde, du machst es dir ziemlich einfach. Wenn ich mich so gehen lassen würde, na, da wäre was los. Wir sind aus dem gleichen Holz geschnitzt, aber du hast daraus eine Bruchbude gebaut und ich eine Villa. Jedem das Seine.«

»Oh, Madame hält sich für etwas Besseres. Alles, was ich mir aufgebaut habe, haben sie mir weggenommen. Aber mir reicht's, ich hau ab.«

»Tu dir keinen Zwang an. Ich war ja nicht diejenige, die hier auf dem Küchenboden gesessen und gejammert hat, dass ich kein Dach über dem Kopf habe. Nur für ein Weilchen ... Also, das ›Weilchen‹ ist schon längst vorbei. Du hast deinen Spaß gehabt. Ich muss schließlich auch an meine Familie denken. Wir haben unsere Pflicht getan.«

»Okay, okay. Ich geh ja schon!«

»Na dann los.« Sie öffnet ihm die Hintertür.

»Ach Mann, ich ...«, das Klicken eines Zippos. Der Cowboy muss seinen Nikotinpegel aufrechterhalten. »Ich starte was Neues. Ich geh nach Südafrika, einen Weinhandel aufbauen. Schönes Land, kein Ärger. Wer anpacken kann, der schafft es dort.«

»Würdest du bitte nicht drinnen rauchen und jetzt gehen?«, sagt Mieke. Stefaan, der hinter ihr steht, nickt.

Jempy stürmt die Treppe hoch, macht einen unglaublichen Lärm, aber Mieke denkt gar nicht daran, sich nach oben locken zu lassen, um nachzusehen, was Onkel Jempy da anrichtet. Nach einer halben Stunde steht er an der Treppe, einen blauen Samsonite-Koffer in der Hand.

»Ach, sieh mal einer an! Das ist doch mein Koffer«, sagt Mieke.

»Das ist ja wohl das Mindeste, was du mir geben kannst, oder?

Deinem eigenen Bruder! Ich werde euch nicht mehr auf die Nerven gehen. Du wirst mich noch richtig vermissen.«

»Gib meinen Koffer her!« Mieke blockiert den Weg zum Hinterausgang. Es reicht jetzt.

»Nein, ich geb den Koffer nicht her.«

»Was ist da überhaupt drin?«

»Vertraust du mir nicht?«

Sie reißt ihm den Koffer aus der Hand. Das Ding fliegt durch die Luft, landet mit einem Krachen auf dem Boden. Die Schlösser schnalzen auf. Das Koffermaul öffnet sich. Er ist vollkommen leer. Mit diesem leeren Koffer verlässt Onkel Jempy das Haus, niedergeschlagen und arm wie eine Kirchenmaus. Ein letztes Mal dreht er sich um. Er nimmt Sarah in seine starken Arme und sagt: »Du wirst es weit bringen, Mädchen. Genau wie dein Onkel.« Jempy drückt ihr einen Kuss auf die Stirn, betrachtet seine Schwester noch einmal von oben bis unten und spaziert dann zur Hintertür hinaus.

»Das haben wir doch gut hingekriegt«, sagt Stefaan, während sie ihm hinterherschauen. »Den sehen wir so schnell nicht wieder.«

»Da bin ich mir nicht so sicher«, sagt Mieke mit einer Spur von Traurigkeit, »aber unsere Familie geht vor.« Als glaube sie es selbst nicht so ganz, wiederholt sie es an diesem Abend noch ein paar Mal.

Jempys Anwesenheit ist noch eine ganze Weile zu spüren. In der Nachtegalenlaan 7 kommt ein Einschreiben an: Jean-Pierre De Kinder wurde in Abwesenheit wegen Betrugs verurteilt. Es ist auch beeindruckend, wie viele Liebesbriefe noch immer für Jempy ins Haus flattern.

»Hol doch kurz die Briefe«, bittet Mieke ihre Tochter. Gemeinsam machen sie zum ersten Mal in diesem Herbst den Ofen an. Die Familie Vandersanden-De Kinder amüsiert sich prächtig über Schreibfehler, goldene Pop-up-Herzen und hohle Sprüche über die ewige Liebe.

# 1991

# WIR

Stefaan besucht für seine Arbeit ein pharmazeutisches Tochterunternehmen in China. Er ist gestern Morgen aufgebrochen. Sarah hat ihre Eltern eng umschlungen hinter der Tür stehen sehen, das eklige Schmatzen ihrer Küsse gehört.

Mieke und Sarah kommen gut alleine zurecht. Als Sarah nichtsahnend im Rhythmus des fröhlichen Orchesters, das sie innerlich dirigiert, den Gartenweg entlanghüpft, weil sie Käserinden und die alten Butterbrote aus ihrer Brotdose an ihre gefiederten Freunde verfüttern will, achtet sie kaum auf den vollerblühten Garten oder die Insekten, aber sie bemerkt den dröhnenden Motor eines weißen Kombis mit blauen Streifen, der in die Einfahrt biegt, ausgerechnet an einem Sonntag, dem einzigen Zeitpunkt, an dem jeder aus der Siedlung zu Hause ist. Der Wagen parkt mitten vor dem Haus. In Sekundenschnelle steht Mieke in der Tür.

Sie hebt die Hände zum Zeichen ihrer Unschuld. »Keine Ahnung, wo Jean-Pierre De Kinder ist«, sagt sie wahrheitsgemäß zu den Polizisten. Sie hat gelernt, gegenüber Männern in Uniform weder zu lügen noch die Wahrheit zu verdrehen. Falls die vermuten, dass sie lügt, nehmen sie dennoch in aller Seelenruhe die Kappen ab, sehen mit ihren kleinen, kurzsichtigen Augen mitten durch sie hindurch, ein Trick, der sie so einschüchtern soll, dass gleich die Wahrheit aus ihr herauskommt. Wenn sie von sich aus sofort die ungeschminkte Wahrheit sagt, verschwindet der Kombi hoffentlich schnell wieder aus der Auffahrt, dann besteht eine Chance, dass die Nachbarn, diese Faulenzer von der Ecke zum Beispiel, die bis zwölf Uhr in den Federn liegen, nichts davon mitbekommen.

»Keine Ahnung, wo Jean-Pierre zur Zeit steckt. Er wollte irgendwo in Südafrika Geschäfte machen. Ich habe in den letzten Monaten nichts mehr von ihm gehört.«

»Wir auch nicht«, sagt der Polizist. »Wir kommen wegen einer anderen Sache. Ist Ihr Ehemann zu Hause?«

»Nein, der ist in China auf Geschäftsreise.«

»Sie kennen Frau Melanie Plottier?«

»Ja, das ist meine Schwiegermutter«, antwortet Mieke.

»Wir müssen Ihnen leider mitteilen«, sagt der Beamte, der den Blick senkt und mit der Stimme heruntergeht, »dass Frau Melanie Plottier heute Morgen verstorben ist. Sie ist mit ihrem Wagen frontal gegen einen Baum gefahren. Sie war nicht angeschnallt und ist mit dem Kopf unglücklich auf das Lenkrad geprallt. Jede Hilfe kam zu spät.«

»Das kann nicht sein! Moemoe ist doch blind und taub.« Mieke fleht die Polizisten an, ihr bitte recht zu geben, obwohl sie Moemoes Fiat noch vor wenigen Wochen die Auffahrt hochkriechen sah, eine Schnecke im Zickzack. »Blind und taub, sage ich Ihnen.«

»Das kann schon sein«, sagt der Polizist. »Wenn Sie wüssten, was wir alles erleben ...«

»Wie kann es sein, dass jemand, der nicht das Geringste sieht und stocktaub ist, auf den Verkehr losgelassen wird? Das ist doch eine Schande, dass solche Leute noch auf öffentlichen Straßen fahren dürfen. So was gehört bestraft. Ich sag doch schon seit Jahren: Führerscheine müssen erneuert werden, jedes Jahr, mit einem Test, und zwar für alle, egal, ob jung oder alt.« Anscheinend glaubt Mieke, mit diesem Plädoyer Moemoe das Leben retten zu können. Solange sie weiterredet und auf eine schlüssige Erklärung besteht, hält sie die Realität auf Abstand. Dass Moemoe tot ist, ist an sich noch nicht das Schlimmste, das musste ja irgendwann passieren, aber Mieke bekommt die Panik bei den ganzen Pflichten und Formalitäten, die sich jetzt vor ihr auftürmen. Sämtliche Pläne für die nächsten Wochen durcheinander. Lieber nicht, wirklich nicht.

»Also, Frau Vandersanden«, sagt der Polizist, »das müssten wir eigentlich Sie fragen. Wieso lassen Sie Ihre Schwiegermutter in einem so riskanten Zustand Auto fahren? Aber angesichts der dramatischen Umstände wollen wir hier nicht weiter darauf eingehen.«

»Gehört das jetzt auch schon zu euren Aufgaben? Den Leuten die Schuld für einen tragischen Autounfall in die Schuhe zu schieben?«, fragt Mieke.

Sobald die Idioten von der Polizei abgezogen sind und Mieke hinter der geschlossenen Tür steht, sickert die Nachricht zu ihr durch. Moemoe hatte nie ein Wort für sie übrig, sie keines Blickes gewürdigt. Mieke war zu schick, aus zu gutem Hause, zu nervös, zu dies, zu das. Sie ihrerseits fand ihre Schwiegermutter schlichtweg unausstehlich. Die beiden gingen sich stillschweigend aus dem Weg, gaben sich höchstens – wenn es nicht zu vermeiden war – einen schlaffen, wortlosen Händedruck. An dieser Stille lässt sich nichts mehr ändern, und Mieke darf sich jetzt persönlich mit Moemoes Tod herumschlagen. Was macht man in so einer Situation? Mieke muss Stefaan informieren, herumtelefonieren, dem Kind schwarze Sachen anziehen, für sich selbst Garderobe zusammensuchen, ihrem Mann beistehen, die Beerdigung arrangieren, alle Teppiche kämmen.

Moemoe ist der letzte Elternteil, der von ihnen geht. Mieke hat eine Checkliste von den vorigen Begräbnissen, aber jedes Begräbnis ist anders.

Stefaan kehrt umgehend aus China zurück, er macht sich Vorwürfe, dass er Moemoe nicht die Autoschlüssel abgenommen hat. Er kommt eben nach Hause, äußerlich ungerührt, da erzählt Mieke ihm, was ihr die Polizei gerade am Telefon mitgeteilt hat. Melanie hatte einen Herzinfarkt und ist daher gegen den Baum gefahren. Ein schmerzloser Tod, falls das ein Trost sein kann. Ein mucksmäuschenstiller Stefaan schluckt Worte und Tränen herunter.

Nach einem Tag leerer Stunden und Anrufe von entfernten Verwandten will Stefaan mit Sarah sprechen. Er sagt das, während er mit dem Rücken zu Mieke kräftig ins Küchenhandtuch schnäuzt. Ihr entgeht das natürlich nicht, sie schüttelt sich. Am liebsten würde sie ihn mit seinem verheulten Gesicht wie ein ungezogenes Katzenjunges ins Handtuch pressen, aber es ist hier eh schon zum Ersticken. Die ganzen Schicksalsschläge in seiner Familie, die Melanie mit der Kraft einer Bäuerin noch irgendwie ertragen hat, landen jetzt auf Stefaans Schultern. Mit jedem Toten wird die Last schwerer.

»Schau, Sarah, das mit dem Himmel ist so: Kleine Elemente suchen einander, um sich zu einem großen Ganzen zu verbinden. Die Teilchen verschwinden und die nächsten Generationen rücken auf«, sagt er, als wolle er ihr das Periodensystem erklären. Er legt ihr die Hand auf den Kopf, steht auf und geht ins Wohnzimmer. Bob Dylans »Every Grain of Sand« erfüllt den Raum. Es ist die Bootleg-Version, auf der ein Schäferhund bellt. Sarah kennt das Stück. Sie hört Dylans Demut in jeder seiner genäselten Phrasen.

Stefaan geht ins Bad, wäscht sich das Gesicht mit kaltem Wasser. Er starrt in den Spiegel. »Ist dir klar, dass du und Sarah die einzigen Vandersandens sind, die übrig bleiben?«, fragen wir ihn im Chor. »Die Einzigen. Das ist alles deine Schuld.« Wir halten ihm einen anklagenden Zeigefinger hin, erinnern ihn an einige Momente in seinem Leben, die besser nicht geschehen wären, eine Liste grober Fehler, die er nicht rückgängig machen kann. Stefaan nimmt ein raues, an der frischen Luft getrocknetes Handtuch, reibt sich damit lange und kräftig übers Gesicht, als könnte er alle trüben Gedanken von sich abrubbeln.

Am Morgen der Beerdigung fährt eine Limousine an der Villa in der Nachtegalenlaan 7 vor. Das hat sich Moemoe so gewünscht. Ein einziges kurioses Detail, eine Frivolität hat sie sich bei ihrem Tod gegönnt, nach einem Leben, das aus lauter unauffälligen Momenten bestand und nur in seiner Normalität glänzte, umgeben von einem schwarzen Trauerrand.

»Der Notar muss besoffen gewesen sein«, wiederholt Stefaan ständig, »das kann sich meine Mutter unmöglich gewünscht haben.« Die Limousine kommt trotzdem, so steht es schließlich in Melanie Vandersanden-Plottiers Testament. Dort hat sie auch verfügt, dass sie neben ihrem Sohn und ihrem Mann begraben werden möchte.

Die dreiköpfige Familie fährt hinter dem Leichenwagen her, in dem der Sarg hin- und herrutscht. Ein geschlossener Sarg, hat der Bestattungsunternehmer betont. Er hat nicht einmal nach ihrer Meinung gefragt. Eine Limousine ist eine Erfindung aus Hollywood, also nutzt Sarah die einmalige Gelegenheit, für einen kurzen Augenblick den Star zu spielen. Sie sitzt auf der Rückbank und winkt den Leuten vor der Kirche zu, als wäre sie eine Hauptdarstellerin, die in wenigen Minuten ihren Oscar abholen wird. Besonders glamourös sieht Sarah in ihrem schwarzen Nonnenrock nicht aus, aber sie setzt ihr schönstes Lächeln auf.

»Meine Mutter und eine Limo, das passt absolut nicht zusammen. Sarah, lass den Unsinn!«

Alle haben Mitleid mit Stefaan. Er war gestern Abend geschlagene fünf Stunden damit beschäftigt, die Liedblätter auf den Kirchenbänken zu verteilen und ein Gedicht zu verfassen, in dem er seiner launischen Mutter die letzte Ehre erweist. Um vier Uhr nachts blätterte er auf dem Dachboden noch durch Fotoalben. Ihm war natürlich bewusst, dass seine Mutter nicht ewig leben würde, dass sie höchstwahrscheinlich ihren Tod hatte kommen sehen, aber es ist dieser Geruch des Todes, der ihm einen Schauer über den Rücken jagt, ihn an einen Ort zurückkatapultiert, wo er nicht sein will. Dort ist es kalt, dort ist es frostig. Er hört das Krachen von Eis.

»Es ist auch wegen deines verunglückten Bruders, stimmt's?«, sagt Mieke. »Das kommt noch dazu.«

»Nein«, sagt Stefaan schroff.

Bevor sie aus der Limousine steigen, nimmt er auf Miekes Drängen hin noch eine Beruhigungstablette. Sie hat ihren Ehemann noch nie so aus der Fassung, so niedergeschlagen erlebt. Obwohl er sich damit ja auskennt. Es kommt vor, dass er nicht zur Arbeit geht, weil er nervlich zu angespannt ist. Dann bleibt er einfach im Bett liegen und döst und ächzt vor sich hin. Eine Frau würde so etwas nie tun. Mieke liest Stefaans Abschiedsworte ein paar Mal durch. Sie rechnet damit, das Gedicht vor der versammelten Trauergemeinde vorlesen zu müssen. In Krisensituationen heißt Miekes treuer Begleiter: Vorwegnahme. Eine halbe Stunde später wird klar, dass Stefaan tatsächlich nicht in der Lage ist, vorzulesen. Das Beruhigungsmittel ist viel zu stark, es stumpft nicht bloß seine Gefühle ab, sondern sorgt auch dafür, dass er das Begräbnis wie hinter einem dichten Nebelschleier erlebt. Er kann sich kaum zum Altar schleppen. Mieke führt ihn am Arm wieder an seinen Sitzplatz zurück und nimmt selbst mit einem anmutigen, nicht zu fröhlichen Lächeln hinter dem Stehpult Platz, wo sie das kitschige Gedicht vorträgt.

Am Abend fährt die Familie kurz am Bungalow der Toten vorbei, um den allgemeinen Zustand von Moemoes Wohnung zu begutachten. Das Haus von Stefaan Mutter ist nicht sein Elternhaus, sondern ein schlichter Neubau, in dem es von Trockenblumen und Duftspendern wimmelt. Stefaan plant, das Haus schnellstmöglich auszuräumen, um es danach zu vermieten.

»Müssen wir da wirklich heute noch hin?«, fragt Mieke. »Wieso die Eile? Es steht doch nicht in Flammen, oder?«

»Joke«, behauptet Stefaan. Er will stark sein wie damals, nach dem Tod seines Vaters. Die Dinge nicht einfach weiterlaufen lassen, sondern etwas unternehmen. Das ist Stefaans Strategie gegen die Trauer: dagegen ankämpfen, indem man das eigene Schicksal in die Hände nimmt, oder eine Runde Armdrücken, um zu sehen, wer der Stärkere ist, er oder die Trauer. Sarah bemerkt als Erste, dass die sture Zwergziege ihrem begrenzten Territorium den zottigen Rücken gekehrt hat und in die weite Welt spaziert ist. Auf ihr Drängen hin sucht Mieke ein Foto von der Zwergziege, flankiert von Sarah und Moemoe. Joke wird ausgeschnitten, fotokopiert und in der Nachbarschaft aufgehängt, unter der Überschrift: »Vermisst«.

Die nächsten Tage sind ausgefüllt mit Fahrten zur Mülldeponie und zurück. Der Glascontainer bekommt viel zu schlucken. Sie entsorgen den kompletten Inhalt des Kellers. Zum Großteil sind es leere Flaschen des aus der Mode gekommenen Anislikörs der Marke Marie Brizard. Ein Tropfen, der dir einen Faustschlag verpasst und dich dermaßen umhaut, dass du die Tage irgendwie durchstehst, schweigend im Sessel, während die Welt an dir vorbeizieht und die Ziege ab und zu zum Fenster hineinschaut.

Mieke, die seit Tagen ununterbrochen ihr Bestes gegeben hat, nicht über Moemoe zu lästern, aus Anstand, aber auch aus einer Art Schutzhaltung ihrem angeschlagenen, bedrückten Ehemann gegenüber, kommt langsam wieder in gewohntes Fahrwasser.

»Die vielen Beistelltische«, sagt Mieke, »mit diesen klebrigen Glasrändern … Genau wie bei dem Säufer Gustave, der mein Haus in Gent für ein Jahr gemietet hat. Dass du das nicht gemerkt hast!«

Jeder, der das Haus eines Verstorbenen leerräumt, stößt dabei auf Kleinigkeiten mit einer langen Geschichte: eine Haarklammer, die hinter dem Bilderrahmen ihres verstorbenen Söhnchens gesteckt hat, ein ganzer Vorrat Fisherman's Friend gegen Mundgeruch, Behälter voll unbenutzter, spröde gewordener Gummis, ein Kamm, an dem nur noch drei Zinken sind, die modernen Adidas-Schuhe mit Klettverschluss, die die alte Frau so gern auf dem Hometrainer auf ihrer Veranda trug. Keinen lässt es unberührt, das Leben, das man aussortiert, wegräumt, recycelt.

Jetzt sind alle vier Elternteile von Mieke und Stefaan tot. Das Dach über ihren Köpfen ist weggeblasen. Jetzt sind sie die Nächsten, überlegt Mieke. Und wen werden sie hinterlassen? Sarah. Sie haben lang auf Sarah gewartet. Es wollte nicht klappen. Sie haben sich wirklich alle Mühe gegeben, es bis zum Überdruss versucht, aber auch die Natur hat ihre Macken. Mutter Natur hat Wälder und Wüsten. Sie war wohl eher Letzteres.

Mieke hat schon lange Lust, ein Tagebuch zu führen. Jetzt steht der Sache nur noch eines im Weg, nämlich ihr Pflichtbewusstsein. Als Produkt einer zu katholischen, zu altmodischen Erziehung muss Mieke sich selbst die Erlaubnis erteilen, etwas zu tun, was keinen unmittelbaren Nutzen hat. In einem großen Schreibheft die eigenen Gedanken zu notieren, das bringt doch nichts. Mieke ist ausgezeichnet darin, sich Sachen zurechtzubiegen: Über alle möglichen Hintertüren schafft sie es, sich selbst weiszumachen, dass sie so ein Buch nicht nur anlegen darf, sondern es ihren Nachkommen sogar schuldig ist. Womit auch gleich der Spaßfaktor weg ist. Jetzt fühlt sie sich wieder sicher eingeschnürt ins Korsett ihrer Pflichten. Sie fängt an, ihre Tochter ununterbrochen zu beobachten, hofft auf witzige Bemerkungen oder spontane Versprecher, um ihren Tagebucheinträgen etwas Farbe zu verleihen. Für einen Außenstehenden wirkt dieser Pflichterfüllungszwang wie eine Tortur, aber wenn man erst einmal pflichtsüchtig ist, ist es eine überaus schöne Lebensform mit Garantie auf Dauerbeschäftigung.

Trotzdem wünscht Mieke sich insgeheim manchmal etwas mehr Ruhe. Stefaan oder Elvira sollten ihr ab und zu einmal verordnen, auf die Bremse zu treten, sie persönlich setzt nämlich alles daran, möglichst beschäftigt zu sein, weshalb sie sich manchmal zu viel abverlangt, sodass ihr schon morgens beim Aufstehen schwindelig ist vom nächtlichen Grübeln über alles, was an diesem Tag zu tun ist.

Mieke baut ihr Tagebuch wie eine Art Freundschaftsbuch auf. Mit welchem Wort könnte sie sich am besten selbst beschreiben? Mal angenommen, jemand würde fragen, wer sie ist. Was, wenn ihr Name allein nicht reicht? Was, wenn jemand fragen würde: Alles gut und schön, Mieke Vandersanden-De Kinder, aber wer bist du wirklich? Kann man sich überhaupt selbst definieren, und das einigermaßen treffend?

Sie wird nie »eine Frau« antworten, schließlich ist sie keine Feministin. Feministinnen sind schlechte Frauen, die eigentlich Männer sein wollen. Das ist natürlich Unfug. Es würde bergab gehen mit der Welt, wenn es nur Männer gäbe.

»Schwester von Jean-Pierre De Kinder« würde sie ebenfalls nie sagen, obwohl sie Jempy wirklich sehr liebt. Wirklich erklären kann sie das nicht, er hat sie ja weder vor dem Ertrinken gerettet noch Schmiere gestanden bei den Verabredungen hinter der Kirche, die nie stattgefunden haben. Tatsache ist, dass er sein Leben lang ungeniert er selbst bleibt. Was ihm an finanziellen Mitteln fehlt, macht Jempy mit Charme und Charisma wieder wett. Aber wenn sie das alles laut sagen würde, käme sie in Schwierigkeiten, denn dann müsste sie lang und breit von Jempy und seinen Abenteuern erzählen. Jetzt ist er in Südafrika. Aller Wahrscheinlichkeit nach geht es ihm dort gut, denn er hat eine ganze Weile nichts von sich hören lassen. Es sei denn, er trinkt gerade in aller Seelenruhe seinen ganzen Weinvorrat aus. Uiuiui, bloß nicht! Sie notiert auf ihrem Block »J. P. anrufen«. Bei Jempy darf man immer gespannt sein, was als Nächstes kommt. Das schätzt sie noch am meisten an ihm. Gleichzeitig ärgert sie sich schwarz darüber.

Also »Schwester von Lydia De Kinder«? Ja, das klingt gut. Frau von Professor Doktor Ingenieur Christopher J. Delaney, der einen Lehrstuhl an der Columbia University innehat. Sein Fachbereich ist die Materialwissenschaft, mit Spezialisierung auf Supraleitfähigkeit, tönt Lydia jedes Mal. Lydia mit ihren vier Kindern. Anders gesagt: Mieke ist Schwester ihrer Schwester. Niemand im schicken Ghent, Upstate New York, hat je von Mieke De Kinder gehört, da kann sie Gift drauf nehmen.

Sie kann »Tochter von Gerard und Camille De Kinder« sagen. Sie ehrt ihre verstorbenen Eltern, keine Frage, aber was hat ihre Mutter Camille für ihre persönliche Weiterentwicklung getan? Die Antwort ist schrecklich ernüchternd, nichts, außer »Frau von« zu sein. Und Stefaans Mutter war Bäuerin. Die schwang das Zepter. Und sobald sie in Rente war, schloss sie sich dem Bäuerinnenbund an, um mürrisch an Spielnachmittagen oder Wallfahrtsreisen innerhalb Belgiens teilzunehmen.

Man gehört doch vor allem zur Familie, die man selbst gründet, denkt Mieke. »Ehefrau von Stefaan Vandersanden«, das ist sie. Schwiegertochter von Melanie Vandersanden ist sie allerdings nie gewesen. Gesetzt den Fall, dass jemand fragen würde, wer sie sei, würde sie wahrscheinlich antworten: »In erster Linie bin ich die Mutter von Sarah.« Diese Formulierung hat Nūr, die Königin von Jordanien, kürzlich in einem Interview verwendet.

Gut, also Mutter von Sarah Vandersanden. Aber was macht die Mutter von Sarah Vandersanden? Ist sie Hausfrau? Ganz schön erniedrigend. Eine Tagebuchfanatikerin? Darauf kann sie hinarbeiten.

Dieses Tagebuch wird ihr persönliches Projekt werden, denn sie kennt sich gut genug, um zu wissen, dass sie in ihrem Leben mehr braucht als nur ihre Familie. Das ist für den Anfang eine schöne Erkenntnis. Mieke schlägt ihr Buch zu, verstaut es in der Schreibtischschublade und geht ins Wohnzimmer, um die verdorrten Blätter von den Zimmerpflanzen zu zupfen.

Stefaan wünscht sich einen eigenen Platz für seine Musik, seine Werkzeuge und um seine Erbstücke unterzubringen. Er fordert einen Hobbyraum. Mieke prustet laut los: »Einen Hobbyraum? Wirst du jetzt irgendwelche Hobbys erfinden?« Als er von den alten Geräten seines elterlichen Bauernhofs zu erzählen anfängt und davon, wie er sie instand halten will, wird Mieke offener für seinen Wunsch. »Du meinst eine Bastelecke?« Stefaan bekommt ihren Segen für einen Hobbyraum im hinteren Teil des Gartens. Bevor er Gelegenheit hat, seinen Plan aus einem gewissen Abstand heraus zu betrachten, hat sie über ihre gute Freundin Elvira, eine Frau mit Geschmack, schon einen Architekten samt Baufirma ausfindig gemacht. Dann kommt ein Beamter für Raumplanung, der sich mit einem saftigen Trinkgeld abspeisen lässt. Endlich hat Mieke ein neues Projekt, auf das sie sich stürzen kann.

Die Kettenreaktion lässt nicht lange auf sich warten. Weil der Papa einen Hobbyraum bekommt, will Sarah einen Teich. Stefaan findet die Idee lächerlich, blockt sie mit einem wohlüberlegten Argument ab: »Das geht nicht, Sarah. Du magst doch Katzen, oder?«

»Ja?«, sagt das ahnungslose Opfer.

»Katzen ertrinken in Teichen«, sagt Stefaan.

»Eichhörnchen tunken ihre dreckigen Schwänze voll Bazillen da hinein und verseuchen das ganze Biotop«, pflichtet Mieke ihm bei. Ein Teich ist Kitsch, und Kitsch ist das Gegenteil von Stil und Klasse. Im Handumdrehen steht ein angelnder Zwerg oder ein Steinfrosch mit Krönchen mitten auf dem Rasen. Nein, so einen Unsinn muss man im Keim ersticken.

Mieke überwacht die Arbeiten am Hobbyraum mit voller Hingabe. Ein weiteres kleines Gebäude hochziehen – ihr Vater wäre stolz auf diese Fortsetzung einer urflämischen Tradition gewesen. Dank ihres scharfen Blicks und den Managerqualitäten, die sich jede Hausfrau zu eigen macht, ist in weniger als drei Wochen ein Miniaturhaus entstanden, mit warmem und kaltem Wasser, Strom, einem Schreibtisch, einer stattlichen Werkbank und jeder Menge Werkzeuge, die an einer Spanplattenwand hängen. Dachrinnen leiten das Regenwasser vom Dach in die Regentonne, die Bodenfliesen bilden ein Lilienmuster.

Am Abend der Einweihung darf Stefaan ausnahmsweise zwei Gläser Rotwein trinken, statt der üblichen Ration von maximal einem. Aus unerklärlichen Gründen verschlingt sie ihn diese Nacht im Bett und fordert zweimal, ohne viel Aufhebens, eine Nummer, als seien sie Teenager, oder wie Stefaan sich eben Teenagersex vorstellt: ungestüm, ungeschickt und total befriedigend. Kurz blitzt der Gedanke in ihm auf, dass er gerade vielleicht ein zweites Kind gezeugt hat, aber er weiß, dass diese Zeiten längst vorbei sind.

Am ersten Abend, als Stefaan eine Leiter gegen die Wand seines Schuppens lehnt und aufs Dach klettert, fühlt er sich wie neugeboren. Er weiß, dass es von jetzt an nur bergauf geht. Es wird keine Täler mehr geben, nur noch Gipfel. Aber auch aus Gipfeln werden Täler, sobald sie auf dem Kopf stehen.

# 1993–1994

# STEFAAN

»Würden Sie die hier bitte kurz unterschreiben?« Seine Sekretärin Suzanne Rutgeers legt Stefaan einen Stapel Briefe vor, die auf seine Unterschrift warten, bevor sie in die Post können. Sie trägt einen hellgrauen Rock, eine grüne Seidenbluse, darüber einen Schal zu einer Art Adamsapfel geschlungen, genau die richtige Kleidung für eine Frau mittleren Alters in guter Position. Stefaan trägt immer Maßanzug, darunter ein Hemd mit Manschettenknöpfen. Wer einen so verantwortungsvollen Beruf hat, sollte sich besser tadellos kleiden, sagt Mieke immer. Die Wahl des richtigen Schnitts, der richtigen Farbe überlässt er ihr. Dekor, dafür ist sie zuständig.

Stefaan fährt jeden Tag mit dem Rad zur Arbeit, was Mieke überhaupt nicht gefällt. Sie haben sich über das Thema schon öfter gestritten: Das ist ein Sport für Proleten, niemand in der Siedlung fährt Rad. Stefaan sollte sich lieber einen anderen Ausgleich suchen. »Ich kann doch nicht zu meiner Arbeit golfen oder mit einem Tennisball und Schläger dorthin dribbeln«, antwortet er ihr. Jeden Morgen tauscht er auf der Toilette, die an sein Büro grenzt, den unauffälligen Trainingsanzug gegen einen, auf den ersten Blick unscheinbaren, aber schrecklich teuren Anzug. Als Vorstandsmitglied hat er einen großen Schreibtisch und ein privates Badezimmer. Er findet das zwar übertrieben, aber die anderen Führungskräfte halten es für notwendig, auch wenn sie das Bad nie benutzen. Wer ist er, sich zu beschweren? Einmal hat er das Thema in einer Vorstandssitzung unter »Sonstiges« auf die Agenda setzen lassen, aber seine Sekretärin hatte es als letzten Punkt eingeplant und alle anderen Anwesenden fegten es einhellig und hungrig vom Tisch.

Für Stefaan war es damals ein enormer Schritt gewesen, hinter seinem Mikroskop im Labor hervorzukommen und als Manager in sein eigenes Büro umzuziehen. Er ist jetzt Vorgesetzter von über hundert Mitarbeitern, verhandelt mit anderen Direktoren und Betriebsleitern und führt Umstrukturierungen vor Ort und in den Tochterfilialen weltweit durch. Jeder Mann, der etwas auf sich hält, hätte den Job mit beiden Händen gepackt und wäre ihn wesentlich autoritärer angegangen. Stefaan hat von Anfang an seine eigenen Strategien entwickelt. Er erweckt zum Beispiel gern den Eindruck, Bescheidenheit und Rücksprache wichtig zu finden. Wenigstens die Illusion sollte man seinen Mitarbeitern geben, es damit aber nicht unbedingt übertreiben. Stehen große Veränderungen an, lädt er alle seine Abteilungschefs zu einem Gespräch mit Kaffee und Spekulatiusgebäck ein, angeblich um die Lage zu besprechen und ihre Sicht der Dinge zu erfahren, natürlich pro forma, weil längst feststeht, was passieren wird. »Weitblick« … Stefaan findet das Wort witzig. Als blickte man mit dem Teleskop in die Zukunft und könnte vorhersagen, was geschehen wird. Keiner weiß genau, wie es weitergehen soll, aber alle ergreifen gerne das Wort. Den Anschein erwecken, dass man Transparenz und Veränderung hochhält. Wenn Gorbatschow daraus seine Schlüsselworte machen darf, dann Stefaan auch. Für gewöhnlich ist das Meeting nach einer knappen Stunde beendet, dann bedankt sich Stefaan bei jedem für den konstruktiven Beitrag. »Wir danken Ihnen, Herr Vandersanden«, lautet dann die Antwort. »Wir danken Ihnen, dass Sie uns empfangen haben.«

Stefaan gibt gerne den Gentleman. Er ist der Typ, der sich bei seiner Sekretärin entschuldigt, wenn sie zu spät hereinschneit und er sie mit vier dringenden Angelegenheiten zugleich beauftragt, dennoch erwartet er von ihr, dass sie ihren Rückstand rasch wieder aufholt. Er folgt nicht nur den Regeln, sondern auch seiner persönlichen Überzeugung. Der *human touch* ist gut für die Bilanz.

Bei den internationalen Betriebspartnern ist Stefaan für seine direkte Herangehensweise bekannt. Auch diese Technik hat er sich selbst zugelegt. Weniger Klüngelei oder das Einhalten von Formalitäten ist für die meisten anderen Manager erfrischend, mit denen er in New York, Mailand, Kopenhagen oder anderen Weltstädten an Verhandlungstischen sitzt.

Seine Sekretärin legt ihm ein paar weitere Formulare auf den Tisch, allesamt Berichte, die seine Berater und Mitarbeiter für ihn erstellt haben. Zahlungsausgleiche und Kooperationsverträge, die von einer Schar Anwälten und Beratern erstellt wurden und schon zigmal über die Hauspost hin- und hergegangen sind. Es geht um Vorbereitungen zu der bevorstehenden Fusion mit einem anderen großen internationalen Konzern, die die Vorstandsmitglieder wie auf rohen Eiern gehen lässt. Stefaan unterschreibt den ganzen Papierkram fast blind.

Auf dem Bilderrahmen über der Tür liegt eine dünne Staubschicht, bemerkt er in der späten Nachmittagssonne. Das Gruppenfoto der Führungskräfte hängt schon lange dort, er sieht es sich kaum noch an. Um den fettleibigen Geschäftsführer mit den großen Augenringen und dem Toupet stehen ein paar hochmotivierte Männer, die den Betrieb in die richtigen Bahnen lenken. Er ist einer von ihnen. Es gibt ihm ein gutes Gefühl, dass er Teil dieses Managementteams sein darf. Etliche Jahre, nachdem er, der Neuling, fest entschlossen war, sich seine eigenen Laborpläne nicht von diesem großen Konzern durchkreuzen zu lassen, sitzt er jetzt selbst auf einem Chefposten, trifft Entscheidungen, die Einfluss auf Hunderte Arbeitnehmer haben. Die Zeit der Petrischalen und Heilmittelentwicklungen liegt lange hinter ihm. Es gehört zum natürlichen Gang der Dinge in einem Betrieb, dass man nicht bei der ausführenden Arbeit hängen bleibt. Manchmal findet er das fast ein bisschen schade, aber im Grunde geht es ihm ja um die Herausforderung. Er hat seinen Job als Leiter der Forschung und Entwicklung angefangen ohne die geringste Ahnung, wie man so etwas anpackt, aber das Gleiche gilt fürs Leben. Man ist ständig gefordert.

»Das wäre dann alles«, sagt Suzanne. Sie schüttelt die Papiere auf, drückt sie an ihren schweren Busen. Das Knöpfchen auf Brusthöhe sieht aus, als könnte es jeden Moment aufspringen. »Und da lag noch dieser Zettel in Ihrem Postfach. Ich müsste jetzt leider los, meinen Sohn abholen … Er hatte heute Prüfungen. Bis morgen, Herr Direktor.« Effizient und diskret, eine perfekte Chefsekretärin, die länger hier arbeitet als Stefaan. In ihrem Regal steht eine Tasse, die sie zu ihrem dreißigjährigen Dienstjubiläum bekommen hat. Sie legt den zusammengefalteten Zettel vor ihn hin, lässt ihn allein. Durch den Glasspalt in der Wand sieht er, wie sie weggeht.

Die Person, die das geschrieben hat, hat sich nicht gerade viel Mühe gegeben. In schlampiger Handschrift steht da: »Es war ein Irrtum.« Das hat etwas von einem Kunstwerk, findet Stefaan, der kein Kunstkenner ist. In der Wissenschaft beschränkt sich Interpretation darauf, richtige Beobachtungen und Schlüsse zu ziehen. Irgendwann hat er mal auf einer Ausstellung in Detroit einen schmelzenden Eisblock gesehen, in dem ein Gegenstand steckte, der langsam zum Vorschein kam. Es handelte sich um ein Lamm. Tot, aber doch ganz lebensecht und verletzlich. Die Augen des Tieres waren offen. Er sah die Schönheit, die darin lag, falls man von Schönheit bei einem toten Tier überhaupt reden konnte. Ihm war regelrecht kalt geworden, obwohl er damals auf dem Hof seiner Eltern genug Lämmer und Kälber gesehen hatte. Gute Kunst schätzt er durchaus. Hauptsache, der Betrachter muss nicht erst nach der Bedeutung hinter den Slogans des Künstlers suchen. Vor ein paar Wochen steckte er am Flughafen fest, als er auf einer Geschäftsreise nach London unterwegs war. Er hatte nichts zu lesen außer einer liegen gelassenen Kunstzeitschrift, in der ein Interview mit Jeff Koons zum Thema Offenheit und Mehrdeutigkeit stand. Er verstand den Mann nicht, der hochgradig sexuell frustriert zu sein schien. Einen Augenblick denkt, vermutet, hofft Stefaan, es mit irgendeinem Kunstexperiment für die Firmenzeitung zu tun zu haben, oder aber mit der kryptischen Nachricht eines Spinners. Ein Sekundenbruchteil später sieht er der Wahrheit ins Gesicht: Die Nachricht kommt von Fernand Berkvens.

Vor fünfzehn Jahren waren Fernand Berkvens und er im Rennen um den Posten des Juniormanagers. Berkvens wollte sich mit ihm messen, aber da hatte er sich übernommen. Berkvens hatte keine Ahnung, dass Stefaans gesamtes Leben eine einzige Kraftprobe war. Bei jedem Erfolg, den er erringt, sagen wir ihm: Leg dich noch etwas mehr ins Zeug, gut ist noch nicht gut genug. So machen das die echten Gewinner. Das gibt ihm Energie, den richtigen Biss.

Stefaan hat das Letzte gegeben, um Manager zu werden. Hinter Berkvens Rücken ging er mit Vorgesetzten essen, von denen er wusste, dass sie seine Beförderung ein wenig vorantreiben konnten. Kein Gesetz verbietet das. Doch als Berkvens davon Wind bekam, kam es zum Eklat, der nach so vielen Jahren noch immer nicht vergessen ist. Die beiden Männer trauen einander nicht über den Weg.

Stefaans Aufstieg war eine Niederlage für Berkvens, der daraufhin für den Posten des Betriebsratsvorsitzenden kandidierte. Er hat sich seitdem nie wieder auf eine leitende Stelle beworben. Er arbeitet nun schon über zwanzig Jahre als wissenschaftlicher Mitarbeiter im selben Labor, wo auch Stefaan angefangen hat. Jeden Mittag sieht Stefaan ihn in der Kantine der Angestellten sitzen, wo er seine Butterbrote isst oder als Gewerkschaftler Versammlungen vorsitzt. Berkvens lebt mit seiner Frau in einem heruntergewohnten Reihenhaus im Dorf. Seine Frau ist Krankenschwester. Sie hat Sarah auf der Entbindungsstation ihr erstes Bad gegeben. Das ist alles, was Stefaan über Berkvens weiß. Er mischt sich prinzipiell nicht in die Privatangelegenheiten seiner Mitarbeiter ein.

Dank seiner »Managerfunktion« in der Gewerkschaft, wie Berkvens es nennt, ist er über vieles auf dem Laufenden. Er macht es sich zur Aufgabe, Neuzugängen eine Führung durchs Haus zu geben und sie den Kollegen vorzustellen. Er drängt bei der Personalabteilung darauf, dass die Laborkittel einen Namensaufnäher bekommen. Das gehört zwar nicht zu seinen Aufgaben, aber er tut es trotzdem. Berkvens ist so ein Typ, der die Pinnwand im Kaffeeraum mit fröhlichen Comicstrips verschönert, die er in regelmäßigen Abständen durch neue ersetzt. Ein Mann, der meint, nicht mit der Arbeit beginnen zu können, bevor er nicht jedem auf seinem Gang persönlich einen guten Morgen gewünscht hat.

Letzte Woche hat Stefaan Berkvens bei einem Fehler erwischt. Es kann Unkonzentriertheit gewesen sein, ein allzu menschlicher Fehler: Es ging um eine Null zu viel. Gelder, die eigentlich für die Gewerkschaft gedacht waren, sind auf Berkvens Privatkonto gelandet. Das kommt schon mal vor, wenn beispielsweise eine Feier organisiert wird und ein Freiwilliger die Besorgungen erledigt. Anschließend wird das dann verrechnet, vorausgesetzt, die Quittungen und Rechnungen werden vorgelegt. Aber auf Berkvens Konto wurde ein Betrag von mehreren hunderttausend, statt zehntausend Franken überwiesen.

Stefaan war die Entdeckung ziemlich unangenehm. Er hatte sogar fünf Minuten lang so getan, als habe er nichts gemerkt, und war einfach seiner Arbeit nachgegangen. Du täuschst dich, sagte er sich, du machst selbst einen Fehler. Er schaute sich die Konten noch einmal genau an. Ein Irrtum war ausgeschlossen. Sobald Stefaan sicher war, dass es sich um einen Fehler handelte, griff er ein. Ohne viele Worte darüber zu verlieren. Kurz und bündig, das war sein Stil. Er hat eine Mitteilung verfasst, die er Berkvens aushändigen ließ, und forderte ihn auf, das Geld zurückzuüberweisen, und zwar mit Verzugszinsen.

»Es war ein Irrtum«, steht auf dem Papier, in unordentlicher Handschrift. Was für eine schwache Entschuldigung.

Die letzten Leute auf seiner Etage gehen nach Hause. Der Glasstreifen in seinem Büro stört ihn. Diese Offenheit, die ist einfach zu viel. Warum sollten die Angestellten ihren Chef belauern und kontrollieren können? Das ist doch falsch, einfach übertrieben. Seine Mutter hat es oft gesagt: »Die Welt steht kopf, es gibt keine Chefs mehr, Kinder gehorchen ihren Eltern nicht mehr.«

»Es war ein Irrtum.« Ist das alles, was Berkvens dazu zu sagen hat? Ist das seine Nachricht an ihn, die Sache war bloß ein Irrtum? Hätte Berkvens ein Fünkchen Verstand gehabt, hätte er das Geld unverzüglich überwiesen, statt diesen Zettel zu schreiben. Das riecht förmlich nach Provokation. Stefaan hat eine Mitteilung geschickt, in der er auf eine rasche Abwicklung pocht, und zur Antwort bekommt er diesen Fetzen Papier! Eine Unverschämtheit, noch dazu völlig unangebracht, aber irgendwie versteht er es schon. Wenn er einen Strafzettel bekommt, weil er bei Gelb über die Ampel fährt, weil er unmöglich rechtzeitig bremsen konnte, flucht er auch auf diese Scheißbullen. Dann faselt er etwas wie: »Oh, tatsächlich? Ich hatte es nicht gesehen.« Das ist reine Selbstverteidigung. Niemand lässt sich gerne die Würde nehmen.

Wie reagiert ein fairer Chef auf so etwas? Er wird dafür bezahlt, Entscheidungen zu treffen, und das tut er: Berkvens muss seinen

Fehler zugeben und das Geld anschließend zurücküberweisen. Schluss, Ende, aus.

Es ist halb sieben vorbei, als Stefaan sein Rad vom Aufhänger im Fahrradschuppen hebt und sein Bein über die Stange schwingt. Als er hochblickt, steht Berkvens neben ihm und grinst. Stefaan erschrickt fast zu Tode. Erst will er ihm nur kurz zunicken und ganz schnell wegfahren, aber das kann er sich in seiner Position nicht erlauben. Seine Mutter hat ihm beigebracht, mit seinen Angestellten so zu reden, wie sie mit ihren Saisonarbeitern oder ihren Schweinen redete. Man müsse allen Menschen gleichviel Respekt entgegenbringen, sie sind es, die dafür sorgen, dass Essen auf den Tisch kommt.

»Guten Abend.« Stefaan beugt sich vor, um seine Fahrradlampe anzuschalten.

»Du solltest Reflektoren tragen«, meint Berkvens. Er zeigt auf einen irisierenden Streifen um seinen Kugelbauch. »Ein Licht reicht nicht. Die Autos mähen dich so von der Straße.«

»Stimmt, sollte ich mal dran denken.« Mieke hat es ihm auch schon oft gesagt.

»Komm, lass uns zusammen fahren!«

»Gut, dann kannst du mit deinen ganzen Lichtern auf der Straßenseite fahren«, schlägt Stefaan vor. Berkvens hat sogar Streifen auf den Schuhen und eine Stirnlampe an, wie ein Minenarbeiter.

»Ich lasse mich gern überfahren, um meinen Chef zu schützen.« Er lacht grob, gibt Stefaan einen kameradschaftlichen Klaps auf den Rücken.

»Hast du Überstunden gemacht, Berkvens?«

»Eine Vorbesprechung mit ein paar Gewerkschaftsleuten, um das Mitarbeiterfest nächste Woche vorzubereiten. Und da dachte ich, ich bleibe noch ein wenig, bis der Chef mit der Arbeit fertig ist und ich ihm heimleuchten kann.« Er nimmt die Trinkflasche aus der Halterung, drückt den Inhalt in seinen Mund. Hat der Mann getrunken? Frisch riecht er jedenfalls nicht. Es kann am Schnurrbart liegen, einer Brutstätte für Bakterien.

»Sollen wir?« Stefaan klickt seine Schuhe in die Pedale, rollt den Hügel hinab.

Es fährt kein Auto an ihnen vorbei, bei dem Berkvens nicht gleich das neueste Modell mit sämtlich verfügbaren Extras nennt. Jeder, der sie überholt, kriegt sowieso einen Stempel aufgedrückt.

»Weihnachten? Da bleiben wir zu Hause«, sagt Berkvens. »Ihr geht wahrscheinlich Ski fahren. Davos ist *the place to be*, habe ich mir sagen lassen. Wir sind mal daran vorbeigefahren, aber der ganze Trubel, das ist nichts für uns. Wir sind einfach weitergezogen, und ob du's glaubst oder nicht, nur zwanzig Kilometer dahinter war es ganz ruhig und friedlich. Wann lädst du den Wagen ein?«

Stefaan und Mieke haben in ihrem ganzen Leben noch nicht auf Brettern gestanden. Mieke hat Angst vor Knochenbrüchen und hinterher Osteoporose. Aber das geht Berkvens nichts an. Die strikte Trennung von Arbeit und Privatem ist ihm wichtig.

»Wir bleiben zu Hause«, sagt Stefaan.

»Zu Hause? Das ist mal was anderes. Ich bin am Sonntag zufällig mit den Kameraden vom Radrennclub an eurer Villa vorbeigefahren. Was für ein Kasten. Schick, Mann, schick. Echt klasse! Habt ihr es denn schon geschafft, alle Zimmer in eurem Haus zu sehen?« Berkvens hält sich den Bauch vor Lachen.

»Einmal ist uns das gelungen, ja.«

»Wir machen Radtouren in den Ferien. Auf die Piste. Für uns gibt's nichts Besseres. Ideal, um sich richtig auszutoben.« Berkvens hat sich aufrecht in die Pedale gestellt, er setzt zu einem Sprint an. »Los, Stefaan!« Stefaan kann es nicht leiden, wenn ihn jemand außerhalb seines engsten Kreises mit Vornamen anspricht. In amerikanischen Betrieben, im Gottesdienst und in der Warteschlange beim Bäcker ist das üblich, aber er gewöhnt sich einfach nicht daran. Mein Name geht dich nichts an, würde er am liebsten sagen.

Unten am Berg verabschieden sich die Männer rasch voneinander. Stefaan legt mit einer Leichtigkeit, die ihn selbst überrascht, einen Bergauf-Sprint hin.

Während der Zucchinisuppe zieht Mozart im Hintergrund alle Register. Mieke führt das Wort, fragt beiläufig beim Chateaubriand mit Erbsen und Kartoffeln, wie es heute auf der Arbeit gewesen ist. »Alles unter Kontrolle«, lautet seine Standardantwort, auch heute. Mieke nickt und räumt die Teller ab. »Bei mir auch alles unter Kontrolle«, sagt Sarah einfach so, zu ihrem und Miekes großem Vergnügen. Stefaan fühlt sich manchmal wie ein Internatsschüler, der zwar zu festen Zeiten bei Tisch erscheint, aber so in seiner eigenen kleinen Welt eingeschlossen ist, dass er mit den anderen Kindern nicht mehr mitlachen kann.

Mieke erzählt, dass sie in der Stadt einen Kreisverkehr anlegen wollen. Dafür werden sie den Anfang der Einkaufsstraße aufbrechen. Das bedeutet wieder jede Menge Dreck. Auf einmal kommt Stefaan der Gedanke, Berkvens wolle ein schmutziges Spielchen mit ihm treiben. Ohne es zu merken, hat Stefaan eingewilligt, mitzuspielen.

»Vor allem, wenn es regnet«, fährt Mieke fort, »werden die Autos wieder hübsch aussehen. Welcher Idiot hat sich das nun wieder einfallen lassen?«

Nach dem Abwasch schauen sich Stefaan, Mieke und Sarah gemeinsam die Nachrichtensendung *Panorama* an. Heute geht es um den Vatikan. Ein vertrockneter Geistlicher erzählt, wie einfach der Papst isst: Weißbrot mit Streichkäse zum Frühstück, Gemüsesuppe der Saison mit wieder etwas Weißbrot und Salami zu Mittag, und abends isst er mit den Nonnen und trinkt ein Glas Wein, der alte Genießer. Um halb zehn ist es für Sarah Zeit, schlafen zu gehen. Stefaan sieht ihr dabei zu, wie sie sich die Zähne putzt. Er selbst hat sich als Kind viel zu selten die Zähne geputzt. Auf dem Hof damals achtete man nicht so darauf. Jetzt hat er nur noch sieben eigene Zähne im Mund und jede Menge Metallbrücken und Dritte.

Stefaan deckt Sarah zu, schleicht aus dem Zimmer und lässt die Tür einen Spaltbreit offen. Er setzt sich zu seiner Frau, liest noch ein wenig in der *Financial Times*. Alles läuft reibungslos, nach dem gleichen Muster wie an den anderen Tagen. Um zehn Uhr ist Mieke auf dem Sofa eingeschlafen. Er rüttelt sie wach, sagt, sie solle besser nach oben gehen, sie sehe sehr müde aus. Er hat gelernt, keine Witze über zu Bett gehende Hühner zu machen. Er gibt Mieke einen Gutenachtkuss, verspricht ihr, die Alarmanlage scharf zu schalten, wenn er später auch ins Bett kommt. Er geht noch kurz hinüber in seinen Schuppen. Ihm ist unbehaglich, als hätte er eine klamme Hand im Genick. Er setzt sich an seinen Tisch, fängt an zu schreiben. Ganze Bögen Papier kritzelt er voll. Stefaan nimmt sie in die Hände, betrachtet sie aus kritischer Distanz, schüttelt missmutig den Kopf und beginnt noch einmal von vorne. Jemand Klügeres würde es schaffen, mit einem Federstreich stichhaltige Punkte aufs Papier zu bringen, aber Stefaan nicht. Er hofft vergeblich auf ein unbekanntes, unmoralisches Genie, das an seinen Plänen Korrekturen anbringt, ihm weiterhilft. Als es langsam dämmert, nimmt er den Stapel Papier, verstaut ihn hinter ein paar alten Dosen und geht ins Bett.

Am Morgen klemmt Stefaan wie gewohnt seine Aktentasche auf den ultraleichten Gepäckträger. Den hat er an sein Rennrad montieren lassen. Er stellt die Füße in die Pedalschlaufen und fährt unendlich müde in den dunklen Herbstmorgen hinein. Eine seiner liebsten Erinnerungen ist die, wie sein Vater mitfieberte, wenn Alain und er Miniradrennen um das Grundstück herum organisierten. Er stand auf einem Heuballen und feuerte sie an, mit einer Kappe auf dem Kopf wegen der Sonne, die schlechten Augen zusammengekniffen, damit er alles gut sehen konnte. Sein Vater war ein Rennsportfanatiker, aber er hatte keine Zeit, selbst Runden zu fahren. Ein Bauer in Westflandern in den fünfziger, sechziger Jahren arbeitete sich krumm. So war sein verstorbener Vater, dem er als Kind nicht genug Zuwendung geschenkt hatte. Seine eigene Tochter ist auch nicht gerade überschwänglich an ihm interessiert. Meistens ist Sarah freundlich, vielleicht aus einer Art Mitleid für den hart arbeitenden Familienernährer, doch von einem Tag auf den anderen lacht sie ihn aus. Das einzige Kind, das man hat, großzuziehen, läuft nicht so, wie er sich das vorgestellt hatte. Da muss er durch, so tun, als wäre nichts, und am nächsten Tag einfach wieder zur Arbeit gehen. Es dauert einen Moment, bis er merkt, dass jemand hinter ihm herradelt. Es ist Berkvens. Mit Schwung und ohne aufrecht auf den Pedalen zu stehen, holt Berkvens ihn bis auf Armeslänge ein und schießt vorbei. Stefaan beißt an. Berkvens trägt einen echten Rennfahreranzug, der über seiner Wampe ziemlich spannt. Stefaan atmet die neblige Morgenluft tief ein. Berkvens' kleines Spiel ist ein Kräftemessen. So etwas jagt ihm Angst ein und treibt ihn an. Aufgeben ist das Letzte, was er tun wird.

Berkvens und er kennen sich schon länger. Sie haben eine gemeinsame Vorgeschichte, ein Gespenst, das neben ihnen auf den Universitätsbänken saß, das mit an den Seziertischen des Krankenhauses stand, wo sie ein Praktikum machten, und das ihnen anschließend in dieselbe expandierende Firma folgte, die die beiden nur zu gerne einstellte, das Zeuge des Zweikampfs um den Managementposten war und den Zwist, der darauf folgte. Das Gespenst weiß, dass es hier um mehr als nur das noch nicht zurückgezahlte Geld geht.

Berkvens redet während der Fahrt in einer Tour, gibt Dinge zu bedenken, stellt Fragen und antwortet wie gestern gleich selbst, wenn Stefaans Reaktion für seinen Geschmack zu lange auf sich warten lässt. Was ist verkehrt an einer Atempause zwischen den Worten, vor allem, wenn die Worte nicht wirklich beachtenswert sind? Höchstwahrscheinlich sucht Berkvens eine Gelegenheit, um über seinen »Irrtum« zu sprechen, aber wegen der starken Strömung seines Redeflusses treibt er immer weiter von dem Thema fort.

Als Stefaan in seinen Bürostuhl sinkt, merkt er, dass er persönliche Rekordzeit gefahren ist. Also ist diese Heimsuchung doch für etwas gut gewesen. Den restlichen Tag beschäftigt sich Stefaan mit den Plänen für die bevorstehende Fusion. Es steht viel auf dem Spiel. Die Geschäftszahlen sind im letzten Jahr nicht glänzend gewesen. Nur das Führungsteam weiß bisher von den ersten tastenden Schritte und den mühsamen Verhandlungen. Die Firmen benehmen sich wie zwei Hunde, die gegenseitig ihre Hintern beschnuppern.

Stefaan gibt sich große Mühe, mit den Gedanken bei der Sache zu bleiben. In der Pause zwischen zwei Meetings ruft er Suzanne zu sich. Er will sie bitten, nachzusehen, ob Berkvens' Überweisung schon eingegangen ist. Als sie in der Türöffnung steht, überlegt er es sich anders. Je weniger Leute von Berkvens' Fehltritt wissen, umso schneller kann die Sache zu den Akten. Er sagt Suzanne, dass er sie jetzt doch nicht braucht.

Reden ist Silber, Schweigen ist Gold, sagte seine Mutter, die wenigen Male, die sie sprach. Nicht ganz zufällig gehört das auch zu Miekes Lieblingsweisheiten aus ihrem Sprüchevorrat. Sie kann predigen wie ein Priester, mit Formulierungen wie »du sollst nicht, es wäre besser, wenn« oder »wenn jeder einfach nur«. Sein Vaterunser der Gewissheiten. Stefaan genießt es, obwohl er die Augen rollt. Mieke kennt das Geheimnis der Normalität und teilt es mit ihm. Seine Frau kauft ihm im Winter wollene Sportsocken zum Radfahren. In dieser harten Jahreszeit lässt sie den dünnen Speckrand an seinem Schweinekotelett, ein kleiner, aber himmlischer Genuss. Sie holt ihn aus der Melancholie heraus, die ihn in dunklen Winternächten herunterzieht.

Er hat es kommen sehen. Jeden Morgen und jeden Abend fängt Berkvens ihn ab. Berkvens scheucht ihn mit dem Rad. Er muss seinen Körper bis zum Äußersten treiben. Stefaan weiß, dass er die Angelegenheit mit ein paar klaren Worten aus der Welt schaffen kann, aber er hat seinen Status und seinen ausgeprägten Stolz.

Berkvens plaudert drauflos, will aber Stefaans fundierte Meinung zum Oslo-Abkommen, dem neuen König Albert II., der Apfelernte und den Fußballspielen hören, die sich Stefaan nie ansieht. In seinen seltsamen Monologen lässt dieser Mann keinen Raum für Antworten. Stefaan ist permanent vor Wörtern auf der Hut, die Berkvens in seinem Diskurs der Abgeschmacktheiten besonders häufig zu benutzen scheint, wie »Betrug«, »hinterhältig«, »Arbeitsbedingungen«.

Für Persönliches ergibt sich keine Gelegenheit, aber umso mehr für faule Witze, mit denen der typische Frust über die betrieblichen Sparmaßnahmen ventiliert werden. Glauben die wirklich, den Laden retten zu können, indem sie den Leuten ihre tägliche Gratisdose Limonade wegnehmen? So kann die Führung noch ein kleines Extra einsparen und die Firma größere Reinerlöse verbuchen.

Stefaan weiß genau, dass er sich nicht provozieren lassen darf. Berkvens wartet wahrscheinlich nur darauf, auf Konfrontationskurs zu gehen. »Los, Junge, wehr dich!«, sagt er zu sich selbst und versucht, seinen inneren Bodyguard zu finden, der leider in Deckung gegangen ist. Als eines Morgens ein Chevrolet an ihnen vorbeidüst, kann Berkvens es nicht fassen, dass Stefaan keine Ahnung hat, welcher reiche Typ da hinterm Steuer sitzt. »Aber die Herrn Direktoren vom Berg kennen sich doch alle, oder?«, sagt er. Ein paar Ecken weiter lässt er einen Stoßseufzer los: »Wie gern würde ich mal mit meinem Frauchen in Amerika Muscheln schubsen gehen.« Aus seinem rechten Nasenloch hängt eine kleine Blase. Er zieht den Rotzfaden geräuschvoll wieder hoch.

»Tu das, Berkvens. Tu das.« Die herbstliche Kälte schneidet auch in Stefaans Nase.

»Ja ja, bald. Endlich alle Überstunden nehmen und mal richtig in den Urlaub fahren.«

Stefaan lässt sich Berkvens' Personalakte kommen, die er eingehend studiert. Überstunden hat Berkvens wie erwartet keine. Stefaan hat gehofft, auf Berkvens' nächsten, folgenreicheren Fehltritt zu stoßen, zum Beispiel Trickserei mit den Überstunden, doch er findet nichts.

Einen Monat später ist das Geld noch immer nicht zurückgezahlt. Noch kurz, denkt Stefaan, noch kurz. Berkvens ist ein Mann, der noch kurz den Mut aufbringt, sich der Ungerechtigkeit des gerechten Urteils zu widersetzen. Das ist ungefähr so lästig wie Nasenhaare zu zupfen. Noch kurz, und er sieht sich gezwungen, Berkvens zu kündigen. Gründe dafür gibt es ausreichend. Er würde den Rauswurf gegenüber dem Vorstand und der Personalabteilung perfekt verantworten können, vor allem jetzt, da der Riemen enger geschnallt wird. Wozu braucht so ein einfacher Mann eigentlich so viel Geld? Sein Rennrad ist ein altes Wrack, seine Kleidung zerlumpt, das sieht selbst Stefaan, obwohl er wirklich kein Experte in Sachen Kleidung ist. Es gibt Leute, die Geld brauchen, um glücklich zu sein, die aber nichts damit tun. Sie bringen es einfach zur Bank, wo sie wöchentlich einen Kontoauszug abholen, den sie sich dann eine Weile anschauen können. Sie sehen ihrem Geld beim Wachsen zu. Das geht genauso schnell wie seinem eigenen Kind beim Wachsen zusehen. Dazu braucht es Liebe.

Möglicherweise hat Berkvens sich selbst die Gehaltserhöhung gegeben, die er in seiner Position ohne Perspektive niemals bekommen wird. Er ist bis zur höchsten Stufe der Inkompetenz aufgestiegen, ab da führt *the only way down*, wie es ein charismatischer amerikanischer Manager auf einer Konferenz in Bern so schön gesagt hatte.

Das wird passieren. Berkvens rutscht ja schon ab. Trotzdem, seit ein paar Nächten raubt ihm die Sache mit Berkvens den Schlaf.

Jemandem kündigen ist kein Vergnügen, im Gegensatz zu dem, was einen die Nachrichten so glauben machen wollen. Er hat früher schon Angestellte gehen lassen müssen, immer regelkonform. Das war kein Zuckerschlecken. Vor allem ein Fall bereitete ihm Herzrhythmusstörungen, da ging es um die Kündigung einer Laborantin. Sein Unterbewusstsein meldete sich damals regelmäßig bei ihm, um ihn auf die natürlichen Rundungen der Frau aufmerksam zu machen. Stefaan war furchtbar auf der Hut, dass er sie in einem unbeobachteten Moment nicht zu lang ansehen oder sie zufällig berühren würde. Gedanken wie eine Besenkammer voller klebriger Spinnweben, an der er immer nur vorbeiging, nie hinein. Sie war eine ehrgeizige junge Frau, die jeden mit ihren technischen Darlegungen beeindrucken konnte, um dann in Stillschweigen zu verfallen, ein paar Flusen von ihrem kurzen Kleid zu zupfen und umsichtig die Flüssigkeit in einem Erlenmeyer zu schwenken, in Erwartung einer Reaktion, die nicht kam. Deshalb traute er ihr auch die schnelle Nummer im Versammlungsraum mit einem seiner wissenschaftlichen Mitarbeiter erst nicht zu, im Dämmerlicht, als sie dachten, jeder sei schon zu Hause, und Stefaan glaubte, Mäuse über der abgehängten Bürodecke zu hören.

Darüber hat er sich nächtelang den Kopf zerbrochen, im kühlen Schlafzimmer bei geöffnetem Fenster. Er schlug eine gedankliche Brücke zu seiner Tochter. Manche Leute sind egozentrisch, sie beziehen zu viele Sachen auf sich, aber wie nennt man jemanden, der zu viel auf seine Tochter bezieht? In der Laborantin erkannte er die zukünftigen Formen seiner Tochter. Nur welcher Unmensch kündigt schon seiner eigenen Tochter? Er sah seine Tochter aber ebenso in der Kassiererin, was vielleicht seine barsche, weil enttäuschte Reaktion auf deren lahme Begrüßung und völligen Mangel an Hilfsbereitschaft erklärt, als er mit seinen dicken Wurstfingern versuchte, ein hauchdünnes Tütchen aufzudröseln. Es passte ihm nicht, dass er sich gezwungen sah, die talentierte Laborantin wegen ihres ruchlosen Verhaltens vor die Tür zu setzen. Er entschied sich jedoch, kurzen Prozess zu machen, und entließ die Laborantin und den Mitarbeiter fristlos. Wieder zu Hause, holte er den Bohrer und die Leiter und schraubte ein Vogelhäuschen in der hohen Eiche fest, die braunen Saft blutete.

Nützlich sind solche Gedanken aber nicht. Er hat es mehr als einmal in der Notaufnahme miterlebt, wo überarbeitete, völlig übermüdete Studenten Praktika machten und reichlich Schlaftabletten austeilten, weil sie die selbst so nötig hatten, oder bei der Anorexiepatientin in seinem Studentenwohnheim, die am laufenden Band Rührkuchen buk, vorzugsweise nach dem buttrigsten Rezept, um dann genüsslich dabei zuzusehen, wie die anderen den fetten Brei in sich hineinstopften. Sozusagen stellvertretend. Das passiert oft, aber eine gute Lösung ist es nicht. Er darf sich einfach nicht über Berkvens ärgern, beschließt er, denn wer weiß, vielleicht spricht daraus ja sein großer Ärger über sich selbst, seinen Managementstil oder seine Fehler.

Da kratzt etwas an der Innenseite seiner Schädeldecke. Etwas, das aus dem Spalt zwischen seinem Arbeits- und seinem Intimleben heraufgekrochen kommt. Vorsichtig schleicht er um halb eins aus dem Schlafzimmer. Er schaltet unten den Alarm aus. Der Himmel ist pechschwarz. Sein Herz hämmert laut. Er geht hinüber zu seinem Schuppen. Oberhalb seiner Werkbank fällt ihm ein Fleck auf. Es ist Firnis, den er an der Wand aufgetragen hat, um zu testen, wie er sich verfärbt. Stefaan schaut so lang auf den Fleck, bis er wünschte, er könne darin verschwinden, unter dieser dünnen Schicht Firnis, irgendwo anders hin.

Er geht nach draußen, klettert aufs Dach, um verrottende Blätter aus der Rinne zu holen. Er füllt seine Lungen mit Sauerstoff, bis er wieder normal atmen kann. Wie herrlich, den dunklen Himmel über sich zu spüren, ins dunkel gekleidete Universum zu blicken, unter ihm die hell erleuchteten Straßen des Dorfs, Liegestühle, Saunakabinen und Tennisfelder. Die Nachbarn in ihrem modernistisch verwinkeltem Haus mit den schiefen Fenstern liegen längst im Bett, abgesehen von Marc vielleicht. Der Chirurg bricht wahrscheinlich jetzt noch eine neue Flasche Wein an. Das Schwimmbad der übernächsten Nachbarn leuchtet hell wie immer, ein Kreidestrich auf der dunklen Tafel der Nacht. Nachtvögel kommen in Schwung. Ein paar Waldkäuze hinterlassen ihre Gewölle auf den akkurat getrimmten Rasen: graue Ballen aus zermalmten Mäuseknöchelchen und anderem Unverdaulichen, mit dem ihre Eulenmägen nichts anzufangen wissen. Plötzlich merkt Stefaan, dass er fröstelt. Er klettert die Leiter herunter. Als er sich umdreht, sieht er Licht in Sarahs Zimmer brennen. Sie steht mit dem Gesicht zum Fenster. Er winkt ihr zu.

Im Büro holt er sich einen doppelten Kaffee, obwohl er einfach nach dem Servierfräulein klingeln könnte. Es ist noch früh am Morgen, da ist noch nicht viel los in der Kantine. Alles Leute, deren Gesichter ihm vage bekannt vorkommen. Niemand grüßt. Es ist früh, die Menschen müssen erst in Gang kommen. Er ist kurz davor, Berkvens zu fragen: Solltest du nicht ein wenig dankbarer sein, dass ich dich auf deinem Posten lasse, obwohl du in den letzten Jahren keinen Schlag mehr getan hast? Obwohl du den Pausenraum mit blöden Witzen zutapezierst und anderen mit deinem endlosen Gelaber und deinen effektheischenden Meetings die Zeit stiehlst?

Als er seinen Kaffee getrunken hat und auf der Toilette gewesen ist, kommt er zu dem wohlüberlegten Ergebnis, Berkvens vorläufig, also bis zu seiner Entlassung, völlig links liegen zu lassen. Er wird ihm auch keine Auswertungen oder Briefings mehr geben. Schon seit einer Woche radelt Stefaan einen anderen Weg zur Arbeit und wieder zurück. Berkvens wird an Suzanne vorbei in Stefaans Büro kommen müssen, um ihn zu fragen, was los ist.

Seine Sekretärin kommt herein, legt eine Akte auf den Tisch, außerdem eine kleine gefaltete Notiz. Er wartet, bis sie die Tür hinter sich zugezogen hat, und öffnet den Zettel.

»Vergiss es«, steht diesmal in Berkvens' Kinderschrift auf liniertem Papier. Radioaktiv strahlt ihm die Nachricht entgegen. Soll er etwas anderes vergessen, oder kann der Betrieb auf die Rückerstattung pfeifen? Was haben diese zwei Worte zu bedeuten? Er stopft die Notiz in seine Tasche.

Zu Hause wagt Mieke sich an ein kleines Kochexperiment. Sie ist heute Morgen zufällig Berkvens' Frau beim Gemüse im Supermarkt begegnet. Diese Person hat ihr ungefragt ein Brokkolirezept mitgeteilt. Sonst wussten sie nicht, worüber sie miteinander reden sollten.

»Es hat damit natürlich nicht viel auf sich«, warnt sie, »außer einer speziellen Geheimzutat. Dreimal darfst du raten!«

Sarah und Stefaan sind ihre Testpersonen. Er probiert einen Happen. Es schmeckt nach Seife oder zumindest eindeutig etwas Chemischem. Was, wenn etwas Giftiges an dem Gemüse ist? Er sollte nicht so paranoid sein, das ist übertrieben, trotzdem spuckt er den Bissen aus. Sarah findet es lecker.

»Ingwer!«, triumphiert Mieke. »Wusstest du übrigens, dass sich Fernand Berkvens und seine Frau getrennt haben?«

»Berkvens macht den Trick mit den zwei Jacken«, meldet Elleke. Elleke, die neue, knallharte IT-Spezialistin, redet unheimlich viel und stolziert auf hohen Absätzen und mit geschürzten Lippen durch die Abteilung. Die Firma investiert eine stattliche Summe in Bürocomputer fürs Personal. Sie haben ein paar Experten angeheuert, die den Leuten bei sämtlichen Problemen helfen sollen. Elleke kriegt alles hin, auch Sachen außerhalb ihrer Befugnis. Stefaan hat sie gebeten, sich ein wenig unter den Kollegen umzuhören. Dabei hat sie von mehr als einer Person gehört, dass in Berkvens' Spind zwei Jacken hängen. Die eine drapiert er über seinen Stuhl, dann wünscht er jedem Kollegen persönlich guten Morgen, und wenn ihm danach ist, geht er für ein paar Stunden mit der anderen Jacke raus. Wenn jemand nach ihm fragt, glauben alle, er sei im Haus, schließlich hängt da ja seine Jacke. Seine direkten Kollegen wissen anscheinend schon eine ganze Weile darüber Bescheid, aber niemand fühlt sich berufen, Stefaan zu informieren. Er müsse das verstehen, wer denunziert, macht sich nicht beliebt.

Die Geschäftsleitung beruft heute eine Sitzung mit den Vertrauensleuten ein. Demnächst soll die Fusion zur Sprache gebracht werden, und dann ist gutes Einvernehmen vermutlich hilfreich. So sind die Neunziger. Die Gewerkschaften sind immer noch übermächtig, ihre Gefolgsleute sind Kampfhähne, die entweder von der Leiter gepurzelt oder nie aufgestiegen sind und unter einem eklatanten Wunsch nach Macht und Ansehen leiden. Sie wollen auf jeden Fall ein Wörtchen mitzureden haben. Egal, was ein Gewerkschaftler ausgefressen haben mag, innerhalb der Firmenhierarchie gilt der Mann als eine Art Gott, ein geistiger Führer, der die Moral hochhält, der den Leuten Mut macht und ihnen eine Schulter zum Ausweinen bietet. Gegen so einen haben die Chefs nichts zu melden. Das merkt Stefaan, wenn er durch die Gänge geht oder am Wasserspender steht. Die meisten würden ihn am liebsten nicht grüßen. Sobald er sich über die Wasserfontäne beugt, sieht er genau, wie sie ohne ein Wort an ihm vorbeigehen. Wie oft hat er dem Rinnsal »Guten Tag« zugewispert. Das ist Teil seines Jobs als Manager. Man lernt mit Dingen umzugehen, die man nicht verändern kann, findet andere Lösungen. Mieke hat recht. Es ist wirklich schwer, einerseits das Geld zu verteilen und sich andererseits mit dem Volk abzugeben. Die Masse kann ihm gestohlen bleiben. Alle bedeutenden Ideologien haben mit der Masse ihre liebe Not gehabt und einen Weg gesucht, sie zu bändigen. Man muss sich nur zu helfen wissen.

Er hat sich einfach zu lange nicht bei den Mitarbeitern blicken lassen. Er öffnet den geräumigen Kleiderschrank neben der Tür, nimmt sich seinen Laborkittel. Mit dem Kittel über dem Arm geht er ins Erdgeschoss in die Forschungsabteilung. Bei seinem Eintritt in die offenen Laborräume tauchen ein paar Köpfe über den halbhohen Wänden auf. Leises Murmeln hier und da. Sie wollen ihn in ihrem Territorium nicht, das ist es. Sie vergessen nicht, dass er über sie das Zepter schwingt, im Gegenteil. Darum wollen sie ihn ausgerechnet hier nicht sehen. Sie finden, dass sein Platz der Ausguck ist.

Stefaans ehemaliger Laborpartner Steven biegt um die Ecke, nickt ihm kurz zu, bevor er eine Zwanzig-Franken-Münze in den Getränkeautomaten wirft. Selbst Steven unterhält sich nicht mit ihm. Hat jemand schlecht über ihn geredet, oder hat er einfach zu lang gezögert? Von sich aus fängt er fast nie Smalltalk an. Stefaan zieht eine Dose Fanta aus dem Automaten. Eigentlich hat er keinen Durst, aber die Leute sollen sich nicht wundern, was er hier treibt. Mit der Fanta in der Hand geht er über die Treppe zurück zu seinem Arbeitszimmer. Er denkt an seinen hageren Vater, wie der vor langer Zeit mit kerzengeradem Rücken ganz würdevoll die Leiter zum Heuboden hinaufstieg.

Als er wieder in seinem Büro ist, lässt er Berkvens rufen.

»Komm rein«, sagt Stefaan. »Setz dich.«

Berkvens steht auf der anderen Seite des Eichentisches, blickt ihn mit gerunzelter Stirn an.

Vielleicht hat er sich nicht deutlich ausgedrückt. »Du darfst dich setzen.«

»Warum hast du mich gerufen?«, fragt Berkvens.

»Was hast du vor?«, sagt Stefaan entschlossen. »Wirst du das Geld zurückzahlen oder nicht?«

»Was meinst du?« Endlich setzt Berkvens sich.

Stefaan gibt sich große Mühe, das Rauschen in seinen Ohren zu ignorieren. »Du arbeitest kaum, du bestiehlst die Firma, und du weigerst dich, deine Schulden zurückzuzahlen. Ich hätte dich längst entlassen können.«

»Stimmt nicht.«

»Ich habe es schwarz auf weiß, du hast Geld gestohlen.«

»Das war Geld für die Gewerkschaft.«

»90.000 Franken sind unrechtmäßig auf dein Konto überwiesen worden. Hast du noch vor, das zurückzuzahlen?«

Berkvens zuckt mit den Achseln.

»Wofür brauchst du das Geld überhaupt?«

»Das ist Privatsache«, sagt Berkvens.

»Soll ich das als Grund angeben, wenn ich denen von der Personalabteilung sage, sie sollen deine Kündigung vorbereiten? Bin gespannt, ob das etwas ändert.«

»Die Gewerkschaft schützt mich«, sagt Berkvens, wobei sein Schnurrbart in die Höhe geht.

»Ach ja, die Gewerkschaft schützt dich? Leute wie du machen die Gewerkschaft kaputt. Du stiehlst und lügst. Dir ist doch klar, dass ein Arbeitsgericht deiner Entlassung bei der Faktenlage sofort zustimmen wird?«

»Dass ich nicht lache! Stimmt nicht«, sagt Berkvens und streicht mit Daumen und Zeigefinger seinen Schnurrbart glatt. Warum kommt ausgerechnet jetzt keiner vorbei? Haben die sich abgesprochen? Er sitzt in einem gläsernen Käfig im Rahmen der Transparenz. Normalerweise lassen seine Angestellten es sich nicht entgehen, einen Blick auf ihren Chef zu werfen. Es ist sechs Minuten nach elf Uhr morgens, anscheinend der einzige Moment am Tag, an dem alle auf ihren Stühlen kleben. Nichts rührt sich auf den Treibwegen der Gänge.

»Die Fakten sind belastend genug, um dich fristlos zu entlassen«, wiederholt Stefaan.

»Interessant.« Berkvens kaut auf seiner Unterlippe herum. »Ich sehe die Sache aber ein bisschen anders.«

»Ach ja, und wie, bitte schön?«, sagt Stefaan höhnisch.

»Die Fusion.«

»Was weißt du von einer Fusion?«

»Ich habe meine Quellen …«

»Was willst du eigentlich?«

»Gerechtigkeit. Du bist nicht die richtige Person für diesen Posten. Für dich, und das gilt übrigens auch für deine Kumpel im Vorstand, zählen nur drei Dinge: Gewinn, Gewinn und noch einmal Gewinn. Dafür geht ihr sogar über Leichen. Wie viele waren es noch in China? Lass mich mal nachzählen.«

Weil ein Pharmaunternehmen keine Bank ist, gibt es auch keine roten Alarmknöpfe, auf die man drücken könnte, und weil das hier kein Film ist, geht auch keine Luke im Boden auf, wenn einen ein Schurke am Kragen hat und auf die lederne Schreibtischunterlage spuckt.

»Jetzt hör mal gut zu.« Stefaan flüstert beinahe. »Was da in China passiert ist, war ein Unfall.«

»Lächerlich! Wenn man die Leute Jahr um Jahr ausbeutet und ihnen für einen Hungerlohn Überstunden aufbrummt, klar, dass dann Unfälle passieren.«

»Die Familien wurden korrekt entschädigt. Die Arbeitsverhältnisse in der Fabrik haben sich enorm verbessert.«

»Eine abgebrannte Fabrik, ein Toter und fünf Schwerverletzte.«

»Worauf willst du hinaus?«

»Das war deine Schuld, du Scheißkerl. Du hast den Betrieb noch besucht. Du wusstest, wie katastrophal und gefährlich die Situation dort war, und hast nichts dagegen unternommen.«

»Was weißt du schon davon?«

»Wenn das ans Licht kommt, steht es gar nicht gut um eure Fusion. Und ich glaube, dass unser Big Boss dann auch nicht mehr schützend die Hand über dich halten wird. Es ist leichter für ihn, einen Einzelnen über Bord zu werfen, als den gesamten Vorstand untergehen zu lassen. Hart, oder? Jetzt spürst du auch mal, was es heißt, Angestellter in einem Laden zu sein, der nur an Gewinn denkt.« Berkvens verlässt den Raum und schließt die Tür hinter sich.

Meistens weiß Stefan, was zu tun ist. Auch wenn es mal brenzlig wird. Wie damals, als die Fritteuse plötzlich in Flammen stand. Er hat schnell einen feuchten Lappen über das Gerät geworfen und es ohne zu zögern hinausgetragen. Mieke und er sahen sich das wild zischende Ding an, das beinah ihre Villa niedergebrannt hätte. Diesmal hat er nicht schnell genug gehandelt, nicht schnell genug einen feuchten Lappen über die brandgefährliche Angelegenheit geworfen.

Er wurde von einer Niete enttarnt. Von einem Trottel bis auf die Knochen blamiert. Wie steht er denn jetzt da? Seine Kollegen, Mieke, Sarah, alle werden entdecken, dass er nicht der tolle Hecht ist, der es mühelos bis in die Chefetage gebracht hat, sondern nur der kleine Junge, der aus dem Auto steigt, um seinen Eltern die schreckliche Nachricht zu überbringen. Der Totalversager, hier sitzt er. Mit dem Hintern gerade noch auf dem ledernen Chefsessel. Ein kleiner Rest Kaffee in seinem Becher. Seine falschen Zähne klappern gegen den Plastikrand. Sein Glied ist steif und hart, eine Angstreaktion, wie sie bei jedem Säugetier vorkommt. Er hat alles verloren. Stefaan kommt hinter seinem Schreibtisch hervor, um das Fenster zu öffnen. Frische Luft hilft immer. Er nimmt mühsam wieder Platz und schaut die grün fluoreszierenden Buchstaben auf seinem Bildschirm an.

Ganz außer Atem kommt Stefaan nach Hause. Er verschlingt den

Kalbshackbraten mit Möhren und Kartoffeln. Sarah erzählt ihm von der vierten Staatsreform und welche Folgen die Föderalisierung für die Belgier hat. Mieke schenkt ihm einen Blick, der bedeuten soll: »Hat sie das von dir oder von mir? Oder von uns beiden.« Das ist es, genau das muss er festhalten. Hierfür hat er geschuftet: seine Familie. Solange er das nicht verliert, ist alles in Ordnung. Egal, welches Opfer er dafür bringen muss. Mieke erwähnt eine Geschichte, die sie über ihren Bruder Jempy aufgeschnappt hat. Ihre Stimme wellt sich an den Rändern nach oben. Doch aus ihrer Missbilligung spricht auch Bewunderung für das, was sich dieser Mann, ihr eigener Bruder, alles traut, der sich bedenkenlos von einem Abenteuer ins nächste stürzt. Per Anhalter von Kapstadt nach Russland, das muss man sich mal vorstellen, besonders mit dem Ozean dazwischen.

Nach dem Abendessen geht Stefaan in den Garten. Die treuen Nachteulen sitzen schon unter der Himmelskuppel und drehen ihre Köpfe herum. Durch die Spaliere aus Baumstämmen und dem Blattwerk der schlanken, gerade gepflanzten Obstbäume sieht Stefaan den beleuchteten Swimmingpool der Nachbarn. Die Wasseroberfläche ist mit einer dicken Blätterschicht bedeckt und lädt heimtückisch dazu ein, darüberzulaufen. Er atmet tief die Waldluft der Siedlung ein. Er legt die Hand auf die Klinke zu seinem Schuppen, zerrt die Eichentür auf, geht hinein und stellt sich breitbeinig vor seine Werkzeugsammlung, als wollte er sehen, wer als Erstes aufwachen, vom Regal springen und ihm zu Diensten sein wird. Hier warten die Gegenstände auf ihn: ein ganzes Arsenal an Fuchsschwänzen, feinen Metallsägen und Laubsägen, die Sarah sich in der dritten Klasse noch ausgeliehen hat, um zum Vatertag einen Clown für ihn zu basteln, ein Beil, um Holz für den Kamin zu spalten, einen Metallbohrer und eine Kreissäge mit großen Zähnen, die Zickzackspuren auf seiner rechten Handfläche hinterlassen hat. Die Säge, die er nur in Ausnahmefällen benutzt, für die wirklich ernsten Aufgaben, steht in einer dicken Plastikhülle draußen unter dem Vordach, damit sich kein Rost bildet. Es ist ein Monstrum mit einer tödlichen Zahnreihe, eine Art Wurstaufschnittmaschine für Holz. Mit dem Ding kann man problemlos eine Bahnschwelle zersägen, als wäre sie Schinken.

Er nimmt die Schutzhülle von der riesigen Sägemaschine, die jetzt noch schweigt, aber fünf Sekunden später, mit einem Druck auf den Schalter, aufheult, was das Zeug hält. Er setzt die Eisenzähne von einem Baumstumpf an den anderen. Na also, er ist kein arbeitsloser Versager, er hat immer etwas zu tun. Das ist etwas, was Mieke ihm vorwirft: nie einen Moment Ruhe.

Mieke steht im Morgenmantel auf der Terrasse und plärrt. Ob er verrückt geworden sei. Vor ein paar Wochen hat sie schon einmal da gestanden und gerufen, dass sie auf gar keinen Fall einen behinderten Mann wolle, was solle sie dann anfangen? Er wäre tagelang zu Hause und müsse von der Sozialhilfe leben, und die reiche gerade, um Sarahs Schulbücher zu bezahlen und einen Teller Grütze. »Mensch, Stefaan, was ist eigentlich los?«, beendet sie ihren Rappel, indem sie ihre Worte auf ein Kissen der Güte bettet.

Stefaan hört ihr Geschrei. Er taucht seine Hand in den Bewegungsradius des Sägeblatts. Er berührt die kreisende Luft, die Hitze des schrecklich scharfen, rotierenden Messers und zieht seinen Finger augenblicklich wieder zurück. Der ist geköpft. Ein fürchterlicher Schnitt, eine tiefe Fleischwunde. Ihm bleibt die Luft weg. Mieke fängt wieder an zu schreien. Der Schmerz, abartig und lähmend, trifft ihn wie ein Faustschlag. Er hat gerade noch genug Geistesgegenwart, um mit seiner linken Hand die Maschine abzuschalten. Die Rädchen seiner Gedanken rasten wieder ein, er kann wieder normal denken.

»Alles in Ordnung«, ruft er vom anderen Ende des Gartens wie König Lear, der sich gegen die Elemente auflehnt, »ich komme gleich.« Die Panik ist ihm anzuhören, aber Stefaan hofft, dass die Entfernung sie herausfiltert. Die Endorphine peitschen durch seinen Körper, erreichen seinen Kopf, wo alles auf einmal ganz leicht und hell wird. Er geht über den Gartenweg, sofort springt die automatische Beleuchtung an. Bei genauerem Hinsehen merkt er, dass ein paar Millimeter vom Finger fehlen, der Knochen hebt sich weiß von seinem grässlich durchtrennten Fleisch ab. »Du Vollidiot!«, flucht er und schnaubt voller Selbstverachtung. Mieke zerrt ihren Mann ins Haus, zieht eine lange Bahn Küchenpapier von der Rolle und spannt sie so fest wie möglich um seine gestutzte Fingerspitze. »Was ist passiert?«

»Ich versorg das lieber selbst.« Erleichtert stellt Stefaan ein paar Minuten später fest, dass er nicht verbluten wird, auch wenn er den Rest seines Lebens ohne Fingerkuppe herumlaufen muss.

High vor Schmerzen legt er sich im dunklen, kühlen Schlafzimmer auf den Rücken. Es gelingt ihm nicht, einzuschlafen. Mieke schüttelt ein Kissen auf, gräbt sich ein und fällt sofort sanft in die tiefe Schlucht des Schlafs. Er kann nicht an sich halten, rüttelt Mieke wach und fragt: »Kann ich mal mit dir reden?«

Mieke sagt manchmal zu ihrem Mann, die meisten Leute wären doppelt so interessant, wenn sie nur halb so viel reden würden, außer Stefaan, der gerne mehr reden könnte. Sie dreht sich zu ihm hin, schmiegt sich an ihn und fragt mit schlaftrunkener Stimme: »Okay, worum geht es?«

Er beginnt und ist nicht mehr zu bremsen. Die Worte treten wie Blutstropfen aus ihm heraus, als er von der Sache mit Berkvens erzählt, diesem irritierenden Kerl. Der ihm auf dem Fahrrad folgt. Der Geld gestohlen hat und es nicht zurückzahlt. Er überschüttet Mieke mit Details, sagt aber kein Wort darüber, dass er heute von Berkvens bedroht worden ist.

»Gut, dass es dir jetzt mal so geht wie mir. Diese blöden Kleinigkeiten sind immer die schlimmsten«, sagt sie. »Zum Beispiel heute, da habe ich eine Suppe gekocht und versehentlich ein Stück Kartoffelschale mit daruntergemixt. Die kriegst du nicht wieder heraus, und das schmeckt man, hundertpro. Furchtbar.«

»Er hat übrigens aufgehört, mir zu folgen.«

»Zum Glück. Ich habe den Fettsack letztens auf dem Rad gesehen in so einer Wurstpelle von Radsportanzug. Tu mir bitte einen Gefallen, Stefaan, zieh dir nie so was an. Dieser Berkvens darf das von mir aus tragen, wenn's ihm Spaß macht, aber du als Chef doch wohl nicht. Du machst dich ja zum Gespött der Leute, in so einer Nylonstrumpfhose. Klar, jeder hat das Recht, sich lächerlich zu machen, aber du bist nicht jeder. Sondern mein Mann. Wenn du dich komisch benimmst, hänge ich mit drin. Also ist es meine Aufgabe, dich vor Dummheiten zu bewahren.«

Mieke bietet ihm alles andere als eine Lösung. Sie begreift anscheinend nicht einmal den Kern des Problems. Und sie gähnt die ganze Zeit, was im Bett ja öfter vorkommt. Stefaan kommt fast um vor Schmerz. Sie hat nicht die leiseste Ahnung, was er durchmacht.

Stefaan wird wütend. Er ist wütend auf sich, wütend auf die Welt. Aus Wut wird Erregung. Er küsst seine Frau, arbeitet sich über ihren Bauch nach unten, zwischen ihre Beine. Sie ist überraschend empfänglich. Während er sie dort küsst, streichelt er fest über ihren Bauch, ihren Po, ihre Brüste. Das Blut pocht in seinem geköpften Finger und in seinem entblößten Glied. Er wird steinhart, verbietet sich aber, in sie einzudringen. Er will hart bleiben, pulsierend hart. »Komm in mich!«, sagt Mieke. Auf einmal braucht sie es schnell, hat es eilig, kann nicht warten. Mit der verletzten Hand hebt er ihr Becken an und dringt in sie ein. Das Heben tut weh, das Eindringen auch. Er japst wie ein verwundetes Tier. Hinter dem glühenden Schmerz, der sich über seine ganze Körperoberfläche ausdehnt und alles zu Asche verbrennt, spürt er ein teuflisches Vergnügen. Er fällt über seine Frau her, lässt sie genießen, bis beide nicht mehr können. Im Bett werden sie andere, zwei Fremde, die spontan miteinander schlafen wollen, Fremde, die sich ganz und gar vertrauen. Sie halten sich lang in den Armen, im Dunkeln auf der Rückreise von einem Ort, an dem sie noch niemals gewesen sind. Er liebt sie, in jeder Form, mit ihren vielen Maskeraden, ihren leicht entflammbaren Ansichten.

Die restliche Nacht wälzt er sich hin und her. Sein Gedankenkarussell dreht sich immer erst im Nachhinein, wenn es schon zu spät ist. Ihm ist klar, dass er Berkvens früher auf die Straße hätte setzen müssen. Schon vor dreizehn Jahren, nach ihrem ersten Streit. Ein unverzeihlicher Fehler. Und jetzt? Er verliert seinen Job, aber wem nützt das? Würden die chinesischen Arbeiter überhaupt wollen, dass er kündigt? Nein, natürlich nicht. Seit dem Unfall haben sie es nirgendwo anders so gut, dafür hat er gesorgt.

Beim Frühstück berichtet ihm eine komplett andere Mieke, seine gesetzlich angetraute Ehefrau, dass sein Gehalt immer noch nicht auf dem Konto ist. Da hat sie immer ein Adlerauge drauf. Auch wenn sein Gehalt zur Hälfte im Rachen des belgischen Steuersystems verschwindet, bleibt noch mehr als genug für den Unterhalt seiner Familie übrig. Dank seiner Tatkraft im Beruf, aber auch wegen Miekes Erbe, können sie sich jeden Luxus erlauben. Luxus hat für Mieke nichts mit Überfluss zu tun, Luxus ist ein Standard. Sie braucht die Teppiche einfach, die eingebauten Halogenlampen und die neue Küche mit Induktionsherd. Sie lässt sich ihre Hausfrauenarbeit eben in Gegenständen auszahlen. Wenn sie damals ein Reihenhaus in der Stadt bezogen hätten oder eine Beletage irgendwo außerhalb, dann hätte Mieke einen Teil ihrer Immobilien versilbert, um doch eine Villa hier auf dem Berg kaufen zu können. Sie will nun einmal in einem Haus leben, das wenigstens ein bisschen dem ihrer verstorbenen Eltern ähnelt. Für sie ist Luxus eine Frage der Tradition.

»Erkundigst du dich mal danach?« Ihr Ton macht deutlich, dass die vergangene Nacht zu einer anderen, lang verflogenen Zeit gehört. Frühmorgens sind Menschen anders, gelten andere Gesetze. Im Radio streiten zwei Grundgesetz-Experten über den Wahlbezirk Brüssel-Halle-Vilvoorde. Sarah zerkrümelt ihre Scheibe Brot.

»Jaja«, grummelt er.

»Na, mit ›Jaja‹ kommen wir nicht weiter. Ich finde, du solltest das nicht einfach auf dir sitzen lassen.«

»Es ist doch erst der Dritte des Monats. Morgen ist das Geld bestimmt da. Du weißt doch, wie lang Banken sich mit so was Zeit lassen.«

»Du lässt dir auf der Nase rumtanzen.«

»Das tue ich nicht!«

»Frag sie doch gleich, ob du diesen Monat umsonst arbeiten darfst.«

»Was ist denn los mit dir?« Hat sie auf einmal ihre Tage, oder schöpft sie vielleicht Verdacht? Bei Mieke muss er aufpassen, sie kriegt alles raus.

»Weißt du noch, der Monat, den du Van de Meulebroeck einfach geschenkt hast?«

Er hatte tatsächlich im ersten Monat nach seiner Beförderung kein Gehalt bekommen und sich nicht getraut, nachzufragen, weil er nicht geldgierig erscheinen wollte.

»Wenn ich nicht darauf bestanden hätte, die Sache zu regeln, wärst du jetzt ein Manager mit dem Gehalt eines Gutachters.«

»Gut, ich kümmer mich drum.«

»Und geh bitte mit deinem Finger zum Arzt.«

»Ich bin selber Arzt.«

Stefaan hat noch nicht entschieden, ob er wirklich zur Arbeit fahren wird, als er auf sein Rad steigt und den üblichen Fluchtweg durch den Wald einschlägt, in der Hoffnung, Berkvens nicht zu begegnen. Der Wald ist menschenleer. Es ist so ruhig, dass man hören kann, wie sich die Elstern von Wipfel zu Wipfel über ihre Beute unterhalten. Wie aus dem Nichts kommt jemand laut atmend hinter ihm angeradelt. Stefaan schaltet einen Gang höher, weil er keine Lust auf Gesellschaft hat. Das Keuchen kommt näher. Sein Blut fließt schneller, aber er versucht, den Radfahrer bis zum Schluss zu ignorieren.

Er schaut sich nicht um, fährt stur weiter, bis im rechten Augenwinkel ein grobschlächtiger Junge auftaucht. Wie ein Yeti hängt er über seinem Lenker, schiebt sich mit seiner ganzen Urkraft vorwärts. Ein debiles Grinsen teilt sein Gesicht in zwei Hälften, lässt eine zu lange Zahnreihe im Gorillazahnfleisch erkennen. Er hat etwas absolut Kindliches, Neugieriges an sich. Stefaan lächelt ihm freundlich zu, das kann nie verkehrt sein. Der Junge beantwortet sein Lächeln.

Es ist so ein Junge, den man früher zusammen mit einem Ackergaul zum Pflügen eingesetzt hatte. Einer mit grenzenloser Energie, in den man nur einen Haufen Butterbrote stecken musste, zum Tausch dafür versetzte er Berge. Sie hatten in der Erntezeit auch so einen Burschen auf dem Hof gehabt. Dieser hier wird offenbar besser versorgt. Seine Kleidung und sein Gesicht sind sauber.

Aus reiner Neugierde und weil er Durst hat, steigt Stefaan auf einer Waldlichtung von seinem Rad ab. Er versucht, sein Fahrrad auf dem Ständer auszubalancieren, aber der versinkt im weichen Humus. Das Rad kippt auf den Waldboden. Der Junge lehnt es an einen umgefallenen Baumstamm, in den so manche Liebesbotschaft eingeritzt wurde. Er dreht sich ein wenig steif zu Stefaan um.

Der Junge kommt näher und legt seine kräftige Flosse in Stefaans ausgestreckte Hand.

»Xa-vi-er«, sagt der Junge zuvorkommend, aber mit zu viel Flüssigkeit im Mund. Nach der dritten Silbe schlürft er, damit sein Speichel und seine dicke Zunge im Mund bleiben.

»Und ich bin Stefaan«, sagt Stefaan. »Du kannst aber gut Rad fahren.«

»Mmmhhjjoooaaahh«, sagt Xavier sehr langsam. Er nickt eifrig zum Zeichen, dass er das von sich selbst auch findet.

Sie steigen wieder auf ihre Räder und fahren gemeinsam, einander vorwärtstreibend, weiter und weiter, laut schnaufend und lachend. Sie durchqueren Waldstücke und offene Felder, bis sie unten am Berg ankommen. Dort machen sie Halt. Der Junge schaut ihn freudig überrascht an und gibt ihm die Hand, bevor er in Richtung Dorf verschwindet.

Stefaan weiß schon, dass er der Wahrheit ins Gesicht sehen muss. Wie manche Männer im Film, die ihre Arbeit verloren haben, tagsüber die Bahn zum Flughafen zu nehmen, um dort die Stunden totzuschlagen, dafür ist er zu paranoid. Er würde seine ganze Hand in der Kreissäge darauf verwetten, dass Mieke ihn finden würde, auf ihre eigene, gewiefte Art.

So kommt es, dass er um halb acht durch die gläserne Drehtür geht, um sich im Büro der Geschäftsleitung zu Kleinholz machen zu lassen und mit gesenktem Haupt seine Entlassungspapiere entgegenzunehmen. Die Frage ist nur, ob er die bekommen wird, oder ob er selbst darum bitten soll. Eine andere Frage ist, wieso ihm nichts Ungewöhnliches auffällt. Seine Sekretärin deckt ihn wie sonst mit Arbeit ein. Sie hat alle Akten fein säuberlich auf seinen Schreibtisch gelegt. Wenn er heute einen Tag freinehmen würde, ohne vorher Bescheid zu sagen, wäre das höchstens unangenehm für seine Umgebung, aber Ärger bekäme er deswegen nicht.

Bevor er sein Büro von den verschiedenen Akten befreit hat – etwas, womit er normalerweise seinen Tag beginnt – geht er nach unten. Berkvens teilt einen Büroraum mit sechs Kollegen. Wenn sie nicht im Labor arbeiten, schreiben sie hier ihre Ergebnisse und Analysen auf. Hier war Stefaan lange nicht mehr. Ihm fällt auf, wie dröge und langweilig es hier ist: die weißfurnierten Tische und Schränke, die eine gewisse Professionalität ausstrahlen sollen, die teuren Schreibtischlampen, die man Betrieben empfiehlt, in denen Tag und Nacht durchgearbeitet wird, die identischen Abfallgitterkörbe. Hier und da entdeckt er einzelne persönliche Gegenstände: eine Kaffeetasse, auf der »Mama ist die Beste« steht, eine Blechdose mit Bonbons, und auf Berkvens' Tisch eine offene rote Brotdose, in der noch ein Weißbrot mit schwitzender Salami liegt. Berkvens kommt herein. Ungerührt hängt er seine Jacke über den Stuhl, grüßt erst einmal in die Runde, bevor er Stefaan ein herzliches »Guten Tag« zuruft. Stefaan bittet Berkvens, ihn nach oben zu begleiten. Er wollte seine Sekretärin nicht vorschicken. Die Angelegenheit geht nur sie beide etwas an.

In den ersten Minuten passiert gar nichts. Die Männer sehen sich an wie zwei Mafiosi, die in ihrem Gegenüber einen Verräter wittern. Man braucht kein Genie zu sein, um zu verstehen, dass beide mit einer Art stillschweigendem Pakt besser fahren würden. Stefaan bricht das Schweigen, indem er einen Vorschlag auf den Tisch legt. Berkvens behält seinen Job, im Tausch dafür hält er seinen Mund. Was die 90.000 Franken betrifft, die erwartet Stefaan innerhalb eines Jahres auf dem Firmenkonto. Als Berkvens aufsteht und Stefaan die Hand reicht, bemerkt er den Verband. Stefaan sieht Berkvens' unversehrte Finger und dreht sich um. »Du kannst gehen«, sagt er.

In der ersten gedankenleeren Stunde der Erleichterung fühlt Stefaan sich wie ein Gewinner. Berkvens zu kündigen hätte den Betrieb sowieso eimerweise Geld gekostet, wenn es überhaupt möglich gewesen wäre, angesichts seiner Position in der Gewerkschaft. Und wenn er das täte, würde Berkvens ihn einfach mit untergehen lassen. Das konnte er verhindern. Zwei Kaffee später ist sein Verstand wieder klar, und Stefaan erkennt die Milchmädchenrechnung: Eigentlich hat er nichts gegen Berkvens in der Hand. Er bekommt eine stattliche Summe vorgestreckt, das ist alles. Berkvens kann ihn trotzdem noch erpressen. Der Schmerz in seiner Fingerkuppe wird wieder stärker, aber Stefaan weigert sich, ein Schmerzmittel zu nehmen.

Den restlichen Arbeitstag hängt Stefaan am Telefon. Er hält Rücksprachen, bestätigt, überprüft, wählt Nummern und unterschreibt Dokumente. Er absolviert einen regelrechten Besprechungsmarathon, weil sie mit den Verhandlungen über die Fusion gerade in einer entscheidenden Phase stecken.

Er und die anderen Direktoren müssen die Fusion jetzt hausintern den Mitarbeitern schmackhaft machen, die schon auf die Barrikaden gehen, wenn auch nur das Gerücht die Runde macht, dass drei Leute den Platz tauschen sollen. Falls die Fusion stattfindet, wird der Betrieb noch größer und mächtiger. Der Kampf um die Spitzenposten wird noch heftiger toben als zuvor. Neue Leute werden kommen, die noch ausdauernder an seinem Stuhl sägen werden.

In der Chefetage wird es zugehen wie im Bienenstock. Beide Betriebe haben einer gründlichen Prüfung durch eine externe Unternehmensberatung zugestimmt. Während seine Kollegen immer weitere Akten herbeischaffen, verhält Stefaan sich ruhig. Er dümpelt im gleichmäßigen Rhythmus der Dossiers und Meetings dahin, ist dabei aber wie ein Verrückter am Wassertreten und fürchtet, jeden Augenblick zu ertrinken. Es gibt keinerlei erkennbaren Grund für seine Angst.

Berkvens gibt zu seinem Geburtstag eine Runde selbstgebackener Waffeln aus. Sie sind mit Butter bestrichen, bemerkt Stefaan, als das Serviermädchen ihm das Tellerchen vor die Nase stellt. Dicke Klümpchen weißlicher Schmiere in den Ecken einer schlaffen Waffel gefangen. Wer die wohl gemacht hat? Und wer hat sie vor lauter Ekel heimlich in den Papierkorb geworfen?

Der Winter hinterlässt erste zarte Fingerabdrücke auf den Fensterscheiben. Stefaans Sekretärin fragt, ob er Sarah dieses Jahr für die Nikolausfeier anmelden möchte, worauf er antwortet, dass sie mit ihren dreizehn Jahren seit einer Weile nicht mehr an ihn glaubt, »trotzdem danke«.

»Langsam fährt man besser – nicht nur beim Geschlechtsverkehr«, stand vor ein paar Jahren überall auf großen Plakaten an den Autobahnen von Flandern. Der Slogan für Verkehrssicherheit blieb natürlich nicht unbemerkt, denn über Sex zu reden war damals ein Tabu. Er war dämlich, ganz Flandern machte sich darüber lustig, Stefaan eingeschlossen. Wieso sollte er denn nicht schnell fahren? Auf seinem Rad ist er der Boss, kann mit ganzer Hingabe das Tempo hochschrauben. Er hört die Sportreporter auf ihren Motorrädern vorbeisurren. Sie rasieren gefährlich nah an ihm vorbei, aber er hält seinen Fokus. Er hat die Ziellinie vor Augen, kennt seine Kräfte. Er weiß, wie weit ihn der Energiewert seiner Butterbrote bringt. Niemand muss ihn antreiben, ihm reichen die anspornenden Stimmen in seinem Kopf. Die kennt er aus seiner Jugend, als es noch Kameraden gab, mit denen man Rik Van Steenbergen, Briek Schotte oder Fausto Coppi spielen konnte. Sie fuhren Rennen gegeneinander und triumphierten: »Daaaaaahhhhhh kommt er, daaaaaahhhhhh fährt er, diese Geschmeidigkeit, liebe Zuschauer …« Jetzt feuert er sich selbst mit den laut tönenden Worten der Sportreporter an. Die ganze Zeit fährt er allein an der Spitze des Felds, den Oberkörper gegen den Wind über den Lenker gebeugt. Er richtet sich auf und reißt die Arme in die Luft, als stünden fünfzigtausend ekstatische Leute am Ziel und zu Hause vor dem Bildschirm johlten noch weitere Millionen mit.

»Fahr doch nicht so schnell«, sagt Mieke zu Stefaan, als er pustend und schwitzend mit knallrotem Gesicht nach Hause kommt. »Was sollen deine Angestellten denken, wenn du daherkommst wie ein dampfender Stier? Warum machst du das, um Himmels willen, dich so kaputtfahren? Oder brennt's irgendwo? Übrigens, das Essen ist noch nicht fertig.«

Es schneit inzwischen ohne Unterlass. Während draußen in der Welt Krieg herrscht und Kinder entführt werden, sitzt Stefaan drinnen. Er hätte sich nie träumen lassen, dass die Gründung einer Familie ihn sowohl glücklicher als auch einsamer machen würde. So langsam versteht er die schwarzen Männer in New York. Vor Kurzem hat er gelesen, dass siebzig Prozent von ihnen ihre Frauen mit den Kindern sitzen lassen. Afroamerikanerinnen ziehen ihre Kinder in der Regel alleine groß. Vielleicht sollte sich ein Vater zurückziehen, sobald seine Aufgabe vollbracht ist. Das wäre der natürliche Lauf der Dinge. Und so bilden sich unaussprechbare Denkschleifen in seinem Kopf, die bei manch anderem früher oder später zu einem Gewaltausbruch führen würden. Erst kürzlich hat ein Familienvater in einem Wendy's in New Orleans seine Smith & Wesson leergeballert. Anschließend ist er in seinen Ford gestiegen, um sich selbst bei der Polizei anzuzeigen.

Stefaan sucht seine Schallplatten zusammen, er will ihnen in seinem Schuppen ein neues Zuhause geben. Seine Fingerkuppe juckt. Er sieht Mieke von einem ihrer Teppiche hochfedern. Er sagt nichts dazu – hatten sie nicht eine Abmachung? –, sondern schaut sich das Muster auf dem Boden an, eine Wiederholung, in der man sich verlieren kann. Die Weber müssen dabei ja verrückt werden, das kann gar nicht anders sein. Verrückt macht ihn auch das Muster in seiner Familie: Sein kleiner Bruder war zu wild für das Leben, sein Vater war zu sensibel für das Leben, er ist zu schwach für das Leben.

Niemand hat je behauptet, man müsse ständig eine Armbanduhr tragen, aber man muss schon dafür sorgen, dass einen die Vergangenheit nicht einholt. Vereinfacht gesagt ist die Sache mit Stefaan die: Er ist in den Nebenraum des Lebens geflohen und findet jetzt den Weg nicht mehr zurück. Überlass uns ruhig das Gejammer, Stefaan, wir machen kurzen Prozess damit. Du musst kämpfen, auch wenn du stöhnst, dass du so müde, hundemüde bist. Du bist ein Überlebender der Gegenwart.

Seit März nimmt Sarah am Samstagmorgen nun auch Klavierstunden, auf Empfehlung Elviras, Miekes Freundin, die sie auf dem Steinway im Wohnzimmer klimpern gehört hat und in den Schwaden schiefer Tönen meisterliche Klänge ausmachen konnte. Ihr erstes Notenheft enthält Stücke wie *When The Ship Comes In*. Stefaan ist als Vollblut-Bobcat, als eingefleischter Anhänger der Bob-Dylan-Bewegung, fasziniert vom Unterricht und der Lehrerin, einer bleichen, leblosen Nebelkrähe, die ihm jedes Wochenende am Eingang ihre knöchrige Hand gibt und ihm mitteilt, dass sie ihn in einer guten Stunde zurückerwartet. Während dieser einen Stunde wird von ihm erwartet, den modernen Familienvater abzugeben, eine Sache, die ihm schwerfällt. Damit beide ihre Zeit effizienter nutzen können, hat Mieke ihn gebeten, in der Zwischenzeit Besorgungen zu machen. Stefaan fährt zum nächstgelegenen Supermarkt. Er bugsiert den Einkaufswagen mit einer Hand durch den Delhaize, in der anderen hält er einen Zettel, den er zu entziffern versucht. Diese Einkäufe reißen ihm ein Loch in den Geldbeutel. Wie abartig teuer kann so ein Beefsteak denn sein? Ganz zu schweigen von all den Frühstückszerealien, den einzeln verpackten Honigkuchen oder dem Produkt, mit dem man Weinflecken aus der Kleidung oder Teppichen bekommt.

Als er seine Liste zu drei Vierteln abgearbeitet hat, parkt er den Einkaufswagen am Ende der Schlange. Den Rest wird er Stück für Stück holen und in den Einkaufswagen legen. Er verschwindet in der Reihe mit den hoch aufgestapelten Toilettenpapierrollen, nimmt dann eine Abkürzung zu den Milchprodukten. Er schnappt sich in aller Eile einen Sechserpack Actimel-Fläschchen aus dem offenen

Kühlfach, als er eine ihm bekannte plumpe Gestalt bemerkt: Berkvens. Den hat er ja seit Wochen nicht mehr gesehen. Stefaan war kaum im Büro, weil er viele Meetings in Luxemburg und London hatte. Berkvens sei Dank hat er seinen Job noch. Ihm sei Dank, dass dieser Kerl noch auf demselben unwichtigen Posten Däumchen drehen kann. Was eine Tragödie hätte werden können, hat sich für beide als Win-win-Situation herausgestellt.

»Soll angeblich gut für die Darmflora sein, stimmt's?« Berkvens hat ihn angesprochen, deutet auf die Actimels.

»Tja«, sagt Stefaan. »Wer sind wir, den Ärzten zu widersprechen?«

Darüber müssen beide herzhaft lachen.

»Ich muss dann mal weiter«, sagt Stefaan, der aus dem Augenwinkel sieht, wie jemand seinen Wagen zur Seite schieben will, um den freigewordenen Platz in der Schlange zu beanspruchen. »Man sieht sich!«

Später am Nachmittag reinigt Stefaan im Schuppen seine Bohrköpfe zu den Klängen von *Nashville Skyline*, einer Dylan-LP, die er immer mal wieder auflegen muss. Das ist purer Country, was von der Wahl des Genres her natürlich schockierend ist, auf der Platte sind aber so erfrischend heitere Stücke, dass man vergisst, wie unbedeutend sie eigentlich ist. Stefaan fühlt sich nicht wohl bei dem Gedanken, dass er Berkvens so abgewürgt hat und davongegangen ist. Der Mann wollte nur freundlich sein. Schließlich ist er Berkvens' Vorgesetzter und Berkvens hat sich an ihre Abmachung gehalten, da kann er ihm doch ein wenig Respekt entgegenbringen. Stefaan schließt den Schuppen ab und geht ins Haus. Im Telefonbuch sucht er unter dem Buchstaben B, dann wählt Berkvens' Nummer.

»Mit wem telefonierst du?«, fragt Mieke gerade, als er Berkvens' Stimme hört. Sie hat Gartenhandschuhe an. Sie dirigiert die Rebstöcke, die auf der Veranda stehen, mithilfe von Schnüren an einem Holzgestell entlang.

»Berkvens«, sagt er, ohne sich für seine Charmeoffensive zu schämen. Mieke kneift mit ihren Gummifingern in seine Nase. Er gibt ihr einen Klaps auf den Hintern, macht Zeichen, sie solle kurz still sein. Vor ein paar Jahren trieb hier noch ihr Bruder Jempy ganze Wochenenden lang einen Keil zwischen sie.

»Berkvens, hier Vandersanden. Ich habe einen Vorschlag.« Stefaan fragt Berkvens, ob er nicht Lust habe, eine Runde Squash zu spielen. Er erinnert sich, dass Berkvens ein Squashfanatiker ist, er selbst spielt auch nicht schlecht. Sie sind sich bestimmt ebenbürtig.

Wie ein Politiker zu Fußballspielen geht, um zu zeigen, wie volksnah er ist, muss auch eine Führungskraft mal die sportliche Initiative ergreifen, um mit einem Gewerkschaftler auf gutem Fuß zu stehen. Sie verabreden sich noch für denselben Nachmittag um vier Uhr im Sportzentrum auf ein Match.

Nacheinander rollen ihre Autos in den Betonturm im großen Industriegebäude am Kanal, in dem nach amerikanischem Vorbild ein Outlet, ein Gartencenter sowie ein großes Fitnessstudio untergebracht sind. Beide haben ihre eigenen Schläger, aber Berkvens muss sich seine Schuhe leihen. Mit farbigen Sohlen darf er das Squashfeld nicht betreten.

Gleich beim ersten Aufschlag spürt Stefaan, dass es gut läuft. Er schäumt über vor Energie, haut Berkvens mühelos in die Pfanne. Nach dem ersten Satz bittet er um ein Time-out. Obwohl ihm der Kopf vor Überanstrengung dröhnte, hat er einfach weitergespielt, aber jetzt meldet sich doch seine Blase. Der klatschnass geschwitzte Berkvens ist einverstanden und bestellt sich ein Aquarius an der Theke.

Stefaan läuft durch den Fitnesskomplex. Im Treppenhaus ist es absolut still. Hier befinden sich auch die Vorratsräume für die Cafeteria, in der viele Wochenendtrinker mit der faulen Ausrede sitzen, dass sie auf ihren Sport machenden Nachwuchs warten. Während er sich die Hände abtrocknet, schaut Stefaan nach draußen. Dort paddelt ein einsamer Kanute geschmeidig auf dem Kanal, als hätte er schon eine weite Strecke zurückgelegt und könnte mühelos noch etliche Kilometer so weiterpaddeln. Stefaan schaut ihm hinterher, bis er nicht mehr zu sehen ist. Es muss phantastisch sein, so lange weiterzumachen, bis man nicht mehr aufhören kann, bis man quer durch alle Länder und Jahreszeiten gefahren ist, ohne je auf ein Hindernis zu stoßen, so lange, bis man die Zeit vergessen hat, bis sie nicht mehr existiert.

Stimmen aus dem Saunabereich holen ihn aus seinem Traum. Er spritzt sich Wasser ins Gesicht, geht zurück. Sie nehmen ihr Spiel wieder auf. Berkvens hat Aufschlag. Er lässt den kleinen dunkelblauen Ball auf seinen Fingerspitzen tanzen, sieht Stefaan dabei herausfordernd an. Stefaan grinst und nickt zum Zeichen, dass er bereit ist. Jeden clever gespielten Ball Berkvens' beantwortet er, jeden unmöglichen Schlag pariert er mit Leichtigkeit. Er fühlt sich allmächtig. Berkvens spaziert gelassen durch den zweiten Satz und reiht Ballverlust an Ballverlust. Stefaan feuert ihn durch lautes Zurufen an. Es ist in seinem eigenen Interesse, dass der Wettkampf spannend wird. Mit einem Tempo und einer Geschmeidigkeit, über die er selbst staunt, spielt Stefaan selbst den schwierigsten Ball meisterhaft, doch auch Berkvens findet allmählich ins Spiel und setzt zur Verfolgung an. Er holt einen Punkt nach dem anderen. Schweißtropfen fliegen durch den Raum. Mit der Ernsthaftigkeit von Profis diskutieren sie über Linienbälle und falsche Aufschläge. Die Welt ist ein gläserner Käfig, ein kleiner heißgeschlagener Kautschukball und zwei Männer.

Nun hat Stefaan Aufschlag. Er setzt zum Sprung an wie ein Basketballspieler, der einen Freiwurf machen wird, dreht den Kopf nach links und rechts, blickt seinen Gegenspieler knallhart an. Er will einen messerscharfen, flachen Aufschlag hinlegen. Tack. Berkvens hechtet nach vorn. Eher zufällig als mit Absicht berührt der Ball gerade noch Berkvens' Saiten und schlägt kurz über der unteren roten Linie auf. Stefaan spurtet jetzt seinerseits nach vorn, holt kräftig aus und knallt den Ball in die andere Ecke. Er lässt seinen Schläger in weitem Bogen ausschwingen, bis er einen Widerstand spürt. Der Schläger trifft seinen Kontrahenten mitten im Gesicht.

Stefaan hat Berkvens' die Oberlippe gespalten. Ein Zahn ist abgebrochen. Das ist kein Witz, Berkvens zittert vor Wut. Der Mann hinter der Bar kommt mit einem Päckchen Eis angelaufen. Stefaan schlägt vor, Berkvens in die Notaufnahme zu fahren, so könne er ja nicht nach Hause, aber Berkvens zischt, er solle sich vom Acker machen. Stefaan drängt, aber Berkvens schreit: »Hau ab!« Stefaan trollt sich. Bedröppelt zieht er die Glastür der Squashkabine hinter sich zu. Er spürt einen schweren Druck auf seinem Brustkorb.

Angeschlagen und bibbernd fährt er in seiner klatschnassen Sportkleidung nach Hause. In der Garage zieht er seine verschwitzten Sachen aus. Dann geht er auf den Dachboden, wo er seinen Squashschläger für immer wegräumen wird. Ein viel zu gefährliches Instrument. Er drückt auf den Lichtschalter, sieht dort seine Tochter sitzen.

»Was machst du hier im Dunkeln?«, fragt er.

Sie übt nicht wie sonst auf ihrer Gitarre, sondern kniet vor einer Pinnwand, an der herausgerissene Zeitschriftenfotos hängen. Ein Teelicht brennt.

»Kurt ist tot.« Er sieht Fotos des verstorbenen Gitarrenhelden Cobain. Seit der gestern, am 8. April 1994, auf dem Dachboden über seiner Garage tot aufgefunden wurde, redet die ganze Welt über ihn.

»Der Mann wollte nicht mehr leben«, sagt Stefaan. »Er konnte einfach mit den vielen Fans und dem vielen Geld nicht umgehen.«

»Er wurde ermordet«, knurrt Sarah.

»Sarah, er hat sich eine Ku…«

»Lass mich in Ruhe!«

Stefaan enthält sich eines weiteren Kommentars und lässt seine Tochter mit ihrer pubertären Trauer allein.

Unten steht Mieke hinter dem Bügelbrett.

»Du bist ja ganz rot im Gesicht«, sagt sie. »Bestimmt hast du's wieder übertrieben. Squash soll ja ziemlich anstrengend sein. Ungefähr das Anstrengendste, was man tun kann. Geh mal schnell unter die Dusche und kühl dich ab.«

Das erfrischende Wasser tut ihm gut, aber sein Schlag geht ihm nicht mehr aus dem Kopf. Wenn ihn jemand unter Zwang befragen würde, ihm eine Pistole auf die Brust setzen und mit einer Lampe grell in die aufgerissenen Augen leuchten würde, könnte er nicht beschwören, dass es ganz zufällig passiert ist. Genauso wenig wollte er Berkvens absichtlich eins auswischen. Da ist etwas in seinem Kopf. Manchmal gerät die Maschinerie ins Stocken und jemand anderes übernimmt das Ruder. Wütend verpasst Stefaan der Wand einen Tritt. Die Fusion wird nicht zustande kommen. Man wird ihn trotz allem entlassen. Er hat alles versaut, obwohl er es wiedergutmachen wollte.

# 1997

# SARAH

Um elf Uhr abends steht Sarah in der winzigen Duschkabine eines schäbigen Hotels in Palma de Mallorca. Palma ist der frivole Schlussakkord ihrer Schulreise nach Spanien in den großen Ferien.

Sarah hat gewartet, bis alle im Bad fertig sind, damit sie ungestört duschen kann. Im Gegensatz zu ihren Altersgenossen zieht sich Sarah lieber ohne Publikum aus. Sie redet dem kläglichen Wasserstrahl gut zu, während sie nach dem Stück Seife auf der Seifenschale tastet. Das glitschige Ding rutscht ihr aus der Hand. Sie bückt sich nach vorn, um die gefallene Seife aufzuheben, im nächsten Moment streckt sie die Hand aus, um ihren Sturz zu bremsen. Ein Druck von fünfzig Kilo Gewicht ist mehr, als die klapprige Duschtür aushalten kann. Sie fällt heraus, Sarah hinterher.

Splitterfasernackt landet sie auf den kalten Badezimmerfliesen. Ihre drei Mitschülerinnen stürmen herbei.

»Kleine Brüste«, sagt eine. »Storchenbeine!«, sagt eine andere.

Emily fragt, ob sie okay ist, ob sie sich nichts gebrochen hat. Die anderen ersticken ihr Gekicher in Bechern Batida de Côco. Sarah ist überzeugt, sich sämtliche Knochen gebrochen zu haben und den

Rest ihres Lebens im Rollstuhl verbringen zu müssen. Aber ihre Scham ist noch größer. Sie wird nie wieder Freundinnen haben. Nie, denkt sie, bevor sich ihr Bewusstsein für den Bruchteil einer Sekunde verabschiedet. Mit leerem Blick auf die weiß-graue Zimmerdecke starrend, dreht sie die Zeit zu einer Szene von vor ein paar Wochen zurück.

Sarah radelte nach einem langen Schultag mit acht Unterrichtsstunden gutgelaunt nach Hause. Die Physiklehrerin hatte die Existenz geladener Teilchen nachgewiesen. Sarah hatte diesmal das Gefühl, wirklich eine Entdeckung gemacht zu haben. Sogar von der hintersten Bank aus hatte sie genau sehen können, wie die Lehrerin einen Glasstab mit einem Katzenfell rieb und anschließend die Haarpracht der angewiderten Katzenliebhaberin Cindy mit dem statisch aufgeladenen Stab zum Abstehen brachte. Aber in der Einfahrt zur Nachtegalenlaan 7 war ihre Stimmung schlagartig gekippt. Sie war nicht absichtlich schlecht drauf, es geschah in letzter Zeit einfach von selbst.

»Ich weiß, was du jetzt brauchst«, versuchte Mieke Sarah aufzuheitern: »Eine Feier unter Freundinnen.« Mieke hörte auf, in der Einrichtungszeitschrift *Sweet Homes* zu blättern, und sah ihre Tochter erwartungsvoll an. Die Lesebrille auf ihrer Nasenspitze. »Ich würde gerne wissen, mit wem du so befreundet bist. Ich bin schließlich deine Mutter … Pah, es steht immer weniger in diesen Heftchen. Warum kaufe ich das überhaupt noch? Jetzt hab ich das Ding von vorn bis hinten durchgeblättert, und es stehen höchstens zwei kleine Artikel darin, die ich interessant finde, mehr nicht. Dass man Buchsbaumkugeln im Winter gegen die Kälte schützen muss, weiß jedes Kind.«

»Das ist doch eh alles ausgedacht«, antwortete Sarah.

»Ja, das glaube ich auch. Wir zwei würden so ein Heftchen an einem Tag fertigschreiben, und das hier ist ein Monatsheft.« Mieke knallte die Zeitschrift auf den Wohnzimmertisch. »Sarah, mal im Ernst, überleg dir doch schon mal, welche Freundinnen du zu deinem siebzehnten Geburtstag einladen möchtest.«

»Mama, mein Geburtstag war vor einem Monat.«

»Das stimmt, höchste Zeit also. Jeder ist hier willkommen.« Ihre Mutter meinte das sicher nicht ernst, und selbst wenn, kapierte sie nicht, dass sie so mögliche Freundschaften schon im Keim erstickte und alle vergraulte. Das fing schon an bei ihrer Begrüßung wie im neunzehnten Jahrhundert: »Guten Tag, junge Dame, mit wem habe ich das Vergnügen?«

Sarah traute der Sache nicht. Sie hatte Freundinnen, aber nicht gerade die Art, die man sich selbst aussuchen würde, wenn man wählen könnte. Eigentlich waren es zwei; drei, wenn man Emily mitrechnete, aber Emily zählte nicht. Sie gehörte ja fast zur Familie. Jeder Zentimeter, den Emily wuchs, wurde auf der Innenseite von Sarahs Schrank mit einem Strich markiert und dem Datum versehen. Emily war die, die beim Sportunterricht in der Mädchenschule in den behämmerten Tanzstunden automatisch nach Sarahs Hand griff.

Die beiden anderen hatten sich ihr komischerweise selbst aufgedrängt. Wahrscheinlich würde sie sich in ein paar Jahren nicht mal mehr an ihre Namen erinnern können. Sie waren ganz scharf darauf, in Sarahs Nähe zu sein. Ihre runden unschuldigen Augen folgten ihr durch die Schulgänge. Ihre Klamotten waren noch abartiger als Sarahs. Jede für sich war fest entschlossen, Sarah anzuhimmeln. Es war anstrengend, in der Öffentlichkeit immer Abstand zu ihnen zu wahren. Von der einen bekam Sarah eine unverblümte Liebeserklärung in einem Umschlag mit Schwan darauf, eine nebulöse Beschreibung von Freundschaft, mit eindeutig zweideutigen Anspielungen. Als das andere Mädchen davon Wind bekam, brach ein Krieg zwischen den beiden aus, der sie so vereinnahmte, dass sie Sarah darüber vergaßen.

»Du hast doch Freundinnen, oder?«

»Ich will keine Geburtstagsfeier, Mama. Das ist kindisch.«

»Das gibt's nicht«, sagt Mieke. »Keine Geburtstagsfeier wollen? Das ist doch nicht normal.«

»Ich lade nicht gern Freundinnen ein.«

»Warum denn nicht?«

»Du lädst doch auch nie Freundinnen ein. Die einzigen, die manchmal zu uns kommen, sind Elvira und Ulrike.«

»Das ist etwas anderes.«

»Alles ist etwas anderes.«

»Du bist ganz schön vorlaut. Papa und ich hoffen, dass du nächstes Schuljahr strengere Lehrer bekommst.«

»Ich gehe doch brav mit auf die Schulreise nach Spanien, oder?« Es war ausgeschlossen, jemandem die Logik eines Familienlebens verständlich zu machen, an dessen Kopf eine Diktatorin steht, die sich als Sklavin tarnt.

Sarah bemerkt die Tränen, die unter ihren Lidern hervorquellen. Der Duschkopf tropft noch vor sich hin. Wie lang war sie weggetreten? Eine Sekunde? Ein Jahr? Während ihr Bewusstsein wiederkehrt, verzweigt sich auch die Scham rasend schnell in ihrem Körper. Sarah greift nach einem Handtuch. Das schäumende Duschwasser fließt zum Abfluss, verschwindet im Nabel der Dusche. Leise schluchzt sie in ein großes Badetuch, das hart ist wie ein Brett. Sie hat das Gefühl, nicht in die Zeit zu passen, in der sie aufwächst. Ihre Eltern sind irgendwie anders als alle anderen Eltern in den Neunzigern. Wenn sie nicht aufpasst, wird sie in ihre Welt hineingesogen.

Nachdem Sarah sich blitzschnell angezogen hat, nimmt sie den Becher, den Emily ihr hinhält. Der kommt wie gerufen. So kann sie den Abend überstehen, ohne vor Scham im Boden zu versinken: widerlich süßer Batida de Côco. Die Flasche macht in ziemlichem

Tempo die Runde. Schon bald wird die ganze Welt ein riesengroßer, unwiderstehlicher Witz. An einem Ort ohne Raum und Zeit springen Emily und sie von einem absurden Gedanken zum nächsten, bis ihre Zimmergenossinnen abwechselnd gähnen und sagen, sie wollen jetzt schlafen gehen. Sobald die ins Hochbett geklettert sind und ihnen den Rücken zugedreht haben, äffen Emily und Sarah die Mädchen nach. »Hört auf«, ruft die eine. »Jetzt reicht's aber«, ruft die andere. Sarah kann gar nicht mehr mit dem Lachen aufhören. Je öfter sie die Sätze nachsprechen, umso vergnügter werden sie. Mitten im »Jetzt reicht's aber langsam« biegen sie sich jedes Mal vor Lachen.

Die beiden anderen werden so sauer, dass sie damit drohen, die Lehrer zu holen. Sie wollen jetzt verdammt noch mal schlafen.

»Wenn du die ganze Zeit herumfluchst, kann ich nicht schlafen«, kichert Sarah.

»Schau! Ich liege schon.« Emily wirft sich aufs Bett, lässt den Kopf auf das flache Kissen fallen. »Und ich auch«, schickt Sarah hinterher, die sich neben Emily legt. Die Bettwäsche ist schmuddelig. Die Luft im Nullsternehotel ist so staubig, dass fast ständig jemand hustet. Ihre Mutter würde hier nie einen Fuß hineinsetzen. Sarah hat ihre Trainingshose anbehalten, was bei dieser Hitze keine gute Idee ist. Die Hose klebt an ihr, juckt auf der Haut. Sie strampelt die Daunendecke von sich, setzt sich aufrecht hin und schaut sich im Halbdunkel im Zimmer um. In ihrem Haus in der Nachtegalenlaan 7 ist es nachts genauso still. Die Nacht legt einen schwarzen Rand um ihre Gedanken. Cobains Witwe nimmt ihren Schreibblock und wirft im Dunkeln einen neuen Songtext hin, in dem sie um jemanden trauert, den sie noch nicht kennt.

Am nächsten Tag machen sie sich mit dem Bus auf die Rückreise. Vor dem Einstieg bekommt jeder noch einen halbgefrorenen Donut. Sarah unterdrückt ihren Brechreiz, bietet Emily ihren Donut an. »Oh, Montignac wird so was von sauer sein«, sagt die mit sadistischfrohem Lächeln und Puderzucker auf den Lippen. Heute, ein paar Jahrhunderte nach Rubens, sind alle normalen Frauen zu dick. Jedenfalls lautet so das Modediktat: der Heroin-Look ist in. Aber eine Mahlzeit auslassen oder einem Stück Kuchen aus dem Weg gehen ist in Flandern einfach unmöglich. Damit beleidigt man den Gastgeber oder die Gastgeberin. Der rettende Engel für viele höfliche, dicke, ratlose Frauen ist Michel Montignac. Er verbietet Kohlenhydrate, leistet aber der Metzgerzunft und der Völlerei ordentlich Vorschub: Butter, Sahne, Schokolade, Fett, Speck – allesamt Diätprodukte, laut der revolutionären Montignac-Diät. Eine vorbildliche Diätmahlzeit besteht ab jetzt aus einem saftigen Beefsteak mit Mayonnaise und Sauce Béarnaise, alles in unbegrenzten Mengen. Die ersten Ärzte und Schönheitsspezialisten testeten diese Diät zunächst mit der nötigen wissenschaftlicher Skepsis aus, gaben aber bald grünes Licht und brüsteten sich auch noch damit. Emilys Mutter, immerhin Arztgattin, montignact auch. Sie ist froh, dass es endlich eine vertretbare Diät gibt, der sie zusammen mit ihrer Tochter folgen kann.

Auf den abgenutzten Bussitzen klopft sich Emily neben Sarah den Zucker von den Händen. Sie sind todmüde. Die 1400 Kilometer lange Fahrt zurück ins Vaterland soll in einem Rutsch, mit kleineren Pausen, vonstatten gehen. Nach vierzig Minuten ist die Toilette übergelaufen. Nach fünfundvierzig Minuten wird die Toilette verriegelt, weil Cindy sich neben dem Klo übergeben hat.

»Sie ist schwanger! Von so einem schnurrbärtigen Spanier!«, brüllt jemand durch den Bus. Noch eine Viertelstunde später werden sie von der spanischen Autobahnpolizei an den Straßenrand genötigt. Sie müssen in einer Raststätte auf einen Ersatz für ihren Fahrer warten. Der Mann hat schon achtunddreißig Stunden ununterbrochen am Steuer gesessen. Die Mädchen bekommen alle ein Gratisgetränk spendiert. Das Personal erhält auf Englisch die

Anweisung, nur Alkoholfreies auszuschenken, versteht aber anscheinend nur Spanisch. Einer der Angestellten verschwindet mit Marijke, dem größten Flittchen des Jahres, nach hinten in einen Vorratsraum.

Ein paar Stunden später ist immer noch kein Ersatzfahrer aufgetaucht. Die schwelenden Streitigkeiten unter den Mitschülerinnen schaukeln sich langsam zu existentiellen Krisen hoch. Da werden Augen ausgeweint und bittere Rache geschworen, weil bei der Platzverteilung Verrat begangen wurde, wie vorher schon bei den Zimmern, und weil alle völlig übermüdet sind. Als der Bus fünf Stunden später mit demselben Fahrer weiterfährt, hat Sarah plötzlich schreckliches Heimweh. Sie wäre jetzt gern allein zu Hause. Sie will überhaupt keine Freundinnen einladen. Es ist ihre Entscheidung, dass sie nie jemand besucht, außer Emily.

Die ist neben ihr im Bus eingeschlafen. Ihr Mund ist halbgeöffnet. Sie kippt immer wieder auf die andere Sitzhälfte, bläst Sarah Erdnussatem ins Gesicht. Emily wird mit einem Ruck wach und murrt, als der Bus eine Kurve fährt und plötzlich anhält. Sie entdeckt einen Sabberfleck auf ihrer Schulter und schaut Sarah vorwurfsvoll an, als wäre die auf die Bremse getreten. Die Busfahrt ist eine vierundzwanzig Stunden dauernde Folter.

Den Gnadenstoß bekommen sie an ihrem Bestimmungsort, dem Brüsseler Nordbahnhof. Die Mädchen steigen mit wackeligen Beinen aus dem Bus. Tränenüberströmt und unter gegenseitigen Anschuldigungen nehmen sie voneinander Abschied, als würden sie für alle Zeit von einem grausamen Schicksal – ihren Eltern – auseinandergerissen. »Ja, das sind meine Koffer«, bestätigen die Mädchen ihnen mit tränennassen Augen.

Sarah fühlt sich unendlich müde, ramponiert, stinkend, kurz vor der totalen Erschöpfung. »Uiuiui. Heute Abend gehst du mal früh ins Bett«, sagt Mieke, als sie ihre Tochter sieht. Sarah gibt ihrer Mutter den schmutzigen Rucksack und folgt ihr zum Wagen. Mieke schwatzt vor sich hin wie ein junger Spatz. »Trag deinen Rucksack ruhig selbst. Wer reisen kann, kann auch sein Gepäck tragen.«

Sarah pfeffert den Rucksack in den Kofferraum und öffnet die hintere Autotür. Sie setzt sich auf die Rückbank und versucht, ihre Tränen runterzuschlucken.

Die elterlichen Autos fahren in alle Himmelsrichtungen durch den belgischen sauren Regen davon.

»Wir werden früh aufstehen müssen …« Mieke macht eine dramatische Pause, um Sarah neugierig zu machen. Ihre Worte verpuffen im Nichts. Sarah schweigt im komatösen Dämmerzustand.

»… wir fliegen morgen früh nach Amerika!«, jubelt Mieke.

Von der Rückbank kommt ein Geräusch wie das Schnüffeln eines kleinen Hundes. Mieke sieht im Rückspiegel, dass Sarahs verschwitzter, nach Kümmel riechender Körper zuckt. Da ist sie wieder, die Tristesse, die unter der Oberfläche des Lebens fließt und ab und zu bei Sarah hochkommt.

»Anschnallen«, sagt Mieke.

Mechanisch greift Sarah zum Gurt, den sie in den schwarzen Schlitz steckt. Sie würde ja gern aufhören zu weinen, schafft es aber nicht. Sie ist noch nicht fertig. Ihr Körper ist erschöpft. Sonst ist eigentlich alles in Ordnung, außer, dass sie alle, allen voran ihre Mutter mit ihren Anwandlungen, hasst.

»Buhuuh«, macht Sarah.

»Was soll das denn jetzt? Was ist los mit ihr?«, fragt Mieke einen unsichtbaren Dritten. Die Scheibenwischer erschweren die Sicht. Mieke beugt sich über das Lenkrad, um die Heimfahrt sicher zu bewältigen. »Jeder andere würde einen Luftsprung machen!«

»Ich will nicht.« Sarah flennt.

»Wir fliegen aber trotzdem.«

»Ich bin gerade erst zurück.«

»Aus dir werde ich auch nicht schlau. Erst lachst du uns aus, weil wir so wenig reisen …«

»Ich reise nicht gern.«

»Du solltest deinem Vater dankbar sein, weil er so hart für dich arbeitet. Die Fusion ist gut gelaufen. Er hat einen Bonus bekommen und besteht darauf, dass wir von dem Geld eine Reise machen. Jetzt ist er mal locker und vergnügt, und dann kommst du und sabotierst das Ganze, oder was? So nicht, junge Dame!« Mieke ist in Kampflaune. »Du kommst mit.«

Warum steckt sie das bisschen Erschöpfung nicht besser weg? Die halbe Menschheit ist gestresst, die andere vor Unterernährung ganz benommen. Aber die kommen alle nicht von einer total anstrengenden Schulfahrt zurück. Sarah würde sich am liebsten wie ein Igel einrollen, in die rosa Winterwelt ihres Bettes. Sie ist ein kleines Kind im Körper eines Erwachsenen.

Am nächsten Morgen sitzt Sarah angeschnallt zwischen ihren Eltern in der ersten Klasse einer Boeing 747. Zusammen mit vierhundert anderen Passagieren heben sie ab, zur Westküste der Vereinigten Staaten von Amerika. Als die Motoren brummen, das Flugzeug wie ein wildes Tier Anlauf nimmt, zum Sprung ansetzt, wird in Sarah eine Urkraft lebendig. Sie will nicht wie ihre Eltern werden. Und auf keinen Fall heiraten. Sie wird ins Ausland gehen, überall auftreten und reich werden mit ihrer Musik. Onkel Jempy wird stolz auf sie sein. Endlich ist ihr klar, was sie will, jedenfalls während des Abhebens. Fast den gesamten weiteren Flug schläft sie unter der blauen Decke der Fluggesellschaft.

In einem großen Mietwagen werden sie die Westküste entlangfahren. Während Stefaan und Mieke auf dem Parkplatz die Klimaanlage prüfen und die Wasserflaschen im Kofferraum ordnen, zupft Sarah auf ihrer Spielzeuggitarre. Sie jongliert mit Akkorden, bis langsam eine neue Melodie entsteht. Auf der Fahrt übt sie weiter. Nach ein paar Stunden soll sie bitte endlich Ruhe geben. Mieke nimmt ihr die Ohrstöpsel heraus, sie will die Sicherheitshinweise noch einmal wiederholen, falls im Mietwagen ein Brand ausbrechen sollte.

Stefaan schiebt CDs in den Schlitz des Autoradios und erzählt alles Mögliche über Bob Dylans religiöse Phase. Auch über die Chemieindustrie Kaliforniens weiß er eine Menge. Er redet und redet. Der gebückt gehende Mann, der unruhig durchs Haus stromert, ist verschwunden, und sein energiegeladener, blöde Witze reißender Zwillingsbruder hat seinen Platz eingenommen. »Das darf er ruhig noch mal machen, was, Sarah? So eine Fusion ...«, lacht Mieke. Sarah vergisst, sich über ihn zu ärgern, genau wie sie auf diesem Kontinent vergisst fünf Meter hinter ihrer Mutter herzuschlendern, um ja nicht mit ihr gesehen zu werden.

So unter sich sind sie eine richtige Musterfamilie. Zu dritt schweben sie auf einer Wolke familiärer Zufriedenheit dahin. Mieke lässt sogar Spielräume von zwanzig Minuten im Tagesablauf zu. Jedes Mal, wenn sie in einem Restaurant Platz nehmen und die Speisekarte durchblättern, seufzt Mieke erleichtert, weil es so guttut, selbst einmal nichts tun zu müssen. »Genieß die Reise«, ermahnt sie ihre Tochter, »andere Kinder kriegen nämlich nicht die Chance, die Welt so zu sehen.«

Am Strand von Carmel-by-the-Sea schreibt Sarah Emily, die den Sommer im Süden Frankreichs verbringt, ein Kärtchen. Sarah schreibt über ihre nervige Mutter, die vielen hübschen, interessiert schauenden Jungs und ihren Plan, mit ihren total originellen, gerade komponierten Songs jede Menge Geld zu verdienen.

Stefaan will einen Abenteuertrip durch den Grand Canyon machen, drei Tagesreisen von hier, aber Mieke erhebt Einspruch. Sie wird auf keinen Fall ihr Leben in dieser Monsterschlucht riskieren, wo es sicher vor unverantwortlichen Touristen nur so wimmelt, die um die beste Aussicht kämpfen, damit sie später ein abgedroschenes Amateurvideo vorzeigen können. Kilometer fressend schließen sie einen Deal. Mieke wird zwar mit den beiden den Grand Canyon besuchen, aber nicht mit auf die Tour durch den etwas entfernter liegenden kleinen Canyon gehen, dem touristisch am wenigsten erschlossenen Canyon des ganzen Staates.

»Achten Sie darauf, dass jeder Wanderer zwei Liter Wasser bei sich hat«, liest Mieke noch einmal laut aus dem Reiseführer, der mehrmals täglich zurate gezogen wird. Die Klimaanlage in ihrem Mietwagen läuft auf vollen Touren. Mieke bittet sie auch noch ausdrücklich, nicht von den Wegen abzuweichen, keine Wildpflanzen zu pflücken, keine Skelette anzufassen. »Hubschrauber können euch dort nicht retten. Und tut mir den Gefallen, bleibt zusammen!«

Im Führer wird die Route als »leicht« angegeben.

Stefaan und Sarah steigen den Canyon hinunter. Risse und Sprünge auf dem geplagten Angesicht der Erde gehen in eine seit Jahrhunderten verlassene, tiefe rotbraune Wunde über. Nichts kann hier wachsen, und es scheint ausgeschlossen, dass hier Tiere leben. Dieser Ort kennt keine Gnade. Die Sonne betont das mit gleißendstem Gelb. Stefaan marschiert mit dem Rucksack vor der Brust, Sonnenschutz auf dem Kopf. Sarah tritt in seine Fußspuren. Das Geräusch ihrer gleichmäßigen Schritte im Sand wirkt hypnotisierend auf Sarah. Langsam zieht die Brauneerdelandschaft an ihnen vorbei.

»Kurze Pause«, sagt Stefaan nach einer Stunde. »Wir müssen genug trinken.«

Stefaan und Sarah nehmen gierige Schlucke. Wie Babys lassen sie das Wasser an ihren Mundwinkeln herunterfließen. »Also so ging Moses durch die Wüste«, sagt Stefaan fröhlich. Er schraubt seine Flasche zu und marschiert wieder los. Er rennt beinahe.

»Das hältst du doch keine vierzig Jahre durch«, sagt Sarah. Aus allen Poren schwitzend versucht sie, mit ihm Schritt zu halten.

»Außer du bist auf der Flucht.«

Sie sind noch keinem anderen Touristen oder sonst einer Menschenseele begegnet. Je tiefer sie in die Schlucht eindringen, umso unwahrscheinlicher wird es, dass das noch passiert. Sarahs Augenlider sind mit Salz und Sand verklebt, ihre Beine dreckverschmiert. Auf einmal bleibt Stefaan stocksteif stehen.

»Hör mal!«

Sarah stoppt. Da ist nichts außer ihrer eigenen schweren Atmung. Sie hält die Luft an und hört nichts. Weniger als nichts.

»Das große Nichts«, sagt Stefaan und lacht. »Die tiefste Stille der Welt. Nichts-nichts-nichts.«

Sarah versteht nicht, was es in dieser grabesstillen Umgebung zu lachen gibt. Sie darf gar nicht daran denken, was passiert, wenn die riesige Sonnenglühbirne ausgeschaltet wird und sie noch hier sind.

Stefaan fängt an zu singen. »Nichts-nichts-nichts.«

Ist das jetzt sein Ernst? »Mensch Papa! Hör auf mit dem Scheiß!«

Sarah schämt sich zu Tode. Zum Glück kann sie keiner hören. Das *Nichts* schwebt als Klangschleife durch den leeren Raum. Sarah hört das Aufeinanderbeißen von Zähnen beim »N«, die feste Brücke des »ICHs«, hört ein Chamäleon, das sich raschelnd im »TS« versteckt. Sie spürt einen immer größer werdenden Abstand zwischen sich und diesem Mann.

Nachdem beide die erste ihrer zwei Flaschen leergetrunken haben, rücken sie ungefähr hundert Meter weiter, Sarah immer ihrem Vater hinterher. Er macht Halt bei einer spektakulären Aussicht, einem megarealistischen Hologramm aus Felsen und grünen Sprenkeln. Wie ein Großgrundbesitzer, der zeigen will, was alles ihm gehört, macht er eine ausholende Armbewegung. Er zeigt auf den beeindruckenden Felsen in der Ferne, da will er hin.

»Das geht nicht, Papa. Laut Karte müssen wir hier immer geradeaus.«

»Gib mal her.« Er reißt Sarah die Karte aus den Händen. »Ab hier folgen wir der grauen Linie.«

»Nein, wir nehmen den blauen Weg. Die graue Linie ist kein Wanderweg.«

Stefaan dreht seine Schuhspitze im Staub. »Und wenn wir's einfach ›Weg‹ nennen würden?«, sagt er mit einem leichten Lächeln.

»Nein, ohne mich. Geh du nur, ich warte hier.«

»Sarahschatz, wir haben deiner Mutter versprochen, zusammenzubleiben. Vertrau deinem Papa dieses eine Mal. Wir werden schon nicht umkommen«, versucht er, sie zu beruhigen. »Solche Reiseführer sind immer super vorsichtig, damit sich Leute wie deine Mutter ernst genommen fühlen.«

Stefaan steigt an einem stacheligen Strauch vorbei den steilen Hang hinab. Sarah folgt ihm den gewundenen Pfad nach unten. Er hat ein Tempo drauf, dass sie sich wie eine alte Oma vorkommt, die nicht hinterhergehumpelt kommt. Sie trippelt abwärts, einen Fuß vor dem anderen, hält die Arme schützend vor sich, um einen möglichen Sturz zu bremsen. »Immer schön die Knie beugen«, ruft ihr Vater. Gut, dass hier ein paar trockene, stachelige Sträucher nah beieinanderstehen, die ihren Fall bremsen werden. Vor lauter Eile rutscht sie aus und schürft sich das Bein an einem Felsbrocken auf.

»Papa, wo bist du?«, ruft sie.

Warum tut ihr Vater das? Warum bringt er sie zur Weißglut? Warum treibt er sie bis zum Äußersten? Sie könnte hier sterben, wirklich. Das ist nicht irgendeine Phantasie aus einem Buch. Sarah ruft ihren Vater und bekommt keine Antwort. Da heult sie wie eine Hyäne. Er ist einfach weggegangen. So schmerzhaft ist die Wirklichkeit, die zu ihr durchdringt: Ihr Vater hat sie hier alleingelassen.

»Papa«, hört sie sich noch rufen. »Pa-pa!«

Sämtliche Gefahren, die sie sich ausgemalt hatte, vervielfältigen sich jetzt in Windeseile: Es wird dunkel werden, Raubvögel werden

Aas riechen. Ein Strauch bewegt sich, wird mittendurch geteilt von ihrem leibhaftigen Vater. Da steht er und grinst: »Gefunden.«

»Ich hasse dich, Papa!« Sarah dreht sich um und klettert wieder nach oben. »Du musst immer alles verderben.«

»Nichts passiert, nichts passiert.« Den ganzen Rückweg lang wiederholt er den Satz, eher um sich als um seine Tochter zu beruhigen. Ihr Vater ist wirklich gestört. Ein normaler Vater tut so was doch nicht. »Sag Mama nichts davon, ja?«, bettelt er, als sie in die Lobby des Grand Inn Hotels, das in dem Naturpark liegt, hineinspazieren.

Von der monumentalen Verlassenheit des Canyons fahren sie am nächsten Morgen mit tosender Klimaanlage zur Fata Morgana Las Vegas, eine Tagesreise entfernt. Als sie das Hotelzimmer des MGM Grand betreten, holt Mieke zum ersten Mal auf dieser Reise nicht ihr Desinfektionsspray hervor. Normalerweise reinigt sie in jedem Hotel sofort die Klobrille, den Telefonhörer und andere Brutherde für tödliche Krankheiten. Im Zimmer liegt ein hochfloriger Teppich. Mieke geht in die Hocke und streichelt darüber, als wäre er ein gerade geborenes Lämmchen. »Fühl mal, Sarah, so fühlt es sich an, nichts tun zu müssen.«

Auf dem Weg nach L. A. – Las Vegas ist noch schemenhaft im Rückspiegel zu erkennen – behauptet Mieke, froh zu sein, diesen dekadenten Sündenpfuhl hinter sich zu lassen, aber besonders glaubwürdig klingt sie nicht.

Einen Tag später stellen sie ihren Wagen außerhalb von Los Angeles auf einem viel zu großen Parkplatz ab, an einem Streifen, wo sich ein Outlet neben das andere reiht, als wären es bunte Klötzchen, mit denen Riesen spielen. Der Megaparkplatz ist so gut wie leer. Auf ihrer großen Tour entlang der Westküste der USA darf lauf Stefaan ein Besuch beim Supermarktgiganten Walmart nicht fehlen. Mieke hat kaum einen Fuß in den Laden gesetzt, als sie behauptet, ihr sei schlecht. Sie werde besser woanders eine Toilette suchen und dann im Vorübergehen kurz in das Le-Creuset-Geschäft etwas weiter oben reinschauen.

Sarah folgt ihrem Vater in den Walmart, der so groß ist wie ein Flughafen. Hier zieht die ganze verkrachte westliche Zivilisation an ihr vorbei: Jeanshosen, so riesig, dass man Heißluftballons daraus nähen kann, übermenschengroße, beängstigende Plüschtiere, Kochtopfsets, mit denen man ein Restaurant eröffnen könnte, sechzig verschiedene pasteurisierte, leichenblasse Käsesorten, Grußkarten zu Themen wie Haustiere, Schuldenabbau oder Scheidung in aller Freundschaft, lilagetüpfelte Siebenmeilengummistiefel, Teesäckchentrockner, Hühnerbouillon in Eimern, Tausende Töpfchen mit Backpulver, Butter, Béarnaisesauce, Brotpudding, Blubber, Brei. Stefaan nimmt Sarah mit zur Drogerie am anderen Ende des Geschäfts. Dort befragt ihr Vater den Leiter der Apotheke, welche Arzneimittel hier vertrieben werden.

»Stell dir vor, Sarah, sie verkaufen hier das ganze Sortiment meiner Firma.«

Sarah will nur weg aus dieser wahnsinnigen, sauerstofffreien Biosphäre. Der Apotheker lädt die beiden ein, aufs Dach zu gehen, von da oben habe man eine phantastische Aussicht.

Unter den geröteten Augen erschöpfter Walmart-Angestellter klettern sie die Stahltreppe zum Dach hinauf. Die Aussicht ist einfach phänomenal: Die Sonne benutzt eine von den Walmart-Riesen niedergetrampelte Fläche als Leinwand, um sämtliche Gelb- und Rotschattierungen auf ihr auszuprobieren.

Der Beeper des Apothekers geht. Er muss wieder los. »Aber genießt ruhig noch die Aussicht.«

Sarah und Stefaan tasten sich vorsichtig bis zum Rand des asphaltierten Daches vor, so groß wie ein Fußballfeld. Unten sehen sie Mieke zum Auto gehen, einen großen Karton in den Händen.

Hier stehen wir, alle zusammen auf einem Dach im fernen Amerika. Wir stellen uns mit Stefaan neben seine Tochter.

»Wie ich höre, hast du schon enorme Fortschritte im Musikunterricht gemacht.« Stefaans zögerlicher Annäherungsversuch.

»Ich schreibe jetzt meine eigenen Songs, und wenn wir wieder zu Hause sind, werde ich Emily fragen, ob wir eine Band gründen.«

»Eine gute Idee.«

Tu das, Sarah, spornen wir sie an. Wir sind ziemliche Rock 'n' Roll-Fans.

»Ich will auf einer Bühne stehen, so groß wie dieses Dach hier, Tausende Menschen unter mir. Sobald ich den ersten Ton spiele, fangen alle an zu kreischen.«

»Das ist ein schöner Traum, Sarah. Mach was draus und gib nie auf.«

»Nie aufgeben« finden wir ziemlich defensiv. Wenn wir mit einem einzigen Satz umschrieben werden können, dann mit diesem: Bei jedem Rückschlag geben wir erst recht Gas.

Wieder unten angekommen hören Stefaan und Sarah Musik, die aus einem einsamen Pick-up-Truck auf dem Parkplatz dringt. Ein Mann hängt auf dem Fahrersitz ab, raucht eine Zigarette.

»Manchmal muss man zugeben können, wenn etwas schlecht ist, beziehungsweise weniger gut«, sagt Stefaan nachdenklich.

»Was meinst du damit?«

»Ich glaube, Bob hat damals getrunken. Bei jeder neuen CD heißt es, es sei seine schlechteste, aber bei der hier stimmt es wirklich, fürchte ich. *Down In The Groove* von 1988 … Ich finde das Album einfach nur peinlich. Oder was meinst du? Gefällt dir die Musik?«

»Ich höre lieber Grunge oder Electro«, sagt Sarah.

»Er ist wieder da, Sarah«, sagt Stefaan, als wolle er sie trösten. »Bob gibt niemals auf.«

Am ersten Tag nach den Ferien plaudert Emily auf dem Schulweg über ihren Frankreichurlaub. Sie hatten dort ein Haus mit Pool gemietet. Auf einmal redet sie eine Oktave tiefer. »Es ist passiert«, flüstert Emily. Sie ist mit einem hübschen Surferboy ins Bett gegangen. Er wohnt in dem Küstenstädtchen bei Nizza, wo das Ferienhaus stand. Eines Morgens sind ihre Eltern Croissants holen gegangen, aber nach drei Stunden immer noch nicht zurück. Der Surferboy hat geklingelt und seine Dienste als Schwimmbadreiniger angeboten. Sie hat ihn hereingelassen. Als er anfing, das Becken zu reinigen, streckte Emily ihre Füße ins Wasser. Sorgfältig stellte er seine Sachen auf den Boden ab und setzte sich hinter sie, um sie zu massieren. Und so war es passiert. Auf einem Liegestuhl neben dem Pool … in der prallen Sonne. Hinterher ist sie unter die Dusche und er zur nächsten Villa gegangen. Zum Glück sind ihre Eltern lang genug in einem Straßencafé hängen geblieben. Sarah wiederum gibt eine abenteuerliche Version ihrer Amerikareise zum Besten, erzählt ausführlich von ihren fünf fertigen Songs.

Das berühmt-berüchtigte Duo Marie-Hélène und Suri ist seit diesem Schuljahr in Sarahs Klasse. Marie-Hélène ist adelig und noch dazu eine blöde Zicke, das sieht Sarah auf einen Blick. Suri ist eine mysteriöse Asiatin, die zum Schutz vor UV-Strahlen mit einem Sonnenschirm herumläuft. Die beiden sind unzertrennlich.

Vom Erscheinungsbild her ist Suri mit Abstand die Auffälligere der beiden. Das liegt nicht nur an dem kantigen Gesicht und ihren hellblauen Augen (farbige Kontaktlinsen). Sie ist auch besonders klein, wirkt zerbrechlich. Man würde sie glatt übersehen, wenn sie nicht so eine spröde Schönheit wäre und nicht so auffallende Outfits tragen würde: eine Kombination von aus dem Rinnstein gefischten Lumpen und steifen Designerklamotten.

Marie-Hélène ist die mit der großen Klappe. In jeder Stunde demonstriert sie von der ersten Minute an völliges Desinteresse. Man hält sie für zu intelligent, als dass sie es je weit bringen würde, weil sie mit ihrer Unangepasstheit zu viel Schaden anrichten wird. Wenn Marie-Hélène zum Beispiel an die Tafel geholt wird, um eine Gleichung zu lösen, schreibt sie einfach eine neue hin, die sogar dem Lehrer zu schaffen macht.

Sarah hat größte Mühe, sich zu Beginn des neuen Schuljahres zu motivieren. Von Mädchen wird erwartet, dass sie sich für die Wunder der Natur begeistern, aber Sarah kann beim besten Willen nicht viel Bewundernswertes entdecken: Ihr Körper hat Schwellungen, ihre Brustwarzen tun weh, und sie kriegt ihre Jeans nicht mehr zu, ohne sich aufs Bett zu legen. In den unpassendsten Momenten weist ihr Körper sie blutrot darauf hin, dass sie nicht befruchtet wurde. Mit diesem Körper kann sie sich nirgends blicken lassen, was sie ihrer Mutter jedoch unmöglich klarmachen kann. Der Körper ist kein Gesprächsthema. Sie steht jeden Tag auf und hofft: Vielleicht haben sie einen extra Ferientag wegen Lady Dis Tod beschlossen oder die unterirdischen Atomtests sind schiefgegangen oder die Nachtegalenlaan wurde von einer sehr unwahrscheinlichen Überschwemmung, die schon bis an ihr Fenster reicht, komplett unter Wasser gesetzt. Leider wohnen sie nicht in Bangladesch. Dann hofft Sarah, irgendwelche körperlichen Gebrechen an sich zu entdecken, seltsame Bauchschmerzen, vielleicht einen winzigen Virus, weshalb sie nicht zur Schule gehen kann, einen eingebildeten Migräneanfall. Aber ihr Körper macht bei solchen Plänen nicht mit, er bricht nicht zusammen. Er will sie offenbar sabotieren, indem er kerngesund bleibt, trotz eiskalter Dusche, sieben Suppenlöffeln Körnersenf und einer Zwiebel unter der Achsel.

Sarah vermeidet immer öfter den Blick in den Spiegel. Sie hasst ihre vielen Ausstülpungen nach allen Seiten. Sie will wieder werden wie früher. Sie beneidet ihr jüngeres Selbst. Es schaut ihr von einem Foto entgegen, drahtig, in voller Aktion, Tennisschläger in der Hand.

Mieke zufolge ist alles bestens, Sarah wird jeden Tag ein bisschen mehr zur Frau. Also eine junge Version von Moemoe. Die steckt schon in ihr drin und drängt jetzt nach draußen, wie ein Ast bei einem Baum. Sarah spaziert mit Emily bis ans Ende ihres Gartens. Hinter der großen Kastanie teilen sie eine Zigarette miteinander, die sie schnell aufrauchen. Fröhliche Vogelschwärme steigen aus dem angrenzenden Maisfeld auf. Einzelne Kinder rufen und jagen einander, bewerfen sich mit unreifen Maiskolben. In letzter Zeit sind eine Menge neuer Familien in die Siedlung gezogen. Emily erzählt Sarah von Marie-Hélènes und Suris Einladung. Sie haben sie gefragt, ob sie nicht zusammen in ihrem Musikstudio eine Jamsession spielen wollen. Zwei Kinderköpfe lugen aus den Maishalmen hervor, tauchen entdeckt wieder ab. Emily drückt die Zigarette aus und vergräbt den Stummel.

Marie-Hélène und Suri haben Emily und Sarah auf der Schulfeier im letzten Jahr spielen hören. Damals hatten sie spontan eine Band gegründet mit der Meckertante Mireille, die erstaunlich gut singen konnte.

»Erwarte ja nicht zu viel davon«, sagt Emily, die Sarah ein Pfefferminzbonbon gibt. »Morgenabend um fünf bei Marie-Hélène. Ach ja, wir sollen sie MH nennen.«

Sarah geht schnell nach Hause. Die Wahrscheinlichkeit ist groß, dass sie nicht zu dem Treffen darf. Nach Miekes Hausregel müssen Verabredungen mindestens zwei Wochen im Voraus gemacht werden. Wenn nicht, ignoriert Mieke sie, und dann werden sie auch nicht in ihrem großen Terminkalender notiert.

Auf dem Küchentisch liegt das Buch, das Mieke gerade liest: *Germinal* von Emile Zola. Tote Schriftsteller verwenden keine schmuddeligen Ausdrücke. Sarah blättert durch die Zeitung von heute, die schon im Altpapier lag. Sarahs Worte gehen unter, als Mieke die Tür der Spülmaschine öffnet. Heißer Dampf schlägt ihnen ins Gesicht.

Mieke lädt die weißen Teller aus, deckt den Tisch für das morgige Frühstück.

»Nein, Mama. Da steckt nichts dahinter. Ich mache dort morgen mit Emily einfach nur Musik.«

»Ich möchte mal wissen, was du vor mir verbirgst. Warum erzählst du mir nie was? Warum hat hier jeder Geheimnisse voreinander? Du bist genau wie dein Vater. Der erzählt auch nichts. Warum?«

»Na, weil ich nie was darf!«

»Wie bitte?«

»Ist doch wahr. Ich darf nie weggehen, ich muss dauernd zu Hause bleiben …«

»Was ist denn jetzt los? Wenn du mir zwei Wochen vorher Bescheid sagst, darfst du alles. Jeder darf mal was Verrücktes machen. Du darfst alles.«

»Nein, darf ich nicht.«

»Du bist ganz schön frech«, sagt Mieke, während sie die Gläser aus der Spülmaschine nimmt und mit einem trockenen Küchenhandtuch poliert. »Wer hat dir das beigebracht? Lernt man das heute in der Schule? Ich hätte es wissen müssen. Meine Mutter hatte mich noch gewarnt. Es ist meine Schuld, ich hätte dich doch zu Hause unterrichten sollen. Hätte ich mal besser auf sie gehört.«

»Also warst du früher ungehorsam?«

»Privatunterricht«, fährt Mieke fort, »das wäre am besten gewesen.« Wieder etwas, das sie sich wunderbar vorwerfen kann.

»Und mich dann irgendwo im Keller einsperren.«

»Weißt du, was das Problem ist?«, fragt Mieke, eher sich selbst als ihre Tochter. »Ich habe dich viel zu frei erzogen. Das ist es. Wenn ich so mit meinen Eltern geredet hätte, wäre ich sofort im Keller gelandet. Mann, Mann, Mann, ich darf gar nicht dran denken. Dir geht's einfach zu gut, das ist es. Alles kriegst du in den Schoß geworfen.«

»Aber ich arbeite doch.«

»Das hast du dann aber bisher verdammt gut geheim gehalten.«

»Wir machen Musik daheim mit Marie-Hélène.« Ein strategisches Argument.

»Ah, bei Marie-Hélène, der Tochter des verunglückten Grafen. Ist es bei ihr zu Hause?« Miekes Stimme geht auf einmal in die Höhe.

»Ja, morgen von fünf bis neun bei ihr.«

»So die eigenen Eltern zu verlieren, das arme Kind. Was ist Marie-Hélène eigentlich für ein Mädchen?«

»Pfft, normal.«

»Das finde ich wirklich gut, dass jemand von Adel sich wie ein normaler Mensch benimmt«, sagt Mieke ohne einen Hauch von Selbstironie. »Da siehst du's, Menschen von Stand verhalten sich am unkompliziertesten, die haben es nicht nötig, aufzufallen, die benehmen sich normal. Distinguiert. Was man von den Neureichen nicht behaupten kann.«

»Das werde ich morgen ja sehen. Das heißt, wenn ich gehen darf.«

»In Ordnung, vorausgesetzt, deine Noten verschlechtern sich nicht. Sonst ist nämlich Schluss mit der Ausgeherei.«

Nachbarin Ulrike hat vor ein paar Wochen die ganze Geschichte vom Schloss erzählt, als Sarah dabei war. Jeder im Dorf und auf dem Berg weiß, dass die Kinder des Grafen wieder ins elterliche Schloss gezogen sind. Es liegt abgelegen im Waldgebiet zwischen zwei Dörfern, auf einem großen, komplett eingefriedeten Areal. Adelsfamilien – über diese Leute kann man nur noch lachen. Sie sind fast alle finanziell ruiniert und haben schon vor einer ganzen Weile damit aufgehört, ihr Personal und ihre Bastardkinder durchzufüttern. Sie können sogar das Heu für ihre Pferde nicht mehr bezahlen, geben die Tiere an Reitschulen. Kostbare Antiquitäten und Porzellanservices, die seit Jahrhunderten von Generation zu Generation weitergegeben wurden, kommen unter den Hammer. Familien versammeln sich um einen Kachelofen in einem Raum des Schlosses. Eine traurige Sache. Die meisten haben die Fensterläden ihrer Schlösser verriegelt und sind in ihre Wohnungen in die Hauptstadt oder mit einem Geldkoffer in Richtung Schweiz geflohen. Um die Landsitze kümmert sich niemand mehr.

Die schwerreichen Adelsfamilien mit ihren vererbten Vermögen betrifft dieser Niedergang natürlich nicht, ebenso wenig wie die adeligen Unternehmer, die in den richtigen Branchen tätig sind. Der Graf war ein moderner Mann, er hatte die Compact Disc mit herausgebracht und auf diese Weise ein Vermögen gemacht. Er musste aber auch unglaubliches Kapital und Verbindungen gehabt haben. Ein renommierter Architekt war für den Swimmingpool und allgemeine Modernisierungsarbeiten engagiert worden. Er war der Einzige in der Gegend, dem es in den Siebzigern gelang, Modernes mit Historischem in Einklang zu bringen. Der Graf hatte das alte Schloss, noch dazu mit nachhaltigen Materialien, also im mehr oder weniger alten Glanz erstrahlen lassen, aber die verstaubten Fenster deuteten darauf hin, dass er nicht wirklich dort wohnte. Die meiste Zeit zog er sich nämlich in die Hausmeisterwohnung im Park zurück, die zu einem Musikstudio umgebaut worden war. Dort fanden endlose nächtliche Aufnahmeproben statt. Limousinen fuhren vor und wieder weg. Man sah Musiklegenden im Dorfgasthaus, und die geräumige Hausmeisterwohnung war verrufen. Die Polizei der nächstgelegenen Stadt war dort schon ein paar Mal mit Drogenhunden aufgekreuzt, und die Hunde hatten sehr laut angeschlagen, wusste Ulrike zu berichten.

Dann begegnete der Graf in der Schweiz der Frau, die später seine Gattin wurde und ihm drei Kinder schenkte. Bis vor zehn Jahren haben sie zusammen auf dem Schloss gewohnt. Dann stand eines Tages eine Todesanzeige im *Standaard*. Der Graf und seine Frau waren »unerwartet in Tibet gestorben«. Was er in Tibet zu suchen hatte, wussten weder die Leute aus dem Dorf noch die vom Berg. Es gab da ein paar, die den Eindruck erwecken wollten, dass sie ziemlich dick mit dem Graf befreundet waren, aber alle flogen auf, konnten sich nur auf schmuddelige Schwarz-Weiß-Artikel aus den Zeitungen berufen. Jeder wusste, dass der Graf ein exzentrischer Jetsetter gewesen war. Er war immer auf Durchreise, überquerte den ganzen Erdball. Die Leute zerrissen sich das Maul über ihn, behaupteten dieses und jenes. Der Graf sei seiner Zeit voraus gewesen, er habe in Tibet einen Kurs beim Dalai-Lama besucht oder dort mit George Harrison eine neue CD aufgenommen, im Sound der alten Zeit. Glaubt man den Nachbarn, ist das alles möglich. Jedenfalls sind die beiden Mädchen nach dem Tod ihrer Eltern bei einer entfernten Tante untergekommen, während der Junge in einem Internat untergebracht wurde. Weil das älteste Mädchen jetzt über einundzwanzig ist, darf sie offiziell der Vormund der beiden Jüngeren sein. Und inzwischen wohnen die drei wieder auf dem Schloss.

Ob vom Dorf oder der Bergsiedlung, jeder hat schon einmal einen Blick auf das Schloss erhascht. Ein Brüderpaar, das einen kleinen Sportflieger besitzt, fliegt jedes Jahr über die Dörfer, um Luftaufnahmen zu machen. Die Fotos finden reißenden Absatz bei den Villenbewohnern vom Berg, die gerade erst einen Swimmingpool angelegt haben. Auf den Fotos ist gut zu erkennen, wie groß und gepflegt ihr Grund und Boden ist. Die Brüder machen auch jährlich Fotos vom Schloss und seinen Ländereien, eines wird anschließend im Rathaus zwischen Bildern anderer Prachtbauten aus der Umgebung einen Platz bekommen. Auf den Fotos kann man erkennen, dass hinter dem Schloss noch ein Pool, eine geräumige Hausmeisterwohnung, ein Teich sowie ein riesiges Gartenhaus liegen. In der Phantasie mancher Dorfbewohnerin wird daraus ein Ankleidezimmer mit siebentausend Paar Schuhen. Stimmt nicht, sagt Ulrike, schließlich ist sie keine Klatschtante.

Mieke will Sarah zum Schloss fahren. Hinterher kann sie dann ausführlich über die Bodenfliesen in der Eingangshalle, den Duft der Blumenbeete oder die Ausführung der Malerarbeiten an den Dachrinnen reden.

»Suris Mutter bringt uns, das ist schon geregelt«, sagt Sarah.

»Aber lass es nicht zu spät werden«, sagt Mieke, während sie den Staubsauger in die Waschküche räumt. »Jetzt auch nicht, Sarah. Ab ins Bett. Ich gehe schon mal nach oben, ich muss ja nicht aufbleiben, bis dein Vater zu Ende gebastelt hat oder was weiß ich, was er in seiner Hütte immer treibt. Dann schlafe ich längst.«

Als alle Geräusche im Badezimmer verklungen sind, schleicht sich Sarah auf Zehenspitzen auf den Dachboden, um Musik zu hören. Es gibt in diesem Haus genug Zimmer, in denen man Musik hören könnte, aber auf dem Speicher fühlt sich Sarah am wohlsten. Es kostet sie zehn Minuten, lautlos die kleine eiserne, ausziehbare Treppe hinaufzusteigen.

Am anderen Ende des geräumigen Dachbodens, in einem Meer aus Glaswolle, stehen eine alte Babywiege aus Rattan, Lampenschirme und ein paar Kartons mit alten Heften und Fotos. Auf einem kleinen Tisch liegen Sarahs hingekritzelte Songtexte. Sie kniet sich auf den Boden neben den kugelförmigen CD-Radiorekorder. Er schimmert im Halbdunkel wie ein Fliegenauge. Festgebunden am zwei Meter langen Kopfhörerkabel, grast Sarah wie eine Ziege auf einer Musikwiese ihre Runden und hört sich einen CD-Sampler an. Nach einer halben Stunde gibt sie auf. Das ist doch zwecklos. Sie kann unmöglich an einem einzigen Abend ihre mangelnden Musikkenntnisse aufholen. Suri und MH sind wandelnde Musiklexika, kein Zweifel. Sie wird sich ziemlich anstrengen müssen, ihre beschränkten Grunge-Kenntnisse zu verbergen. Wenn sie diese Jamsession mit MH und Suri überlebt, kann sie sich glücklich schätzen.

Auf dem Dach des Schuppens ist ein kleiner Lichtfleck zu sehen:

Ihr Vater raucht in der Einsamkeit der Siedlung eine Zigarre. Seit sie zusammen auf dem Walmart-Dach gestanden haben, ist er wieder in sein Schweigen verfallen. Jetzt ist er wieder dieser seltsame, abwesende Typ, wegen dem sie manchmal schier ausflippen könnte, vor allem, wenn er isst, besser gesagt: wenn er das Essen lautstark in seinen Rachen kippt. Sie weiß ja, dass er bei der Arbeit der Obermacker ist, davon merkt sie zu Hause aber nichts. Ob es nun um den unzufriedenen Bauunternehmer, den Steuerprüfer oder um seine eigene Tochter geht, er lässt Mieke immer die Drecksarbeit machen. Er ist ein Feigling, ein Waschlappen, der komische Sachen in seinem Hobbyraum macht.

Was tut er denn für sie? Unterstützt er sie? Er fährt sie zum Musikunterricht, setzt sich zum Essen mit an den Tisch, und manchmal begegnen sie sich im Haus, aber sonst? Sie bezweifelt sehr, dass er ihr richtiger Vater ist (das trockene Hüsteln, das windige, scheue Lächeln, seine schlechten Tischmanieren). Vielleicht wurde sie ja im Krankenhaus mit einem anderen Kind vertauscht, oder ihre Mutter ist fremdgegangen und all ihre Kinderfotos sind eine Fälschung.

Am nächsten Tag in der zweiten Stunde am Nachmittag sitzen alle auf ihren Schulbänken und dösen in der Herbstsonne vor sich hin. Die Französischlehrerin krächzt beim Reden. Zum Schulanfang letzten Monat hat sie nicht viele Worte auf die Begrüßung verschwendet. Nach zwei Einleitungssätzen in gebrochenem Niederländisch hat sie auf schwungvolles Französisch umgeschaltet. Seitdem spricht sie ausschließlich Französisch und erwartet von ihren Schülern dasselbe. Heute behandeln sie das Passé simple, eine völlig zu vernachlässigende Zeit, die nur noch in archaischen oder literarischen Texten vorkommt. Die Französischlehrerin fragt, ob jemand schon mal von Jules Laforgue, einem Schriftsteller der literarischen Dekadenz, gehört hat. Sein Lieblingstempus war das Passé simple, will die Lehrerin ihnen weismachen. Sie fragt in die Klasse, was

»dekadent« eigentlich bedeutet. Zum ersten Mal in ihrer Schullaufbahn meldet sich MH. In perfektem Französisch sagt sie, sie hole sich bei den Dekadenten und Gainsbourg Inspiration.

»Gainsbourg kommt später«, sagt die Lehrerin auf Französisch. »Viel später.«

»Gainsbourg hat aber ein Stück darüber geschrieben«, hält MH dagegen. Fünfundzwanzig Münder fangen an zu schnattern. »*Décadanse*. 1972. Geht über Analsex … « Sie bringt die Mehrheit der Klasse zum Wiehern. Mit der triumphierenden Nonchalance von jemandem, der alles weiß, kritzelt sie auf ihrem neuen Mäppchen herum, während sie ihrer Banknachbarin erzählt, wie das Lied weitergeht, nämlich mit einer Frau, die sich vorbeugen muss. Das Chaos in der Klasse ist perfekt. Die Lehrerin ruft ein paar Namen.

MH dreht sich zu Sarah um: »Emma sagt, du kommst morgen mit.«

»Du meinst wohl Emily«, sagt Sarah knapp. »Höhö.« Die erste Regel lautet: Zügle deine unbändige Freude. Mach aus einem Ausrufezeichen eine einfache Mitteilung.

»Sarah et Marie-Hélène, dehors!«

Die Mädchen gehorchen und verlassen den Raum. MH trägt ein weißes Spitzenkleid, durch und durch dekadent. Auf Höhe ihres Busens klafft ein riesiger Riss. Ein Spitzen-BH präsentiert sich dem Tageslicht und den neugierigen Blicken. Frau De Decker, die Klassenlehrerin, hat sie heute Morgen schon verwarnt. Wenn sie das Kleid noch einmal anzieht, wird sie vom Unterricht ausgeschlossen.

»Spielst du Bass?«

»Nein, Gitarre.«

MHs Hand verschwindet in einer Tasche ihres Kleides. Sie holt eine kleine Metallschachtel hervor und spaziert in Richtung Grotte, der früheren Pilgerstätte der Schwestern, heute die geheime Raucherhöhle der Schülerinnen.

Wenn die Schule unerwartet früher aufhört, fahren Emily und Sarah in die Stadt und hängen dort rum, oder sie shoppen. Sarah muss sich dann immer abhetzen, wenn sie rechtzeitig zu Hause sein will. Heute gehen sie in einen Secondhandladen, wo Emily Sarah in ein spottbilliges Kleid hineinredet. Sarah staunt: Das viktorianische Kinderkleid aus schwarzem Samt passt ihr wie angegossen. Und weil Emily nicht lockerlässt, kauft sie es.

Am nächsten Morgen trägt Sarah ihr neues Kleid beim Frühstück. Mieke signalisiert überdeutlich, indem sie sich laut räuspert, nicht auf das Samtkleid ihrer Tochter einzugehen.

»Meine Güte, das sitzt ja eng«, sagt Stefaan mit dem Scharfsinn eines Mannes, der an der Spitze eines Betriebes steht. Nach Jahren effizienter Führung ohne höfliche Umschweife und einer Heidenangst vor möglichen Anzüglichkeiten wird Feingefühl eine überflüssige Eigenschaft. »Ist das Kleid denn nicht zu warm?« Sarah könnte ihn erwürgen.

Emily und Sarah bahnen sich einen Weg die schlammige Auffahrt entlang, Sarah mit ihrer Gitarre auf dem Rücken, Emily hält ihre Schlagstöcke in einem Etui fest in der Hand. Voller Erwartungen nähern sie sich dem Schloss in der Ferne: ein Wald aus Lilien an den Eingangstoren, brennende Kerzen auf ausladenden Leuchtern am Treppenpodest, ein Butler, der zu jeder Tages- und Nachtzeit Besucher empfängt und die kupfernen Löwenknäufe aufpoliert, bis er sich darin spiegelt, ein Kutschhaus mit einem Fuhrpark für Oldtimer, und überall die unterkühlte Betriebsamkeit von Gartenpersonal und Lakaien. Stattdessen wird immer deutlicher, dass sie auf eine große, verfallende Fassade zugehen. Das Schloss sieht ganz heruntergekommen und deprimierend aus, als sie davorstehen. Klar, die Häuser in der Siedlung sind nicht so riesig, aber keine der Villen sieht so verwahrlost aus. Die Regenrinne hängt halb herab, Kupferrohre zeichnen grüne Streifen vom Dach bis zum Boden. An den

Außenmauern sind große Feuchtflecken zu sehen, Plastikfolie flattert in den blind gewordenen Augenhöhlen der Fenster.

Ein auffälliger, grellgelber Sportwagen parkt mit der Schnauze dicht vor der bröckelnden Vortreppe. Es ist ein englischer Bentley mit viel glänzendem Chrom und geflügelten Markenzeichen auf dem Kofferraumschloss.

Emily drückt auf die Klingel. Ihnen ist ein bisschen mulmig in der Herbstdämmerung. Gut, dass sie noch ein halbes Stündchen im Wald gewartet haben. Man sollte nie ganz pünktlich kommen, das ist uncool.

In der Eingangshalle sind jetzt Schritte zu hören. Es weht eine kräftige Brise. Anschließend scheint es, als würde die hölzerne Doppeltür durch einen einzigen Windstoß aufgedrückt. Und dann können sie so schnell gar nicht gucken, da hat sie schon eine blonde Frau hereingelotst.

»Jules«, stellt sie sich vor. Sie ist eindeutig mit MH verwandt, aber diese Frau hat das bessere genetische Material abbekommen. Ein Topmodel aus den Neunzigern: mager und lang wie eine Giraffe, hohläugig, als stamme sie aus einer anderen Welt, der Welt grimmiger Märchen.

»Wir wollten zu Marie-Hélène«, sagt Emily.

»Die ist in ihrem Studio im Garten.« Sie hat eine raue, schläfrige Stimme, die viele Zigaretten und lange Nächte verrät. »Kommt mit.«

In der Eingangshalle stehen große Säcke mit Schutt. Sie blicken zu einem meterhohen Gemälde auf, einem offenbar bedeutenden Mann aus früherer Zeit. Er trägt eine enge weiße Reithose, darüber eine blausamtene Jacke mit Goldknöpfen. Seine Finger umfassen einen Spazierstock. Schwermütig blickt er in den Raum, als könnte er jeden Augenblick aus seinem Bilderrahmen steigen. Er könnte aber auch an Traurigkeit gestorben sein, wie Sarahs Großvater. Sie betreten jetzt den Ballsaal. Von zwei Seiten fällt die späte Nachmittagssonne in das Schiff, das in einen unendlichen Garten geschoben wird. Aus dem Parkett erheben sich ein schwarzer Flügel und die vier schnörkeligen Beine eines Esstisches aus massiver Eiche, an dem ein einziger Stuhl steht. Drei Stühle liegen wie verwundete Soldaten auf der Seite, sind mit Stofflappen, Spül- und Badetüchern verbunden. Wäscheklammern halten das Zeltlager, das inmitten des aufgeheizten, hellen Raumes aufgeschlagen ist, zusammen.

»Xavier«, ruft Jules, einen Blick unter die Decken werfend.

Auf einem Kissenberg neben den doppelten Terrassentüren liegen Zeitschriften und ein Buch mit gebrochenem Rücken neben einer Flasche Rotwein und einer Tüte Flips. Ein sündhaft teurer Wandteppich hängt schief an der Wand: junge Mädchen, die ungelenk um ein Einhorn herumtanzen, in bräunlichen Herbsttönen. Unter der Tapisserie steht ein Eimer ohne Deckel mit roter Latexfarbe. Mieke würde für einen solchen Teppich einen Mord begehen.

Jemand dreht die Musik so laut, dass der beeindruckende Kristallkronleuchter im Ballsaal fast mitsingt. Die schöne Frau lässt sich auf den Kissenberg herabsinken, wo sie sich in den *Rolling Stone* vertieft. Mit einem Rotstift schreibt sie eine Notiz neben eine CD-Besprechung. Sarah fragt sich, ob sie jetzt absichtlich so tut, als sähe sie sie nicht. Vielleicht ist sie ja der Typ Mensch, der die ganze Welt um sich herum vergisst, wenn er sich auf seine Aufgabe konzentriert. Sie schaut noch nicht einmal auf, als eine ältere gedrungene Frau ins Zimmer kommt. Sie hat sich den Staubsaugerschlauch um den Hals gewickelt, genau wie ihre Mutter daheim.

Sarah ist ihrer Mutter ab jetzt einen kleinen, aber bedeutenden Schritt voraus, indem sie hier in diese Welt des echten Adels eintritt, des Adels, der sich nichts aus Status macht.

»Ganz normale Leute«, wird sie ihrer Mutter sagen. »Ganz normal. Sie haben auch eine Haushälterin. Und ihre Zimmer sind natürlich schon etwas größer.«

Sie müssen ziemlich lang warten. Emily hat sich schon eine Zigarette angezündet, genau wie die junge Frau. Die Zigarette ist fast völlig aufgeraucht, als sie plötzlich von ihrer Zeitschrift aufschaut und sagt: »Marie-Hélène ist im Studio, das Gebäude hinter dem Pool und dem Garten. Leicht zu finden.«

Jules rappelt sich hoch. Ihr Kopf nickt im Rhythmus der Musik. Beim Zelt aus Handtüchern geht sie in die Hocke. Sie zieht ein Handtuch weg und ruft hinein: »Komm, Xavier. Du sitzt jetzt schon lange genug da drin. Komm mal raus, mein Hübscher.« Ihre Stimme hat auf einmal etwas Fröhliches. Wer oder was sich hier verbirgt, muss keine Strafe befürchten.

Sarah und Emily gehen in den Garten, MH suchen. So verfallen die Vorderseite des Schlosses ist, so luxuriös und gepflegt ist die Rückseite. Als wende sich die Vorderfront von neugierigen Blicken ab und zeige sich nur von ihrer hässlichsten Seite. Die ehemalige Hausmeisterwohnung liegt ein ganzes Stück hinter dem Pool neben einem großen Teich. Das Gebäude erinnert an ein riesiges Landhaus aus den Südstaaten Amerikas, eines dieser Häuser, die über ausgedehnte Baumwollplantagen blicken. Die Tür steht offen. Im Gang hängt eine ganze Reihe eingerahmter Goldener Schallplatten in einer Ehrengalerie an der Wand. Vorsichtig gehen Sarah und Emily auf einen kleinen Raum zu, aus dem monotones Dröhnen wie von einem Staubsauger kommt.

Der riesige Studioraum ist zugestellt mit Musikinstrumenten und allem möglichen Krempel. Ein Sitar sucht am Faltenrock eines Akkordeons Halt, sieben Spalier stehende klassische Gitarren warten darauf, bespielt zu werden, eine dreieckige Gitarre mit einem aufgemalten Flammenmuster hat sich an ihrem Gurt an einem Nagel in der Wand aufgehängt. Auf Teppichlagen und Tierfellen stehen mexikanische Koffer, ein gigantischer silberner Kerzenständer, dem ein Arm fehlt, Tierschädel, ein Turm Schallplatten, obenauf Howie

Bernstein. Gleich neben einer Box, aus der der monotone Sound von Daft Punk dröhnt, liegt MH in einer Chaiselongue. Als sie sie sieht, gibt sie einen unverständlichen Laut von sich. Gegenüber taucht Suri hinter einem Sessel auf. Sie nickt. Gerade malt sie mit einem Pinsel voll oranger Farbe arabisch anmutende Buchstaben an die Wand. MH nimmt sich eine Handvoll Knabberstangen aus einer Tüte neben ihr und schiebt sie sich wie kleine Degen in den Mund.

Nach dem lauen Empfang nimmt Sarah ihre Gitarre von der Schulter. Als MH einen Joint fertiggerollt hat, setzt sich Suri neben sie aufs Sofa. Suri kriecht dicht an MH heran, während die ihr sanft durchs schwarze Haar streicht. Sarah setzt sich auf den Boden, was sie auch zu Hause macht, wo sie Polstermöbel lieber meidet. Die Wahrscheinlichkeit, dass die schmutzig werden und ihrer Mutter die Nerven durchgehen, ist astronomisch hoch. Was jetzt folgt, ist ein einstündiges Kreuzverhör von MH über Sarahs und Emilys musikalische Einflüsse. Albentitel und die Namen der eigenartigsten Gruppen fliegen ihnen um die Ohren. Suri kennt die sonderbarsten Namen. Nach einem kleinen Wortwechsel über den Sänger von Massive Attack zwischen Suri und Marie-Hélène soll jetzt gejammt werden.

Suri schnallt sich eine riesenhafte Bassgitarre um, die sie fast das Gleichgewicht verlieren lässt. MH schlurft in die Mitte, bellt etwas ins Mikro. Und was ist mit Emily und Sarah? Die Mädchen kommunizieren nur über Gebärden, Achselzucken und Musikakkorde miteinander. Sarah muss unwillkürlich lächeln, als sie ihre Gitarre anschließt und zu den Textfetzen Rimbauds, die MH singt, ein bisschen als Hintergrundbegleitung draufloshämmert, abwechselnd mit manch markerschütterndem Schrei und einem selbstgehäkelten Ein-Wort-Schal aus Seelenergüssen. MHs Stimme ist perfekt für die Art Musik, die sie machen.

Irgendwo in der Ferne schlägt eine Turmuhr mehrmals hintereinander. In einem Anflug lähmender Panik stellt Sarah sich vor, wie sich ihre Mutter jetzt in Bewegung setzt. Sarah schaut Emily eindringlich an, tippt auf ihr Handgelenk, an dem keine Uhr ist. Emily lässt die Drumsticks sinken und sagt, dass sie jetzt losmüssen.

»Ja, lass uns gehen«, sagt Sarah. »Ich spiele euch meine neuen Nummern beim nächsten Mal vor.«

»Mal sehen«, sagt MH. Suri hat den Fernseher eingeschaltet und schaut jetzt *The Real World* auf MTV. Sie reagiert nicht mehr.

Während Sarah und Emily durch die Dämmerung gehen, dreht sich alles in ihren Köpfen. Sarah nimmt dankbar die Pfefferminzbonbons an, die Emily ihr zusteckt. Sie stößt Emily in die Seite.

»Wir«, sagt sie lachend, »wir werden es noch weit bringen.«

# 1997

# MIEKE

»Klappt es nicht?«, fragt Mieke. Stefaan schlendert ins Wohnzimmer. Er ist kaum zehn Minuten in seinem Schuppen beschäftigt gewesen. Vorsichtig lächelt er. Damals, im Notariat, als sie sich zum ersten Mal begegnet sind, lächelte er sie auf die gleiche Weise an. Damals hielt sie es für Schüchternheit. Warum er jetzt so wortlos lächelt, weiß Mieke nicht. Sie hat keine Ahnung, was daran so lustig sein soll, Pralinen auf einer silbernen Etagere zu drapieren. Sie hat tief in den Schrank langen müssen, um die Etagere hinter den Goldrandtellern und dem bleischweren Koffer mit dem Silberbesteck ans Tageslicht zu befördern. Die Schale ist zu schön und zu unpraktisch, um sie oft zu benutzen.

»Weißt du, wie zeitraubend das ist, wenn du dich um eine ganze Familie, einen Blumengarten und einen Haufen antiker Teppiche zu kümmern hast?«, sagt sie zu Stefaan. »Und wo ist eigentlich der Kuchenheber? Das ist doch unglaublich, immer wenn man die Dinger braucht. Ob Sarah sich damit aus dem Staub gemacht hat?« Sarah entwendet ihre Wimperntusche und raubt Pinzetten aus dem mütterlichen Nest, warum sollte sie also keinen Kuchenheber stehlen?

»Was war morgen noch mal?«, fragt Stefaan lächelnd. Soll sein Lächeln eine Entschuldigung sein? Sie kann ihm hundert Mal das Gleiche erzählen, aber er kann sich anscheinend nichts merken. Wenn er einkauft, vergisst er garantiert mindestens ein Produkt, als stünde das Wort Vergessen auch auf seiner Liste. Manchmal stürmt er zum Flur, um nach dreißig Sekunden wiederzukommen: Was wollte ich gerade machen? Manchmal fragt sie sich, auf welchem Planeten er eigentlich lebt.

»Elvira kommt morgen zum Kaffee.« Das hat sie sicher schon mehrmals gesagt. Es ist inzwischen eine Weile her, dass ihre Busenfreundin Elvira zu Besuch gekommen ist. Sie ist immer sehr beschäftigt.

»Ah ja, Elvira, stimmt«, sagt Stefaan. »Ich habe gelesen, dass man für fünftausend Franken seinen Namen ändern lassen kann. Das kannst du im Gespräch mit Elvira ja mal einfließen lassen.«

Schon damals, als sie beide im Internat waren, galt der Name Elvira als altmodisch, aber die Namenswahl hat wahrscheinlich auch mit ihrer Herkunft zu tun. Elvira stammt aus sehr vornehmem Elternhaus, erklärt Mieke. Ihr Mann versteht solche Begründungen leider nicht. Er tastet mit seinen Wurstfingern auf dem Spiegel herum.

»Der Spiegel ist nicht ganz sauber«, sagt er leise. Es ist der geflammte Spiegel, ein Erbstück ihrer Eltern, die ihn von Baron Courtier bekommen haben. Für den hatte ihr Vater, der Notar, viele Angelegenheiten erledigt. Die Flecken, die Stefaan zu sehen glaubt, sind nur Schlieren in der Kupferschicht. So etwas erkennt ein Mann nicht.

»Lass das und hilf mir lieber. Hol bitte die Treppenleiter und reich mir mal die blaue Vase von Val Saint Lambert herunter.« Mieke steht neben dem großen Antikschrank im Wohnzimmer. »Ich hatte Sarah gebeten, sie zu putzen. Da bin ich ja mal gespannt.«

Stefaan nimmt einen Stuhl, stellt sich darauf und macht sich so lang wie möglich. »Also Stefaan … mit den Schuhen auf den Stuhl steigen, bitte ein wenig mehr Respekt vor unseren Sachen.« Mit viel Mühe gelingt es ihm, die Kristallvase an seinen Zeigefinger zu haken und zu sich herzuziehen. Er übergibt sie der beunruhigten Mieke.

»Genau, wie ich dachte«, sagt Mieke, die Vase in der Hand hin- und herdrehend, »dreckig wie der Hintern einer Kuh. Man muss wirklich alles selbst machen.«

»Soll ich sie kurz abwaschen?«

»Nein, lass nur, du hast genug geholfen. Schau lieber mal nach, ob die Hühner noch Wasser haben. Die armen Tiere werden ja schier misshandelt. Du könntest dich ruhig ein wenig mehr um sie kümmern. Wer Tiere hat, muss gut für sie sorgen. Das ist meine Meinung.«

Das Haus ist Miekes Territorium, um den Schuppen und die Hühner muss er sich kümmern. Sie hält ihr Haus in Schuss, wie sie es für richtig hält, und auf Einmischungen kann sie verzichten. In der kommenden Stunde hetzt sich Mieke hinter den geschlossenen Türen von Küche und Wohnzimmer ab. Sarah ist in ihrem Zimmer und übt neue Gitarrenakkorde. Die schiefen Töne sind für Miekes Nerven eine Zerreißprobe, als schlüge jemand in einer Geheimsprache Alarm. Zum Glück hat sie einen Staubsauger, mit dem sie die grauenhafte Musik übertönen kann. Rastlos putzt sie weiter. Sie legt sich furchtbar ins Zeug, als wollte sie Elvira zuvorkommen, die hier jeden Augenblick unerwartet mit einem großen Teleskop hineinschauen kann, um zu kontrollieren, welche Vorbereitungen ihretwegen getroffen werden.

»Stefaan«, ruft sie eine Stunde später rotangelaufen in den Garten. »Stefaan! Hier wurde eingebrochen!«

»Sag, dass das nicht wahr ist!«

»Sie sind mit dem Tortenheber auf und davon.«

»Mensch, hast du mich aber erschreckt.«

»Aber sie haben meinen Kuchenheber gestohlen!«

»Das kann doch nicht sein.«

»Es ist aber so! Der Kuchenheber liegt immer am selben Platz. Du weißt, dass ich in solchen Dingen sehr konsequent bin. Sarah hat ihn auch nicht, ich habe sie gefragt.«

Da bleibt nur Diebstahl als die einzig logische Erklärung. Mieke erstellt schon mal ein Täterprofil. Eine ganz spezielle Art von Dieb ist ins Haus eingedrungen, einer, der sich nicht für den Tresor, der im Büroschrank hinter einem Stapel Mappen steht, interessiert und der sich auch nichts aus den teuren Jugendstilvasen von Horta macht oder aus Miekes 25-karätigem Schmuck, sondern ein Dieb, der sich einzig und allein für eine silberne Tortenschaufel interessiert.

»Der Kuchenheber ist ein Erbstück von der Großmutter meines Vaters. So was muss ja Diebe anziehen.«

Der Dieb ist so raffiniert zu Werke gegangen, dass er das spitzentechnologische Alarmsystem ausgetrickst hat. Es ist ein ausgeklügeltes Alarmsystem mit fünfzehn alles sehenden Augen an den strategisch wichtigsten Stellen wie Türen, Garagentoren oder Fenstern, die jede noch so kleine Bewegung registrieren, zum Beispiel ein Fledermauswimperchen, das eine Fensterscheibe berührt, oder eine Person, die nichtsahnend aus dem Bett steigt, um in der Küche ein Glas Wasser zu trinken. Sofort, schneller als der Schall, schlägt es bei Securitas und der Polizei Alarm. Innerhalb von Millisekunden stehen beide vor der Tür. In der Zwischenzeit brüllt die Alarmanlage wie fünf Millionen Kühe, denen man in die Euter tritt.

Ehemann und Tochter werden losgeschickt, nach Fingerabdrücken oder Fußspuren des Diebes zu suchen, der vermutlich so schlau gewesen ist, tagsüber zuzuschlagen, und das geniale Alarmsystem so umgangen hat.

Sie fordert ihren unmotivierten Gatten auf, die Polizei anzurufen. Seine beschwichtigenden Worte sind Öl auf Miekes Feuer. Nach ihren immer heftiger werdenden Gegenargumenten schlurft das Familienoberhaupt widerwillig zum Telefon, in der Hoffnung, sein eigen Fleisch und Blut Sarah werde ihm zu Hilfe eilen, mit dem erlösenden Aufschrei, der Kuchenheber sei wieder aufgetaucht. Und gerade als Stefaan der Polizei den Fall in vagen Worten erklärt hat und sie geantwortet haben, dass sie wegen einer fehlenden Kuchenschaufel nicht kommen würden, dass sie das nicht einmal für den König täten, und nachdem Mieke sich lauthals, so laut, dass sie es auf der anderen Seite der Leitung auch hören mussten, gefragt hat, warum die Leute vom Berg dann in Gottes Namen jede Menge Steuern zahlen, wenn die zuständigen Behörden sich weigern, den Menschen zu helfen, just in dem Moment ruft Sarah beim Schrank mit den Kuchentellern: »Gefunden!«

Mieke erinnert sich wieder: Sie hat einen Fehler gemacht, als sie vor fünf Wochen alles wieder an seinen Platz stellte. Nachbarin und Germanistin Ulrike war »zu Besuch gekommen«, wie sie es nannte (nicht: kurz auf ein Tässchen Kaffee vorbeischauen), und hatte eine nicht übertrieben große Mokkatorte mitgebracht.

»Gut, dass die Polizei nicht gekommen ist«, sagt Mieke erleichtert, aber immer noch ein wenig zittrig. »Die Leute haben auch Besseres zu tun. Und so ein Haus verliert ja nichts!« Triumphierend wedelt sie mit der Kuchenschaufel. Innerhalb einer Minute ist Mieke beruhigt. Ihr Gehirn bekommt wieder Sauerstoff.

Als sie in der Küche die Tischdecke zum zweiten Mal bügelt, sieht sie Stefaan auf dem Dach seines Hobbyhäuschens stehen. Ihr Mann ist durch und durch unergründlich. Aber man bleibt mit einer Person zusammen, weil es trotz jahrelanger Vertrautheit immer noch Fragen und Überraschungen gibt. Darum, und natürlich auch wegen des Versprechens, auf immer und ewig zusammenzubleiben, in guten wie in schlechten Zeiten. Sie schaut zu ihrem stillen, unscheinbaren Mann hinüber.

Als sie sich um zehn Uhr abends nebeneinander die Zähne putzen, jeder an seinem eigenen Waschbecken, fragt Stefaan: »Warum machst du dir eigentlich so viel Arbeit, nur weil Elvira kommt? Sie ist doch deine Freundin?«

»Gerade deshalb«, antwortet Mieke. »Ich möchte es ihr so angenehm wie möglich machen.«

»Ich habe den Eindruck, dass du dich ihr unterlegen fühlst.«

Mieke und Elvira sind schon ewig befreundet, schon seit den fünfziger Jahren, als sie zusammen im Internat waren. In dieser Zeit hat ihre Freundschaft diese unersetzbare Tiefe bekommen, selbst wenn sie sich höchstens ein paar Mal im Jahr sehen und ihre Gespräche für Außenstehende vielleicht eher einen oberflächlichen Touch haben.

Stefaan klickt seine Prothese aus dem Mund und hält sie unter den Wasserstrahl.

»Bah, musst du das fiese Ding denn immer zeigen? Solltest du das übrigens nicht mal langsam ersetzen, nach so vielen Jahren?«

»Wär's dir lieber, wenn ich es nicht tragen würde?« Er lacht und sperrt seinen zahnlosen Mund auf. »Das Gebiss hier wird mich noch überleben.«

»Wenn du so gemein bist, zu sterben, schlag ich dich tot«, sagt Mieke und küsst ihn auf die Schulter. »Und zum hundertsten Mal, trockne deine Zahnbürste ab!«

Stefaan lächelt breit. Die Zähne hat er schon auf dem Bauernhof verloren, wo man sich ausgezeichnet um alle Lebewesen kümmerte, außer um die Menschen.

Am nächsten Tag, genau zwei Minuten vor halb drei, sitzt Mieke auf dem geblümten Sessel, in der steifen, staubfreien Showroom-Einrichtung ihres Wohnzimmers. Das Thema »Elviras Scheidung« wird, wie immer, sorgsam umschifft werden. Ob Elvira inzwischen tatsächlich von diesem Deutschen geschieden ist und was ihr aktueller bürgerlicher Stand ist, danach traut sich Mieke nicht zu fragen. Ihr ganzes Leben lässt sich in allen Facetten, Nuancen und Grauzonen des Verbs »sich trauen« zusammenfassen, vor allem in der verneinten Form. Stimmt nicht, das hat nichts mit sich trauen, sondern mit Takt zu tun, rechtfertigt sie gegenüber Stefaan ihren vermeintlichen Mangel an Mut. Taktgefühl ist wichtig, das hat ihr der Vater eingetrichtert. Das Wort hallt noch immer durch Miekes Kopf. Immer wenn sie jemanden ein junges, kinderloses Ehepaar fragen hört, wann denn die Kinder kommen, immer wenn sie etwas wie Herzschmerz bei ihrer Freundin Elvira wahrnimmt, poppt das Wort Takt in ihrem Kopf auf. Es ist ihre Aufgabe, Elvira taktvoll zu empfangen. Sie darf ihrer Freundschaft keine Steine in den Weg legen.

Heutzutage legt man viel zu wenig Wert auf Diskretion. Diskretion ist ein Zeichen ihres großen Respekts vor Elvira. Deshalb erkundigt sich Mieke auch nie nach Details aus ihrem Leben, zum Beispiel nach ihren Beziehungen. Sie merkt jedes Mal, dass Elvira das sehr schätzt. Jemandem die Würmer aus der Nase ziehen sollte ruhig streng bestraft werden. Das ist ja eine Art Freiheitsberaubung. Jemanden mit einer peinlichen Frage zu konfrontieren ist dasselbe, wie ihm eine Pistole an die Schläfe zu halten. Sie kann Elvira unmöglich fragen, warum ihre Ehe mit diesem blauäugigen Deutschen gescheitert ist, und ob etwas dran war, dass er irgendwo ein Kind in einer Einrichtung hat. Elvira ihrerseits ist die Einzige, die Mieke noch nie eine Frage zu ihrem Bruder Jean-Pierre gestellt hat. Sie hat früher sicher öfter etwas aufgeschnappt. Dass er allerlei unsaubere Geschäfte gemacht hat, dass er im Gefängnis saß, weil er sich weigerte, Alimente für sein Kind zu zahlen, dass er ein Schürzenjäger ist, der im permanenten Zustand der Trunkenheit durchs Leben rast und gelegentlich zusammenklappt, um sich durch eine Minidepression zu wurschteln. Elvira fragt nie, rein zufällig nebenbei, wie so viele andere das machen: »Sag mal, wie geht's eigentlich deinem Bruder?«

Mieke befeuchtet ihren Zeigefinger, um eine Seite von *Home Country* auf ihrem Schoß umzublättern, als es klingelt. Obwohl sie ja damit gerechnet hat, erschrickt sie zu Tode. Mieke geht in Gedanken den gesamten Nachmittag im Eiltempo durch und streicht ihren Rock glatt.

Elvira reist um die ganze Welt in Begleitung sagenhaft reicher Typen. Sie ist durchaus etwas Besseres gewohnt als ein Häuschen wie dieses, eine Tasse Tee mit einer Praline von Marcolini und Kuchen. In ihrer Villa, die ein paar Straßen weiter liegt und von Hagebuttensträuchern umgeben ist, hat sich seit Wochen nichts mehr gerührt, laut Ulrike sogar seit Monaten. Wenn Elvira gerade einmal nicht im Ausland ist, tauscht sie die Siedlung gern gegen ihre Wohnung im Brüsseler Europa-Viertel. Es ist ihr Aktionsradius für neue Eroberungen, behauptet Ulrike ziemlich deplaziert.

Es klingelt zum zweiten Mal. Uiuiui, sie ist zu langsam, sie ist zu sehr in Gedanken versunken. Im Spion sieht sie ein Blumenbukett. Die Frühlingsrosen fliegen ihr entgegen, sobald sie die Türe öffnet. Hinter dem herrlichen Strauß kommt Elvira zum Vorschein. Stefaan war der Erste, der die Ähnlichkeit zwischen Elvira und Miekes Schwester Lydia angesprochen hat: Beide Frauen sind auffallend lange, schlanke Erscheinungen, beinah spindeldürr, wie eine locker aus der Feder geworfene Zeichnung in einem Modeheft. Elvira trägt Chanel, was ihr gut steht, besser sogar als Coco Chanel selbst zu ihrer Zeit. Wenn sie ganz ehrlich ist, muss Mieke zugeben, dass Elvira manchmal wirklich zu mondän aussieht, weshalb sie vielleicht die Aufmerksamkeit der falschen Männer auf sich zieht. Andererseits hat Elvira wirklich alles: den weltklugen, aber betont vornehmen Blick, ihre kleinen Komplimente zum perfekten Zeitpunkt. Der Hosenanzug, den sie heute trägt, kann nur ihr so ausgezeichnet stehen.

Die zwei Frauen geben sich herzliche Begrüßungsküsse. Natürlich hat Elvira gleich ein Kompliment für sie, über die Fleißigen Lieschen im Vorgarten. Mieke schätzt diesen Austausch von Förmlichkeiten als Beweis ihrer über Jahre gepflegten Freundschaft. Elvira sieht ein paar Jahre jünger aus als beim letzten Mal. Da war sie mit gerunzelter Stirn und fest verschränkten Armen hereingekommen, die Gespräche waren extrem mühsam verlaufen.

»Achte bitte nicht auf die Unordnung«, sagt Mieke.

Mieke und Elvira durchlaufen ihr bewährtes Szenario aus Betrachtungen zum Wetter, den Straßenarbeiten und ihrer Garderobe. Kaum haben sie sich hingesetzt, vertraut Elvira Mieke an, es sei »wieder eine Beziehung gescheitert«, als beträfe es eine Beziehung zwischen zwei Unbekannten, die sie aus gebührendem Abstand betrachtet. Mieke denkt gnadenlos streng über eheliche Treue, aber bei Elvira macht sie eine Ausnahme. Elvira ist anders, sie ist das Opfer von Männern, die es auf ihr Geld abgesehen haben. Sie verliebt sich in deren Charme, das heißt eigentlich braucht sie tonnenweise Liebe, aber die Männer greifen ihr nur in die Tasche, während sie ihnen ins Ohr flüstert, alle Welt liebe sie, bloß, um das Kompliment erwidert zu bekommen, ein Mal, ein halbes Mal. Zu Essenseinladungen mit Partner ist Elvira in den letzten Jahren immer öfter klugerweise allein erschienen, nachdem sie verschiedene Blödmänner angeschleppt hatte und in den Augen ihrer Freundinnen mitleidige Ablehnung gelesen zu haben glaubte.

Elvira erzählt von ihrer letzten Eroberung, Orlando. Er hat ein großes Vermögen mit kommerziellen Kunstgalerien gemacht, indem er ein komplettes Zimmer voller Dubuffets aufgekauft hatte, als die noch für weniger als fünftausend Franken pro Bild gehandelt wurden. Dieser Orlando hat Elvira so lang hingehalten, bis sie ihn notgedrungen selbst vor die Tür gesetzt hat.

»Ja«, sagt Mieke, »manche Leute lassen einen ganz schön zappeln.«

»Orlando!«, stöhnt Elvira. »Meine Güte, dass ich das nicht gemerkt habe. Er stand länger vor dem Spiegel als ich, und das will was heißen. Er hat sich täglich die Haare geföhnt. Die vielen Armbänder, diese Gebärden, das ging ja noch, aber dann die ganzen Treffen mit diesen jungen Kerlen, das ging mir zu weit.«

»Oh«, sagt Mieke. Sie hat Durst, muss etwas trinken. »Ja, das verstehe ich. Das geht zu weit.«

»Es war eben Pech«, beschließt Elvira. »Ich bin wesentlich glücklicher ohne ihn, ohne die vielen einsamen Abende des Wartens. Es ist viel besser, allein durchs Leben zu gehen, als mit einem Mann, der dir nicht gibt, was du verdienst.«

In diesem Punkt gibt Mieke ihr hundert Prozent recht. »Es ist alles nicht so einfach.«

»Männer«, seufzt Elvira. »Wäre es nicht viel einfacher, wenn wir beide zusammenleben würden? Das kann doch nicht so schwierig sein.«

Miekes Herz macht eine Rolle vorwärts. Sie versucht, in Elviras Gesicht zu lesen, braucht dringend eine Reaktion, um selbst reagieren zu können. Elvira lacht herzlich, zusammen lachen sie herzlich.

»Das glaube ich manchmal auch«, sagt Mieke. »Frauen sind ja viel unkomplizierter.«

Mitten im Gespräch, beim Glas Wasser, um das Elvira sie gebeten hat, denkt Mieke plötzlich an den herrlichen Blumenstrauß. Es ist sehr undankbar von ihr, das Bukett auf der Anrichte in seinem durchsichtigen Kragen verdursten zu lassen. Sie schnellt hoch.

»Wie unaufmerksam von mir«, stammelt sie. »Deine Blumen …«

»Ich komme kurz mit in die Küche, in Ordnung?«

Während Mieke in ihrer keimfreien Küche die Blumen von der durchsichtigen Zellophanfolie befreit, lässt Elvira den Blick über den Grasteppich und die schlichte Pracht ausgeschnittener Bäume schweifen. Mieke füllt die bereitstehende blaue Val-Saint-Lambert-

Vase mit Wasser. Sie ertappt sich bei einem Lächeln. Sie kann nichts dafür, sie ist eben immer glücklich, wenn Elvira hier im Haus ist und sich mit dem wenigen zufrieden gibt, was ihr angeboten wird.

»Was für ein verblüffend schöner Garten«, sagt Elvira. »Ich sollte mehr Zeit in meiner Villa verbringen. Man vermisst doch das Grün in einer Stadtwohnung, glaub mir. Und dann dein Buchsbaum vor der Tür, der ist ja eine richtige Attraktion.« Das stimmt, manchmal bleiben Leute einfach stehen, um den prächtigen, tiefgrünen, vor Gesundheit strotzenden Buchsbaum, groß wie der Kopf eines Riesen, zu bewundern. Die Leute sind sich nicht darüber im Klaren, was für übermenschliche Anstrengungen es kostet, so einen Strauch zu versorgen. Zum Glück ist Gärtnern eine ihrer Lieblingsbeschäftigungen.

Mittwochmorgens, bevor die Schule aus ist, fährt Mieke regelmäßig zum Gartenzentrum, wo sie mithilfe ihrer Kreditkarte jedes Mal ein halbes Gewächshaus plündert. Wenn die Natur sich nicht ihrem Willen beugt, wird sie sich eben über ihren selbstangelegten Naturgarten beugen, mit den Händen in der Erde wühlend, um das Unkraut zu vertreiben und die Haltbarkeit ihrer Primeln zu verbessern. Die Randalierer von Greenpeace kann sie nicht ausstehen. Sie war schon grün, bevor das Mode wurde.

»Ich sollte wieder mehr Zeit im Grünen verbringen«, beschließt Elvira.

»Ach, Elvira, als ich deine Terrasse in Brüssel gesehen habe, bin ich gleich am nächsten Tag losgegangen und habe mir die gleichen Terrakottatöpfe angeschafft. Wenn du genau hinschaust, siehst du sie da beim Buchsbaum stehen, aber hier haben sie längst nicht denselben Effekt wie bei dir. Sie wirken eher wie Fingerhüte.« Das war jetzt wohl eine indirekte Beleidigung, denkt sie.

»Wow, herrlich«, seufzt Elvira.

»Nein«, ruft Mieke, die versucht, Elvira zurückzuhalten. Als würde sie magnetisch von der Eiche angezogen, geht sie geradewegs zum breiten Fenster im Esszimmer hinter der offenen Küche. Das darf doch nicht wahr sein, Elvira steuert ausgerechnet auf den einzigen Ort im Haus zu, wo sie heute früh nicht noch einmal mit dem Staubsauger durchgegangen ist. Um Elviras Aufmerksamkeit abzulenken, stellt sie den Wasserkessel auf den Herd. »Na, Elvira, noch ein bisschen Tee? Setz dich doch schon mal und nimm dir ein Stückchen Kuchen.«

»Musst du heute Nachmittag noch irgendwohin?«, fragt Elvira über die Schulter hinweg, fasziniert von dem gebändigten Wald da draußen.

Mieke bekommt einen Riesenschreck. Elvira will doch hoffentlich noch nicht aufbrechen? Das geht nicht, das darf nicht passieren, das ist ja noch nie vorgekommen. Mieke bekommt zittrige Knie. Die silberne Teekanne in ihrer Hand zittert mit. Sie macht ein Geräusch wie eine Squaw in Sarahs früheren Lieblingsfilmen: »Ejaoaheh.«

Elvira stellt sich neben sie. »Ich freue mich, dass wir uns mal wieder sehen. Wollen wir einfach ruhig ein Tässchen Kaffee zusammen trinken?« Sie legt eine Hand auf Miekes zitternden Unterarm.

»Kaffee?«, piepst Mieke. »Also keinen Tee?« Sie hat fünf verschiedene Sorten extrem teuren Tee in einem neuen Teeladen in der Stadt gekauft. Sie ging davon aus, Elvira sei noch in ihrer koffeinfreien Phase, wie beim letzten Mal.

»Was hast du?«, erkundigt sich Elvira, während sie Mieke ins Wohnzimmer führt und ihr zum Sofa hilft. »Du bist so angespannt. Ist alles in Ordnung?«

»Es ist nichts.« Es gibt so viele Gründe, angespannt zu sein. Es ist ja nicht so, dass sie gern angespannt ist, absolut nicht. Aber es gibt so viel zu tun. Und es hört nie auf. Nie kommt der Moment, dass sie sich zurücklehnen und sagen kann: Jetzt bin ich fertig, meine Arbeit ist getan.

Elvira dagegen, die hat es leicht, sie hat keine feste Arbeit. Nicht, dass sie sich von Elvira lossagen will. Für jemanden ihrer Herkunft verrichtet sie erstaunlich bescheidene Arbeit. Mit ihrem Vermögen könnte Elvira genauso gut irgendwo auf einer unbewohnten Insel sitzen und nichts tun, aber das macht sie nicht. Sie entscheidet sich für ein aktives, nützliches Leben. Sie hat verschiedene historische Gebäude vor dem Untergang gerettet. Niemand hat sie darum gebeten, sich dafür einzusetzen, sie hat es einfach getan, aus reiner Liebe zu den bröckeligen Fassaden und maroden Inneneinrichtungen. Elvira drückte das so aus: Sie wollte den Räumen etwas von ihrer früheren Pracht zurückschenken. Das britische Landgut Blenheim, der Familiensitz der Churchills, wurde auch dank Elviras Einsatz unter den Schutz der Treasure Houses of England gestellt. Sie war im Weißen Haus, als die First Lady dort ein Dinner zugunsten der Restaurierung eines Flügels im Weißen Haus organisierte. Jedes Jahr öffnet sie die Türen des renovierten, denkmalgeschützten Herrenhauses ihrer Eltern für eine ausgewählte Gruppe unterprivilegierter Kinder. Einen ganzen Tag lang dürfen sie sich darin umsehen und singen. Abends bekommen sie ein Essen bei Kerzenschein serviert. Es muss furchtbar viel Arbeit machen, so etwas zu organisieren.

»Warum bist du so nervös?«, fragt Elvira.

»Ich bin nicht … ich weiß auch nicht.« Sie kann einfach den Motor nicht abschalten. Das Räderwerk dreht sich weiter, sogar im Schlaf.

»Denkst du denn genug an dich selbst?«

»Ja!«

»Du würdest doch zu mir kommen, wenn etwas wäre, oder? Egal, was du hast, ich möchte dir helfen. Wie geht es dir und Stefaan?«

»Stefaan ist ein guter Mann. Es passt schon alles.« Mieke hat das Gefühl, zu ersticken.

Elvira verschwindet auf die Toilette. Als sie wiederkommt, erzählt sie eine langwierige Geschichte zum Thema Denkmalschutz. Mieke ist so nervös, dass sie kaum genug bestätigende Worte für Elviras Darstellung der neuen Stiftung aufbringen kann, deren Ziel es ist, Privatgelder einzutreiben. Es gibt so viele Gebäude, die ihre Hilfe gut gebrauchen könnten. Sie können natürlich nicht alle gleichzeitig retten, werden aber systematisch ein paar Projekte im Jahr unterstützen. Elvira sieht das Ganze groß und international.

»Geschäftsleute in Schanghai, Boston oder London helfen gern bei der Restaurierung von Gebäuden. Die neue Organisation will ihre Betriebe überzeugen, Gelder dafür freizugeben. Wir helfen den Leuten, mit ihrem Geld etwas Sinnvolles zu tun. Aber das ist alles noch im Embryonalstadium«, erzählt Elvira. »Ich bin noch in der Erkundungsphase, wollte aber schon einmal bei dir vorfühlen, ob du uns mit deiner juristischen Fachkenntnis unterstützen möchtest. Deine Beharrlichkeit können wir auch gut gebrauchen. Es bleibt aber eine Stiftung, also werden wir keinen Gewinn machen, aber sämtliche Unkosten werden erstattet. Was ich dich also in aller Freundschaft und ohne jegliche Verpflichtung fragen wollte: Möchtest du unsere Schatzmeisterin werden? Das wäre mir eine große Ehre.«

Mieke beobachtet Elvira von der Seite, wie sie sich sorgsam die Lippen tupft und ihr ermutigend zunickt.

»Was meinst du, Mieke?«, fragt sie leise. »Bist du dabei?«

Miekes eine, äußerst skeptische, sich schützende Hälfte ist beleidigt und denkt: Ach lass nur, mit deiner Frage willst du bloß eine arme, kleine Hausfrau aus ihrer Lethargie holen. Aber nicht mit mir. Miekes andere Hälfte wächst buchstäblich. Als wüchsen die Blumen auf ihrem Sessel mit, so erhaben über dieses Wohnzimmer fühlt sie sich plötzlich. Sie ist bereit, noch in dieser Minute den neuen Personal Computer im Arbeitszimmer einzuschalten und einen ersten Entwurf der Statuten der Stiftung aufzustellen.

Also macht Mieke ein reserviertes Gesicht und beißt in die Praline. »Ich lass es mir mal durch den Kopf gehen, aber keine Sorge, ich verrate nichts von deinen Plänen.« Mieke um Diskretion zu bitten ist so überflüssig wie einen Wassertropfen darum zu bitten, nass zu sein.

»Mieke«, flüstert Elvira. Sie beugt sich vor und versucht, mit ihren stark geschminkten Mandelaugen Blickkontakt zu Mieke zu bekommen. »Es wird Zeit, dass du mal an dich selbst denkst.«

Mieke lacht verlegen. Eine kinderlose Frau kann sich nur bis zu einem gewissen Grad in ihre Welt hineinversetzen.

»Wie war's heute?«

»Nichts Besonderes«, antwortet Stefaan. Er rührt so kräftig in seiner Suppe, dass ein kleiner Strudel entsteht. »Es wird Umstrukturierungen geben. Das schafft viel Unsicherheit, aber alle versuchen, mitzuarbeiten. Abgesehen von der Gewerkschaft natürlich, aber das kennt man ja.«

»Musst du deshalb mit der Suppe kleckern?«, fragt Mieke angespannt.

»Wir wollen ein Demotape aufnehmen«, wirft Sarah ein.

Mieke tischt den Rosenkohl und Falschen Hasen auf. Sie schimpft über die Macht der Gewerkschaften. Die haben eigenhändig den großen Steuertopf des belgischen Staates aufgestellt und füllen lassen. Dieser belgische Staat, in dem es vorkommt, dass einer, der jahrelang keinen Schlag getan hat, einfach so vom Arbeitsamt Sozialhilfe bezieht, und wo Beamte des Ministeriums für Administrative Sesselfurzerei mit den Füßen auf dem Schreibtisch sich an ihrer Verbeamtung auf Lebenszeit festklammern, um dann in Frühpension zu gehen und einen üppig bezahlten Lebensabend zu genießen, während sie sich schwarz etwas dazuverdienen, indem sie im Brüsseler Naturschutzgebiet illegal Bäume fällen und das Brennholz überteuert an die Villenbewohner verkaufen, wo sie fürs Anstreichen der Fensterläden den Preis in die Höhe treiben, während ihre Frauen von der Krankenversicherung bezahlt werden, weil sie als Krankenschwestern wegen eines schmerzhaften Zehs arbeitsunfähig erklärt worden sind. Und in der Zwischenzeit können ihre Kinder Jahr für Jahr sitzen bleiben, dank einer Fördermaßnahme, für die Leute wie Stefaan und sie bezahlen dürfen, während Mieke selbst Nullkommagarnichts aus diesem Steuertopf bekäme, obwohl sie doch auch hart arbeitet und mehr als einen kleinen Beitrag leistet. Das ist alles die Schuld der Linken. So lautet Miekes klare Analyse, und keiner am Tisch sollte es wagen, ihr zu widersprechen, denn sie hat recht.

»Was gibt's zum Nachtisch?« Für ein Schleckermaul wie Stefaan ist der Nachtisch die Hauptspeise.

»Es gibt keinen Nachtisch.«

»Warum nicht?«, fragt Stefaan.

»Ich will eh keinen Nachtisch«, sagt Sarah gelassen.

»Ich werde mir ab sofort mehr Zeit für mich selbst nehmen«, sagt Mieke.

»Ich auch«, sagt Sarah.

»Warum?«, fragt Stefaan.

»Warum?« Mieke geht ihm beinah an die Gurgel. »Habe ich darauf etwa kein Recht? Was wird, wenn Sarah bald studiert und ich allein mit dir hier sitze? Soll ich mir ein Vorbild an deiner Lahmarschigkeit nehmen? Ich denke gar nicht dran! Ich nehme mir Zeit für mich selbst. Basta!«

Stefaan stammelt etwas wie »natürlich, gut« und dies und das. Es ist nicht einfach, mit Worten zu begradigen, was schief ist, vor allem, wenn es um das Schiefe in Miekes Kopf geht. Sie will die verlorene Zeit mit einem Überholmanöver wieder einholen, all die gut gemeinte, schlecht genutzte Zeit.

»Und was wirst du tun?«, fragt Stefaan.

»Darüber mach dir mal keine Sorgen.«

»Es Elvira nachmachen bestimmt«, sagt Sarah.

Mieke glaubte, sie hätte sie schon vor Jahren gefunden, die Antwort auf die Fragen, was sie mit ihrer Zeit anfängt, wenn sie wie eine Irre das ganze Haus geputzt, das Obst in der Schale abgestaubt, die Zeitschriften von A bis Z gelesen hat und die Einkaufsliste noch einmal durchgegangen ist. Sie hat sich bewusst dafür entschieden, nicht alkoholabhängig zu werden – wie die Hälfte der Hausfrauen in der Nachbarschaft. Sie führt Tagebuch. Trotzdem überkommt sie immer häufiger das Gefühl, das allein reiche nicht mehr. Etwas fehlt.

»Zeit, an dich selbst zu denken«, so hat Elvira das ausgedrückt, wenn Mieke ihr auch gerne entgegenhalten würde, dass die Sache komplizierter ist. Sie ist kein Opfer, das sich in einer Villa im Wald verkriecht. Diesen Gedanken notiert sie in ihr Tagebuch. Sie ist auch kein Schmarotzer, auch wenn ihr klar ist, dass sie hier den lieben langen Tag um sich selbst kreist und alles macht, um sich etwas Gutes zu tun, beziehungsweise sich wenigstens im Griff zu haben. Sie spürt ihre Anwesenheit in allem, aber tut das nicht jede Frau?

Eigentlich macht sie sich keine Sorgen. Oh, ja doch, Sarah ist widerspenstig, und Stefaan läuft wie ein geprügelter Hund herum. Sie will diesen Gedanken lieber nicht weiterdenken, sonst geht er ihr nicht mehr aus dem Kopf und sie wird sich schrecklich aufregen.

Angenommen, schreibt sie, sie könnte ihre Tochter und ihren Ehemann unabhängig von sich selbst sehen: Sarah als ein Mädchen, das im Frühling zu warme Jacken trägt, das im Geschäft im Dorf kaum den Mund aufmacht, aber Erwachsenen gegenüber zu vorlaut ist, davon abgesehen aber ein ziemlich vernünftiges, spitzfindiges und hübsches Mädchen ist; Stefaan als einen attraktiven Mann, für sein Alter, der sich zu oft zurücknimmt und zu hart arbeitet, damit es seiner Familie an nichts fehlt – obwohl Mieke allein schon wegen ihres Erbes mehr besitzt, als er je verdienen kann.

# 1998

# STEFAAN

Die Frau ist wütend. Sie steht neben ihm und brüllt. Tränen schießen ihr in die Augen. Er hatte einfädeln wollen, aber ein anderer kam so schnell angefahren, dass er im letzten Augenblick auf die Bremse gestiegen ist. Er hat einen Tick gegen den Kofferraum gehört. Die Frau hinter ihm ist auf seinen Audi geprallt. Jetzt steht sie unmittelbar vor ihm. Anfangs konnte sie sich noch beherrschen, aber als sie das Unfallformular ausfüllen will und ihr Stift nicht funktioniert, wird sie wütend. Ihr Absatz tritt auf seine Radkappe ein.

»Beruhigen Sie sich«, sagt er zitternd. »Immer mit der Ruhe. Wir kriegen das hin.«

»Und wie?«, schnaubt sie.

Er gibt ihr einen Werbekuli seiner Firma. Sie tauschen Daten aus, füllen die Formulare aus und verabschieden sich. Sie brummt noch etwas, bleibt aber höflich. Es ist nicht so schlimm, er ist mit einem kleinen Blechschaden davongekommen. Wäre er mit dem Rad gefahren, dann wäre er jetzt tot. Der Verkehr ist in den letzten Jahren zu gefährlich geworden, um sich mit dem Fahrrad da durchzuwagen.

Mit der Delle im Kofferraum fährt er weiter. Das Blech ist ein für alle Mal hin, die Delle wird nie wieder herausgehen. Trotzdem hätte es schlimmer kommen können, wesentlich schlimmer. Er hat sich nicht entschuldigt, obwohl er ziemlich brutal in die Eisen gestiegen ist. Die Straßenverkehrsordnung ist da deutlich: Wer auf einen anderen Wagen auffährt, trägt die Schuld. Im Schneckentempo fährt er zum Restaurant, wo er mit De Corte, dem Vorstandsvorsitzenden der Firma, zum Mittagessen verabredet ist.

Letzte Woche hat er das Auto nicht benutzt. Er hat vor allem viel im Bett gelegen und hat sich Radrennen angeschaut. Während er vom Sofa aus auf den Fernseher starrte, hörte er, wie ein Wagen, der *Rodania, Rodania, Rodania* trötete und von einer Schar Amateurradfahrer verfolgt wurde, die sonntägliche Stille der Siedlung zerriss. Er hat einen Rückschlag, weil er sich jahrelang verausgabt hat, sagt Mieke. Die Fusion, Berkvens' Entlassung, die Umstrukturierung, der ganze tägliche Stress, das läppert sich Jahr für Jahr zusammen, bis zur Erschöpfung. Der Doktor hat ihm ein paar Wochen Ruhe verordnet, aber als er merkte, dass Mieke schon nach nur einer Woche mit ihrem Latein am Ende war, beschloss er, eine Woche müsse reichen. Sie war es nicht gewohnt, das Haus, das große Haus für fünf Kinder, zu teilen. Die Geräusche vervielfältigen sich im Resonanzkörper des Hauses. Selbst vom Bett aus konnte er hören, in welchem Raum sie gerade war und was sie dort tat. Eines Morgens dämmerte er im Niemandsland zwischen Wachen und Schlafen, als es in der Nachtegalenlaan 7 an der Tür schellte. »Wer kann das wohl sein?«, hörte er Mieke in ihrem Arbeitszimmer ihr nicht existierendes Haustier fragen. Sie war gerade dabei, ihre Bücher einmal gründlich abzustauben. Sarah war in der Schule. Es konnte auch nicht der Postbote sein, der ein Paket brachte, denn der Briefkasten ist vorsorglich so groß, dass ein Schaf darin Platz hätte. Da klingelte diese beharrliche, ungeduldige Person noch einmal. Mieke sauste aus ihrem Zimmer. Stefaan stellte sich vor, wie sie ihren Kittel über den Kopf zog, zur Haustür spurtete und im Vorbeigehen noch kurz ihre Frisur im Spiegel richtete.

Er sah aus dem Fenster. Die Person vor dem Eingang konnte er nicht erkennen, aber das Grundstück der Vanendes gegenüber hatte er gut im Blick. Ihr Garagentor rollte hoch. Der blinde, uralte Hund kroch unter dem Spalt des Garagentors durch und tapste zu den Pflanzen, während Evi und ein attraktiver junger Mann, der nicht ihr Ehemann war, im Bild erschienen, nah beieinander, von der Garage eingerahmt.

»Ja, ich bin's«, hörte er eine Frauenstimme in der Diele sagen, als Antwort auf einen kleinen Aufschrei des Entzückens: »Joan!«

Joan? Joan Baez? Joan Collins? Ach so, Joan, das war Jempys Tochter. Joan De Kinder, ihre Nichte. Das junge Ding auf puddingartigen, dicken Beinchen, das sie das letzte Mal vor gut achtzehn Jahren an einem entspannten Samstagnachmittag bei Jempy gesehen hatten. Wie glücklich Mieke und er damals waren, so frisch verheiratet. So unbeschwert würde er wohl nie wieder werden.

Mieke hatte eine Menge Verwandte, von Seiten beider verstorbener Eltern, eine bunte Ansammlung von Tanten und Großonkeln, Patentanten, Großcousinen und Großcousins. Aber im Laufe der Jahre war der Kontakt eingeschlafen. Jempy war im Gefängnis gelandet und hinterher in die weite Welt gezogen. Lydia hatte in den USA mit ihren vier Kindern und inzwischen über acht Enkeln alle Hände voll zu tun. Aber an den Samstagnachmittagen kamen sie noch immer zusammen. Die ganze Sippe stand in scharfem Kontrast zu seiner eigenen Familie, die ein Auslaufmodell war. Deshalb wollte er ja unbedingt Kinder.

Miekes kleine goldige Nichte Joan lief auf dem großen Grundstück der De Kinder Meat Industries AG zwischen Schwimmbad und Teich hin und her, ein Eimerchen mit Schwimmbadwasser in den Teich kippend, damit die »Frösche mehr zu trinken haben«. Im Hintergrund surrten die Kühlwagen im Leerlauf, in denen immer Dutzende Tierleichen hingen. Zur damaligen Zeit, als Stempel noch leicht nachzumachen waren und die Inspektoren gerne mal einen während der Arbeit hoben, erlebte ihr Bruder Jempy seine besten Zeiten als Fleischhändler. Zu der Zeit, »als Freundschaft noch etwas bedeutete«, um es mit Jempys eigenen Worten auszudrücken. Jempy und seine Frau Sonja hatten innerhalb kürzester Zeit ein Fleischverarbeitungsimperium aufgebaut.

Die Kleine aß zusammen mit der ganzen Truppe ein Stück Erdbeertorte, dann schlang sie begeistert ihre kleinen Arme um Miekes Beine. Er saß daneben und sah auf Miekes Beine. Nach der Torte und einem kleinen Magenbitter wollten sie wieder heimfahren. Sie hatten sich schon verabschiedet, wollten gerade gehen, da hatte Mieke noch ein ernstes Wörtchen mit Jempy geredet. Die beiden zankten sich eigentlich ständig, wenn sie miteinander redeten. Jempy schleifte Frau und Töchterchen auf seinen Streifzügen durch ganz Europa mit. Er behauptete, das sei gut für die Allgemeinbildung von Frau und Kind, und Sonja meinte, sie bestünde selbst darauf, mitzureisen, weil sie ihrem Jempy keinen Millimeter weit traue.

Mieke fand das unverantwortlich. An diesem Nachmittag bot Mieke noch einmal an, sich um das Mädchen zu kümmern, während die Eltern ihr Fleisch in Europa auslieferten, aber Sonja und Jempy waren aus unbekannten Gründen stur geblieben. Sonja enthüllte ihr beim Abschied, lallend von den vielen Gläsern Wein: »Unsere Joan soll nicht so eine Spießerin wie ihre Tante Mieke werden.« Damit war alles gesagt und ihr Verhältnis abgekühlt.

Mit Jempy ging es bergab, als Mieke und Stefaan aufzusteigen begannen: Sie zogen um, Stefaan bekam eine Gehaltserhöhung nach der anderen, sie erwarteten endlich ein Kind. Mieke hatte ihre kleine Nichte seitdem nur noch selten zu sehen bekommen, obwohl sie immer nach Fotos von ihr fragte, wenn sie ihren Bruder traf. Als sein

Imperium auf den Abgrund zusteuerte, wurden auch die Bilder vom Töchterchen in seiner Brieftasche nicht mehr ausgetauscht. Mieke bekam Jahr für Jahr dasselbe abgegriffene Freizeitparkfoto von Joan zu Gesicht, den Kopf in einer mit Cowboys bemalten Holzplatte, in der eine Aussparung für Kinderköpfe war, die Augen zugekniffen, zum Schutz vor der Sonne oder dem Blitz des Fotoapparats.

Stefaan sah, wie Evis Begleitung auf der anderen Seite der Nachtegalenlaan den Hund in seine starken Arme nahm. Evi öffnete ihm die Wagentür, ging um das Auto herum und hob die Hand zum Gruß. Stefaan winkte ertappt zurück. Sie musste hervorragende Augen haben. Er selbst sah immer schlechter, hatte aber keine Lust, etwas zu sagen. Seine Mutter war mit der Zeit auch blind wie ein Maulwurf geworden. Bei ihm entwickelte sich das in dieselbe Richtung. Evis Auto verschwand hinter der Kurve. Sie dachte jetzt wahrscheinlich, dass er ihr nachspionierte. Er fühlte sich zu Unrecht ertappt. Es war ihm ganz egal, was die Nachbarin mit wem trieb, aber es passte ihm nicht, dass sie ihn nun für einen Spion hielt.

Er zog einen Bademantel an, ein Kleidungsstück, das in der Nachtegalenlaan 7 nur im Krankheitsfall getragen wurde und als Beleg für einen Infekt galt, und ging die Treppe hinunter. Mieke hängte gerade die Jacke der Kaugummi kauenden Frau im Flur auf. Ihre Blutsverwandte sah alt und verbraucht aus für ihr Alter. Um ihre Augen hatten sich tiefe Falten gegraben.

Die Frau, die behauptete, Joan zu sein, und er gaben sich die Hand. Gerade wollte er zum Grund seiner Anwesenheit, seiner Krankheit, etwas sagen, aber Mieke kam ihm zuvor und sagte, er habe eine kleine Grippe gehabt, fühle sich jetzt aber schon wieder besser. Sie dirigierte Joan ins Wohnzimmer. Er, der hilflose Mann, hatte eine namenlose Krankheit, Codewort »kleine Grippe«. Seine Krankheit war die Krankheit der Zeit: Er hatte sich am Egoismus verhoben, sich von seiner Nabelschauerei einen Bruch geholt, starb vor Neid auf die Stärkeren, litt unter einer absoluten und grundlosen Angst, war immer auf der Flucht. Die ganze Gesellschaft ächzte und stöhnte im Wartesaal der Krankenstation Belgien, jeder hatte sich krummgearbeitet und wurde von Europa bevormundet, die Leute waren gereizt und abgestumpft, todkrank und hypochondrisch. Wenn man lang genug im Wartesaal lag und vor sich hin litt, wurden die Probleme chronisch und man bekam vom Wundliegen offene Stellen. Das war genau das Problem mit diesem Kontinent. Er hat ja mit eigenen Augen gesehen, wie viel dynamischer die Betriebe in anderen Ländern waren, aber hörte ihm irgendjemand zu?

»Wie geht's deinem Vater?«, fragte Mieke Joan.

Stefaan verschanzte sich hinter der Zeitung. Das war eine Angelegenheit zwischen seiner Frau und ihrer Nichte.

»Wieso willst du das wissen?«

»Ich interessiere mich immer für Jean-Pierre und auch für dich.«

»Und deshalb würdest du mich am liebsten gleich vor die Tür setzen. Dein Jean-Pierre ist zufällig mein Vater, der uns zufällig vor Jahren sitzengelassen hat. Ich will wissen, wo er ist.« Joans Elsternaugen suchten das Wohnzimmer auf alles ab, was kostbar war oder glänzte.

»Er ist mein Bruder, Joan, nicht mein Mann. Portugal, das ist alles, was ich weiß. Er ruft ab und zu mal hier an, spontan. Er sagt, es geht im gut.«

»Hauptsache, der Geizkragen muss keinen Cent bezahlen.«

»Ein Tässchen Kaffee?«, fragte Mieke diplomatisch. »Ich könnte dir auch ein Stückchen Torte anbieten. Die ist zwar von gestern, aber Reiskuchen hält sich lange. Du solltest wirklich mehr essen, Kind. Das wird dir Kraft geben. Gut essen und gut schlafen, das wirkt Wunder.«

Gut essen – gut schlafen, die Schlagworte für eine baldige Genesung. Stefaans Mutter hat das früher auch immer gesagt, wenn er krank war.

»Ich werde mein Leben radikal ändern«, sagte die junge Frau. »Ich werde mir einen Job suchen. Aber dafür brauche ich erst einmal Geld.«

»Du brauchst Geld, um dir Arbeit zu suchen? Das ist aber komisch …«

»Du arbeitest nicht, also kannst du das gar nicht wissen.«

»Wie bitte? Ich arbeite wohl, sehr viel sogar.«

»Ich brauche Geld, um mir ein spießiges Kostüm kaufen zu können, sonst glaubt mir niemand, dass ich auf der Uni war.«

»Was hast du denn studiert?« Für ihre Nichte legte Mieke eine Besorgtheit und Geduld an den Tag, die sie für Stefaan schon vor Ewigkeiten verloren hatte. Beleidigt, ja, das war er. Ein chronisches Aufmerksamkeitsdefizit. Er fühlte sich immer benachteiligt, auch wenn das nicht gerechtfertigt war. Wieder etwas, worüber er sich schuldig fühlte. Ja, es gab so viel Stoff zum Grübeln für diesen Mann ohne ersichtliche Probleme.

»Marketing«, anwortete Joan, »obwohl ich viel lieber Alte Sprachen studiert hätte, aber dafür war kein Geld da.«

Stefaan konnte Miekes Gedanken lesen: Jempy hätte nie eine ungebildete Frau heiraten dürfen, das färbte ab. Joan war nicht dumm, bestimmt nicht, denn die De Kinders sind nicht dumm, und wenn sie sich etwas besser zurechtmachen würde, könnte sie sogar als hübsch durchgehen. Wenn sie zu Hause ein Minimum an elterlicher Begleitung bekommen hätte oder sich selbst mehr anstrengen würde, könnte sie es weit bringen. Er hätte seinen Kopf darauf verwettet, dass Mieke das später unter der Heizdecke zu ihm sagen würde. Sie glaubte an stark und schwach, an schwarz und weiß, Leben und Tod.

»Ich hab gedacht, ich hätte den Mann meines Lebens gefunden«, sagte Joan höhnisch, »aber dann stellt sich heraus, er ist die exakte Kopie meines Vaters. Belogen, betrogen und bestohlen hat er mich, vor meinen Augen. Er hat immer nur gemacht, wozu er Lust hatte, und bei unseren Versöhnungen überhäufte er mich mit Komplimenten und schönen Versprechungen – oder sind alle Männer so?«

Stefaans Zeitung raschelte. Genauso wie die Zeitung in den schmutzigen Fingern seines Vaters geraschelt hatte. Schwielenhände, die die Spuren von Erde und Druckerschwärze nicht mehr losließen, egal, wie kräftig der Mann schrubbte.

»Was ich nicht verstehe: Wo ist eigentlich sein Erbe hin? Das muss doch eine schöne Stange gewesen sein, oder?«

»Uiuiui, Kind, ich fürchte, das Geld ist längst verschwunden. Ich bin nur froh, dass dein Großvater das nicht mehr miterleben musste. Das Kapital war schneller verprasst als aufgebaut.«

In vertraulichem Ton besprachen die beiden Frauen die Probleme der Nichte. Beide tranken auf die gleiche Art und Weise einen Schluck von ihrem Kaffee, den kleinen Finger in der Luft. Sie redeten, als wäre er gar nicht hier. Seine Frau im mütterlichen Ton, die Nichte wie ein erwachsenes Kind. Sie hing an Miekes Lippen, sog ihren guten Rat gierig auf. Stefaan war Luft für sie, Luft, als die beiden Kaffee tranken, Luft, als sie über entfernte Verwandte tratschten, Luft, als sie erkannten, dass sie sich über die gleichen Dinge in der Familie ärgerten, und er blieb Luft, als Mieke entschied, ihr Scheckheft aus dem Schreibtisch zu holen, in das sie eigenmächtig, ohne ihn zu fragen, einen unbekannten Betrag schrieb.

Zum Abschied gab Joan Mieke einen Kuss, er bekam eine Hand. Sie wiederholte ihr Versprechen, sich Arbeit zu suchen. »Und iss mehr«, wiederholte Mieke. »Keiner gibt einer Vogelscheuche einen Job.« Joan kicherte beim Rausgehen. Mieke schloss die Tür hinter ihr.

Stefaan war zu müde, um sich zu streiten. Er putzte sich die Zähne, hatte aber immer noch einen klebrigen Geschmack im Mund, als hätte er fettigen Käse gegessen. Hauptsache, Mieke ließ die Finger von dem Geld, das er für Sarah zur Seite legte. Sein Erspartes waren Peanuts, im Vergleich zu ihren vielen Immobilien.

Sie verteilte ihr Geld, an wen sie wollte, während er für ihre gemeinsame Tochter sparte.

Die rote Ampel springt einfach nicht auf Grün. Er hat einen Krampf in seinem gekappten Finger. Er darf nicht zu spät kommen. Es gibt ein paar Restaurants in Firmennähe, aber De Corte besteht darauf, dass sie zu einem Japaner außerhalb der Stadt gehen. De Corte ist ein Mann von Welt, der gern Japanisch isst. Stefaan wird sicher begeistert sein, wenn er das Sushi erst mal probiert hat, versuchte De Corte ihn zu überzeugen.

Endlich springt die Ampel auf Grün. Zwischen den Kuhweiden gibt er Gas. An der unbefestigten Straße stehen Hinweisschilder und zeigen den Weg zum Restaurant an. Ihre Autos rollen gleichzeitig auf den großräumigen Parkplatz des Restaurants Osaka.

In dem dunklen Lokal nehmen sie an einem kleinen reservierten Tisch am Fenster Platz, sich einander gegenübersitzend wie ein Pärchen.

»Ich habe noch nie Japanisch gegessen«, gesteht Stefaan. In San Francisco, Hongkong oder an anderen Orten, wo man versuchte, ihm Sushi und Konsorten anzudrehen, hat er sich immer höflich geweigert und eine möglichst westlich orientierte Küche gesucht.

»Es gibt für alles ein erstes Mal.« De Corte zwinkert ihm zu.

Er erkundigt sich, ob zu Hause alles in Ordnung sei. Stefaan misstraut solchen Fragen. Worum geht es eigentlich? Was will De Corte wissen? Es sind Versuche zum Smalltalk. Er darf nicht so empfindlich reagieren. In letzter Zeit ist er so schnell gereizt, als liefe er mit einem randvollen Glas Wasser in den klobigen Händen umher und dürfe keinen Tropfen verschütten, während jeder ihn schubst.

»Schön zu hören, dass alles gut geht«, sagt De Corte. »Dann wird es jetzt noch besser. Wir sollten über die Umstrukturierung reden.« De Corte pflückt das kleine dampfende Handtuch aus der Bambusschüssel, die ihm die Dame hinhält. Umstrukturierung, wenn er nur das Wort hört, muss Stefaan schon gähnen. Er spürt den unwiderstehlichen Drang, sich ins Bett zu legen und die nächsten Monate da nicht wieder herauszukommen.

»Wir nehmen ein Boot für zwei, eine Kombination aus Sushi und Sashimi«, sagt De Corte zu der Bedienung, die stehen geblieben ist, um die Bestellung aufzunehmen. Stefaan hat keine Ahnung, was er sich unter einem Boot vorstellen muss. »Wir können froh sein, ein paar schwächere Elemente los zu sein. Auch wenn uns dieser Berkvens noch einen Batzen Abfindung gekostet hat. Ich verstehe eigentlich nicht, warum du ihn nicht schon früher an die Luft gesetzt hast. Na egal, ich bin froh, dass wir die Angelegenheit jetzt hinter uns haben. Für Stümper und Schmarotzer ist kein Platz in unserer Firma. Klasse statt Masse.«

De Corte bittet die Dame um ein Blatt Papier.

»Was bedeutet die Umstrukturierung nun konkret?«, fragt De Corte rhetorisch. Er nimmt einen Kugelschreiber aus seiner Innentasche, einen Kuli des neuen Guggenheims in Bilbao. De Corte macht einen auf Homo Universalis, ohne zu begreifen, dass das Ende der neunziger Jahre schlicht unmöglich geworden ist. Der Überblick ist abhandengekommen und es fehlt die Suchmaschine, mit der sich alle Infos zusammenkratzen lassen. De Corte beugt sich vor, er zeichnet etwas aufs Blatt. Jetzt kommt's, denkt Stefaan. Ein Schauer läuft ihm über den Rücken. Er ist nervös wegen des Boots, wegen der Neuigkeiten, wegen seiner Nerven.

Der neue privilegierte Weg, den sie für Stefaan vorgesehen haben, erzählt De Corte, ist ihm wie auf den Leib geschrieben. Stefaan ist der Brückenbauer, der Mann, der die Verbindungen zwischen der

Firma und den Behörden herstellt. Er deutet auf das Blatt mit der abgesteckten Route, ein paar Pfeilen und Kreuzen.

De Corte frischt Erinnerungen an Stefaans kühne Bewerbung auf, die nun schon so lange zurückliegt. Er hat das nie vergessen, so ein Wichtigtuer, der hereingedonnert kam und dem alten, festgefahrenen System einen tüchtigen Tritt verpasst hat. Er war Gesprächsthema. Es war keine Frage, ob sie ihn einstellen sollten, sondern auf welchem Posten sie ihn anfangen lassen sollten. Es kann schön sein, jemanden aufsteigen zu sehen, schöner, als jemanden an der Spitze verkümmern zu sehen.

Stefaan lächelt. Die Dame, die mit einem großen, hölzernen Gefährt an ihren Tisch kommt, lächelt zurück. Sie stellt ein großes, rudimentäres Modellschiff aus Naturholz auf dem Tisch ab. Auf dem Oberdeck liegt roher Fisch, eben erst aus dem Meer der Küche gefischt. Die Fischstücke ruhen auf gecrushtem Eis.

»Sieh es als eine Belohnung«, legt De Corte ihm ans Herz. Automatisch gehen bei Stefaan die Alarmglocken an: Der Mann versucht, ihn, den Ahnungslosen, zu trösten.

»Fräulein, Fräulein«, ruft Stefaan der Dame schnell hinterher, »Könnte ich bitte eine Gabel bekommen?«

De Corte lacht herzhaft, während er ein weißgeädertes Lachsstück zwischen seine Stäbchen klemmt. Er füllt seinen kleinen viereckigen Teller mit Klümpchen aus Reis mit Fisch und gibt Stefaan Zeichen, es ihm nachzumachen.

»Ich kann mich irren«, sagt De Corte, während er die hellgrüne Masse in seiner Sojasoße verrührt, »aber ist nicht langsam Zeit für etwas anderes? Ist deine Abteilung noch der richtige Ort für dich?« Nun setzt De Corte ein breites Lächeln auf. »Wie hast du es genannt, eine Legebatterie?«

»Hab ich das gesagt?«

»Laut Elleke schon.«

Stefaan schweigt. Es stimmt, er hat das Wort Legebatterie in einem Gespräch mit Elleke in den Mund genommen, in der Zeit vor dem Zwischenfall. Eine Legebatterie, eine passendere Umschreibung hatte er dafür nicht. Für den Verschlag in einer Legebatterie ist sein Büro viel zu schick, trotzdem sitzt er mitten unter gackernden Hühnern und doch isoliert. Er scharrt ein paar Akten zusammen, aber ob er das tut oder nicht, sein Gehalt wird überwiesen, das Essen wird ihm vor die Nase gesetzt. Auf seinem Platz hätte genauso gut eine andere Legehenne sitzen können.

Elleke war da ganz anderer Meinung, sagte sie ihm. Immer hatte Elleke irgendeinen triftigen Grund, bei ihm vorbeizukommen. Hatte die holländische IT-Expertin gerade keinen neuen Virenscanner auf seinem Computer zu installieren, dann wollte sie ihm schnell noch ein neues Programm zeigen oder suchte nach einem Datenkabel. Vor ein paar Wochen klopfte sie wieder an seine Glastür. »Die Legebatterie ist offen«, hat er gescherzt. Darüber hat sie laut gelacht. Sie haben noch ein Weilchen über Legebatterien und Ellekes eigene Hühner geplaudert. Sie besaß zwei englische Hühner, die keine Eier legten. Sie redete und redete. »Ich mach mich mal wieder an die Arbeit«, hat er gesagt, als sie sich über seinen Schreibtisch beugte. Ihre Aufdringlichkeit war unerträglich. Sie überschritt eine Grenze, als sie ihn warnte, er bekäme Schulterschmerzen, wenn er weiter so vorgebeugt auf seinen Bildschirm starren würde. Anschließend stellte sie sich hinter ihn und fing an, ihn zu massieren. Sie war attraktiv, auf diese kräftige, zupackende, holländische Art. Sie drängte sich ihm auf. Er ließ es eben geschehen, nur eben, bis es einen winzigen Kurzschluss in seinem Gehirn gab, er sich brüsk umdrehte und ihr einen Stoß mit dem Ellbogen verpasste. Sie hat maßlos überreagiert. Seine eigene Frau hätte wegen eines läppischen Stoßes nie so geschrien. Es war ein ungeschicktes Manöver gewesen, das stimmte, aber er hatte ja nicht vorhersehen können, dass sie mit einem Fuß an einem Schreibtischbein hängen bleiben und mit dem Gesicht auf der Fensterbank landen würde.

Sie rappelte sich auf, schaute ihn erschrocken an und rief mit wutverzerrtem Gesicht: »Du brutaler Kerl! Die anderen haben also doch recht. Du bist ein brutaler Kerl.«

»Was meinst du damit?«, stammelte er.

»Jeder weiß es«, sagte sie, »du bist total gestört! Du schleichst einfach so davon, grüßt nie, schließt dich immer ein … Du hast sogar einem Angestellten ins Gesicht geschlagen, jeder weiß das.«

Er ein brutaler Kerl? Das ist er nicht, aber man gibt Leuten auch keinen Stoß, das stimmt schon. Er hatte sich gehen lassen, aber einen brutalen Kerl hätte sie ihn nicht nennen dürfen. »Das geht zu weit«, rief er ihr hinterher. »So nicht!«

»Brutaler Kerl!«, schrie sie zurück. Durch seine Glaswände sah er sie zum Aufzug hasten.

»Iss was, du hast noch nichts gegessen, Stefaan«, sagt De Corte.

Stefaan hebelt ein paar Stückchen dunkelroten rohen Fisch auf seinen Teller und spießt sich eines auf seine Gabel. Er fühlt sich irgendwie gehetzt. Er muss sich mit dem Essen beeilen, damit er hier schnell wieder weg kann. Es ist dringend. Trotz dieser inneren Getriebenheit ist Stefaan todmüde. Seine Augen tun ihm weh. Das weiße Eis zerstückelt seine Augäpfel.

»Schmeckt's?«

»Es ist ungewöhnlich«, sagt Stefaan. Er hat höchstens dreimal gekaut und das Fischbällchen heruntergeschluckt. »Ein ungewöhnlicher Geschmack.« Es schmeckt einfach nach nichts. Aber sein Gegenüber genießt die japanische Kost. Geschickt zieht er den Fisch durch die Sojasoße und holt das Stäbchen wie eine Angel ein, sodass die Beute in seiner dunklen Mundhöhle landet. Die japanische Berieselungsmusik klingt wie das I-a eines Esels.

Er kann De Cortes Gerede nicht von der Musik unterscheiden.

Stefaan spießt noch ein dunkelrotes Stück Thunfisch auf seine Gabel. Andauernd fallen ihm die Augen zu, immer nur ganz kurz, ein Powernap, höchstens drei Sekunden, wo er doch nachts keinen Schlaf finden kann. Scheinbar ist es in seinem Alter normal, wach zu liegen und über das Leben nachzudenken. Er schaut auf das Eis, mit dem das Boot beladen ist. Ein Schlitten, denkt er. Ein Schlitten voller Eis. Die Erinnerung an die verschneiten Tage mit seinem kleinen Bruder kommt jetzt wieder hoch. Überglücklich waren sie über den neuen Schlitten und den ersten dichten Schneefall. Sie spielten stundenlang im Freien und spürten nicht einmal ihre nassen Hosen oder die kaum gegen die Kälte geschützten Hände. Auf dem Abhang beim Fluss pressten sie sich gegenseitig Schneebälle ins Gesicht, in den Nacken oder unter die Kleidung.

»Ist dir alles klar?«, fragt De Corte. »Wenn du noch Fragen hast, stell sie ruhig. Alles ist verhandelbar. Kauf schon mal einen neuen Koffer, denn dieser feine Herr hier wird um die Welt reisen. Na, was meinst du?«

Stefaan hat sich eben einen großen Brocken rohen Schwertfisch in den Mund gestopft. Er führt seine Hand wie einen Fächer vor den Mund und nickt eifrig.

Vielleicht ist es tatsächlich eine gute Idee, ein bisschen Abstand von der Nachtegalenlaan 7 zu bekommen, um in Ruhe und im eigenen Tempo gesund werden zu können. Wenn er an die nächsten Jahre denkt, taucht vor seinem inneren Auge als Erstes ein Stier auf, so groß wie das Gebäude, in dem er arbeitet, umgeben von Flammen und beißendem Qualm, um das Ende der Zeiten loszutreten.

Die japanische Dame kommt das Schiff holen. Sie haben zwar nicht den vollständigen Fang aufgegessen, aber es sind doch viele Stücke Fisch weg.

»Für mich bitte noch ein Fujiyama«, sagt De Corte, ohne den Blick von Stefaan zu wenden. »Das ist ein japanisches Eis.«

»Bitte für mich auch. Aber warten Sie kurz, Fräulein«, sagt er, »ich esse das noch.«

»Ich wusste, es würde dir schmecken«, sagt De Corte.

Die Frau stellt das Ungetüm wieder zwischen die beiden Männer auf den Tisch.

»Wie geht es deiner Tochter, Stefaan?« Während Stefaan sich zwingt, alle übrig gebliebenen Sushis aufzuessen, gehetzt, angewidert, schlingend, wie ein Wolf, redet De Corte weiter.

»Gut, gut.« Stefaan schnappt zwischen zwei Bissen nach Luft. Ekelerregende rohe Stücke, aus Tieren herausgeschnitten. »Letzten Sommer waren wir zusammen an der Westküste der USA. Sie wird groß.«

»Ja, das werden sie.« De Corte unterdrückt ein Rülpsen. Zwischen Daumen und Zeigefinger nimmt er noch eine Riesengarnele auf Reis. »Kleine Mädchen werden groß.«

Die Zeit, in der Sarah ihren Papa gegen alle Gesetze und Tabus heiraten wollte, liegt schon lange hinter ihm. Aus dem Kokon, der seine kleine Tochter gewesen war, ist eine langbeinige, schlanke Frau gekrochen, deren Aufmüpfigkeit sie wie ein schützender Stacheldraht umgibt.

Im Nu wird das Boot durch das Eis ersetzt. Jetzt steht ein Becher mit zwei Kugeln vor ihm.

»Rote Bohnen und grüner Tee«, erläutert De Corte die Sorten. Das Eis hat wenig Geschmack. Es ist nicht süß genug, dass es den Namen Eis wirklich verdient.

»Ich bin froh, dass wir so gut miteinander reden konnten«, sagt De Corte auf dem Parkplatz. »Gratuliere, ab jetzt bist du International Relations Manager.« Sie schütteln sich die Hände. Als er sich ans Steuer setzt, überkommt ihn wieder ein schreckliches Gefühl: Er hat sich nicht nach De Cortes Kindern erkundigt.

Unterwegs ins Büro zerbricht sich Stefaan den Kopf. Das neue

Millennium steht vor der Tür, weltweit muss dringend etwas unternommen werden, um die steile Talfahrt, den ernüchternden Niedergang aufzuhalten, so viel ist ihm klar. Er hört sich Bob Dylans *Time Out of Mind* an. Stefaan verbindet sein Schicksal mit dem des Großmeisters, des Wahrsagers, der seine Karten legt und bestimmt, welche Richtung er einschlägt. Dylan ist wieder da, depressiver und besser als je zuvor. Der Song »Standing In The Doorway« ist grandioses Elend in Reinform. Das ganze Album ist ein Querschnitt durch diese moderne, überdrehte Zeit und gibt gleichzeitig ein messerscharfes Bild von einer Liebesbeziehung, die sich dahinschleppt. Stefaan hat eine einzige große Liebe gehabt. Bob Dylan hat Hunderte Frauen gehabt. Wie schmerzhaft kann da ein einzelner Verlust sein? Das ist doch nichts, im Vergleich zu seinem eigenen Kummer.

Apathisch sitzt er eine Woche später im Flugzeug nach Namibia. In seiner Aktentasche liegt ein Prospekt über abenteuerliche Radtouren durch die Wüste. Er träumt von afrikanischen Wüstendörfern, als er aus dem Flugzeugfenster schaut. Stefaan stellt sich vor, er könne endlos Fahrrad fahren, durch eine Wüste aus Wolken, sich vom Wind forttragen lassen.

# 1998

# SARAH

The Lady Dies haben die Vorhänge zugezogen, um das Tageslicht aus dem Studio zu verbannen. Vor fünf Tagen haben sie zusammen den Text zu ihrem neuen Song »Waterfront« geschrieben. Es war wie in einem Traum, der ist auch klar, spannend und bedeutsam, während man ihn träumt, aber hinterher versteht keine der Ladys, um was es eigentlich ging. Auf Drängen von Adrenalinbombe Sarah proben sie jetzt einen anderen. Heute Mittag haben sie fast alle Songs einmal durchgejagt, aber keiner taugt für eine Aufnahme. Die anderen Ladys finden Sarah übertrieben kritisch.

Sie hatten sich schon damit abgefunden, dass sie erst all ihr Geld und ihre Zeit in ein teures Demo würden investieren müssen, bevor die Plattenfirmen sie anflehen, einen Vertrag mit ihnen abzuschließen. So lief das in der Seattler Grunge-Szene doch auch. Aber dank Jules' Kontakten in der Musikwelt können sie jetzt eine Abkürzung nehmen. Heute Abend kommt tatsächlich ein echter Produzent bei The Lady Dies vorbei. Dafür haben sie sich so viele Monate ins Zeug gelegt und zweimal pro Woche auf dem Schloss geprobt.

Für die vier Mädchen ist Jules das leuchtende Vorbild, die Expertin, die weiß, wie man sich gegenüber Plattenbonzen zu verhalten hat oder auf den ewig dauernden Partys, auf denen die Deals abgeschlossen werden – die inoffizielle Lady, die nicht davor zurückschreckt, den offiziellen die Meinung zu geigen. Emily empfiehlt sie dickes Make-up, damit ihre Haut glatter wirkt. Zu MH sagt sie, dass sie viel schöner wäre, wenn sie halb so viel wiegen würde. »Dick sein ist uncool. Meat Loaf ist dick.« Suri rät sie, ihre Märchenfetzen gegen ein strenges Kostüm auszutauschen. Jules darf alles sagen, weil sie mit ihren zweiundzwanzig Jahren schon so viel Erfahrung hat und vor allem, weil sie findet, dass die Ladys das Songschreiben Sarah überlassen sollten.

Sie sind wild, gebrochen, geschädigt, gequält – eben so, wie man es in den Neunzigern macht. Ihre Musik ist irgendwas zwischen Grunge und Electro. Stefaan hat Sarah dreimal Akkordschemas von Dylan-Songs gebracht, aber sie kann damit nichts anfangen: öde Menschenrechtler-Gitarrenschrammelfolkmusik, Lichtjahre von der Lady-Dies-Welt entfernt.

Sie haben wirklich alles, was eine Band braucht, um groß rauszukommen: Sarah und MH liefern geradezu geniale Einfälle für Texte und Melodien. In Sachen Kreativität ist Suri die neue Björk, schleppt Streichkäseschächtelchen und alte Mini-Kinderklaviere an, aus denen sie originelle Klänge hervorzaubert. Und wenn Emily manchmal Schwierigkeiten hat, den strammen Rhythmus des Schlagzeugparts durchzuhalten – Chaos ist ein Teil von ihnen.

»Komm schon, MH, sing die ersten Zeilen noch mal«, sagt Sarah. Normalerweise ist MHs Stimme der Knaller, aber heute kann man sie kaum verstehen. Sie fummelt ständig an ihrem linken Ohrläppchen herum. Vor ein paar Tagen hat Suri eine heiße Nadel zehnmal durch MHs Ohrläppchen gerammt und so zehn Löcher hineingebrannt. Aber anstelle von zehn Ohrringen hat MH jetzt zehn entzündete rote Beulen am Ohr. »Mach dich mal locker, Sarah, wir proben jetzt schon den ganzen Nachmittag. Der Typ kommt erst heute Abend.« MH leckt am Zigarettenpapier, rollt einen Joint, an dem Sarah sicher nicht ziehen wird. »Hey, Emily, wie ist eigentlich dein Date mit Lars gelaufen? Gibt's da was, das wir wissen sollten?«

»Ging so«, sagt Emily ausweichend. »Mensch Leute, ich glaube, meine Mutter bumst den Hundepfleger.«

»Gut für sie.« MH gibt den Joint an Sarah weiter.

»Warum glaubst du das?«, fragt Sarah, während sie Suri den Joint reicht, ohne selbst daran zu ziehen.

»Es ist einfach so. Sie takelt sich noch mehr auf als sonst und ist übertrieben freundlich zu mir. Und sie labert in einer Tour. Echt nicht normal. Und vor allem: Sie hat abgenommen – ohne Diät!«

»Na wenn sie einfach so abnimmt, ist die Sache klar«, sagt MH.

»Und sie glaubt, ich hätte keine Ahnung. Der Typ ist genauso alt wie ich!«

»Minderjährig? Das ist strafbar. Du könntest sie erpressen und richtig gut Kohle damit verdienen.«

»Klar«, quietscht Suri. »Von dem Geld können wir uns dann Klamotten und Instrumente anschaffen.«

»Weiß dein Vater schon Bescheid?«, piepst Sarah.

»Noch nicht, aber das erfährt er schon noch, wenn meine Mutter ihm beichtet, dass sie schwanger ist.«

»Deine Mutter ist schwanger?« Sarah traut ihren Ohren nicht. Ohne nachzudenken nimmt sie einen Zug vom Joint, der wieder bei ihr angekommen ist.

»Ich hoffe nicht.«

»Wieso denn?«, fragt Suri. »So ein Baby ist doch supersüß!«

»Geht's noch? Ich will doch kein Geschwisterchen.«

»Oh cool, als Maskottchen für unsere Band«, sagt Suri. »Wir

könnten es in diesen Vogelkäfig stecken …« Suri hebt den hölzernen Vogelkäfig in die Höhe, in den sie vor ein paar Wochen lauter Mäuseknöchelchen an Nylonfäden gehängt hat.

»So ähnlich wie das Baby von *Smells Like Teen Spirit*.«

»Und dann bringen wir dem Baby das Pfeifen bei, für unsere Konzerte.«

»Ja, und den Käfig hängen wir an die Saaldecke, dann sehen unsere Fans es über ihren Köpfen baumeln.«

»Gut, ich werde ihr sagen, dass sie das Baby behalten soll«, sagt Emily hinter einer Rauchwolke.

»Und erklär ihr auch gleich, wie die Pille funktioniert.«

»Ja, das kann nicht schaden, nach zwanzig Jahren Ehe mit meinem Vater … die beiden haben natürlich keinen Sex mehr miteinander, seit sie mich gemacht haben. Wenn sie erzählt, dass sie schwanger ist, wird er schon wissen, was Sache ist, der Loser.« Der Joint setzt seine Reise fort.

»Mein Vater hat sie nicht mehr alle«, platzt Suri heraus. »Eine Mega-Midlifecrisis, wenn ihr mich fragt. Und der glaubt tatsächlich, dass ich das nicht merke.«

»Mein Vater ist ein totales Weichei«, sagt Sarah. Alle schauen erwartungsvoll in ihre Richtung.

»Geht deine Mutter auch fremd?«

»Nein!« So etwas könnte Sarah sich nie vorstellen. Sie zieht kräftig am Joint.

»Also ja«, sagt MH, »es sind immer die Moralapostel, die fremdgehen.«

»Unsere Väter sollten sich mal treffen. Meiner steckt jedenfalls in seiner Alteknackerpubertät«, sagt Suri. Wütend vermischt sie Farben auf ihrer improvisierten Malpalette, einem harten Stück Karton.

»Wie alt ist er denn?«, fragt Sarah.

»Im Augenblick zwölf, schätze ich. Er trinkt Proteinshakes und fängt an zu boxen. Er rast auf seinem Motorrad herum und hat seit Neuestem wasserstoffblondes Haar.«

»Deine Eltern haben also keinen Sex mehr, ja?« MH nimmt den Faden wieder auf.

»Nein«, meint Emily.

»So einen würde ich rausschmeißen«, sagt MH, »einen, der keinen Sex will oder eine Niete im Bett ist. Wie dieser Alexander, weißt du noch, Suri? Der Loser, den wir auf dem Rock Werchter kennengelernt haben. Hat alles Mögliche eingeschmissen und dann, als wir im Bett lagen, aufeinander, vergessen, dass jetzt noch was kommen sollte. Wurde einfach bewusstlos, der Vollidiot. Sein Gras habe ich behalten, aber ihn hab ich aus dem Bett gekickt. Nein, dagegen ist Barend wenigstens ein richtiger Kerl.«

Verdammt, ich wollte nicht kiffen, denkt Sarah total stoned. Sie konzentriert sich aufs Schlucken, mindestens fünf Mal hintereinander schluckt sie einen unangenehmen Haarball herunter. Das Problem ist weniger, dass sie sich übergeben wird, sondern dass die anderen das mitbekommen.

Das Haschisch ist ihnen in die Knochen gekrochen und legt sie wie Puppen auf den Sofas ab. Sie haben gerade noch genug Energie zum Plaudern, die anderen jedenfalls. Sarah hat schon gemerkt, dass ihr Körper manchmal genau andersherum reagiert; Kaffee macht sie müde, und von Äpfeln bekommt sie Hunger. Dieser Shit oder welcher Schrott auch immer, schließt sie so hermetisch ab wie eine Konservendose. Sie kann nur krampfhaft versuchen, möglichst normal zu tun. Im Augenblick beschränkt sich das darauf, so normal wie möglich in einer Ecke zu sitzen und die Klappe zu halten. Ihre Gedanken rasen in Concorde-Geschwindigkeit vorbei. Es gibt so vieles, was sie sagen möchte, was aber nicht rechtzeitig ihren Mund erreicht, bevor sich wieder der nächste gestörte oder nennenswerte Gedanke ankündigt. Sarah schweigt, wie das kleine Mädchen, das abwesend auf die Fußbodenfliesen blickte oder sich rasch aus dem Staub machte. Das war das Einzige, was ihr einfiel, wenn jemand sie anredete.

Ihre Gedanken streicheln alle guten Menschen um sie herum. Sie ist wirklich gerührt, dass sie unter ihnen sein darf. Gut möglich, dass das Hasch sie superalbern macht. Es ist einfach die reine Wahrheit, dass sie MH jede Menge zu verdanken hat. Wegen MH muss sie sich jetzt nicht zu Hause über ihren apathischen Vater und ihre neurotische Mutter ärgern. Sie hat entdeckt, dass sie Talent für Musik hat und damit weitermachen will. Wäre sie MH nicht begegnet, würde sie jetzt wahrscheinlich mit ihrer Mutter zusammen Teppiche kämmen. MH ist die beste Außenstehende, die es gibt. Sie kann Sarah daheim anrufen, ohne dass sie sich Sorgen machen muss. Sie schafft es, ihrer Mutter gegenüber den richtigen Ton anzuschlagen, wenn sie kurz auf der Toilette ist oder ein Minütchen auf sich warten lässt.

Wenn Sarah übrigens eine andere, bessere Tochter gewesen wäre, hätte sie ihre Mutter gebeten, sie einmal am Schloss abzuholen, hätte sie in den beiden vorderen, inzwischen restaurierten Schlossräumen herumgehen lassen. Mieke würde so einen zensierten Blick hinter die Schlossmauern aus vollen Zügen genießen, aber ach, nicht einmal das gönnt sie ihrer Mutter. Sie ist eine schlechte Tochter.

Sarah zieht die Nase hoch, damit die Tränen nicht über ihre Wangen rollen. Sie versucht, sich auf das lebhafte Gespräch der anderen Ladys zu konzentrieren, die über die Musik hinwegsurfen, lauter werden, wenn Soundgarden das nötig macht, und vor sich hin murmeln, wenn zwischen den einzelnen Nummern eine Pause entsteht. Ihre Aufmerksamkeit zoomt ran. Sie landet wieder unter den Ladys.

»Hast du eine Ahnung, wann der Producer kommt?«, erkundigt sich Sarah bei MH, als sie durch den Garten zur Küche gehen. Der frische Sauerstoff tut ihr gut. »Wir müssen doch wissen, wann wir topp sein müssen.«

»Scott wollte gegen acht kommen, hat Jules gesagt. Also haben wir noch genug Zeit, in Ruhe zu essen.«

Aus den Sträuchern kommt ihnen ein fremder Hund mit platter Schnauze und kleinen roten Augen entgegen. Das Tier begrüßt sie mit heiserem Bellen. Sarah kann nicht behaupten, sie fürchte sich vor Hunden, es ist eher, als verlöre sie beim Anblick eines solchen Ungeheuers jede Kontrolle. Aber egal, entsetzliche Angst ist eben auch nur ein Gefühl, das sie überwinden lernen muss.

»Barends Rottweiler!« MH streichelt den Hund. Er läuft von ihnen weg und verschwindet im dunklen Gestrüpp.

Barend ist MHs nagelneuer Freund. Er ist ein älterer Mann, der sich leidenschaftlich für alles, was fährt, interessiert und in seiner Freizeit an Motorrädern herumbastelt. Laut MH ein irre hübscher Typ, dessen einziger Fehler es ist, Diplomingenieur zu sein, aber das würde man nicht vermuten, wenn man ihn sieht. Die anderen Ladys haben ihn noch nicht zu Gesicht bekommen.

Sie spazieren an dem kleinen Teich vorbei, den Jules letzte Woche für ihre Koikarpfen aus Berlin hat anlegen lassen. Immer wenn Sarah auf dem Schloss ist, hält irgendein Laster oder Kleintransporter, um etwas zu liefern. Nach und nach werden die verlassenen Räume wiederbelebt, mit Designmöbeln ausgestattet und mit Hüten, Accessoires, Sitzbällen, Erstauflagen von Alben, einer handgeschnitzten Giraffe in Lebensgröße, tausenderlei Kleidungsstücken an Garderoben zugestellt. Jules hat Geld wie Heu. Wie das kommt, ob das die Tantiemen von den Platten sind, die der Graf produziert hat, oder ein Anteil am Verkauf jeder CD, hat Sarah nicht herausgefunden, aber das ist ja auch egal. Die Kois schnappen geräuschvoll nach Luft. Mit vor Staunen aufgesperrten Mündern glotzen sie Sarah an, als wären sie affektierte englische Fräulein.

In der majestätischen Schlossküche kippt MH glänzende Knackwürste aus dem Glas in einen Topf. Die Kerzenleuchter schauen von der himmelhohen Decke herab und gießen ihr gelbes Licht über The Lady Dies. MH spricht, wie sie isst, sie springt von einem zum anderen, von dicken Butterbroten mit Schokolade zu Bolognese-Chips, schlittert von einer Assoziation in die nächste, vielleicht mit Absicht oder einer zugrunde liegenden Logik, die aber keiner durchschaut. Auf einmal hat sie Lust, die Kois mit Wurststückchen zu füttern. Die anderen folgen ihr. Suri behauptet, Kois würden keine Würstchen, sondern Joghurt essen und kippt einen ganzen Becher Joghurt in den geschürzten Mund eines Fisches.

Als sie wieder in der Küche sind, tanzen die Würste in ihrem Topf auf dem ewigen Feuer des gusseisernen AGA-Ofens. Auf der Hut vor Scott, der hereinschneien könnte und ein bisschen paranoid, weil sie gekifft hat, weigert sich Sarah, etwas zu essen. Sie hört ein fernes Magengrummeln, aber ihre Kehle ist zugeschnürt, als verstopfte ein Papierpfropfen den Eingang. Sie nippt an einer Dose Cola und schluckt mit einem Stechen im Hals, gerade als Jules durch die offene Tür hereinwirbelt.

Sie sieht atemberaubend cool aus in ihrem Catsuit aus schwarzem Leder. Der Unterschied zwischen ihnen und ihr, zwischen dem Vierergrüppchen und der Expertin, den unerfahrenen Nieten und der Frau von Welt, ist wirklich gigantisch.

»Hast du schon was von Scott gehört?« Sarah traut sich endlich zu fragen. »Nehmen wir gleich ein Stück auf?«

»Ach ja, stimmt«, sagt Jules. »Scott. Ein klasse Typ. Immer ein Riesenspaß mit ihm. Aber pass gut auf, was du sagst, denn der kann in die Luft gehen, und wenn er das tut … das möchtest du nicht erleben. Er hat sein Hotelzimmer in Zürich samt Teppichboden auseinandergenommen, weil jemand zu ihm gesagt hat, er stünde anscheinend auf fette Beats.«

»Wer's glaubt.« MH schiebt sich die letzte Wurst in den Mund. Wie können die so ruhig bleiben? Sarah schwankt zwischen unbändiger Freude und abgrundtiefer Verzweiflung. Wie können die anderen seelenruhig in der Küche sitzen, wo sie doch gleich ihre Zukunft auf einem Track besiegeln werden?

»Fressflash?« Jules wirft einen Blick auf die vielen Nahrungsmittel, die Marie-Hélène aus dem Vorratsschrank geholt hat. Sie nimmt sich eine Dose Perrier aus dem Kühlschrank. »Jeder Bissen ist zwei Minuten im Mund, aber drei Monate auf den Hüften!« Sie verpasst ihrer Schwester einen harten Klaps auf den Hintern.

»Du hast doch gesagt, Scott wolle so um acht hier sein«, sagt Sarah.

»Bei Scott zählst du am besten gleich noch ein paar Stunden dazu.« Jules klemmt sich eine Zigarette zwischen die Lippen.

Sarah bleibt das Herz stehen. Sie hat ihre Mutter richtig bearbeiten müssen, damit sie bis elf Uhr wegbleiben durfte. Wenn Scott nicht bald aufkreuzt, können sie den Song nicht eintüten, wegen ihr werden The Lady Dies kein Demotape haben. Und ohne Demo kein internationaler Durchbruch.

Als sie wieder im Studio sind, sagt MH, sie müssten noch einmal über einen besseren Namen brainstormen, mehr in Richtung Grunge oder einen Ticken mehr elektronisch, oder Drum'n'Bass, zur Verwirrung, das ginge auch.

»Lasst uns lieber noch ein bisschen proben«, sagt Sarah.

»Wir haben heute doch schon superviel geprobt. Super, super, superviel«, gähnt Emily.

»Sag mal, seid ihr von der Gewerkschaft?« Sarah lacht laut, aber keiner versteht den Witz, den sie von ihrem Vater hat.

»Ich bin jedenfalls beschäftigt. Ich mache das Cover für unser

Demo«, sagt Suri. Mit ihren schlanken Finger macht sie Knoten in einen Nylonfaden.

Als eine schwere Hand auf ihrer Hüfte landet, schrickt Sarah zusammen. Sie hat Xavier nicht hereinkommen sehen. Er umklammert sie, legt seinen schweren Kopf auf ihre Brüste. Sie stößt ihn weg. Sarah wüsste gerne, was eigentlich mit Xavier los ist, traut sich aber nicht zu fragen. So was ist keine neutrale Frage, eher ein Urteil, als wolle sie damit ausdrücken, dass mit dem ganzen Genpool der Adelsfamilie etwas nicht in Ordnung ist. Wenn sie sagen würde, dass sie es cool findet, dass er behindert, nein, anders begabt ist, stünde sie auch blöd da. Auf irgendeine Art, wie er jetzt so neben ihr steht, sieht Xavier schon bemerkenswert aus. Er ist einzigartig, ganz er selbst. Jules nennt ihn oft ohne eine Spur von Ironie ihren »hübschen Jungen«.

Sarah möchte Emily vom Sofa ziehen, um sie ans Schlagzeug zu kriegen, als derselbe blutrünstige Hund von vorhin hereinspaziert. Er macht keinen Mucks, sieht sie eindringlich an. Er zwinkert nicht einmal mit seinen gemeinen Augen.

»Komm, Hündchen, hier«, sagt Xavier.

Neugierig kommt der Hund näher.

»Nein«, schreit Sarah. Ein riesiger Sabberfaden hängt aus seinem stumpfen, rosigen Maul. Seine Zähne funkeln. Ihr Kreischen klingt wie der Autoalarm ihres Vaters. Sie bedeckt ihr Gesicht, weil es das Erste ist, auf was sich die aggressive Bestie stürzen und auffressen wird. Xavier stellt sich vor Sarah und packt den Hund an seinem Halsband.

Plötzlich sind schwere Fußtritte zu hören. Ausgerechnet in dem Moment, als Sarah den Plattenproduzenten aus ihren Gedanken verbannt hat, taucht er im Studio auf. Sie schiebt Xavier weg, Emily springt auf, beide rufen im Chor: »Hi!«

»Schön, dass Sie da sind«, sagt Sarah voller Eifer. »Wir würden

Ihnen gerne ein paar Nummern vorspielen. Die sind zwar noch nicht ganz fertig, aber dann kriegen Sie schon mal einen ersten Eindruck von unserem Werk.« Der Mann schaut sie befremdet an.

»Schon klar«, antwortet er und geht auf MH zu. Suri und MH biegen sich vor Lachen.

»Hey, Barend.« MH lässt sich aus dem Sofa kullern. Der Mann geht auf sie zu und küsst sie mitten auf den Mund.

»Bleib weg von meinem Ohr«, ruft MH.

Barend redet kurz mit MH und bricht wieder auf, um ein paar Freunden, Musikern, aus der Patsche zu helfen. Nach einem intensiven Zungenkuss spaziert er mit dem Rottweiler zur Tür hinaus.

Wie es wohl wäre, von so einem Bären wie diesem Barend verführt zu werden? Wie mag es sich anfühlen, sich völlig gehen zu lassen, sich jemandem in die Arme zu werfen? In wessen Arme?

»Das ist wenigstens ein Mann«, seufzt MH. »Diese kleinen Jungs sind echt nichts für mich. Wenn die Schule vorbei ist, gehen wir zwei ein Jahr lang auf Weltreise.«

»Und wenn wir auf Tournee gehen? Wir werden doch die Welt erobern. Ich hab nicht vor, ein ganzes Jahr darauf zu warten.«

»In ein paar Monaten sind wir mit den Ladys in New York«, sagt Suri. »Ich schwör's!«

»Und dann übernachten wir im Chelsea Hotel«, sagt Sarah. Wenn nur endlich dieser Typ kommen würde. Es ist jetzt schon spät. Sie muss wirklich um elf zu Hause sein, sonst könnte es passieren, dass ihre völlig aufgebrachte Mutter mit quietschenden Reifen zum Schloss rast, wie eine Verrückte hupend, um Sarah schnellstmöglich zur Ordnung zu rufen.

»Und was ist, wenn wir uns auseinanderleben, wenn du ein Jahr fort bist?«, fragt Emily.

»Natürlich sehen wir uns zwischendrin. Wir schaffen's in die Top Ten, Leute! Vergesst das nicht!«

Xavier sieht eine nach der anderen an.

»Dann verabreden wir, dass wir uns in zehn Jahren in unserem Proberaum treffen. Merkt euch das: am 5. März 2008, um fünf Uhr. Dann lasst ihr eure Männer und Kinder sitzen und düst hierher.«

»Wenn ich bis dahin einen Mann habe«, sagt Sarah.

»Oder mehrere.«

»Auf Jules' Sommerparty haben wir freie Auswahl«, sagt MH.

Sarah hofft, dass The Lady Dies auch zu Jules' Feier eingeladen werden. Wer weiß, vielleicht dürfen sie sogar auftreten? Es werden viele aus der Musikbranche da sein. Das ist ihre Chance, nicht ein Produzent, der zu faul ist, sich blicken zu lassen, und von dem sie außerdem noch nie gehört hat. Wenn es Rick Rubin gewesen wäre, der größte Plattenproduzent aller Zeiten, würde sie jetzt ein Voodoopüppchen von ihm machen und Zigarettenstummel darauf ausdrücken, aber dieser unbekannte Scott ist die Mühe nicht wert.

Der Arm der Bang & Olufsen wechselt die CD von Mudhoney mit der von Tricky. Die ersten Töne von *Maxinquaye* erklingen.

Mit Suris dicker Stricknadel Nummer 12 drückt Marie-Hélène den Korken durch einen Flaschenhals.

»Auf die Ladys!« Marie-Hélène nimmt einen ordentlichen Schluck. Sie arbeiten an ihrer Karriere und ihrem Image. Trinken gehört dazu. Sie sind schließlich keine Weicheier wie die anderen Girlbands.

Die sind zum Kotzen, Billig-Pralinen in kommerzieller Verpackung, aus ein paar Modekatalogen zusammengestellt und nach dem Umfang ihrer Knöchel ausgesucht.

Auf einmal steht Jules da, hat sich leise auf den verschlissenen Perserteppichen, die das Geräusch der Schritte schlucken, in den Proberaum geschlichen.

Suri hält ihren Bass in die Luft wie Slash, der theatralisch das Stadion beschwört. Alle Blicke richten sich auf Jules in ihrer Mitte.

»Äh … Hallo? Wir sind hier beschäftigt. Du störst«, brüllt Marie-Hélène ihre Schwester an. »Wo bleibt Scott?«

»Der kommt nicht«, antwortet Jules.

»Hey, ich dachte, du schläfst, Hübscher.« Jules schlingt ihre langen, schlanken Arme um Xavier, legt ihren Kopf sanft auf seine stämmige Schulter. Verblüffend, wie Jules' Schönheit neben seinem unvollkommenen Körper noch mehr strahlt. »Spielt einfach weiter und achtet nicht auf uns.« Arm in Arm sehen sich Jules und Xavier die Titel auf den CD-Hüllen an. Emily tritt in ihr Schlagzeug für eine Jam-Einlage, aber sie trifft den Takt nicht. Sie sind alle mehr damit beschäftigt, was Jules, der Lackmustest ihrer Coolness, gerade tut.

Ohne Vorankündigung spazieren noch ein paar Leute ins Studio, drei Freunde von Jules: eine mürrische, plumpe Brünette mit einem kilometerlangen Schal um den Hals und zwei Jungs mit Sonnenbrillen, die sich auf eklig dünnen Spinnenbeinen fortbewegen. Der eine trägt eine kurze Lederjacke, der andere einen Rock wie Billy Corgan. Sarah tut, als fiele ihr das nicht auf.

Ihr Song geht völlig in die Hose. Emily lässt sogar einen Schlagzeugstock fallen und tastet mit einer Hand unter ihrem Instrument herum, während sie mit ihrer Rechten auf die Zimbel tickt, am Takt vorbei. Marie-Hélène versucht, »Silver Spoon«, ihre am meisten ausgereifte Nummer, mit Marianne-Faithfull-Tiefe zu singen. Die Ladys geben eine immer traurigere Figur ab, je länger sie spielen.

Nach einer kurzen Inspektion des Studios treten die Besucher die Flucht an.

»Wer waren die?«, bellt MH ins Mikro.

Jules zuckt die Achseln. »Schlechte Musiker, bayerische Bauerntrampel. Ihr seid hundertmal besser. Macht weiter.«

Die Luft ist wie elektrisiert, und die vier Ladys – ein magischer Moment, ohne dass jemand auch nur ein Zeichen gegeben hätte – setzen gleichzeitig zum Refrain von »Silver Spoon« an: »The handmade blade / the silver spoon / I forgot more than you will know soon.« Der Ernst und die Hingabe, mit der sie singen und alle Power aus ihren Instrumenten herausknallen, erstaunt sie selbst. Auch wenn ihr Publikum längst verschwunden ist, sie bleiben noch eine ganze Weile, eine halbe Stunde oder Stunde vielleicht, wer weiß, schreien sich die Kehlen wund und heizen ihren Instrumenten ein.

## 1998

# MIEKE

Mieke ordnet die Dossiers der Stiftung unter dem Schutz ihrer Majestät, der Königin, zu dünnen Stapeln. Ein Außenstehender hat gar keine Ahnung, was alles dazugehört, um ein einziges historisches Gebäude zu renovieren oder es wieder in den ursprünglichen Zustand zu versetzen.

Sie selbst hat Elviras Arbeit ziemlich unterschätzt, muss sie sich beschämt eingestehen. Die ganze Zeit hatte sie es für einen noblen Zeitvertreib Elviras gehalten, der ihr vor allem die Gelegenheit gab, viel und weit zu reisen. Wenn sie sich jetzt Elviras vollen Terminkalender anschaut, kann sie von Glück reden, dass sie von zu Hause aus operieren kann, als Schatzmeisterin (und zum Teil als Sekretärin). Elvira ist für die Stiftung in Boston, wo heute Nachmittag ein Treffen mit einem interessierten und kultivierten Geschäftsmann auf dem Programm stand. Wann nimmt sich Elivra bloß die Zeit, anständig zu essen? Wie schafft sie es, immer so stilvoll und perfekt gekleidet zu sein? Man wird Elvira nie zweimal im selben Kleid sehen. Woher hat sie diese Weltgewandtheit?

Genau, aus der Welt. Zwei Cappuccinos und fünfzehn Proseccos in Mailand, eine Weinprobe in Rom. Mieke klebt die Kassenzettel des Italientrips auf ein leeres Blatt Papier, in ihrem Register notiert sie anschließend den Betrag und das Datum. Zwei Spaghetti alle Vongole in Turin, zwei Ossobuco in Aoste. Stefaan hat sie schon ein paar Mal an den Computer gesetzt, der auf dem anderen Schreibtisch im Zimmer steht. Sie könne dort alles ordentlich eingeben und im Gedächtnis des Computers bewahren. Die Daten können sogar auf einer Scheibe abgelegt werden. Mieke hat tatsächlich schon ein paar Versuche unternommen, Stefaans handgeschriebene Anweisungen auf dem Schoß, aber die Buchstaben auf dem Schirm machen sie nervös. Sie flackern so, das ist ihr nicht geheuer.

Mieke steht auf, um einen Ordner aus dem Schrank zu holen, als das Telefon fröhlich klingelt. Mit einem aufgeweckten »Guten Tag, hier Vandersanden-De Kinder« nimmt sie den Hörer von der Gabel. Es ist Elivra aus Boston. Das Treffen mit den Leuten der History Society ist enttäuschend verlaufen. Sie haben bei ihrer Präsentation kaum zugehört und danach nur halbherzig, eher pflichtgemäß applaudiert. Geschichtswissenschaftler, die sich nicht von einer Geschichte über die historische Bedeutung der Instandhaltung begeistern lassen, damit möchte sie lieber nicht so viel zu tun haben. Aber die gute Nachricht ist: Elvira hat heute Mittag mit Ron Hoffman geluncht.

Mieke überlegt fieberhaft, wann sie den Namen Ron Hoffman schon einmal gehört hat. Er sagt ihr was. Nur was? Sie hat in den vielen Jahren als Hausfrau zu wenig nachgedacht, das ist der Grund, warum es ihr gerade nicht einfällt. Elvira erzählt, sie kenne Ron Hoffman persönlich von damals, als sie zusammen in New York auf Partys gingen. Rädchen greifen ineinander. Miekes Gedächtnis funktioniert langsam wieder: Ron Hoffman, jüdischer Geschäftsmann, wohnt seit Jahren in New York, die letzte und größte Liebe von Jacqueline Kennedy, der unvergesslichen Jackie Kennedy. Dass

Mieke konsequent jede Woche die *Royal* gekauft und gelesen hat, ist endlich mal für etwas gut. Hoffman hat Jackie Kennedy so rührend treu beigestanden, als sie krank wurde, bis sie 1994 an Krebs starb. Sowohl Hoffman als auch Jackie waren verrückt nach Antiquitäten und Innenausstattungen von Maison Jansen. Jackie hat sich ihr Leben lang für die Restaurierung öffentlicher Gebäude eingesetzt, angefangen beim Weißen Haus. Jetzt ist Mieke voll dabei, sie weiß, worum es geht.

»Er steht der Stiftung sicher positiv gegenüber, bei seiner Liebe für Antiquitäten, habe ich recht?«

»Ja, Ron bewundert unsere Arbeit. Er hat mir anvertraut, dass Jackie und er auch Pläne für so eine Stiftung hatten.« Elvira parfümiert ihre Sätze mit einem ordentlichen Spritzer Fröhlichkeit. »Es würde mich nicht wundern, wenn er uns ordentlich unter die Arme greifen würde. Oje, mein Taxi wartet. Bis bald, ja? Tschüss, Mieke!«

»Tschüss!« Elviras Optimismus ist ansteckend. Mieke atmet beseelt den Duft ihrer Orchideen ein. Kopfschüttelnd denkt sie an die Mieke zurück, die sich vor ein paar Monaten so geziert hat und sagte, sie »wolle es sich einmal durch den Kopf gehen lassen«, als Elvira ihr anbot, ihre rechte Hand in der Stiftung zu werden. Gemeinsam haben sie danach Germanistin Ulrike überzeugt, sich ihnen anzuschließen, sodass sie sich um die Projektbeschreibungen kümmern kann.

Mieke ist jetzt Teil eines kultivierten Clubs von Frauen, die ihre geschäftsführenden Ehegatten überreden, Sponsorengelder lockerzumachen. Und keiner kann Nein sagen. Welches Unternehmen, das etwas auf sich hält, könnte einer Organisation, die unter der Schirmherrschaft ihrer Majestät, der Königin, steht, die Unterstützung verweigern? Es ist für einen guten Zweck, einen bisher vernachlässigten Zweck. Kinder in Afrika leiden Hunger, das weiß jeder. Dafür gibt es Hunderte Organisationen, die richtig schlechte

Arbeit leisten und sich das Geld in die eigene Tasche stecken. Das wollen sie bei ihrer Stiftung nicht. Sie unternehmen den bescheidenen Versuch, die Welt zu einem schöneren Ort zu machen und den vielen vernachlässigten Gebäuden zu geben, was sie verdienen, und zwar Beachtung und Instandsetzung. Mag das Ziel auch bescheiden sein, die Hingabe der Frauen ist es nicht. Hand aufs Herz, hier steckt niemand Geld in die eigene Tasche. Im Gegenteil, sie spenden alle auch noch persönlich, die eine steuert etwas mehr bei als die andere – wie Ulrike.

Eine Woche später, bei einem Kaffee in der Stadt, erzählt Elvira Mieke im Vertrauen, dass sie zu Ron Hoffman eine mehr als rein freundschaftliche Beziehung gehabt hat. Die Beziehung ist vor einiger Zeit an seinem Wohnort in Boston beendet worden. Dieses Verhältnis kommt für Mieke alles andere als überraschend. Mieke hat immer jede Menge Vermutungen oder potentielle Szenarien vor Augen, dass selbst die unwahrscheinlichste Realität sie selten erstaunt – aber oft enttäuscht. Was sie von der Sache halten soll, weiß sie nicht, denn sie fällt nicht gern ein Urteil über Elvira.

Sie schätzt sich glücklich, dass Elvira sie detailliert über ihre Reisen informiert. So kann sie in Gedanken mitreisen.

»Mieke, ich muss bestimmt bald wieder nach Boston, wegen des Paul-Revere-House-Projektes. Könntest du dir vielleicht vorstellen, mich zu begleiten?«

»Boston?« Uiuiui, das hatte sie nicht kommen sehen (im Rahmen ihres Tagebuchs aber heimlich gehofft). Sie ist im siebten Himmel. Ihr wird die Gelegenheit geboten, auf Geschäftsreise zu gehen. Sie könnte es sich doch überlegen? Stefaan ist zur Zeit selbst ständig auf Reisen wegen seiner Arbeit. Und Sarah hätte nichts lieber, als dass ihre Mutter für einen Moment vom Radar verschwindet. Es ist eine herrliche Vorstellung, aber die strenge Mieke von früher kann es der wie neugeborenen Mieke nicht erlauben. Noch nicht.

»Zu zweit ist es besser als allein«, sagt Elvira.

»Wieso?«, fragt Mieke viel zu harsch. Kommt gar nicht in Frage, dass sie ihre Familie im Stich lassen und mit Elvira nach Boston gehen wird, auch wenn ihr allein die Frage schon genügend Treibstoff für ihre Tagträume gibt. Gegenüber der Außenwelt ihre eskapistischen Wunschträume in allen Tonarten zu verleugnen gehört natürlich dazu.

»Lass es dir noch mal durch den Kopf gehen.«

»Selbstgebackene Zitronenplätzchen mit geriebener Schale? Köstlich!« Mieke bedankt sich überschwänglich für Ulrikes Plätzchen und nimmt deren Mantel entgegen, damit sie sich zu Elvira ins Wohnzimmer begeben kann. Wer außer Ulrike kommt auf die Idee, selbstgebackene Plätzchen zu verschenken? Höchstens ein anderer Geizkragen, der kein Geld bei Confiseur Neuhaus lassen will, natürlich. Mieke hält mit Elvira und Ulrike ein formloses Meeting in der Nachtegalenlaan 7 ab. Sie hat angeboten, das Treffen bei sich stattfinden zu lassen. So war sie schon in der Grundschule: als Erste die Hand heben, wenn die Lehrerin in der Klasse fragte, ob jemand zu Hause Platz für ein Zwergkaninchen habe.

»›Lemon zest‹ nennen das die Angelsachsen«, sagt Elvira, »geriebene Zitronenschale.«

»Und die Chinesen?«, fragt Ulrike. Ein Familienfoto auf der Fensterbank erregt ihre Aufmerksamkeit: Die piekfein gekleidete Familie vor ein paar Jahren, bei Miekes und Stefaans Hochzeitsjubiläum. »Mensch Mieke, deine Tochter sieht dir aber ganz schön ähnlich.«

Das hat Mieke bis vor einem Jahr so oft gehört, dass sie nicht mehr wusste, wie sie darauf reagieren sollte. Inzwischen würde keine ihrer Freundinnen noch behaupten können, dass das Mädchen dort auf dem Foto, das sich unbequem ans Terrassengeländer lehnt und lächelnd ihre neue Zahnlücke zwischen den Milchzähnen zeigt, frappierende Ähnlichkeit mit ihr habe. Wo ist das goldige Mädchen hin? Es steht für immer da unter der Sonne. Obwohl Sarah regelmäßig protestiert, lässt Mieke das Familienfoto demonstrativ auf der Fensterbank stehen.

»Ist das im Les Tuileries, das Restaurant, das so tut, als sei es Versailles?« Seit ihrer Scheidung hat sich Ulrike verändert. Sie ist immer noch genauso unattraktiv, nimmt aber noch seltener ein Blatt vor den Mund.

»Du siehst auf dem Foto ein bisschen wie Jackie Onassis aus. Erinnerst du dich, dass wir dich im Internat Jackie O genannt haben?«, fragt Elvira. Schon damals war Jackie O Miekes großes Idol, die moderne Version der Jungfrau Maria, eine liebende Frau mit Tiefgang. Und eine Frau mit vielen Gesichtern, eine trauernde Witwe, die kaum vierzehn Jahre älter war als sie.

»Das mit der Ähnlichkeit ist gar nicht weit hergeholt«, sagt Ulrike. »Du siehst ihr immer noch total ähnlich.«

»Wenn das bloß wahr wäre!« Mieke strahlt.

»Das ist es«, sagen die Frauen.

»Obwohl …« Mieke gerät in Panik. »Sie ist schon seit vier Jahren nicht mehr unter uns!«

Die anderen lachen. Mieke weiß nicht, was daran so lustig sein soll. »Die arme Jacqueline Kennedy hat gegen den Krebs gekämpft und den Kampf verloren.«

»Ich meine, diese Frau hatte außergewöhnliche Klasse«, sagte Elvira, »das wird niemand leugnen.«

Mieke wähnt sich für einen Augenblick als eine echte Präsidentengattin. Verlegen nimmt sie das Kompliment entgegen. Ihre Freundinnen wiederholen noch mal, wie sehr sie die starke amerikanische Präsidentengattin bewundern, die als Erste Charakter und Stil zeigte und sich von der Masse abhob.

»Die vielen Männer von Jackie hätten aber nicht sein müssen«, sagt Mieke, um die Identifizierung wieder etwas zu schmälern. »Aber jeder hat seine Fehler.«

»Sie wird wohl verzweifelt auf der Suche nach Liebe gewesen sein«, sagt Ulrike, selbst ja erst kürzlich offiziell von einem postengeilen, verschiedene Vorstandsvorsitze anhäufenden Wirtschaftsprofessor geschieden, »und so ein Präsident hat natürlich nie Zeit für seine Frau.«

»Ach«, sagt Elvira mitfühlend, »jeder hat seine Fehler.« Sie setzt sich anders hin, streicht ihr Chiffonkleid glatt. Wenn Mieke Elvira sieht, denkt sie automatisch an Ron Hoffman. Auch wenn sie Elvira nicht sieht, denkt sie an Ron, der ihr gestern persönlich am Telefon bestätigt hat, der von ihm zugesagte Betrag sei unterwegs.

»Unter uns gesagt, ich finde es nicht okay, mit einem Mann des Geldes wegen zusammen zu sein«, sagt Ulrike entschieden. »Es hat sie jedenfalls nicht glücklicher gemacht.«

»Da bin ich nicht deiner Meinung«, sagt Elvira.

»Geld ist ein Mittel, um Menschen klein zu halten, es ist Machtmissbrauch.« Ulrikes frühere sporadische Sympathie für die arbeitende Bevölkerung ist komplett in Sozialromantik umgeschlagen.

»Ihr letzter Mann war ihr eine große Stütze«, sagt Mieke, »und er war zufällig auch noch vermögend.«

»Zufällig!« Ulrike schnaubt verächtlich.

»Ist das denn schlechter, als mit einem Mann wegen seines Aussehens oder seiner Intelligenz zusammen zu sein?«, fragt Elvira.

»Jemand noch einen Keks?«, fragt Mieke.

»Ja, gern.« Ulrike grabscht sich eines ihrer selbstgebackenen Plätzchen von der Schale.

»Köstlich«, ertönt das einhellige Lob auf die Zitronenplätzchen aus allen Frauenmündern. Die Plätzchen krümeln fürchterlich. Mieke holt den Handstaubsauger und geht in die Knie, um ein paar Krümel vom Teppich zu saugen.

»Wie machst du die?«, fragt sie aus der Hocke heraus.

»Das ist ganz einfach, ich erkläre dir das nachher gerne«, sagt Ulrike. »Was ich eben noch sagen wollte: Für mich ist es eine Art von Prostitution, einen Mann wegen seines Geldes zu heiraten.«

»Gehst du jetzt nicht ein wenig zu weit?«, fragt Mieke.

»Aussehen, Geld oder Intelligenz, ich verstehe nicht, wieso das eine okay sein soll und das andere nicht. Abgesehen davon glaube ich, dass es überall vorkommt, dass Frauen des Geldes wegen mit einem Mann zusammen sind«, meint Elvira.

»Nicht immer …«, sagt Mieke rätselhaft. »Hast du's denn noch nicht gehört?«

»Hat irgendwer über mich getratscht?«, fragt Ulrike aufgebracht.

»Nicht über dich, über Evi Vanende«, sagt Elvira. »Sie hat eine Affäre mit dem Hundepfleger.«

»Wundert dich das? Sie sitzt den ganzen Tag daheim und legt die Hände in den Schoß. Oder auf andere Männer, wie es scheint.«

»Und nicht nur das, sie ist schwanger von ihm. Ich will ja nicht tratschen, aber sie wurden letzte Woche in einer Abtreibungsklink gesehen.« Elvira nimmt noch einen Keks, an dem sie ein wenig knabbert.

»Wenn sie gesehen wurden, ist es kein Tratschen. Es gibt schließlich auch so was wie Tatsachen.« Ulrike stopft sich einen ganzen Keks in den Mund.

»Grässlich«, stößt Mieke hervor. »Abtreibung ist Mord.«

»Übertreibst du jetzt nicht ein bisschen?« Ulrike fegt sich ungeniert die Krümel vom Schoß auf den gerade erst erstandenen Varamin, den König unter den Teppichen.

»Ein Fötus hat schließlich schon ein Leben.« Mieke setzt sich gerade, greift dann aber doch noch einmal zum Staubsauger, um die Krümel vom Teppich zu entfernen.

»Die Zitrone in diesem Plätzchen hatte auch ein Leben …«

»Mach dich jetzt bitte nicht darüber lustig, Ulrike, das ist doch etwas völlig anderes.« Mieke schwenkt den Handstaubsauger hin und her.

»Ist es nicht, oder was ist mit all den Leuten, die so große Reden über das sogenannte Leben schwingen, die essen alle Fleisch und haben nicht das geringste Problem damit, dass für ihren Genuss Lebewesen auf abscheuliche Weise abgeschlachtet werden.«

»Ich finde Abtreibung einfach unmöglich. Es ist heute ja fast eine neue Verhütungsmethode. Das ist doch fürchterlich, nicht?« Energisch steckt sie den Handstaubsauger wieder in seine Halterung.

»Das ist nicht wahr«, sagt Ulrike. »Wir sind einfach zu viele. Ich habe irgendwo gelesen, dass wir demnächst die Sechsmilliardengrenze überschreiten werden. Ist euch eigentlich klar, wie viele Menschen das sind? Das ist die eigentliche Quelle allen Übels. Wie wollen wir diese sechs Milliarden Münder stopfen? Es gibt jetzt schon so viel Hungersnot. Wenn man sich das mal überlegt, könnte einen das richtig depressiv machen.«

Das Gespräch mäandert fort, wie es nur Gespräche unter Frauen tun können. Alle drei folgen ohne Schwierigkeiten der Assoziationskette.

»Depression«, sagt Mieke scharf, »das halte ich für ein Zeichen von Schwäche. Sich gehen lassen, den Kopf hängen lassen. Das ist eine Wohlstandskrankheit.«

»Es ist erblich.«

»Nein, das glaube ich nicht. Dann ist Abtreibung auch erblich. Das ist doch eine freie Entscheidung«, sagt Mieke. Anstandsregeln werden beiseitegeschoben. Der Vorhang zu einer immer ehrlicheren Diskussion geht auf. Nicht Streit. Man kann sich auf höfliche Weise über etwas uneinig sein, ohne dass eine der beteiligten Parteien wütend davonläuft.

»Das liegt am Zeitgeist«, sagt Elvira.

»Gibt es den denn? Dann wüsste ich gern, wo der wohnt«, sagt Mieke.

»Du willst mir doch nicht erzählen, dass früher alles besser war, oder?«, sagt Ulrike. »Ich habe letztes Wochenende den Film *Daens* gesehen, über die Missstände in den flämischen Textilfabriken Ende des 19. Jahrhunderts. Das hat sich in unserem geliebten Flandern abgespielt. Hier.« Ulrike unterstreicht ihre Worte mit einem Stampfen auf den Boden. Im schlechtesten Fall lag da ein letztes Überbleibsel ihrer Plätzchenbackerei. Ulrike hat sich in den letzten Jahren wahnsinnig verändert. Sie ist mehr als sozialdemokratisch, sie ist sozialistisch und lax geworden. Dann kann man unmöglich mit einem Wirtschaftsprofessor verheiratet bleiben. Der hat Besseres zu tun, als sich so ein naives Geschwätz anzuhören oder Tofu zu essen.

»Du wirst doch nicht leugnen, dass die Kinder keine Manieren mehr haben.«

»Sie werden einfach nicht mehr erzogen.«

Für Kinder haben sie was Neues erfunden: das Kindermädchen. Als Sarah klein war, gab es das noch nicht. Nicht, dass Mieke diese Möglichkeit je genutzt hätte. Ihr Kind erzieht sie selbst, alleine. Die neuen Nachbarinnen dagegen erziehen ihre Kinder nicht und machen sich auch sonst nicht der übermäßigen Aktivität im Haushalt schuldig. Ja, Probleme suchen, lästern und Unruhe stiften, das können sie vorbildlich, aber sonst? Das ist das Problem dieser Gegend, zu viele Leute mit viel Geld und wenig Geschmack haben den Weg auf den Berg gefunden. Neureiche haben sich zwischen den Altgedienten eingenistet und bauen hier ihre Kitschpaläste, diese Emporkömmlinge sprechen ja oft nicht einmal ordentliches Niederländisch. Ein Ron Hoffman würde sich umschauen.

»Tja, und jetzt kennen sie ihre eigenen Kinder kaum und merken nicht, dass die entgleisen.«

»Obwohl ich mir nicht sicher bin, ob es immer an den Eltern liegt«, sagt Ulrike.

»Ich denke schon. Wenn die Kinder außer Kontrolle sind, haben die Eltern Fehler gemacht – hat mein Vater immer gesagt, und ich glaube, er hatte recht«, sagt Mieke. Stefaan, der durch Abwesenheit glänzt, das ist auch so ein Fehler.

»Ich würde da nicht zu schnell urteilen, Mieke.« Weist Ulrike sie jetzt etwa zurecht?

»Die Kindermädchen haben ja auch ihr Gutes«, sagt Elvira nachsichtig.

»Übrigens, habt ihr schon die schlimme Geschichte von diesen Drogenjugendlichen gehört?« Ulrike genießt die Stille. Sie will ein Publikum, das ihr an den Lippen hängt und sie um nähere Erläuterung anbettelt. Mieke gönnt ihr das und dehnt die Zeit mit hinaus. Geschichten haben Vorrang vor gegensätzlichen Ideologien. Die Kaffeekanne macht noch einmal die Runde.

Ulrike erzählt, vier Jugendliche aus der Gegend seien wegen Diebstahls mit schwerer Körperverletzung festgenommen worden. Sie haben irgendwo Viagrapillen – Mieke unbekannt – und andere Pillen aufgetrieben, nicht nur eine einzelne, nein, die ganzen Pillenstreifen, und haben damit einen zurückgebliebenen Jungen vollgestopft. Die Leute im Krankenhaus haben es gerade noch rechtzeitig geschafft, ihm den Magen auszupumpen, sonst wäre er hopsgegangen. Wie diese Jugendlichen an die ganzen Pillen gekommen sind, bleibt ein Rätsel.

Zum Glück müssen Miekes Eltern derartige Auswüchse der modernen Welt nicht mehr miterleben. Ihr Vater hätte stante pede seinen Hut vom Haken genommen und wäre zu den Eigentümern dieser Pillen gegangen, um ihnen den Marsch zu blasen. Ja, er nahm es gern für die Schwächsten auf. Er hätte die ganze Gegend zu einer Krisensitzung zusammengetrommelt.

»Geht es dir mit Sarah denn nicht so, dass du abgeschrieben bist?«, fragt Ulrike Mieke, wobei sie einen Seitenblick auf Elvira wirft, die sich jetzt ebenfalls näher zur Gastgeberin beugt.

»Oh nein.« Mieke gibt sich locker, während sie auf die Uhr schielt, die ihr mitteilt, dass Sarah schon 46 Minuten zu spät ist. »Da kann ich mich absolut nicht beklagen.« Ihr innerer Widerstand gegen Offenheit ist groß und wird nur in selbstgewählten Ausnahmefällen aufgegeben. Martine Tanghe, die Nachrichtensprecherin von *Het Journaal*, bricht doch auch nicht jeden Abend spontan in Tränen aus, wenn grausame Bilder gezeigt werden? Man kann höchstens etwas vermuten, einen Hauch Beunruhigung, aber selbst das kann professionell und gespielt sein, genauso formelhaft wie ihr: »Danke fürs Zuschauen und noch einen besonders schönen Abend.«

Darum erstickt Mieke schon im Voraus jede Form von Kritik, die ihre Familie betrifft, im Keim. Es ist nicht das Gleiche, unter dem Auseinanderfallen einer Familie zu leiden, die zwar nie perfekt gewesen ist, aber trotz der vielen neuen Familienkonstellationen bestehen bleibt, oder ob man außerhalb der Familie schmutzige Wäsche wäscht, das hat Miekes Vater ihr immer eingetrichtert. Auch wenn sie das Familienleben manchmal so erstickend findet, dass sie kaum noch Luft bekommt. Sie fühlt sich dann wie ein Fisch, der elend neben seinem Aquarium liegt und mit den Kiemen klappt – jeder hält es für Klatschen, aber eigentlich ist er kurz vor dem Ersticken. Die Stiftung gibt ihr zum Glück jetzt etwas mehr Freiraum, aber wie dem auch sei, sie wird unter allen Umständen klatschen. Ihre Fassade wird sie bis zum Ende aller Tage aufrechterhalten.

Mieke steht auf und bittet Elvira und Ulrike ins Esszimmer, wo sie den Tisch für die Besprechung vorbereitet hat. Für jede eine dünne Mappe, in der alle nötigen Dokumente liegen und an der ein Reklamekuli von Stefaans Firma klemmt. »Genug palavert. Wir sollten jetzt die Projektbeschreibungen durchgehen.«

Als Ulrike sich verabschiedet, sagt sie mit einem festen, beinah männlichen Augenzwinkern: »Endlich mal eine Frau mit Charakter. Ich fand unsere kleinen Meinungsverschiedenheiten sehr amüsant.«

Mieke weiß nicht, was sie davon halten soll. Die neue Mieke lacht über die arme, ausrangierte Mieke mit ihrer Teppichmanie. Wobei ihr einfällt, dass ihre Teppiche noch einmal eine gründliche Reinigung vertragen könnten. Sie darf jetzt auch nicht ins andere Extrem verfallen und sie vernachlässigen, davon hätte niemand etwas. Was, wenn Ron einmal für ein Meeting hierherkäme?

Mieke hat sich das mit der Reise nach Boston eine Woche lang gründlich überlegt und alle Pros und Kontras gegeneinander abgewogen. An diesem Abend stellt sie Stefaan offiziell die Frage, die sie für sich selbst schon beantwortet hat. Zwischen zwei Geschäftsreisen ist er endlich einen Abend zu Hause. Man kann nie genug Antworten haben, wenn man die richtige schon kennt.

»Was würdest du davon halten, wenn ich für die Stiftung nach Boston fliegen würde?«, fragt sie ihren Ehemann.

Er schaut aus der Wäsche, als wäre sein Kopf bis zum Rand gefüllt wie ein vollgestopfter Kleidersack, der jeden Moment aufplatzen kann. Dazu noch dieser gequälte Blick, Mieke hält das langsam nicht mehr aus. Was ist los mit diesem Mann?

»Was denkst du denn?«, sagt er. Er sieht ganz fahl aus. Sein Mona-Lisa-Lächeln ist unverändert. Selbst auf seinem Sterbebett wird er dieses Lächeln im Gesicht haben, denkt Mieke.

»Na ja, Boston ist weit weg, aber …«

»Könnte ich nur zu Hause bleiben«, unterbricht er sie seufzend.

»Solltest du das dann nicht mal besser regeln, statt wie drei Tage Regenwetter herumzulaufen? Das hält ja kein Mensch aus, wie du dich schindest. Du bräuchtest dringend Urlaub.«

»Einen Urlaub wie letztes Jahr in Amerika«, sagt er. »Warum reisen wir nicht mal nach Israel?«

»Was ist das denn wieder für ein Einfall, Stefaan? Israel? Was haben wir da zu suchen? Panzer? Attentate?«

»Die jüdische Kultur ist doch faszinierend.«

»Und lebensgefährlich. Die Juden leiden gern, deshalb wohnen sie jetzt auch auf dem Land der Palästinenser. Sorg du erst mal dafür, dass du Urlaub nimmst. Es ist fast Frühling, dann kannst du Regenrinnen freikratzen. Die Fliesen vor deiner Hütte haben Sprünge. Ich traue mich nicht mal mehr da hinein. Den Gerüchen nach zu urteilen, ist es da auch nicht sauber. Du hast mir versprochen, die Hütte sei ganz deine Angelegenheit, ich kann mich nicht auch noch darum kümmern.« Ihr Zorn prasselt auf ihn nieder, aber er sitzt da wie in einem faradayschen Käfig.

»Mal daheim bleiben«, sagt Stefaan unberührt und lustlos, »herrlich!«

»Das halte ich auch für das Beste«, sagt Mieke aus einer Art masochistischer Sturheit heraus. Wenn ihr Ehemann sie nicht dazu ermuntert, aus ihrem festgesetzten Rahmen herauszutreten, bleibt sie eben drin. Für immer. Sie wird die Schlüssel ihrer Zelle wegwerfen, um ihre Welt auf das Gebiet dieses Grundstücks und die Kubikmeter Luft dieses klotzigen Hauses zu beschränken. Es gibt noch jede Menge in der Nachtegalenlaan 7, das sie sich vorknöpfen kann und mit nie da gewesenem, verbissenem Eifer reinigen kann.

»Ich bleibe hier«, verkündet sie, als sei es ihre eigene Wahl.

An einem Abend eine Woche später erledigt Mieke die Buchführung ihrer Immobilien. Es ist eine ziemliche Arbeit, jeden Monat genau zu überprüfen, ob alle Mieten auch pünktlich bezahlt worden sind. Stefaans Monatsgehalt wächst mit den Jahren in die Höhe, aber die Lücke zwischen den Brutto- und den Nettoeinkünften klafft immer weiter auseinander. Es ist erbärmlich, wie schlecht der Staat für seine wertvollen Kräfte sorgt. Vielleister kriegen immer die Peitsche zu spüren. Schlag zehn verschließt Mieke die Schublade mit dem Schlüssel. In der Küche füllt sie ein Glas mit Leitungswasser und schluckt mühsam ihre Fischölkapsel herunter.

Mieke ist allein daheim und genießt die flimmernde Stille, an die sie sich nach so vielen Jahren derart gewöhnt hat, dass Musik sie oft stört, wie eine kratzige, zu warme Decke über den Schultern. Sarah kann jeden Augenblick nach Hause kommen. Mit Stefaans Rückkehr muss sie noch nicht rechnen, der hat ein Geschäftsessen mit ein paar Indern, die nur Indisch essen, eine Reihe pikanter Gerichte mit großen Fleischstücken in üppigen Saucenbädern, abgewechselt von Joghurt mit Knoblauchschnitzchen und muffigen Gewürzen, und sich gern dabei Zeit lassen. Das ist Nahrung, mit der man Stefaan keinen Gefallen tut, weil er mehr als drei Tage braucht, um es zu verdauen. Sie hat jetzt schon keine Lust, ihren dahinsiechenden Ehemann zu bemitleiden.

Plötzlich gehen bei Mieke die Alarmglocken an. Lange Zeit hat sie ihre ins Stocken geratene Ehe auf den allgemeinen Zustand der Welt geschoben, alles auf den großen Schirm der Weltbühne projiziert. Sich für eine Stiftung einzusetzen ist ja gut und schön, aber weder der eigene Haushalt noch die Ehe dürfen darunter leiden. An einer Ehe muss man arbeiten. Eine Ehekrise lässt sich bewältigen, wenn man guten Willens ist. Sie ist die Einzige, die den Alarm abschalten kann. Jetzt ist Zeit, Verantwortung zu übernehmen, wie es die Politiker immer so schön sagen. Sie ist nicht die Art Frau, die untätig dasteht und zusieht, wie das Schiff untergeht. Sie sollte ihren Mann überraschen, denn Überraschungen tun einer Ehe gut, behauptete Königin Paola in einer anrührenden Reportage in *Royal*. Eine aufregende, neue Frisur oder hauchdünne Dessous, das traut sie sich dann doch nicht, das ist nicht ihr Stil.

Aber sie könnte ihren Ehemann in seinem Revier überraschen. Mieke wird zum allerersten Mal auf Stefaans meistgeliebten zwanzig Quadratmetern dieses Planeten, seinem Schuppen, Ordnung schaffen. Sie weiß nicht mehr, wann sie das letzte Mal da gewesen ist. Ihr ist natürlich klar, dass sie nicht an seine Sachen kommen darf, aber sie hat noch Energie für zwei, und eine gründliche Reinigung kann schließlich nie schaden. Wenn er ihr dann nicht dankbar ist, weiß sie auch nicht mehr weiter.

Mit einem Eimer, gelben Spülhandschuhen, Vim und einem ganzen Arsenal an weiteren Putzmitteln bewaffnet, geht sie über die Waschküche nach draußen. Das tut sie eigentlich nie. Nein, sie hat sich noch keinen Abend nach zehn Uhr außer Haus gewagt, um sauber zu machen. Betrachte es als ein Zeichen meiner Liebe, sagt sie in Gedanken zu Stefaan. Auf der neuangelegten Bangkirai-Terrasse springen die Lampen an. Ab dem Gartenweg ist sie der Dunkelheit ausgeliefert. Einen Fuß vor den anderen setzend tastet sie sich über die Steine vorwärts. Die Fischölkapsel stößt ihr sauer auf. Der Wind lässt ihre Sträucher und Krokusse erzittern, die jetzt an der Stelle blühen, wo Sarah als Kind einen Mini-Gemüsegarten hatte. Stur setzte ihr Töchterchen jedes Frühjahr sein kleines Fleckchen Erde unter Wasser. Mit Eifer schraubte sie den Gartenschlauch an den Wasserhahn des Hühnerstalls, den sie bis zu ihrem Gärtchen zog. Sarah wollte dort ein Reisfeld anlegen, bis sie ihrem Töchterchen Rhabarber gezeigt hatte, ein relativ genügsames Gewächs, das unter Sarahs Obhut gut gedieh. Sarah liebte diese vorhistorische Pflanze. Sie dachte, dass jeden Moment ein Mini-Dino seine Nase dort herausstrecken würde. An warmen Sommertagen köpften Sarah und Emily den Rhabarber, Mieke wusch die Stengel. Mit einem Zuckerstückchen lutschten die Mädchen am sauren Rhabarber und verzogen dabei ihre Gesichter.

Die dunkle Erde riecht intensiv. Es geht doch nichts über das

Leben in der Siedlung, einer Mischung aus gesunder Landluft und städtischer Kultur.

Sie steht vor der Holztür zum Schuppen, wo ihr Mann zu sich selbst kommen kann. Das Haus ist ihr Territorium, dessen Kreidelinien er mit seinen flauschigen Pantoffeln berührt. Hier steht sie nun vor seiner Welt. Irgendwie ist sie stolz auf seine Vorstellungskraft, die hier eine Bleibe bekommt, und stolz darauf, dass sie so gut ist, ihrem Mann diesen Raum zu gönnen, auch wenn es in letzter Zeit schwierig ist, für ihn Sympathie aufzubringen. Sie vertraut darauf, dass sie tief unter all dem angehäuften Ärger die Liebe wiederfinden, ausgraben, abstauben, wiederverwenden, reinwaschen kann. Sie gibt ihrem Eimer einen kleinen Schubs, als Ansporn für sich selbst, ihr ängstliches Vorgefühl zu unterdrücken und sich ins Zeug zu legen.

Sie schiebt die quietschende Tür auf, die einmal geölt werden müsste. Als Erstes fällt ihr der Geruch auf. Dass hier geheime Dinge vor sich gehen, davon geht sie aus. Wer ihr Naivität vorwerfen wollte, irrte sich gewaltig. Sie hofft sogar, dass ihr Mann etwas hat, das ausschließlich seins ist, was niemanden etwas angeht – so wie sie Ron hat. Mieke weiß genau, was Sache ist, aber sie kennt noch keine Details. Stefaan ist in Gedanken bei einer anderen. Sie kann ihm das kaum vorwerfen. Ihre Tochter, die an der Schwelle zum Erwachsenenleben steckt und glaubt, sie werde mit ihrem Gitarrengeschrammel die Welt erobern, macht ihr ehrlich gesagt mehr Sorgen.

Sein Schuppen ist ein Durcheinander, wie sie erwartet hat. »Das Weltall ist auch ein organisiertes Chaos«, lautet Stefaans Begründung für seine Unordnung. Auf der Werkbank stehen lauter Farbtöpfe, Borstenpinsel, allerhand Abbeiz-, Bohner- und Klarlackprodukte. Unwirklich ist das, wie das Labor eines stümperhaften Professors aus einer Kinderserie, das jeden Moment in die Luft fliegen kann. Diesen Teil des Raumes lässt sie, wie er ist, mit dem Kram wird Stefaan schon selbst fertig.

Mieke wischt mit einem Staublappen über eine Bücherreihe, seine komplette Dylan-Sammlung, die sowohl aus Kassetten, die die sechziger Jahre überlebt haben, abgegriffenen Platten, als auch aus CDs besteht, und dann über einen Stoß Papiere, der von einem Werbeprospekt des Baumarkts zusammengehalten wird. Sie könnte vor Neugier sterben, mit einem geschlossenen Umschlag in der Hand und einem pfeifenden Kessel auf dem Ofen, der gerne seinen Dampf dafür hergibt, den Briefleim zu lösen, doch sie wird es nicht tun. Sie wird nie in Erwägung ziehen, die Telefonnummern auf dem energisch tutenden Beeper ihres Mannes zu kontrollieren oder die Schubladen ihrer Tochter zu inspizieren. Ihre Ehre ist Mieke kostbar.

Wie eine Fee, die an ihrem Staubwedel aufsteigt wie an einem großen Blumensamen, tippt sie auf Zehenspitzen Holzblöcke an, wischt Staub von Werkzeugen und Zigarrenschachteln. Sogar die Zimmerdecke bekommt ihren Wedel zu spüren. Auf dem Weg des geringsten Widerstandes wirbeln beschriebene Blätter hinter einer Kaffeebüchse herunter, in der rostige Nägel liegen. Vollgekritzelte Papierbogen, die darauf warten, gelesen zu werden.

Als Juristin weiß sie, dass das Briefgeheimnis unantastbar ist. Grundgesetz, Artikel 29, über die Belgier und ihre Rechte. Aber falls diese Briefe auf einmal offen daliegen, wie ein Zeitungsblatt, das an einer ganz alten Häuserwand klebt, von der die Tapete abgezogen wird, kann sie nicht daran vorbeigucken. Ist ein einziger Blick dann schon verboten? Augen können nichts anderes, als Reize und Signale empfangen, dafür sind sie ja da. Mieke hat einfach das Pech, dass sie zu gute Augen hat.

Mieke liest und reimt sich eine sonderbare Geschichte zusammen. Sie kann nicht viel aus den Ansätzen, Skizzen, umkringelten Wörtern machen, aus denen Pfeile zu anderen umkringelten Wörtern schießen, den Fetzen, aus denen sie sich in ihrem überbrodelnden Bewusstsein ein einziges, unverständliches Ganzes zusammenknetet. Entsetzen – jetzt spürt sie die buchstäbliche Bedeutung dieses Wortes. Mit eiserner Hand wird sie von den aufgepeitschten Unheilssoldaten, deren Stiefel laut über das Kopfsteinpflaster in ihrem Schädel stampfen, aus ihrem eigenen Verstand befördert.

Nicht, dass sein Geschreibsel irgendwie weltbewegend wäre. Eigentlich möchte Mieke nach zwei Blättern aufhören, sich abwenden, aber die Soldaten drücken sie gegen die Wand, halten ihr die Buchstaben vor die Nase und befehlen: Lies!

Die Handschrift ihres Mannes sieht wie ein Stacheldraht aus flachen Linien aus, mit scharfen, schneidenden Enden. Mal schrumpft sie, mal schwillt sie an, kippt von links nach rechts: Alain, Sarah, André, Mieke, Melanie, Jempy, Berkvens, die Soldaten zerren einen Namen nach dem anderen in die Folterkammer und warten darauf, dass Mieke zerbricht. Wer ist der Schuldige?, rufen sie im Chor. Bestürzung, Abscheu und Unbehagen zingeln sie ein. Mieke sammelt die Blätter auf und schließt sie mit den anderen im Baumarkt-Prospekt ein. Als wolle sie sie zermalmen, drückt sie fest obendrauf.

Mieke vertraut Stefaan hundertprozentig, sie liebt ihn mit allem, was sie hat, manchmal bis zum Verrücktwerden, derzeit oft aus Gewohnheit. Aber dass er nicht zu ihr kommt, wenn etwas nicht stimmt, das geht ihr nicht in den Kopf. Dass er dann unendlich Furcht einflößende Sätze aufs Papier knallt, ist ekelerregend. Dass er das lieber tut, als zu ihr zu kommen, ist einfach egoistisch. Sie legt den Prospekt auf die Ecke der Werkbank und setzt ihre Putzarbeit fort: Ein Fenster braucht heißes Wasser mit einem Schuss Ammoniak und ein blitzsauberes Tuch, sonst nichts. Simple Tricks wirken Wunder. Wenn man Natriumcarbonat mit Zitrone mischt, braucht man keine Bleiche. Daran denkt sie, nur daran. Sie spricht die Worte laut aus, damit ihre Abscheu nicht die Oberhand gewinnt.

Als sie fertig ist, sucht Mieke ihre Putzmittel zusammen und geht wie ein geprügelter Hund zur Küche. Die Lichtsensoren oberhalb der Terrasse springen an, um ihr zu leuchten. Einsamkeit begleitet sie nach drinnen, setzt sich zu ihr an den Küchentisch und macht es sich gemütlich. Einsamkeit wird bis ans Ende ihrer Tage in diesem großen Haus bleiben, wo sie ihre Zeit mit ihm allein wird verbringen müssen, wenn Sarah nächstes Jahr an die Uni ausgeflogen sein wird.

Das Telefon läutet, Mieke schreckt auf. Sie ist fast sicher, dass Stefaan versucht, sie zu erreichen. Sie wird nicht drangehen, der Schock ist zu frisch. Allein bei dem Gedanken wird ihr übel. Als sei sie zu einem Zweck hier, über den sie nie jemand informiert hat. Sie hätte diese Kritzeleien nicht lesen dürfen. Das Telefon läutet immer noch. Mieke steht auf, nimmt den Hörer von der Gabel. Es ist Sarahs dünne Stimme, die meldet, dass sie jetzt bei MH aufbricht. Sie studieren gerade eine neue Nummer ein, das klappt schon ziemlich gut, aber jetzt kommt sie heim. Es ist Viertel nach zehn, also schon ein Viertelstündchen zu spät.

Lieb von ihr, anzurufen, denkt Mieke.

Sarah hat diesmal gar nicht erst gefragt, ob sie auf dem Schloss übernachten dürfe. Sie selbst hat noch nie auf einem Schloss geschlafen, ohne dafür zu bezahlen. Wer weiß, vielleicht bekommt sie Sarah so weit, dass sie auf dem Schloss von Marie-Hélènes Familie eine Feier organisieren darf. Mieke zwingt sich, an etwas Oberflächliches zu denken, damit kein Raum für etwas anderes bleibt. Sie muss auf alle Fälle eine Feier organisieren, auf der sie Ron sehen und ihm ihre ungeteilte Aufmerksamkeit schenken kann.

Nachdem sie eine quälende halbe Stunde in die Augen des neuen Besuchers Einsamkeit gestarrt hat, wacht Mieke auf. Sarah wird von einem blitzschnell um die Ecke schießenden Auto vor der Tür abgesetzt. Mieke ruft von der Türinnenseite her, ob Sarah hintenrum gehen könne, denn alle Schlösser an der Haustür seien schon zu und es ist ziemliches Getue, die wieder aufzumachen.

»Hallo Mama.« Sarah grüßt vom Hintereingang, während sie sich die Schuhe auszieht. Ihre Gitarre hängt auf ihrem Rücken. »Tut mir leid, dass ich so spät bin. Wir proben gerade für einen Auftritt, dabei hab ich die Zeit vergessen. Ich trinke kurz noch ein Glas Milch.«

»Natürlich«, sagt Mieke mit belegter Stimme. »Trink was, bevor du schlafen gehst. Und iss noch einen Müsliriegel, du kannst es brauchen. Esst ihr dort eigentlich gut, wenn ihr Musik macht?«

»Na klar essen wir gut, auf dem Schloss gibt es eine Köchin.«

Am Eingang sind Geräusche zu hören, danach läutet die Klingel. Es ist Stefaan, der nicht reinkommt.

»Kann es sein, dass die Tür schon verriegelt ist?«

»Natürlich«, ruft Mieke, wieder in der Rolle der aufmerksamen Hausfrau. »Komm hinten rein!«

Sie geht zurück in die Küche, um den anderen Gesellschaft zu leisten. Aus der Kühlschranktür nimmt Sarah den Karton Magermilch und schenkt sich ein großes Glas ein. Mit dem Rücken zu ihrer Mutter wartet Sarah die sechzig Sekunden der Mikrowelle ab. Mieke wohnt mit zwei Fremden unter einem Dach, von denen sie einen selbst hervorgebracht hat. Zwei Menschen, die nicht davor zurückschrecken, sie mit ihren Geheimnissen zu hintergehen. Sie kann viel ertragen, aber wenn es eines gibt, was sie nicht aushält, dann ist das Betrug. Sie weigert sich, betrogen zu werden. Sie wird kein Blatt vor den Mund nehmen, nicht heute. Mieke stellt ihrer Tochter die Frage, die ihr schon lange auf der Zunge liegt. »Sarah, hast du schon einmal Drogen genommen?«

»Ja, Mama.« Sarahs Wangen glühen rot von der Kälte da draußen. Sie blickt Mieke aus vor Müdigkeit glänzenden Augen an und trinkt einen Schluck Milch. »Ich deale sogar mit Drogen, hatte ich das noch nicht gesagt?«

»Nein«, sagt Mieke langsam. Es dauert den Bruchteil einer Sekunde, dann spielt sie das kleine Schauspiel ihrer Tochter mit. »Aber hast du denn gute Ware?« Mieke hat sich erkundigt. Man kann sich heutzutage als Mutter nicht erlauben, uninformiert zu sein. Sie hat am Donnerstagnachmittag während einer freien Stunde ein Buch zum Thema Betäubungsmittel und bewusstseinserweiternde Drogen gekauft, von Amphetaminen bis Morphium, von Whisky bis Xanax.

»Hast du Lust, mal Hasch zu probieren?«, fragt Sarah.

»Für mich lieber Kokain, wenn es geht, ohne Glassplitter.«

Es entwickelt sich ein idiotisches Gespräch, bei dem Sarah nicht schlecht über die fundierten Drogenkenntnisse ihrer Mutter staunt, nicht bloß darüber, wie man einen Joint rollt, sondern auch über harte Drogen und Drogenarten, von denen sie selbst nur in den Nachrichten gehört hat. Mieke ist beruhigt, dass ihre Tochter noch ein Kind ist, das ein Glas Milch trinkt.

»Papa, Mama ist eine Drogen anbauende Hausfrau«, sagt Sarah, um ihren Vater, der hinter *The Economist* verschwunden ist, in ihr Gespräch mit einzubeziehen.

»Pst, Sarah, das war unser kleines Geheimnis.« Mieke lacht. Sie ist froh über Stefaans Schutzschild aus Papier. Sie hat nicht den Mut, ihn anzusehen.

In all den Jahren hat er ihr nichts erzählt, sie ausgeschlossen, erniedrigt. Aber jetzt hat sie grünes Licht, ohne irgendwelche Skrupel ihren Wünschen nachzugehen.

»Und, Papa, was hast du heute Abend gegessen?«, fragt Mieke Stefaan frotzelnd.

»Ähm, wie bitte?«

»Du hast doch dieses leckere indische Schweinefutter gegessen, auf das du so verrückt bist, oder?«, fragt Mieke. Sarah verschluckt sich fast vor Lachen an ihrem Glas Milch.

»Hey«, fragt Stefaan, der aus allen Wolken fällt, »wovon redet ihr eigentlich? Was ist hier los?« Er steht auf, nimmt sich seinen Schal von der Garderobe und stapft zu seinem Schuppen, der im Dunkeln liegt. Er hat Lunte gerochen. Sobald Sarah oben ist, geht Mieke ebenfalls in den Garten. Sie zieht die Hintertür leise hinter sich zu.

Zusammenhänge in der Natur folgen einer Logik der Transitivität: Ein Tier verschlingt das andere und wird dann selbst von einem anderen zermalmt, das wiederum an einer Wand zerschmettert wird, wobei es einem Raubvogel ins Visier gerät, der sich über die fette Beute freut. Auch Menschen fressen sich gegenseitig mit Haut und Haaren.

Ja, sie ist an seine Sachen gegangen. Dafür gibt es keine Entschuldigung. Sie wird sich auch nicht bei ihrem Mann entschuldigen, im Gegenteil. Sie fürchtet sich vor ihm, aber aufgeben wird sie nicht. Sie wird selbst angreifen, statt sich in die Knie zwingen zu lassen.

Die Tür zu seiner Werkstatt ist einen Spalt breit geöffnet, als erwarte er sie. Als sie den Raum betritt, springt er hinter der Tür hervor, wo er gerade das Scharnier geölt hat. Mieke drückt ihn mit dem Gesicht gegen die Wand. Gewaltsam und ohne Gnade. Er weiß nicht, wie ihm geschieht, sie weiß nicht, was in sie fährt. Sie presst ihn fester gegen die Wand, quetscht seine Gesichtshälfte dagegen. In ihrem sehnigen Körper verbirgt sich die Kraft von fünfzig Pferden. Gerade genug, um damit seinen Körper so fest zu umklammern, dass er weiß, wie sehr er sie braucht.

»Du gehörst mir«, flüstert sie ihm ins Ohr. Sie wiederholt es. »Mir.« Sie fällt über ihn her. Sie schlägt ihm auf den Rücken, auf den Hintern. Ihr Ring prallt an seiner Wirbelsäule ab. Er dreht sich um, sieht sie an. Im vollen Bewusstsein, wie brutal sie zu ihrem Mann ist, macht sie weiter. Er verdient es, denn er hat nicht nur sich, sondern auch sie die ganzen Jahre stiefmütterlich behandelt.

Die Holztür klappert im Wind. Seine Erektion ist kräftig. Sie setzt sich auf seinen Schreibtisch, zieht ihn am Schal zu sich her. Mit den

Augen, die fest auf ihn gerichtet sind, erteilt sie ihm wortlos Befehle. Sie zieht mit einem Ruck am Schal um seinen Hals. Wenn sie will, kann sie ihm die Luft abschneiden, ihn ersticken lassen. Sie zieht fester. So wütend ist sie wegen seiner Stummheit und weil er nicht für sie da war, und wegen allem, was sie für ihn hätte tun können. Sie will ihn lieben, aber er lässt sie nicht. »Schau mich an«, sagt sie, den Schal noch immer im Griff. Er schaut sie aus großen Angstaugen an, während er gerade erstickt. Er steht auf dem schmalen Grat, wo es ab in den Tod gehen kann, ohne Sauerstoff, Ende. »Wir sind deine Familie. Wir.« Er vergräbt sein Gesicht an ihrem Hals, während er sie im Stehen vögelt, aber das, seinen Penis in ihr, spürt sie weniger als den schmerzlichen Abstand zwischen ihnen.

»Ich habe keine Ahnung vom Leben«, schreibt Mieke am anderen Tag mit zittriger Handschrift panisch in ihr Tagebuch. »Ich bin seit Jahren mit einem Mann verheiratet, den ich nicht kenne.«

# 1998

# STEFAAN

Wann erkundigt sich eigentlich mal jemand danach, was mit seinem Finger passiert ist? Stefaan betrachtet seine fehlende Fingerspitze. Er hat sich inzwischen so daran gewöhnt, dass sie ihm kaum noch auffällt. Wenn ein Unwetter aufzieht oder eine gnadenlose Regenfront im Anmarsch ist, spürt er das in seinem Finger. Es ist, als würde ihn die Welt über seinen Finger warnen, als habe er Kontakt zu einer anderen Dimension.

Es ist Nebensaison, und er befindet sich in einem Hotel in einem Vorort von Istanbul. Abgesehen von vereinzelten, von der Sonne ausgeblichenen Kinderautos und Eimerchen im sandigen Garten ist es hier verlassen und leer. Nach seiner Ankunft um acht Uhr morgens ist er sofort auf sein Zimmer gegangen. Er hat die Tür hinter sich geschlossen und sich, so wie er war, aufs Bett plumpsen lassen. Nach dreistündigem Hin- und Herwälzen im grellen Licht, das durch die Gardinen schnitt, hat er es aufgegeben und telefonisch ein Frühstück bestellt. Er lag noch auf dem Bett, als er hörte, wie eine Frau laut ächzend ein »türkisches Frühstück für eine Person« vor der Tür abstellte. Es klopfte. Stefaan sprang auf, öffnete die Tür und schaute in den Gang, sah aber niemanden mehr. Vor seinen Füßen stand ein Tablett mit einem Teekännchen aus falschem Silber und ein Teller mit einfachem Weißbrot, Oliven, schwarz wie Öl, und einem fürstlichen Stück Fetakäse.

Gestern ist er noch in Dubai gewesen, wo er in einer Luxussuite vom Feinsten, so groß wie ein Fußballfeld, übernachtet hat. Trotzdem konnte er nicht schlafen. Stefaan kann überhaupt nicht mehr schlafen. Niemals wird er von seinen brennenden Augen, den Murmeln in seinem Kopf, der kreiselnden Welt unter seinen wackeligen Füßen erlöst. Er hat wirklich alles versucht: Baldriantropfen, Whisky, zwei Stunden Krafttraining, eine Wärmeflasche, Milch vor dem Schlafengehen, ein Brausefußbad mit beruhigender Wirkung. Mieke kommt ständig mit neuen Mitteln oder Tricks daher, aber nichts funktioniert. Was noch am meisten hilft, ist, nicht darüber zu sprechen. Als Mieke ihn am Telefon gefragt hat, wie er in der Nacht geschlafen habe, nickte er nur. »Ich kann dich nicht hören«, sagte sie. »Die Leitung ist wieder gestört. Ich leg jetzt auf.«

Stefaans Rückflug aus Dubai macht in Istanbul einen achtstündigen Zwischenstopp. Statt auf dem Flughafen die Zeit totzuschlagen oder eine sinnlose Stippvisite in die Innenstadt zu machen, hat er das erstbeste Hotel auf dem Weg gesucht. Er muss schlafen, sonst kippt er um. Gestern Mittag stand noch ein Treffen mit einem Regierungsvertreter in Dubai auf dem Programm. Auf den letzten Drücker, fünf Minuten vor seinem Termin, wurde die Sache, in Gestalt einer verschleierten Sekretärin mit feuerrot geschminkten Lippen, abgesagt. Das gleiche Meeting hatte eigentlich schon drei Tage zuvor stattfinden sollen, und wurde dann auf das aktuelle Datum verschoben, auf genau jetzt, zehn Uhr, aber er hielt es keinen Augenblick länger in Dubai aus. Von einem verstimmten Partner der Schwesterfirma in Italien hat er gehört, dass die Araber sich einen Spaß daraus machen, Leute aus dem Westen hinzuhalten.

Das viele grelle Weiß in Dubai, überall wo die Sonne draufknallt, hat ihn irre gemacht. Von seiner vollklimatisierten Suite aus, wo frische Datteln und Ananasscheibchen lagen und schwitzten, war er auf die Terrasse getreten. Die Wüste hatte ihn angeschaut, er hörte die Dschinns gegen den Wind anbrüllen: »Verschwinde.« Stefaan glaubt nicht an Geister, aber er hat sich so mies gefühlt, dass er sich mit einem letzten Rest Energie Hals über Kopf von einem der immer herumstehenden Hoteljungen zum Flughafen kutschieren ließ. Er ist aus dem aufgerissenen Maul der Wüste geflohen, weggelaufen von diesen abartigen, widerlich protzigen Bauwerken, ein weiteres Zeugnis dafür, dass der Mensch alles daransetzt, sich selbst unmöglich zu machen. Mitten in der Wüste werden hier täglich Sträucher und Pflanzen herangekarrt, die über komplizierte Systeme permanent bewässert werden. Auf dem Eröffnungsempfang der Konferenz standen riesige Eisskulpturen, nur um zu demonstrieren, dass der Mensch die Natur bezwingen kann. Stefaan ist kein bisschen beeindruckt.

Er schaut auf die weiße Käseschnitte auf seinem Teller. Trotz der Hitze schmilzt der Feta nicht. Stefaan zieht sein Hemd aus. Schwarze Hose und weißes, ärmelloses Unterhemd, so laufen die Männer hier ja auch herum. Das hat er letzten Monat beobachtet, als er zu Verhandlungen in Istanbul war und unaufgefordert eine Stadtführung bekam.

Ein Schluck Tee, das müsste gehen. Süßer Tee, er ist von klein auf ein Schleckermaul. Er nimmt das Gläschen, schenkt sich ein und bekleckert das Unterhemd. Auf seinem Bauch wächst ein grünbrauner Fleck. Er schaut zu. Er würde ja gern reagieren, aber sein ganzes System ist blockiert. Er diskutiert mit sich, bettelt: Jetzt mach was, fluche, lache, weine. Er hat das letzte Mal an dem Tag gelacht, als ihm der Vorstandsvorsitzende von der drohenden Spaltung berichtete. Er hat innerlich schallend gelacht. Erst haben sie alle fast ihr Leben für die Fusion aufs Spiel gesetzt, und jetzt wird das Ganze wieder auseinanderdividiert. Fast wie eine Familie, die alles daransetzt, ein Kind gut zu versorgen, nur um es achtzehn Jahre später wieder loszulassen. Alles ein Kreislauf, und am Ende wird das abgespaltene Stück dasselbe Muster wiederholen.

Er muss dringend unter Leute, sonst verliert er den Kontakt zur Welt, findet Mieke. Stimmt, kein Mensch ist eine Insel. Auch kein Land, keine Stadt oder ein Fahnenmast. Hör auf, mit dir selbst zu reden, Stefaan. Lies die Hotelbroschüre. Genieß die herrliche Umgebung mit den vielen Besonderheiten und einer kostenlosen Busfahrt in die Innenstadt. Es gibt jede Menge zu erleben für den abenteuerlichen Touristen. Oder willst du lieber einkaufen gehen? Auch dafür ist Istanbul ein wahres Paradies. Hier gibt es für jeden Geschmack etwas.

Stefaan ruft Mieke an. Er erzählt ihr von dem Zwischenstopp in Istanbul.

»Istanbul? Ich dachte, du müsstest bis Freitag in Dubai bleiben.«

»Das Meeting wurde gecancelt. Ich versuche, für morgen einen Flug nach Brüssel zu kriegen. Die Umgebung ist herrlich. Es gibt hier sehr viel zu sehen, und ein Bus fährt einen gratis bis ins historische Zentrum.«

»Wie heißt dein Hotel?«

»Keine Ahnung, aber es ist hier ein richtiges Paradies.«

»Du hörst dich komisch an. Stimmt was nicht?«

»Bin erkältet wegen der Klimaanlage.«

»Gib auf dich acht, ja? Und ruf an, wenn's was Neues gibt.«

Er nickt.

»Du bist kaum zu verstehen«, sagt sie. »Die Leitung ist schon wieder gestört, ich lege jetzt auf. Wir sehen uns morgen. Und sag mir Bescheid, wann das Flugzeug landet.«

Wegen Mieke reist er von einer Hälfte der Weltkugel zur anderen, um ihr Raum zum Atmen zu geben, obwohl er selbst schon lange keine Luft mehr bekommt. Als verstopfte ein Korken seine Atemwege.

Deine Familie ist alles, was du hast, begreift er, aber du kennst sie nicht wirklich. Du bist ein Zuschauer in der vordersten Reihe. Du hältst es nicht mehr aus in diesem braven Bürgerleben, in dem nichts passiert, aber fliehen kannst du auch nicht mehr. Du bist zu nichts zu gebrauchen. Das ist deine eigene Schuld. Das geht schon seit Jahren so, aber du hast nichts dagegen unternommen. Im Gegensatz zu Mieke, die mit ihrem unermüdlichen Optimismus bei Tisch tröstend sagt: »Wir sind so gutmütig, aber wir müssen lernen, Nein zu sagen. Wirklich, Stefaan.«

Nein sagen, das kann er. Das hat er schon oft getan. Wie damals, als er heimkam und Sarah sich mit Emily zwischen die Sträucher am Rand des Gartens geduckt hatte, neben eine schlammige Pfütze, obwohl der Garten doch ein so großes Spielparadies war. Wie seine Mutter war auch er im Allgemeinen sehr schweigsam, wenn er zu Hause war. Nur selten öffnete er einen Spalt breit die Tür zu seinem Innersten. Er brüllte selten, aber wenn, ging es wie von selbst. Entdeckte er einen Laboranten, der mit einem Becher Kaffee in der Hand über einem Präparat stand, kam sein Gebrüll so unerwartet wie eine Lawine in den Bergen.

Als er sah, wie die Silbergabeln in einer Schlammpfütze ertranken und seine Tochter und das Nachbarmädchen wie riesenhafte Bademeisterinnen über dem Schwimmbad, das die Pfütze war, gebeugt saßen, hatte er die allergrößte Mühe, nicht vor Empörung loszutoben. Das teure Silberbesteck, das er bezahlt hatte, wofür er jeden Morgen zum Jingle von Radio Eins ekelhafte ungesalzene Butterbrote mit Leberwurst herunterwürgte und heißen Kaffee schlürfte, um sich in Schwung zu bringen, damit er einen ganzen Tag sein Bestes geben konnte, diese Gabeln gehörten einfach nicht in eine Pfütze.

»Was treibt ihr da?« Es klang furchtbar laut, er erschrak selbst darüber, wie viel Dezibel er produzieren konnte.

»Rückenkraulen«, sagte Sarah, ohne aufzuschauen.

»Schluss damit! Die Gabeln sind zum Essen da«, brüllte er seine Tochter an, »und nicht zum Rückenkraulen spielen!«

Die kleine Emily sagte unverfroren: »Hallo Stefaan, wir machen einen Wettkampf.«

»Nein.« Er hob seinen Fuß und trat wie ein Elefant mitten in die Pfütze hinein. Der Schlamm spritzte an seinem Hosenbein hoch. Das dreckige Wasser tropfte daran herunter, sein Fuß war nass.

»Mama hat es erlaubt«, sagte Sarah hastig.

Da stand er nun, mit einem Bein im Schlamm.

»Das sind alte Gabeln, Papa«, sagte Sarah. Seine Zunge fühlte sich an wie ein Lappen. Die Mädchen blieben hocken und spielten kichernd weiter.

Er weiß, er hätte nicht die Kontrolle verlieren dürfen, das war ein Zeichen von Schwäche. Die Autorität seiner Frau an der Heimatfront überstieg seine bei Weitem. Das hatten sie stillschweigend so ausgemacht. Er hatte seine Arbeit als Direktor, in die er alle Energie stecken konnte, Miekes Arbeitsbereich war zu Hause. Dort hatte sie die Zügel in der Hand. Eigentlich ist sie es, die rund um die Uhr arbeitet.

Er weiß nicht wie, aber er bringt die Zeit herum. Lustlos lehnt er sich dagegen und schiebt sie langsam vor sich her. Er hängt rum, liegt, schaut aus dem Fenster, wo Staub wie Schnee in einem harschen Winter hochwirbelt. Zum Glück kann er den Gegenständen die Schuld für seine Schlaflosigkeit geben: eine dünne Matratze, ein lauter Reisewecker, ein komisches Surren, das aus der veralteten Klimaanlage kommt, ein Vibrieren in den Hotelmauern.

Am nächsten Tag ruft er Mieke an, um ihr mitzuteilen, dass etwas bei der Buchung seines Fluges schiefgegangen sei. »Was sagst du?«, fragt er Mieke. Ja, er wird es heute noch einmal probieren, damit er morgen zu Hause ist. »Wie bitte?« Ja, mit seiner Erkältung ist es besser. »Jetzt kann ich dich wirklich nicht mehr verstehen, Mieke. Sag das bitte noch mal.« Sie ruft in den Hörer, wieso er sich nie erkundige, wie es ihr geht.

Wenn er heimkommt, wird er seine Frau bei der Hand nehmen und sagen: »Wir müssen uns neu kennenlernen.« Er hört sie schon antworten: »Was sagst du da?«

Niemand kann etwas dafür, aber seine Kräfte nehmen ab. Früher, nach dem Tod seines Vaters, hat er einen Zaubertrank getrunken, der ihn ein paar Jahre aufputschte und stark machte. Langsam wirkt er nicht mehr, und das Rezept ist verschollen. Seine Hose scheuert am Kunstledersofa. Er steht auf, zieht die Hose aus und faltet sie zusammen. Es ist wichtig, dass du etwas isst. Egal, welche Krankheit du hast, Essen hilft immer. *Gut essen – gut schlafen.* Vor der Tür steht sein Frühstücksteller. Vielleicht steht er schon seit Stunden da. Stefaan setzt sich, nimmt den Teller auf den Schoß. Jetzt sind seine Beine zwischen dem klebrigen Kunstleder und dem Holzteller gefangen.

Der ganze Kummer, der in den vielen Jahrhunderten aufgebaut wurde, hat sich in dir angelagert, und du hast es geschehen lassen. Schlimmer noch, du hast dem noch eins draufgesetzt. Wie einfach wäre es, jetzt die Augen zu schließen und ein Jahrhundert später aufzuwachen? Früher hat er Sarah die Kurzgeschichte von Rip Van Winkle vorgelesen. Rip legte sich schlafen und wachte zwanzig Jahre später, in einer komplett veränderten Welt, wieder auf. Er erkannte nichts mehr. Was wäre das für eine Erleichterung, wenn er die Zeit ein paar Jahrzehnte weiterdrehen könnte.

In irgendeinem Zimmer des Hotels klingelt ein Telefon. Irgendjemand wird gesucht. Ihn kann hier niemand anrufen, niemand weiß, dass er in diesem Hotel ist. Wenn jetzt hier ein Mord begangen würde, könnte Stefaan einfach weglaufen, ein Türke unter Türken, in seinen Klamotten, und niemand würde auf ihn zeigen. Lautlos würde er ins Flugzeug steigen und nach Hause fliegen.

Das Telefon klingelt nicht mehr. Er hört eine Frauenstimme auf dem Gang. Wahrscheinlich die Putzfrau, die jemandem behilflich ist. Sie muss noch viele Zimmer reinigen, unendlich viele Zimmer. Obwohl es um diese Jahreszeit kaum Gäste gibt, hat sie genug Arbeit. Zimmer müssen ja permanent instand gehalten werden. Auf dem Boden seines Badezimmers liegt Linoleum, dünn, wegen der jahrelangen Abnutzung. Die Dusche riecht nach gechlortem Wasser und die Fugen zwischen den Kacheln strotzen vor Dreck. Die Frau hat noch Jahre zu tun.

Stefaan steht auf. Den Frühstücksteller lässt er auf der Fensterbank, weil er keine Idee hat, wohin er ihn sonst stellen soll. Er kann ihn ja nicht auf Atatürks schnurrbärtiges Angesicht legen, das ihn vom Deckel eines Gebetsbuchs auf dem Nachtschränkchen anstarrt. Die Putzfrau wird den Teller schon sehen, oder? Er hat nur einen Bissen Brot gegessen. Ob sie das kränken wird? Er steckt das Messer in die Käsescheibe und ruckelt darin herum. Jetzt ist der Käse kaputt. Sie wird es sehen: Der Käse wurde zerstückelt, aber nichts davon gegessen. Das ist respektlos. Er muss den Käse verstecken. Im Fliegenfenster, das ihn von der Außenluft trennt, sind ein paar Risse. Er spießt ein Stückchen Käse auf das Messer und drückt es durch einen größeren Spalt nach draußen. Es fällt herunter, plumpst in die dürren Sträucher. Ein Rest ist im Gitter hängen geblieben. Es könnte genauso gut eine Fluse sein.

Hinter ihm – schwer zu sagen, wo genau, weil ihm vor Schlafmangel schwindelig ist – unterhält sich die Putzfrau weiter. Er geht langsam in die Richtung, aus der das Geräusch kommt. Seine Beine sind bleich, stellt er fest, als er in einer Endlosbewegung seinen linken vor seinen rechten Fuß setzt, und immer so weiter. Die Frauenstimme kommt aus dem Flur, eine Etage tiefer. Er geht nach unten, die Treppe windet sich abwärts. Hier kommen keine zwei Gäste aneinander vorbei. Einer muss warten, bis der andere durch ist. Am Treppenabsatz hört er sie deutlicher. Sie telefoniert mit dem Manager oder mit ihrem Mann. Beim dritten Zimmer von links steht die Tür offen. Er stellt sich in den Türspalt. Sie macht ein paar Geräusche, vermutlich lauscht sie irgendwelchen Anweisungen: Staubsauger nur auf halbe Kraft einstellen, Schwimmbad auf Kadaver kontrollieren, nach zehn Uhr keinem mehr Unterkunft gewähren. Gut, dass der Mann am anderen Ende der Leitung besorgt ist, denkt Stefaan. Es könnte ja sein, dass er ein Mann mit bösen Absichten ist. Davon gibt es jede Menge. Eine Frau kommt da nicht gegen an.

Er ist so klug, auf der Schwelle zu warten. Er ist kein Eindringling. Er hebt seine Hand hoch, als wolle er der Putzfrau eine Frage stellen. Sie hat ihn schon bemerkt, ignoriert ihn aber. Er hat Mitleid mit ihr, die viele Arbeit, die noch auf sie wartet. Die Frau verabschiedet sich, legt endlich auf.

Beschwörend hält er seinen Finger vor ihr Gesicht, wie ein Wahrsager, der die Sphären prüft, auf der Suche nach der richtigen Antwort. Die Frau stößt einen Schrei aus.

Ja, da fehlt ein Stück, ein kleines Stückchen, eine Kuppe. Aber hat eine Fingerspitze eigentlich eine Funktion? Die Frau mustert den ausgewachsenen E.T.

»Can I help you?« Das Sätzchen, mit dem sie ihn bei seiner Ankunft auch begrüßt hat, ein englischer Secondhandsatz, dessen Bedeutung sie vielleicht nicht einmal kennt.

Ihm ist schwindelig, als ob er von der tausendsten Etage auf eine Wendeltreppe herunterschaut, genau in den Strudel hinein. Du musst mir in die Augen sehen, will er sagen, da ist der Eingang.

Die Frau hat etwas ekelhaft Leidendes an sich. Sie rackert sich ab. Ihr Mann Hamid tut den ganzen Tag keinen Schlag. Wenn sie von einem langen harten Arbeitstag im Hotel nach Hause kommt, fordert er sein Abendessen, oder er will erst seinen Samen verspritzen. Stefaan schaudert es bei der Vorstellung, als Mann schämt er sich dafür. Männer können sich abgrundtief für das Verhalten ihrer Geschlechtsgenossen schämen. Er muss sich entschuldigen. Deutlich machen, dass nicht alle Männer so sind.

Er nimmt die Frau bei der Hand und führt sie zum Sofa. Dort kann sie sich kurz ausruhen. Stefaan nimmt auf dem Bett Platz, auf dem nur eine Matratze mit einem Spannüberzug liegt. Die Frau wirkt erstaunt.

»Schau, mein Finger.« Er hält ihr noch einmal seinen Finger hin.

Die Frau richtet ihren dunklen Blick auf seine Fingerspitze.

»Au«, sagt die Frau. Sie beißt sich auf die Lippe und verschluckt ihre Worte. Traut sie sich nicht, etwas zu fragen?

»Du darfst mich alles fragen, was du möchtest«, sagt er, um sie zu beruhigen.

Sie zuckt mit den Achseln, zeigt auf das Wägelchen mit den Putzprodukten. Das hätte er jetzt nicht sagen sollen. Es ist seine Aufgabe, die Frau zu unterhalten.

Fang beim Anfang an. Gib ihr was zu trinken.

»Möchtest du was trinken?«, fragt er. Aus der Minibar nimmt er eine Flasche. »Cola?«

Die Frau nickt matt. Er macht die Flasche auf und gibt sie ihr. Er wird mit ihr reden. Reden, weil Plaudern nett ist, reden gegen den Schlaf, aber nicht mit uns. Schluss mit dem Quatsch. Erst, wenn das ganze Übel, dieser Angriff auf uns, ausformuliert und aus deinem System ist, kannst du vorwärts. Los, Stefaan, mach den Mund auf, wir wollen, dass du ihr erzählst, was wirklich mit deinem Bruder Alain passiert ist, der sich nie eines Übels oder einer Gefahr bewusst war. Es hatte geschneit und Stefaan und sein Brüderchen wollten im Schnee spielen. Das durften sie unter der Bedingung, dass er gut auf

Alain aufpasste, der Junge war nämlich ein Wildfang. Sie durften auf dem Feld spielen, so viel sie wollten, mussten sich aber vom Fluss fernhalten. Das versprach er seiner Mutter. Nach ungefähr einer Stunde fingen sie an, sich auf dem Feld zu langweilen, und zogen doch zum Fluss. Da gab es mehr Abhänge, der Schnee lag dort höher. Es war der allerbeste Platz zum Schlittenfahren. Immer wieder kletterten sie auf die Hügel und sausten in rasendem Tempo herunter. Irgendwann rutschte ihnen der Schlitten bis auf den zugefrorenen Fluss. Eben hat er das Gefühl, als erzähle er ein Märchen. *Tausendundeine Nacht.* Tausendundeine Nacht wach. Sein kleiner Bruder wollte den Schlitten holen. »Okay, mach mal«, sagte er. »Geh du mal, du bist leichter.« Die aufgeplusterten Enten konnten problemlos darauf laufen, Stefaan dachte also, vermutete, wusste es nicht mit Sicherheit, dass das Eis Alains Gewicht schon tragen konnte. Es war ein Risiko, das eine prickelnde, schwebende Spannung in sich trug. Als Alain nah beim Schlitten stand, glitt er plötzlich in die Tiefe, als schösse ein Seil aus dem Erdmittelpunkt und zöge fest an ihm wie an einer Marionette. Er brach durchs Eis. Da klaffte ein schwarzes Loch. Stefaan wollte seinen Bruder aus dem Wasser ziehen, aber sobald er einen Fuß auf das Eis setzte, hörte er es krachen. In blinder Panik rannte er heim. Man hat Alain nie gefunden. Er hat sich nie getraut, seinen Eltern zu erzählen, dass er seinem Bruder erlaubt hatte, aufs Eis zu gehen, obwohl er genau wusste, dass das Eis brechen konnte. So ist er.

»So bin ich«, sagt er, dann schweigt er. Die Frau drückt sich in dieser kurzen Pause vom Sofa und nickt. Sie will weggehen. Er stellt sich ihr in den Weg und sagt: »Begreifst du eigentlich, was ich sage? Ist dir klar, dass es an mir lag, dass mein kleiner Bruder gestorben ist? Es ist meine Schuld. Und du tust, als sei nichts. Unglaublich!«

»Thank you.« Sie stellt die leere Flasche auf den Kühlschrank, gibt dem Putzwagen einen Stoß und verschwindet außer Sichtweite.

Er schaut auf seinen Finger. Wenn er, wie ein Mafioso, für jeden Toten, Verwundeten oder Verletzen eine Fingerkuppe abschneiden wollte, würden seine Finger und Zehen gar nicht reichen. Er zwickt mit seiner Nagelzange in die ramponierte Fingerspitze. Der schneidende Schmerz tut gut, er wirft ein Licht auf sein Leben.

Hand aufs Herz, Stefaan. Du machst das mit Absicht. Es nimmt kein Ende mit den Unfällen und blöden Missgeschicken. Sie widerfahren dir nicht nur, du denkst sie dir aus und setzt sie selbst in Gang. Du tust, als würdest du anderen helfen, aber eigentlich machst du sie fertig. Die chinesischen Arbeiter, Berkvens, Alain, deine Frau, dein Kind, die Kinder, die du nicht gezeugt hast. Du bist dir selbst im Weg.

»Mieke«, sagt er am Telefon, »ich nehme später das Flugzeug nach Brüssel.«

»Was sagst du?«

»Dass ich gleich … es ist sehr schön hier.«

»Ach so, komm bitte bald heim. Sarah fragt sich schon, wie oft man eigentlich tagen kann.«

»Ich mich auch«, sagt er, »ich mich auch.«

Er schaut auf seinen ausgehöhlten Bauch unter dem weißen Unterhemd. Er kann sich nicht vorstellen, dass es noch andere Kleidungsstücke gibt. In der Theorie weiß er, dass die Basare, Supermärkte und Boutiquen vor Kleidern überquellen, dass in diesem Augenblick Kleider in Nähwerkstätten entstehen, dass irgendwo Haute Couture auf dem Laufsteg präsentiert wird, genau wie er weiß, dass irgendwo Menschen sind, aber nicht hier.

Die Frau braucht Trost. Sie arbeitet hier einsam in diesem verlassenen Hotel. Manche Leute haben Probleme mit der Einsamkeit, vor allem Frauen mit Kindern. Ob sie Kinder hat? Er wird noch mal mit ihr sprechen, auch wenn sie ihm mit ihren Zigeuneraugen und ihrem mürrischen Mund ein bisschen Angst macht. Aber sie ist ein Mensch, also kann sie reden. Stefaan greift zum Hörer und bestellt ein Frühstück. Er postiert sich hinter der Tür, bis er ihre Schritte hört, knackende Gelenke, einen Teller, der gegen eine Schale klirrt. Noch bevor sie an die Tür trommeln kann, öffnet er. Das ist dein Moment, Stefaan. Du weißt es selbst noch nicht, aber wir wissen es. Diese Chance darfst du nicht ungenutzt lassen. Es gibt hier nur zwei Körper. Die Frau, die in ihrer Arbeit ertrinkt, und du.

»Wait!« Er hält seine Hand wie ein Polizist in die Luft. Sie kann ruhig mal Pause machen. Er ist der einzige Gast im Hotel. Er schiebt die Frühstücksplatte zur Seite, geht zu dem Wägelchen und rollt es über den welligen Teppichboden ins Zimmer. Eine Staubfluse schwebt vorbei. Er führt die Frau nach drinnen und schließt die Tür ab. Sie schaut ihn aus weit aufgerissenen Augen an. Große, braune Augen in einem runden, braunen Gesicht. Er wartet auf eine Antwort, Ja oder Nein. Er will, dass sie etwas widerlegt oder bestätigt.

»Ja?«

Sie schaut ihn entgeistert an. Tut so, als verstehe sie ihn nicht. Ein kleines Wort, oder ist das zu viel verlangt? Will sie seine Gesellschaft oder nicht? Sie senkt den Blick, dabei tut er doch sein Bestes. Gibt ihr Cola, gibt ihr eine Entschuldigung, kurz das Putzen sein zu lassen, sie darf sich auf dem Sofa ausruhen, für das er bezahlt hat.

»Was hast du?«, flüstert er. Er ist doch nett zu ihr. Die Frau schlägt die Hände vors Gesicht. Ist er vielleicht ein Ungeheuer? Ist er so schlimm anzusehen? Ist es das? Er greift sie bei den Schultern, zieht sie hoch und schüttelt sie wie ein überdimensionales Kissen durch. Wahrscheinlich stimmt mit *ihr* etwas nicht. So reagiert doch kein normaler Mensch. Lass dir das nicht gefallen, Stefaan, diese Frau nutzt deine Gutmütigkeit aus.

Er zerreißt den dünnen, billigen Stoff ihres Kleids und zieht es von ihrem Körper. Endlich ruft sie etwas. Ihren Mann oder ihren Gott, aber die sind gerade nicht da. Sondern nur sie beide. Er hält ihre Handgelenke fest umklammert. Sie hat mindestens ein Kind zur Welt gebracht, sieht er. Ihr Körper ist wie Kautschuk, hellbraun und schlaff um die Hüften. Er beißt in ihre Gummibrüste.

»Kinder?«, fragt er den zuckenden Körper. Jetzt, als die Frau nackt vor ihm steht, fällt ihm ein, dass er dringend in der Firma anrufen muss. Sie brauchen ihn. Möglicherweise schafft er es nicht rechtzeitig nach London.

Er begehrt sie nicht, ganz und gar nicht. Er möchte sie nur zum Reden kriegen. Er drückt ihre Handgelenke zusammen, hält sie mit einer Hand gut fest, mit der anderen bewegt er ihren Mund. »Schau, das hier sind deine Lippen. Wenn du sie bewegst, kannst du reden.« Er gibt nicht auf, obwohl sie sich widersetzt. Er wirft sie aufs Bett und lässt sich auf sie fallen. Er öffnet die Hose und stößt seinen Penis in sie. Ein Fortsatz, ein Ast, der im Boden verschwindet. Die Frau gibt denselben Aufschrei von sich wie am Telefon.

Mit geschlossenen Augen, während er sich an dem starren Körper festklammert und immer tiefer in ihn einzudringen versucht, denkt er an einen blauen Volkswagen. Das Auto stand schon seit Wochen mit zersplitterter Windschutzscheibe auf dem Parkplatz beim Wald, nicht weit vom Schloss. Ein paar Jugendliche hatten ihn für eine Spritztour geklaut und hinterher dort stehen lassen wie ein Fluchtfahrzeug. Alle Spuren waren verwischt. Sarah und er kamen zufällig mit dem Rad dort vorbei. Sie hielten bei dem Auto an, bemerkten den Stern auf der Frontscheibe und spürten dasselbe. Zerstörung schreit nach mehr Zerstörung. Sarah bückte sich, nahm eine Handvoll Kieselsteine und ließ sie auf die Karosserie prasseln. Die schmutzigen blauen Flanken bekamen Kratzer. Zusammen hoben sie einen großen Pflasterstein hoch und warfen ihn durch die Heckscheibe. Als in der Ferne ein Auto näher kam, sind sie auf ihre Räder gesprungen und davongerast, das Adrenalin pulsierte durch ihre Adern.

Er kommt. Es tut weh. Er gleitet aus der Frau, steht auf und legt ein Laken über sie. Der Schmerz macht ihn wach, tut ihm gut. Er holt seine Brieftasche aus der Hose, nimmt zwei Hundert-Dollar-Scheine heraus, schmeißt sie auf die schluchzende Frau. Er ist ein Klischee auf zwei Beinen: der Businessmann, der auf Geschäftsreise geht, um sich ausleben zu können. Er zieht seine Hose hoch, stopft alle Sachen in seinen Koffer und verlässt, ohne sich umzudrehen, das Zimmer. Das ist unser kleines Geheimnis, Stefaan, sagen wir, während wir zusammen mit ihm die Treppe heruntereilen.

Auf dem Rezeptionstresen steht eine Glaskugel voll schmuddeligem Potpourri. Das Ding soll wohl den Laden verschönern und einen angenehmen Duft verbreiten, dabei ist es das genaue Gegenteil: ein Sammelplatz für den geballten Dreck, der in der Luft liegt.

# 1998

# SARAH

Der Junge springt über die niedrige Mauer am Deich und verschwindet zwischen den kleinen Strandhäusern und den vielen Sonnenanbetern am Strand. Er rennt mit ganzer Kraft. Sarah folgt ihm mit den Augen. Je weiter er sich entfernt, umso kleiner wird er. Jetzt ist er nur noch so groß wie ein Streichholz.

Heute Morgen, als ihre Mutter Besorgungen machte, hat Sarah die Gelegenheit genutzt, einfach so und ohne die Alarmanlage scharf zu schalten, wegzugehen. Sie hat allerdings einen Zettel auf dem Tisch liegen lassen. »Ich bin jetzt schon zum Schloss und übernachte dort, wie abgesprochen, S.«

MH hatte Sarah zu Hause angerufen. Gestern hatte Jules per Kurier die Schlüssel zu Gregorys Ferienhaus bekommen, ihrem Schweizer Bekannten, Céline Dions Produzent. MH tat, als müsse sie kotzen, als sie den Namen der Sängerin aussprach, aber Jules und sie waren augenblicklich zur Villa am Meer aufgebrochen, zusammen mit Barend. Xavier war daheim geblieben, weil er noch krank war. Die Köchin hatte versprochen, auf ihn aufzupassen, aber wenn es ihm heute besser ging, konnten Sarah und Suri ihn mitnehmen.

Sarah hatte inzwischen mitbekommen, dass Jules keine Person war, die es lang ohne Leute aushielt. Die Königin umringte sich gern mit einem ganzen Schwarm flatternder Gefährten.

Weil Sarah schon zwei Fahrstunden genommen hatte, konnten sie MH zufolge ja mit dem gelben Bentley dorthin fahren. Aber vorsichtig, der Wagen war nicht versichert. Sarah zog den langen Ledermantel an, den Suri in Brüssel billig erstanden hatte und aus dem sie eigenhändig Fetzen herausgebrannt hatte. Ihren diffusen, halb kommunistischen, halb sektiererischen Vorschriften entsprechend, trug zuerst Sarah den Mantel, nächsten Monat würde sie ihn an Emily weitergeben.

Sobald sie den Schlüssel im Zündschloss umgedreht hatte, jaulte der Motor wie ein gequältes Tier auf. Sie tat etwas Verbotenes, und es gefiel ihr. Wenn man jung und eine Lady war, wollte man Fehler machen. Zum Beispiel festgenommen zu werden, weil man ohne Führerschein und ohne Versicherung in einem gelben Bentley fuhr, machten sich ausgezeichnet im Lebenslauf. Ein großartiges Gefühl, zu wissen, dass man gerade das Gesetz übertrat.

Xavier, vom heulenden Motor alarmiert, stürmte nach draußen und riss die Beifahrertür auf. Er sprang mit seinem vollen Gewicht auf Suris Schoß, die aufschrie. Er war wie Emilys alter Golden Retriever, der dachte auch, er sei ein Schoßhündchen. Sarah bog sich vor Lachen.

Mit dem Radio auf vollster Lautstärke, die ganze Zeit eine Zigarette im Mund und heruntergelassenen Fenstern fuhren sie über Nebenwege. Es klappte einigermaßen, sofern es eben möglich ist für jemanden, der gerade mal gelernt hat, ein Auto anzulassen und in den ersten und zweiten Gang zu schalten.

Durch Zufall entdeckten sie einen Wegweiser in Richtung Oostende. Von dort würden sie schon bis Knokke gelangen. Aus dem Handschuhfach kam das Klingeln von Jules' Ziegelstein von einem

Mobiltelefon. Suri klemmte sich die Antenne zwischen die Zähne und zog am Gerät, damit sie eine relativ gute Verbindung bekam.

»Mein Gott! Seid ihr jetzt erst losgefahren? Bringt uns ein paar Eier mit …« Es folgte noch eine ganze Reihe unverständlicher Anweisungen. Als sie von der Fahrbahn herunterzuckelten und unter die Überdachung einer Tankstelle rollten, bemerkte Sarah den blonden Gott. »Und vergesst Xavier nicht!«

An der Zapfsäule steuerte der hübsche, etwa zwanzigjährige Typ geradewegs auf sie zu. Er suchte eine Mitfahrgelegenheit, egal wohin, und kroch, ohne eine Antwort abzuwarten, auf die Rückbank. Aus seinem Rucksack holte er ein Sixpack und verteilte die Dosen.

»Euer Bruder will bestimmt keins, oder?«

»Nein, lass mal lieber.«

Suri beeilte sich beim Tanken und rutschte schnell zurück auf den Beifahrersitz, um sich ungeniert und alle coole Teilnahmslosigkeit einer Lady vergessend, mächtig ins Zeug zu legen. Sie drehte sich zur Rückbank um und verschlang den Jungen geradezu mit den Augen, obwohl nur ein Blinder nicht merken konnte, dass der Tramper die ganze Zeit über den Rückspiegel mit Sarah flirtete.

Langsam stotterte der Bentley durch den Stau Richtung Küste. Sarah bekam ein Augenzwinkern von dem Jungen, das reichte ihr. Soll Suri ruhig Blut und Wasser schwitzen, um ein stockendes Gespräch in Gang zu bringen, dachte sie, von mir aus, schwing nur deine Haare und lach übertrieben … Der Junge hatte sich zwischen die beiden Vordersitze gebeugt. Xavier begann zu jammern, weil er aufs Klo musste, was bei ihm etwas dauern konnte. Also hielten sie bei der nächsten Tankstelle gleich noch mal.

»Bringst du noch Bier mit?«, fragte der Junge, aber Suri wollte nicht recht.

»Wir haben doch noch.«

»Und Chips.«

Nörgelnd ging Suri zum Tankshop, Xavier vorneweg.

Der Fahrgast quetschte sich vor auf den Beifahrersitz und erzählte von seinen Trips durchs Land, während er lässig ihren Arm streichelte. Sarah hielt den Atem an. Sobald Suri und Xavier wieder auftauchten, zog sie ihren Arm weg. Suri hatte neben der Beifahrertür Stellung bezogen. Ihre Augen blitzten.

Der Junge sprang rasch aus dem Auto und kroch wieder auf die Rückbank. Auf der restlichen Fahrt dachte Suri gar nicht daran, etwas zu sagen. Genervt zupfte sie an der Lasche ihrer Bierdose und zündete mit dem Stummel der vorigen die nächste Zigarette an. Sarah konnte nur breit lächeln, es kribbelte bis in ihre Zehenspitzen. Am Meer parkte sie das Auto mit Ach und Krach auf zwei Plätzen am Deich. Obwohl es noch früh im Jahr war, war es ein herrlich warmer Tag.

Ziemlich abrupt nahm der Junge Abschied. Er sprang über das Mäuerchen am Deich und verschwand zwischen den Strandhäuschen und den vielen Sonnenanbetern am Strand. Er rannte mit ganzer Kraft. Sarah folgt ihm mit den Augen.

Warm vom Alkohol, über alle Zeit der Welt verfügend, spult Sarah noch einmal bis zum Abschied des hübschen Jungen zurück, während sie auf einem Strandstuhl Musik auf MHs Discman hört. Es ist drei Uhr nachmittags. Sie haben es nicht eilig, zu MH in die Villa zu fahren. Serge Gainsbourg stöhnt Sarah ins Ohr. Als könnte er jeden Augenblick neben ihnen in den Sand plumpsen, funkelnde Fliegersonnenbrille, Zigarette im Mund, verschlissene Jeanshose, offenes Jeanshemd.

Die Frage ist, wie sie ihr Glück mit beiden Händen festhalten kann. Das hier ist das Leben, das zu ihr passt, nicht die Aneinanderreihung trostloser Tage und Abende, von denen sie schon zu viele hatte, ein ewiges Hin und Her zwischen dem Haus auf dem Berg und der Schule. Das hält ja kein Mensch durch. Sogar ihre Mutter stapelt seit

Neuestem die Zeitschriften auf dem Wohnzimmertisch, statt sie in Fächerform zur Schau zu stellen. Und wenn sich der Frauenclub nachmittags trifft, kann es passieren, dass ihre Mutter zum Abendessen Lasagne vom Lieferservice des Supermarkts serviert. »Als ob dem Koch das Salzfass ausgerutscht ist«, seufzt Mieke dann jedes Mal, weil sie eine fanatische Verfechterin der salzlosen Diät ist.

Zwischen ihren zusammengekniffen Lidern erkennt Sarah ihren Vater, der in einem Liegestuhl an einem Eis leckt. Ein Schock. Dass er ein Eis isst, kann ja sein, er liebt Süßes, aber dass er am Strand liegt, ist so gut wie ausgeschlossen. Er würde das gar nicht schaffen, längere Zeit geduldig in so einem Stuhl zu liegen, ohne eine andere Beschäftigung als die, an einem Eis zu lecken, und bei einer Aussicht, die ihn dazu zwingt, die Augen zu schließen: Hunderte halbnackter Körper auf einem langen Sandstreifen. Trotzdem erkennt sie die hölzerne Art wieder, wie der Mann im Liegestuhl liegt, sich unbehaglich fühlt. Das kreidebleiche Gesicht, das sich von der Sonne trösten lässt, und die Hand, die kurz in die Höhe schießt, um die Sonnenbrille wieder auf seine spitze Hakennase zu schieben, sind untrügliche Eigenarten ihres Vaters.

Xavier kommt aus dem kalten Meer angestürmt, ein Gewirr aus Algen hinter sich herziehend. Mit einer wilden Bewegung wirft er die nassen Strähnen über Sarah und Suri, drischt auf ihre Liegestühle ein und kippt sie um. Die Sache könnte lustig sein, wenn Xavier nicht so stark wäre. Er hat Suris BH zerrissen, einen Strandstuhl quasi zerschmettert und zieht Sarah am Arm, um sie zum Spielen aufzufordern. Sie erschrickt über den plötzlichen Körperkontakt. Seit dem einen Schälchen Choco Pops mit Magermilch hat sie nichts mehr gegessen, nur Kaffee und Bier getrunken und eine halbe Schachtel Zigaretten geraucht. In ihrem Kopf dreht sich alles. Sie klammert sich an Xavier fest, lehnt sich mit vollem Gewicht auf den massigen Körper. Sein warmer Atem bläst mit der Kraft eines Föhns gegen ihre

Wange. Wie bei einer Madame Bovary, die ihre soundso vielte Ohnmacht bekommt, knicken ihre Beine weg. Für einen Moment wird die Sonne ausgeknipst, die Birne ausgetauscht, und dann scheint sie wieder mit ganzer Kraft am Himmel. Als Sarah zu ihrem Vater gehen will, sieht sie den leeren Strandstuhl. Zum Glück ist sie nicht auf den Mann zugegangen, er kann unmöglich ihr Vater gewesen sein.

Ein Mann mit schwarzglänzenden Schuhen in den Händen, Socken im Knäuel, geht über den Sand auf sie zu und meldet, das Taxi sei da. Er komme sie abholen.

Er fährt sie zu der geräumigen Villa, die gerade mal siebenhundert Meter entfernt ist und zwischen den Dünen auf einem seltenen Streifen unberührter Natur an der ansonsten potthässlichen belgischen Küste liegt. Die totale Sinnlosigkeit dieser siebenhundert Meter im Taxi ist das Schönste, was Sarah sich vorstellen kann. Wenn sie später im Geld schwimmt, nicht nur vom Erbe ihrer Eltern, sondern vor allem in dem Geld, das sie sich mit Musik verdient hat, wird sie sich mit Vergnügen jeden Tag etwas Neues einfallen lassen, wie sie es möglichst sinnlos ausgeben kann.

An einem reich gedeckten Küchentisch sitzt Barend und kritzelt irgendwelche Bilderrätsel aufs Papier, während ein englischer Junge, der sich als Mike vorstellt, am Herd steht. Er rührt in einem Topf mit langsam schmelzender Butter, mit der er einen Spacecake backen will.

»Hast du an die Eier gedacht?«, fragt Barend. Klar, sie haben zwölf Eier dabei.

Es gibt viele Themen, über die The Lady Dies im Studio endlos reden können: David Bowie, ihr Demo, Haschbutter, die Mode von Stilus in Brüssel, die Frage, ob sie Maltesers oder m&ms im Backstagebereich wollen, wenn sie auf Tournee gehen. Aber sobald Jungs dabei sind, verstummen ihre Gespräche schneller, ändern sich plötzlich die Meinungen, und der durchschnittliche IQ der Ladys sinkt um die Hälfte. Sie benehmen sich auf einmal wie Kleinkinder, die von nichts eine Ahnung haben. Sarah wird richtig übel davon. Sie nimmt ihr Notizbuch und geht an die frische Luft.

Der Abend pustet mit seinem überraschend warmen Frühlingsatem zwischen den Villen hindurch. Die Jahreszeiten sind aus dem Gleichgewicht. Suri behauptet, sie spüren, dass das Jahr 2000 vor der Tür steht. Sarahs Vater wird sich freuen zu hören, dass eine kleine Minderheit seine Warnung in Bezug auf die große Krise nicht völlig in den Wind schlägt. Vor sich hin summend malt Suri mit roter Farbe japanische Zeichen und ein blutendes »2000« auf ein großes Betttuch, das als Hintergrund für ihre Auftritte dienen soll. Sie steckt in einer Phase, in der sie Miró scheiße und abgedroschen findet, trotzdem aber auffallend viele Elemente aus seinem Werk in ihren verarbeitet.

Suri und Sarah sind das perfekte Tandem. Mit ihr könnte sie zusammenleben. Nächstes Jahr wird Suri an der namhaften La Cambre in Brüssel Mode studieren. Sarah weiß noch nicht, was sie machen will. Als sie klein waren, haben Emily und Sarah sich geschworen, später zusammen zu studieren, im selben Haus zu wohnen und sich immer alles zu erzählen. Sarah kann nichts dafür, aber in letzter Zeit kriegt sie die Krise, wenn Emily Sachen sagt wie: »Das hättest du früher nie gesagt«, oder »Bist du dir sicher, dass du das tun solltest?«, während sie selbst verdammt noch mal auf Reiterferien ist. Sarah schreibt die unterschiedlichsten Gedanken in ihr Notizbuch, in der Hoffnung, einen Song daraus basteln zu können. Sie stellt Vergleiche an – *I'm yesterday's news when you're gone* –, in der Hoffnung, dass jemand in der Masse das Bild aufgreifen wird und es, wie eine Decke, die genau die richtigen Ausmaße hat, perfekt über seine eigenen Erfahrungen legen kann.

»Habt ihr Hunger?«, fragt Barend. Sarah und Suri schauen kaum hoch.

»Kann ja gar nicht sein, dass ihr keinen Hunger habt«, mault MH und geht mit Barend in die Küche. Suri hat einen unstillbaren Appetit auf Süßigkeiten, ansonsten aber einen gemächlichen Stoffwechsel, der keine anderen Bedürfnisse zu haben scheint als sein eigenes Gesumme, Saure Zungen oder anderen kitschigen Süßkram. Barend und MH kommen mit den Armen voll Lebensmitteln wieder nach draußen und setzen sich im Schneidersitz auf die Terrasse.

»Hey, Sarah, willst du nicht mal probieren?« MH hält eine Tüte Plätzchen in einer Schottenrockverpackung hoch. »Jules hat die extra aus London mitgebracht.« MH liest den Text auf der Verpackung laut vor: »120 Kalorien pro Keks. Mal 18. Das sind fast 2200 Kalorien. Mist, ich darf heute und morgen nichts mehr essen. Jetzt bin ich sicher, ich bin schwanger. Und wenn ich nicht schwanger bin, habe ich Bulimie. Sogar meine Zunge ist dicker geworden. Mensch, da sind nur noch ein paar drin. Nehmt ihr die mal. Nimm schon, Sarah!«

»Nein danke«, sagt Sarah. Sie kaut auf dem Ende ihres Stiftes.

»Sie isst so wenig, weil sie keinen Freund hat«, sagt Barend.

»Oder umgekehrt.«

»Solltet ihr nicht miteinander in die Kiste?«

»Gute Idee! Komm, Barend, Kalorien verbrennen!«

Eine halbe Stunde später kommentieren die beiden mit rotgescheuerten Wangen laut Suris schrille Skizzen.

Um zehn Uhr abends fällt Suri siedend heiß ein, dass sie vergessen hat, ihre Eltern anzurufen. »Ich weiß noch nicht genau, wann ich zurück bin«, sagt sie ganz entspannt am Telefon. »Wohl vor Sonntag, glaube ich.« Sarah wird ihre Eltern absichtlich nicht anrufen. Sie haben abgemacht, dass sie heute Abend auf dem Schloss übernachten darf. Sie müssen ihr eben vertrauen. Wenn sie ihnen jetzt erzählen würde, dass sie eigentlich am Meer ist, wäre Holland in Not. Nein danke! Da muss sie ihre Eltern ein bisschen erziehen und ihnen beibringen, dass sie mit ihrer kleinbürgerlichen Art nicht mehr bei ihr durchkommen.

Mike wird unter lautem Jubel empfangen, als er mit dem Spacecake auf der Terrasse erscheint. Sarah isst ein winziges Stück, denn eigentlich hat sie von Drogen und ihren Freunden die Nase voll, wegen ihrer Erfahrung von neulich. Sie beschließt, den Bentley holen zu gehen, der immer noch auf zwei Parkplätzen steht. Es ist elf Uhr, die kühle Seeluft ist eine Wohltat für ihr leicht verbranntes Gesicht. Das schwarze Meer versucht, an Land zu kriechen. In Sarahs Kopf meldet sich eine Melodie, ein kleines, noch unfertiges Lied, das sie auf und ab wogen lässt.

Als sie beim Bentley ankommt, entdeckt sie den hübschen Tramper auf einer Bank neben dem Auto. Er geht auf sie zu. Ohne ein Wort zu sagen, zieht er sie zu sich heran. Seine warmen Hände befreien sie geschickt und ohne Scheu von ihrem bleischweren Mantelharnisch. Er fragt nach dem Schlüssel, öffnet die Tür und bittet Sarah einzusteigen. Sie kriechen nebeneinander auf die Rückbank. Sie hat keine Ahnung, was von ihr erwartet wird. Der Junge streichelt ihr Gesicht, küsst sie leidenschaftlich auf den Mund. Es fühlt sich so unwirklich an, in diesem Bentley neben dem Strand, und gleichzeitig so echt, als sie spürt, wie feucht sie wird. Langsam dringt er mit einem Finger in sie ein. Sie lässt ihn machen. Es ist das erste Mal, dass sie einem Unbekannten erlaubt, sie anzufassen. Sie leistet keinen Widerstand. Er nimmt ihre Hand, legt sie zwischen seine Beine, und Sarah spürt zum ersten Mal im Leben die harte Beule, von der MH dauernd spricht. Kurz schreckt sie zurück, muss sich Mut machen, den nächsten Schritt zu tun. *Du kannst nicht länger als kindische Jungfrau durchs Leben gehen. Mach's jetzt, dann hast du's hinter dir, dann ist es passiert.* »Hilf mir«, sagt er keuchend. Sie macht seine Hose auf und streichelt das sich aufbäumende Tier. Er fasst sie um die Hüfte und zieht sie auf seinen Schoss. Sie schlingt ihren Körper um seinen, um den unangenehmen Abstand zu überbrücken. Seine zupackenden Hände geben ihr ein gutes Gefühl, sie wird von jemandem begehrt, der weiß, was er tut. In dieser Welt existieren nur sie, zwei Körper, die gegenseitig ihre Konturen abtasten, zwei Körper, die ineinanderpassen, auch wenn es anfangs nicht ganz leicht ist. Neue Erfahrungen erfordern körperliche Schmerzen, aber der Triumph hinterher stellt alles in den Schatten. *Jetzt kann mein Leben beginnen.*

Hinterher verspricht der Junge, ihr zu schreiben: »Nachtegalenlaan 7, das vergesse ich nicht.« Sie hört ihn kaum. Es ist passiert, jubelt sie innerlich. Er gibt ihr noch einen letzten Kuss und verschwindet in der Nacht. Sarah ist schon klar, dass sie von dem Jungen nie wieder etwas hören wird, es macht ihr aber nichts aus. Sie startet den Bentley und fährt zurück zur Villa.

Noch immer in Hochstimmung geht sie hinein. Alle außer Jules schlafen schon. Die schreibt gerade einen Brief auf ihrem Computer. Obwohl Sarah völlig erschöpft ist, will sie noch nicht ins Bett. Sie will, dass dieser Tag nie zu Ende geht, sie will Tage, die länger als vierundzwanzig Stunden dauern.

»Wieso muss alles immer so begrenzt sein?«, fragt Sarah Jules, die über die Tastatur gebeugt ist. Sie wendet sich zu ihr.

»Nichts ist von sich aus begrenzt.«

»Wie meinst du das?«

»Grenzen gibt es nur deshalb, weil manche Leute sie nötig haben, weil sie sonst nichts mit ihrem Leben anfangen können. Grenzen geben dem Leben Struktur, eine Art Rhythmus. Aber fuck the rules, wir haben unseren eigenen Rhythmus!«

Jules redet und redet. Es kann an dem widerlich süßen Spacecake liegen, an ihrem Nichtmehrjungfrau-Status oder an der nächtlichen Stunde, aber Sarah spürt genau, was Jules meint, obwohl sie ihre

Worte nur halb mitbekommt. Trotzdem helfen sie ihr, zu begreifen, warum sie oft das Gefühl hat, vor ihrer Geburt einen Sprung gemacht und genau neben ihrem eigentlichen Platz gelandet zu sein.

Jules setzt sich zu Sarah auf die Sessellehne.

»Ich kenne das Leben da oben auf dem Berg. Ich weiß, wie es da zugeht. Der einzige Kontrollmechanismus, den Eltern haben, um ihre erwachsenen Kinder spuren zu lassen, das einzige Mittel, um sie gefühlsmäßig zu erpressen, ist Geld. Du kriegst es häppchenweise, vorausgesetzt, du benimmst dich, gehst brav studieren und nimmst später ihren Platz ein. Die meisten bleiben in dieser streichholzschachtelgroßen Welt und lassen sich alle möglichen Regeln einfallen, um nicht ständig aufeinanderzuprallen. Aber du hast mehr drauf.«

Jules beugt sich nach vorn. Sie legt einen Finger unter Sarahs Kinn und dirigiert ihren Kopf zu sich hin.

»Vergiss die dämlichen Regeln, Sarah«, sagt Jules sanft. »Das wirkliche Leben passt nicht in eine Streichholzschachtel.«

Sie nimmt Sarahs Kopf zwischen die Hände und küsst sie. Weil sie ihren Prophezeiungen Flügel verleihen will, weil es so viele Formen der Liebe gibt, oder einfach so?

Sarah schläft zusammengerollt auf dem Sofa ein, ihr Notizbuch in der Hand, die Gitarre zu ihren Füßen. In dieser Nacht im Haus am Meer träumt sie von einer unendlichen Reihe schlafwandelnder Kinder, die in ihren Nachthemden, die Hände auf den Schultern des Vordermanns, an der Wasserlinie entlangmarschieren. Die gestrandeten Wale wollen zurück ins Meer, trauen sich aber nicht an den Kindern vorbei. Sarah rennt auf die Kinder zu, um sie wach zu rütteln. Sie tippt einem von ihnen auf die Schulter. Das Kind dreht ihr den Kopf zu. Es hat das Gesicht ihres Vaters.

# 1998

# MIEKE

Wut ist Miekes beste Freundin. Sie haben schon viel zusammen durchgemacht. Zwei Tage in einem Schloss auf der faulen Haut zu liegen, das geht ja noch. Dagegen hat sie gar nichts einzuwenden. Dass man so was mit den sogenannten besten Freundinnen, die man jetzt endlich hat, macht – Mieke hört nichts lieber. »Hauptsache, es geht meiner Tochter gut« ist sowieso immer ihr Motto gewesen. Aber dass man nicht mal die halbe Sekunde hat, um seine Mutter anzurufen und zu sagen, dass man nicht entführt, ertrunken oder vergewaltigt worden ist und halbtot irgendwo liegt, wenn einem im Leben nicht einfällt, diesen kleinen, erlösenden Anruf zu tätigen, dann ist man ein ekelhaftes Biest von Tochter, dann hat man seine Mutter jetzt so weit, dass sie reif ist für die Anstalt. Trotz des Gläschens Porto, des besänftigenden Geschwafels ihres Ehemannes, Elviras Anrufen und diesem Roboterpolizisten, der behauptet, Teenager seien eben so, ist ihr der Geduldsfaden gerissen wie eine Stromleitung, die bei Sturm von einer Eiche gekappt wird.

Mit ihrer besten Freundin Wut im Schlepptau ist Mieke zum Schloss gefahren, das verlassen dalag. Beinahe wäre sie im ewigen

Matsch in der Auffahrt stecken geblieben, und auf dem Treppenabsatz fand sie nur polnische Arbeiter, die natürlich kein Wort Niederländisch verstanden. Also ist Mieke schnurstracks ins Schloss gestürmt, aber keine Spur von Sarah und ihren Freundinnen. Zurück daheim bereitete sie die Willkommensrede für ihre Tochter gründlich vor, nur unterbrochen von Stoßgebeten zu einem höchsten Wesen, damit Sarah wohlbehalten heimkehre. Das Schlimmste ist, dass sie später während ihrer Schimpftirade merkt, wie sie sich wiederholt und sogar dieselben Formulierungen benutzt wie ihr Vater, wenn er sie anfuhr. Aber das hier ist doch etwas anderes, so bunt hat sie es nie getrieben. Sarah steht desinteressiert da und schaut sich das Tapetenmuster an.

»Ich sag es Ihnen einfach, wie es ist«, meint die Frau auf der anderen Seite des Lesepultes aus Resopal.

»Natürlich, richtig so«, sagt Mieke. »Ich danke Ihnen. Noch einen schönen Abend!« Mieke bedankt sich bei der Klassenlehrerin für die Information, dass ihre Tochter in der Schule widerspenstig ist, dass sie raucht und sich querstellt, aber leider trotzdem gute Noten hat.

»Eine Sache noch«, sagt die Frau in dem grobgestrickten lila Pullover. Ihre schwarzen Knopfaugen nehmen Mieke in sich auf. »Ich will Ihnen die Einzelheiten ersparen, aber …« Die Frau springt plötzlich von ihrem Stuhl hoch, geht auf die Zehenspitzen und wirft einen Blick über die Milchglasscheibe. Sie tippt auf ihre Armbanduhr, hält einer unsichtbaren Person fünf Finger in die Luft. Es warten noch andere auf diese Elternsprechstunde.

»Ich stehle Ihre Zeit, Frau De Decker. Tut mir leid!« Mieke steht auf. Ihr Stuhl kratzt über die Fliesen des Klassenzimmers. »Ich werde gleich heute Abend mit Sarah reden.«

»Bleiben Sie noch kurz«, sagt die Klassenlehrerin. »Wir müssen noch etwas besprechen.«

»Ich werde ein ernstes Wort mit Sarah sprechen.« Mieke nimmt wieder auf dem harten Stuhl Platz. »In dem Alter denken die Kinder ja manchmal, dass sie sich alles erlauben können.«

Die Frau lässt ihren Kuli wie einen Majorettenstab zwischen den Fingern kreisen.

»Stimmt, Sarah ist … nicht einfach.« Die Lehrerin schüttelt den Kopf, als sei es eine Qual für sie, das zugeben zu müssen. Sie kneift ihre schwarzen Augen zu. »Sie widerspricht ständig, nutzt jede Gelegenheit zur Konfrontation. Und sie hat zu allem einen Kommentar.«

»Hyperkritisch, ja, das ist sie schon ihr ganzes Leben.«

»Wir müssen ja auch an die anderen Schüler denken. Die müssen auch zu ihrem Recht kommen, genau wie die Wahrheit«, sagt die Lehrerin gemessen.

Die Wahrheit hat nichts mit dem Recht zu tun, das weiß jeder, der Jura studiert hat, aber erklär das mal einer Lehrerin, die seit zwanzig Jahren nichts anderes macht, als immer dieselbe Mathestunde herunterzuleiern. Die Augen ihres Gegenübers funkeln, zwei kleine, schwarze Löcher, hinter denen eine entsetzliche Leere lauert. Mieke denkt an den Abfluss in der Badewanne. Wann hat sie die zum letzten Mal geputzt?

»Inzwischen kommen auch Beschwerden von anderen Lehrern.«

»Und Sie?«

»Was meinen Sie?« Es riecht jedes Mal wie aus dem Gully, wenn die Frau den Mund aufmacht.

»Sie unterrichten sie doch auch, oder?«

»Sarah hält sich ziemlich abseits, zusammen mit ein paar Freundinnen, die auch nicht gerade ein guter Einfluss sind. Sie nimmt zum Beispiel nie an den Aktivitäten in der Mittagspause teil.«

»Da hat sie mir noch nie von erzählt, von diesen Mittagsaktivitäten. Welche Aktivitäten sind das denn so?«

»Leichtathletik, Volleyball, Seidenmalerei.« Die Lehrerin trägt einen gefleckten Seidenschal um den Hals, sieht Mieke jetzt.

»Was noch?« Mieke ist es absolut nicht gewohnt, sich anherrschen zu lassen.

»Mal sehen … Räuber und Gendarm, Kartenspielen.«

»Tatsächlich?«

»Ja, das bieten wir alles an.«

»Diese ganzen Aktivitäten?«

»Und Kochen, wenn man sich rechtzeitig einschreibt und auf den technischen Zweig geht.«

»Sarah ist aber nicht auf dem technischen Zweig.«

»Nein, Kochen wird also nicht gehen.«

»Ganz ehrlich, Frau De Decker, ich würde da auch nicht mitmachen. Ist das hier eine Schule für junge Frauen oder ein Kindergarten? Was ist denn da der Lerneffekt, wenn man ein bisschen Farbe auf ein Stück Seide kleckst?«

»Sarah trägt aber auch nicht zur guten Stimmung bei«, sagt die Frau unberührt. »Und die ist schon wichtig.« Sie redet und redet.

Zum wogenden Rhythmus ihres uferlosen Geredes nickt Mieke stumm. Es ist wie Badewasser, das ausläuft und immer lauter gurgelt. »Und diese Stimmung ist versetzungsrelevant? Steht das so in den neuen Lehrplänen?«

Die Frau wiehert. »Nein, nicht wortwörtlich, aber …«

»Oh«, sagt Mieke. Sarah erzählt ihr ja sonst fast nichts, aber sie hat gesagt, dass dieses Geschöpf hier eine fürchterliche Person ist. Dieses eine Mal glaubt sie ihrer Tochter aufs Wort. »Wenn diese Stimmung jetzt bahnbrechend neu wäre, ein modernes Lernkonzept, würde ich es ja für Sarahs Pflicht halten, sich mehr zu engagieren …«

»Aber die Stimmung ist sehr wichtig.«

»Was macht denn die Stimmung? Könnten Sie mir das bitte mal erklären?«, fragt Mieke spitz, ohne das geringste Anzeichen, dass sie das Ganze etwas anginge. Ein Psychologe würde sie als Prototyp der Kühlschrankmutter bezeichnen – die reine, distanzierte Sachlichkeit.

»Am schlimmsten ist aber, dass Sarah, wenn ich sie zur Seite nehme, tut, als könne sie kein Wässerchen trüben. Anscheinend fehlt ihr der Sinn für die Realität.«

Das Wort Wässerchen hat in Mieke das Bild der Badewanne mit Kalkablagerungen auf dem metallenen Abfluss scharf gestellt. Sie kann hier keine Sekunde länger ihre Zeit verplempern.

»Ich dachte immer, ich hätte meine Schwierigkeiten in Erziehungsfragen«, antwortet Mieke bissig. »Danke, dass Sie mich von diesem Trugschluss erlösen. Tut mir leid, aber Sie haben überhaupt keine Ahnung, wie Sie mit jungen Frauen umgehen müssen.« Mieke schiebt ihren Stuhl zurück.

»Eines noch, Frau De Kinder.«

»Sie haben vielleicht jede Menge Zeit, um die Stimmung auszutesten und festzustellen, dass sie nicht gut ist. Und einen Sündenbock dafür zu suchen, der jeder sein kann außer Sie selbst. Aber ich habe für so was keine Zeit.«

»Da wäre noch etwas«, sagt die Frau unbeeindruckt. »Sarahs Körperhygiene. Ehrlich gesagt lässt die zu wünschen übrig. Nach der Turnstunde können die Mädchen duschen, aber Sarah duscht wohl nie.«

Im ersten Moment scheint es, als wolle Mieke nicht reagieren. Sie presst die Lippen aufeinander. Dann bückt sie sich, um ihre Brillant-Handtasche von Delvaux zu nehmen und sich aus dem Staub zu machen. Dabei fällt ihr Blick auf einen Eimer mit Wasser zum Tafelwischen.

»Das stimmt. Wir haben kein fließend Wasser auf dem Berg«, hört Mieke sich selbst sagen. »Aber danke, dass Sie mich trotzdem empfangen haben.« Miekes manikürte, knochige Hand schießt über die

Tischplatte zu der perplexen Lehrerin, die sie halbherzig schüttelt und Anstalten macht, aufzustehen. »Bloß keine Umstände, ich finde den Ausgang schon. Schönen Abend!«

In dem Eimer ist das dreckigste Wasser, das man sich vorstellen kann, eine Schimmelkultur, die mindestens ein Schuljahr alt ist. Was Mieke jetzt tut, ist so beschämend, dass es sich ihr einbrennt, genau in den Hirnbereich, wo Scham wie Unkraut wächst. Die Lehrerin hat ihre Tasche auf dem Schoß und kramt darin herum, auf der Suche nach einem Päckchen Zigaretten. In dem Augenblick, als sie die dunkle Wolke über ihrem Kopf wahrnimmt, kann sie nur noch ohnmächtig zusehen, wie eine Gardine aus Dreckwasser auf sie stürzt.

Mieke flieht. Ab der Geburt ihres Kindes sind Mütter verdammt. Genau wie Kassandra erkennt Mieke jedes Unheil, bevor es geschieht. Mutterinstinkt, das gibt es tatsächlich, und keiner sollte versuchen, sie vom Gegenteil zu überzeugen. Sie kennt ihr Kind. Es ist absolut unnötig, sich von einem Bauerntrampel, der ihre Tochter verachtet, demütigen zu lassen. Was da gerade passiert ist, wird sie nicht verarbeiten, beschließt sie im Auto auf der Rückfahrt. Das Einfachste ist, es zu verdrängen. Sie ist nie zur Elternsprechstunde gegangen.

Plötzlich versteht sie, warum Stefaan immer schweigt und Moemoe nie den Mund aufmachte. Reden macht die Dinge schlimmer und größer. Verdrängung ist der Fels, auf dem die katholische Kirche errichtet wurde. Von da oben hat man eine wunderbare Aussicht, außerdem sorgt das dafür, dass sich die Scham in Grenzen hält und nicht anfängt zu wuchern.

Als Mieke ins Haus schleicht und im Dunkeln der Küche auf ihre ebenfalls herumschleichende Tochter stößt, merkt sie an der Art, wie Sarah ein Glas aus dem Kühlschrank nimmt, das etwas nicht in Ordnung ist.

»Und? Einen schönen Abend gehabt?« Obwohl es vermutlich nichts bringt, versucht Mieke es zur Abwechslung im fröhlichen Ton, um zu testen, ob der bei ihrer pubertierenden Tochter anschlägt. Mal was anderes als der kühle Roboterton oder der Freundinnen-unter-sich-Ton.

»Ich bin müde, Mama«, sagt Sarah schleppend. Sie stellt das Glas zurück in den Schrank und drückt ihrer Mutter hastig den obligatorischen Gutenachtkuss auf die Wange. Sich durch die unbeleuchtete Küche und im Gang an den dunklen Wänden entlangtastend, flüchtet Sarah nach oben. Sie stößt sich hörbar ihre Hand am Treppengeländer, unterdrückt den Aufschrei. Ihre Gliedmaßen sind zu lang geworden, ihr Selbstvertrauen ist angeschlagen.

Der Wasserhahn im Badezimmer wird aufgedreht. Ob sie vor dem Spiegel steht und weint? Warum schließt sie ihre eigene Mutter aus? Warum verhält sie sich genau wie Stefaan? Liegt das an ihren Genen oder an ihr? Seit ihrer Entdeckung im Schuppen ist Mieke in einem permanenten Zustand der Wachsamkeit. Sie versucht zwar, mit Stefaan zu reden, aber der richtige Moment ergibt sich einfach nicht. Er muss entweder ausländische Gäste in einem Restaurant empfangen, oder er ist zu müde, oder er begreift nicht, worauf sie hinauswill. Dann zuckt er mit den Schultern, schenkt ihr sein Mona-Lisa-Lächeln und ist wieder fort. Sie hat schon überlegt, ihn zu einem Psychiater zu schicken, aber da kann man auch gleich in einem Tümpel rühren: Man wirbelt den ganzen Dreck vom Grund auf und macht das Wasser trübe. Und was bringt das? Mieke mag nicht an dreckiges Wasser denken.

Die unerschütterliche Mieke geht die Treppe hinauf. Während sie kurz mit den Fingern auf den hölzernen Türrahmen trommelt, um ihr Kommen anzukündigen, drückt sie schon die Badezimmertür auf.

»Ich hab das Recht auf eine Antwort, oder du kannst dir ein anderes Hotel suchen«, platzt es aus ihr heraus. Übertrieben artikulierend, jedes Wort einzeln betonend, wiederholt sie ihre Frage: »Hattest-du-einen-schönen-Abend?«

Noch bevor Mieke einen Fuß ins Badezimmer gesetzt hat, fängt Sarah hysterisch an zu kreischen, sie solle weggehen. Ihr Geschrei geht sofort in ein Flehen über, sie doch bitte allein zu lassen, aber es klingt so verzweifelt, dass Mieke das genaue Gegenteil versteht. Das ist noch nie passiert. Mieke fährt zurück. Sie mustert Sarah, deren Blick »Ich hasse dich!« sagt, aber Mieke lässt es über sich ergehen. Gern würde sie entgegnen: »Alles ist okay. Es ist nicht schlimm, auch wenn du zurückgewiesen worden bist, auch wenn du dich noch nie so mies gefühlt hast oder wenn all deine Hoffnungen zerplatzt sind, es ist nicht schlimm. Dieses Haus hat feste Mauern, es steht hier für dich.«

Das Profil ihrer Tochter mit der Zahnbürste in der Hand zeichnet sich vor der weißen Badezimmerwand ab. Was ist das Rote da an ihren Händen, ist das Blut? Mieke hat keine Ahnung. Sie ist doch nicht verrückt? Sie sieht doch Blut? Woher kommt das?

»Was?« Sarah schaut sie herausfordernd an.

»Ich will mich bloß mit meiner Tochter unterhalten, ist das zu viel verlangt? Ist das so schwer? Wieso blutet deine Hand?«

»Du bist bei dieser ätzenden De Decker gewesen, stimmt's?«

»Hörst du, was ich sage? Reiß dich zusammen! Und lass mal deine Hand sehen.«

»Pffff.«

»Ich wusste es. Was treibst du da bloß auf dem Schloss? Nur weil das Adelige sind, heißt das noch lange nicht, dass sie sich anständig benehmen.«

»Und dass du dauernd mit diesem Ron herumtelefonierst, während Papa sich krummarbeitet, ist das vielleicht anständig?«

Als hätten sie es einstudiert, Mutter und Tochter, in einer perfekten Choreographie, ruft Sarah genau im selben Moment, als Miekes rechte Hand auf Sarahs Kiefer knallt: »Hau ab!« Das war's, ein kleines Kunststück, und schon ist es vorbei. Wer geblinzelt hat, hat es verpasst, hat nur die gewimmterten zwei Wörter gehört, von einem Schlag unterstrichen.

Später schreibt Mieke in ihr Tagebuch, sie hätte den Konflikt besser angehen, ihre Tochter bei den Schultern nehmen und sagen sollen: »Fang nicht an, mich zu hassen. Ich bin nicht schuld. Auch wenn du das denkst, auch wenn du felsenfest davon überzeugt bist, dass ich dein Unglück will, das Gegenteil ist wahr. Ich will nur das Allerbeste für dich. Schließ mich bitte nicht aus. Du bist ein Teil von mir. Du bist meine Tochter, und ich bin deine Mutter, da gibt's nichts dran zu rütteln. Auch wenn ich dich zum ersten Mal im Leben geschlagen habe und das modernen Erziehungsratgebern zufolge verboten ist, du hast mich so weit gebracht, dass ich kurz nicht mehr ich selbst war. Wag's bloß nicht, mir das jemals übel zu nehmen. Ein Richter würde hier das einzig gerechte Urteil fällen: Aussetzung der Strafe zur Bewährung bei Affektdelikt.«

Am nächsten Tag tut Sarah, als wäre nichts passiert. Sie behauptet einfach, als eine Form der versteckten Entschuldigung, sie sei am Abend vorher »einfach mies drauf gewesen«, weil sie ein schlechtes Stück geschrieben hatte. Die rote Flüssigkeit sei übrigens kein Blut, sondern Farbe von Suris ständigen Farbexperimenten gewesen, in die sie gefallen war.

Sie bleibt dabei und weigert sich beharrlich, mit zur jährlichen Gedenkfeier für ihre Großeltern väterlicherseits zu gehen. Mieke erhebt Einspruch. Sarah behauptet, Mieke misshandle ihre Tochter, Mieke nennt das wiederum Elternmisshandlung. Sarah sagt, sie sei bereit, die Sache gütlich beizulegen. Sie wolle Netzstrümpfe.

Aber das Timing ist besonders schlecht. Mieke beschließt, die Aufmüpfigkeit ihrer Tochter zunächst zu ignorieren, um sie später angemessen zu bestrafen. Das will gut überlegt sein, sonst bootet Sarah sie wieder aus. Schon von klein auf will dieses Kind immer nur seinen Willen durchsetzen. Und wenn Baby Sarah den nicht bekam, biss sie sich ihren Weg dorthin. Mieke erinnert sich lebhaft daran, wie Sarah ein Stück aus der Autorückbank herausbiss, als sie zu hören bekam, dass sie noch eine Stunde unterwegs wären und sie so lange noch auf ihren Saft warten müsse.

»Tu deinem Vater den Gefallen. Er hat es doch schon so schwer.« Bis vor ein paar Jahren musste Mieke sich bücken, wenn sie mit Sarah sprach, jetzt schaut sie hoch. Sie bürstet eine Fluse von Sarahs Pullover, was aber sinnlos ist, denn das ganze Teil ist eine von Motten zerfressene Stoffhülle. Sieh's mal positiv, ermahnt sie sich, du sitzt lieber nicht neben deiner Tochter, wenn sie Lumpen anhat.

»*Ich* hab es schwer«, sagt Sarah. »Papa echt nicht, der reist um die halbe Welt und macht, worauf er Lust hat.«

»So was darfst du nicht sagen«, entgegnet Mieke. Man darf Dinge unterstellen, aber als Tochter eines sehr weisen Notars hat Mieke gelernt, in Gegenwart der Kinder nie schlecht über den eigenen Partner zu reden. Was man allerdings tun darf, ist, nicht mehr mit ihm zu sprechen.

»Ich lass mich nicht mehr herumkommandieren«, schnaubt Sarah. »Gib mir Onkel Jempys Adresse! Ich ziehe nach Südafrika!«

Mieke sieht zu Stefaan, der sich gerade die dunkelblaue Krawatte vor dem Einbauschrank auf seiner Seite des Ehebetts bindet. Ihr Mann sieht wesentlich älter aus als vor einem Jahr, wesentlich. Alterung ist ein Prozess, den sie nicht steuern kann. Es kann jeden treffen. Und man ist machtlos dagegen, Angehörige können nur zusehen oder Nachtcreme kaufen.

Mieke drückt den Pausenknopf. Sie hat einen anderen Mann bekommen als den, den sie glaubte, geheiratet zu haben. Er ist zwar ein treu ergebener Ehemann und braucht ihre Liebe, ihr Mitgefühl mehr als jeder andere, aber es gibt Zeiten, in denen sie das nicht mehr aufbringen kann. Mieke wirft sich das vor. Aber sie erträgt immerhin seine Launen, wofür sie sich dann wieder auf die Schultern klopfen kann.

Sie weiß von sich aus, was das Beste ist: eine Pause in der Ehe einlegen, die eine ungezogene Tochter hervorgebracht hat, für die sie jeden Abend zu einem unauffindbaren höchsten Wesen betet, Sarah möge nicht wie ihr Vater werden und doch immun gegen diese destruktive Niedergeschlagenheit sein, die ihren Großvater gefällt hat.

Sie wird ihren Mann nicht vor die Tür setzen, auf keinen Fall, aber sie schafft es, kurz das Minenfeld von Stefaans Deprimiertheit und Sarahs Sturheit zu verlassen, indem sie dem Fluchtweg namens Ron Hoffman folgt. Mieke fühlt sich stärker denn je. Den Gedenkgottesdienst durchsteht sie glänzend. Sie vergießt sogar eine Träne um den schrecklichen Verlust der Hälfte der Vandersandens. Dann steckt sie das Kleenex in den Ärmel ihres Valentino-Kostüms, drückt ihr Kreuz auf dem harten Kirchenstuhl durch. Liebevoll legt sie eine Hand auf den zitternden Oberschenkel ihres rechtmäßig angetrauten Ehemanns.

Jedes Leben hat so seine Höhepunkte. Meistens sind das Hochzeiten, Geburten oder Ernennungen in den Adelsstand. Für manche ist es der Tag, an dem sie ihre Liebe fürs Fliegenfischen entdecken. Andere genießen unendlich die Erinnerung an eine Nacht unter klarem Sternenhimmel mit einem geilen One-Night-Stand, und für Leute wie Mieke ist der Höhepunkt das Erwachen an dem Tag, an dem sie Ron Hoffman zum ersten Mal begegnen wird, nach vielen besonders angenehmen Telefonaten.

Erst blieb Ron rein geschäftlich und professionell, aber jetzt ruft er immer öfter wegen irgendwelcher Kleinigkeiten an, Ausflüchte, um mit ihr plaudern zu können. Er scheint ein galanter, extrovertierter Mann zu sein, der keine Zeit hat, sich von der Schwerkraft des Seins runterziehen zu lassen. Sie kann nicht wirklich glauben, dass so ein Mann sich für sie interessiert. Immerhin sind ihre Telefonate Futter für ihre Phantasie, wenn sie nachts nicht schlafen kann oder verschwitzt aus dem Bett rollt und sich auf die eiskalte Klobrille setzt, um das Kammerkonzert zugunsten der Stiftung noch mal durchzugehen.

Am Tag des Konzerts ist sie um fünf Uhr morgens hellwach und überlässt sich ihrem Kopfkino, während Stefaan das Bett verlässt, um seinen Flug nach Berlin zu bekommen. Sobald die Haustür unten ins Schloss fällt, steht Mieke auf. Sie faltet seinen Schlafanzug, steckt ihn unter sein Kopfkissen. Sie schüttelt die Bettdecke auf und schlägt sie zurück, damit die Matratze auslüften kann. Die Gleichgültigkeit der Dinge um sie herum erstaunt sie: der ständig vor sich hin tickende Wecker mit den großen roten digitalen Ziffern, die Augentropfen auf der Marmorplatte von Stefaans Nachtkästchen … die Gegenstände reagieren nicht auf sie. Stundenlang hat sie sich vor Aufregung wie ein nachtaktives Tier im Bett gewälzt, aber dieses Haus macht keinen Mucks. Nichts kann ihr die Aufregung nehmen. Eine trockene Scheibe Graubrot und eine Tasse schwarzen Kaffee später macht sie sich an die Arbeit. Weil sie ein schlechtes Gewissen hat, ist es umso erregender, das passende Parfuüm auszusuchen und das perfekte Outfit zusammenzustellen.

Mieke ist eine selbstbewusste Frau. Sie weiß, dass sie einem Mann wie Hoffman gefallen kann, wenn sie ein Seidenkleid des Hoflieferanten Natan trägt, sie sich aber ebenso für ein wahnsinnig kurzes Lamékleid in leuchtendem Türkis entscheiden kann. Hauptsache ihr Schmuck verrät, dass sie Geld hat, aber nicht damit prahlt und ihr Parfüm Klasse und einen Hauch Verführung ausstrahlt. Chanel N°5 findet sie etwas zu einfallslos, genauso wie mit ihrem blauen langärmlige Armani-Kleid, dessen eingenähter BH besonders schmeichelhaft für ihren Busen ist, auf Nummer sicher zu gehen. Mieke geht auf Nummer sicher. Wenn sie in einem zu kurzen Rock nägelkauend auf ihrem Stuhl herumrutscht, kann sie es sich abschminken, Eindruck auf Ron zu machen.

Über zweihundert Personen haben sich für das Essen mit anschließendem Kammerkonzert angemeldet. Die Stiftung erhofft sich einen großen Erfolg von dieser Veranstaltung. Mieke hat bei der Sitzordnung darauf geachtet, einen Platz neben Ron zu bekommen. Elvira und Ulrike sitzen zwischen den anderen Gästen verteilt.

Mieke ist eine Stunde zu früh. Um die Staus zu vermeiden und sicher nicht zu spät zu kommen, war sie wahrscheinlich als Allererste losgefahren, im Schneckentempo, einen Stau hinter sich bildend, über den Radio Eins gerade berichtet, als sie auf dem Parkplatz vor Schloss Genval aus dem Auto steigt. Die überschüssige Zeit nutzt sie, um schon mal die Tischordnung zu überprüfen, denn Vertrauen in Elvias Versprechen ist gut, aber Kontrolle ist besser.

Auf der anderen Seite des großen Saales sieht sie einen kleinen Mann unauffällig hereinkommen. Er ist kurz, etwas rundlich, sieht aber sonnengebräunt und gesund aus. Ein aktiver Mann, ein herzlich nickender Mann. Das muss er sein. Ron Hoffman, der Mann, den sie bisher nur auf ein paar Gruppenfotos von Elvira zu sehen bekommen hat. Auch er errät sofort, wer sie ist. Diese Sorte Mann hat in seinem Leben schon mit Hunderten Männern oder Frauen höflichen Smalltalk geführt. In diversen Botschaften hat er mit Unbekannten über Weine gesprochen, während alle auf die Rede des Ehrengastes warteten, um den sie sich hier versammelt hatten, auf Flughäfen und in Bars ist er dem Personal oder Fremden mit demselben sympathischen Lächeln und festem Händedruck begegnet. Bevor er am Verhandlungstisch Platz nimmt, geht er kurz eben mit seinen Geschäftspartnern die letzten Golfergebnisse durch. Wenn er Menschen begegnet, mit denen er in Kontakt bleiben möchte, denen er eine Frage stellen will, deren Antwort ihn vielleicht wirklich brennend interessiert, geht seine rechte Augenbraue hoch. Während des ganzen Gesprächs mit Mieke bleibt sie dort.

Eine emsige Tischdekorateurin stört sie mit der Frage, ob sie kurz stören dürfe und ob sie die Frau Schatzmeisterin sei. Das beste Fischgeschäft des Landes habe gerade angerufen. Die Bestellung stehe bereit, sie könnten sie aber nicht liefern, weil der Wagen eine Panne habe. Was sie jetzt tun solle, ein Taxi rufen? Bevor Mieke verärgert die Augen verdrehen kann, schlägt Ron vor, gemeinsam zu diesem Fischlieferanten zu fahren, um die Bestellung abzuholen. Er sei zufällig zu früh hier. Sie lacht ertappt. Dynamisch, aber auch lässig und spontan, notiert Mieke im Geiste, nicht ganz sicher, ob die letzte Eigenschaft in die Kategorie Positiv oder Negativ gehört. Ein Mann, der seine Ziele verfolgt, ohne daran zugrunde zu gehen.

Mieke nickt mehrmals. Sie möchte gern mit ihm den Fisch holen. Verdutzt darüber, wie ihr Gehirn funktioniert, versucht sie mit aller Gewalt die Erinnerung an gestern Abend aus dem Kopf zu bekommen, an den unglaublich brutalen Sex mit Stefaan. Er hat sie auf den Bauch gedreht und ihr den Mund mit dem Zipfel eines Kopfkissens zugestopft. Die Intimität des anonymen, rohen, richtig groben Sexes hatte bewirkt, dass sie sich wand und zitterte wie nie zuvor. Sie lag einfach da, übergekocht, wie von Sinnen. Aber Mieke ist ja nicht von gestern, diese plötzliche Verhaltensänderung hat etwas zu bedeuten. Sie hätte das nie von sich gedacht, doch gestern Abend gab sie ihm insgeheim die Erlaubnis, an eine andere zu denken, im Tausch dafür tat sie es auch. Das machte die ganze Situation noch perverser und erregender. Sie hat ihn nicht gefragt, ob er jemand anderen hat, sie will die Frage nicht zurückbekommen.

Noch nie hat sich ein Mann dazu herabgelassen, mit Mieke Seezungenröllchen und Lachsfilets abholen zu fahren. Höflich schwingt Ron Hoffman die Hintertür seines BMW-Cabrios für sie auf. Er geht um das Auto herum, setzt sich neben sie und gibt seinem Chauffeur Anweisungen. Er tut das mit so einer Leichtigkeit, als existierten der Chauffeur und der Luxus gar nicht, oder als spielten sie jedenfalls keine Rolle, denn seine ungeteilte Aufmerksamkeit gilt ihr. Während sie über die Autobahn in Richtung Brüssel sausen, will er alles über sie erfahren, vor allem über ihr Hobby Gärtnern, von dem sie ihm erzählt hat. Er liebe die Natur auch, sagt er und holt ein Foto aus seiner Brieftasche, nicht von Kindern oder einer attraktiven Schauspielerin, sondern von einem ausgedehnten See mit Schilfrohr und einem Reiher am Uferrand, der auf einem Bein im Wasser steht. »Mein Fleckchen Erde! Ich habe es gekauft, um es genau so zu lassen. Es ist zu schön, um es zu bebauen.«

Mieke braucht jetzt dringend eine Sauerstoffmaske. Oder einen Kuss von diesem Mann, der vom Optischen her zwar keine Schönheit ist, aber eine Persönlichkeit hat, die sie absolut umhaut, ein Mann, der in allem zu ihr passt. Sie ist froh, ihm in dieser Phase ihres Lebens doch noch begegnen zu dürfen. Natürlich zu spät, aber was, wenn sie ihm niemals begegnet wäre, wie sähe ihr Leben dann aus?

Die Berührung einer Hand reicht aus, und dann dieser Kuss am Ende, das ist die Krönung aller Galanterie. Dass zwischen ihnen eine Tüte Fisch liegt, kümmert sie nicht, sie lieben die Natur.

Oh doch, sie kennt diese zügellose Begierde noch von früher. Damals vor dreißig Jahren, auf ihrem unbequemen Notariatsstuhl, hat sie zum ersten Mal das Feuer der Leidenschaft gespürt. Bei diesem zweiten Mal erkennt sie deshalb noch mehr Spielarten darin. Daran ist nichts verkehrt. Das hat gar nichts mit ihrer Ehe zu tun, schärft sie sich selbst ein.

Ron und sie spielen beim Essen ein Spiel. Sie tun so, als lernten sie sich gerade erst kennen, tauschen sogar Visitenkarten aus. Er geht so in seiner Rolle auf, dass Mieke fast fürchtet, er habe sie tatsächlich schon vergessen, wie ein vielbeschäftigter Goldfisch in einem

Aquarium voll identischer Goldfische, der nach drei Sekunden schon nicht mehr weiß, mit wem er gerade eine Runde geschwommen ist. Nach einem intensiven Blickwechsel fasst Mieke wieder Mut. Darum liebt sie das ganze Drumherum so sehr: Sie genießt das Schauspiel, die so oft gesagten Sätze, die zu funkeln beginnen, wenn die Darsteller jenseits der Bühne zueinanderfinden. Sie essen Fisch, unterhalten sich mit den anderen Gästen und geben sich ganz normal.

Nachdem sie sich so durch den Hauptgang manövriert haben, muss Mieke sich mächtig anstrengen, dezent genug zu flirten, damit der Ober oder die Cellistin neben ihr nicht merken, dass in ihrem Leben eine neue Phase angebrochen ist. Rons Visitenkarte verbirgt sie wie einen goldenen Schlüssel in ihrer neuen Louis Vuitton, die sie sich extra für diese Gelegenheit angeschafft hat. Während des endlos langen Kammerkonzerts drückt sie die Handtasche eng an ihr Herz.

# 1998

# STEFAAN

Du erinnerst dich noch genau, wie dein Töchterchen früher völlig verängstigt an eure Schlafzimmertür klopfte. *Es ist wieder da*, sagte sie mit vorgeschobener Unterlippe. Das Monster, das auf dem Dachboden herumspazierte und irgendwann die knarrende Ausziehtreppe herunterstapfen würde. Da war es wieder und es kam, um sie aufzufressen. Er musste sie retten, schließlich war er ihr Papa. Um sie zu beruhigen, erklärtest du ihr, dass es keine Monster gebe und kein einziges Monster Lust habe, auf der Glaswolle unter dem Dach herumzulaufen. Du hast sie ihr sogar am nächsten Mittag gezeigt: Fühl mal, wie das pikt! Aber du konntest sie nicht trösten. Während du mit deiner zitternden Tochter auf den Armen da standest, wusstest du, dass es ihr gar nicht um das Monster ging. Du wolltest ihr versprechen, dass ihr nie etwas Schlimmes passieren würde, konntest es aber nicht. Als kleines Kind batest du Gott oft vor dem Schlafengehen, dass er alle beschützen möge: Mama, Papa, deinen kleinen Bruder und dich selbst. Du verkrochst dich unter der Bettdecke und betetest flüsternd, legtest dir die Finger auf die Lippen, um die Worte zu spüren, während es im Zimmer nebenan rumorte. Eine Schale wurde mit Wasser gefüllt, weil dein Vater wie so oft Kopfschmerzen hatte und deine Mutter ihm Tollkirsch-Kompressen auf die Stirn legte.

Jetzt sind Osterferien und du hast dir vorgenommen, Zeit mit deiner Familie zu verbringen. Du hast sämtliche Termine in deinem Kalender streichen lassen. Auf dich wartet ein beruhigender Alltag aus Pantoffeln, Osterglocken und Rasenmähen. Alles ist wie immer, nur du bist nicht mehr derselbe.

Der Frühstückstisch ist reich gedeckt. Es gibt gekochte Eier, Gebäck und Schokolade. Obwohl erst morgen Ostern ist, möchte Mieke schon heute mit euch das Osterfest feiern. Bald kommt ihre Schwester, dann wird sie dafür keine Zeit mehr haben. Jetzt setzt sich auch deine Tochter an den Frühstückstisch. Du siehst, wie sich deine Frau auf die Zunge beißt, um sich einen Kommentar zu Sarahs Outfit zu verkneifen. Im Radio berichtet der Nachrichtensprecher von einer Studie, derzufolge Aggressionen unter Jugendlichen zunehmen. »Ich möchte heute nicht mehr jung sein«, sagt Mieke. Damit will sie ihrer Tochter den Rücken stärken. Im Garten zwitschern ein paar Vögel so penetrant, dass Mieke sich fragt, ob sie vielleicht streiten. Sarah lacht. Für einen Augenblick ist sie wieder das unbedarfte Kind, nicht der widerspenstige Teenager. Mit ungewohnt gesundem Appetit beißt Sarah das Ohr des Schokohasen ab, den Mieke vor einer Stunde auf die steifgebügelte Tischdecke gestellt hat, genau neben ihre Tasse Milch. Sarah verbirgt ihre kindliche Freude über diese Aufmerksamkeit nicht. Sie bekommt außerdem einen Umschlag mit Geld, von dem sie sich was für ihr Zimmer kaufen darf. »Wenn ich es aussuche, findest du's doch hässlich«, sagt Mieke.

Du bekommst einen bleischweren antiken Atlas in die Hände gedrückt, darin sind mittelalterliche Landkarten dieser Gegend abgebildet, originalgetreue Reproduktionen. Als Geschenk. Du hast nicht an Geschenke gedacht. Wo bist du nur mit den Gedanken? Zu dritt versucht ihr, die Stelle zu finden, an der euer Haus gestanden hätte, wenn ihr es im Mittelalter gebaut hättet. Anscheinend mitten in einem Bach.

Sarah steht vom Tisch auf und schaut aus dem Fenster, weil sie nach Spuren dieses Baches sucht. Deine Tochter ist bald nur noch Haut und Knochen. Du solltest etwas dagegen unternehmen.

An dieser Krankheit leidet so manches Mädchen hier. Man sieht die ausgehungerten Mädchen den Berg hinaufradeln oder stundenlang in Schlabberkleidung joggen. Wie Stabpuppen, die bald zusammenklappen und die alle die gleichen Ausreden auftischen, nur um nicht essen zu müssen. Junge Frauen mit zu ehrgeizigen Zielen, die in diesem überbehüteten Milieu zu langsam heranwachsen. Sie suchen einen Weg, mit dem enormen Druck umzugehen. Was sie auch tun, man wird sie am Erfolg ihrer Eltern messen. Endlos wachsen, höher aufsteigen, bis man unabhängig ist. Für dich war's wesentlich leichter, deine Eltern zu übertreffen.

Die Mütter hier tragen eine niederschmetternde Schuld. Sie achten genau darauf, was ihre jungen Töchter essen, und vor allem, was nicht. Sie belohnen sie, wenn sie den Nachtisch auslassen. Sie geben ihnen unterschwellig zu verstehen, dass Dicke weniger Chancen im Leben haben und weniger wert sind. Selbstbeherrschung lautet das Schlüsselwort. Wie kannst du es je so weit wie deine Eltern bringen, wenn du nicht einmal einen Nachtisch stehen lassen kannst? Oder eine Mahlzeit? Oder zwei?

Auch du bist schuld. Du müsstest deine Tochter in Schutz nehmen, tust es aber nicht. Du versagst auf der ganzen Linie, und das weißt du. Dein gesamtes Leben lang. Du lässt zu, dass andere sich ins Unglück stürzen. In letzter Zeit tarnst du dich als gewöhnlicher Familienvater. Das kostet dich unheimlich viel Kraft. Du bist außen vor. Schaust durchs Fenster in die Welt der Nachtegalenlaan 7.

Deine Frau kann es: relativ glücklich sein, mit den entsprechenden Sorgen, aber auch dem eisernen Willen. Aber anscheinend gibt es da eine Gesetzmäßigkeit: Je energiegeladener sie durchs Leben geht, umso weniger Kraft bleibt dir. Je begeisterter sie ist, umso zurückhaltender wirst du. Als Mieke feststellte, dass sie nicht mehr auf ihren Mann zählen konnte und es ihm absolut egal war, ob sie ihm Tütchensuppe oder eine selbstgemachte vorsetzte, die sie einen halben Tag gekostet hatte, gingen ihr die Augen auf. Sie entschied sich für sich und wurde glücklicher.

Mutter und Tochter haben einander, und das reicht. Es ist ein ehrliches Geschäft: Mieke darf Sarah innerhalb der Grenzen der Nachtegalenlaan 7 für sich haben, dafür darf Sarah ihre Launen haben, Höhenflüge und Durchhänger, die in ihrem jungen Leben kommen und gehen wie Regen nach Sonnenschein – manchmal auch gleichzeitig. Deine beiden Frauen beugen sich über den Atlas, und dir wird klar, dass du deine Rolle ausgespielt hast.

Schwägerin Lydia kommt aus New York zu Besuch. »Lydia und ihr Professor Doktor Ingenieur«, sagt Mieke seit Jahren, wenn sie von ihrer Schwester und deren Workaholic-Mann spricht, Christopher J. Delaney, Professor für Materialwissenschaft. Der Besuch genießt das ausgiebige Essen, das Mieke gekocht hat. Mieke verbringt die meiste Zeit in der Küche, sodass du im Alleingang versuchen musst, dich mit den beiden zu unterhalten.

Am nächsten Tag gibt Lydia eine improvisierte Feier für ihre belgischen Freunde in einem angemieteten Saal. Sie kippt den Inhalt von Konserven und Gläsern in Schalen und knallt sie einfach auf eine Reihe Tische. Das soll ein Selbstbedienungsbuffet werden. Mieke ist empört. Ihre Schwester schwimmt im Geld, und das soll alles sein? An ihrem Rock hängt der Saum heraus und ihrem Mann fehlt ein Eckzahn.

»Sie macht sich einfach keine Gedanken darüber«, sagst du.

»Geht's noch? Das ist doch keine Entschuldigung«, sagt deine Frau.

An diesem Tag gibt es noch ein Pflichtprogramm: Im Pflegeheim Tannenhof wartet Miekes Großtante mit Kaffee und Kuchen auf sie. Die alte Dame ist die Schwester von Sarahs Großmutter. Sie interessiert sich sehr für Sarahs »Musiziererei«, wie sie es nennt, und ist so charmant und beschwingt, dass Sarah es nicht übers Herz bringt, einen auf cool zu machen. Du bist zu müde, um aufrecht im Sessel zu sitzen, und zu nervös, um dich länger in dem kleinen überheizten Zimmer aufzuhalten. Nach einer Weile bietest du an, die Kuchenplatte und die Kanne in die Cafeteria zurückzubringen. Deine Frau geht zu den Besuchertoiletten etwas weiter den Gang hinunter. An der Tür wartest du kurz. Die alte Frau bittet deine Tochter, das Radio lauter zu machen. Anscheinend ist es seit Jahren auf denselben Seniorensender eingestellt. Ein Tango prallt gegen die Wände des stickig heißen Zimmerchens, wo jede Menge Fotos von geliebten Verstorbenen hängen.

»Würdest du mit mir tanzen?«, fragt die alte Frau. Sarah tut erst, als höre sie nicht, aber die alte Frau fragt ein zweites Mal, jetzt lauter. »Möchtest du mit mir tanzen?« Deine Tochter tut es. Sie nimmt die hagere Frau bei der Hand und sie tanzen einen Slow. Die Frau hält die Augen geschlossen, denkt an längst verflogene Zeiten zurück, als sie mit ihrem Mann an winterlichen Sonntagen in ihrem Salon Tango tanzte. Auch wir tanzen heimlich mit. Wir drehen schwungvolle Pirouetten um das tanzende Paar, bis uns schwindelig wird.

Sie schieben durchs Zimmer. Die alte zerbrechliche Frau schmiegt ihr faltiges Gesicht an die Schulter deiner Tochter. Du schleichst dich auf Zehenspitzen aus dem Zimmer, um ja nicht das Bild zu zerstören. Am Ende des Flurs entdeckst du Mieke und huschst in einen Seitengang.

Eure erste Begegnung, eure Verlobung und Hochzeit waren Schritte, die wie von selbst aufeinander gefolgt waren. Jeder Schritt war völlig vorhersagbar, im Nachhinein gesehen. Erst das Zusammenwohnen in einem kleinen Apartment, das man als modern bezeichnen konnte: Vorhänge mit großem orangefarbenen Blumenmuster vor braunem Hintergrund, Teppich bis an den Badewannenrand und eine Gegensprechanlage machten den Mietpreis annehmbar. Mieke wollte doch ein Minimum an Komfort, du richtetest dich nach den Wünschen deiner Frau. Besonders nachdem ihr euch geeinigt hattet, dass Mieke den ehrbarsten, aber meist unterschätzten Beruf der Welt ausüben würde, sobald ihr ein Kind bekämt. Als Hausfrau konnte sie sich allem widmen, was sie jahrelang vernachlässigt hatte. Es gab so viele namenslose Dinge, die sie nicht gelernt hatte, so vieles, was sie in ihrem behüteten Elternhaus mit einem dominanten, launischen Vater und einer unterwürfigen, todbraven Mutter hatte missen müssen. Vielleicht konnte sie ja Tennisstunden nehmen. Und dann habt ihr eine riesige Villa gebaut und jahrelang versucht, Kinder zu bekommen, bis endlich Sarah zur Welt kam. Du hattest gehofft, sie würde dich aufrichten, aber allmählich dämmerte dir, dass du kleiner und kleiner wurdest.

Jetzt fehlt nur noch dieser eine Schritt.

Es ist alles ganz logisch. Du gehst zurück ins Zimmer, wo deine Tochter mit der kleinen, alten Frau tanzt. Da steht deine Tochter, da stehen wir, mitten im Leben. Und du, du bist schon nicht mehr hier.

# 1998

# SARAH

An einem sonnigen Tag im April klopft jemand während der Französischstunde an die Tür. Von ihren alten zerfurchten Holzbänken aus sehen die Mädchen eine weibliche Gestalt durch die Milchglasscheibe.

Da klopft es noch mal an die Tür, jetzt mit etwas mehr Nachdruck. Ohne die Antwort abzuwarten, öffnet sich die Tür zum Geräuschpegel der Klasse 6B. Alle Köpfe schwenken nach vorn. Antonia trippelt ins Klassenzimmer. Sie ist die hagere, freundliche, aber prinzipientreue Dame vom Sekretariat, deren Lesebrille an einer Goldkette auf ihrem Busen hängt. Angeblich arbeitet sie hier länger als alle anderen, sogar länger als der Direktor höchstpersönlich. Antonia äugt durchs Klassenzimmer, kann die gesuchte Schülerin aber nicht gleich entdecken.

»Ich muss kurz stören«, sagt sie zur Lehrerin.

»Auf Französisch, sonst hört sie nicht hin«, ruft jemand.

»… Sarah Vandersanden soll kurz mitkommen.«

Sarah schaut sich um, zu den Klassenkameradinnen, aus deren Mitte sie jetzt geholt wird. Sie steht auf, heilfroh, dass Antonia nicht, wie vor zwei Jahren, die Klasse mit ihrer Mutter im Schlepptau betritt, die eine Brotdose bei sich hatte. Sarah hat sich damals dermaßen aufgeregt, dass ihre Mutter zum ersten Mal halbwegs zugab, dass die Aktion übertrieben war, obwohl … Sarah musste doch gesund essen.

»Da ist ein Anruf für dich.« Sarah geht neben Antonia durch die stillen Gänge. Vielleicht gibt es ja irre Neuigkeiten für The Lady Dies. In der Ferne schlägt eine Turmuhr drei Mal, als Sarah hinter Antonia ins Lehrerzimmer tritt. Schüler dürfen diesen Raum nie ohne Begleitung betreten. Auf Antonias Schreibtisch stapeln sich frische Fotokopien, die sie in kleine Bündel unterteilt und zusammenheftet. Wahrscheinlich wieder Richtlinien für die Pflege der Pflanzen auf den Gängen oder eine Wiederholung des Volleyballverbots auf dem Schulgelände. Antonia vom Sekretariat versucht beharrlich, die Aufmerksamkeit der Schüler auf Nebensächlichkeiten zu lenken, das ist ihr Job. Wer will Sarah nur so dringend sprechen? MH, Suri und Emily sind in der Klasse. Ihre Mutter kann es auch nicht sein, denn die kommt einfach vorbei. Also muss es wohl irgendein Produzent sein.

Auf einem Stoß Papier liegt der elfenbeinfarbene Hörer, in den schon Generationen hineingesprochen haben.

Antonia sagt, sie dürfe drangehen. Sie wendet Sarah demonstrativ den Rücken zu, als wolle sie gleich aus dem Zimmer gehen und könne daher nichts von dem Gespräch mitbekommen. Warum ausgerechnet sie die Neuigkeiten als Erste erfahren darf, weiß Sarah nicht, jedenfalls ist es ein Riesenkompliment. Sie wird sich auf einsilbige Antworten beschränken, damit Antonia angeschmiert ist.

»Hallo?« Sie klingt unsicher.

»Sarah!« Sie hört eine Stimme, die sie im allerersten Moment nicht erkennt, weil sie mit ihren Vermutungen derart danebenliegt. Damit hat sie jetzt überhaupt nicht gerechnet, dass es ihr Vater sein könnte.

Sie ist enttäuscht, weil ihr Traum vom Plattenvertrag inklusive Flug nach London, *Sofort! Gleich heute!*, gerade platzt.

»Bist du das, Sarah?«, fragt ihr Vater.

Sie erschrickt über die Lautstärke ihres Herzklopfens. Ihr Vater ruft sie nicht zum Spaß an, um ihr irgendeine Neuigkeit aus Sri Lanka zu erzählen. Ihr Vater ist, wie jeder schlechte Smalltalker, eine Vollkatastrophe am Telefon. Sarah kann sich nicht erinnern, jemals wirklich mit ihm telefoniert zu haben. Irgendwann hat sie mal auf einer Schulreise zwei elend lange Minuten mit ihm in der Leitung gehangen, weil ihre Mutter einkaufen war. Weiter als *Wie geht's, Gut, und dir?* waren sie nicht gekommen.

»Was ist denn, Papa?«

»Ich finde es wichtig, ich sage es nicht oft genug: Ich bin stolz auf dich.«

»Papa, ich bin doch in der Schule ...«

Diese Liebeserklärung ist so ungewöhnlich, dass sie den Anlass dafür irgendwo anders suchen muss, zum Beispiel im Alkohol. Richtig betrunken hat sie ihren Vater noch nie erlebt. Das weiß ihre Mutter immer zu verhindern. Nach maximal zwei Gläsern Wein kommt der Korken auf die Flasche. Sie vermutet, dass er in Sri Lanka zu tief ins Glas geschaut hat und sie anruft, um sich nett mit ihr zu unterhalten, ohne sich des fünfstündigen Zeitunterschieds bewusst zu sein.

»Es ist nichts, Sarah. Tut mir leid, dass ich dich gestört habe, Kind.«

Sarah hört genau hin, vielleicht verraten die Hintergrundgeräusche ja, wo er gerade ist und wieso er sie zum ersten Mal in der Schule anruft. Wieso nimmt jemand die Telefonnummer der Schule seines Kindes mit auf Geschäftsreise?

»Rufst du mich deshalb an?«, fragt sie. Hinter ihrem Rücken spitzt Sekretärin Antonia die Ohren.

Sie kapiert nicht, was er will. Ihr Vater ist ein Rätsel. Niemanden auf diesem Planeten kennt sie weniger als ihn. Sarah kann aus dem Stegreif fünf Eigenschaften aufzählen, die Antonia perfekt beschreiben, doch über ihren eigenen Vater weiß sie so gut wie nichts.

»Ich liebe dich«, sagt er. Sie stellt ihn sich in der Telefonzelle eines großen Hotels vor, in der Nähe eines Konferenzraums. Aus seiner Stimme spricht ein solcher Grad an Unterwürfigkeit und Verwirrtheit, dass sich Sarah unbehaglich fühlt. Wie kommt er auf die Idee, sie könne ihn auf einer langweiligen Geschäftsreise mal eben aufheitern? Ihr Vater hat schon aufgelegt. Sarah tut dasselbe.

»Ich hoffe, es war wichtig«, meint Antonia. »Sag deinem Vater, dass das aber nicht zur Gewohnheit werden soll. Geh jetzt bitte wieder ruhig in deine Klasse.« Als richte sie das Wort an ein Kindergartenkind. Dann setzt sie sich an ihren Schreibtisch und beginnt eilig Papier zu tackern, wohl um die erlittene Verzögerung aufzuholen. Der kurze Anruf hat sie von der Arbeit abgehalten.

Sarah geht auf den Schulhof und nimmt einen möglichst langen Umweg zu ihrer Klasse. Aus den Klassenzimmern dringen entfernt Lehrerstimmen. Ein Arbeiter klettert auf dem Sportfeld auf eine Leiter, um an einem lose hängenden Basketballring herumzudoktern.

# 1998

# MIEKE

In der Nachtegalenlaan 7 klingelt das Telefon. Mieke tupft gerade in der Küche Austernpilze trocken. Die darf man nicht unter den Wasserhahn halten. Das sind Schwämme, die alle Flüssigkeit in sich aufsaugen. Wenn sie mit Wasser in Berührung gekommen sind, kann man sie eigentlich wegschmeißen, dann lassen sie sich nicht mehr richtig anbraten. Das Küchenpapier, das Mieke behutsam auf die Schwämme legt, bleibt haften. Sie verdächtigt den Mann vom Delikatessengeschäft, die Austernpilze angefeuchtet zu haben. So kann man tüchtig kassieren, denn dann haben sie das dreifache Gewicht. Mieke fürchtet, nicht genug Austernpilze für das Abendessen mit Elvira heute zu haben.

Sie schaut auf die fleischigen Schwämme in ihren Händen, während sie das aufdringliche Telefon klingeln lässt. Die Gelassenheit in Sachen Ron, die sie sich seit Wochen auferlegt, hat sich immer noch nicht eingestellt, im Gegenteil. Jede Begegnung mit ihm ist eine Filmszene, die sie vor dem Einschlafen endlos abspielt. Sie nutzt sich nicht ab. Jedes Wort zwischen ihnen ruft sie sich immer wieder in Erinnerung. Sie dreht Rons Worte um, betrachtet sie von allen Seiten, als wären es Diamanten, die könnte sie auch ewig bewundern. An Sarahs knallhartem Nein gibt es jedoch wenig zu bewundern. Es kam unmittelbar nach Miekes wirklich freundlicher Frage, ob sie nicht einmal bei Fräulein Jules nachfragen wolle, ob sie auf dem Schloß nicht eine Feier, eine glanzvolle Gala, die sie keinen Pfennig kosten würde, organisieren wolle. Zumal Sarah dort mehr Zeit als zu Hause verbringe. Ihre Tochter bellte schon Nein, bevor Mieke überhaupt zu Ende gesprochen hatte. Das ist hart. Vor allem, wenn man seinen Freundinnen von der Stiftung den Ort schon schmackhaft gemacht und ihnen weisgemacht hat, die eigene Tochter sei die beste Freundin der Adeligen, die auf dem Anwesen wohnen. Niemand hat so ein schwieriges Kind wie sie, niemand.

Manchmal packt sie die Lust, nach Brüssel zu fahren und sich da auf dem Rouppeplein oder von wo aus dieser Reporter Jan Balliauw seine Berichte über Unruhen und Drogen sendet, mit einem ordentlichen Vorrat an Drogen einzudecken und den dann Sarah zu geben. »Sieh her, wie modern ich bin. Ich bin gar nicht so von gestern, wie du immer denkst. Viel Spaß damit!« Woraufhin ihre Tochter mit Glotzaugen auf das lebensgefährliche Zeug in den Händen ihrer Mutter starrt, die Gefrierbeutel von allen Seiten betrachtet, feststellt, dass sie echt sind, und »Mama, nimm das nicht« ruft und dann alles augenblicklich in die Toilette kippt und wegspült. Mieke sieht sich in Gedanken schon triumphieren. Leider fährt sie nicht gern durch eine gefährliche, hektische Metropole wie Brüssel.

»Hast du nie das Gefühl, das Dienstmädchen zu sein?«, hat Ulrike sie gestern gefragt. »Das Dienstmädchen, das vor allem den Mund halten muss, Hauptsache, sie stellt keine Fragen. Wenn Jugendliche unter sich sind, passiert alles Mögliche. Du stehst dabei, hast aber keine Ahnung, worüber sie reden, und kannst dir keinen Reim auf ihre Gebärden und diese sogenannten Tanzschritte machen.« Ulrike tunkte einen selbstgebackenen Keks in den Kaffee, wo er abbrach und unwiederbringlich auf den Boden sank, wie ein U-Boot. »Und diese Trübsinnigkeit. Schwarze Klamotten tragen, kein bisschen Sonne vertragen, auf Blut und abgehackte Gliedmaßen abfahren, und dann diese grässlichen Filme über Serienmörder. Brrr! Ich weiß noch gut, dass ich zu meiner Zeit froh über ein Blümchenkleid und einen Tag am Strand war.« Von dort flitzen Miekes Gedanken zu einem Schäferstündchen mit Ron am unberührten Strand von Het Zwin.

Mieke nimmt den Hasen an seinen sehnigen Pfoten aus dem Butterbrotpapier. Das dunkelrote magere Fleisch ist, obwohl man es nicht sehen kann, von Schrotkügelchen durchsetzt. Das Tier wurde auf ihrem Grund und Boden erlegt. Jedes Jahr bekommen sie von den Pächtern einen erlegten Fasan oder Hasen als Zeichen der Zuneigung. Ihre Pächter sind die Kinder der Pächter, die ihren Vater noch gut gekannt haben. Von Generation zu Generation geht das so, ohne die geringsten Probleme.

Das Telefon gibt keine Ruhe. Die Wanduhr zeigt exakt fünfzehn Uhr an. In Boston ist es sechs Stunden früher. Weniger sechs macht neun Uhr, rechnet Mieke. Sie ist sich beinahe sicher, dass er es ist, Ron Hoffman. Sie lässt es weiterklingeln, weil sie nicht den Eindruck erwecken will, immer zu Hause zu sein.

Zum ersten Mal hat Mieke Kroketten gekauft, statt sie selbst zu machen, eine kleine Kapriole, die sie sich jetzt erlaubt. Stefaan findet, dass es nicht Verschwendung, sondern wohlverdienter Luxus ist, Fertiggerichte zu kaufen. Die mickrigen Dinger in der Aluminiumschale mit dem Wildschwein, dem Logo des Delikatessengeschäfts, enttäuschen sie: Die Panade ist fast vollständig abgeblättert, die Kroketten selbst sind eingedrückt. Unter »Luxus« versteht sie doch etwas anderes als eingedrückte Kroketten.

Jetzt hat das Ding aber lang genug geklingelt. Es gibt Grenzen. Mieke wirft die Kroketten in den Futternapf für die Hühner und nimmt den Hörer von der Gabel. »Hallo, hier Mieke De Kinder«, sagt sie. Als sie keine Antwort bekommt, wiederholt sie vergeblich: »Hallo?« Sie hört nur noch entferntes Meeresrauschen.

# 1998

# WIR

Ein schwarzer Volkswagen biegt in die Straße ein. Wie ein unsicherer Käfer kriecht er an den Grundstücken vorbei, tastet sich an den Hausnummern auf den Briefkästen entlang – nicht an den Hauswänden. Vor dem imposanten Briefkasten der Vandersandens kommt das Auto zum Stehen. Gurte werden aufgeklickt. Wegen der Spiegelungen in den Scheiben sind die Insassen schwer zu erkennen. Sie sind zu zweit, ein Mann und eine korpulente Frau. Bevor sie aussteigen, setzen beide eine Kopfbedeckung auf. Zwei Gesetzeshüter in zeitlosem Dunkelblau, die Schutzfarbe, die sie mit den Klosterschwestern und den Postboten gemein haben.

*Auf Anweisung von oben haben sie auch eine Polizistin geschickt, nicht nur einen Polizisten*, ist Miekes erste Gedanke, als sie die Haustür öffnet. Vor Panik wird ihr schwarz vor Augen: Eine Frau kommuniziert besser, hat mehr Empathie. Das ist Strategie, kann aber auch Zufall sein. Sie kommen, um sie festzunehmen, man wird sie für ihre verbotenen Phantasien oder vielleicht sogar wegen Kindesmisshandlung bestrafen. Mieke ist schon wieder fünf Schritte zu weit in ihrem Katastrophenszenario. Bleib ruhig, befiehlt sie sich. Die Polizeibeamtin sucht ihren Blick. Kastanienbraune Augen nageln sie fest, ein freundliches Nicken. Automatisch nickt Mieke zurück.

Die beiden bedrängen sie sofort mit Fragen, auf die sie die Antworten schon kennen. Ob Stefaan Vandersanden hier wohne, ob sie seine gesetzlich angetraute Ehefrau sei, ob es korrekt sei, dass sie eine gemeinsame Tochter namens Sarah haben. Mieke kämpft gegen die Feuchtigkeit an, die wie aus dem Nichts in ihren weit aufgerissenen Augen aufsteigt. *Atme, schaue, registriere.* Die Uniformen für Frauen sind wenig schmeichelhaft. Sicher nicht für einen vollschlanken Knirps von einer Polizistin, die versucht, Haltung zu bewahren. Die Beamtin fragt, ob sie kurz hereinkommen dürften. Mieke ist zu überrumpelt, um nicht ehrlich zu antworten: »Lieber nicht.«

Aber die Frau besteht darauf. Sie würden es vorziehen, wenn Mieke sich kurz hinsetzen würde. Das sagt sie tatsächlich. Mieke atmet einmal tief durch, ballt ihre eiskalten Finger zu Fäusten und fragt höflich, ob sie ihr bitte ohne Umschweife erzählen wollten, was sie zu erzählen hätten, und dann ihr Grundstück wieder verlassen könnten. Die Kollegen tauschen Blicke aus. Dann ergreift die Frau das Wort. Kaum drei Minuten später ziehen die Polizisten gezwungenermaßen wieder ab. Mit gesenkten Köpfen steigen sie in den schwarzen VW.

Bei schweren Steuerhinterziehungsdelikten schicken sie dir auch die Polizei ins Haus, so viel weiß Ulrike. Aber bei den Vandersandens kann das unmöglich der Fall sein, darin sind sie und Evi einer Meinung. Es besteht kein Zweifel, dass Mieke ihre Hilfe brauchen kann, denn ein ungebetener Gast in blauer Uniform, da erschrickt man ja zu Tode. Die beiden machen sich bereit, Mieke beizustehen. Im Gleichschritt überqueren sie die Straße zur Nachtegalenlaan 7.

Dort fällt ihnen gleich etwas Beunruhigendes auf. Die Haustür der

Vandersandens ist auf, aber niemand ist zu sehen. Ulrike ruft den Namen ihrer Nachbarin und Freundin, die vergessen hat, die Tür zu schließen, oder aus dem Haus geflüchtet ist.

Ein unterdrücktes Wimmern wie von einem Tier, eine vernachlässigte Katze, die zu kratzen droht, sobald das kleine Mädchen die Hände nach ihr ausstreckt.

»Mieke?«

Das Gewinsel kommt von der anderen Seite der zweieinhalb Meter hohen Buchsbaumkugel. Niemand in der Siedlung hat so einen Buchsbaum vor seiner Eingangstür, höchstens einen normalen oder jedes Jahr eine neue Zwergversion, so wie Evi. Miekes Pflanze ist bestimmt zwanzig Jahre alt. Sie ist sehr aufwendig in der Pflege: Mal einen Winter nicht aufgepasst, nur eine einzige Nacht nahe am Gefrierpunkt, und so ein Buchsbaum stirbt einen stillen Tod.

Evi ruft noch immer leise Miekes Namen. Mit dem Erfolg, dass das Wimmern jetzt gedämpfter klingt. Die Frau, die so darauf programmiert ist, nichts falsch zu machen, ist nicht mehr sie selbst. Also ist höhere Gewalt im Spiel. Wer eine Frau so vor Schmerzen wimmern hört, dem geht das durch Mark und Bein. Es tut Ulrike und Evi in der Seele weh.

»Mieke, antworte doch. Bitte …«

Mieke kauert hinter dem Buchsbaum. Ulrike und Evi zwängen sich in den schmalen Raum zwischen der Hauswand und dem Baum, Miekes Laufgraben.

Sie merkt, dass da jemand ist. Evis Stimme dringt durch ein kleines Loch in der dunklen Oberfläche ihrer Wahrnehmung. Auf einmal ist Mieke wieder bei Sinnen. Sie schnieft. Damit nur ja kein Unkrauthalm um ihre Pflanze herum wächst, scharrt sie ein bisschen in der Erde herum.

Sie hatte keine Ahnung, dass es so kommen würde. In jedem Leben reihen sich die Tage aneinander wie Glieder einer Kette, die man nicht selbst entworfen hat, aber das jetzt ist etwas, womit sie nie gerechnet hatte. Plötzlich kommen Laute aus Mieke, Worte einer sprechenden Puppe. Sie erzählt bruchstückhaft, was sich Schlimmes zugetragen hat: In Sri Lanka ist Stefaan auf eine Autobahnausfahrt eingebogen. Dort fährt man links. Er ist sofort frontal mit einem LKW zusammengestoßen. Der Fahrer des Lasters erlitt einen Schock und musste aus seiner hohen Kabine herausgeschnitten werden. Kein Geisterfahrer kann so einen Aufprall überleben. Stefaan war sofort tot.

Es ist, als platzte ein Wasserbeutel. Die Traurigkeit quillt heraus. Ganz frisch und neu sprudelt sie aus dem dunkelsten Wesen ihres Seins auf. Sie labt sich daran. Ulrike und Evi nehmen Mieke in die Arme. Kurz lässt sie es zu, dann versteift sie sich.

»So, ich glaube, jetzt ist hier kein Unkraut mehr.« Mieke lockert ihre Schultern und entschuldigt sich. »Gleich schlägt die Haustür zu. Dann habe ich mich selbst ausgeschlossen.« Sie sticht sich mit dem Gesicht am Buchsbaum. Nacheinander verlassen Mieke, Ulrike und Evi das Beet mit dem Buchsbaum. Sie stehen wieder im vollen Tageslicht beim Eingang. Mieke geht ins Haus, will die Tür schließen.

»Lass dir doch helfen, Mieke!«

»Das habt ihr«, sagt Mieke mit gesenktem Blick. »Danke.«

»Wir lassen dich jetzt nicht allein.«

»Das will ich aber.« Die Haustür ist schon fast geschlossen.

»Bist du dir ganz sicher, Mieke?« Die Tränen laufen in Strömen über ihre Wangen.

»Geh nur. Emily kommt gleich heim. Sie wird sich wundern, wo du steckst.«

Ulrike und Evi verstehen die Signale. Sie will in Ruhe gelassen werden. Die Tür fällt ins Schloss.

Als Mieke mit einem feuchten Waschlappen auf der Stirn im abgedunkelten Schlafzimmer auf dem Doppelbett liegt, denkt sie nicht an Stefaan. Es dringt noch nicht zu ihr durch, dass er nie mehr hier liegen wird. Aber tief im Innern weiß sie, dass das nicht gut ist. Die Einsicht ist da, glasklar und geht mit zuckenden Schmerzen einher. Ihr Herz wird wie von einer unsichtbaren Hand ausgewrungen. Sie wird sich auf sich selbst verlassen müssen. Sie wird alles, was sie im Leben gelernt hat, aufbieten müssen, um da durchzukommen. Mieke hat nur ein Ziel: ihre Tochter mit heiler Haut hier durchschleusen.

Sie setzt sich unten aufs Sofa, um ihre Tochter abzupassen. Hunderte Male hat sie auf Sarah gewartet, aber so wie jetzt war es noch nie. Sobald Sarah die Hintertür aufschiebt, schlingt Mieke die Arme um ihre Tochter, um sie für immer festzuhalten und mit ihrem eigenen Leben gegen die Welt da draußen zu beschützen.

»Papa …«, schluchzt Mieke. Sie ringt nach Luft, schafft es gerade noch unter enormem Kraftaufwand, das Wort *verunglückt* herauszubringen. Sarah wirkt perplex und ergeben zugleich. Sie weint leise und heftig, wie ein kleines Tier, das mit der Pfote in eine Falle getappt ist und keine Möglichkeit sieht, sich daraus zu befreien. Tiere sind stärker als Menschen. Zwei Autos stupsen gegeneinander, und es ist aus. Was bleibt, ist eine Familie, die in sich zusammenbricht. So unmöglich und abgrundtief der Schmerz auch ist, für Mieke ist es doch beruhigend zu wissen, dass sie zusammen mit ihrer Tochter dem Dunkel entgegensaust. Sie wissen nicht, wie lang sie so ineinander verflochten dastehen, aber es ist ein Moment, der in all seiner Intensität und Traurigkeit nie wiederkehren wird.

Abrupt tritt Sarah einen Schritt zurück, stößt ein einziges Wort aus, unendlich oft, bis es die Bedeutung verloren, sich selbst ausradiert hat: Nein!

Dieses Nein wird Miekes neuer Schlachtruf. Sie wird nicht daran zugrunde gehen und nicht zulassen, dass Sarah hieran zugrunde geht, nein! Mit dreistündiger Verspätung schafft es Mieke, das

Abendessen auf den Tisch zu stellen. Elvira hat schon herumtelefoniert, die Nachricht verbreitet sich wie ein Lauffeuer in der Siedlung. Mieke ist dankbar, dass Elvira vorbeikommt, obwohl sie gestern Abend schon hier war, um – beim leckeren Hasenbraten – über Steuervorteile für die Betriebe zu sprechen, die ihre Stiftung großzügig unterstützen. Da war die Welt noch in Ordnung.

Mieke erzählt Elvira alles, was sie weiß. Die Worte, die sie benutzt, sind aber noch nicht in ihrer Bedeutung verankert. Mieke kann sich unter Sri Lanka nichts vorstellen, geschweige denn, wie eine Autobahn dort aussieht. Stefaan wird es ihr schon beschreiben, wenn er wieder da ist. Sie reiht einen Denkfehler an den nächsten. Nach dem halben Glas Wein zum Steak, von dem nur Elvira einen Bissen isst, ist Mieke völlig neben der Spur. Mit der einen Gehirnhälfte berichtet sie Stefaan, was heute passiert ist, nämlich, dass er nicht mehr da ist, mit der anderen denkt sie pausenlos über die Frage nach, wie sie ohne ihn weiterleben soll. Als ob man Farbe über einen rissigen Boden verschüttet hat und jetzt versuchen muss, die aus den Ritzen rauszukriegen. Es geht nicht. Wird nie gehen. Zwischen all ihren Gedankengängen ist Stefaan das Bindeglied. Sie kann ihn nicht herausschneiden, dann gäbe es sie selbst nicht mehr. Elvira hilft ihr nach oben, verriegelt danach die Haustür und lässt sich selbst über die Waschküche hinaus.

Haufenweise Kränze und Blumen trudeln ein. Letztere sehen schon verwelkt aus, und so etwas wie einen schönen Blumenkranz gibt es einfach nicht. Die weiße Orchidee von Ron Hoffman gibt sie dem Blumenlieferanten wieder mit. In der Küche stapelt sich Tupperware: fünf Sorten Suppe, Vol-au-vent mit Freilandhühnchen, Zitronenplätzchen. Ulrike bringt ihr auch ein paar Bücher zum Thema Trauerarbeit. Eigenartige Bücher, von grauhaarigen Weisen geschrieben. Mieke legt sie auf die Kommode im Flur, um sie Ulrike nach zwei Wochen wieder zurückzugeben.

Jetzt kommen viel mehr Rollen auf sie zu, als sie je für möglich gehalten hätte: Briefempfängerin, Kaffeekocherin, Vater, Mutter, Schatzmeisterin, Vermieterin, Verdächtige, Steuerzahlerin, Mittelpunkt, Halbverhungerte, Taschentuchverbraucherin, Kommunikationsverantwortliche, Käuferin schwarzer Kleidung … Irgendwas saugt sie aus und wirft sie wie einen Lappen in die Seile der Welt. Doch bevor sie k.o. geht, rappelt sie sich immer wieder auf. Das alles ist mehr als ein Tagespensum und genau das, was sie jetzt braucht. Sie fürchtet sich vor dem Tag, an dem sie allein am Küchentisch sitzen und sich Stefaans Ring an den Finger schieben wird.

Mieke tritt als Schatzmeisterin der Stiftung zurück, weil sie unter den gegebenen Umständen ihre Funktion nicht wahrnehmen kann, wie es sich gehört. Elvira akzeptiert den Rücktritt nicht. Sie werden nicht auf sie zählen können, drängt Mieke. Elvira bleibt dabei. Mieke solle sich die Zeit nehmen, die sie braucht, danach sähen sie schon weiter. Für Mieke ist das wie eine Schlinge um den Hals. Ihr Schuldgefühl quält sie, dass sie – wenn auch indirekt – für Ron arbeitet und so ihrem lieben, toten Ehemann untreu ist.

Ihre Schwester Lydia ist von der Ostküste der USA rübergeflogen. Sie hat versucht, Jempy zu erreichen, aber unter seiner letzten Telefonnummer in Stellenbosch, Südafrika, meldete sich nur eine Frau, die nicht gut auf Jean-Pierre zu sprechen war. Lydia holt einen Vorrat kräftigender Proteinshakes aus ihrem Koffer. Sie übernachtet in einem Hotel in der Stadt und kommt jeden Tag vorbei. Die beiden Schwestern schweigen viel. Mieke fragt Lydia, ob sie ihr einen Gefallen tun und seinen Schuppen ausräumen könne.

»Sollten wir das nicht besser zusammen machen?«, fragt Lydia. Sie möchte nicht in die Erinnerung an Stefaan eindringen und alles ohne Miekes Einverständnis aufräumen. Mieke ist einverstanden, den meisten Kram gemeinsam wegzuschaffen. Seine Werkzeuge und die restlichen Sachen will sie vorerst aber nicht antasten.

»Wusstest du, dass Stefaans Vater damals Selbstmord begangen hat?«, fragt Mieke, ohne von der Arbeit aufzuschauen. Sie verstaut einen Topf mit getrockneter Farbe nach dem anderen in einem Umzugskarton.

»Nein, wusste ich nicht.« Lydia hat aufgehört zu wischen. Sie lehnt sich auf den Schrubber, als suchte sie Halt. »Fang bitte nicht an, dir irgendwelche komischen Sachen einzureden.«

»Ich will sowas aber wissen.«

»Wissen wird überschätzt, Mieke. Christopher sagt immer: Die Wissenschaft ist nicht Gott. Man kann zwar alles Mögliche analysieren, aber das Hier und Jetzt spielt eine große Rolle, die die Wissenschaft nie nachweisen kann, nie. Es tut mir ja so leid, Mieke!«

Mieke fährt zum Leichenschauhaus der Polizei, um die überführten sterblichen Reste ihres Mannes zu identifizieren. Den grausamsten Moment ihres Lebens steht sie in der Eiseskälte des Aufbewahrungsraumes ganz allein durch. Sie wird das Bild nicht mehr aus dem Gedächtnis bekommen. Den Polizeibericht legt sie in Stefaans Schuppen, wo ihr bei dem Gedanken an die Kritzeleien und Skizzen, die da noch irgendwo liegen müssen, die Luft wegbleibt.

Sarah hat zum ersten Mal diese irre machende Musik abgestellt und ist aus ihrem Zimmer gekommen, um mit Tante Lydia die Adressen auf die Trauerbriefe zu schreiben. Um aus dem Weg zu sein und sich trotzdem nützlich zu machen, hat Mieke einen Apfelkuchen gebacken. Dreißig Minuten gibt ihr die tickende Küchenuhr, um am Tisch dem Gras beim Wachsen zuzusehen. Durch ihre Gedanken winden sich allerlei Schlangen.

Schutzlos steht sie in der Türöffnung, mit einem Apfelkuchen in den Händen, und kann sich nicht vom Fleck rühren. Es ist, als würde eine Axt in ihrem Zwerchfell stecken, die ihre Beine lähmt und ihr Herz ausbluten lässt. *Du hättest das kommen sehen müssen.* Sie hat aus erster Hand miterlebt, wie Stefaan ihr Tag für Tag mehr entglitt.

Sie hat diese Blätter im Schuppen entdeckt und nichts unternommen. Sie hat gemerkt, wie apathisch er an Ostern war, hat es aber geschehen lassen, weil ihre Gedanken um Ron kreisten. Sie wusste, dass sein Vater sich erhängt hatte. Auch Stefaan hat Selbstmord begangen, was hatte er sonst auf der falschen Straßenseite zu suchen, wieso reiste er um den halben Globus, warum konnte man nicht vernünftig mit ihm reden?

Nach dem Begräbnis und dem Leichenschmaus, etwas, was Mieke möglichst schnell aus ihrem Gedächtnis streichen möchte, kehrt sie in die Nachtegalenlaan 7 zurück. Leute sagten ihr mit verweinten Augen, der Gottesdienst sei wirklich schön gewesen. Manche umarmten sie überschwänglich. Es war ihre Aufgabe, sie zu trösten, damit alle wieder beruhigt nach Hause gehen konnten und sie mit ihrer Trauer allein sein konnte. Der Schmerz ist so groß, dass das ganze Haus knarrt und wimmert und aus den Fugen gerät.

Am Abend nach dem Begräbnis steht Mieke am Spülbecken, wo mit den Jahren so viele Tassen durch ihre faltiger werdenden Hände gegangen sind. Sie wäscht die Teller gründlich ab, bevor sie sie in der Spülmaschine verstaut. Er schnappt sich das zum Dreieck gefaltete Handtuch von ihrer Schulter, um eine Schüssel abzutrocknen. Sie sagt, das sei nicht nötig, wirklich nicht, sie wolle es sich einfach machen und die Spülmaschine benutzen. Er tut, als sei er ein Idiot, der noch nie was von einer Spülmaschine gehört hat. Haben sie all die Jahre ein Spiel gespielt und er ist aus der Rolle gefallen?

Sarah lässt ihren Teller in das dampfende Abwaschwasser gleiten und verzieht sich nach oben. Sie gehen einander aus dem Weg. Wenn eine von beiden gerade auf der Toilette ist, kann die andere schnell Teewasser aufsetzen und sich unbemerkt wieder verkriechen. Sie sind ziemlich erfinderisch im Entdecken von Schleichwegen, damit es zu keiner Konfrontation kommt. Darin respektieren sie sich. Mieke spült die Tassen und den Teller ab. Gründlich schrubbt sie mit einem Topfschwamm die weiße Innenseite, die bemalte Außenseite und den kleinen Wedgwood-Stempel auf der Unterseite. Die vielen gelben Köpfchen der Forsythienbüsche lugen zum Fenster herein. Das Gras ist zu neuem Leben erwacht, nachdem es unter dem Blätterdach und der Schneedecke wieder hervorgekrochen ist. Der Anblick ihres gemeinsamen Gartens ist wie ein Schlag ins Gesicht.

*Du hast ihn nicht davon abhalten können.*

Sie öffnet die Schublade mit den kleineren Werkzeugen, nimmt eine Gartenschere heraus und schlendert über den Rasen. Ihre schwarzen Absätze versinken in der Erde. Sie weiß gerade nicht, welche Äste sie abschneiden soll, um sie in eine Vase zu stellen. Schließlich entscheidet sie sich für den völlig unschuldigen Prunus triloba. Pflanzen wie dieser Mandelbaum kennen den magischen Zaubertrick, in der dunklen Unterwelt zu überwintern und wieder aufzutauchen, wenn die Sonne warm genug strahlt. Sie lässt ihn in Ruhe, pflückt nur ein Blütenblatt aus dem rosa Kelch, das sie sich auf die Zunge legt und kostet. Dann schluckt sie es herunter. Weg. Weg für immer.

Stefaans Koffer ist verschwunden. Wenn er wieder auftaucht, wird man ihn nachsenden. Aber Lydia hat ihr schonend beizubringen versucht, dass die Chance gering ist. Mieke will das Letzte, was er angefasst hat. Sie nimmt die Seife, mit der er sich das letzte Mal gewaschen hat. Während die Wanne vollläuft, wiegt sie das Stück in der Hand. Vom Rand aus schaut sie zu, bis genug Wasser eingelaufen ist. Dann steigt sie hinein, in ihrem schwarzen Kostüm, mit dem ganzen Schmuck. Sie denkt an Jackie O und bricht komplett zusammen. Sie dreht den Hahn voll auf. Unter dem Tosen des fließenden Wassers kann sie weinen. Sie taucht mit dem Kopf unter, bis sie zu zweifeln beginnt, ob sie überhaupt noch mal hochkommen will.

Jemand hämmert ununterbrochen gegen die Badezimmertür, Mieke kommt wieder zu sich. »Mama, dreh den Hahn zu!«, hört sie Sarah rufen. »Mama, bitte …«

# 1998

# SARAH

Ab jetzt zerfällt alles in ein Vorher und ein Nachher. Eine banale Jugend hat plötzlich ein schreckliches Nachspiel bekommen, was ein rühmlicher Schulabschluss hätte werden sollen, ist traurig geendet. In den vergangenen Wochen hat Sarah immer wieder die gleichen Geräusche gehört: das tägliche sinnlose Staubsaugen, das Surren der Spülmaschine, des Haartrockners, der Farbreste losbrennt, von Zeit zu Zeit ein spärliches Wort von ihrer Mutter. Der Lärm, der von außen hereindringt, strömt mit überwältigender Kraft in ihren leeren Kopf.

Vom Rasen des Schlossgartens aus beobachtet Sarah Jules' Party, die allmählich in Schwung kommt. Etwa hundert Gäste stehen zwischen den Sträuchern verteilt. Die Luft vibriert vom schrillen Lärm, Gewitterfliegen flirren durch die Luft. Sarah nickt zum Rhythmus von *Black Steel*, Trickys Riesenhit. Diese Art des Nickens soll Tanzen sein und zeigen, dass du dich gut fühlst: Du kannst in der Musik aufgehen.

Um den Pool sammeln sich immer mehr Menschen, die über die Terrassentüren aus dem Schloss tröpfeln. Ein Pärchen am Beckenrand hält sich zum Spaß im Judogriff, alte Bekannte fallen sich in die Arme. Das knallblaue Wasser und der mysteriöse Anblick der gezackten Sträucher, die sie in der Nacht umgeben, ziehen die Leute magisch an. Sarah steht hinter einem Sockel, dem die Statue fehlt, und sammelt Mut, während Suri und Emily aus dem Schloss herausspaziert kommen, als hätten sie Sarah von den oberen Stockwerken aus beobachtet. Die beiden nicken kaum merklich zur Begrüßung. Suri fischt eine dicke Cohiba aus ihrem metallenen Rauchetui. Der zähe Qualm wabert kilometerweit durch die Wälder bis zu dem schlafenden Dorf, wo spätestens um zehn Uhr die Rollläden runtergehen. Auf dem Berg ist das die Zeit, in der alle Jalousien heruntergerollt oder die Vorhänge geschlossen werden.

Ein roter Sportwagen kommt um die Ecke und fährt mitten über den akkurat gemähten Rasen auf die schlammige Zufahrt, hinterm Steuer eine Frau, die lauthals lacht. Ein Junge in einer amerikanischen Polizeiuniform liegt auf dem Auto, klammert sich an den Rändern des Daches fest.

»Los, Ladys!«, sagt Sarah übertrieben schwungvoll. »Lasst es krachen!« Suris und Emilys Blicke brennen auf ihr. Sie zündet sich eine Camel an.

»Wo steckt die vierte Lady?«, fragt Suri.

»Die habe ich gerade noch in der Bibliothek gesehen«, antwortet Emily.

Die Flügeltür zur Bibliothek steht offen. Die auseinanderfallenden uralten Bücher in den Regalen scheinen sich immer mehr aufeinander zuzubewegen. Marie-Hélène sitzt auf einem durchsichtigen Aufblassofa und flüstert in einen Telefonhörer, neben ihr ein Mann mit nackten Oberkörper, der nicht Barend ist. Sein Schlangenleib ist weiß und dünn. Er legt einen Arm um sie, küsst ihr den Hals. »Ja, Schatz, versteh ich«, sagt sie in den Hörer. Sie trägt ihre übliche Uniform aus bleischweren Armeestiefeln unter einem ultrakurzen

Spitzenkleidchen. Sobald MH sie bemerkt, gibt sie Zeichen, sie sollen weggehen.

Draußen sammelt sich das Volk an der Bar. Als sich Suri durch das Gewühl zwängt, um eine Flasche Champagner für sie zu holen, sucht Emily die großen reiswaffelartigen Fliesen nach etwas ab, das sie nicht findet: ein Gesprächsthema. Auf einmal fängt sie ziemlich laut an, von Lars zu reden. Sarah hat vor Urzeiten mal einen Blick auf Lars erhascht, als er in dem verrauchten Café gegenüber der Schule wie eine verwelkte Zimmerpflanze auf seinem Barhocker hing. Sarah zweifelt, ob sie sich nach dem Demotape erkundigen soll, das die Band ohne sie aufgenommen hat, aber eigentlich will sie nichts darüber hören. Die Ladys hatten alle ein ungutes Gefühl dabei, als Jules vor ein paar Wochen ankündigte, Scott werde diesmal wirklich wegen der Demo-Aufnahmen vorbeikommen. Sarah schaffte es in den ersten Wochen nach dem Tod ihres Vaters nicht, das Haus zu verlassen, bestand aber darauf, dass die anderen das Demo ohne sie aufnahmen. *Aber dann ist es kein richtiger Lady-Dies-Demo*, wandte Suri noch ein, aber Sarah sagte, sie dürften sich diese Chance nicht entgehen lassen.

Die Ladys sind zur Beerdigung gegangen, obwohl Sarah ihnen – abgesehen von Emily – keine Einladung geschickt hatte. Ihre Mutter hatte allen Nachbarn eine Anzeige geschickt. Das Begräbnis war gleichzeitig auch die erste Begegnung ihrer Mutter mit den anderen Ladys Dies. Jules und Xavier waren nicht dabei. MH meinte, die beiden könnten Begräbnisse nicht aushalten, besonders Jules nicht. Sarah zuckte unwillkürlich zusammen, als sie die drei Ladys auf einer Kirchenbank sitzen sah. Es war unpassend. Sie hatten nichts mit ihrem Vater zu tun. Sie hätten wegbleiben müssen, gute Absichten hin oder her. Ihre Mutter konnte übrigens nicht verstehen, dass Suri in einem Müllsack zur Beerdigung gekommen war. Wollte sich das Mädchen etwa über ihren Mann lustig machen? Eine Pietätlosigkeit, das war es, beschloss Mieke, ein Schlag ins Gesicht. Man ging nicht auf ein Begräbnis, um Aufmerksamkeit zu erregen.

»Ich muss kurz zur Toilette.« Sarah fällt keine bessere Ausrede ein, um sich Emilys Fortsetzung der Lobeshymne auf ihre große Liebe nicht anhören zu müssen. Das ganze Schloss ist mit Lampions verziert. Schwungvolle Girlanden regnen von den hohen Zimmerdecken herab. Im Flur, der zur fürstlichen Toilette führt, hängen Plattenhüllen an den Marmorwänden. Sarah versucht, in der Abgeschiedenheit des stillen Örtchens Luft zu bekommen. Bevor sie wieder unter die Leute geht, raucht sie noch eine Zigarette. *Es wird schon schiefgehen*, der Satz, den ihr Vater immer sagte, wenn er sie an einem Prüfungstag vor der Schule absetzte. Es wird schon schiefgehen.

Im Halbdunkel des Ballsaals scannt Sarah die Körper. Sie sieht quadratische Kerle, die was Gefährliches an sich haben, überschwängliche Damen, die ungeniert in Gespräche reinplatzen, spindeldürre Gruftis, die aufs Fischgrätparkett starren, ganz normale Mädchen in Blümchenkleidern, einen stark tätowierten Schwarzen mit goldenem Gebiss, Plattenfirmabonzen in Anzügen mit Bügelfalten, Mafiosi mit zurückgegeltem Haar, Leute, die sich für Kois begeistern und zum Teich lotsen lassen, um auf halber Strecke zur Cocktailbar umzukehren, wo sie sich an eine Plattenproduzentin oder eine Geschäftsfrau aus Beirut ranschmeißen.

Keiner beachtet sie, außer dem Jungen, der neben einem Verstärker kniet und im Kabelsalat herumwurstelt. Er bittet sie, kurz zur Seite zu gehen, weil sie auf einem Kabel steht. Der Junge hat sich früher die Pickel aufgekratzt. Davon zeugen lauter kleine Löcher. Sarah zieht zweimal kräftig an dem Joint, den er ihr anbietet.

Bisher hat keiner auf der Party sie gefragt, wie's ihr geht, oder sie spontan in die Arme geschlossen, wie jedes Mal, wenn sie in den vergangenen Wochen vor die Tür gegangen ist. Vier Mal, um genau zu sein, und immer, um Einkäufe zu erledigen. Zu Fuß war sie mit einem Shopper vom Berg ins Dorf gegangen, um sich beim Händler mit ein paar Lebensmittel einzudecken, die ihre Mutter ordentlich aufgelistet hatte. Es war wichtig, nichts zu vergessen, denn sonst geriet ihre Mutter aus der Fassung.

Im Lebensmittelladen wurde sie spontan von einer Frau vorgelassen. Sie hörte die Leute denken, füllte selbst die Sprechblasen aus: »Das ist sie, das Mädchen!«, »Das muss ja furchtbar für dich sein!« Eine andere Frau nahm sie mit Daumen und Zeigefinger beim Ellbogen und fragte: »Geht es irgendwie?« »Irgendwie.« Sarah lächelte, wie es sich gehört. Als ihr bewusst wurde, dass sie das Lächeln ihres Vaters lächelte, hätte sie sich am liebsten den Kopf an der Ladentheke eingeschlagen. Er steckte in ihr.

Ihre Mutter gibt sich alle Mühe, das Leben innerhalb der vier Wände am Laufen zu halten. Dem Tod ihres Ehemannes, der so plötzlich und unerwartet über die Nachtegalenlaan 7 hereingebrochen ist, einen Platz in der täglichen Routine zu geben. In erhöhtem Tempo rattert ihre Mutter den ganzen banalen Kram herunter: Die Teppiche werden eingeseift, die Wohnzimmerwände werden freigelegt, bedampft, gereinigt, frisch tapeziert und da, wo der offene Kamin steht, neu gestrichen. Sie tut etwas Nützliches. Sarah sieht ein, dass sie das ihrer Mutter gönnen muss. Die Fassade ist kein Ablenkungsmanöver, sondern eine Überlebensstrategie. Jede Generation hat Mauern, die ihrer Mutter, dieser kleinen Einpersonengeneration, sind undurchdringlich.

»Darfst du behalten«, sagt der Junge mit den Aknenarben. Sie zuckt zusammen. Gedankenverloren, wie sie war, hat sich der Joint zwischen ihren Fingern inzwischen selbst aufgeraucht. Sie bläst in die rote Glut und nimmt einen letzten Zug von dem dicken Stummel. Sie reibt ihn an der Wand, bis Funken fliegen und er erloschen ist.

Jemand legt ihr einen Arm um die Schulter. MH hat sich zu ihr gesellt, schiebt sie in Richtung der Menschentraube um Jules. Hier draußen sind ungefähr genauso viele Leute versammelt wie auf der Beisetzung ihres Vaters. Sein Körper liegt jetzt auf einem kleinen Friedhof am Fuß des Berges. Auf dem Grabstein ist unter seinem Namen schon der seiner Witwe Mieke Vandersanden-De Kinder in Marmor gemeißelt. Eine schaurige Vorwegnahme, nicht aus Geiz, sondern als Zeichen großer Trauer. Ihre Mutter will einen Teil von sich mitbegraben. Sarah spürt, wie ihr Herz in ihrer Brust schlägt. Ein Virus, der sich ausbreitet und nicht eher stoppt, bis er sie ganz befallen hat. Sie lacht brav mit Jules' Freunden über Witze, die im Lärm untergehen. Sie schüttelt ein paar Grufti-Gewächsen mit blutunterlaufenen Augen die schlaffen Hände, lässt sich von Jules' begeisterten Freunden umarmen. Es sind weltberühmte Produzenten und Plattenbonzen, kaum älter als die Ladys, von denen Sarah noch nie gehört hat.

Ein Mann im Dreiteiler zieht mit einem Tablett von Grüppchen zu Grüppchen. Darauf sind feine weiße Pulverlinien. Na endlich, denkt Sarah. Als sie vor ein paar Monaten das erste Mal an einem Joint gezogen hat, erwartete sie, dass alles andere bald folgen würde, dass alle möglichen Drogen bald Revue passieren würden. Sarah macht einen Schritt nach vorne, nimmt das lange schmale Röhrchen vom Ober entgegen, beugt sich vor und zieht eine Line vom kühlen Silber. Sie muss nicht einmal blinzeln.

»Spitzenqualität«, sagt MH zu Jules, die sich zu ihnen gesellt hat. Sarah blickt sich scheu um, auf sich selbst, ihre Füße, und stellt fest, dass sie sich immer noch auf dem Planeten Erde befindet. Sie kneift sich die Nasenflügel zu, um zu überprüfen, ob Blut herausläuft. Zur Zeit machen so viele Geschichten über Glassplitter im Koks die Runde.

»Ladys«, sagt Jules mit schwerer Zunge, fast schon lallend, »enttäuscht mich nicht! Lasst es krachen, Leute!« Sie hat sich zwischen Emily und Sarah geschoben, legt beiden eine Hand auf die Schulter. Sie schaut erst Emily, dann Sarah durchdringend an. Dann kneift sie Sarah in die Schulter und sagt: »Wir sprechen uns später.«

Ein Produzent, der Eddie Vedder persönlich kennt, stellt sich Sarah spontan vor. Seine Hände malen in der Luft um sie herum, während er die Augen nicht von ihr lässt. Beim Reden merkt sie, dass seine Hände mit ihr spielen. Es sind warme Hände, fest, aber nicht grob. Während er an ihr herumhantiert, versucht sie, an den Frontmann von Pearl Jam zu denken, aber die glattrasierte Bohnenstange bleibt zu deutlich präsent. In ihrem Kopf taucht plötzlich das Bild von zwei ineinander verknoteten Tintenfischen auf. Noch im gleichen Moment versucht sie, sich aus der Umarmung herauszuschälen. Er ist nicht ihr Beuteschema, ist zu alt, zu hitzig, zu windig. Weil es nicht einfach ist, dem Mann subtil zu verstehen zu geben, dass sie keine Lust auf seine Anmache hat und deshalb doch lieber auf eine gemeinsame Nummer verzichtet, schiebt sie ihn von sich und ruft: »Aufhören!« Das Kokain erledigt die Arbeit für sie, lässt sie selbstbewusst auf Abstand gehen. Der aufdringliche Produzent segelt weiter zu einer rothaarigen leichenblassen Frau im rosa Catsuit. Irgendwer behauptet, das sei Tori Amos.

Es mag am Koks liegen oder an ihrer Unlust, weiter zuzuhören, aber Sarah will sich bewegen. Neben dem Pool steht ein hoher Turm aus Getränkekisten. Ohne nachzudenken, klettert Sarah hinauf. Die Konstruktion wackelt, trotzdem klettert sie weiter, bis sie über den Köpfen der Partygäste thront. Unter ihr kräuselt sich das Wasser. Sie schaut runter. Hat einen ekelhaft bitteren Geschmack im Mund.

»He, Sarah, was wird das?«, ruft MH. Die Partygäste verrenken sich die Köpfe, rempeln sich gegenseitig an, bis alle Augen auf sie gerichtet sind. Kurz steht sie im Mittelpunkt. Auf dem wankenden Turm streckt sie sich aus. Sie atmet tief ein, stößt sich ab. Eine halbe

Sekunde lang schwebt Sarah schwerelos durch die Luft. In diesem Zeitfenster springen wir mit ihr in die Tiefe. Gedankenlose Pause, in der jede Bewegung stockt. Die Milliarden Wassertropfen stehen still, die Hintertüren der Zeit öffnen sich, und wir sausen durchs Universum. Im nächsten Augenblick fühlt Sarah das Flattern ihres Kleides. Sie spürt, wie sie auf dem Wasser aufplatzt, wie ein Blütenkelch, der sich rasend schnell öffnet. Als sie an den Beckenrand geschwommen kommt, sieht sie, dass MH ihrem Beispiel folgt und ihr hinterherspringt. Ein kindisches Spiel, bei dem sie sich richtig austoben können. Sarah und MH klettern halb aus dem Pool, packen Suri, die mit einem Glas am Beckenrand steht, und ziehen sie ins Wasser. Spontan springen ihnen ein paar Partygäste hinterher.

Im erfrischenden Wasser schaut Sarah um sich, stolz über das, was sie ins Rollen gebracht hat. Pärchen verschmelzen in dem langsam übervölkerten Schwimmbad. Kleidungsstücke und Kippen treiben an der Wasseroberfläche, Getränke werden herumgereicht. Ein paar gelenkige Jungs klettern in die Bäume. Bald fallen Körper aus den Kronen wie Riesenregentropfen in einem märchenhaften Zeichentrickfilm. Einer ruft etwas vom Dach des Schlosses und lässt Klopapier in brennenden Streifen aus dunkelgelbem Licht herabschaukeln. Eine Eule dreht den Hals um hundertachtzig Grad, um schlafen zu können, was sie nachts sonst nie tut, aber heute kann sie sich das Jagen hier wohl abschminken. Fledermäuse trudeln wie verkohlte Schnipsel durchs Dunkel der Nacht.

Langsam platzt das Schwimmbad aus allen Nähten. Sarah drückt sich am Rand hoch und steigt aus dem Wasser. Die anderen Ladys sitzen auch wieder draußen, im piksenden Gras. Um sich abzutrocknen, benutzen die Gäste Tischdecken oder Vorhänge. Sarah hört ihr eigenes Zähneklappern, es klingt wie die Nadel einer Nähmaschine, die hoch- und runtergeht. Die feinen Härchen an ihren Armen stehen ab, bemerkt sie, spürt es aber nicht.

Männer- und Frauenkörper, angezogen und ausgezogen, friedlich und verlangend, tropfend und trockengerieben, liegen wild durcheinander im Gras und starren die dunklen Wattebäusche am Himmel an.

Der Kabeljunge kommt zum Plaudern und fragt ihr ein Loch in den Bauch über The Lady Dies. Er rät ihr, den Bandnamen unbedingt zu behalten. Ihr Ansatz klingt irre vielversprechend: Musik an der Schnittstelle vom alten Grunge und dem noch älteren Punk und Trip Hop, das ist *die* Musik der Neuzeit, darüber sind sich von London bis New York alle mit ihr einig.

Sarah beglückwünscht sich zu ihrem schauspielerischen Talent. Sie kann nicht einmal an eine Probe mit den Ladys denken. Sie will hier weg, weg von ihrem Leben auf dem Berg, weg von allem, was sie permanent an ihren Vater erinnert.

Plötzlich hören sie ein dumpfes Klatschen hinter sich. Eine Flutwelle steigt aus dem Schwimmbad empor. Die Wasserwand wird einige Meter angehoben und zerschellt dann auf den Fliesen in Milliarden von Splittern. In einem Halbkreis um den Pool stehen Leute, die auf einmal tropfnass sind, die gelöschte Zigarette noch auf dem Weg zum Mund. Langsam sinkt der rote Sportwagen in die Tiefe. Nach einem eingefrorenen Moment absoluter Stille fängt die Welt wieder an, sich zu drehen. Die Zuschauer biegen sich vor Lachen. Eine Frau zwängt ihren geschmeidigen Körper aus dem Autofenster und zappelt wie eine Meerjungfrau an den Beckenrand. Ein paar zu Hilfe eilende Kerle fischen sie aus dem Wasser.

Viele flüchtige Bekanntschaften, geteilte Gläser und Zigaretten später liegt sie neben dem Kabeljungen hinter ein paar Büschen. Sie findet ihn ganz einfach hübsch. Verlegen klammert sie sich an ihn. Wie gut es tut, sich an ihn zu schmiegen, seinen Körper auf ihrem zu spüren, bis sie mit einem Mal das Gefühl hat, dass sich über ihr ein Netz zusammenzieht. Obwohl er Vorsichtsmaßnahmen getroffen hat: So werden Kinder gemacht, so ist auch sie entstanden. Eines Tages wird sie die Tochter sein, die Kinder macht, einfach so, damit die dann auch sterben können. Sie schiebt den Gedanken weg und umklammert den Jungen.

Richtig so, flüstern wir ihr ins Ohr, das ist doch, was du willst. Die ganze Traurigkeit hat gar keinen Sinn, du musst sie in was anderes ummünzen. Aus Verlust mach Gewinn, das ist der natürlichste Lauf der Dinge.

Zusammen mit dem Jungen fällt sie in einen rauschhaft tiefen Schlaf. Als sie wieder aufwacht, sieht sie aus dem Augenwinkel eine Hundezunge Reste Wein aus den Gläsern schlecken. Im Pool zittert eine Leiter unter dem welligen Wasser. Vereinzelte Kleidungsstücke und ein Aufblashai treiben als stumme Zeugen an der Wasseroberfläche. Sie ist bis auf die Knochen durchgefroren. Das Kokain wirkt nicht mehr. Sie hat mehr von harten Drogen erwartet. Wie sie auch mehr vom Tod ihres Vaters erwartet hat. Dass sie für eine bestimmte Zeit k.o. sein würde, dann aber wieder vorwärtskönnte, aber so funktioniert es nicht. Ein langwieriger, ellenlanger, nie endender Scheißtrip. Diese Qual kann sie keinem beschreiben. Normalerweise sind deine Eltern dein Hintergrund. Dieser Hintergrund drängt sich jetzt in den Vordergrund. Ob jemals der Moment kommen wird, an dem sie mit fester Stimme sagen kann, dass ihr Vater tot ist? Nein, niemals, nicht hier. Sie erstickt in diesem Land. Hier kann sie nur mit einem dämlichen Lächeln im Gesicht rumlaufen, genau wie ihr Vater. So will sie nicht werden. Sie wird sich weigern, die Tochter eines toten Mannes mit einem toten Bruder und einem toten Vater zu sein. Sie will keine Figur auf einem Schlachtfeld sein, auf dem von Zeit zu Zeit die Gefallenen vom Brett gefegt werden.

Die Morgendämmerung bricht herein, als würde der Deckel der überdimensionalen Schachtel angehoben, in der die Erde steckt. Sarah geht nach drinnen. Überall im Schloss liegen Gäste in den

Ecken, wie auf einem Barockgemälde, auf dem man immer neue Gestalten entdeckt. Tief im Innern des Gebäudes hört sie noch kurz Gelächter, dann lange nichts mehr. Sie nimmt die Abkürzung zur Bibliothek. Die Ladys schlafen auf den Sofas, Suri mit dem Kopf auf MHs Schoß, die wiederum mit dem Kopf auf Emilys Schoß liegt. Sie gönnt ihnen ihre Unwissenheit, an die sie selbst nicht mehr glaubt. Was sie ihrem Vater vorwirft, ist nicht nur die blöde Art, wie er zu Tode gekommen ist. Sein Crash hat gleichzeitig auch ihre Zukunftspläne zunichtegemacht.

Die ersten Sonnenstrahlen dringen herein. Jemand hat einen Kranich aus einem Filmposter gefaltet und den Vogel anschließend oben auf den Flügel gestellt. Jules liegt auf einer Chaiselongue und blättert in einem Buch über Tiere am Nordpol. Sarah lässt sich neben sie sacken.

Jules fragt, wie es ihr jetzt geht. Sie wirkt ehrlich interessiert und wartet auf eine Antwort. Sarah zuckt mit den Schultern. Sie hat keine Antworten, nur eine Handvoll Fakten und das Echo eines letzten, kurzen Telefonats. Die objektive Version, die sie Jules erzählt, ist ein einfacher Satz, mit dem Subjekt *Geisterfahrer-Vater* und dem Prädikat *stirbt auf sri-lankischer Autobahneinfahrt.*

Jules ist jemand, der Sarah den Spiegel vorhält, damit sie die Sarah sieht, die sie nun einmal ist, ob's ihr passt oder nicht. Die Sarah, die ein gewaltiges Päckchen zu tragen hat, weshalb es für sie immer schwieriger wird, noch vorwärtszukommen. Die dritte Person, die Sarah anschaut und sich fragt: Welche Rolle spielst du in meinem Leben?

Jules fragt, ob sie schon Pläne habe, was sie jetzt tun werde.

Ja, antwortet sie.

»Das ist wichtig«, nickt Jules. »Mach was draus!«

Sarah kehrt Jules den Rücken und schlüpft, ohne etwas zu berühren, durch die angelehnte Tür hinaus ins Freie. Das Sonnenlicht sticht in das Schloss und schneidet es durch die hohen Fenster in Scheiben.

»Mach was draus.« Die drei Worte hallen durch Sarahs Kopf. Sie spürt die Wärme der Sonne durch ihre Kleider hindurch. Mit jedem Schritt hat sie das Gefühl, zu wachsen. Im Probenraum holt sie ihre Tasche mit den Sachen. Sie hat hier im Laufe der Monate mit The Lady Dies mehr Kleidungsstücke und Notizbücher liegen lassen, als ihr klar war. Das muss alles weg. Sie will keine Spuren hinterlassen.

Am Beckenrand entdeckt sie Xavier, der die Nacht bei der polnischen Putzfrau verbracht hat, weil eine Feier zu anstrengend für ihn ist. Er nimmt mit geschlossenen Augen alle Geräusche in sich auf. Seine Füße sind so groß wie Bojen.

»Xavier.« Sie mag es, seinen Namen auszusprechen, die Laute reiben sich aneinander. Ein rauer Name, der perfekt zu ihm passt, dieser rudimentären, unfertigen Idee von einem Menschen.

Als er sie sieht, nimmt er sie überschwänglich in die Arme, wie ein Kleinkind seine Mutter nach einer Karussellfahrt. Sie legt ihre Hände um seinen Hals, der zu breit ist, um ihn ganz umfassen zu können. Sie ist sicher, dass er sie nicht vermisst hat. Weil sie jetzt wieder vor ihm steht, kommt bei ihm vielleicht eine Erinnerung zurück, oder die Erkenntnis, dass sie schon Wochen nicht mehr hier gewesen ist. Er umarmt und streichelt sie immer noch. Seine raue Stimme versucht, eine Nachricht zu übermitteln. So geschwollen wie seine Augenlider sind, hat er heute Nacht auch nicht viel geschlafen.

»Tschüss, Schloss!«, sagt sie, als sie in Xaviers Begleitung die Auffahrt herunterspaziert. Die Brombeersträucher haben den Tau schon von den Blättern geschüttelt, zeigen mit ihren großen ungebändigten Trieben zur Auffahrt hin.

Sie ist heute zum letzten Mal hier gewesen. Die Seifenblase ist zerplatzt, zurück bleibt ein armseliger Haufen Steine eines anachronistischen Schlosses im Verfall. Mit jedem Schritt entfernt sie sich weiter aus dieser zerbröckelnden Welt. Sie wird nie mit The Lady Dies berühmt werden, will keinen Ton mehr über das Demo, den Produzenten oder den Release hören. Sie hat noch eine kleine Luftblase aus Musik in sich, die so winzig und zart ist, dass sie sie keinem zeigen darf.

Xavier läuft neben Sarah und trägt ihre Tasche. Er folgt ihr so selbstverständlich wie ein Haustier. Ohne Unterbrechung, ohne sich umzusehen, trottet er mit der Tasche weiter. Sie gehen zusammen ins Dorf. Der Vetter des Lebensmittelhändlers, ein Mann in Jeans und mit einem geringelten Schurrbart, sitzt auf einem Stuhl vor seiner Tür. Eine Frau wie Moemoe sitzt ein paar Häuser weiter, wäscht sich im klaren Sommerlicht ihr zerknittertes Gesicht. Xavier winkt den Leuten zu.

Auf dem Hohlweg unterhalb des Berges spielen ein paar Kinder. Sie lenken ein ferngesteuertes Auto gegen die Böschung, die so steil ist, dass sich der Monstertruck jedes Mal überschlägt und hinknallt. Aber sie geben nicht auf, beginnen wieder von vorn. Das ist Teil ihres Spiels. Xavier und sie bleiben kurz stehen, bis er sich nicht mehr beherrschen kann. Er lässt die Tasche fallen, schaut sie nicht mal mehr an und klettert wie ein ungelenker Affe die Wand des Hohlwegs hinauf, wobei er sich an den freigespülten Baumwurzeln und zähen Sträuchlein festkrallt. Sie lässt ihn klettern. Sie sieht, wie er oben ankommt und sich die Erde von der Hose klopft. Dann verschwindet er aus ihrem Blickfeld, Xavier, der Junge, der keinen Schmerz empfindet. Sarah setzt sich auf den Boden und betrachtet eine Weile das Dorf unter sich.

Kurz vor Mittag klingelt sie bei der Nachtegalenlaan 7. Sie wartet eine halbe Ewigkeit, bis das Gepolter oben an der Treppe nach unten rollt.

Mieke steht im weißen Overall in der Tür. Sie blinzelt ihre Tochter an, als würde sie sie nur mit Mühe erkennen. Sie zieht Sarah samt ihrer Tasche voll Schmutzwäsche ins Haus. In der Waschküche macht sie den Reißverschluss auf und inspiziert voll Abscheu das Kleiderknäuel. Dann steckt sie ein Teil nach dem anderen in das geöffnete Auge der Waschmaschine. Erst nachdem sie Waschpulver und Weichspülmittel in das kleine Fach geschüttet und den Knopf der Maschine auf Kochwäsche gedreht hat, wendet sie sich Sarah zu, die das Waschritual halb benommen mitansieht.

»Ich hole kurz ein Stück Rindfleisch aus der Kühltruhe. So ein dünnes Scheibchen Fleisch müsste in einer Viertelstunde aufgetaut sein. Aber geh dich erst mal duschen, Kind«, sagt sie bestimmt. »Geh bitte duschen und komm dann runter zum Essen. In einer halben Stunde ist es fertig.«

Das Haus hat sich verändert. Oben an der Treppe schlägt ihr der Geruch von Farbe und Benzin entgegen. Eine auf dem Boden hingestreckte Stehleiter plättet eine Schutzfolie, Pinsel wogen wie Meeresalgen in alten Weckgläsern. Sarah geht ins Badezimmer. Als eine Außenstehende ist sie zu diesem Haus zurückgekehrt. Es hat nur vage Ähnlichkeit mit dem Haus der Familie, in der der Vater absichtlich Geisterfahrer gewesen ist.

In dem Augenblick, als Sarah aus der Dusche steigen will, in dem Augenblick, in dem sie das Gefühl hat, der Kalk sei aus ihren Knochen herausgespült, kommt ihre Mutter ins Badezimmer und zieht einfach den Duschvorhang zur Seite. Seit Sarah aus der Kleinkindphase heraus war, haben Mutter und Tochter sich nie mehr nackt oder nur halbbekleidet gesehen. Die befreiende Botschaft der Sixties ist bei Mieke auf taube Ohren gestoßen. Die Platte einer ganzen Generation ist hier hängen geblieben. Schon ein WC oder Badezimmer versehentlich zu betreten ist ein Verbrechen, und in diesem Haus gibt es keine Verbrechen.

Splitterfasernackt steht Sarah vor ihrer Mutter.

»Schau nur, wie mager das Kind ist!«, ruft Mieke von der anderen Seite des Duschvorhangs, den Sarah mit einem Ruck zugezogen hat. Früher hätte sie Stefaan als Zeugen dazugerufen. Er wäre dann angestürmt und hätte in der Türöffnung stehend den Kopf von seiner nackten Tochter abgewendet.

»Das kann doch nicht gesund sein!«

»Mensch Mama«, piepst Sarah.

»Warum tust du das? Warum wollen Mädchen heutzutage nicht mehr anständig essen?«

»Ich esse doch«, sagt Sarah, die sich hinter dem Vorhang hervor ein Handtuch schnappt.

»Nein, nein, nein«, bestreitet ihre Mutter kopfschüttelnd. »Warum nur?«

»Ich will keine fette Qualle sein, so wie Shana von der Metzgerei Servranx.«

»Aber dann müsstest du ja täglich eine halbe Kuh essen. Das kann ich mir kaum vorstellen«, sagt Mieke. »Hauptsache anders, darum geht es doch. Aber das lasse ich nicht zu. Zieh dich jetzt an, wir reden unten weiter.«

Ihre Mutter lässt sie im Badezimmer zurück. Sarah fällt auf, wie banal ihr Koller ist. Sie geht in ihr altes Kinderzimmer mit der rosa Tapete. Es ist das Zimmer, das sie bewohnt hat, bis sie dreizehn war, bis sie ein noch größeres Zimmer bekam, und wo ihre Mutter inzwischen die Buchhaltung macht. Um Zeit zu gewinnen, schaut sich Sarah die Klassenfotos an, die ihre Mutter dort aufgehängt hat. Auf dem Schreibtisch liegen gebügelte Hemden von Dujardin und ein Kalender von 1990 mit Bildern von Raubvögeln und Gerichten aus der Region. Ansonsten stehen da neue Bücherregale mit großen Aktenordnern sowie Kunst- und Architekturbüchern. Neben dem neuen Drucker liegen ein Stapel Briefpapier und Umschläge, auf die das Logo der Stiftung und die Krone des Königshauses gedruckt sind.

Schließlich geht Sarah doch nach unten. In der Eingangshalle sieht sie die aufgerollten neuen Teppiche. Sie weiß, dass ihre Mutter ihre selbstgemachte Hölle bis in alle Ewigkeit neu einrichten wird. Sie betritt das Wohnzimmer, bereit, die Konfrontation mit ihrer Mutter anzugehen.

»Glaubst du, du kannst Papa so zurückholen?« Sarah weiß, dass sie den Bumerang zurückbekommen wird.

»Jetzt reicht's mir aber!«, ruft Mieke. »Ich warte jetzt seit einer halben Stunde. Wie lange stehen wir schon hier?« Mieke wendet sich an Stefaan, ihren Mann außer Sichtweite. »Eine geschlagene halbe Stunde, und ich übertreibe nicht! Ich will wissen, was das soll!«

»Was willst du denn hören?« Sarah vermisst das Gezeter ihrer Eltern, das nun hätte folgen müssen. Der Streit, den immer sie auslöste und der immer dem gleichen Ablauf folgte. Sie kann ihn im Traum herunterbeten.

»Haben wir dich so erzogen?«

»Aaaaaaah.« Sarah stößt einen langgedehnten Schrei aus, über den sie selbst erschrickt.

»Uiuiui.« Mieke zuckt zusammen. »Was hat sie? Sie dreht durch!«

»Ja, ich drehe durch! Ich halt's hier nicht mehr aus, Mama.«

Sie können einander nicht trösten, bestenfalls aus dem Weg gehen, wie sie es die ganze Zeit so vorbildlich getan haben. »Ich weiß, Kind, ich weiß«, gibt Mieke zu.

»Ich muss hier weg.«

»Wir kriegen das hin.«

»Ich muss weg, Mama, ich muss hier weg.«

»Willst du in eine Studentenwohnung? Kein Problem. Das finde ich gut.«

»Ich muss weg, weg aus diesem Land.«

»Aus dem Land? Und was ist mit deinen Freundinnen?«

»Die haben ihr eigenes Leben.«

»Was mache ich nur falsch? Alle laufen vor mir weg.«

»Es geht doch nicht um dich, es geht um mich.«

»Nein, kommt nicht in Frage.« Mieke schüttelt ungläubig den Kopf. »Damit wäre dein Vater nie einverstanden.«

Stumm löffelt Sarah die heiße, ungesalzene Gurkensuppe. Sie würgt das Rinderfilet mit mehligen Kartoffeln und gedünstetem Spinat irgendwie herunter.

»Iss nur ordentlich. Das Fleisch ist ganz mager«, sagt ihre Mutter. »Da ist kein Fett dran, keine Angst. Na komm, nimm noch ein Stückchen.«

Nachdem Mieke die Teller und das Besteck abgewaschen und in die Spülmaschine gestellt hat, schickt die Witwe ihre einzige Tochter nach oben. »Und jetzt ab ins Bett.«

»Ich werde dir helfen«, sagt Mieke am nächsten Morgen. Sie schält eine braune Banane und hackt sie in Stückchen. »Ich habe Tante Lydia angerufen. Du darfst von mir aus nach Amerika, unter einer Bedingung: dass du wieder normal anfängst zu essen. Ich will nicht mit ansehen müssen, wie sich meine Tochter selbst zugrunde richtet. Nein, das darf nicht auch noch passieren. Das lasse ich nicht zu.«

Mieke holt einen großen Becher Sahnequark aus dem Kühlschrank. Sie schaufelt eine weiße Wolke auf die Banane, gibt Pinienkerne und einen großen Honigkringel obendrauf – ein Frühstück, das sie selbst nie essen würde.

»Ich werde essen, Mama. Normal essen!« Sie hat sich entschieden.

»Gut, mein Mädchen.«

Sarah legt den Hebel in ihrem Kopf so schnell um, dass sie in den kommenden Wochen manchmal ins andere Extrem verfällt und wie eine Ausgehungerte, die nach dem Krieg freikommt, über sämtliche

Nahrung herfällt, sodass Mieke sie sogar bremsen muss. Sarah entscheidet sich für das Leben.

Mieke macht ihrer obsessiven Art wieder alle Ehre und stürzt sich mit einem solchen Feuereifer in das Projekt, dass sich alle nur wundern. Über ihre Schwester, also eigentlich über ihren Schwager Christopher arrangiert sie, dass Sarah in die Staaten gehen kann und dort ein Studentenvisum bekommt. Sie engagiert Lydia als Aufsichtsperson, damit die Achtzehnjährige in einer riesigen, lebensgefährlichen Stadt wie New York nicht gleich auf sich allein gestellt ist. Mieke schlägt Sarah verschiedene Studiengänge an Topuniversitäten vor, und während die beiden alles durchgehen, gibt sie Sarah recht: Es ist eine glänzende Idee, ihre Zukunft durch ein Studium an einer internationalen Geniefabrik wie zum Beispiel der Columbia University zu vergolden.

Als Sarah ihre Mutter fragt, warum sie ihr so helfe, antwortet Mieke freimütig, sie werde es selbst schwer genug haben, in diesem Umfeld bestehen zu können.

»Vielleicht passt es dir ja auch gut in den Kram. Papa hat mir letztens noch gesagt, dass du mich eh vor die Tür setzen wolltest …«

»Na, jetzt kannst du ihm ja die Worte in den Mund legen, wie's dir gerade passt«, sagt Mieke. Zum ersten Mal seit Monaten hört man die beiden in dem umdekorierten Haus lachen.

# 2003

# MIEKE

Mieke stemmt sich gegen das Holzgatter, das das Landgut symbolisch abgrenzt. Die restliche Umzäunung in Form von Holzlatten, die über Eisendraht miteinander verflochten sind, liegt platt wie eine Flunder am Boden, als wäre hier eine Bisonherde ausgebrochen. Am Flughafen von Faro hat sie bei Avis ein Auto gemietet. Die haben das schöne Motto: *We try harder.*

Über verschlungene Wege ist sie hierher gefahren und jetzt mit den Nerven am Ende. In jeder Haarnadelkurve glaubte sie, sich verfahren zu haben, insgesamt fünfzig Kilometer im Schritttempo mit staubtrockener Zunge. Weit nach Mittag hat sie in einem armseligen improvisierten Lokal neben dem schmalen Asphaltweg Halt gemacht, konnte dort aber nur einen kostenlosen Brotkorb, keine Mahlzeit bekommen. Die Fische mussten noch vom Meer kommen. Aus Höflichkeit bestellte sie also ein Glas Wein und bekam eine ganze Karaffe. Mieke verwünschte sich die ganze Zeit, weil sie das alles nur tat, um sich selbst und ihrem Bruder Jempy zu beweisen, wie stark und unabhängig sie war.

Es ist ein ganz schönes Kunststück gewesen, mit diesem Mietwagen schließlich den abgelegenen und abgelebten Hof ihres Bruders im Herzen der Algarve zu erreichen.

»Du wirst Portugal lieben«, hatte er am Telefon versucht, sie für die Reise zu erwärmen. »Du musst einfach kommen. Ich gehe hier nämlich nicht mehr weg, und ich will dich sehen. Es ist viel zu lange her.«

Sie schließt das Gatter hinter sich und macht ihre Übung: dreimal ein- und ausatmen und bei jedem Ausatmen einmal auf den Brustkorb klopfen. Kein Grund für Stress. Sie macht das freiwillig. Sie will sehen, wie Jempy jetzt lebt. Er hatte schon immer gesagt, dass jeder Lebensweg von vornherein in ein großes Buch geschrieben wird, wieso sollte er sich also zurückhalten. Alle Niederlagen übersteht er, er gedeiht überall. Sie freut sich auf seine Gesellschaft. In den ersten Stunden wird es ein wenig Suchen und Abtasten sein, bis sie ihre kleinen Gemeinsamkeiten wiedergefunden haben, vor allem, weil sie sich so auseinanderentwickelt haben. Er hat sein Glück angeblich in der freien Natur gefunden, sie muss täglich kämpfen, wenigstens ein bisschen Freude an ihren Schnittblumen zu haben.

Das erste Mal seit Stefaans Tod verlässt sie alleine das Land. Elvira hat oft probiert, sie zu einer Reise nach Übersee zu verleiten, aber Mieke fühlte sich noch nicht so weit. Also haben sie gemeinsam ein paar Städtereisen gemacht: Valencia, Wien, Rom. Rons Einladung, ihn in Boston zu besuchen, hat sie immer sofort abgeblockt.

*Du kannst nicht alles kontrollieren wollen.*

Morgen wird sie sechzig, darum will sie sich etwas gönnen: ein Stückchen Freiheit. Es fühlt sich an, als lasse sie sich selbst aus dem Gefängnis und luge gerade vorsichtig durch den Türspalt. Vor Jahren wurde ein Mord begangen, an ihrem Mann, von ihrem Mann. So sieht sie das Ganze jetzt, nach endloser Selbstmedikamentierung und disziplinierter Therapie, Hunderten Stunden Tagebuchführen und Bildereinkleben, um diese Verzweiflung in den Griff zu bekommen. Stefaan hat Mord an sich selbst begangen. Das ist gegen die Natur, es widerspricht jeder Logik und jedem Instinkt. Sie gibt sich allergrößte Mühe, damit umzugehen. Anfangs wollte sie ihm den Hals umdrehen. Mit zitternden Händen saß sie abends ab halb sieben auf dem Sofa und fiel beim Warten in ein Zeitloch, während sie die Ohren spitzte, damit sie ihn hörte, wenn er heimkam: das Klicken des Garagentores, das hochrollt, das langsam einfahrende Auto, Schuhe, die ausgezogen werden. Sie wollte das hören, damit sie in die Garage stürzen und ihn anfallen konnte. Sie hatte Jempy noch nicht wegen seiner feigen Nachricht auf dem Anrufbeantworter zur Rede gestellt, die sie erst eine Woche nach der Beerdigung zum ersten Mal gehört hatte, ein simples: »Es tut mir leid, Mieke.« Damit kommt sie immer noch nicht richtig klar. Wie eine Mauer aus Stahlbeton, auf die sie immer und immer wieder knallt. Das Stadium, in dem sie versuchte, sich den Selbstmord als Unfall zu verkaufen, hat sie längst hinter sich gelassen. Aber sie lässt die anderen in dem Glauben: ein Autounfall. Niemand darf erfahren, dass ihr Mann sich das Leben genommen hat. Das ist das letzte Fünkchen Würde, das ihnen als Paar bleibt, und das sie, koste es, was es wolle, bewahren will.

Das Trauern an sich ist schon die Hölle gewesen. In den ersten Monaten hatte sie nur negative Gedanken und Vorwürfe für ihn übrig. Mit der Zeit fing ihr Blut buchstäblich zu kochen an. Eines Nachts, als sie schwitzend und strampelnd unter ihrem Deckenwust lag, hat sie entschieden, das Blatt zu wenden. In einem der sieben Schlafzimmer, ihrem Schreibzimmer, hat sie ein neues Heft aufgeschlagen.

*Schreib deine positiven Erinnerungen an Stefaan auf, nicht die bitteren Gedanken oder die Vorwürfe, die du ihm machst.*

Die Seite blieb leer. Sie schaute und schaute. Das Weiß schaute gleichgültig zurück, wie der Rest der fröhlich vor sich hin lebenden Welt, die nur ein bisschen Schulterklopfer für sie übrig hatte.

*Lass die Vorwürfe, denk positiv.*

Das hat sie aus einem von Ulrikes dämlichen Ratgebern. Mithilfe von Fotos kam sie wieder zu ein paar schönen Erinnerungen, trotzdem waren die irgendwie besudelt. Schaute sie sich ein Foto von ihm mit dem Spaten in der Hand an, als sie neue Blumenbeete anlegen wollten, dann sah sie einen Mann, der sein eigenes Grab schaufelte. Bei einem Foto von Stefaan, auf dem er die neugeborene Sarah auf dem Schoß hielt, den Blick auf ein Schälchen Obstbrei geheftet, begann sie zu weinen. Wo war er mit den Gedanken, dass er sich nicht traute, in die Kamera zu schauen? In allem suchte sie ein Vorzeichen für seine grausame Tat. Allmählich verlagerte sich etwas. Stefaan war kein Mörder, dem es schlecht gegangen war und der den einfachsten Ausweg gewählt hatte. Darin lag das eigentliche Problem: in seiner Vorgeschichte und dem Material, aus dem er gemacht war. In der Buchhandlung ging sie an der Ratgeberabteilung vorbei, weil sie wissenschaftliche Bücher suchte, in denen Fakten standen. Der Verkäufer musste sie bestellen. Lydias Ehemann Christopher hatte die Titel empfohlen, aktuelle und ältere Bücher, auch für Laien geeignet. Von Darwin lernte sie, dass Gene sich stur durchsetzen, egal, was passiert. Giraffen beispielsweise sind entstanden, weil irgendwelche Rehe mit viel zu langen Hälsen besser an die Blätter in den Bäumen kamen und so die größten Überlebenschancen hatten. Die erste Halb-Reh-Halb-Giraffe hatte vermutlich Schmerzen wegen ihres lächerlich langen Schwabbelhalses, aber ihr ist es zu verdanken, dass sich eine neue Art entwickelt hat. So einfallsreich ist die Natur. Gene wollen überleben.

Väter, die Selbstmord begehen und den Rest der Familie infizieren, darin ist wirklich kein sinnvolles System zu entdecken. Serieller Selbstmord ist höchstens eine Art präventiver Selbstschutz, falls es hier auf dem Planeten Erde tatsächlich nicht mehr auszuhalten sein sollte. Sie fühlte sich in seiner Abwärtsspirale mit hinabgezogen: Nach dem Tod seines Vaters und seines Bruders war sein ganzes Leben von einem ohnmächtigen Schuldgefühl bestimmt. Genauso ist ihr eigenes Leben jetzt für immer kontaminiert, und sie fragt sich, was sie falsch gemacht hat. Und auch Sarah fühlt sich schuldig. Und ihre Kinder würden ... Dieser Zyklus war das Grausamste.

Enkelkinder. Noch so eine Sache. Ihre Angst und ihre Hoffnung. Wie Elvira immer sagt: Die Welt wäre besser dran, wenn es nur Frauen gäbe. Das kann man so natürlich nicht sagen, aber es stimmt schon ein bisschen. Jedenfalls gilt das für die Vandersandens. Durch Sarah ist sie jetzt unlöslich mit ihnen verbunden. Ihr eigenes Fleisch und Blut gemischt mit depressiven Genen, obwohl ihr Lydia das auszureden versucht. Es gebe schließlich auch so etwas wie einen freien Willen, meint Lydia, und der sei sehr stark. Dank ihres freien Willens hat sie Sarah weggeschickt, auch wenn ihr das sehr schwergefallen ist. Sie kamen ja wirklich nicht gut miteinander aus, wenigstens in diesem Punkt waren sie einer Meinung: Weiter unter einem Dach zu leben kam nicht in Frage. Dann käme keine von ihnen zur Ruhe. Das Haus war so groß für zwei, dass es darin noch mehr echote, als wenn man alleine dort lebte.

*Fokus!*

Zu ihren zehnten Hochzeitstag unternahmen Stefaan und Mieke einen Kurztrip nach Paris. Sie trank nichts ahnend ihren Thé au Lait, erschöpft von dem Besuch von ungefähr halb Paris an nur einem Vormittag, als er plötzlich verschwand und innerhalb einer Minute mit einer kläglichen, mickrigen Rose in einem Plastikköcher wiederkam. »Ich weiß, du hasst das, aber ich tu's trotzdem. Alle sollen sehen, dass du meine Eroberung bist«, hatte er gesagt und sie geküsst. Wie hatten sie über diese blöde Rose gelacht, die sie später in die langsam dahinfließende Seine geworfen haben.

So wie sie eben den Serpentinen in der Algarve gefolgt und nur damit beschäftigt gewesen ist, so brachte sie sich selbst bei, sich auf eine Sache zu konzentrieren. Was, wenn ein entgegenkommendes Fahrzeug um die Kurve raste? Wessen Schuld wäre es, wenn sie zusammenstießen? Daran durfte sie zum Beispiel nicht denken. Stefaan war gestorben. Das war so. Ob ihre Schuld oder seine war kein konstruktiver Gedanke.

Als seine Koffer eintrafen und seine Kaffeetasse vom Büro sowie ein paar andere Gegenstände mit einem Kärtchen von den Angestellten abgegeben wurden, war sie erleichtert. Sie gab all diesen Spuren einen Platz in seinem Schuppen, weil sie ihr die Möglichkeit boten, sich noch mit ihm zu beschäftigen. Völlig idiotisch, denn er kam ja nicht zurück. Eigentlich sollte sie sich abwenden, sich möglichst wenig mit ihm beschäftigen, aber das gelang ihr nicht.

Jeder versuchte, ihr unterschwellig klarzumachen, dass er für immer fort war. Ob sie tatsächlich in diesem gigantischen Haus wohnen bleiben wolle? Ihr Verstand sagte, dass sie Abschied nehmen musste. Elvira meinte, es sei gut, einen Ort der Erinnerung an ihn zu behalten, aber wiederbringen würde ihn das nicht. Mehrmals hatte sie sich das alles mit Engelsgeduld angehört, während ihre Gedanken abschweiften. Elvira sagte auch, sie müsse streng zu sich selbst sein, und zwar nicht, indem sie sich alles Mögliche versage, sondern gut für sich sorge, gut esse, vor die Türe gehe. Evi brachte Einkäufe für sie mit, lauter Fertiggerichte, ungesundes Zeug. Liebe Menschen, die sie einsam machten.

Sie ist streng zu sich gewesen: kein einziger Kontakt mit der Außenwelt ohne Schuldgefühle. Nur ein kurzes Gespräch übers Wetter mit dem Gemüsemann aus einem Dorf vierzig Kilometer entfernt, wo sie keiner kannte, und ein paar Erwiderungen auf das Gejammer über Europa beim Schuster im selben Dorf. Das beruhigte sie.

*Dreimal auf die Brust klopfen und ausatmen.*

Dann geschah es. Es war Herbst, Mitte November, ein Donnerstagabend, also der Moment, an dem sich Familien langsam auf das Wochenende vorbereiten und sie sich schon auf ihr samstägliches Telefonat mit Sarah freute. Die Tage wurden scheußlich kurz, und das Abendprogramm im Fernsehen war einschläfernd. Sie war beim Gemüsehändler vorbeigegangen, wo sie einen ganzen Vorrat Herbstgemüse gekauft hat: Blumenkohl, Rote Beete, Karotten und Zwiebeln. Sie legte die frische Ware auf die Anrichte und band sich die Schürze um. Draußen sagten sich ein paar Vögel Gute Nacht. Mieke freute sich darauf, die einzelnen Gemüse unter dem Wasserhahn von der Erde zu befreien und sie perfekt einzumachen. Als Sarah noch in der Warum-Phase war und nichts lieber tat, als sich an ihr Bein zu klammern und die ganze Welt in Frage zu stellen, band sie ihr Töchterchen in die Kochabläufe mit ein. Sie hatte ohnehin die Angewohnheit, laut zu erzählen, was sie tat, etwas, das alle Hausfrauen tun. Für ihr Töchterchen hob sie die Stimme, damit Sarah ja nichts verpasste.

Als sie, die Witwe, in der Küche den Blumenkohl zu kleinen Röschen zupfte und sich nur darauf konzentrierte, glaubte sie, sie hätte ein Déjà-vu. Die Zeit lag eben mit sich selbst im Clinch. Sie merkte, dass sie wieder laut erklärte, was sie grade tat. Sie merkte auch, dass er hinter ihr stand und einen Blick über ihre Schulter warf. Stocksteif schaute sie zur Uhr auf der Fensterbank und wagte es nicht, sich umzudrehen. Zwanzig vor sieben, eine normale Zeit für ihn, nach Hause zu kommen. Auch ganz normal, dass er über ihre Schulter schaute, was es heute Abend zu Essen gab. Sie dachte, sie werde verrückt. Sie machte ihre Übung. Beim Ausatmen dreimal auf die Brust klopfen. Atmen, nur atmen.

Sie redete sich gut zu, bis sie sich traute, den Blumenkohl wieder in die Hände zu nehmen und den Rest zu kleinen Röschen zu zupfen. Dabei sprach sie ruhig weiter. Sie erzählte ihm, was sie tun würde, als spräche sie mit einem kleinen Jungen. Sie staunte, wie sanft ihre Stimme klang.

Diesen Abend erlebte sie wie hinter einem Schleier. Um zehn Uhr, als alle Gemüse eingemacht waren und einen festen Platz in der Tiefkühltruhe im Keller gefunden hatten, stieg sie die Treppe hinauf. Sie ging in ihr Schreibzimmer, drehte die Heizung höher. Sie nahm an ihrem Tisch Platz und schrieb noch eine ganze Weile, bevor sie sich ins Bett legte.

Seit jenem Abend im November bewanderte sie zwei Pfade. Einen als Witwe und einen parallel dazu, ein Leben, das sie mit Stefaan teilt und in das sie regelmäßig hinüberwechselt. Sie erzählt ihm, was sie an diesem Tag vorhat. Sie kann die kleinen Ärgernisse bei ihm loswerden. Er schaut zu, wenn sie sich den kleinen Zeh am Bidet stößt oder einen Joghurtbecher aus den Händen gleiten lässt. Aber genauso gut kann sie ihn loslassen und frei herumlaufen lassen wie ein kleines Kind, das spielen darf.

Auch während des Trips zu Jempys Hof in Portugal hat sie ihm ihren Kommentar nicht vorenthalten. *Hinter der Kurve muss es sein. Mir ist schwindelig vom vielen Zickzackfahren. Was für eine Bruchbude! Das hätt ich mir ja denken können …* Hinten ins Gelände reingedrängt steht ein Gebilde aus groben grauen Steinen, links und rechts flankiert von nicht orkanbeständigen Scheunen. Sie ruft nach ihrem Bruder und nimmt sich vor, nicht länger als eine Nacht hierzubleiben. Im Auto schlafen stellt sie sich zwar furchtbar vor, aber das wird wohl nötig sein, denn in dieser Höhle können sie unmöglich Betten haben.

Jempy hebt Mieke hoch und drückt sie so fest an sich, dass sie fast in seinen Armen ohnmächtig wird. Zehn Minuten später sitzt sie zusammen mit ihrem überschwänglichen, immer charmanten Bruder, das Gesicht in der Sonne, an einem verrosteten Terrassentisch.

Sie staunt immer seltener darüber, dass es Augenblicke gibt, die sie einfach genießt, an denen sie sich freut zu leben. Eine instinktive, vorprogrammierte Reaktion auf Sonnenlicht und Sauerstoff. Sie aalt sich in seinen Komplimenten zur ihrer Frisur, ihrer kerzengeraden Haltung, obwohl sie ihm kein Wort davon glaubt.

Sie hört sich Jempys abenteuerliche Geschichten von einer Russlanddurchquerung an. Von einem festgefahrenen Zug auf Steppenpferde umgestiegen, festgesteckt *in the middle of nowhere*, bei einem Zirkus untergeschlüpft. Der Winter war so hart, dass der Elefant einen Herzinfarkt bekam. Sie haben sich lang von seinem Fleisch ernährt. Jempy hatte den gesamten Ostblock durchquert, und hat, als er wieder in der bewohnten Welt von Prag ankam, mit einem Telefonanruf seinen ganzen Weinhandel einer großen Weinfabrik überlassen und noch erstaunlich viel Geld dafür bekommen. Unterwegs war er dem jungen Ding begegnet, das ihnen jetzt noch einmal den wässrigen, erfrischenden Wein nachschenkt. Angelina, die blondierte Sphinx, lächelt liebenswürdig. Das ist ihr Haus auf dem Land. In Lissabon haben sie ein Apartment, aber da wohnt vorübergehend ihre Verwandtschaft. Für Jempy ist das völlig in Ordnung, er hat eh die Nase voll von Städten. Nicht mehr lange – er macht eine ausladende Geste –, und hier laufen wilde Pferde und ganze Schafherden herum.

»Ach, Schwesterchen, ich bin zurück. Ich werde mir wieder etwas aufbauen. Wart's ab!« Sein Enthusiasmus wäre glatt ansteckend, wenn die Geschichte nicht so lächerlich, erbärmlich und unglaubwürdig wäre. Er hat noch immer kohlrabenschwarze Augen und haushohe Pläne. Mieke bewundert ihren Bruder für seinen grenzenlosen euphorischen Glauben an sich selbst, aber der Kontrast zu Stefaan ist zu krass. Er hat noch nicht einmal nach Stefaan gefragt. Um ihren Ärger zu bekämpfen, nimmt sie große Schlucke vom gekühlten Wein.

Ein Knirps – Roberto, der Sohn von Angelina – drangsaliert einen räudigen Pfau mit hängenden Schwanzfedern, indem er Steinchen nach ihm wirft.

Bei einer zweiten Flasche Wein und einem Körbchen mit Brot – anscheinend das Nationalgericht – stimmt Jempy eine Lobeshymne auf das Leben an und wie sehr er sie liebe. Er greift über dem Tisch voller Krümel und winziger Fischgräten nach ihrer Hand: »Bleib so lange du willst.«

Angelina folgt ihrem Gespräch wie einem Tennisspiel, ihr blonder Kopf geht von einem zum andern, aber sie versteht kein Wort von dem, was die beiden sagen. Ihr anbetungswürdiges Söhnchen ruft seine Mutter mit dem universellen Wort für Fäkalien in die Pflicht. Sie verschwindet mit dem Dreikäsehoch nach drinnen und lässt sich eine Weile nicht mehr blicken.

»Jempy, merkst du eigentlich gar nicht, wie rücksichtslos du bist? Wie kannst du hier sitzen und herumpalavern und deine ollen Reden über das Leben schwingen, ohne dich danach erkundigt zu haben, wie's mir geht?«

»Wie geht es dir?«

»Inzwischen einigermaßen. Ich habe es in den letzten Jahren nicht leicht gehabt.«

»Das weiß ich. Und ich muss dann jedes Mal nachfragen? Fühlst du dich dann besser?«

»Nein, du musst nicht dauernd nachfragen, aber du fragst ja überhaupt nicht. Ich verstehe das schon, von deinem Standpunkt her. Du bindest dich an keinen, also kannst du auch keinen Kummer haben. Wie diese Frau hier, das soundso vielte arme Ding aus einer langen Reihe, die ist dir doch total egal. Ihr könnt euch ja kaum miteinander unterhalten.«

*Dreimal ein- und ausatmen und simultan dazu auf den Brustkorb klopfen. Dir selbst Ruhe und Trost geben.*

»Ich habe viel Liebe in mir«, sagt Jempy, »und die schenke ich eben gerne her, das stimmt.«

»Wenn du damit meinst, dir eine Dienstmagd an Land zu ziehen, wenn's dir gerade passt, und sie später wieder abzuservieren, gebe ich dir recht.« Sie staunt über ihren Ausbruch, ist aber schnurstracks auf ihr Ziel zugesteuert: einen Streit. Der Anfang einer ausweglosen Meinungsverschiedenheit, die bis in die späten Abendstunden dauert und mit viel Wein begossen wird, auch wenn der meiste davon an Jempy geht. Er sei durchaus besorgt um sie, schwört er, aber Höflichkeitsfloskeln seien keine Besorgtheit. Und außerdem muss sie aus ihrem Kummerloch raus und erkennen, dass es noch andere Dinge im Leben gibt. Mag sein, dass sich das gefühllos oder grob anhört, aber es ist die reine Wahrheit. Und jetzt ist es endlich an der Zeit, die Sardinen auf den Grill zu werfen.

Nach dem dürftigen Abendessen schafft Angelina noch mehr Wein heran. Als Jempy wieder zu blubbern beginnt, Mieke sei sein Liebling, seine größte Liebe auf der ganzen Welt, steht sie auf und sagt, sie gehe schlafen. Der Alkohol lähmt sie, sonst hätte sie ihm schon längst das Wachs der Antimücken-Kerze über den Kopf gekippt. Ohne nachzudenken, steigt sie in das riesige Bett, das ihr angeboten wurde. In ihrem Kopf dreht sich alles. Nachdem sie sich ein Viertelstündchen herumgewälzt hat, steht sie auf und geht nach draußen. Nur der Mond und die Sterne sind da. Nirgends in der weiteren Umgebung ist ein Licht zu sehen. Ein beängstigendes Gefühl, sie will zurück in die Zivilisation, das ist nichts für sie. »Stefaan«, sagt sie. Wie seltsam es sich anfühlt, seinen Namen zu nennen. Als ob sie einen vergessenen Patienten in einem leeren Warteraum aufruft.

Ihren Geburtstag hat sie nicht erwähnt. Natürlich denkt Jempy, der auch dem Kalender abgeschworen hat, nicht daran. Sie überrundet Stefaan jetzt an Lebensjahren. Eigentlich unmöglich. Er war älter als sie, und das war gut so. Eine Frau, die älter als ihr Mann ist, da stimmt was nicht. Jetzt geschieht es einfach, ohne dass sie es verhindern könnte: Sie wird älter als er.

Nach dem Frühstück, das aus Milchkaffee und Zwieback mit Aprikosenmarmelade besteht, schlägt Jempy vor, Käse zu machen. Ganz nebenbei erwähnt er, dass er ihr Auto genommen hat, als sie noch schlief, um sich im Dorf mit Essens- und Getränkevorräten einzudecken. Nun ist ihr klar, wie er sich hier ohne eigenes Fahrzeug durchschlägt. Sie gratuliert sich dazu, kein Geschenk mitgebracht zu haben, sonst würde sie ihn wieder wegen seiner ewigen Ausnutzerei verfluchen.

»Ein Schaf hat sich im Stacheldrahtzaun verheddert. Wir befreien das erst, und dann machen wir Käse«, sagt Jempy.

»Ich will überhaupt keinen Käse machen«, sagt Mieke bei der bloßen Vorstellung an eine riesige Schmiererei aus Sauermilch, in der sie und die Sphinx Angelina bis zur Hüfte stehen und sich abrackern, während Jempy kurz »etwas holen geht« und ein halbes Jahr später in Miami an die zwei Dummchen im portugiesischen Käselab zurückdenkt.

»Wie du willst, aber wir werden trotzdem erst das Schaf befreien müssen.« Er hält ihr die Autotür auf. »Sonst verendet es, und das wäre Tierquälerei.«

»Wer weiß, vielleicht hat das Schaf ja Selbstmordtendenzen«, sagt Mieke.

»Haha, Spitzenwitz!«, lacht Jempy. »So was gibt's nicht.«

Mieke geht hoch, völlig unerwartet. Von Schafen umgeben, im unauffindbaren Herzen der unwirtlichen Algarve erzählt sie ihm alles. Sie erzählt, wie berechnend Stefaan vorgegangen ist, nach welcher Logik. Er ist auf Geschäftsreise gegangen. Kurz vor seiner Tat hatte er noch versucht, sie anzurufen. Er hat einen kurzen Bericht auf ihrem Anrufbeantworter hinterlassen, um zu sagen, dass es ihm leidtat und er sie liebte. Er hatte aufgegeben, genau wie sein Vater. Diese Dinge will sie mit keinem außer ihrem aus der Welt gepurzelten Bruder teilen. Jempy nickt und wischt sich seine rauen Hände an seinem rauen Flanellhemd ab, bevor er den aufgeschnittenen Stacheldraht anhebt, damit das Schaf unten durchschlüpfen und Richtung Weide in die Freiheit springen kann.

»Und fürchtest du, dass mit Sarah das Gleiche passieren wird?« fragt er, seine rote Nase hochziehend. »Dass das Muster sich wiederholt?«

»Ja, habe ich. Aber ich kann doch nicht zu ihr hingehen und sagen, dass sie aufpassen muss, weil in ihren Genen eine Zeitbombe tickt. Dass sie zusehen muss, die zu entschärfen.«

»Also schweigst du lieber, wie du auch all die Jahre über Stefaans Selbstmord geschwiegen hast?«

»Das hat mit lieber schweigen nichts zu tun.« Mieke weiß, weshalb sie hier mit ihrem Bruder auf einer brünstigen Weide zwischen den stinkenden Schafen redet. Jempy ist der Einzige, der ein Rezept fürs Leben hat, das funktioniert: mittendurch. Er ist ein Überleber.

»Er konnte nichts dafür«, sagt Jempy. »Es ist so eine Art Mangel an Lebenslust – wie Vitaminmangel.«

Seit Stefaans Tod lechzt Mieke nach Worten. Worte überleben alles und jeden. Jempy ist der Einzige, mit dem sie ohne Umschweife, unangenehme Pausen oder Hemmnisse reden kann. Ihm gegenüber kann sie ihre Momente des Wahnsinns eingestehen, ihre Fehltritte nach Stefaans Tod, aus denen sie nur gelernt hat, dass sie einfach nicht stark genug ist, mit jedem X-beliebigen eine lockere Beziehung einzugehen oder einfach ihre sexuellen Bedürfnisse zu befriedigen. Nein, sie wird nicht auf einmal der Leichtfuß werden, der sie nie gewesen ist. Leute meinen, in jedem schlummere ein tiefes Bedürfnis nach Leichtfüßigkeit und Dekadenz. Sie täuschen sich. Es löst bei ihr Widerwillen aus.

Jempy muss schwören, kein Wort über ihre vielen Bekenntnisse und über Stefaans Selbstmord zu verlieren, auch nicht Sarah gegenüber, mit der er – wie sie gerade erfahren hat – ab und zu lange transatlantische Telefonate führt.

Sie machen keinen Käse, pflücken stattdessen Pfirsiche für neue Pfirsichmarmelade. An dem groben Küchentisch in Portugal, zwischen ihnen eine Schale mit aus ihrer Haut platzenden Pfirsichen, denkt Mieke an einen unschuldigen Mittag vor vielen Jahren zurück, als sie mit Jempy und Sarah Kirschen entkernte, als sie noch wütend auf Stefaan werden konnte, wegen etwas, das er nicht getan hatte.

# 2013

# SARAH

Vielleicht sollte sie Blumen für Amos kaufen, denkt Sarah, während sie ihr Metroticket durch die Metallsperre an der Haltestelle Washington Square zieht. Der Menschenstrom gerät plötzlich ins Stocken. Eine Touristin ist mit ihrem Eastpak-Rucksack an den Eisenstangen hängen geblieben. Sie fuchtelt unkontrolliert in der Luft herum und rüttelt sich los. Sofort fließt der Strom wieder. Sarah hat in ihrem 32-jährigen Leben noch nie Blumen gekauft. Wo kann man in New York einen ordentlichen Strauß frischer Schnittblumen bekommen, der dich nicht dein letztes Hemd kostet? Davon abgesehen, wieso sollte sie Amos mit dessen eigenem Geld Blumen kaufen, ist das nicht ein bisschen albern? Aber irgendwie will sie die große Neuigkeit doch einleiten.

Es ist Samstagmorgen, neun Uhr. Die echten Workaholics von der Wall Street hören nie auf zu arbeiten, die sitzen schon gut eine Stunde mit einem Starbucks-Becher an ihren Computern. Die Metro ist voll mit unausgeschlafenen Touristen, Einkaufsbummlern, einfachen Leuten. Ein Student macht Klimmzüge an einer Halteschlaufe, zwei Freunde feuern ihn an. Sarah starrt geradeaus, während die

Wagen durch den Tunnel unter der Stadt gleiten. Am Union Square steigt sie aus, gemeinsam mit einem jungen Pärchen, das einen Kinderwagen heraushebt. Die Rolltreppen befördern sie in den sonnigen Frühlingstag auf dem Platz, wo die Verkäufer auf dem Biomarkt freundlich auf das vorbeiziehende Völkchen schauen, ihren Ziegenkäse neu ordnen und Kisten mit fleckigen Äpfelchen aufeinanderstapeln. Immer wenn sie am Buchladen Barnes & Noble vorbeispaziert, der jeden Augenblick pleitegehen kann, landet Sarah über eine ganze Assoziationskette bei The Lady Dies. Als sie hier vor ein paar Jahren einen Schwung Bücher kaufte, gab Tori Amos gerade zufällig eine Signierstunde. Die rothaarige Sängerin verbindet sie mit der Party auf dem Schloss, und von dort ist es in Gedanken bloß ein Katzensprung zu The Lady Dies. In all den Jahren hat die Band eine ziemlich erfolgreiche Karriere in der alternativen Clubszene Europas hingelegt.

Jeden Monat erhält Sarah eine hübsche Stange Geld: das Honorar für ihren Teil der Rechte an der Debüt-CD von The Lady Dies. Neu arrangiert sind einige der Stücke richtige Hits geworden. Und Sarah hat die Platte zwar nicht mit eingespielt, aber so gut wie alle Songs auf dem Debütalbum geschrieben. Unter Schock ist sie nach dem Tod ihres Vaters nach New York geflohen. Der erste Lichtblick in ihrem Leben hieß Amos. Aus der ausgelassenen Verliebtheit von damals ist etwas Einzigartiges geworden, das nur sie beide und niemand sonst auf diesem Planeten teilen: wahre, unvergleichliche Liebe.

Ihre Umhängetasche ist zu schwer. Oder sind das schon die ersten Symptome? Kurzatmigkeit, eine undefinierbare Übelkeit, jetzt, wo sie darüber nachdenkt. Sie hat, wie immer, ihr ganzes Hab und Gut um ihre Schulter hängen. Sogar Haarfärbemittel und Natriumbicarbonat für Scones hat sie dabei. Vielleicht backt sie die Scones ja mitten in der Nacht, wenn sie wieder Heißhunger hat. Wäre das nicht eine gute Gelegenheit, es Amos zu erzählen, in der Dunkelheit der Nacht, bei einem Teller frisch gebackener Scones?

Obwohl Amos und Sarah schon seit einer Weile verheiratet sind, behält sie ihr altes Apartment mit dem Zimmer, das sie zu einem Musikstudio hat umbauen lassen. Dort arbeitet sie an ihren Aufträgen oder ist einfach ein paar Tage für sich, wenn ihr danach ist. Amos hat inzwischen schon aufgegeben, sie davon zu überzeugen, ganz bei ihm einzuziehen. Ab und zu redet er noch mal davon. Wenn sie Omelett machen, hebt er die Eierschachtel auf, angeblich um ihr ein schalldichtes Zimmer in seiner geräumigen Dachwohnung einzurichten. Dann kann sie auch bei ihm Aufnahmen machen und eventuell das andere Apartment kündigen. Dass sie nicht zusammenwohnen, gehört inzwischen zu ihnen. Anfangs hatte Amos tatsächlich damit gedroht, ihre Beziehung zu beenden, aber sobald er merkte, dass Sarah das brauchte, weil sie sonst den Halt verliert, hat er es in etwas umgemünzt, das nur sie beide verstehen. Nur wenige Paare können es sich auf Dauer erlauben, teilweise getrennt zu leben. In einer Stadt wie New York, wo die Leute selbst in Schuhkartons einziehen, sind zwei Wohnorte der schiere Luxus. Dafür braucht man Geld. Und das haben Sarah und Amos.

Liebe unter demselben Dach ist laut Sarah zum Scheitern verurteilt. Sich vom richtigen Leben zu amputieren, die eigenen Eltern zu imitieren, die es nicht besser wussten, als aus Pflichtgefühl zusammenzubleiben, das ergibt für sie keinen Sinn. Wie die Leute heute ihre Familien dauernd neu zusammenstellen und es wider besseres Wissen weiter versuchen, und noch einmal und noch einmal, bis keiner mehr aus dem Wust an Nachkommen und Gefühlen füreinander schlau wird, begreift sie ebenso wenig. Liebe unter demselben Dach verurteilt selbstbestimmte Menschen zu einem Haushalt, einer Haftpflichtversicherung, Gartenschläuchen und dem Vergleichen von Dachgepäckträgern. Die andere Variante, bei der man nicht dauernd aufpassen muss, was man sagt, und trotzdem verheiratet ist, ist für sie die einzig lebbare und für den amerikanischen Staat akzeptable Möglichkeit, nach dem Studium legal im Land zu bleiben.

»Anstand.« Auf einmal taucht dieses Wort in ihr auf – ein Gütesiegel ihrer Mutter. »Ein anständiger junger Mann«, so lautete Miekes Urteil nach dem ersten gemeinsamen Abendessen mit Amos. »Du wirst es nicht glauben, aber er erinnert mich an deinen Vater in jungen Jahren.« Woraufhin Sarah erst mal an die frische Luft gegangen war, um eine Zigarette zu rauchen. Ihre Mutter konnte das, ihren Vater einfach so ins Gespräch einfließen lassen, als sei nichts passiert, als sei er nur eben auf der Toilette und würde gleich zurückkommen. In ihren Augen haben Amos und ihr Vater besonders wenig gemein. Die beiden könnten sich gerade mal über den Dampfdruck in Espressomaschinen unterhalten, aber mehr kann sie sich beim besten Willen nicht vorstellen.

Es gab einiges, was Sarah in den ersten Jahren in der Weltstadt New York nicht begriff, zum Beispiel die komplizierte amerikanische Dating-Kultur, mit ihren ganz eigenen Gesetzen und Bezahlregeln. Die noch bizarrere New Yorker Variante hat sie noch nicht einmal zu verstehen versucht. Am Anfang beschwor sie Amos, bitte keinerlei Erwartungen an sie zu haben. »No expectations!«, darauf bestand sie. Sie hatte eine Heidenangst, war kurz vorm Durchdrehen, dass er wieder alles durcheinanderbringen und sie derart nach ihm verlangen ließ, dass sie wünschte, sie hätte ihn nie kennengelernt. Sie war misstrauisch, wenn er von der »connection« sprach, die er zu ihr empfand. Wer um Himmels willen hatte den modernen, sensiblen, unnötig extrovertierten Mann erfunden? Gleichzeitig versuchte eine leise heimtückische Stimme in ihr, möglichst viel Beweismaterial für Amos' böse Absichten aufzuzählen. Was wollte er von ihr? Sie als europäisches Betthäschen benutzen? Warum fragte er sie so über ihre Gitarre aus, was steckte dahinter?

Was hatte dieser reiche jüdische, geldgeile Typ eigentlich mit ihr vor, einer Verliererin, die von Vorschüssen auf ein Erbe lebte? Überhaupt, blickte er nicht auf sie herab, er mit seinen beschränkten, arroganten jüdischen Ansichten und seiner abartigen Freundlichkeit? Kein New Yorker war so zuvorkommend, das hatte fast schon was Geringschätziges, zischte das Stimmchen weiter. Und wenn sie kurz vorm Zusammenbruch stand und er zum hundertsten Mal ihre Hände nahm und ihr mit festem Blick erklärte, er wolle sie einfach in seinem Leben haben, weil sie die war, die sie war, und sie ungläubig den Kopf schüttelte und einen Kessel Teewasser auf den Herd stellte und die Zeitung von gestern aufschlug, glaubte sie manchmal wirklich, dass er es ernst meinte. Trotzdem prägte sie sich sicherheitshalber die Namen von Exfreundinnen ein, zufällig aus ungelesenen Büchern gefallene Fotos, Reisen, die er mit anderen gemacht hatte, um ihm bloß nicht zu sehr zu verfallen, um noch einen Ausweg zu haben, falls es vorbei wäre. Schließlich war sie eine unabhängige Frau.

In den letzten beiden Tagen hätte Sarah ihre Mitbewohnerin Stacey mehrmals fast ins Vertrauen gezogen. Allerdings sind Stacey und sie zuvor ein bisschen auf Abstand gegangen. Ohne besonderen Grund oder vorangegangenen Streit, ohne einen vergessenen Geburtstag, denn so was ist eh nicht ihr Ding. Bei Freunden kann man nicht alles abladen, meinte Stacey gestern *out of the blue*. Auch wenn die mit ihrem soundso vielten Extrasinn merken, wenn du was verschweigst. Als ob sie wie irgendein Stalker in Sarahs Müll herumgeschnüffelt und den positiven Schwangerschaftstest darin ausgegraben hätte. Nein, Stacey würde den Mund nicht halten können. Sie ist verrückt nach Kindern. Deshalb hat Sarah auch noch nichts gesagt. Sie würde weder Unterstützung noch Verständnis bekommen, nur ohrenbetäubende Gratulationen zu ihrer Schwangerschaft. Sie würde Stacey knebeln müssen, damit sie es vor lauter Begeisterung nicht mit einem Megafon von der Freiheitsstatue herab ausposaunen würde.

Sarah läuft weiter und atmet tief durch. Sie ist unterwegs zu Amos' kleinster Kaffeebar, die in der Bleecker Street. Der Duft nach etwas Frischem schwebt durch die Straßen. Man spürt den Übergang vom Winter zum Frühling. Die Bäumchen auf dem Union Square lassen sorglos ihre letzten Blütenblätter auf den feuchten Asphalt fallen, den die Straßenkehrer vor Stunden geschrubbt hatten. Sarah schaltet die Musik aus, lässt aber die Knöpfe im Ohr. Hier geht sie. Die Botschafterin, die die frohe Botschaft in sich trägt, und niemand weiß davon. Niemand beachtet die Botschafterin.

Ein Kind. Ein amerikanisches Enkelkind für ihre flämische Mutter. Im Gegensatz zu seiner Mutter wird es perfekt Amerikanisch sprechen. Amos hat sich von Anfang ihrer Beziehung an geweigert, ihre Aussprache zu korrigieren. So kam es zu ihrem ersten Streit. Er behauptete, dank ihres europäischen Akzents würden sich ihr in New York viele Türen öffnen. Im Laufe der Jahre ist besagte Tür unendlich oft aufgegangen. Ihren Akzent hat sie beibehalten, die meisten New Yorker denken jetzt, sie sei eine Deutsche.

Unglaublich, wie lange sie schon hier wohnt. Monate und Jahre ziehen vorbei wie Müllsäcke, die auf einen fahrenden LKW geworfen werden. Mehr als ein Drittel ihres Lebens hat sie auf dem amerikanischen Kontinent verbracht, ihrem Vater sei Dank, wie bitter das auch klingen mag.

Sarah war unendlich erleichtert, als sie aus Belgien fortging und ihre leichenblasse Mutter zurückließ. Sie spazierte durch den knackenden metallenen Einstiegsschlauch am Brüsseler Flughafen, suchte ihren Fensterplatz, setzte sich Kopfhöhrer auf, bereit, um als anderer Mensch in einem anderen Land wieder auszusteigen. Sie hatten vereinbart, dass sie bei Tante Lydia, der Schwester ihrer Mutter, abgeliefert werden würde, die sie unter ihre Fittiche nehmen würde. Davon ließ sie sich nicht abschrecken. Tante Lydia war viel zu eingespannt in ihre ehrenamtliche Arbeit als Vorsitzende einer Organisation zur weltweiten Förderung der Demokratie, um Sarah in die Quere zu kommen.

Während des gesamten Fluges hatte sie das Gefühl, die Ansteckung mit dem Tod in Belgien zurückzulassen. »Solange es keine Toten gibt, werden keine Schritte unternommen«, hörte sie oft in den Nachrichten, wenn es um Brandprävention oder Parken in zweiter Reihe ging, aber nie redete mal jemand darüber, wie sich Menschen still und heimlich gegenseitig an den Rand des Todes bringen. Sie hatte gesehen, wie ihr Vater dem Tod entgegenging, Schritt für Schritt, und hatte nichts dagegen unternommen. Das wird sie mit sich herumtragen. In Europa würde sie nicht mehr zu träumen wagen.

Mal schauen, was Amerika zu bieten hat, dachte sie, als sie sich Stunden später mit kleinen albinoroten Augen, aber hellwach, auf der Flughafentoilette am Waschbecken die Handgelenke kühlte, ihr ganzes Hab und Gut im Schlepptau. Immerhin: Ein Amerikaner mit Halbglatze und kugelrundem Körper in einer taschenlosen Jeans erwartete sie in der Ankunftshalle, vor der Brust ein Schild, auf dem ihr Name stand. Onkel Christopher, Tante Lydias Ehemann. Unterwegs zu ihrem Haus, das anscheinend in Upstate New York stand, erzählte er von einem angeheirateten Cousin einer Großtante, der vor langer Zeit mit seiner Familie eingewandert war, weil es in Westflandern katastrophale Kartoffelmissernten gegeben hatte. Abenteurer, die auf dem nordamerikanischen Kontinent ihr Glück versuchen und ihre Tatkraft erproben wollten. Nach ihr oder ihrer Mutter fragte er zu ihrer Erleichterung nicht.

Anderthalb Stunden später waren sie am Ziel, draußen auf dem Land. Sarah hatte nur vom Flugzeug aus einen Blick auf die Großstadt erhaschen können. Tante Lydia und Onkel Christopher wohnten in einem hübschen Holzhaus von enormen Ausmaßen abgelegen in der Natur. Ihr Grill hatte die Größe eines Gartenhäuschen. Der uralte Hund wankte von einer Terrassenseite auf die andere und wieder zurück. Sarah rief wie versprochen ihre Mutter an, um zu sagen, dass sie noch lebte. Sie bekam ein Zimmer zugewiesen. Im Haus war es ekelhaft leise, aber abends verscheuchte Tante Lydia die Stille mit ihrem fröhlichen Gezwitscher. Sie war die treibende Kraft in diesem Haushalt, eine starke Frau, in der Sarah viel von ihrer Mutter wiedererkannte. Lydias Mann scharrte nur ein bisschen vor sich hin, wie eine Henne auf trockenem Erdreich. Tante Lydia hatte Sarah eine Unterkunft im Village besorgt, in einer Wohnung mit zwei anderen Mädchen. Auch wenn das Studium erst in ein paar Wochen anfangen würde, wollte Sarah vielleicht ja schon früher in die Stadt, oder? Sarah nickte enthusiastisch, mit einem Stück Veggie-Burger im Mund und vom Jetlag schweren Kopf.

Wie zwei Erwachsene besprachen sie, was Sarah nun tun konnte. Ihre Tante gab ihr die Unterlagen für die Wohnung, den Zugangscode fürs Internet und so weiter. Sie machten aus, dass Sarah ein Taxi in die Stadt nehmen konnte, sobald sie so weit war. Die anderen Mädchen würden erst ein paar Wochen später einziehen. Und in jedem Augenblick, zu jeder Tages- und Nachtzeit, konnte sie zu ihnen zurück. Wie zum Beweis überreichte ihr Tante Lydia einen Haustürschlüssel. Am nächsten Morgen gab Lydia ihr die Nummer ihres bevorzugten Taxiunternehmens. Sie verabschiedeten sich, weil ihre Tante dringend zu einer Ehrenamtlichen-Konferenz musste und davon ausging, dass Sarah bei ihrer Rückkehr nicht mehr da sein würde. Schwerbepackt mit einem vollgestopften Trekkingrucksack, einem Gitarrenkoffer und einem normalen Koffer, der beim kleinsten Stoß sofort aufplatzen würde, spazierte Sarah eine Stunde später die Auffahrt hinunter, dem gelben Taxi entgegen.

Als sie am Union Square ausstieg, dachte sie kurz, sie würde halluzinieren, überall pures Gold, so obszön glänzend, dass die Engel im Himmel schon geblendet schielen mussten. Auf eigenen Beinen im Coca-Cola-Land, im No Man's Land, auf einem unbeschriebenen Blatt wandelnd, dachte sie zum allerersten Mal seit seinem Tod ohne einen Funken Trauer an ihren Vater. Er hatte gelebt, hatte sie gezeugt, sie hatte ihn gekannt, und dafür war sie dankbar. Und durch das ganze Leid, das mit seinem Tod verbunden war, hatte sie die Kraft gefunden, diesen Schritt zu tun. Als ob der Tod ihres Vater einen Sinn hatte. Oder war sie es, die dem Absurdesten, Sinnlosesten auf der Welt einfach irgendeine Bedeutung geben wollte? *Schau, hier gehe ich*, dachte sie da und spürte die Kraft eines abhebenden Düsenjets in sich. Hier war sie: Sarah Vandersanden. Achtzehn Jahre alt. Allein an der Ostküste der Vereinigten Staaten angespült.

Sie warf ihr Gepäck in eine Ecke des Apartments und zog gleich weiter in die Stadt. Auf ihrem Weg ging sie ins erstbeste Hotel und folgte den Pfeilen zum Frühstücksraum. Mit dem Lift, inklusive schwarzem Liftboy, fuhr sie in den Keller. Drei Frauen kreisten um eine Glasglocke, unter der Mini-Muffins lagen, wie drei Schicksalsgöttinnen um eine Erdkugel. Sie waren nur dazu da, das Glas hochzuheben, dir einen Schwung Servietten zu geben und den Muffin mit einer Eisenzange auf einen Porzellanteller zu legen. Das war ihr Job, dafür standen sie um vier Uhr nachts auf.

In ihren ersten Tagen in New York erschrak Sarah über wenig, außer über die Preise. Sie hatte nicht damit gerechnet, dass alles so schnell ins Geld gehen würde. Es verschwand geräuschlos, als stünde sie Tag und Nacht an einer Zapfsäule und der Zähler liefe durch. Bislang hatten andere immer still und unbemerkt für sie gezahlt, jetzt musste sie selbst Geld auf den Tisch legen. Für sie war das so neu, dass sie sich beim besten Willen nicht zügeln konnte.

Sie war dermaßen damit beschäftigt, ihren Weg zu finden und abends völlig platt auf ihr Bett zu fallen, dass sie keine Zeit hatte, zurückzuschauen. Im Business District sah man Geschäftsfrauen mit gezückten Wasserfläschchen. Eine einzelne Person kam auf einem Rad vorbei, eine Eilbotin mit hochgekrempeltem Hosenbein, das das Tattoo eines Pin-up-Girls freigab. Überall wimmelte es vor Schulmädchen, die wie laut zwitschernde Spatzen auseinander stoben.

Sie bekam gar nicht genug davon, durch die Straßen zu flanieren oder irgendwelche Restaurants auszuprobieren. Sie hatte ihrer Mutter versprochen, gut zu essen, und sich selbst vorgenommen, nie mehr in die falsche Zwangsvorstellung zu verfallen, sich möglichst wenig Essen in den Mund zu stecken. In verschiedenen fremdartigen Lokalen, wo sie immer mit irgendjemandem ins Gespräch kam, aß sie exotische Gerichte. In den Musikclubs knüpfte sie erste Kontakte zu anderen Musikern und verabredete sich zum Jammen mit dem Gitarristen einer kleinen Noise-Band. Sie machte viele flüchtige Bekanntschaften, meist Ausländer, denn die echten New Yorker hielten Abstand. Im Strom der Menschen auf der Fifth Avenue schlüpfte sie in die Rolle der Großstadtbewohnerin. Sie hörte sich plötzlich laut »Feuer« rufen, aber zum Glück reagierte keiner. Niemand hatte sie gehört, oder zumindest taten alle so. Herrlich, ein Niemand zu sein. Sie passte perfekt in diese Stadt.

Hier traute sie sich, auf der Straße Gitarre zu spielen, in die Anonymität der Passanten und der Bordsteinbewohner einzutauchen. Für einen Moment bildete sie sich sogar ein, sie könne auf diese Art etwas hinzuverdienen, aber die Hoffnung löste sich einen halben Tag und zwei Dollar später in Luft auf. Abends kam sie in ein leeres Apartment, wo das einzige Leben aus den Wänden und der Zimmerdecke zu kommen schien. Auf ihrem mitgemieteten Sofa hörte sie ganz erschöpft eine CD mit den größten Hits von Jacques Brel, das Beste, was sie aus Belgien mitgenommen hatte. Alle Dylan-CDs ihres Vaters bewahrte sie in einem speziellen Karton auf. Sie verstand, was Dylan mit *that wild mercury sound* meinte, seine Umschreibung der idealen Musik in seinem Kopf. Sie wollte nicht so feige und durchschaubar erscheinen und ihre Mutter um Geld bitten, aber eines Abends ging es ihr so mies, dass sie keine Luft mehr bekam und auf den Boden sank, weil sich alles in ihr nur noch um ihr Versagen drehte. Also rief sie zu Hause an. Während sie die Nummer wählte, wurde ihr klar, dass sie ihr Versprechen, ihre Mutter jede Woche anzurufen, noch nicht gehalten hatte.

»Ah, du lebst noch.«

»Ja.« (Nur noch gerade so, wenn du wüsstest, ich bin eigentlich schon tot, ich schaukle auf dem Styx.)

»Wieso rufst du an?«

»Wegen nichts. Einfach so.« (Was für eine Überwindung mich dieser kleine Anruf kostet. Wie froh ich bin, deine Stimme zu hören.)

»Schon komisch, dass du mich wegen nichts anrufst.«

»Weil ich mal hören wollte, wie es dir jetzt geht.« (Zwei Minuten, um diese Sätze herauszubekommen.)

»Ich bin gerade erst mit deinem Zimmer fertig geworden. Das ist jetzt mein Hobbyraum. Einen neuen Computer habe ich auch gekauft. Anscheinend war der andere ziemlich veraltet. Ich habe ihn auf den Dachboden gestellt – es ist doch eine Erinnerung an Papa.«

»Ich weiß.«

»Mir geht's gut, Sarah. Es bleibt schwer, aber es geht.«

»Das freut mich zu hören.«

»Das freut dich zu hören?«, lachte ihre Mutter schelmisch. »Das ist das erste Mal, dass ich dich diesen Ausdruck verwenden höre.«

»Ich weiß nicht.« Sarah kämpfte auf einmal mit den Tränen.

»Also (Miekes Stimme geht eine Oktave tiefer), wie läuft es da drüben?«

»Alles okay.« (Kopf ab oder um Geld bitten, das ist dasselbe. Beides keine Option.) Sie konnte ihn nicht aufhalten, der Wasserfall stürzte herab, sie weinte.

»Wohl alles nicht so einfach, was, Kind?«, sagte ihre Mutter sanft.

»Ich tue mein Bestes, Mama«, schluchzte Sarah. »Es ist phantastisch hier.«

»Und die Preise? Dort ist alles ziemlich teuer, oder? Kommst du mit deinem Geld einigermaßen über die Runden?«

»Hier kostet alles mindestens fünfmal so viel.«

»Ich überweise dir noch etwas«, sagte ihre Mutter ohne jeden Vorwurf in der Stimme.

»Ähm …« (Von Liebe überhäuft, die ausgestreckte Hand.)

»Du bist ja jetzt erwachsen und vernünftig. Ich verlass mich drauf, dass du es nicht zum Fenster rauswirfst. Kauf dir mal ein gutes Stück Fleisch davon.«

Als Sarah auflegte, war sie ganz überwältigt von der Zuneigung, die sie für ihre Mutter empfand. Sie verstand sie und gab ihr recht: Geld sagt viel mehr als Liebeserklärungen.

Über verschlungene Pfade fand ein Kärtchen von Suri den Weg zu ihr. Auf der einen Seite war was Gehäkeltes, auf der anderen stand ein gedrängter kurzer Text mit der Überschrift: *The Lady Dies haben einen Plattenvertrag!!!!* Suri ging auf die Modeschule, Emily studierte Psychologie an der Uni und MH hatte immer noch nicht rausgefunden, was sie mit ihrem Leben anfangen wollte. Suri schlug vor, Sarah zu besuchen, und wollte wissen, ob sich Sarahs E-Mail-Adresse geändert habe. Die andere Ladys sendeten auch viele Grüße. Sie vermissten sie und ihre Songs wirklich sehr. Das alles schien Lichtjahre her.

Als wieder Geld auf ihrem Konto war, ließ Sarah sich von den Leuchtreklamen und der flirrenden Atmosphäre, die die Clubs umgab, anlocken. Sie war so leichtsinnig, eine unbekannte Droge zu nehmen, zusammen mit einem hübschen jüdischen Architekturstudenten, der ein grässliches T-Shirt trug und den sie erst eine Stunde zuvor kennengelernt hatte. Gerade hatte sie noch an der Bar an einem Cosmopolitan genippt, als sie achtlos ein briefmarkengroßes Stückchen Esspapier annahm, das ihr Amos zusteckte, im nächsten Moment war ihr, als würde eine Heftklammer in ihr Rückenmark getackert.

Immerhin blieb sie noch eine volle Minute auf den Beinen, bevor sie sich leichtfertig mit diesem Amos auf eines der Sofas im Hinterzimmer des Clubs fallen ließ. Er stöhnte vor Erregung und erklärte begeistert seine Liebe für das ganze zehndimensionale Universum ohne Grenzen und Vektoren, sie stöhnte vor Übelkeit, fing sich aber wieder und surfte mit auf der Woge der Liebe, donnerte von ihrem Surfbrett aber direkt ins tiefe salzige Meer, aus dem sie prustend und mit schmerzhaftem Halskratzen an einem Metallwaschbecken in der Frauentoilette wieder auftauchte.

Am folgenden Tag wurde sie im stechenden Tageslicht einer unbekannten Wohnung an Land gespült. Im Spiegel blickte ihr ein Mädchen entgegen, das fahlgrau wie Treibholz war.

»Guten Abend!«, grinste Amos. Er steckte gerade das Kabel eines winzig kleinen Wasserkochers in die Steckdose seines Waschtischs. »Pulverkaffee?«

»Ja, lecker!«, hörte sie sich unsinnigerweise sagen. Eigentlich fand sie Pulverkaffee furchtbar. Die Wohnung war mit selbstentworfenen, multifunktionalen Möbeln eingerichtet, teilte ihr Amos stolz mit. Über dem Kopfende des Bettes stand eine Schreibtischlampe, daneben lag ein Laptop.

»Wie spät ist es?« Es war schon vier Uhr nachmittags. Sie konnte eine Dusche nehmen, wenn sie wollte. Amos kam zum Bett und setzte sich wieder an seinen Computer. Hatte sie die ganze Zeit hier gelegen, während er arbeitete? Sie setzte sich auf, mit dem Rücken zu ihm und schaute zum Fenster.

Sie hatte ihre Mitte verloren, als wäre ihr Leben ein Haufen Mikadostäbe, die ein Riese gebündelt und wieder fallen gelassen hatte. Sie konnte nicht denken, wenn alles in ihrem Kopf hin und her rollte. Ihre entsetzliche Angewohnheit, alles bis zum Umfallen zu relativieren, zog sie tief in einen engen Tunnel hinein. Wie erklärt man das einem sorglosen Kerl, den man nie zuvor gesehen hatte?

Als sie ihr Spiegelbild im Fenster sah, erkannte sie sich kaum wieder. Ihre Kleidung hielt krampfhaft an der Vorstellung von einem Mädchen fest, das es nicht mehr gab. Der Körper selbst mit seinen Armen, Beinen, Brüsten und der zu kleinen Nase saß vor dem Fenster, war aber unbewohnt, wie ein leerer Raum. Ihr Geist schweifte umher.

Da stand Amos auf einmal mit einer großen roten Tasse neben ihr, auf der MIT stand. »Lecker«, sagte sie noch einmal. Amos merkte, wie sie sich Zeit damit ließ, aus dem Bett zu kommen, und schlug vor, rasch ihre Sachen im Hauskeller waschen zu gehen, was sie aber dankend ablehnte. Viel zu lieb, dieser Typ. Um sich vor dem Kaffee zu drücken und um weinen zu können, ging sie unter die Dusche.

Als sie zurück ins Zimmer kam, fiel ihr plötzlich der Geruch von Farbe, Möbeln und Parfüm auf. Als sei das hier eine nagelneue, in aller Eile aufgestellte Kulisse – sie suchte nach dem Notausgang. An der Tür hing ein Zettel, auf dem stand, dass Amos kurz Studienunterlagen bei einem Kommilitonen abholen gegangen war, aber gleich zurück wäre. Er bat sie, auf ihn zu warten. Wie ein Eindringling guckte sie sich um. Amos war ein ordentlicher Mensch, der einen sauberen Aschenbecher hatte und seine wichtigsten Dokumente in einer orangen Mappe aufbewahrte. Auf seinem selbstentworfenen, experimentellen Schreibtisch lag eine Kippa.

Bleib ruhig, dachte sie, leg dich einfach kurz aufs Bett. Dieser Körper ist so müde. Er wird sich ausstrecken und alle Gedanken loslassen. Er bleibt für immer liegen. So wie ein Feld auf der Erdoberfläche liegt. Im Sommer darf die Hitze darüber tanzen, im Winter wird es vor Kälte Risse bekommen. Hitze und Kälte werden ganz natürlich aufeinander folgen, ob ich das nun möchte oder nicht.

Amos kam mit einem Bananen-Ingwer-Smoothie zur Tür herein.

»Das bringt dich wieder auf die Beine«, sagte er. »Wo schaust du hin?«

»Zum Fenster.«

»Nein, ich meine, was siehst du dir im Fenster an?«

»Die Fenster gegenüber.«

»Du hast dich selbst angesehen«, lachte er. »Täte ich auch, wenn ich du wäre.«

Es war halb sechs. Die Dunkelheit kroch in die Straßen. In den Wohnungen gingen die Lichter eines nach dem anderen an. Das war der einzige Zeitpunkt, an dem man sich sicher sein konnte, dass jemand anwesend war. In einem dunklen Zimmer konnte man den ganzen Abend mit einer Flasche Wein und einem Radio dasitzen, aber erst wenn das Licht an- oder ausgeknipst wurde, wusste man mit Sicherheit, dass jemand zu Hause war.

»Ich schaue dich schon die ganze Zeit an, und du hast überhaupt noch nicht geblinzelt. Als ob du gar nicht da bist.«

»Ähm«, machte Sarah. Sie musste dringend an die frische Luft.

»Lass uns irgendwo hingehen! Frühstücken, was meinst du?«, fragte Amos.

Sarah hätte wissen können, dass Amos – *every inch a gentleman* – sie nicht einfach so vor die Tür setzen würde. Das fand sie höflich und irgendwie unangenehm. Ohne zu drängeln, aber mit beruhigendem Unternehmungsgeist, nahm er sie mit zum Hudson River. Das Auto hatte er sich eben erst von einem Freund geliehen, ein ziemliches Hin und Her. Ihre Energie reichte nicht einmal aus, um zu murmeln, dass sie lieber nach Hause wollte. Amos fuhr ruhig, beugte sich ein wenig übers Steuer, damit er bei der Dunkelheit auch alles gut im Blick hatte. Als sie in Yonkers angekommen waren, war es schon stockdunkel. Sie betraten ein Diner, weil Sarah ihm zu verstehen gegeben hatte, dass sie dort gerne etwas essen würde, was Amos *wicked* fand.

Mit knurrenden Mägen setzten sie sich auf die verchromten festbetonierten Hocker an der Bar. Auf den Fernsehschirmen liefen Nachrichten über eine Schießerei in Maryland. Man sah viele rotweiße Absperrbänder, eilig hin- und herlaufende Leute, eine Mutter, die ihre Hand auf ihre weiche Brust legte und weinte. Amos sagte, er fürchte manchmal einen Krieg auf amerikanischem Boden. Vielleicht sei das ja der Grund, warum Amerikaner so gern ins Ausland gingen, um dort zu kämpfen, flüsterte er ihr zu, denn diese Art von Kommentar war in einem republikanischen Laden wie diesem nicht gerade beliebt. Als die gutgelaunte Bedienung Diane ihre Bestellung aufnehmen wollte, schaltete er auf Themen wie das Wetter oder die hiesigen Truthähne um. Die waren so dämlich, dass ihre Schnäbel vor lauter Staunen herunterklappten, wenn es regnete. Sie legten die Köpfe in den Nacken, weil sie sehen wollten, woher das Wasser kam, und ertranken einfach. Nach jedem schweren Regenfall fand man viele aufgequollene Truthahnkörper in den Wäldern. Diane war offenbar eine lustige Frau. Bei Chicken Wings und Caesar Salad lud sie sie ein, später mit in ihre Tanzschule zu kommen. Nach ihrem Job hier würde sie ihren Schülern Tango beibringen. Sarah genoss die Gesellschaft von Amos und dieser Kellnerin. Er erzählte alle möglichen verherrlichenden Geschichten über Israel, aber sie hatte nicht genug Energie, um dagegenzuhalten. Sie aß fünf Chicken Wings und leckte sich die Finger ab. Während sie von ihrem Barhocker glitt, sagte sie auf einmal: »Ich will zurück.«

Amos runzelte die Stirn, protestierte aber nicht. Auf der Rückfahrt beglückwünschte sie sich selbst. Schon wieder eine hingehaltene Hand ausgeschlagen, besser gesagt abgehackt. Amos bot ihr einen Kaugummi an und versuchte, das Radio anzubekommen, ohne Erfolg. Keiner von beiden sagte mehr als das Allernötigste. Die ganze Rückfahrt durch die Dunkelheit fühlte sich an, als würde sie in einen langen Strumpf zurückkriechen, um in der Zehenspitze, ihrer Wohnung in Brooklyn, anzukommen. Sie bat Amos nicht mit hoch, weil sie sich nicht traute und weil das letzte bisschen Energie aus ihr rausgesickert war. Als sie die Autotür zuschlagen wollte, reichte ihre Kraft nicht, weshalb er auf die Beifahrerseite tauchen musste, um die Tür richtig zuzuziehen. Sie las in seinen Augen, dass er froh war, sie wieder los zu sein.

Egal, wie albern es ihr später erschien, in dem Augenblick konnte sie sich über solche Erfahrungen nicht hinwegsetzen. Sie war schrecklich über sich enttäuscht. Sie hatte sich selbst befreit, wollte ihr Leben in die eigenen Hände nehmen, und jetzt zeigte sich, dass sie nicht standhafter als ein Pudding war. Ihre Selbstvorwürfe machten Loopings. Noch in ihrer Jacke fiel sie aufs Sofa, wo sie in einen nebeligen Halbschlaf glitt. Sie träumte, sie sei mit Amos verheiratet und sie wohnten mit ihren fünf Kindern in einer kleinen Wohnung. Wenn Amos morgens arbeiten ging, schloss er sie mit den fünf Kindern ein. Die Kinder waren richtige Teufelchen. Sie schnitten mit Scheren in den einzigen Sessel, den sie hatten, und wie sie an die Streichhölzer gekommen waren, sie wusste es nicht, musste aber ständig von einer Seite zur anderen Seite laufen, um die Flammen auszutreten. Sie wickelte ihre Kinder in eine Decke und verschnürte das Paket. Dann kletterte sie in den Müllschacht ihrer Wohnung und rutschte nach unten. Als sie zwölf Stunden später wie gerädert wach wurde, hatte sie das Gefühl, als rutsche sie immer noch.

Ein paar Nächte Schlaf änderten nichts an ihrem wirren Zustand. Der Wahn, der an den Indian-Summer-Abenden durch das Gebäude zog, hallte nach in ihrem Kopf. Lauter kleine Szenen spielten sich in ihr ab, aus denen sie nicht schlau wurde. Dann ist es also doch erblich, dachte sie, diese Traurigkeit, die Verzweiflung. Zum Glück bekam sie zwei Tage später ihre Regel, was aber nicht alles löste.

Ein Wahnsinniger wird erst recht gestört und traurig, wenn er sich niemandem anvertrauen kann, und diese Wahnsinnige schlich jetzt durch die Wohnung mit der neuen Gitarre und den aufgetürmten Styroporbechern, ihre Höhle, die innerhalb von fünf Minuten völlig leergeräumt werden konnte, so wenig Sachen hatten darin Platz. Nach drei Tagen Einzelhaft ging sie nach draußen und aß den ersten Big Bacon ihres Lebens, von einem Plastiktablett. Ein Rezept gegen Lethargie wurde mit dem Big Bacon nicht mitgeliefert, also machte sie einen Streifzug durch die Stadt, die niemals schläft.

Sie lief, bis ihre Schuhsohlen dünn wie Papier geworden waren. Alle drei Male, bei denen sie mit The Lady Dies backstage geraucht hatte, während sie auf ihren Auftritt warteten, war es ihr Bandritual gewesen, fest mit den Sohlen über den Boden zu scharren wie wütende Stiere, bereit, laut dröhnend in die Arena zu stürmen. Wenn sie als kleines Mädchen hinter dem Einkaufswagen herschlurfte, fragte ihre Mutter: *Wirst du dafür bezahlt, hier den Boden zu wischen?*, worauf sie immer wieder mit Ja antwortete. Sie hätte ganz New York wischen können, die U-Bahn inklusive.

Sie kehrte zu ihrem Apartment zurück. Sie zog den Stöpsel aus der Badewanne, klopfte die Sofakissen aus und legte die Daunendecke auf die Feuerleiter, während die Badewanne ein lautes Rülpsen von sich gab. In Nullkommanichts war die Wohnung aufgeräumt und durchgelüftet. Sie tauchte unters Bett und zog ihren Gitarrenkoffer darunter hervor. Gut essen, gut schlafen und das machen, worin du gut bist.

Ein paar Tage später kamen ihre Mitbewohnerinnen an. Sie würde mit zwei welterfahrenen Studentinnen zusammenwohnen, die bestimmt was anderes zu tun hatten, als ihr hinterherzuspionieren. Alicia kam aus New Orleans und studierte Marketing. Beim Aushandeln der Zimmerverteilung wurde schnell klar, dass Alicia das richtige Fach gewählt hatte. Sie pries die beiden Zimmer, die sie nicht wollte, an, als seien es Suiten im Plaza. Das Zimmer, das sie für sich selbst vorgesehen hatte, zufällig das größte, wo die Sonne morgens herrlich hereinschien, müssten sie eigentlich am besten als Abstellraum benutzen, aber dann müsse eine von ihnen im Wohnzimmer schlafen, weshalb sie sich bereit erklärte, das Zimmer zu nehmen. Stacey, die andere Mitbewohnerin, war eine Golfkriegsveteranin, die auf Kosten der Armee studierte. Sarah hatte fast vergessen, dass sie selbst auch anfangen würde zu studieren: Kunst, ein Mix aus Fächern, Workshops und selbständigen Aufträgen.

Sarah machte an diesem Abend die Einkäufe im sündhaft teuren Biosupermarkt WholeFoods beim Columbus Circle. Das Geschäft war bis unters Dach mit Wasserkresse gefüllt, die noch von einer Dusche tropfte, Mangos, die vor süßem Glück rosig glänzten, Bananen, die sich nackt im gnädigen Licht sonnten, subtil über einem kleinen Eichenholzfeuer geräucherter Lachse, die eben noch in schwedischen Gewässern geschwommen hatten, Blaubeeren, vor ein paar Stunden in einem kanadischen Nadelwald gepflückt.

Am nächsten Morgen kramte Sarah in der Küche in den Schubladen und Schränken mit den Eiswürfeltütchen und Tumbler-Gläsern herum. »Boah! Hab ich einen Hunger! Weißt du, wo mein Müsli steht?«, fragte sie.

Sie bekam einen Riesenschreck, als Stacey zum ersten Mal vor Lachen Schluckauf hatte. Sie fragte sich verzweifelt, ob sie gerade etwas Zweideutiges gesagt oder vielleicht einen Ohrstöpsel im Haar stecken hatte oder ob sie einfach lächerlich war, aber sie lernte das amerikanische Diktat des Lachens kennen. Lachen aus Verlegenheit, Lachen aus Freundlichkeit, Lachen als gesellschaftlicher Kitt. Es war weder eine Form von Kritik noch das schüchterne Lächeln ihres Vaters, sondern eher eine freundliche Art zu sagen: »Ups, ich fürchte, ich habe ein wenig von deinem Müsli gegessen. Tut mir leid! Nimm bitte was von meinem, okay?«

Staceys Müsli waren anscheinend klebrig-süße Honey Pops einer Hausmarke, trotzdem war das Angebot lieb gemeint. Wenn man Stacey mit einem pinken Textmarker im Mundwinkel über ein dreibändiges Oxford Dictionary gebeugt am Küchentisch sitzen sah, würde man nie auf die Idee kommen, dass sie vor nicht allzu langer Zeit in Kuwait Wüstensand mit einem Panzer aufgewirbelt hatte.

Sarah fing ihr Studium an, das überraschend leicht war und ihr genügend Raum gab, sich mit ihrer eigenen experimentellen Musik zu beschäftigen. Studenten widersprachen den Professoren glattweg und kriegten es hin, dass sie fast keinen theoretischen Stoff kennen mussten. Eines Abends kam Sarah nach einem Workshop Soundtrack-Schreiben und einer Studentenversammlung, bei der es um nichts ging, nach Hause, wo sie ein Päckchen für sie von der Größe eines Buches fand. Es war das Debütalbum von The Lady Dies. Emily hatte ein Post-it daraufgeklebt, mit einem Pfeil zu den Mitwirkenden. Der erste Dank galt ihr. Fast alle Stücke stammten aus ihrer Feder. Suri hatte die CD in Stoff gewickelt, der bei näherem Hinsehen ein dreiärmliges T-Shirt war – ein cooler Trostpreis. Sarah hatte zwar selbst entschieden, kein Teil der Band mehr zu sein, was aber nicht verhinderte, dass sie manchmal neidisch war.

Als sie sich im Lichtschein der Dampfabzugshaube ein großes Glas Cidre einschenkte, wollte Stacey wissen, ob sie das Wort existentiell kannte und es buchstabieren konnte. Sarah kritzelte das Wort auf ein Blatt, das Stacey ihr hinschob. Darauf stand eine ganze Liste von Wörtern.

»Hey, toll«, sagte Sarah, die denselben locker-flockigen Ton ihrer Mitbewohnerinnen angenommen hatte, »willst du etwas schreiben?«

»Moah, nicht wirklich«, sagte Stacey. »Also, na ja, irgendwann schon, aber nur für mich selbst.«

»Großartig!«, sagte Sarah. »Möchtest du auch einen Schluck Cidre?«

»Wieso nicht? Gerne.«

Sarah schenkte Stacey ein Glas ein und setzte sich zu ihr an den Tisch. Stacey ruckelte ein Fotoalbum unter dem Stapel Wörterbücher hervor. Wenn sie mitten in der Nacht wach wurde und ganz New York sie wie ein Dschungel umgab, fühlte es sich an, als laste ein Elefantenfuß auf ihrem Brustkorb. Sie hasste diese Attacken, sie waren weit schlimmer als der Irak selbst. Sie hatte zwar ein Fotoalbum, aber keine Worte, nicht genug Worte.

»Darf ich die Bilder mal sehen?«, bat Sarah.

Sie setzten sich aufs Sofa und betrachteten die Fotos von einer strammen, muskulösen Stacey in Uniform, an einem regnerischen Tag vor einem Militärbus, oder in einem Zelt mit Blechgeschirr und festlich verziertem Truthahn, oder zwischen einen Haufen Soldaten gedrängt auf einem Boot, die meisten hielten den Daumen hoch. Nette Fotos, die vor Kameradschaft strotzten, als seien die Abgebildeten auf Exkursion oder Paintball spielen mit einer Gruppe Freunden vor Wüstenhintergrund. Stacey deutete auf einen Tupfer auf dem Foto, einen irakischen Zivilisten. Sie riss eine Tüte Sour-Cream-Chips auf. »Wusstest du, dass ich wen getötet habe?« Sarah erschrak, das so zu hören zu kriegen.

»Es ist ganz leicht, jemand umzubringen. Du stehst da schwerbewaffnet in der glühenden Sonne. An einem Tag machst du ein Foto, am anderen knallst du einen Zivilisten ab, oder war's ein Spion, oder war's ein Selbstmordattentäter, der mit Dynamitstangen beklebt auf dein Lager zuging?«

»Aber du hattest einen Auftrag. Du hast es getan, weil du musstest.«

»Nein, Sarah«, sagte Stacey eiskalt und stopfte sich eine Handvoll grob geschnittener Chips in den Mund.

Sarah verstand Stacey. Sie fühlte sich schuldig wegen der vielen miesen Sachen, die sie miterlebt hatte, genau wie ihr Vater. Dafür gab es kein Wort. Egal, wie lange Stacey ihre Wörterbücher anstarrte, das Wort würde nicht auftauchen. Es war eine Unzulänglichkeit der Sprache. Stacey und Sarah stellten fest, dass es für viele Dinge keine Wörter gab. Sarahs Englisch war durchaus nicht perfekt und Stacey keine Intellektuelle, aber sie wollten wissen, wieso im Laufe der Zeit noch kein Wort für die Angst erfunden worden war, dass sich alles zum Schlechten wendet, der Angst vor dem Ende der Zeiten, in der man untergeht, und zwar nicht, weil die Welt bei einem globalen Flächenbrand in sich zusammenstürzt, sondern weil jeder die Hoffnung verliert. Gab es in irgendeiner Sprache dafür ein Wort?

Gegen Mitternacht drehte sich ein Schlüssel im Schloss. Sofort klappte Stacey ihr Album zu. Alicia kam auf Zehenspitzen rein und schlich zur Kitchenette. Ganz in Gedanken stellte sie den Teekessel auf den Gasbrenner und stieß, als sie Sarah und Stacey mit einem Fotoalbum im Schoß auf dem Sofa antraf, einen waschechten amerikanischen Schrei aus. Der intime Moment war vorbei, Stacey schnaubte verärgert.

»Hey, Alicia, was hast du denn in deinen Taschen?«, fragte Sarah, um die angespannte Atmosphäre aufzulockern.

»Das sind Bodybags«, lachte Stacey heiser, »sie schleppt uns hier alles Mögliche ins Haus, und wir wissen nicht, was es ist.«

Alicia kicherte hinter vorgehaltener Hand, ohne zu merken, dass Stacey, deren Barometer plötzlich auf Sturm stand, eine richtige Antwort erwartete. Stacey brodelte vor Wut. »Wir sind hier nicht beim Theater, Mann«, sagte Stacey, »das hier ist echt! Leute, die immer wohlbehütet im Hotel Mama gewohnt haben und hinterher einen Batzen Geld bekommen, um in New York studieren zu können, finden scheinbar alles total lustig, aber da draußen ist verdammt noch mal die richtige Welt. Die gibt's wirklich!« Das Pfeifen von

Alicias Kessel zerschnitt die Stille. Alicia sprang in die Küchenzeile, machte sich an Teetässchen und Keksen in Knisterverpackung zu schaffen, während sie laut mit sich selbst redete. »Was?«, fragte Stacey.

»Soldaten sind schlechte Menschen«, wiederholte Alicia.

Amerikaner blieben schwer einzuschätzende Leute. In den nächsten Tagen saßen Stacey und Alicia wieder gemeinsam am Küchentisch und lachten herzlich über nichts. Sie gaben anscheinend das hysterische, grundlose, unbändige Lachen weiter. Ohne zu wissen, warum, brach Sarah ebenfalls in Lachen aus, wer weiß, vielleicht lachten sie sich ja gegenseitig im Kreis aus.

Nach dem Studium zog Alicia aus der gemeinsamen Wohnung aus, während Stacey und Sarah enger zusammenwuchsen. Jetzt teilt sie sich schon über zehn Jahre das Apartment mit Stacey, die im Laufe der Jahre ziemlich abgenommen hatte, weil ihre ganzen Muskeln weggeschmolzen sind. Sie isst abartig gesund, raucht auf dem Dach wie ein Türke und arbeitet hart, zu unregelmäßigen Zeiten. Oft läuft sie gammelig in der Wohnung herum, plaudert ins Telefon und macht alle möglichen Verabredungen. Beide Frauen respektieren die Privatsphäre der anderen, sie kommen sich nicht in die Quere.

Über einen großen Umweg trafen Amos und Sarah wieder aufeinander. Sarah war in die Luxuskette Barney's in Soho gegangen, weil sie sich ein neues Parfüm kaufen wollte. Sie hatte besonders lange hin- und herüberlegt, so lange, bis ihr fast die Blase platzte. Sie kaufte ein Vanille-Geißblatt-Parfum, nur um schnell auf die Toilette zu können. In verkrampfter Körperhaltung hing sie über der Schüssel, vorsichtig jeden Kontakt mit der Brille vermeidend. In dieser Pose, von den einheimischen Frauen des großen Kontinents Amerika benutzt, wenn sie gerade ein Kind zur Welt brachten, von Bäumen umgeben in der Natur hockten, um die Geburtswehen abzufangen, in dem herrlichen Augenblick, als sich Sarah nach einer

Woche ernster Verstopfung dem Moment der Erlösung näherte und sich Spasmen in den unendlichen Tiefen ihres Unterleibs vollzogen, schoben sich zwei Hände, die zu einer schmutzigen Frau gehörten, blitzschnell unter dem breiten Spalt ihrer WC-Kabine durch und raubten die Tasche mit Sarahs ganzem Besitz, von einem Studentenvisum und einer Visacard zu unentbehrlichen Telefonnummern, den frisch verdienten Dollars, die sie sich gerade bei Zaffirelli's erarbeitet hatte, indem sie zehn Stunden an einer Pastamaschine gedreht hatte, bis zu dem Fehlkauf, dem Parfuüm. Sarah, die kaum ihre Hose wieder hochgezogen hatte, stürmte aus dem Klo und tischte dem bulligen Security-Typen eine wirre und empörte Erklärung über dreckige Hände in einem Gemisch aus Niederländisch und Englisch auf. Als ihre Empörung in Wut auf die Kerle umschlug, die einfach tatenlos dastanden, statt hinter dem Dieb herzurennen und ihre Handtasche zurückzuholen, kam jede Hilfe zu spät.

Nach einer Fahrt zur belgischen Botschaft, drei Stunden Warten, sieben Telefonaten nach Übersee mit ihrer Mutter sowie einem abgebrochenen Schneidezahn, weil sie vor lauter Wut zu fest auf ein Karamellbonbon gebissen hatte, hatte sie Tränen in den Augen, als die Reihe am Schalter an ihr war. Sie erlebte ihren ersten amerikanischen Catch-22. Um eine Anzeige machen zu können, brauchte man einen Personalausweis. Als sie mit Händen und Füßen zu erklären versuchte, ihr Pass sei ja eben gestohlen worden, meinte die Frau, das sei nicht ihr Problem und so sei nun einmal das vorschriftsmäßige Prozedere. Mit Sätzen wie *Aber es ist mein Problem!* machte Sarah wenig Eindruck auf die Beamtin. Sie hatte längst vergessen, dass sie eigentlich ordnungsgemäß in der Datenbank stand. Halbtaub vor Wut hörte sie nicht einmal mehr, dass die Beamtin sie zurückrief. Sie ging nach draußen und tat etwas, was eine echte New Yorkerin nie tun würde: mitten in der Öffentlichkeit einfach seine Gefühle zeigen. (Außer ein Jahr später bei 9/11.)

Sie stand mitten auf dem meterbreiten Gehsteig und versuchte überhaupt nicht, ihre Tränen der Wut und der Frustration zu verbergen. Aber sie blieben nicht unbemerkt. Sie waren ein unwiderstehliches Lockmittel für Amos, der hinter seinem Kaffeetresen eine gute Aussicht auf diesen Abschnitt der Park Avenue hatte. Während er sich bemühte, eine perfekte Latte macchiato zu machen, hatte er hinterher verschiedene Male erzählt, stand da auf einmal eine attraktive weinende Frau vor seinem Fenster, die weder obdachlos noch high war und die er als die deutsche Sarah wiedererkannte. Eine Frau aus Fleisch und Blut, die *tears of rage* weinte, hatte er noch nie gesehen, sagte er.

Er wollte wissen, was passiert war. Sie erzählte, wie sie ausgerechnet von einem Sicherheitsangestellten brutal angepackt worden war. Sie schniefte noch immer tief entrüstet, war Amos aber dankbar dafür, dass er nicht auf diesem Bullenbeißer von einem Wachmann herumritt, sondern ihr einfach seine keineswegs perfekte Latte macchiato gab und sie fragte, ob sie ganz kurz auf ihn warten könne. In seiner Pause wollte er sie mit auf die Dachterrasse der Kaffeebar nehmen. Ihr war alles recht. Die blinde Wut war abgeebbt und einer leichten Scham über den abgebrochenen Schneidezahn gewichen.

Mit einem Becher in der Hand folgte sie ihm bis auf das Dach des Hochhauses. Ein befreiendes Gefühl, fast aus der Helikopter-Perspektive wie in einem Film über den Big Apple zu schauen. Auf einmal verstand sie, was ihr Vater an einem Dach so faszinierend fand. Nicht nur ihr Vater übrigens, denn Amos erzählte, dass die Leute im Mittleren Osten vielmehr auf den Dächern lebten, um unter dem bloßen Sternenhimmel zu schlafen oder zum Schutz. Von einem Dach aus ist man der Heckenschütze der Wirklichkeit.

Sarah warf einen Seitenblick auf den vor sich hin starrenden Mann. Als sie fragte, ob er hier schon lange arbeite, antwortete er: »Fünf Monate, aber nicht mehr lange, dann gehört der Laden mir.« Er war durchaus anziehend, objektiv gesehen, aber seine Prahlerei fand sie skurril und süß zugleich. Er schaute auf seine Armbanduhr. Sie beeilten sich nach unten, damit er sich die Hände waschen und eine neue Schicht beginnen konnte. Amos arbeitete sehr hart und mit Hingabe. Er hatte drei Jobs, einer davon war, Inneneinrichtungen im Gastronomiebereich zu entwerfen. Mit solchen Leuten konnte man in New York die Straßen pflastern, aber Amos war sehr ehrgeizig, deshalb steckte er seine Energie nicht in aussichtslose Nebenjobs.

Zwei Jahre später war er bereits Eigentümer von drei gut laufenden Cafés. Er stellte fest, dass sich in New York mit Kaffeebars mehr Geld als mit gewöhnlichen Bars verdienen ließ. Er servierte nur noch Kaffee und Tee. Heute hat er sieben Kaffeebars, verteilt über alle angesagten oder bald angesagten Gegenden von New York City. Seinen selbstausgetüftelten Plan vom Aufstieg realisiert er Schritt für Schritt, bis er beinah zusammenbricht. Laut Amos grast ein vorbildlicher Jude die Erdkugel ab, träumt von seinem Heimatland und verdient in der Zwischenzeit genügend Geld, um die ganze Welt zu kaufen.

In den ersten Jahren konnten sie sich nicht vor zwei Uhr nachts treffen. Das passte Sarah, der Sarah, die sich über das Wort Bindungsangst lustig machte, sehr gut. An den vielen Abenden bastelte sie an kleinen Demos herum, die nicht für andere Ohren bestimmt waren. MH bat sie, neue Stücke zu schreiben, aber sie antwortete, diese Art von Musik sei nicht mehr ihr Ding. Über Freunde von Amos bekam sie Kontakt mit einem Kunstfilmemacher, für den sie ihren ersten Soundtrack komponierte. Inzwischen kann sie längst nicht mehr alle Aufträge annehmen, deshalb sucht sie sich die Projekte aus, die sie richtig interessieren. Sie schreibt und macht Musik, während Amos delegiert und beaufsichtigt.

Bei ihren ersten Spaziergängen über die Dächer wies Amos sie auf die Codesprache der New Yorker Gangs hin. Er ermahnte sie manchmal, an den Ecken wegzuschauen, wo Crackpfeifen geraucht wurden oder das ganze verbotene Zeug, das aus der Unterstadt heraufgekommen war. Amos kannte New York so viel besser als sie. Während sie neben ihm über die Dächer spazierte, hatte sie das Gefühl, bei Tag mit zugeklebten Augen herumzulaufen. Er zeigte ihr die hängenden Gärten, die genialen Schlafbunker der Obdachlosen, Bienenkörbe auf den flachen Feldern der Dächer Dutzende Meter über der Erde, und später, bei seinen Freunden auf den Dächern an der Lower East Side, die Tierparks: Kaninchen, Hühner und sogar ein Ziegenpärchen. Da oben spielt sich ein eigenes Leben ab, von dem die Passanten auf der Straße keine Ahnung haben.

Ihre gemeinsamen Dachausflüge sind inzwischen ein Hobby geworden. Man könnte meinen, dass dort oben ein weiteres nomadisches Volk wohnt, hoch über den Köpfen der Pendler, die unterwegs nach Downtown bis vor einem Jahr nur im Airtrain durch dieses Viertel fuhren, aber nie an der Haltestelle Queens ausstiegen, weil es da so viele Probleme gab. Inzwischen jedoch strömen ganze Horden hipper Gestalten dorthin, unter anderem wegen des PS1-Museums für zeitgenössische Kunst.

Heute haben sie ausgemacht, dass Sarah Amos gegen Mittag abholen wird. Sie wollen zusammen zu den Dächern auf Governors Island. Vor über zweihundert Jahren war Governors Island der Privatspielplatz von Lord Cornbury, dem englischen Gouverneur dieser bemerkenswerten Insel. Er schmiss eine Party nach der anderen und konnte dort ungestört seine Travestieneigungen ausleben. Bei jeder Feier donnerte er sich als eine andere Frau auf. Das ist aber auch ein Ort, für den man Phantasie braucht.

Höchste Zeit, es Amos zu erzählen. Wie lang hat sie noch, bis es ein Kind ist? Und wie lange kann man ein Kind geheim halten? Kürzlich hat sie in der *New York Times* einen Artikel über eine Frau gelesen, die professionelle Kickboxerin war. Nach einem Wettkampf spürte sie etwas und gebar noch in der Umkleidekabine. Sie hatte überhaupt nicht gemerkt, dass sie schwanger war. So blöd ist Sarah natürlich nicht. Wie wird Amos reagieren, wenn sie ihm von der völlig unerwarteten Schwangerschaft erzählt? Sie sieht zwar, wie er ungeniert große Geschenke für die Kinder von Freunden kauft und immer mal wieder versteckte Andeutungen macht, andererseits zieht er extrem über die Babyboomer her, und das Thema Überbevölkerung hat er zu einem seiner Steckenpferde gemacht.

Jetzt, da sie seit vorgestern die Gewissheit hat, dass Leben in ihr ist, fühlt sie sich gleichzeitig bärenstark und verletzlich. Sie ist die Urmutter aus Seidenpapier. Es ist ein Geheimnis, das sie bewahren will. Im einen Moment weiß sie gar nicht, wie sie damit umgehen soll, im anderen Augenblick führt sie ein intensives Gespräch mit dem kleinen Monster in ihr, ihrem Entdeckungsreisenden, der schon jetzt die Dächer von Governors Island sehen wird.

Im Washington Square Park brummt ihr ein alter Schwarzer hinter seinem Schachbrett etwas zu, eine Verwünschung oder einen Segen – schwer zu sagen. Aber trotzdem. Ein Kind? In diesen Zeiten? Noch dazu in New York? Sie kann einfach nicht rational darüber nachdenken. Sie stellt sich ihr Kind auf Spielplätzen von der Größe des Central Parks vor, aber ohne die Dreckschweine hinter den Bäumen. Aber in der Welt von heute, vor allem in einer Großstadt wie New York, ist es schon Wahnsinn, sein Kind allein bis zum Ende der Straße gehen zu lassen. Oder spricht da jetzt ihre Mutter aus ihr? Wird sie ihr eigenes Kind auch so überbehüten? Ist sie vielleicht kein bisschen besser als ihre Mutter?

Hier geht sie also, New Yorkerin, Partnerin eines reichen jüdischen Geschäftsmanns, Musikerin, die mehr denn je tut, worauf sie Lust hat – denn damals als Jugendliche wollte sie sich mit The Lady Dies krampfhaft beweisen –, und Tochter einer Mutter, mit der sie sich zu beider Erstaunen immer besser versteht. Ihr letztes Treffen war in Boston. Sarah war dorthin geflogen, um einen Tag mit ihrer Mutter zu verbringen, die wegen irgendeines Termins gekommen war. Zusammen sind sie den Freedom Trail entlanggewandert, ein Spaziergang, der an sechzehn historischen Stätten vorbeiführt. Obwohl Sarah längst erwachsen ist, weigert ihre Mutter sich stur, sie auch nur einen Cent ihres Lunchs bezahlen zu lassen oder sich eine Postkarte in einem Museumsshop spendieren zu lassen. Sarah muss darüber lachen. Nach all den Jahren lässt sie sich von ihrer Mutter nicht mehr wegen deren felsenfester Prinzipien oder gelegentlichen Äußerungen über den Niedergang der guten Manieren und Traditionen auf die Palme bringen.

Wenn sie Amos davon erzählt, führt kein Weg mehr zurück. Wenn sie ihm nichts davon sagt und es wegmachen lässt, wie kann sie ihm dann je wieder in die Augen schauen? Wirft sie dann nicht das Glück weg, das sie sich in all den Jahren aufgebaut haben? Kann ein Kind dieses Glück zunichtemachen? Sie ertappt sich dabei, dass sie gerade in ihrer Muttersprache denkt. Im Zweifelsfall dreht das Waschprogramm in ihrem Kopf auf Niederländisch.

Sie muss eine Entscheidung treffen, jetzt, bevor Amos Verdacht schöpft. Will sie es ihm nun erzählen, oder sollte sie es besser lassen?

Hätte sie doch nur die Geradlinigkeit ihrer Mutter! Die zweifelt nie. Die leidet im Stillen, trifft aber knallharte Entscheidungen. Der Preis, den sie dafür bezahlt, sind ihre Neurosen, aber in letzter Zeit ist sie viel ruhiger geworden. Zum Glück bin ich nicht wie meine Mutter, sagt Sarah oft zu Amos, auch wenn sie gerne so entscheidungsstark wie Mieke wäre, wenn sie beim Lieferservice wieder einmal zwischen Vitello tonnato oder Maki Sushi mit Thunfisch schwankt, oder nicht weiß, ob sie die von Hand geflochtenen, supercoolen roten Kalbslederstiefeletten kaufen soll oder nicht. Sobald ihr dann einfällt, dass das alles eigentlich schlecht für die Umwelt ist, verlässt sie das Geschäft mit rotem Gesicht und dem

Versprechen, wiederzukommen. Im Gegensatz zu ihrer Mutter grübelt sie sogar darüber, ob sie sich überhaupt entscheiden soll oder nicht. »Deine Mutter hat schon auch Zweifel«, sagte Amos nach der ersten Begegnung mit ihrer Mutter, »auch darin seid ihr euch ähnlich«, und bekam den *Rolling Stone* an den Kopf gepfeffert.

Neben einem Zeitungskiosk am Washington Square Garden wartet der armseligste Blumenstrauß, den sie je gesehen hat, auf einen Käufer, der nie auftauchen wird. Er ist aus Kunststoff, erkennt sie, und er sieht aus wie ein schäbiger, altmodischer, auf ein grünes Spießchen gesteckter Blumenvorhang. Amos und sie kaufen öfter hässliche kleine Geschenke füreinander, einfach so. Ihre persönliche Form von Humor. Sie fragt sich, ob er wohl über das Ding lachen würde. Vielleicht sollte sie ihm lieber ein Batikshirt beim Hippie auf der Macdougal Street kaufen. Zwei von diesen scheußlichen Teilen hat er schon. Bei ihrer ersten Begegnung im Club trug er ein gelbes Batikshirt. Sie konnte die Augen nicht von ihm lassen, so gebannt starrte sie auf das grässliche T-Shirt.

Wenn sich zwei Menschen ineinander verlieben, können sie sich später bis ins kleinste Detail ihre ersten Erinnerungen nacherzählen. Er konnte nicht glauben, dass sie drei Sorten Schmerzmittel (zwei Schmerzmittel und ihre Antibabypille) mit sich herumtrug und dass sie sich einen Piraten (eigentlich war es ein Koala) auf den Fuß gemalt hatte und dass sie bei ihrem ersten gemeinsamen Essen Auberginentörtchen bestellt (und Chicken Wings bekommen) hatte. Je stärker und tiefer ihre Gefühle füreinander wurden, umso wahrhaftiger wurden ihre Erinnerungen, die sie so oft poliert hatten, bis sie glänzten und sie nur noch feststellen konnten, dass ihre erste Begegnung schon alles von einem Versprechen in sich trug. Sie kaufte den Plastikstrauß für zwanzig Dollar.

Ihr Handy klingelt. Es ist Amos. Ganze zwei Mal pfeifen die Black Keys den Klingelton, aber Sarah geht nicht ran. Sie hat das

Recht, unerreichbar zu sein, es wird für alle ein immer wichtigeres Recht werden. Wieder klingelt ihr Handy. Santigold ertönt, also ist es diesmal Stacey. Das Telefon liegt tief unten in ihrer Tasche, und sowohl Amos als auch Stacey wissen, dass das Ding dann rettungslos verloren ist, begraben unter Nagellack, Lippenbalsam, einem halben Stück Kuchen, dem mal wieder verlegten Korkenzieher, Notizbüchlein, zerdrücktem Popcorn, einem kleinen Aufnahmegerät für Umgebungsgeräusche, das sie nie benutzt, rausgerissenen Zeitungsartikeln und noch mehr Zeug. Sie stopft die Plastikblumen in ihre Tasche und geht weiter.

Bald wird es schneien. In den letzten Jahren passiert das öfter mal im Frühling. Die Stadt wird sich schlafen legen, sobald der Schnee kommt. Natürlich sind dann immer noch Leute auf der Straße, aber die Gebäude verkriechen sich in sich selbst, die Heizungen laufen auf Hochtouren und niemand geht nach draußen, ohne sich gegen die Elemente zu wappnen. Mit einem Neugeborenen durch den Schnee … Sie kann sich schon denken, dass Amos sie dann zurückpfeift. Er wird die Rolle des überbesorgten Vaters mit Begeisterung spielen. Und sie macht sich jetzt schon verrückt und malt sich Schreckensszenarien aus, das kann sie gut.

Sie führt sich ständig die gleichen Bilder vor Augen, bis aus einem einzelnen dürren Ast ein richtiges Baumhaus gewachsen ist, ein riesiges Bauwerk, das nirgends den Boden berührt, sondern auf läppischen Details und jeder Menge Bedenken und Einwände fußt. Davon mal abgesehen, diskutiert sie mit sich selbst, ist das Kind eigentlich ein Unfall. Sie hatten gar nicht vor, ein Kind zu zeugen. Sie brauchen es dem Kind später nicht zu erzählen, aber sie selbst werden es wissen, und das gibt schlechte Vibes. Es ist noch keine drei Monate alt, also ist es noch kein Kind. Außerdem wird Amos theoretisch zwar ein traumhafter Vater sein, aber praktisch ist er nie zu Hause, deshalb fällt es ja auch kaum auf, dass sie nicht zusammenwohnen. Sie wird ihn außerdem mit seinen ökologischen Bedenken konfrontieren. Sie raucht, noch ein Grund, es nicht zu behalten. Manchmal kommt sie fast um vor Selbstzweifeln. Sie will immer tun, was sie will. Tausend Gründe, das Kind nicht zu bekommen. Sie erstickt den Fötus in der Gebärmutter, damit er seinem Schicksal entgeht.

Erst jetzt merkt Sarah, wie sie regelrecht durch die Straßen stampft, als wolle sie die Schreckgespenster buchstäblich niederwalzen. Sie lässt die Scham durch sich fließen. Niemand hier weiß etwas von ihrem Leben auf dem abgenutzten Kontinent. In New York ist sie viel glücklicher. New York ist ein schöner Körper, Europa eher die Innereien, eine wabernde organische Masse, mit der sie sich lieber nicht identifiziert, obwohl sie natürlich ein Teil von ihr ist.

Sie geht an einem Werbeplakat vorbei, auf dem gigantische, freudianisch geschwollene Melonen abgebildet sind, um ein neues Duschgel anzupreisen. Sie prustet laut los. Schwangere Frauen sehen die Welt durch die Schwangerschaftsbrille. Jetzt interpretiert sie Melonen schon wie ein sexbesessener Macho. Hinter der nächsten Ecke erspäht sie die Stühle am Fenster. Amos hat sich gegen Barhocker entschieden, auf denen die Kaffeetrinker wie ausgestopfte Tiere zur Schau gestellt werden. Statt dessen hat er diese Kaffeebar mit altem chinesischem Mobiliar und dem nötigen Kitsch versehen, der außerdem gut ins Hippie-Erbe des Village passt.

Mit seinem kohlrabenschwarzen Lockenkopf fällt er überall sofort auf. Amos trabt hinter dem Tresen auf und ab. Er hantiert mit Milchschaumschlägern aus Aluminium herum, Shaker mit gemahlenem Zimt und Ingwersirup. Um diese Uhrzeit ist die Bar immer proppenvoll. Die Schlange vor dem Tresen geht fast bis zur Tür, außerdem stehen ein paar Leute herum, die sich ihren Kaffee selbst zusammenstellen. Amos hat auf die aktuelle Krise reagiert. An der *Do-it-yourself*-Theke verlangt er nur den halben Preis. Das Konzept ist ein solcher Erfolg, dass er an allen Fronten gewinnt: weniger Arbeit, mehr Profit.

Eine Latina mit überdimensionalen Ohrringen und zu viel Glitzerlidschatten, als dass sie Amos damit in Versuchung bringen könnte, lehnt sich über den Tresen und erzählt ihm eine ellenlange Geschichte. Hin und wieder nickt er statt einer Antwort und geht inzwischen weiter seiner Arbeit nach. Er befüllt einen Milchschäumer, nimmt schmutzige Tassen entgegen, die eine Bedienung auf die Theke stellt, und klopft Kaffeesatz aus.

Sarah drückt gegen die Tür, ein paar Wartende müssen ausweichen. Als Amos sie entdeckt, winkt er und wirft ihr einen Kuss zu. Seine dunkelbraunen Augen lachen.

Um Zeit zu schinden, checkt Sarah ihre Facebookseite. Suri hat ein großartiges Bild in ihrer Chronik gepostet, ein Glückskeks mit einer Sprechblase: »Was weiß ich denn schon, ich bin nur ein Glückskeks.« Suri, noch so eine wandelnde Entscheidungsunfähigkeit. Sie lachen oft darüber, oder besser lachten, die wenigen Male, die sie sich noch trafen, wenn Sarah über die Feiertage ihre Mutter besuchte oder Suri mal nach New York kam. Suris Entwürfe laufen in alle Richtungen, so weit ging ihr Eklektizismus noch nie: fünf Ärmel und drei Hosenbeine an einem einzigen Kleidungsstück, das weder Hose noch Pullover ist, *one size fits all.* Suri könnte ihre Schwangerschaftskleidung entwerfen: ein Kleid mit nicht nur einem, sondern fünf Hohlräumen für eine Kugel.

Die Frau an der Theke nippt an ihrem Kaffee, zum Zeichen, dass ihre Geschichte zu Ende ist. Sarah spaziert hinter die Bar und überreicht Amos die armseligen Plastikblumen. Er wirft die Arme in die Luft, hält sich dann die Hände vor den Mund, in gespielter Verzückung über den hässlichsten Strauß der Welt.

»Das kann ich doch nicht annehmen«, sagt er, »das ist zu viel, zu schön! Womit habe ich das verdient?«

»Nur so«, antwortet Sarah lau.

Sein iPhone kündigt summend einen neuen Termin an: *Governors Island!* Amos zieht seine Schürze aus, legt die Rolle des flotten Baristas ab und verwandelt sich in einen Urban Explorer in zerschlissener Jeans.

»Subway oder Taxi?«, fragt er.

»Ich komme nicht mit«, sagt Sarah.

»Hä?« Amos wundert sich über die unerwartet große Distanz.

»Nein, ich komme nicht mit.«

»Geht's dir nicht gut? Was hast du? Soll ich auch in der Stadt bleiben?«

»Nein, jetzt geh doch einfach«, sagt sie kratzbürstig. »Ich muss dringend die Orchesterskizze für Gus Van Sants Soundtrack fertigbekommen. Nächste Woche will er einen Vorschlag auf dem Tisch haben.«

Amos kennt ihre Phasen bockiger Schweigsamkeit und weiß, dass es sinnlos ist, sie unter Druck zu setzen. »Okay? Dann nehme ich Todd mit«, sagt Amos. Er läuft kurz an der Bar entlang, um sich vom Personal zu verabschieden. Auf dem Rückweg geht er an ihrem Stuhl vorbei und gibt ihr einen Kuss auf die Stirn. »Ruf mich einfach an, wenn du noch nachkommen willst oder irgendwas ist. Ich hol dich später ab, dann gehen wir was essen.« Er legt ihr die Hände auf die Schultern, küsst sie auf die Wange. Seine Bartstoppeln piksen.

In einem Tagtraum stellt sie sich ein riesengroßes Baby vor, das über New York schwebt, ein kleiner Junge mit Amos' Kopf, einer Kippa auf dem weichen Babyschädel. Wie ein Zeppelin steht er über der Stadt, sein Schatten über ihr. Sie ist die Einzige, die ihn sieht und ihn aus der Luft pflücken kann. Er kann über ihre Schulter hinweg in die aufgeschlagene Zeitung vor ihr auf dem Tisch schauen. Von einem Foto starrt sie eine verschleierte Frau gleichgültig an. Manchmal muss es schön sein, so anonym herumzulaufen, denkt Sarah.

Ein plötzlicher Krampf im Unterleib macht das Weiterlesen unmöglich.

Wir sind in Alarmbereitschaft. Ohne die Latina zu fragen, die Amos' Platz hinter der Theke eingenommen hat, nimmt Sarah den Schlüssel vom Brett und stürzt zur Toilette. Sie drückt die Tür zu und verriegelt das Schloss, während es sie fast zerreißt vor Schmerzen. Oh gut, denkt sie, dann soll es so sein. Nein, reden wir streng auf sie ein, das ist gar nicht gut, das darf nicht passieren. Ich war eh nicht so weit, verteidigt sie sich ächzend. Du bist zweiunddreißig, du bist schon so weit, rufen wir. Wir müssen uns der Welt permanent aufdrängen. Sie ringt nach Atem. »Nein, ich will das nicht«, jammert sie. Sie nimmt zusammengeknülltes WC-Papier und sieht nach, ob sie blutet. Nichts, kein Tropfen.

Ein Krieg könnte ausbrechen, während sie hier auf dem Klo sitzt und zweifelt, denkt Sarah. Mit China zum Beispiel. Kein relativ kleiner, lokaler Brandherd, sondern ein Ausbruch der Gewalt, der sich über die ganze westliche und asiatische Welt erstreckt. Ein tödliches Spiel um Macht und Ansehen. Ein globaler Putsch, der alle bluten lässt. Den Freunden am Küchentisch wird er seine Geheimnisse auf Chinesisch anvertrauen, damit Amos und sie es nicht verstehen können.

Als Sarah wieder in der Bar ist, hat sich nichts geändert. Keiner der Kaffeejünger, der chronisch Übermüdeten und der in Kaffeebars lebenden Studenten nimmt sie wahr, nur die Frau hinter der Theke. Sie öffnet und schließt den Mund wie ein Fisch, so bemüht ist sie, höflich nachzufragen, wie es ihr gehe und ob Sarah etwas trinken wolle.

»Gern eine Latte Medium«, sagt Sarah matt. Sie möchte der Frau noch etwas sagen, etwas Sinnvolles. Sie versucht, sich in den Gedankengang der Frau zu winden und einen klugen Kommentar zu ihrer Umgebung zu machen. Interaktion ist die größte Herausforderung des 21. Jahrhunderts, denkt sie, vielleicht geht es aber auch nur mir so. Sie könnte mit Blueberry Cake beginnen, China, Babys, Babys, Babys. Wenn ein Online-Therapeut sie fragen würde, wie sie sich fühlt, würde sie sagen: »Als hätte ich die ganze Welt verschluckt und müsste in sieben Monaten entbinden.«

Anstandslos zahlt sie vier Dollar neunzig, mit Amos' Geld, in Amos' Bar.

Sie wählt einen Platz neben dem Tisch, an dem eine alte Frau und ein Junge mit knallroter Baseballkappe sitzen, ziemlich untypische Kunden für diese Bar. Während sie so tut, als nähme sie die Kunstpflanzen unter die Lupe, hört sie den beiden zu. Sie nimmt einen ersten Schluck und denkt an das Baby. Das Kind trinkt jetzt auch von dem Kaffee mit einer extra Portion Milch. In der Milch steckt Calcium für die Nägelchen.

Der Junge mit der roten Kappe sagt was zu der alten Frau. Sarah schätzt ihn auf ungefähr sechzehn. Sein Körper wächst schneller, als seine Gesten hinterherkommen. Er muss sich erst noch an seine schlaksigen Gliedmaßen und den in die Höhe schießenden Rumpf gewöhnen. Er hält einen Schokoriegel in der Hand, streift die Verpackung ab und beißt in sein Mars. Die beiden unterhalten sich über dies und das. Auf einmal sagt er in leisem vertraulichem Ton zu der grauhaarigen Frau, dass er es schon irgendwie komisch finde, weil er doch nicht so altmodisch sei, aber dass er heiraten wolle.

Am nächsten Tisch beobachtet sie ein verliebtes Paar. Er nimmt ihre Hände in seine und küsst ihre Fingerspitzen. Die Frau kichert vor lauter Verlegenheit. Eine Studentin sitzt mit gerunzelten Augenbrauen vor ihrem Laptop. Sie tippt eine kurze Nachricht, drückt demonstrativ auf Senden und wartet dann zurückgelehnt, von ihrem Becher Kaffee nippend. Als die Antwort mit einem Piepsen eintrifft, hämmert sie sofort wie eine Furie auf die Tasten ein. Die Tür geht auf und zwei Männer kommen herein. Der eine nimmt die

Jacke des anderen entgegen, der sich mit einem Kuss bedankt. Der andere fährt sich mit der Zunge über die Lippen, um den Kuss zu schmecken.

Lauter kleine Theaterstücke um mich rum, denkt Sarah, als wär ich ein Komparse in einem mosaikartigen Kunstfilm. Die Bühnenwände sind zwar nicht wirklich zu sehen, aber als Zuschauer spürst du, dass sie da sind. Jede Szene setzt eine andere in Gang, zusammen formen sie ein starkes Porträt des fiktiven Kampfes, den wir alle führen und der Leben heißt. Am Ende synchronisieren wir alle zusammen dasselbe Lied. Vielleicht ist es das, was Jules damals gemeint hatte, auch wenn Sarah im Nachhinein vermutet, dass Jules in Anti-Establishment-Klischees handelte.

»Wie lange seid ihr schon zusammen?« fragt, die alte Frau den Jungen freundlich. Sie ist eine Vertraute, mit der er viel besser sprechen kann als mit seinen Blutsverwandten.

»Zwei Monate.« (Die Details greifen reibungslos ineinander.) Ein Baby in ihrem Bauch, ist es eine Fiktion von knapp zwei Monaten, die gegen ihre Wände tritt? Könnte sie es nur schon fühlen, das wäre ein überzeugenderes Argument für das Leben.

Die faltige Frau nickt langsam. Sarah kann sie fast denken hören, wie wenig zwei Monate bedeuten, aber sie versteht, dass zwei Monate für einen jungen Burschen mit Kappe eine lange Zeit sind, weil er keine Ahnung hat, wie viel Leben er noch vor sich hat und wie viele Tragödien, Babys und Tote ganz natürlich folgen und mit der Zeit ganz natürlich vergessen werden.

»Ich habe damals jung geheiratet«, erzählt die Frau. »Mein Mann ist schon lange tot, ich bin seit Jahren verwitwet. Hätte ich mich nicht so zurückgezogen und versucht, mir ein neues Leben aufzubauen, dann hätte ich jetzt Gesellschaft.« Die Frau schweigt und denkt: Es ist wichtig, dass ich zuhöre und jetzt nicht anfange, meine Geschichten von Menschen von mir zu geben, die er nie gekannt hat, wie meinen Mann Fred, der Straßenbauer war, obwohl er nur drei Finger hatte. Damit jage ich den Jungen weg.

In ihrem Gesicht voller Krähenfüße leuchten die Augen. Auf ihrer Stirn stehen tiefe, wellige Furchen. Die alte Frau schaltet schnell auf ein anderes Thema um. Sie finde die aktuelle Musik richtig interessant, sagt sie, kenne sich aber nicht gut aus damit.

»Wenn ich mir ein Popmusikalbum kaufen wollte, was würdest du mir empfehlen? Ich möchte noch ein bisschen mit der Zeit gehen.« Die Frau ist zu dick, aber nicht fettleibig wie die Generation Hamburger. Durch ihren Körper ist ein ganzes Leben gegangen, er umhüllt sie wie eine Patchworkdecke. Eine Frau, die plaudert, um nicht an ihre Einsamkeit zu denken. »Glaubst du, dass mich noch jemand anziehend finden kann?« Sie sagt es verschämt, eher zu sich selbst als zu dem Jungen. Der reagiert nicht, sondern schaut nach draußen in den grauen Nieselregen.

Sarahs Hals fühlt sich auf einmal an wie Schmirgelpapier. Kaffee sollte besser nicht Getränk heißen. Je mehr sie von der Flüssigkeit zu sich nimmt, umso stärker meldet sich ein irritierender Durst. Sie beschließt, durch den trüben Regen zu ihrer Wohnung zu gehen und gemütlich daheim zu bleiben.

Als sie an den Geschäften vorbeispaziert, erlebt sie eine Art Unsichtbarkeit. Seit sie denken kann, sucht sie eine Lücke, in die sie sich zwängen kann, eine Luftblase, in der sie wie eine Zeichentrickfigur aus einem Mangafilm fröhlich durch die Welt schweben kann. Sie findet es wunderbar, in einer verlassenen Mülltüte ein Robotermännchen zu sehen, eine Straßenlaterne in ein Mannequin auf Stelzen umzugestalten, einfach halluzinierend und vor sich hin phantasierend über die Straße zu gehen, mit einer Latte Medium als einzigem Hilfsmittel. Nüchtern, euphorisch und voll Phantasie. Es ist normal, dass das Gehirn ergänzt, was deine Sinne nur unvollständig wahrnehmen. Aber ein ungeborenes Wesen ist kein kleines Hirngespinst.

Instinktiv legt sie sich die Hand schützend auf den Bauch. Grundsätzlich möchte sie ja schon ein Kind, das ist nicht das Problem. Wenn sie das Kind von anderen fernhalten und wie einen kleinen Ziegelstein mitnehmen könnte, vorbei an der Vergangenheit und am Heute, zu einem zeitlosen Planeten, wo alles immer wieder bei null anfängt und Ziegelsteine für sich alleine stehen, statt zusammen ein großes wackeliges Haus zu bilden, wäre sie sofort mit der Reise einverstanden. Aber auf diesem Planeten kriegt sie einen Panikanfall nach dem anderen und ist außerdem zu feige, um Amos miteinzubeziehen. Feh-ler-Feh-ler-Feh-ler, in diesem Rhythmus zischen die U-Bahnen an ihrer Nase vorbei.

Als sie beinahe daheim ist, sieht sie, dass sie einen Anruf von Amos verpasst hat. So viel Zeit ist doch gar nicht vergangen? Sensibel, wohlüberlegt, einen Tick besorgt, das ist Amos. Besorgt um seinen engsten Freundeskreis, schamlos egozentrisch. Sie kann nachts schweißgebadet aus dem Schlaf aufschrecken und an das Unrecht in der Welt denken, missverstandene Muslime, nervtötende Republikaner, himmelschreiend dumme Demokraten, kriminelle Ölfirmen, den Gegensatz wir und die, all die schlechte Musik, die nicht nur toleriert, sondern immer öfter auch nominiert wird, Rednecks, die ihre Kinder in Realityshows ausbeuten und Schweinehaxen aus einem Behälter voll Schleim an die Oberfläche holen lassen, die europäische Stumpfsinnigkeit und der himmelschreiende Mangel an Solidarität. Das alles zusammengenommen gibt schnell genügend Stoff für eine durchwachte Nacht. Manchmal fragt sie sich allerdings, ob die Sorgen, die sie sich um die Welt macht, nichts weiter als eine Projektion ihrer eigenen Probleme sind, manchmal ist sie sich dessen sogar sicher. Amos sagt immer, er verstehe sie, wenn sie solche Ängste äußert. Sein Verständnis ist wie eine Löschdecke, die man über ein kleines Feuer wirft. Es erstickt sie, löscht sie völlig aus, obwohl sie eigentlich nur wüten will.

Wenn sie versucht, ihm das zu erklären, nickt er schon wieder verständnisvoll. Er zieht die Scheibe Toast aus dem Brotröster, legt sie auf ihren Teller, während er sie küsst und zur Tagesordnung übergeht: dem Entwurf eines Getränkeregals für ein neues Café und der Frage, ob Dinkelbrot tatsächlich nahrhafter als Maisbrot ist.

Sarah läuft weiter. Sie beschließt, Amos nicht zurückzurufen. Was jetzt helfen kann, ist jede Menge Sauerstoff und ein Schlückchen Alkohol. Und lang ausgestreckt auf dem Teppich in ihrem Musikstudio liegen – Jacques Brel auf Repeat.

Sie betritt den Wohnblock und beginnt mit der Treppenbesteigung, bis ganz nach oben in die sechzehnte Etage. Eine absurde Anstrengung, die sie sonst nie auf sich nimmt. Körperliche Anstrengung ist auch für eine Schwangere unentbehrlich. Das hat sie erst heute Nacht auf einem dieser Schwangerschafts-Blogs gelesen, um hinterher ihren Suchverlauf zu löschen, als hätte sie Pornos gegoogelt.

An ihrer Tür beugt sie sich vor, ganz außer Atem. Dann schließt sie ihr Reich mit den zwei Zimmern auf: Eines ist perfekt als Musikstudio eingerichtet, im anderen Zimmer stehen ihr Schreibtisch und ein Bett. Stacey wischt im engen Flur mit einem Lappen über den großen Spiegel. Sie läuft in ihrer gewohnten Schlabberjogginghose herum, darüber ein T-Shirt von Hello Kitty mit Schnurrbart, das sie mal von Alicia bekommen hat.

»What's up?«, murmelt Sarah.

Nicht viel, behauptet Stacey, die mit einem Kalkreiniger im Badezimmer verschwindet. Sarah nimmt ein Weinglas aus dem Schrank und spürt, wie Stacey hinter ihr zögert. Sie berührt kurz eine Flasche auf dem Weinregal aus Kirschholz, überlegt es sich anders und nimmt dann einen Montepulciano d'Abruzzo. Ob das Baby in ihrem Schlafzimmer oder in dem von Amos gemacht worden ist? Wie kann in diesem noch viel zu studentischen, kreativen Chaos je ein

Kind herumlaufen? Welche Wände oder Gitter sind nötig, um dem Baby eine sichere Bleibe zu bieten? Welche lebensgefährlich scharfen Kanten und Gegenstände müssten verschwinden, wenn hier ein Kind herumläuft, und welch kompromittierendes Material?

Sie kämpft mit dem Flaschenöffner, bemerkt die unangenehme Spannung im Raum.

»Sag-mal-Stacey-hey-Sarah-was-soll-ich …« Beide wollen gleichzeitig die Stille durchbrechen. Ihre Sätze überlappen sich und klicken ineinander, simultan schweigen sie wieder.

»Sag mal«, beginnt Stacey von vorne, »ich hab dich heute früh gesehen, beim Toys"R"Us auf dem Union Square. Du sahst ziemlich besorgt aus …« Sie stellt den Pfeifkessel und das Espressokännchen neben die Herdplatten.

»Mein Gesicht kennt anscheinend nur zwei Positionen: wach-besorgt und schlafend-besorgt«, meint Sarah.

»Na Hauptsache, du sagst Bescheid, wenn du deine hübsche Schnute gegen meine Visage tauschen willst.« Stacy reibt mit einem Topfschwamm über die Herdplatten. Das macht sie gründlich und mit Energie. Ihr ganzer Körper ist in Bewegung. Sie hält kurz inne, schaut auf. Ein paar Haarsträhnen hängen ihr in die Stirn. »Ist denn alles okay?«

»Ja«, sagt Sarah knapp. Sie wird das tun, wovon jeder Arzt abrät, um die Chance auf eine Fehlgeburt so gering wie möglich zu halten: trinken. Das ist mutwillig und falsch, aber als eine Art Kräftemessen mit sich selbst auch nützlich. Sie wird der natürlichen Auslese ein wenig unter die Arme greifen. Wenn der Winzling das hier überlebt, wird er all dem andern wohl auch gewachsen sein. Sie stellt ihr iPhone in die Ladestation und legt The xx ein. Das zweite Album ist etwas enttäuschend, der Neuaufguss eines starken Debüts. Sarah macht sich mit ihrem Glas und der Flasche Wein am Küchentisch gemütlich, der mit Wasserflaschen, Pröbchen von verschiedenen

Crèmes, die Stacey scheinbar aus Modezeitschriften gerissen hat, Sarahs Musikmagazinen, abgelaufenen Coupons und fünf stattlichen Wörterbüchern übersät ist. Gleichgültig blättert sie in Band Q-Z. Stacey müsste die Wörterbücher langsam auswendig kennen. An vielen Stellen kleben Post-its oder steht eine Markierung mit Neonstift in Staceys persönlichem Talmud. Die hat sich inzwischen auf ihr Zimmer zurückgezogen.

Ob es an dem intensiv-würzigen Geruch des Rotweins oder am Knistern der Boxen liegt, das entfernt wie ihre Kassetten von früher klingt, jedenfalls kommt sie plötzlich auf die Idee, Onkel Jempy anzurufen. Er ist der einzige Mann, der ihr endlos zuhören kann (zumindest, wenn sie ihn anruft) und ihr nur dann seinen völlig unbrauchbaren Rat gibt, wenn sie ihn ausdrücklich darum bittet. Doch etwas in ihr wehrt sich dagegen, die Wörter auch tatsächlich auszusprechen. Sobald sie mit Sauerstoff in Berührung kommen, mutieren sie durch irgendeinen chemischen Prozess. Sie werden Probleme, Die Angegangen Werden Müssen.

Genau in diesem Moment krallt sich gerade jemand in ihr fest, um am Leben zu bleiben. Sie pflanzt sich genau jetzt fort. Sie ist eine befruchtete Blume, ein Känguru mit einem Kleinen im Beutel. Die Congas von The xx rütteln sie wach und ihr wird klar, dass in der Flasche nur noch ein halbes Glas Wein ist. Für eine gestandene Alkoholikerin ist das vermutlich eine spärliche Mittagsration, doch nicht für Sarah. Ihr ist schwindelig, sie ist betrunken. Jetzt heißt es Weitertrinken und durch den schmalen Tunnel ihrer Gedanken gehen.

Sarah blättert die Wörterbücher durch. Ihre Finger gleiten über ein Wort nach dem anderen. Die Buchstaben sinken und lassen sie randvoll zurück. Als drückten sie gegen die Wände und riefen: Lass uns aus diesem abscheulichen, unlesbaren Körper raus. Stacey steckt den Kopf wieder zur Tür herein und taucht in den Kühlschrank.

»Magst du nichts essen?«, erkundigt sie sich. »Es ist schon drei

Uhr.« Sarahs iPhone liegt oben auf der Mikrowelle und brummt. Stacey schneidet Käse, wäscht Rucola und röstet sich eine Scheibe Dinkelbrot. Jetzt klingelt es auf dem Festnetz. Stacey geht dran.

»Ja, die sitzt hier neben mir. Ich geb sie dir mal. Bye Micky!« Stacey gibt ihr das Telefon und flüstert: »Deine Mutter.«

Natürlich ihre Mutter! Samstag, pünktlich um drei, das ist die feste Zeit ihrer Mutter, die dann um neun Uhr in einem der vielen Zimmer ihrer Villa sitzt. Als Sarah rangeht, zittert ihre Stimme so sehr, dass ihre Mutter augenblicklich hört, dass was nicht stimmt. Warum sind Mütter bloß so? Sarah ist klar, dass sie einen riesigen, unverzeihlich großen Irrtum begeht, kann aber nicht an sich halten. In diesem Augenblick ist ihr auch alles egal, sie knickt ein. Ohne nachzudenken, erzählt sie es ihrer Mutter und erschrickt über sich selbst und über ihre Worte. »Mama«, sagt sie, »ich bin schwanger.«

Jetzt ist es raus. Sie hat soeben gegen das universelle Gesetz verstoßen, das besagt: Niemals ein wirklich intimes Geheimnis bei der eigenen Mutter abladen, erst recht nicht, wenn du schwanger bist und deine ganze Welt ins Wanken gerät und die Hormone durch dich hindurchrasen wie Speed schluckende Ferrari-Fahrer auf einer nächtlichen Autobahn, und ganz ganz sicher nicht, wenn du noch keine drei Monate weit bist, und auf gar keinem Fall, absolut unter keinen Umständen, wenn du den Vater noch nicht eingeweiht hast.

Sie begreift ihren Irrtum, aber es ist zu spät. Aus derselben Panik heraus, mit der ein Räuber den sich wehrenden Nightshop-Kassierer abknallt, begeht sie einen noch größeren Fehler und legt auf. Sie will nicht wissen, wie ihre Mutter reagieren wird. Mit weichen Knien bleibt sie stehen, hält das Telefon wie einen ansteckenden Gegenstand in der Hand. Das Gerät ist mit der kompletten Welt der Telefone verbunden. Signalkabel führen von einer sechzehnten Etage in New York zu den Kabeln des Hohlwegs, den Berg zur Nachtegalenlaan 7 hinauf. Sie schließt das Telefon in ihr schalldichtes Studio ein.

»Auch noch ein Gläschen?«, fragt Sarah Stacey.

»Gerne«, sagt Stacey. Sarah öffnet eine neue Flasche und schenkt zwei Gläser ein. Wortlos stoßen sie an. Stacey hat nichts von dem kurzen Gespräch verstanden, sie wiegt ihren unwissenden Kopf zu den Beats.

Mit dem Glas in der Hand geht Sarah auf den Gang. Sie steigt im Treppenhaus die schmalen Stufen hinauf, die zum Dach führen. Ziemlich kalt dort, aber sie hat keine Lust, wegen eines Schals oder einer Jacke zurückzugehen. Sie drückt leicht gegen die Holztür, die nichts taugt und flappend hinter ihr zuschlägt.

Sarah verpasst einer ausgebleichten Budweiser-Dose einen Tritt und geht näher an den Rand. Hier hat sie öfter mit Amos gestanden. Bei einem der ersten Male, auf dem Dach seiner Kaffeebar in Queens, hatte sie vor lauter Übermut eine Büchse in zierlichem Bogen runtergeworfen. Amos war rasend. Eine hinabsausende Büchse ist wie ein Messer, hat er ihr klargemacht. Einer von Amos' Jugendfreunden war mal von so einer Dose getroffen worden, die von einem Wohnblock herabgefallen war. Seitdem war der auf einem Auge blind.

Sarah steht lange da, die frische Luft macht sie wieder nüchtern. Ihre Finger halten das Glas verkrampft fest, merkt sie, als sich die Holztür zum Dach öffnet und auf einmal Amos vor ihr steht. Ist irgendeine interkontinentale Alarmanlage angegangen? Hat ihre Mutter Amos angerufen? Nein, unmöglich, sie hat seine Handynummer nicht. Amos stellt sich neben sie und trinkt einen Schluck Wein.

»Hallo Statue«, sagt er. »Ich hab als Kind auch öfter Statue gespielt. Hab ich lang nicht mehr gemacht.« Amos lässt seinen Anorak auf den Boden fallen. Er stellt sich auf ein Bein, sucht sein Gleichgewicht und bleibt bewegungslos stehen wie ein Flamingo in einem Betonteich voller Flechten, Blechbüchsen und Verpackungen. Er schaut in Richtung Ground Zero, auf das präsenteste Phantomgebäude der Welt. Sarah will ihm zum Spaß einen kleinen Schubs geben, sieht aber den Ernst und die Hingabe in seinem Gesicht, und irgendwas ist da, was sie davon abhält. Minutenlang konzentriert er sich darauf, gerade auf einem Bein zu stehen. Wieso tut er das? Um ihr zu zeigen, was er alles Tolles kann? Die misstrauische Stimme in ihr könnte so was behaupten, aber sie will lieber etwas anderes darin sehen: Er tut es aus Anteilnahme.

Jetzt ist es schon so lange still gewesen, dass Sarah nichts mehr sagen kann oder zu sagen braucht. Die Geräusche von den Straßen unten reichen. Man kann von hier aus die Leute gehen sehen, aber ihre Gesichter sind wie ausradiert. Sarah lässt sich auf den Boden sinken. Sie zieht Amos' Anorak unter ihren Po, spürt die Wärme, die er abgibt. Sie ist ganz schön durchgefroren.

Dann bricht Amos die Übung ab. Sarah wird aus ihrer Verzauberung wach gerüttelt. Sie schauen gemeinsam nach unten und stellen sich vor, was sie mit der Straße unter ihnen tun wollen: Ein Mammut wieder zum Leben erwecken und es um den Block donnern lassen. Sie können es sich so gut vorstellen, dass Sarah die Hand ausstreckt, um den Rüssel des Mammuts, der über den Rand des Gebäudes herausragt, anzufassen und sein zottiges Fell zu spüren, bevor es in den Prärien der Great Plains aussterben wird.

Sie beobachten ein Grüppchen Läufer. Sie sind zu fünft. Von hier oben können Sarah und Amos ihrer Route gut folgen. Sie verschwinden und tauchen wieder zwischen den Gebäuden und dem Park auf. Ihnen dabei zuzusehen hat schon etwas Beruhigendes.

»Die trainieren für den Marathon in einem halben Jahr«, sagt Amos. »Vor Jahren hab ich solche Jungs in Ägypten gesehen. Marathonläufer mit drahtigen Körpern. Die liefen sich die Füße wund, tagein, tagaus, einfach so. Die hatten entweder zu viel Energie, oder sie liefen vor etwas davon. Wir sahen sie jeden Tag vorbeikommen, konnten aber nicht mit ihnen reden, weil sie so schnell waren. Als täten sie nie etwas anderes.«

Eine Stunde später weicht sie erschöpft und ausgelaugt in der Wanne auf, als die Badezimmertür geöffnet wird. Amos kommt herein, gibt ihr einen Kuss. Wortlos zieht er sich aus. Die Wanne ist zwar klein, aber er legt sich so neben sie, dass sie wie zwei Garnelen im Wasser auftauen können. Statt ihn aus der übervollen Wanne zu scheuchen, ein halbes Pfund Galler-Schokolade zu essen und vierundzwanzig Stunden vor sich hin zu brummen, um ihm klarzumachen, dass sie ein Problem hat, erwidert sie seinen Kuss. Sarah beißt sich lieber die Zunge ab, als wirklich in Betracht zu ziehen, einen Ton über die Schwangerschaft zu sagen. Lieber macht sie Liebe mit ihrem unwissenden Mann.

Ihr Sex hat inzwischen eine vertraute Routine. Sarah und Amos wissen, wie es normalerweise geht, wie er sie an den Hüften fasst, sie die Beine um ihn schlingt, damit sie sich mit möglichst vielen Körperteilen berühren können. Ihr Sex ist echt, vertraut, schön und nicht mehr die unbeholfene Variante der ersten Male und der aufgetakelten, hergerichteten unbekannten Körper, sondern echter Sex mit einem leichten Brummschädel vom vielen Wein und dem entspannenden Effekt eines heißen Bades. Sie schlägt ihre Zähne in seine Schulter, das dicke, harte Schlüsselbein, das sie durchbeißen möchte. Sie drückt ihn fest an sich, als sei sie ein Förmchen, in dem er verschwinden soll. Er muss durch sie hindurch, um an anderer Stelle wieder rauszukommen. An einem Ort, wo sie sich zusammen verlieren.

Mütter sind zu nah an der Realität. Sie laden sie zu sich an den Tisch und luchsen ihr so manches Geheimnis ab. Sarah sitzt an ihrem Laptop, auf dem sie zum dritten Mal das Datum auf dem Flugticket in ihrer Mailbox studiert. Die Nachricht enthält alle Einzelheiten zu einem Flugticket Brüssel-New York auf den Namen Mieke Vandersanden. Ihre Mutter kommt in zwei Tagen zu Besuch. In einer anderen E-Mail erklärt sie, sie käme nur auf einen Sprung vorbei, weil sie sowieso auf einer Konferenz in Boston sein müsse. Mieke macht in New York Zwischenlandung, damit sie Sarah in der Stadt besuchen kann und auch ihre Schwester Lydia in Upstate New York. Das heißt, wenn es ihr recht ist. Zwei- bis dreimal pro Tag hat ihre Mutter ihr seit dem Telefonat gemailt, meist unter den albernsten Vorwänden. Soll ich mir nicht doch lieber ein Hotel nehmen, ich will euch ja nicht zur Last fallen. Sind es nicht zu viele Treppen, meine Hüfte macht das nicht mehr mit.

Mütter ändern sich nie, sie entwickeln sich weiter. In den letzten Jahren scheint ihre Mutter wieder richtig aufzublühen. Sie kommt regelmäßig nach Amerika, um ihre Schwester und Sarah zu besuchen. Sie reist für die Stiftung um die Welt. Elvira und sie sind immer noch die treibenden Kräfte, aber es gibt auch viele Neue, die die Stiftung weiter ausbauen. Sarah tut es gut, zu wissen, dass ihre Mutter nach und nach neue Leute kennenlernt.

Als Sarah auf dem JFK-Flughafen wartet, um ihre Mutter abzuholen, bietet ihr ein seltsamer kleiner Kerl an, ihre Koffer zu tragen, obwohl Sarah nur eine Handtasche dabeihat. Sie gibt ihm zwei Dollar und schickt ihn weg. Das krumme Männlein verschwindet auf die Toiletten. Am JFK werden Bettler zwar verjagt, sie schleichen sich jedoch immer öfter inkognito ein. Wenn es so weitergeht, bettelt bald das halbe Land auf den Flughäfen – auch eine Art, Ausländer im amerikanischen Traum willkommen zu heißen. Sarahs hohe Absätze waren praktisch gesehen keine so gute Idee, wirken aber Wunder für ihr Selbstvertrauen.

Wie ein Wal taucht ihre Mutter aus dem abgenutzten Kontinent Europa auf, mit Algen und Flechten bewachsen, aber fester im Leben stehend als je zuvor. Als Sarah ihre Mutter entdeckt, wird sie furchtbar nervös. Die beiden geben sich einen Kuss. Umarmungen waren nie ihr Ding, das ist überflüssig.

Äußerlich verändert sich ihre Mutter kaum noch. Das hat sie natürlich ihrem Großvater zu verdanken, der auf dem Sterbebett noch so aussah wie auf seinem Hochzeitsfoto. Auch Mieke hatte all die Jahre ihr Hochzeitsgewicht halten können, bis sie – nach dem Tod ihres Mannes – daruntergefallen ist. Die Schwangerschaft wurde noch mit keinem Wort erwähnt. Auf dem Weg zum Taxistand spürt Sarah, dass auch ihre Mutter ziemlich angespannt ist. Sie haben das Thema in den Mails oder am Telefon nicht mehr angesprochen. Sarah hat den Dingen ihren Lauf gelassen, aber auch ohne es zu erwähnen ist ihr klar, dass Mieke weiß, dass Amos noch immer keine Ahnung hat.

Fassungslos hört Sarah ihrer Mutter zu. Schon eine Meisterleistung, wie sie es sogar auf einer unschuldigen Taxifahrt vom Flughafen zu Amos' Wohnung schafft, genau die Themen anzuschneiden, von denen Sarah nichts hören will. Mieke erzählt, dass der Verein das Schloss am Fuß des Berges renoviert, was ein hartes Stück Arbeit ist, weil die ehemaligen Bewohner das Gebäude völlig zerstört haben. Dann schwärmt sie von Emilys zuckersüßem Baby und den Zwillingen von Ulrikes ältester Tochter, zwei achtjährigen Mädchen, die dir spontan die Hand geben und die Erwachsenen dann weiterreden lassen. Ein iPad bekommen sie nicht, Ulrike findet, sie sollten lieber mit Holzklötzchen spielen. Wohl etwas übertrieben … Der goldene Mittelweg ist immer am besten. Warte nur, bis du selbst Enkel hast, sagt Ulrike, dann wirst du sehen, dass du sie total verwöhnen willst. Ein natürlicher Impuls, aber Ulrike wappnet sich dagegen.

Sie öffnen die Tür zu Amos' Apartment. Es kommt dem, was ihre Mutter unter einer anständigen Wohnung versteht, ziemlich nah. Und hier können sie ungestört reden. Da gibt es keine Stacey, die immer Wörterbücher mit sich herumträgt, und Amos wird erst gegen Abend zurück sein. Mieke schaut sich um. Die Heizung ist außer Kontrolle, das ganze Gebäude ächzt vor Hitze.

»Wo ist Amos?«, fragt sie.

»Der arbeitet.«

»Immer am Arbeiten …«, seufzt ihre Mutter. »Amos muss mir übrigens mal erklären, was es mit der Menora auf sich hat. Wie kommt es, dass ein einfacher Kerzenständer so eine Bedeutung hat? Ich weiß ja zu wenig über die jüdische Kultur. Juden sind zwar fanatisch, aber schlau sind sie. Muslime sind noch fanatischer, aber leider etwas weniger schlau. Wir haben gerade wieder eine Kostprobe bekommen.«

»Möchtest du was essen, Mama?« Sarah fällt ihrer Mutter ins Wort, bevor sie wieder eine ihrer Endlosdebatten vom Zaun bricht. Sie kramt im Vorratsschrank zwischen Backpulver, Krokantstreuseln und Puddingpulver und fragt sich, wieso sie nicht was gebacken oder sich wenigstens die Mühe gemacht hat, Törtchen bei Dean & DeLuca zu holen.

Zum Glück lehnt ihre Mutter dankend ab. Ein Glas Wasser wäre schön. Sie geht im Zimmer auf und ab, macht auf dem Absatz kehrt. An ihrem einen Hosenbein hängt ein Krümel. Ein Zeichen, dass was nicht stimmt.

»Steht dir gut, Mama, so eine Hose. Ich hab dich noch nie mit Hose gesehen.«

»Oh, ich trage doch schon seit Jahren Hosen. Wirklich viel praktischer als ein Rock, und es gibt ganz elegante Modelle. In meinem Alter laufe ich natürlich nicht mehr in Jeans rum.«

»Wie ist es denn in Belgien?«

»Welchem Belgien?«, fragt Mieke. »Von dem Land bleibt nicht mehr viel übrig.«

»Ich meine: Wie ist es daheim?«

»Gut, gut. In dem Waldstück neben uns bauen sie jetzt eine Villa mit einem grünen Dach und Hallenbad, und handverlesenen roten Natursteinen aus einem extra wieder geöffneten Steinbruch. Rate mal, wie viel der Spaß kostet?«

»Es ist Krise, also nicht so viel, oder?«, lacht Sarah, die kurz erleichtert ist, dass sie Das Eigentliche Thema vor sich herschieben.

»Vier Millionen Euro. Jawohl. Und natürlich lassen sie alle restlichen Bäume fällen. Wieso zieht man dann überhaupt in den Wald?«

»Merkt man in Belgien eigentlich viel von der Krise?«

»Ich beklage mich nicht, aber an Kleinigkeiten merkt man's schon. Es geht im Leben doch manchmal seltsam zu. Erinnerst du dich, wie wir uns früher auf dem Postamt über die alten Damen mit den Handtaschen voller Staatsanleihen amüsiert haben? Letztes Jahr habe ich selbst Anleihen von der belgischen Regierung gekauft, zu 4,3 Prozent, wenn du sie acht Jahre anlegst. Bei keiner anderen Bank kriegt man noch so viele Zinsen. Ach ja, jetzt bin ich selbst eine alte Dame geworden.«

»So alt bist du nun auch wieder nicht, Mama. Du siehst übrigens sehr gut aus.« Sie meint es wirklich. Sie ist ihrem Vorsatz treu, keine Lügen oder Halbwahrheiten zu verbreiten.

Mieke schaut sich im Apartment um. Sie sieht ein echtes Mobile von Calder an einem Nylonfaden baumeln, ein Rietveldstuhl-Imitat aus dem MoMa, das doch leicht ein paar Monatsmieten gekostet haben muss.

»Wirklich eine hübsche Wohnung«, stellt sie fest. »Gemütlich, nicht zu klein und schön warm.«

Sarah kennt ihre Mutter. Sie sagt: »Leg dich doch kurz hin, du wirst sicher müde sein.«

»Aber nur kurz.« Und so spielen sie wieder ihr kleines Theater, weil beide das Gespräch, weshalb ihre Mutter Hals über Kopf nach Amerika gekommen ist, aufschieben wollen, möglichst auf ewig. Sie bringt ihre Mutter ins Gästezimmer, wo immer noch die Wäsche hängt, die seit ein paar Tagen trocken ist. Wie konnte sie nur vergessen, sie abzunehmen? Mieke greift sich ihren Trolley, öffnet den Reißverschluss und holt aus dem Vorderfach einen Umschlag mit einem Gutschein über vierhundert Dollar für die Kinderabteilung von Macy's, online gekauft. Sie verschenkt lieber einen Gutschein, denn alles, was sie kaufen würde, würde Sarah doch hässlich finden. »Ich leg mich kurz hin.«

Zehn Minuten später steht Mieke wieder im Wohnzimmer, mit einem Korb, in dem sich die zusammengefaltete Wäsche türmt.

»So, das hat gutgetan!«

»Du darfst ruhig noch etwas schlafen, Mama. Konntest du überhaupt die Augen zumachen?«

»Danke, Sarah, ich weiß. Aber bei so viel Staub schlafe ich nicht gut. Ich sauge da gleich mal durch.«

»Entschuldige, ich habe keine Zeit gehabt, und unser Putzmann hat das Weite gesucht.«

Mieke schaut ihre Tochter einen unangenehm langen Moment an.

»Hast du Lust auf einen Snack?«

»Nein, nein, Sarah, für mich musst du nichts machen.«

»Ich kann kurz runter zum Geschäft gehen …«

»Wir werden schon nicht verhungern, was?«

»Ja, Mama, tut mir leid. Ich hab einfach so viel zu tun …« Die Frühlingssonne fällt ins Zimmer, berührt sie gerade nicht.

»Du musst ja auch alles alleine machen. Amos arbeitet doch wirklich zu viel. Wenn ihr ein Kind habt, wird er ein wenig auf die Bremse treten müssen.«

»Mama«, unterbricht Sarah sie. »Lass das. Das wird nicht passieren. Ich kann das nicht.« Es gibt keine andere Art, es zu sagen.

»Schau, Sarah«, sagt Mieke. Ihre Hand zittert. Ihre Mutter zwängt sich zwischen einem Küchenstuhl und der Anrichte durch. Sie nimmt ein Glas aus dem Geschirrkorb und füllt es am Wasserhahn. An ihrem Hals zuckt eine Ader unter der Oberfläche.

Sarah hat schon seit einer Weile das Gefühl, dass ihre Mutter eine gealterte Frau ist, die permanent getröstet und beruhigt werden muss. Aber sie kann diese Aufgabe nicht übernehmen. Darum ist sie vor Jahren aus Belgien abgehauen. Weil Kummer Kummer erzeugt. Zwei traurige Menschen ziehen sich gegenseitig runter, bis sie völlig niedergeschlagen im Stockdunkeln sitzen und trauern. Geteiltes Leid ist doppeltes Leid. Sie hofft inständig, dass es in Belgien oder woanders einen hingebungsvollen Mann gibt, der es auf sich nimmt, Miekes grenzenloses Bedürfnis nach Trost zu stillen. Und sollte dieser Fremde nicht aufkreuzen, muss sie trotzdem ihr eigenes Leben weiterleben.

»Tut mir leid, Mama, es ist so. Es wird kein Enkelkind geben.« Sie hat nicht einmal Lust, darüber nachzudenken oder Argumente anzuführen. Dafür ist sie zu traurig. Das offene Eingeständnis ihrer totalen und katastrophalen Unfähigkeit ist demütigend, nimm Rücksicht darauf, will sie sagen, es ist diese Katastrophe in meinem Blut … Weil sie nicht zu der kleinen Frau am Küchentisch schauen möchte, wirft sie einen Blick nach draußen.

Ihre Mutter, die früher keine Gelegenheit ungenutzt ließ, sich mit ihrer Tochter zu zanken, schweigt beunruhigend lange. Sie sagt kein Wort. Ist mit einem Schlag um dreißig Jahre gealtert. Ein hundertjähriges, verschrumpeltes Frauchen mit Wespentaille ist auf einem Küchenstuhl in sich zusammengesunken, die machtlosen Hände im Schoß, aus tiefster Seele schweigend. Sarah weiß nicht, was sie tun soll. Weggehen, die Küchentür für immer hinter sich schließen und die Greisin dort lassen? Ihre Mutter durchschütteln, in einem der seltenen Körperkontakte? So was wie ein Gespräch mit einem Mitglied der Generation von Schweigern und Insichreinfressern versuchen?

»Wenn du wüsstest, wie glücklich dein Vater war, als du geboren wurdest«, sagt ihre Mutter wie aus dem Nichts. »Wenn er noch am Leben wäre und von deiner Schwangerschaft wüsste, er würde glatt vor Freude in die Luft springen.«

»Du willst nur einen Enkel als Ersatz für Papa.« Jetzt steht er zwischen ihnen, der glühende, hässliche Vorwurf. »Aber so geht das doch nicht. Ich kann nicht einfach ein Kind auf die Welt bringen. Unsere Familie ist mit dem Tod infiziert!«

Mieke springt auf. Auf einen Schlag ist sie wieder die flotte Frau aus der Nachtegalenlaan 7. »Jetzt übertreibst du aber. Hör mir gut zu, Sarah! Du bist nicht dein Vater. Dein Vater hat selbst entschieden, uns zu verlassen. So etwas würdest du nie tun.«

Sie lässt sich auf den Stuhl zurückfallen und schlägt dreimal fest auf ihren Brustkorb, während sie hechelnd kleine Atemstöße herauspresst.

»Ja, das hat er«, sagt Sarah. »Du weißt es also auch.«

»Wir haben uns all die Jahre gegenseitig geschont, aber wir sind klüger als er.«

»Und genau deshalb kann ich bei dieser endlosen Wiederholung des verdammten Vandersanden-Musters nicht mitmachen. Ich bin die letzte Vandersanden, die Letzte von einer Familie, die ihren Platz im Leben nicht findet und sich deshalb selbst ausradiert. Ich mach da nicht mit. Ich habe lang danach gesucht, aber jetzt hab ich meinen Platz gefunden. Das war ein ziemlicher Balanceakt. Ich will das nicht aufs Spiel setzen. Schon gar nicht durch ein Kind, das höchstwahrscheinlich dieselben fatalen Vandersanden-Gene hat. Wenn ich eine gute Mutter bin, bereite ich dem besser gleich ein Ende.«

»Das darfst du nicht tun, Kind, das ist Mord. Du wirst dir das dein ganzes Leben lang vorwerfen.«

»Wenn du noch mal von vorn anfangen könntest, würdest du dich doch auch anders entscheiden, stimmt's? Ich nehme das den Leuten nicht ab, die sich aus dem Elend rausboxen, bis zu den Knöcheln noch im Dreck, eingefallene Wangen, für immer gezeichnet, die sich hinstellen und behaupten, sie würden alles, ja alles einfach wieder so machen. Dumm! Arrogant noch dazu.«

Mieke holt tief Luft und blickt ihrer Tochter in die Augen. Die Augen einer Frau, die gelebt hat. Es liegt nichts Bitteres darin, wie sehr Sarah auch danach sucht. »Nach jahrelangem Kampf habe ich wieder eine Art Glück gefunden«, sagt Mieke. »Du weißt selbst, wie hart ich zu mir gewesen bin, und ja, auch zu dir. Ich habe getan, was ich für richtig hielt. Und ich lasse mir nichts anderes einreden.«

Dieses teilweise Schuldbekenntnis reicht Sarah nicht. Sie will auch das Letzte herausholen. Nach all den Jahren glaubt sie, ein Recht darauf zu haben.

»Du brauchst keine Angst zu haben, Sarah. Ehrlich, soll ich dir mal was sagen? Ich erinnere mich noch genau an den Tag, an dem du geboren wurdest …«

»Mama, ich kenn die Geschichte. Am Tag meiner Geburt kamen so viele Leute vorbei, um zu feiern, und Elvira hatte eine Goldbrosche anfertigen lassen, die ich später in den Ausguss habe fallen lassen und …«

»Mit deiner Geburt habe ich alles, was davor war, vergessen.«

»Genau das nehme ich dir nicht ab, Mama. Und wenn's so wäre, dann sagt das einiges über dich.«

»Schluss!« Mieke schlägt fest auf die Tischplatte, mitten in einen Rest süß-saurer Sauce. Sie geht geradewegs zum Wasserhahn, wäscht sich die Hand und fährt fort. »Was ich dir sagen wollte, wenn ich darf und du mich nur mal eben aussprechen lassen würdest …« Wie ein großer Redner lässt sie eine beschwörende Stille entstehen. »Ich wusste auch keinen Rat, als mir klar wurde, dass ich schwanger mit dir war. Wir hatten es so lange probiert. Wir hatten ein großes Haus für viele Kinder gebaut, also hätte es keine große Überraschung sein dürfen, aber trotzdem war es eine. Schau, Sarah, ich bin ganz ehrlich. Sogar Papa hat das nie gewusst, aber dir erzähle ich es: Der erste Moment war die reine Panik. Aber jetzt kann ich mir ein Leben ohne dich nicht mehr vorstellen.«

Sie nimmt den Spüllappen vom Wasserhahn, hält ihn unter den Strahl, wringt ihn aus und geht damit zum Tisch.

»Es ist alles nur die Veränderung in deinem Körper. Da passiert gerade eine ganze Menge. Das Mobiliar wird neu verteilt, weil noch jemand dazukommt. Ganz sicher keine Kleinigkeit, das laugt einen richtig aus. Ich verstehe, dass du momentan den Kopf verlierst, aber du musst jetzt durchhalten. Bei uns waren andere Lösungen gar kein Thema. Mein Gott, nein, ich mag nicht mal dran denken. Okay, wir waren vielleicht eine andere Generation und wir können überhaupt nicht mehr mithalten.« Dieses ständige »Wir« ist extrem nervig. Eine Verhöhnung der Realität.

»Aber ob es heute so viel besser ist, ich bin mir da nicht so sicher«, redet Mieke weiter.

»Also?«

»Nein, das ist etwas, was ich dir nicht erklären kann, Sarah, aber du wirst es verstehen, wenn das Kind erst mal da ist.«

»Ein kleiner Wunderheiler, so ein Baby, der einen von Depressionen und Existenzzweifeln heilt?«

»Wer weiß.«

»Aber selbst todunglücklich ist.«

»Es sind verwirrende Zeiten.« Mieke senkt den Kopf.

Verwirrende Zeiten? Seit wann schert sich ihre Mutter um schmelzende Polkappen oder Geländewagen, die die Welt kaputtfahren? Oder um Banken, die Unsummen verschlingen und Bürger hinten ausscheißen? Um so was hat sie sich nie Sorgen gemacht. Als wohlhabende Babyboomerin wurde sie ja nie in ihren Eigeninteressen verletzt.

Sarah schweigt. Sie schaut auf das Label am Halsausschnitt des Oberteils ihrer Mutter. Das Reiterchen katapultiert einen Puck an einen unbekannten Ort jenseits des Pullis.

»Du siehst blass aus, Kind. Ein paar Stündchen Ruhe täten dir gut, falls das in diesem Hexenkessel von einer Stadt überhaupt geht.«

»Findest du's hier zu laut?«, fragt Sarah.

»Du brauchst einfach mehr Schlaf«, sagt Mieke. »Wer schwanger ist, braucht eine anständige Nachtruhe. Als ich mit dir schwanger war, habe ich ungefähr neun Monate geschlafen.«

»Was redest du denn da?« Mieke ignoriert Sarahs Begründungen einfach, ihre Verzweiflung und Ratlosigkeit. Mieke kennt sämtliche Schleichwege des Anstands, zu ihrer eigenen Tochter kann sie aber manchmal hart und gnadenlos sein.

»Ach, Kind, wir werden uns nie richtig verstehen. Ich begreife beim besten Willen nicht, wieso du nicht mal Zeit hattest, mit einem Putzlappen über den Küchentisch zu wischen, und das ist nur eine Kleinigkeit. Aber …«

»Mama, hör auf damit.«

Was wäre gewesen, wenn ihre Mutter als Kind zum Beispiel Hosen hätte tragen dürfen, um mal frei im mehrere Hektar großen Garten ihrer Eltern rumzulaufen und Erdbeeren zu pflücken? Oder wenn ihr in der Jugend nur ein einziges Glas Bier erlaubt gewesen wäre, von ihrem Umfeld als auch von sich selbst? Was, wenn ihre Mutter eine völlig normale Mutter gewesen wäre, würden sie sich dann gut verstehen?

»Kommst du extra hierher«, fragt Sarah, »um mir mein Leben, das ich mir mit Mühe wieder aufgebaut habe, madig zu machen? Und um mich davon zu überzeugen, mich der größtmöglichen Chance auf absolute Vernichtung zu öffnen?«

»Ach, Sarah, du wirst das Kleine furchtbar lieben«, sagt sie, als sei das eine Beruhigung. »Und du wirst dich herrlich damit streiten können – wie wir beide.«

»Ha-ha!«, sagt Sarah langsam.

Geräusche kommen von der Wohnungstür. Stacey lässt sich selbst rein. Sie gibt Sarahs Mutter die Hand, probiert es mit Smalltalk, aber Mieke presst die Lippen aufeinander und tut, als sei sie taubstumm. Rasch klappt Stacey ihr Stativ zusammen, das sie hier vergessen hat. Gestern haben Amos und sie ein Fotoshooting für eine neue Getränkekarte mit den Wassersorten gemacht. Man muss kein Hellseher sein, um zu spüren, dass die Atmosphäre nicht locker ist. Stacey zwinkert Sarah zu und verschwindet.

»Genau das meine ich ja«, sagt Mieke direkt nachdem Stacey die Tür hinter sich zugezogen hat.

»Was meinst du?«, fragt Sarah ruhig und verschränkt die Arme.

»Das ist ja ein Taubenschlag. Das geht aber nicht, wenn du ein Kind aufziehen möchtest, glaub mir. Ein Kind braucht Struktur, Routine. Feste Zeiten für Essen und Schlafen und das Töpfchen.«

»Mama, du hörst mir nicht zu.«

»Wie kann ich dir helfen, Sarah? Ich bin gerne bereit, meinen Teil beizutragen. Ich könnte öfter herkommen. Vielleicht ein Zimmer mieten oder solange bei Tante Lydia und Onkel Christopher wohnen. Oder das Kind kann im Sommer einen Monat bei mir wohnen. Womit ich nicht sagen will, dass du das nicht allein hinkriegst. Ich muss zugeben: Du hast es hier sehr gut. Ja, ich freue mich, dass du es hier so gut getroffen hast, obwohl ich's natürlich schöner fände, wenn du nicht am anderen Ende der Welt wohnen würdest.«

Die Zeit steht still, still wie der Kaktus auf der Fensterbank, der wohl bis in alle Ewigkeit da stehen wird.

Sarah geht zur Pinnwand, an der ein Foto und ein paar Rechnungen hängen, und ein Flyer von New Yorks bestem Takeaway-Chinesen. Sie zupft ein wenig an den Reißnägeln herum.

»Wieso suchst du dir keinen neuen Partner, oder nur jemanden, mit dem du auf Konzerte gehen oder mal eine Ausstellung besuchen kannst? Dafür gibt's spezielle Webseiten, da ist nichts dabei«, sagt Sarah. »Ich würde mich für dich freuen.«

Und dann sagt ihre Mutter weder herablassend noch irgendwie unterwürfig: »Du kannst nicht alles kontrollieren wollen, Sarah. Wenn man sich vorstellt, was in einem Leben alles schiefgehen kann, ist es eh ein Wunder, dass wir länger leben als Fruchtfliegen. Weißt du, was für mich das Einfachste gewesen wäre? Dich einfach daheim bei mir zu behalten, als ich dich am meisten brauchte, statt dich nach New York ziehen zu lassen. Aber ich habe begriffen, dass du dringend dein eigenes Leben führen und deine eigenen Fehler machen musst, weit weg von mir. Fehler, von denen ich gar nichts wissen möchte. Wir machen alle Fehler, auch ich, und du darfst ruhig deine eigenen machen, aber nicht diesen einen alles entscheidenden, davor will ich dich bewahren«, sagt sie. »Ich muss jetzt los, aber morgen um elf bin ich wieder hier, wie besprochen. Amos ist ein guter Mann. Sag es ihm, und ich bin überzeugt, dass ihr gemeinsam die richtige Entscheidung treffen werdet.«

Ohne sich richtig zu verabschieden, bricht ihre Mutter auf, etwas wackelig wegen ihrer schlechten Hüfte, ihren Koffer, den sie kaum geöffnet hat, bis zum Aufzug schleppend. Sarah ist wütend, in einer Intensität, die sie nur für ihre Mutter übrig hat. Es ist unhöflich, sich ihre alte Mutter so mit dem Gepäck abquälen zu lassen, obwohl sie mit jedem kratzigen Atemzug und dem über den Arm gelegten statt angezogenen Hahnentrittmuster-Jäckchen signalisiert: Hilf mir!

Sarah stellt sich ans Küchenfenster und wartet, bis ihre Mutter das Gebäude verlässt und etwas schafft, was sogar waschechten New Yorkern kaum gelingt: ein Taxi anhalten. Ihrer Mutter gelingt es scheinbar spielend, wahrscheinlich radioaktive Mengen Arroganz ausstrahlend, empört über den eklatanten Mangel an Dienstbeflissenheit dieser Kerle, die sich für was Besseres halten mit ihren Taxis, die viel zu schnell fahren und zu selten sauber gemacht werden – vor allem die Polsterung –, da muss man mal drauf achten. Kein Taxifahrer würde es wagen, nicht für sie anzuhalten.

Nach dem Besuch ihrer Mutter legt Sarah sich ins Bett, geistig und körperlich am Ende ihrer Kräfte. Ihr Körper reagiert auf einmal heftig. Es ist so viel passiert und passiert noch.

Dampfend liegt sie zwischen den klammen Decken auf einem Bett aus Lava. Fieber kriecht in ihre Kiefer, beißt sich fest.

Wir tupfen ihr die Schweißtropfen vom Körper, flüstern ihr aufmunternde Worte ins Ohr. Wir kapseln sie vollkommen ein, damit sie sich sicher bei uns fühlt. Wir nehmen sie mit auf die vom Leben abgewandte Seite. Da ist mächtig was los. Wörter, die nie ausgesprochen werden, wirbeln auf. Geräusche, die sie sonst nicht hören kann, dringen zu ihr durch. Wir fordern sie auf, die unfertigen Bilder ineinanderzuschieben. Manche verpuffen noch bevor sie sie anrührt, andere rasten an ihrem Platz ein und treten aus der Dunkelheit ans Tageslicht.

Sarah erwacht in ihrer selbstgegrabenen Höhle aus Decken. Sie kann wieder atmen. Alles ist noch da.

Wir gehen durch die Stadt, bis wir plötzlich ein Startzeichen hören, das durch die breiten Straßen hallt. Zehntausend Läufer nehmen am New-York-Marathon teil, zwanzigtausend Füße, die den Takt der Stadt angeben. Die Leute strömen in Scharen herbei, um die Läufer anzufeuern. Kinder mit blauen Zungen von Slushie-Drinks, Läuferfrauen, die ein Päckchen Butterbrote mit Erdnussbutter dabeihaben, die sie nie abgeben können, weil man im Gewimmel keinen Einzelnen erkennt, ein paar Reporter, die sich strategisch an der Ecke der Verrazano-Narrows Bridge postieren. Während der Reporter von CNN sein überdrehtes Gerede abzieht, schieben wir uns weiter durch die Masse. Wir werden von einem ersten Grüppchen eingeholt. Zehn Athleten mit langen Giraffenbeinen, die kaum den Asphalt berühren.

Wir gehen weiter. Wir sind immer unterwegs. Es hat vor unzähligen Jahren angefangen, und wir tun alles dafür, dass es weitergeht.

Die Personen, die es möglich gemacht haben:

die gesamte, begeisterte Crew des Prometheus-Verlages, allen voran Mai Spijkers, in seinem Gefolge die Lektoren Job Lisman und Marscha Holman,

unvergleichliche erste Leser mit brillanten & irritierenden Anmerkungen, sympathische Stützen Maarten De Rijk, Karolien Debecker, Els Jooris, Isabelle Poppe, Loes Van Cleemput,

Mopshündin 11chen, die jedes Wort mit ihrem Schnarchen begleitet hat,

rechte Hand, Zuhörerin und Superschwester Tanja de Coster,

Redakteurin vom Feinsten, Tischtennispartnerin & Lebenslicht Inge Jooris.

www.tropen.de

Laline Paull
**Die Bienen**

Roman
Aus dem Englischen von Hannes Riffel
346 Seiten, gebunden mit
Schutzumschlag, Stanzung
ISBN 978-3-608-50147-6
€ 19,95 (D) / € 20,50 (A)

Auch als ebook

»Unbeschreiblich schön, mitreißend – ein Abenteuer, das man nicht mehr aus der Hand legen kann« *The Bookseller*

Ihr Name ist Flora. Ihre Nummer 717. Sie ist ziemlich groß. Ihr Pelz ist struppig. Andere finden sie hässlich. Doch sie ist klug und mutig. Und sie kann sprechen! Flora 717 ist eine Biene. Laline Paull erzählt das ergreifende Abenteuer dieser außergewöhnlichen Biene in einer anderen und doch zutiefst vertrauten Welt.

Tropen